蒼井村正
挿絵／或十せねか
新装版
呪詛喰らい師《カースイーター》

物　紹　介

雪《ゆき》村《むら》有《ゆ》佳《か》
咲妃のクラスメイト。淫神に取り憑かれているらしいが……。
常《と》盤《き》城《わぎ》咲《さ》妃《き》
「呪詛喰らい師《カースイーター》」という異名を持つ少女。幼いころから退魔師としての修業を積んでおり、淫神を自身の身体に封じる使命を帯びている。封じた淫神の力は使うことが可能。一般常識が少し欠けていて、バレ句や猥談が好き。

登　場　人

岩《いわ》倉《くら》信《しん》司《じ》
都市伝説研究部の部長。様々な怪異を追っているうちに、淫神の事件に巻き込まれる。
生徒会長
稲《いな》神《がみ》鮎《あゆ》子《こ》
学園の生徒会長。信司の幼馴染みで、いつも彼の事を気にかけている。

目次 contents

プロローグ 7

封の一 淫ノ根 13

封の二 淫水蝶 47

封の三 淫夢人形 83

封の四 淫吸《インキュ》バス 121

封の五 淫校祭《サバト》 153

封の六 小悪魔、再び 228

封の七 淫尾 267

封の八 淫蕩なる来訪者 295

封の九 濡妖 326

封の十 操神乱交 359

封の十一 淫人魔宴 390

封の十二 呪鼠 455

封の十三 オレの恋人がこんなに淫乱なはずがない! 490

封の十四 淫虫跋扈 513

封の十五 妖銀貨 534

封の十六 久遠 565

エピローグ 672

プロローグ

深夜の公園は、遊歩道から少し奥に足を踏み入れただけで、都会の真ん中とは思えぬ闇と寂寥《せきりょう》に包まれる。遠くからかすかに聞こえてくる街のノイズが、余計に物寂しさを煽り、闇を見回す視線は、ついつい、光を探して上下左右に動いてしまう。

（……そろそろ見えてくるはずだな。「首くくりの樹」）

落ち葉を踏みしめて歩を進めながら、岩倉信司《いわくらしんじ》は、学生服の上から羽織ったコートのポケットから、暗闇でも撮影可能な、赤外線モードを搭載したビデオカメラを取り出し、公園の奥にある一本の樹を目指して歩を進める。

通称、「首くくりの樹」と呼ばれるその樹は、樹齢百年は優に超える巨木で、過去に数件の首吊り自殺の現場となった、いわく付きの場所だ。

以前から、その木の周辺に、男の幽霊が出るという噂が立っており、信司はその真偽を確かめるためにやって来たのだった。

（百聞は一見にしかず。もし、首くくりの樹に本当に幽霊が出るっていうなら、オレの目の前に出てみやがれ！）

恐いもの見たさの好奇心を、いささか自棄《やけ》気味の勇気に変換した少年は、足音を忍ばせて闇の中を歩んでゆく。

「ウ……ウゥゥウ……ンンンンゥゥゥゥンッ……」

いきなり、低く押し殺した男の呻き声が耳に飛び込んできて、信司の全身をギクリ！　と強張せた。

（でっ……出た！　本当に出たのかッ⁉　証拠だ！　証拠を残さないと……！）

急激に速まった胸の鼓動と、沸き起こる恐怖心を鎮めながら、ビデオ撮影を開始しようとするが、液晶ファインダーの開閉に連動して入るはずの電源が入らない。

「なっ、なんでだよ⁉　さっきチェックしたのに⁉」

小さな声で毒づき、何度か操作を繰り返してみるが、公園に入る前に動作確認したはずのビデオカメラは、まったく作動しなかった。

（これってあれか？　心霊スポットやミステリーサークルの内側で、電子機器が動作不良起こすっていう、あのご都合主義っぽい現象なのか⁉）

動かなくなったカメラを持ったまま、信司は闇の奥に目を凝らす。

かすかな星明かりに巨大なシルエットを浮き上がらせた巨木の根本で、何か白いものが揺れているのが見えた。

(ホントに何かいるぞ……あれが噂の幽霊⁉)

もっとよく見ようと、好奇心旺盛な少年は呼吸を整えて気配を殺し、極力物音を立てぬようにしながら、首くくりの樹に接近してゆく。

「ンフウウゥゥム……ンウゥゥゥ、アウウゥゥゥゥ……」

近づくにつれて、男の呻き声はさらにはっきりと聞こえ、闇の中で動いている白いものの輪郭も次第に明らかになってきた。

(幽霊⁉　いや、あれは……裸の女⁉)

困惑の表情を浮かべて見つめる視線の先で、色っぽい曲線で構成された女の後ろ姿が、闇の中に白々と浮かび上がって小さく揺れ動いている。

(女の幽霊が出るなんて噂、全然聞いてないぞ……いや、あれは生身の女か？)

闇の中で小さく揺れる女の妖しく艶めかしい後ろ姿に見入ってしまいながら、信司はゴクリと生唾を呑み込んだ。

内側から白い燐光を放っているかのようにも見える、色白な背中と、長い黒髪が鮮烈なコントラストで暗闇に浮き出している。ウエストは芸術的なカーブを描いて細くくびれ、それに対してまろやかな曲面を張り出させた尻のボリュームはかなりのものだ。

プリッと丸く張り詰めた白い尻肌には染み一つなく、わずかな星明かりに艶々と輝きながら淫靡《いんび》に揺れ動いている。

(丸裸ってわけじゃないみたいだな……でも、かなりきわどい格好には違いない)

こちらに背を向けているため、顔は見えないが、後ろ姿だけでも堪らぬ艶美さを放つ白い裸身には、帯状のものが巻きつけられていた。

小さく揺れるまろやかな尻の谷間には、幅数センチほどの革の帯が食い込み、ムッチリと張り詰めた尻たぶを左右に分割している。同じような革帯は、女の胸にも巻かれており、圧迫されてわずかにひしゃげた乳肉の曲面が、腋の下からかすかに覗いているのがエロチックだ。

革帯は、胴部分だけでなく、男に跨がった腕や美脚にも巻きつき、全身緊縛のごとき倒錯的なエロチシズムを醸し出している。

（普通の下着じゃないよな？　ひょっとして、緊縛プレイって奴？　ＳＭカップルの野外セックス現場なのか？）

自殺現場になったような場所で、何と不謹慎な……と思いながらも、好奇心旺盛な少年は、淫靡な光景についつい見入ってしまう。

「ンムウゥ……ンンンンッ……」

男の呻き声は、揺れ動く白い尻の下から聞こえていた。

革ベルトで裸身を緊縛した女は、仰向けに寝た男の腹に、背を向けた姿勢で馬乗りになり、両手で男の股間に奉仕しているようだ。

勃起《ぼっき》を握って扱き上げているらしい腕の動きに連動して、女の肘から二の腕の辺りが緩やかに上下しているのが見える。愛撫されている男性器は見えなかったが、その繊細で淫靡な腕の動きを見ているだけで、信司の若い牡器官も熱く硬く猛ってしまう。

「ンオォォォ……オォォォ……ンムウゥゥゥゥゥ～ン」

苦悶しているようにも聞こえる呻きを上げた男は、手淫奉仕を受けながら、下から手を伸ばし、女の尻やウエストのくびれを撫で回し、革紐で緊縛された豊乳を下からすくい上げるようにして揉みこねていた。

（オッパイ、結構大きいな……くそっ、好き放題に揉みやがって、羨ましいぜ！）

黒い指にこね回されている白く柔らかな肉果が、腋下のわずかな隙間から、ムニュリ、ムニュリと垣間見える光景に、男に対する嫉妬の感情が込み上げてくる。

乳房を揉みしだく男の指は、豊乳を巻き締めた革帯をずらそうとしているようだが、革帯のガードは意外と堅く、目的を果たせずにいた。

愛撫を受けている女の方は、声を出すのを恥じらっているのか、喘ぎ一つ漏らさずに、男の股間を愛撫する繊細で淫靡な動きを黙々と続けている。

（ハッ……違う！　断じて違うぞ！　オレはこんな卑猥な光景を覗き見るためにここに来たんじゃないんだ！　幽霊がいないなら、とっとと帰らせてもらうぞ！）

眼前で繰り広げられる淫蕩《いんとう》な行為にしばし見とれていた少年は、ハッ！　と我に返る。

これ以上ここにいたら、覗き魔に間違えられてトラブルになってしまいそうだ。

役立たずなビデオカメラをコートのポケットに収め、その場を立ち去ろうとした少年は、あることに気付いて、足を止める。

(待てよ……。何か変だぞ。なんで、あの男、あんなに真っ黒なんだ?)

女の姿ははっきりと見えているのに、揺れる尻の下に組み敷かれた男は、闇と同化した黒い影にしか見えない。男の黒い指が、女の色白な肌を這《は》い回る光景は異様にエロチックだが、あまりにもコントラストの差がありすぎるように思えた。

肌の色が黒いとか、そういう次元の黒さではなく、まるで、全身を墨で塗り込めたかのような漆黒で、さらに言うなら、肉体の厚みがまったく感じられないのだ。

ただ、黒い影だけが女の身体に張りついて卑猥に蠢《うごめ》いているようにも見える。

もう少しだけ接近して確認してみようと一歩踏み出した瞬間。

「オオオオオオオオゥゥゥゥゥゥゥ〜ンッ!!」

遠吠えのような声を上げた男の影が、女の尻の下で仰け反った。

馬乗りになっていた女の身体がフワリ、と浮き上がり、まるで暴れ馬にでも乗っているかのようにガクガクと上下に揺り動かされる。黒髪を振り乱した女は、上下に揺れる腹の上で巧みにバランスを取りながら、なおも勃起を扱き続けているようだ。

ボオオオウゥッ!!

呆気に取られて見つめる信司の眼前で、黒い影にしか見えぬ男の下半身が、突然、青白い炎に包まれた。

「うわ……ッ!」

思わず、小さな驚きの声を漏らした少年がなすすべもなく見つめているうちに、股間の辺りから沸き起こった青白い炎は、あっという間に男の全身を包み込む。

「ンホオオオオオオオオ〜ウッ!」

見開かれた目と、絶頂の声を上げて大きく開かれた口からも青い炎が噴出し、これまで闇に沈み込んでいた男の全身を妖しく照らし出した次の瞬間、火にくべられた紙人形のように、灰と化した身体が、さらさらと小さな音を立てて崩れて地にわだかまった。

女の乳房を鷲掴みにしたままの指先にまで炎が到達し、指が消し炭のようにボロボロと燃え崩れてゆく。炎を噴き出す指に胸を掴まれたままだというのに、女は熱がる様子もなく、燃え崩れてゆく男の上に跨がったまま、ゆっくりと両手を頭上に掲げた。

その手に握られているのは、まるで松明のように燃え盛る男根のようなもの。

「はぁぁ……んはぁぁぁ……ッ……」

それまでひと言も発しなかった女が、青白い炎を噴き上げる男根を頭上に掲げながら立ち上がり、惨劇の場にそぐわぬ色っぽい喘ぎを漏らしながら、顔を仰け反らせた。

わずかに立ち位置が変化したことで、女の横顔が視界に飛び込んでくる。

(う……ううう っ、すっごい美人だ……)

うっとりと目を閉じ、天を仰いで仰け反る女の顔に、信司は見とれてしまう。

年齢は信司とさほど変わらない少女であった。

キリリと細い眉、真っ直ぐに通った鼻筋、半開きで喘ぐ唇はやや厚めで色っぽい。

ツンと尖った顎《あご》から滑らかな喉へと続くラインは、繊細な鎖骨の輪郭と合流して、革帯で寄せられた胸の谷間へと続いている。可愛いと言うよりは、クールで凛々しい印象を与える、極上のプロポーションを持った美少女だった。

ボ……ボボボッ……シュウウウウンッ……。

女の手の中で男根が燃え尽き、周囲を再び闇が覆い尽くした。

掲げていた手を下げた女が、暗闇の中でゆっくりと振り向き、黒曜石のようなきらめきを放つ漆黒の瞳で、呆然《ぼうぜん》と立ちつくしたままの信司の姿を映し出す。

「ひぅ……ッ！」

脳が状況判断するよりも早く、身体の方が逃走を選択していた。

クルリと背を向けた少年は、全力疾走でその場から駆け出す。

(今、燃えていた男が幽霊だったらいいが、もしもリアルだったら……とんでもない猟奇殺人だぞ！　やべぇ、逃げなきゃ、ヤバすぎるッ！）

学生寮に帰り着くまで、全力疾走は止まらなかった。

「封印の現場を見られた……？　この街での初仕事だったのに……」

温かな湯に満たされたバスタブに肩まで浸かり、シャワーから降り注ぐ湯滴を顔に浴びながら、少女はつぶやいた。

「強い好奇心を持って接近する者に、『忌避《きひ》』の呪印程度では効果が弱すぎたか。私としたことが、迂闊《うかつ》だったな」

呆然と立ちすくんでいた少年の顔や服装を思い出し、少女は一人、浴室にやや低めの凛とした声を響かせながら反省を続ける。

「着ていた制服から所属校は割り出せる。情報収集がてら、学生やってみるのも悪くないな。どうせ行くなら、多生《たしょう》の縁があるところにしよう。フフッ♪」

学生服に身を包んだ自分の姿を想像し、小さな含み笑いを漏らした少女は、しなやかな裸身を伸ばして大きく背伸びする。まろやかなラインで構成された豊乳が湯面に浮かび上がり、シャワーの湯滴を弾き返した。

革帯の締めつけから解放された弾力たっぷりの果肉は、降り注ぐシャワーの刺激を受けて張りを増し、透明感のある薄紅色の乳首をツンと尖り勃たたせる。

「ンッ……ふぅぅ……」

艶めかしい喘ぎを漏らした少女は、勃起した乳首をなだめるようにそっと撫で、乳球の丸みに沿って指を滑らせる。

（邪《よこしま》な霊気の穢《けが》れは……抜けたか……）

淫らな指に揉みしだかれた乳房に残留していた、冷たく不快な感触が、温かな湯に溶け出して薄れてゆくのを感じながら、少女の指は自らの裸身を優しく撫で回している。

「時は、来た。この街の淫神《みだらがみ》、全て私が癒やし、取り込んでやろう……」

自分の肉体を愛でながらつぶやいた少女の目に、一瞬、哀しげな光が瞬き、すぐに消えた。

封の一　淫ノ根

公園での出来事から数日後、首くくりの樹の下で淫妖の行為に耽《ふけ》っていた少女の姿は、高台に建てられた高級分譲マンションの一室にあった。

この街での活動拠点として、彼女が所属している機関が用意した住居だが、学生の一人暮らしにしては、あまりにも豪華すぎる住まいだ。

建物の風水的方位や、身体に染みついた穢れを洗い落とすために重要な施設である浴室の位置と広さ等で、色々と注文を付けた結果、機関の工作部は予算超過を愚痴りながらも、この一等地にある住居を確保してくれた。

彼女が所属しているのは、世界的なネットワークを持つ対超常現象対策組織、通称、退魔機関である。活動内容は、超常的存在が引き起こす、事件、事故に対する調査、事後処理及び被害拡大の阻止。

そんな退魔機関のエージェント内でも、少女は特殊な存在故、かなりわがままな欲求でも通ってしまうのだ。

「……学園への転入手続きは完了。書類の不備はなし、と……。『機関』は、相変わらず仕事が早いな。しかし、この私が帰国子女？　何だかずいぶん安直な設定だな」

湯気の立つコーヒーカップを手にした少女は、パソコン画面に表示された情報を読みながら苦笑を浮かべる。

朝風呂で洗い清めたばかりの身体には、大振りな白のバスタオル一枚が巻かれているだけで、柔らかな曲面で構成された肢体の輪郭がくっきりと浮き出ていた。

艶やかなロングヘアーの黒髪が、色白な肩口に掛かり、湯上がりで軽く上気した凛々しい美貌と、背中に浮き出た肩胛骨《けんこうこつ》のラインが色っぽい。

タオルの裾からスラリと伸びた美脚は、ふくらはぎが程よく張り出し、足首は細く引き締まっていて、若々しい躍動感に溢《あふ》れている。

「経歴にツッコミどころはあるが、編入試験と面接は、正々堂々と実力でパスしたから、まあ、よしとするか」

自分に言い聞かせるようにつぶやき、コーヒーをひと口。

「さて、そろそろ登校準備をするとしようかな。初めての学生生活だからな。制服、早く着てみたい」

ハンガーに掛けられた、真新しい制服に視線を投げかけた少女は、カップに残っていたコーヒーを一気に飲み干して立ち上がった。

彼女が所属している退魔機関の根回しで、この街有数の名門校である、私立槐宝《かいほう》学園高等部二年生への編入手続きを滞りなく終え、新学期の始まる今日から学生生活を送りつつ、本格的な退魔活動を始める手はずになっている。

「天気は快晴、風は微風……初登校には最高の日和だな」

開け放たれたテラス窓から吹き込む爽やかな春風とまばゆい日差しに目を細め、艶やかな黒髪を手櫛《てぐし》で掻き上げながら、少女はつぶやく。

広いバルコニー付きベランダ越しに、街の様子が一望の下に見渡せた。

丘陵地帯と海岸線に挟まれた、人口数十万の地方都市。

一見、平穏そのものに見えるこの街であったが、異常ともいえる数の怪異現象が起きるミステリーシティとして、ネット上で様々な噂話が報告されていた。

少女は、それらの怪現象を調査し、危険な状況に陥る前に対処、解決するために機関から送り込まれてきたのだ。

「あとは私自身の処置だな……」

窓際を離れ、壁一面を使ったクローゼットの扉にはめ込まれた、大きな姿見の前に立った少女は、身体に巻いていたバスタオルを何のためらいもなく脱ぎ捨てる。

見事に引き締まった、若々しく色白な裸身が、窓から差し込む朝日に照り輝いた。

キリリと凛々しく引き締まった顔立ちは、大人びた美貌と、少女らしい初々しさが見事に調和しており、顔を構成するパーツの一つ一つが、美の神が渾身の力を用いて作り出した芸術品のように完璧なバランスで配置されている。

スリムな体つきのわりに豊かなバストは、下着の保持なしでも見事なお椀型を維持して突出しており、淡い紅色の乳輪と、ツンと尖った乳首も愛くるしい。

贅肉の欠片も付いていないウエストは形よくくびれ、腹筋の輪郭をうっすらと浮かばせた平らな腹部は、日頃の鍛練を無言で主張しているかのようだ。

バストの豊かさに負けず劣らずのボリュームを誇る逆ハート型の美尻は、内に秘めた筋肉でキュッ、と引き上げられ、ムッチリとたくましく伸びやかな太腿へと完璧な曲面を描いて繋がっている。

女らしく妖艶な色香と、躍動感溢れる健康美を併せ持った、極上の裸身であった。

「むぅ、我が肉体ながら、何度見てもムズムズしてくるナイスバディだな」

自己愛剥き出しの笑みを浮かべ、冗談っぽい口調で言いながら、鏡に映る己の肉体に見惚《みほ》れた少女は、左手を豊乳に添えてそっと持ち上げ、柔らかさと弾力を併せ持った肉果の感触にうっとりと目を細める。

「手触りも……んふ……感度も最高。本当にいい身体だ」

色っぽい吐息を漏らした少女は、白くきめ細かな乳肌を優しく揉み上げ、壁一面の鏡の前で、己の肉体に酔いしれる。若々しく張り詰めた美豊乳の先端では、透明感のある薄紅色の乳首が、ツンと尖って自己主張していた。

「この罪作りな肉体と美貌に胸ときめかせる老若男女は少なからずいるだろうから、過剰に意識させず、敬遠されずの程よい距離感を維持しなければ、任務に差し支えてしまうな、困ったものだ」

見事なプロポーションの肢体を鏡の前で左右に捻《ひね》りながら、冗談とも本気ともつかぬ口調でつぶやく少女の右手には、一本のサインペンが握られていた。

教師がテストの採点などに使うような、何の変哲もない油性の赤ペンである。

「どこに描き込もうか……あまり目立つところでも問題だが、だからといって、ちょっとした遊び心も忘れてはならない。ううむ、悩むなぁ」

言いながら、キュポッ、と音を立てて赤ペンのキャップを外す。

「術式は既に決定、描画位置を模索中……」

鏡に映る裸身を見つめつつ、モデルに相対する画家のように、赤ペン片手にしばらくの間、制止する。

「よし、決めた！　私の完璧ボディの中でも特に人目を惹きつけるこの部位にしよう。呪印描画、開始！」

表情を引き締めて言い放つやいなや、目にも留まらぬ速度で鏡にペン先を走らせた。

キュ、キュ、キュキュキュキュッ……。

ガラスとペン先が擦れあう音を立てながら、姿見に描き込まれてゆくのは、円の中に複雑な記号と文字を組みあわせた、魔法陣を思わせるものであった。

呪印術《じゅいんじゅつ》、あるいは、ソーサルクレストと呼ばれる記号魔術の一種である。霊力を込めたインク等で魔法記号を描くことで、様々な効力を発揮させることができる。

描画を続ける少女の表情は真剣そのもので、唇を真一文字に引き結び、息継ぎ一つしないその様子は、彼女が極度の集中状態にあることを示している。

十数秒後、鏡には複雑な円形紋様が赤インクで描き込まれていた。

「完成！　描き損じはないな……では、転写開始！」

姿見に向かって歩み寄った少女は、見事に突出した左乳房を、鏡に描かれた深紅の紋様に押し当てる。

冷たい鏡面に圧着した柔肉が、蜂蜜を満たした水風船のような柔らかさを見せつけて、ムニュリ、とたわみ、先端で半勃起状態だった乳頭が柔肉の中に押し込まれる。

「んっ……んふぅ……ンッ」

ひしゃげた乳肉、敏感な乳首に伝わってくる冷たく心地いいガラスの感触に眉を寄せ、鼻に掛かった快感の呻きを漏らした少女は、さらに強く身体を押しつけた。

まるで、そのまま鏡の内部に入り込んでしまおうとしているかのように、しなやかな裸身を密着させながら、熱い吐息で曇った鏡に映り込む自分の美貌に口づけする。

「ふぁ……んっ……ちゅっ、くちゅ……ちゅぷ……」

うっとりと目を細め、鏡に映った己の唇を吸い、舌先を差し伸べて、冷たいガラスを舐め回す。当然のことながら、鏡像もまったく同じ動きを返し、密着し溶けあった舌先が、ヌロッ、レロッ、と淫らな軟体動物の交尾を思わせる動きで睦《むつ》みあった。

窓から差し込む陽光を浴びた裸身が艶めかしく照り輝き、引き締まった尻たぶの筋肉が、込み上げる肉悦に反応して。キュッ、キュッ、と緊張する。

全裸の双子美少女が、ガラス越しにレズ行為に耽っているような淫靡な光景が、ひとしきり続いた。数十秒後、ゆっくりと身体を離すと、深紅の呪印は、鏡にインクの痕跡さえ残さず、まろやかな乳房の曲面にそっくりそのまま転写されていた。

「はぁ……呪印完成！　これで私は、一般生徒の中に埋もれることができる。さて、登校準備だ！　やはり正装で行くべきだな、うん」

かすかに紅潮した顔に満足げな笑みを浮かべ、色白な豊乳に描き込まれた赤い呪印を確認した少女は、チェストから引っ張り出した革帯装束《かわおびしょうぞく》を足元に置き、印を結ぶ。

「縛ッ！」

凛とした声で告げると同時に、革帯が命あるもののように動き出し、少女の美脚に絡みつきながら這い上ってくる。たちまちのうちに股間に到達した革帯は、秘部から尻たぶの狭間へと滑り込み、キュルッ！　と音を立てて引き絞られる。

「ふぁ！　んふうぅぅっ！」

キュッ、と内股気味になって呻く少女の裸身を、蠢く革帯はなおも緊縛し続ける。

豊かな乳房がギチッ！　と革の鳴る音を立てて巻き締められ、豊乳の谷間がさらに強調された。

「くふぅぅん……ッ！」

勃起乳首が肉果の中にグリッ！　と容赦なく押し込まれ、ボンデージ美少女に再び甘い吐息を漏らさせる。

全身を巻き締めた革帯は最後に左腕の肘から先を包む手袋状に変化して動きを止めた。

「はぁぁ……やっと終わったか。さて、今日の下着はどれにしようかな？」

革帯ボンデージを装着し終えた少女は、その上からシンプルな白の下着を着用し、いそいそと身支度を始めた。


二時間ほど後、少女は制服姿で黒板の前に立っていた。

黒板には、白チョークで『常磐城《ときわぎ》　咲妃《さき》』という名前が大きく書かれ、その隣に、『ときわぎ　さき』という振り仮名までご丁寧に書き添えられている。

担任教師に連れられて教室に入って来るなり、少女自身がチョークを手にとって書いた文字である。

「転入生の、常磐城咲妃だ。よろしく……」

いささかぶっきらぼうな口調で挨拶し、軽く会釈した少女は、黒曜石のようなきらめきを宿した黒い瞳で、居並ぶ生徒達を見回した。

（あの時の少年は、このクラスにはいないか……。まあ、気長に探すさ）

数日前、首くくりの樹のところで遭遇した少年の姿がないことを確認しつつ、クラスメイト達の反応をうかがう。

生徒達の間から控えめな拍手が上がり、「意外と地味だな……」とか、「何か普通っぽい子ね」といった囁《ささや》き声が漏れ聞こえてきた。

(私のような超絶美少女転校生を見ても、大きなどよめきが起きないところを見ると、『印象希薄化《いんしょうきはくか》』の呪印は確実に効いているようだな……)

出かける前にその肉体に施した呪印の効力を実感して、転入生の少女は口元に小さな笑みを浮かべる。

常磐城咲妃は、精神操作系の呪印術を得意としていた。今回、赤ペンを使用して、自らの肉体に描画した『印象希薄化』の呪印効果で、咲妃に相対した第三者は、彼女に関する強い印象や興味を抱かぬように、軽度のマインドコントロールを施されているのだ。

今の咲妃は、とりたてて騒ぐほどのこともない、ありふれた容姿の女子生徒として周囲の者達に認識されている。

クラスメイト達を、一人一人値踏みするかのように見回していた呪印使いの少女は、一人の女子生徒に目を止めた。

(むっ、編入早々、依《よ》り代《しろ》と遭遇か!?)

咲妃の目を引いたのは、通路側の窓際席に座り、遠慮がちな視線を彼女に向けている、おっとりとした雰囲気を持った少女であった。

ややくせっ毛の髪を、肩の辺りまで伸ばしており、頭の左右で小さく束ねている。丸顔で、目がクリッと大きく、リス科の小動物を連想させる可愛い顔立ちをしていた。

しかし、その表情には、かすかな憂いが影を落としており、何やら悩ましげだ。

体つきは平均よりも少し小柄だが、バストとヒップはなかなか豊かなようだ。

(間違いない、あの女子、憑かれている。それも、肉体的にかなり深く、強く融合してしまっているようだな……)

眼光に鋭さを増した退魔少女の網膜には、憂い顔の少女の全身を、赤いオーロラのような妖しい光が包み込んでいるのが映っている。光が最も強いのは、制服のスカートに包まれた下腹部周辺だ。

他の生徒達が、咲妃に対する興味を失っている中で、赤い光に包まれた女子生徒だけが、チラチラと恥ずかしげな視線を送ってくる。

(憑かれた者には、呪印の効果も薄いようだな。編入されたクラスで、早速、依り代に出会うとは、これも縁のなせる業か、それとも組織の手引きか？)

無言で物思いに耽りつつ、編入生の少女は、指定された席にフワリと腰を下ろす。

咲妃は初めて体験する学生生活を満喫する合間に、帰国子女という偽りの経歴に興味を持って接近してきた連中と、当たり障りのない会話をしつつ、情報収集にいそしんだ。

そうして集めた情報によると、依り代となっている女子生徒の名前は、雪村有佳《ゆきむらゆか》。

クラス委員長を務めており、生徒会活動にも参加していて、書記を担当。

控えめな性格で、誰にでも敬語を使い、人当たりは悪くないのだが、ちょっと暗めで、特に親友と呼べるクラスメイトもいないようだ。

「いい子なんだけど、何だか距離を感じるっていうか、つれないんだよねぇ……」

「そうそう。カラオケとか誘っても、生徒会活動があるから、って毎回断られちゃう。でも、人間嫌いじゃないみたいで、ちょっと不思議っぽい子かな？」

クラスの女子達からは、そんな意見が多く聞かれた。

(確かに、過剰な接触を嫌うオーラが出ているな。肉体に憑依したモノが、精神にも重圧を与えているのかな？)

特に目立たない一生徒として昼までの授業を終えた咲妃は、雪村有佳を昼食に誘おうとしたが、既に彼女の姿は教室内になかった。

「人捜しついでに、校内をうろついてみるか……」

仕方なく、咲妃は一人で学食へと向かう。

印象希薄化の呪印が効力を発揮しているので、教室を出て行く彼女に、積極的なアプローチを仕掛けてくる級友はいなかった。

(学校って、何だか賑やかな場所だな。笑い声が絶えないのは、いい感じだ……)

退魔少女は、同年代の少年少女で賑わう校内を歩きながら思う。新入生が入学してくる時期と重なったこともあって、部員勧誘のパフォーマンスが盛んに行われており、ちょっとした祭りのような活況を呈していた。

生徒達が集まる学食前の広場では、音楽系部活動合同のミニコンサートが開かれ、お笑い同好会がコントを披露したりしていて、ひときわ賑わっている。

「むっ！　あいつは……あの夜に出会った少年だな、間違いない！」

学食を出てくる生徒達にビラを配っている男子生徒の顔を見た咲妃は、彼に向かって足早に歩み寄りながら、ポケットから赤ペンを取り出した。

「こんにちは、よかったら読んでください。夢とロマンが一杯だよ」

それなりに整ってはいるものの、どこか垢抜けない印象の顔立ちをした少年は、学食に出入りする生徒達に声をかけ、勧誘ビラを手渡そうとしているが、ほとんど受け取ってもらえずにいる。

男子生徒の指先で、空しく揺れている勧誘ビラを左手で無造作に受け取った咲妃は、その際に、彼の小指に自分の小指をそっと絡めるように触れあわせた。

即興で小指に描き込んでいた小さな赤い呪印が、少年の指に転写される。

（指切りの儀、成功。略式だが、これで縁は結べた……）

簡易ではあるが、効力の高い結縁の呪印を使ったので、印象希薄化の呪印効果は大幅に弱められ、少年は、咲妃の正しい姿を認識できるようになったはずだ。

彼が、咲妃の顔を見て怯えたり、逃げ出したりするようなら、しかるべき記憶消去の手段を取らねばならない。

ビラを手に立ち止まった咲妃は、黒曜石のような深いきらめきを宿した黒い瞳で、少年を観察する。

（こいつ、意外と男前だな。顔立ちは整っているのに、スケべったらしい目元と口元が減点ポイントだ。体格は細身で筋肉質、あの逃げ足の速さから察しは付いていたが、身体能力はかなり高そうだな）

胸の内で品定めをすませた呪印使いの少女は、男子生徒の反応をうかがう。

「あ、ありがとう……」

勧誘ビラを受け取ってくれた少女の美貌に気付いた男子生徒の顔に、わずかな驚きと喜びの表情が浮かんだが、恐怖したり動揺したりする様子は見られない。

（はっきりと顔を覚えられてはいなかったようで、とりあえずひと安心か……）

騒がれた時の対処法について思いを巡らせていた呪印使いの少女は、右手に握り込んでいた赤ペンにキャップをはめ直し、ポケットにさりげなく戻す。

「キミ、新入生だよね？　もう、部活は決めた？」

男子生徒は、幾分緊張した口調ながらも、笑顔を浮かべて話しかけてきた。

（む……笑うとさらにスケベ面になるな。ムッツリスケベの覗き魔少年か？）

あまりよくない第一印象を抱きつつ、勧誘ビラに印刷されたサークル名を見る。

「都市伝説研究部……？」

見慣れない単語を目にした咲妃は、小さく首を傾げて問いかける。

「そう。特定の地域や施設に伝わるオカルトっぽい話とか、ネットでまことしやかに語られている不思議な噂話とかを総称して、都市伝説っていうんだ。それらを収集、研究、検証して真実を探ろうという、夢とロマンのある部活だ」

「オカルト話に夢とロマンがあるかどうかは微妙な気もするが……ほぉ、心霊現象も研究しているのか……？」

勧誘ビラの文面に「心霊、超常現象の調査、解明」という一文を見つけた咲妃は、小さく頷く。公園での退魔行為を目撃されてしまったあの夜も、彼は心霊現象を調査するために、首くくりの樹までやって来ていたのだろう。

「おっ！　心霊現象に興味あるの？　オレも今はそっち方面を研究しているんだよ！　この街は全国有数の心霊スポット集中地帯で、ネット上でも有名なんだぜ……」

咲妃の態度に、勧誘の脈ありと見た少年は、さらに熱心に話しかけてきた。

（私の顔を覚えていないなら、これ以上関わる必要はないわけだが……、どうやって話を切り上げようかな？）

退魔士としての修業に明け暮れ、同年代の若者とはまともに会話したこともない咲妃は、離脱するタイミングを完全に失い、少年の話を黙って聞き続けている。

「岩倉信司君！」

呪いの井戸だの、幽霊バスだの、パワースポットだの、話題をあっちこっちに飛躍させながら雄弁に話し続けていた少年の背中に、女子生徒の声がかけられた。

ちょっと尖った口調で彼に呼びかけたのは、銀縁のメガネを掛けた女子生徒である。

スラリと背が高く、やや起伏に乏しいスレンダー体型で、制服の左腕には、『槐宝学園生徒会　会長』と染め抜かれた腕章を着けている。

眉の上で前髪を真一文字に切りそろえたロングヘアと、キリリとクールに引き締まった顔立ちを飾る銀縁メガネが、真面目一途な性格を端的に表している美少女だ。

「その人、困っているじゃないの。強引な勧誘は、部員勧誘活動規約違反よ！」

美少女生徒会長は、説教慣れした口調でたしなめる。

「何だよ、鮎ねえか……で、話の続きなんだけど、そのパワースポットっていうのが」

首だけで振り向き、つまらなそうな口調でつぶやいた男子生徒は、すぐさま咲妃に向き直って勧誘を再開する。

「ちょ、ちょっとぉ！　人前で鮎ねえって呼んじゃダメって言ってるでしょ！」

あだ名で呼ばれたのがよほど恥ずかしかったのか、メガネを掛けた上級生は、顔を真っ赤にして食ってかかる。

「わかったよ、鮎ねえ。で、目下、重点的に調査しているのは……」

「こらぁ！　岩倉信司ッ！　ちゃんとこっちを向いて、人の話を聞きなさいっ！」

襟首《えりくび》を掴もうと伸ばされてきた生徒会長の手を、岩倉信司と呼ばれた少年は、まるで背中にも目が付いているかのような流麗な動きでひょいっ、と回避した。

（ムッ！　この、よどみのない動き……こいつ、何か武道をやっているようだな。そういえば、あの夜も見事に気配を殺して接近してきたな）

公園で出会った夜のことを思い出す咲妃。

「もう！　相変わらずのらりくらりと逃げて！　それならこっちにも考えがあるわ！　ていッ！」

ムキになった生徒会長は、今度はローキックを放つ。

バシンッ！　かなりいい音を立てて、少年の腿裏に鋭い蹴りがヒットした。

「痛ッてぇ！　何だよ！　生徒会長が暴力まで使って、部員勧誘の邪魔をするってのか？　それこそ規約違反じゃねえの？」

都市伝説マニアの少年は、向き直って文句を言う。

「強引な勧誘はよしなさいって言ってるのよ！」

「これは断じて強引な勧誘ではない！　興味を持ってくれた新入生に、都市伝説について熱心に説明しているだけだ。なあ、キミからも言ってやってくれよ」

信司は、咲妃の方を振り向いて同意を求める。

「正直、少しだけ困っていた。それに、あいにくだが、私は二年生だ……」

ぶっきらぼうな口調で言い放つと、信司は明らかにショックを受けた顔になった。

「ほおら、この人は困ってたみたいよ。これは強引な勧誘じゃなくって？　部活連合に提出する苦情申し立ての報告書を作成させていただくわ」

生徒会長は、ポケットから取り出した手帳に何やら書き込みつつ、都市伝説マニアの少年を、ここぞとばかりに追い詰めに掛かる。

「うう……興味を持ってくれたのが嬉しくて、ちょっと説明に気合いが入りすぎただけじゃないか！　このくらい大目に見てくれよ、幼馴染みじゃないか、鮎ねえ」

「だから、鮎ねえって呼ぶんじゃないの！　幼馴染みの気安さを、学園生活に持ち込まないで！　今の私は、生徒会長としてあなたに接しているんですからね！」

少しずれたメガネの位置を直しつつ、愛称で呼ばれるのを快く思っていないらしい先輩少女は、凛然と胸を張って言い放つ。

（なるほど、幼馴染みか。それで、生徒会長のことを愛称で呼ぶのだな……）

二人の関係を察した咲妃の目の前で、幼馴染み同士のやりとりは続いている。

「全校生の模範であるべき生徒会長様が、下級生にローキック入れるのかよ？」

「アンタが人の話を聞かないからでしょ!?　とにかく、くだらない都市伝説なんて追いかけてないで、その恵まれた身体能力をスポーツのために使おうとは思わないの!?」

「まったく思わないね」

少年は即座に言い返す。

「オレに団体行動やルールに縛られたスポーツができるわけないのは、鮎ねえだってよく知ってるだろ!?」

「だから、鮎ねえって呼ぶんじゃないのッ！」

「じゃ、塩焼き」

「もっ、もっといけないわよッ‼」

妙なあだ名で呼ばれ、顔を真っ赤にして怒鳴る生徒会長。

「塩焼き？　ああ、鮎だから、塩焼きか、なかなか上手いことを言う……ククッ」

「そこ、笑わない！」

小さな含み笑いを漏らした咲妃も叱られた。

「すまない、ツボに入ったものだから……鮎の塩焼き……クプププッ！」

詫びながらも噴き出す咲妃を、生徒会長はムッツリと不機嫌そうに見つめている。

彼女には、印象希薄化の呪印が効いているので、咲妃は、これといって特徴のない女子生徒として認識されているはずだ。

「自己紹介が遅れたわね。私、生徒会長の稲神鮎子《いながみあゆこ》です。あなたのお名前は？」

苦情申し立ての書類を作る気満々の生徒会長は、強引な勧誘の被害者に認定した転入生に、名前を尋ねてくる。

「常磐城咲妃だ。今学期から編入してきた。スリーサイズも聞きたいか？」

咲妃の言葉に、信司と生徒会長の顔が強張る。

「えっ⁉　いっ、いや……その……そういう情報は必要ありません！」

「そうか……都市伝説よりもずっと夢とロマンのある数値なのだが……残念だ」

冗談めかした口調で言いながら、胸の下でさりげなく腕を組み、バストのボリュームを強調してみせる。

「おっ、おい、本気で書類作ってるのかよ？　鮎ね……じゃなかった、生徒会長様」

制服の胸元をこれ見よがしに盛り上げた、咲妃の豊乳を横目で盗み見ながら、信司はへりくだった口調で幼馴染みの先輩少女に問いかける。

「そうねぇ。常磐城さん、苦情申し立てをここで受理することもできますけれど、どうなさいます？」

メモ書きを中断した鮎子は、咲妃に判断を委ねてきた。

「別に、苦情を申し立てる気はない。彼も、いきり勃った情熱の先走りが溢れ出しただけで、悪気はなかったようだからな」

部員募集

転入生の美少女は、微妙にエロ要素を含んだ表現で、信司を弁護する。

「そっ、そうですか……常磐城さん、一つアドバイスさせていただくわ。この男のやっているサークルは、活動実績皆無の、胡散臭い同好会よ」

威厳を取り戻した生徒会長は、咲妃に忠告する。

「確かに、胡散臭いな……」

勧誘ビラに印刷された、あからさまにCG合成っぽいUFO写真を見ながら頷く咲妃。

「そうでしょう？　ですから、入部はあまりお勧めできないわね」

「ああっ！　それは明らかに勧誘妨害だぞ！」

二人のやりとりに、信司が割り込んでくる。

「前途ある転入生に、無駄な時間を過ごさせないためのアドバイスをしただけよ」

銀縁メガネのレンズ越しに、わずかな嫉妬と警戒心を宿した目で咲妃を見つめながら、鮎子は告げる。

（ふむ、この女は多分、信司のことが好きなのだな……）

女性の勘で、生真面目な生徒会長の秘めた想いを察した退魔少女は、口元にかすかな笑みを浮かべつつ思う。

「断じて無駄じゃない！　この一年で、かなりの量のデータが集まったんだ。今年こそ、謎多きこの街の秘密を片っ端から解き明かしてみせる！」

情熱を注いでいる都市伝説研究をけなされた少年は生徒会長に食ってかかる。

「去年一年間は大目に見たけれど、今年、入部者が一人もいないようなら、部室を明け渡していただくわ。そしてあなたには、体育会系の部活に参加してもらいます」

「ますます横暴だ！　人権蹂躙《じんけんじゅうりん》だッ！」

「わっ、私は信司のためを思って言ってるのよ！」

事務的な口調を一変させ、妙に熱のこもった声で言い放つ鮎子。

「ウッ⁉　オレのため？」

「あなたの能力なら、どんなスポーツでもトップクラスの成績を出せるはずだから。そう、信じているから……」

真摯な口調で話しかけられ、熱い視線で見つめられた少年は、何も言い返せずに固まってしまっている。

（うむう、何だ、この展開は？　第三者の介入できる雰囲

気ではないな。それに、……私のことは、完全に忘れ去られたようだ。まあいい、今のうちに離脱しよう）

　二人だけの世界に突入してしまった生徒会長と男子生徒を置き去りにして、転入生の少女はその場を後にした。

　翌日……。

「委員長、ちょっといいかな？」

　放課後になるやいなや、咲妃は、憂い顔の学級委員、雪村有佳に声をかける。

「あっ、はいッ！　な、何でしょう？　常磐城さん……」

　依り代となっているためか、呪印の効果をあまり強く受けていない少女は、眩《まぶ》しいものでも見るかのような表情で、編入生の美貌を見つめた。

「咲妃と呼んでくれていい。まだ転入してきたばかりで勝手がわからない。学園内をちょっと案内してもらえると嬉しいのだが……」

「ええ。いいですよ」

　ニッコリと微笑んだ有佳は、席から立ち上がる。

「ご案内する前に、ちょっとだけお付き合いいただけますか？　すぐにすみますから」

「もちろん。どこにでも付き合うぞ」

　咲妃が案内されたのは、本校舎の屋上だった。

　午後の日差しに照らされたフェンスの上には、何十羽もの鳩が一列に並び、まん丸な目でこっちを見つめている。

「皆さん、もうちょっとだけ待っててくださいね、すぐに用意しますから……」

　携えていたバッグの中をゴソゴソ探った委員長は、パンの耳がいっぱい詰まったビニール袋を引っ張り出した。食べ物を目にした鳩の群れがざわめき、気の早い何羽かが、有佳の足元まで飛んできて忙しげに歩き回っている。

「いつも、鳩に餌をやりに来ているのか？」

「ええ。わたしの日課です。さあ、いっぱい召し上がれ……ひゃぁぁ！」

　手のひらいっぱいにパンの耳を載せて微笑んだ有佳の姿は、群れをなして飛翔してきた鳩の大群に包み込まれた。

「そっ、そんなに慌てなくても、いっぱいありますから。ふぁ……ふやぁぁぁ！」

　腕だけでなく肩や頭に何羽もの鳩を止まらせてバランスを崩した委員長は、パン屑をばら撒きながら仰向けにひっくり返る。

「きゃはぁう！　そんなとこ、つついちゃダメですぅ！　くすぐったいですよぉ！」

身体の上にぶちまけられたパン屑がくちばしにつつき回されて宙を舞い、羽ばたきの音と鳩の鳴き声、そして、有佳の可愛らしい悲鳴が交錯するのを、咲妃は黙って見つめていた。

「……ひどい目に遭ったな」

「だっ、大丈夫です。いつものことですから、アハハッ」

餌を食べ終えた鳩の群れが飛び去った後、咲妃の手を借りて立ち上がりながら、動物好きでドジッ子な委員長は引きつった照れ笑いを浮かべる。

「いつものことって、毎日、餓えた鳩の大群に押し倒されて、好き放題に身体を蹂躙されているのか？」

「そっ、そういう言い方されると、何だかすごく恥ずかしいことされたみたいじゃないですか！　あの子達は純粋です。邪な気持ちとかは全然ないんですよ」

ドジッ子委員長は、たちまちのうちに耳まで真っ赤になって照れる。

「うむ、純粋に食欲の塊だったようだな」

食うだけ食ったらさっさと飛び去ってしまった鳩の群れを目で追いながら、咲妃はつぶやく。

「常磐城さんって、不思議な方ですよね」

制服のそこかしこに付着した羽毛を払い落としつつ、有佳は声をかけてくる。

「え？　どういうところが不思議なんだ？」

「だって、すごい美人なのに、男子達の噂にならないし、他の女子も、あまり話題にしないみたいだし。どうしてだろう、って、すごく不思議に思ってたんですよ」

呪印の影響が薄く、咲妃の真の姿を認知している有佳にとっては、美少女転校生がちやほやされないのが不思議に思えるのだろう。

「ああ、まあ、そうだな。私は不思議の塊だ」

「ふふふっ、自分でそんなこと言うなんて、やっぱり面白い人ですね」

有佳はクスクスと笑う。

「常磐城さん、転入してきたばかりなのに、もう、『とっきー』っていう愛称で呼ばれているじゃないですか。クラスに解け込んだ証拠ですよ」

「うむ。とっきーって呼ばれると、何だかこそばゆいけれど、ちょっと嬉しいな」

微笑みを浮かべて頷く咲妃。

殺伐、陰惨な退魔士の世界しか知らなかった少女は、常磐城という名字をもじって付けてくれたニックネームで呼ばれることに、新鮮な喜びを覚えていた。

有佳以外のクラスメイトは、咲妃の容貌を認識できてはいないのだが、飄々《ひょうひょう》とした態度で、ちょっとエッチな受け答えをする面白い女子生徒という評価が、転入二日目にして早くも定着しつつあった。

「本当に羨ましいです。美人で、ユーモアのセンスもあって……。わたしも……」

表情をわずかに曇らせて黙り込む有佳。

「あっ、いきなりブルー入っちゃってごめんなさい。今日はちょっと、体調が悪くて」

ハッ！　と我に返った少女は、少し強張った笑顔を浮かべる。

「具合が悪いのに、案内なんて頼んで悪かったな。また、日を改めてもいいんだが」

「いえ、たいしたことないですから。ご案内します。その前に、もう一カ所、餌をあげに行くので、お付き合いいただけますか？」

「ああ、構わない。おや、まだ羽毛が付いているぞ、取ってやろう」

髪に付着していた小さな羽毛を摘み取った咲妃は、髪の間からチョコンと顔を覗かせた少女の耳たぶに、そっと指を這わせた。

「ひゃうッ！　あっ、ありがとうございます……」

可愛らしい声を上げ、ピクンッ！　と敏感な反応を見せた有佳は、それ以上の接触を拒むかのように、二、三歩後退する。

(有佳の身体を包むオーラが強まった……。他人と距離を置いてしまうのは、肉体的な接触によって、憑き物が活性化するのを自覚しているからなのだな？)

少女の身体から立ちのぼる、赤いオーラが大きく揺らぐのを感知した退魔少女は、瞳をわずかに細める。

「じゃあ、行きましょうか？」

有佳の先導で階段を降りた二人は、別棟へと続く渡り廊下を進んでゆく。

「この先は、特別教室棟になっています。音楽室とか、視聴覚室とか、美術室とか。わたしの目的地は、その先にあるんです」

委員長は、丁寧な口調で案内しながら、校舎の裏手にある庭園までやって来た。

手入れの行き届いた緑に囲まれた裏庭の一角には、なかなか立派な池があり、何匹もの錦鯉が悠々と泳いでいる。池の畔に二人が近づくと、いつも餌をくれる少女の足音がわかるのか、鯉達が泳ぎ寄ってきた。

「今度は鯉の餌やりか、委員長は、生き物が本当に好きなんだな」

水面でひしめきあいながら口をパクパクさせて、餌をねだり始めた鯉の群れを見つつ、咲妃は有佳の様子を観察している。池の縁にしゃがみ込み、パン屑を撒いてやっている少女の身体は、先ほどよりもさらに強まった赤い妖気に包まれていた。

「ええ、大好きです」

朗らかな口調で言った有佳は、一転して表情を曇らせ、しばらく沈黙した後、胸につかえていた何かを吐き出すかのように口を開く。

「人は想いを裏切るけれど、動物さん達は……裏切りませんから……」

感情の揺らぎに呼応して、身体から立ちのぼるオーラも強まり、咲妃の目には、有佳の全身が炎に包まれているかのように見えている。

依り代となった少女のモノローグは続いた。

「純粋に愛情を伝えたいだけなのに、人には受け入れてもらえないことって、ありますよね？　それだけじゃなくって、愛を告げた相手に……嫌われ、疎遠になってしまうってことも……ありますよね？　人って、哀しいですよね」

少女の声音はどんどん哀しみの色を強め、オーラが下腹の辺りで渦巻き始める。

「あ、すみません、変なこと言っちゃって、今の話、気にしないでください」

無理に笑顔を作って立ち上がろうとした有佳の身体が、グラリと揺らいだ。

「おっと、危ない！」

池に落ちそうになったドジッ子委員長の身体を、咲妃は背後から抱き止める。

制服の胸元を盛り上げた退魔少女の豊乳が、有佳の背中に密着し、身体を支えた手は、蕩《とろ》けそうに柔らかな委員長のバストを少し強めに掴んでいた。

トクンッ……ドクッ、ドクッ……ドクンッ！

乳房を包み込んだ指に、高まる鼓動を伝えていた心臓が異様に大きく拍動した。

「ふぁ……あぁぁ、ダメ……ぇぇ」

泣くような声を上げた有佳が身を震わせると、身を包んでいた赤いオーラが股間に収束し、何かを形成し始める。

「くはぁうんッ！　ちょ、ちょっと、トイレに行ってきます。すっ、すぐに戻りますから、ここで待っててくださいッ！　んんんっ！」

焦った口調の有佳は、咲妃の手を振りほどき、おぼつかない足どりで駆けてゆく。

「活性化したか？　どんなモノが憑いているのかな？」

走り去ってゆく背中を見送った退魔少女は、ゆっくりと後を追い始めた。

有佳が駆け込んだのは、特別教室棟の一階にある女子トイレ。

(処置に掛かる前に、人払いをしておかなくては……)

咲妃は、制服のスカートをたくし上げ、右腿をあらわにする。

ムッチリと張り詰めた色白な太腿に巻かれているのは、ガーターベルト風の構造をした、革製のペンホルダーであった。ホルダーには、弾帯に入れられた銃弾のように、数本の赤ペンがきちんと収められている。

その中の一本を抜き取った咲妃は、キャップを外すやいなや、トイレ前の通路と女子トイレの入口にペン先を走らせた。

トイレ前の通路に描き込まれた呪印の効果は、『忌避』。入口に描き込まれた呪印は、咲妃の胸に刻印されているのと同じ、『印象希薄化』。

これで、トイレ前の通路に人が近づくことを防止し、万一、誰かが近づいてきても、そこにトイレの入口があることを知覚しづらくなるはずだ。

「これで大丈夫だとは思うが、あまり大声を出させるわけにはいかないな……秘めやかに、速やかに、処置をすませねば……」

早々と巡ってきた退魔儀式を滞りなく行うため、呪印使いの少女は美貌を引き締める。彼女が使う呪印は、精神操作系の呪術故、物音や物理的な現象を隠蔽する能力はないのだ。

人払いの呪印を描き終えた咲妃は、足音を忍ばせて女子トイレに入ってゆく。

「んっ……もっ、もう……こんなの……嫌……ひぁ！　くふうぅぅんっ！」

すすり泣き混じりの押し殺した呻き声が、トイレの壁に反響している。

声が聞こえてくるのは、一番奥にある個室だ。

(始まっているようだな……悪いが、覗かせてもらうぞ)

気配を殺して忍び寄り、トイレのドア上端に指先を掛けた咲妃は、懸垂《けんすい》の要領で身体をゆっくりとせり上がらせて、個室の中を覗き込む。

「んぁ、やぁぁ……どっ、どうして……こんなの……あぅ、ヒッ、はぁぁうんっ！」

スカートとショーツを脱ぎ捨て、洗浄機能付きの便座に腰を下ろした有佳は、甘い喘ぎを漏らしながら、股間を弄《まさぐ》り続けていた。

細く繊細な少女の指によって、自辱の快感を送り込まれているのは、慎ましやかに閉じられた秘裂ではなく、女性の肉体には本来備わっていないはずの器官である。

「くんっ、ひぁう……あっ、やっ、やぁぁ……んんっ！」

股間からそそり勃った、薄桃色の肉柱に絡んだ白い指の輪が激しく上下に動き、それに連動して甘い喘ぎ声は切羽詰まった響きを帯びてゆく。

自辱の快感で充血を強め、下腹にめり込みそうなほど固く猛々しく反り返った剛直の先端では、紅色に充血した亀頭がカリ首をプックリと張り出させ、敏感そうな鈴口のワレメから、水飴のように透明で濃厚な先走りを止めどなく漏れ滴らせている。

「あはぁぅ、あっあっあっ、やはあぁぁぁんっ！」

憂い顔の少女、雪村有佳は、官能の琴線を掻き鳴らすような嬌声《きょうせい》を上げながら、股間からそそり勃った男性器を弄り回して自慰に耽っているのだ。

「……それは、『淫ノ根《いんのね》』という」

　有佳の痴態をしばらく見守っていた咲妃は、静かな口調で声をかける。

「ひゃぁう！　なっ、何見てるんですかぁ⁉」

　悲鳴を上げて飛び上がった有佳は、両手で慌てて股間を覆い、怯えた子リスのような表情を浮かべて狼狽した声を上げた。

「何って……委員長の股間で元気あり余りでそそり勃っているモノ」

「ひゃっ！　やぁぁ、見ないでッ！　お願いだから、誰にも言わないでくださいッ！　お願いっ！　ひぐっ、んっ、うううぅぅッ」

　とぼけた口調で恥ずかしい指摘をされた少女は、涙目になって訴える。

「そう取り乱すな。ともかく、そのままでは状況を悪化させるだけだぞ。自慰で一時的に衝動を鎮めても、淫ノ根を消すことは不可能だ……うむぅ」

　トイレのドア上端に掴まった不自然な姿勢を維持している咲妃の手が、プルプルと震え始めた。

「腕が疲れてきたから話を端折るぞ。……私が自慰行為を手伝ってやろう」

「はっ、端折りすぎですッ！　そっ、それに、いきなりそんなこと言われても……こっ、心の準備が、んひぁ！　ふぁあぅ……ンッ！」

　鳴き声混じりに告げた少女は、背中をキュッ、と丸めて前屈みになり、股間から沸き起こる狂おしい切迫感に身悶える。

「淫ノ根が疼いているのだろう？　早く処置しないと、高まった射精の衝動に、理性まで蝕《むしば》まれてしまうぞ」

「でっ、でも……恥ずかしい……ダメ、やっぱりダメですよぉ！　はぁぁぁうんっ！」

　前屈みの姿勢から、今度は弓なりに仰け反った有佳の股間で、限界まで勃起した妖根がビクビクとしゃくり上げ、透明な先走り液を、ピュッ、ピュルッ、と射出する。

「ほら見ろ、もう限界ではないか。かくなる上は実力行使！　よいしょ、っと」

　トイレのドアを乗り越えて、狭い個室内に入り込んだ咲妃は、頬を染めて喘いでいる委員長と向きあった。

「やぁぁ、ダメぇ……入って来ちゃ、ダメですっ……あぁぁんっ！」

自慰の快感で腰が抜けてしまったのか、便座に腰を下ろしたまま立ち上がることもできぬ有佳の身体を、退魔少女はしっかりと抱き締める。

「はぁぁうんっ！　ダメエ、触らないでぇ！　身体中、敏感になってるから……アッ、あぁぁんっ！」

今にも絶頂してしまいそうな声を上げ、火照った身体がギクギクンッ！　と緊張する。

「その股間のモノは、淫神《みだらがみ》という、つくも神の一種だ」

両性具有化してしまったクラスメイトを抱擁したまま、咲妃は静かな口調で告げる。

「こっ、こんなのが、本当に神様なんですか⁉」

「ああ。異形ではあるが、正真正銘、神格存在だ」

信じられぬと言いたげな有佳の声に頷きながら、退魔少女は解説を続ける。

「通常のつくも神は物に宿るが、淫神は人の強い想い……とりわけ、性的な感情に宿り、時には肉体をも変貌《へんぼう》させる。一種の呪い神と呼んでもいいだろう」

「呪い……⁉　そんな……わたし、呪われるような悪いことなんて、しっ、してませんッ！　ひぁ！　んんんっ！」

感情の昂《たかぶ》りにあわせて、ドクンッ！　と脈動した肉柱から沸き起こる狂おしい悦波に身悶えしてしまう有佳。

「そう。お前は誰にも恨まれてなどいない。それは、悪意を持った第三者が掛けた呪いではない。その呪詛《じゅそ》を仕掛けたのは、委員長、お前自身だ」

耳元で囁かれた咲妃の言葉に、依り代となってしまった少女は、ハッ！　と息を呑む。

「えっ⁉　わたし自身？　わかりません、何を言っているのか、わたしには……」

「最も呪いが強く、深く掛かるのは、自分自身を呪った時だ。股間で疼いているそれは、自分に掛けた呪いの結果に他ならない」

「どっ、どうしてそんなことが断言できるんですか？　常磐城さん、あなたは一体、何者なんですか⁉」

戸惑いの声を上げるクラスメイトの抱擁を一旦解いた咲妃は、少女の目を真っ直ぐに覗き込みながら口を開く。

「私は、呪いを解くことを生業にしている……」

「……本当に、呪いを、解いてくれる人なんですか？」

「これから、その身に宿した呪詛、私が解いて、その証拠を見せてやる。ある者は私のことを、呪詛喰らい師……カースイーターと呼ぶ」

「カース……イーター？」

「その筋では結構有名な二つ名なのだが、私的には、クラスの連中が付けてくれたとっきーという愛称の方が気に入っている」

　有佳の緊張を解すため、おどけた口調で言った咲妃は、制服のスカートを足元にハラリと落とし、シャツのボタンを手早く外し始めた。

「なっ、何脱いでいるんですか⁉」

「淫神を鎮める儀式の準備だ。驚かなくていいぞ」

　呪詛払い師の少女は手早く制服を脱ぎ、そのまま、ブラとショーツも脱ぎ去った。

「なっ、なんて格好してるんですか⁉　あ……あぁ……んんッ！」

　股間を覆った手指の下で、猛った牡器官がドクンッ、ドクンッと熱く脈動する感触に震えながらも、淫神に憑かれた少女は、あらわになった極上のプロポーションを食い入るように見つめている。

　色白でメリハリの利いた咲妃の肢体は、幅数センチほどの深紅の革ベルトに緊縛されていた。秘裂と乳首をギリギリ隠せるサイズしかない革帯は、まるでボディペイントのように、身体の曲面にピッチリと密着している。乳房に張りついた革帯の表面には、圧迫されて肉果に少しめり込んだ乳首のポッチが確認できるし、股間の革帯にも、秘裂のワレメがうっすらとした縦筋となって浮き出ている。

　ある意味、全裸よりも卑猥で扇情的な姿であった。

「常磐城さん、その格好は？」

「これが、ウズメ流神伽《かみとぎ》の戯《ぎ》を極めた神伽の巫女の正式な装束だ」

　特に恥ずかしがる様子もなく、自信に満ちた微笑みを浮かべて告げる咲妃の裸身から、甘く清浄な香りがフワリと香り立った。

「私の匂いを嗅いだら、股間の疼きが少しは和らいだだろう？」

咲妃の言葉に、淫ノ根を宿した少女は恥ずかしげに頬を染めてコクリと頷いた。

「この身体から立ちのぼっている匂いは、私の体内で錬成された、荒ぶる神を鎮める効果のある芳香だ。汗や体液の分泌に連動して匂い立つようになっている」

「体液……ですか？」

艶めかしい単語に、ゴクリ、と生唾を呑み込んでしまう有佳。

「食香《じきこう》という特殊な技術なのだが……まあ、そんなことは今後、機会があったら説明するとして、淫神を鎮める儀式を始める前に、いくつか訊いておきたいことがある」

「はいっ、なっ、何でしょう？」

ピクッ、と緊張した少女の目を真っ直ぐに見つめながら、咲妃は話し始める。

「何かの出来事がきっかけで、委員長は淫ノ根の依り代となったはずだ。心当たりがあるなら話して欲しい。それを知っておいた方が、淫神を呼び出しやすいからな」

「出来事……ですか？　もしかしたら……ダメ、恥ずかしくて、話せませんッ！」

身を強張らせた少女は、髪を振り、赤面した顔を泣きそうに歪めて、過去の記憶を拒絶する。

「聞かせてくれ。私を信じて……決して見捨てたりしないから！」

抱擁を強め、力強い口調で促す咲妃の態度に、意を決したように頷いた少女は、静かに語り始めた。

「話します。……わたしには……親友がいました。同い年の女の子です」

辛い思い出なのか、小さな拳を膝の上でキュッ、と握り締め、しばらく黙り込む。

「わっ、わたしは……その子に恋しちゃったんですッ！」

特に表情の変化も見せず、無言で頷く咲妃。

「ほっ、本気でした。……本気で愛していて……すごく悩んだけど、どうしても、我慢できなくて、思い切って……くぁ、んっ、告白したんですッ！」

塞き止めていた言葉を一気に解き放った少女の目尻から、透明な涙がこぼれ落ちる。

「……でも、拒絶されて、それ以来、距離を置かれて……あんなに仲よしだったのにッ！　うっ……うぐぅぅッ！」

呪詛喰《カースイーター》らい師の少女は、嗚咽を漏らす委員長を抱擁し、髪を優しく撫でてやる。

「ひぐっ、ううっ……わっ、わたしが男の子だったら……彼女はきっと受け入れてくれたのに。そう思っていたら、ある日、突然アソコが疼いて……これが……ッ！　こんなこと、誰にも相談できなくて、ずっと……ずっと、一人で悩んで、苦しんでいたんですッ！」

咲妃の豊乳に顔を埋め、弾力たっぷりの乳肌を熱い涙で濡らしながら、淫ノ根を宿した少女は抑え込んできた感情をぶちまける。

「お前はもう一人きりじゃないぞ。誰よりも頼りになる、この私がいる！」

力強い言葉を掛けながら髪を撫でられ、有佳の嗚咽はひときわ強まった。

「恥ずかしいことを質問して悪いが、自慰はどのぐらいの頻度でしているんだ？」

少女の感情が少し落ち着いてきたタイミングを見計らって、問いかけてみる。

「二日か三日に一度は……その……自分でしないと、すごく疼いて、変になりそうで。でも、始めると、何もかも忘れてしまいそうに気持ちよくて……」

恥じらいで顔を真っ赤にしながらも、有佳は正直に答えてくれた。

「一人で悩み苦しむのは、もう終わりだ。お前を依り代にした淫神は、私が鎮めてやる。気を楽にして、身体の力を抜け」

「はっ、はい……お願いします。あなたを信じます。常磐城さん」

強張っていた身体から、わずかに力を抜いた少女は、温かくいい匂いのする転入生の豊乳にそっと頬ずりする。

「では、始めるぞ……んっ、チュッ！」

有佳の顔を上向かせた咲妃は、おもむろに口づけを仕掛けた。

「んむふぅ！　んっ……んんんんッ!?」

いきなりキスされ、目を丸く見開いて驚きの呻きを発する有佳の股間で、そそり勃った肉柱が、ビクビクンッ！　と嬉しげにしゃくり上げる。

密着しあった柔らかな唇の隙間に舌先をヌルリと潜り込

ませると、有佳の口はおずおずと開いてそれを受け入れた。

「んっ、あふ……くちゅ、くちゅ、ちゅぱ、ぴちゅ、ちゅぷっ……」

さらに深く侵入させた舌で、涙の味がする口腔《こうこう》内を掻き回しながら、咲妃は級友の股間で疼き猛っている勃起に、そっと指を絡めた。

火傷《やけど》しそうに猛った血潮の熱さと、鉄柱をなめし革で包んだかのような硬度、そして、思わず息を呑んでしまうほどの、圧倒的な量の精気が伝わってくる。

「ひぁぁんっ！　やっ、触っちゃ……だッ、ダメですぅ……きゅふうぅぅぅンッ！」

疼きの根源に触れられた少女は、キスを振りほどいて身悶えてしまう。

「心配しなくていい。私を信じて、快感に身を委ねろ」

再びキスを仕掛けた咲妃は、淫神の宿る肉柱への愛撫を開始した。

興奮と喜悦でピンク色に充血したペニスに白く冷たい指が絡み、張り詰め反り返った海綿体を、絶妙の力加減で圧迫しながら上下に滑る。

滑らかな指は、亀頭のくびれまで上昇すると、ゆっくりと引き返し、わずかに握る強さを変えて、快感に震える肉胴を撫でくすぐりながらまた這い登ってゆく。

滑らかな指に押し上げられ、勃起の根本から搾り出されてきた透明な先走りが、赤く色付いて張り詰めた亀頭のワレメから溢れ出し、水晶玉のように盛り上がった。

「んきゅううっ！　擦っちゃ、やぁぁ、くふううんっ！……んきゅふうぅぅぅッ！」

快感神経の塊のような器官を優しく扱かれた有佳は、喉の奥から歓喜の呻きを絶え間なく放ちながらビクビクと痙攣《けいれん》し、咲妃の裸身に腕を回してすがりついてくる。

（すごいな……これが、生身の肉体と融合した淫神の感触なのか……この私まで、昂ってしまいそうだ）

第二の心臓のように力強く鼓動する剛直を握って愛撫を続けながら、呪い喰いの異名を持つ少女は妖しい胸の高鳴りを感じている。

淫神を鎮める特殊な退魔少女として育成され、鍛練を積んできた彼女であったが、実際のところ、生きている人間を相手にするのは、今回が初めての体験なのだ。

（多少は……私も欲情した方がいいのだ。その方が、淫神も悦ぶ……）

革帯に圧迫された秘部の奥が熱く潤んでくるのを感じながら、呪詛喰らい師《カースイーター》の少女は手淫奉仕にさらなる技巧を駆使し、情熱的なキスを仕掛けてゆく。

「んふ……あふ……ちゅるっ、くちゅ、くちゅ、くちゅ、んく……ンッ……」

甘く蕩《とろ》け始めた有佳の口腔内で舌を絡めあわせ、唾液を交換して、少女同士の濃密なキスに耽りながら、咲妃は微妙に腰をくねらせ始めた。

革帯で秘裂をかろうじて覆っただけのまろやかな恥丘が、有佳の膝頭に擦りつけられ、むにゅ、ふにゅっ、と淫靡にひしゃげて快感を発生させている。

恥骨の裏側が熱くむず痒く痺れ、膣壁《ちつへき》が淫靡に収縮する感触に眉を寄せた退魔少女は、便座に腰掛けた有佳の膝に跨がるような体勢になって、肉体の密着を強めた。

「はぁう……んっ、ちゅぷ……あふ、ちゅっ……」

巧みにくねる咲妃の舌に誘われて差し伸べられた有佳の舌を、まるでフェラチオでもするかのように吸いしゃぶりながら、両手の指をフルに使って勃起を愛撫する。

ぬちゅ、ぬちゅ、くちゅ、ちゅぷ……にちゅっ、くちゅ、ぬちゅ、くちゅるっ……。

勃起の胴を濡らした濃厚な先走りの鳴る音を立てながら、緩急交えて扱き責め、これまであえて避けていた亀頭にまで愛撫を仕掛けてゆく。

「ひゅぁ！　きゃはあうんっ！　そっ、そこっ！　そこはぁ、ひっ、アッ、かっ、感じすぎて……あっ、アッ！　やぁぁぁんっ！　出ちゃうっ！　出ちゃいますううっ！」

先走りにぬめった指の段差が、張り出した亀頭冠を、ヌプッ、ヌプヌプッ、と逆撫でするると、有佳の喘ぎは甘く引きつった悲鳴に変わる。

巧みな手淫奉仕を受けている淫ノ根が、さらに硬く強張り、ビクビクと痙攣した。

「もっと感じていいんだぞ。我慢なんてしなくていいんだ。好きなだけ迸らせろ。んっ、んむっ、ちゅるっ、くちゅ、くちゅ、くちゅるっ……」

わずかにかすれた声で言った咲妃は、喉奥から迸《ほとばし》る嬌声をディープキスで吸い取り、甘い唾液に満たされた口腔内に侵入させた舌を縦横無尽にくねらせながら、少女の勃起を射精へと追い込んでいった。

ぬちっ、ぬちゅ、きゅりっ、きゅむっ、くちゅ、くちゅ、ぬちっ、ちゅぷっ、ぬちぬちぬちゅるっ……。

亀頭を包み込むように手のひらを被せ、円を描くようにしてこね回して、敏感な先端部が充血を極めて破裂しそうになるまで責め立てる。

「ひぐぅっ！　んっんっんっ！　ふぁ……らめぇぇ、出ひゃう……はぁぁぁぁん！」

「いいぞ、出せ！　思う存分射精しろ！」

鈴口のワレメに押し当てた親指の腹で、敏感極まりない射出口を素早く擦り上げて愛撫すると、フタナリ少女のペニスは射精寸前の切羽詰まった痙攣に包まれた。

「きゃふううっ！　出ますっ！　あっあっあっ、んきゅふうぅぅぅ〜ンッ！」

仰け反った有佳の股間で、張り詰めた淫ノ根が、制御不能の脈動を開始する。

ドクンっ！　どくどくううんっ！　びゅるるうぅぅ〜ッ！　どぴゅううっ、びゅるるっ、びゅるるっ、どぷどぷどぷずびゅるるる〜ッ！

亀頭を包み込んだ咲妃の手を押し退けんばかりの勢いで、灼熱の白濁粘液が噴出した。

「そうだ！　もっと出せ！　遠慮しないで、残らず搾り出していいんだぞ」

怒濤の勢いで迸る熱い濁流《だくりゅう》を手のひらで受け止めた咲妃は、ゼリー状の濃厚な絶頂汁にぬめる指で肉茎を擦り上げ、さらなる射精を促している。

「ひぁ……あひぃッ！　くはぁ……あ、あぁぁ……んんんんんウッ！」

強烈《きょうれつ》すぎる放出快感に切れ切れの呻き声しか出せぬ有佳のペニスは、甘美な脈動に意識を持って行かれそうになりながらも、咲妃の身体にすがりついて射精を続けた。

ぶちゅっ、くちゅるっ、どぷっびゅくるッ、どくんっ、くちゅくちゅっ、ずびゅるるっ、どぴゅるるるっ！

手淫奉仕を続ける咲妃の指だけでなく、革帯だけを巻いた裸身まで白濁の飛沫《しぶき》でドロドロに汚しながら、絶頂粘液の甘美な噴出は続いている。

同年代の少年の平均的射精量の軽く数十倍はあろうかと

いう大量射精であった。

「はぁはぁはぁはぁ……んぁ、あぁぁぁぁ……」

　絶頂の余韻で放心状態に陥って喘ぐ有佳の股間では、放出を終えても萎えぬ肉柱が、白濁液に濡れまみれてビクッ、ビクッ、と余韻にしゃくり上げている。

「これからが本番。気持ちよすぎて苦しいかもしれないが、少しの間だけ耐えてくれ」

　依り代の少女に声をかけた咲妃は、赤ペンを取り出し、精液の残滓《ざんし》に濡れ光る亀頭部に素早くペン先を走らせた。

「きゃううっ！　ヒッ、やっ、あぁぁぁぁんっ！」

　射精後で敏感になっている亀頭表面を掻き擦るペン先の感触に引きつった声を上げてよがり悶える有佳のペニスを握り締めて固定しつつ、咲妃は呪印を描き上げた。

「勃起持続と神気発散……これで、射精しても消えることはない」

　処置を終えた咲妃は、身体をせり上げ、まろやかな恥丘を射精直後の敏感なペニスに、ふにゅっ！　と密着させる。

「ふぁ！　なっ、何を？　はぁぁぁあんっ！」

　困惑の表情を浮かべた有佳は、股間を襲った新たな刺激に、甘く引きつった声を上げて仰け反った。

「真の絶頂を与えてお前の意識を飛ばし、淫神の本体を呼び出すんだ」

　有佳の腰を抱き寄せた咲妃は、革帯で封じられた秘裂を、猛り狂う肉柱にピッタリと密着させ、卑猥な上下動で快感を送り込む。

　くちゅ、ぬちゅ、ぬちぬちにちゅっ、ちゅくっ、くちゅくちゅくちゅくちゅっ……。

　固い肉茎に圧迫された恥丘が淫靡にひしゃげ、革帯の下で割り開かれた秘裂が淫ノ根を柔らかく挟み込んで上下に扱き上げる。

　勃起にこびりついたゼリー状の白濁汁が、素股奉仕の動きでこね回され、生々しい粘着音をトイレの個室内に響かせた。

「もっ、もう、いいんです！　だっ、出したら、すぐに消えますから……やはぁぁんっ！　もう……もうっ、らめぇぇぇぇッ！」

「まだだっ！　ここでやめても、淫神は鎮められない……んんッ……もっ、もう少しだけ……我慢してくれ」

強すぎる快感に身悶えする有佳の身体にのしかかり、対面座位の姿勢で尻をくねらせながら、咲妃も、固い肉茎に秘部を摩擦される快感に声を震わせている。

「そっ、そんな、こんなにすごいの……たっ、耐えられませンッ！　そんなに動いちゃらめれすぅぅぅ！　ふぁ！　あっ、ひっ、んふあぁぁうっ！」

パシンッ！　パンッ！　ビシイイッ！　ビキィィッ！

悲鳴にも似た有佳の喘ぎに連動するかのように、生木を裂くような音がトイレの中に幾度も響き、急激に温度を低下させた周囲の空気が渦を巻き始める。

（『神鳴り』か!?　これまで封じてきた『亜神《あしん》』達と比べると、霊気の濃度が桁違いだ！　ここまで育っているとは……少し厄介だぞ……）

艶めかしい腰使いを続けながら、神伽の巫女は表情を強張らせる。

彼女はこれまでに、数体の高位霊体を封印してきたが、それらは全て、『亜神』と呼ばれる、神格になりかけの存在であった。

しかし、咲妃の秘部に擦られて、熱さと硬度をさらに増して脈打っている肉柱は、亜神とは比べものにならぬ霊気を放ち、周囲の空間さえ歪めてしまっている。

事を急いで力ずくで引き剥がそうとすれば、依り代である有佳の身に危険が及ぶだけでなく、淫神の力が暴走して、周囲にまで甚大な被害が出る恐れがあった。

（師が言っていたな、「神伽の儀式は、原子炉の解体と似ている」と……。慎重に事を進めなければ）

表情を引き締めた呪い喰いの少女は、密着した股間から伝わってくる霊気に細心の注意を払いながら、荒ぶる淫神への奉仕を続ける。

ぬちゅぬちゅぬちゅぬちゅぬちゅ、くちゅくちゅくちゅっ！

性交さながらの淫らな動きで咲妃の尻が弾み、はち切れそうに充血している勃起に密着した秘部が超絶の快感を送り込む。

「らめぇぇぇ！　弾けちゃうッ！　飛んじゃうっ！　ヒッ！　ひあぁぁぁ～んっ！」

連続して送り込まれる悦波に耐えきれず、二度目の絶頂に追い上げられた有佳は、そのまま失神してしまう。

びきんっ！　どくんっ！　ぎちっ、ぎちぎちいいッ！

依り代の意識が失われると同時に、射精せぬまま絶頂に達した勃起が、海綿体の軋む音とともに、先ほどまでとは比べものにならぬ神気を放った。

「むぅ……ようやくお出ましか……淫ノ根の本体。くぁ！　んんっ！　こっ、これほど神気が強いとは……！」

神伽の技巧を身につけた少女は、官能で上気した美貌を悩ましげに歪める。

秘部に密着した怪物サイズの剛直が脈動するたびに、少しでも気を抜いたら意識を飛ばされてしまいそうな、圧倒的な快感に股間を貫かれ、革帯ボンデージに彩られた極上ボディがギクギクッ、と痙攣してしまう。

（私が、我を忘れそうになるほどの快感波動とは……並の女なら、よがり死に必至だな。さすがは淫神、淫ノ根だ）

常磐城咲妃は、神伽の巫女として、その身は処女のまま、ありとあらゆる性の技巧や知識を習得させられ、淫神の与える人外の快感に耐えられるように、呪術的な改造をその肉体に施されている。淫ノ根が脈動するたびに、そんな彼女でさえ乱れてしまいそうになるほどの悦波が、密着した肉柱から送り込まれてくるのだ。

（ここで私がよがり狂ってしまうわけにはいかない……有佳を救い、顕現した淫神を鎮めねば……それが神伽の巫女である私の使命！）

「んっ！　く……。御前《みまえ》の逸物に、全身全霊にてご奉仕させていただきます……」

蕩けそうになっていた表情を引き締めて告げた咲妃は、神伽のために練り上げられた肉体をフルに駆使して、美少女の勃起に奉仕を再開した。

これは力で力をねじ伏せる戦いではなく、荒ぶる神を鎮め、望まぬ形で依り代となってしまった少女の肉体から、新たな依り代へと移っていただくための神事なのだ。

新たな依り代、それはすなわち、淫神の器として練り上げられ、創り上げられた、常磐城咲妃という退魔少女の肉体である。

「胸乳にて、愛撫つかまつります……」

弓なりに反り返った勃起の胴を豊乳の谷間に挟み込み、身体を揺すってパイズリ奉仕を仕掛けた。

「んはぁぁ、あ、あぁぁ……んっ、くふぅぅ！」

熱く固い肉柱に擦れた乳肌から、思わず熱い呻きが漏れてしまうような快感が沸き起こり、芸術的な曲線で構成された咲妃の裸身をわななかせる。

びゅるっ！　ぶぴゅるるっ！　どぷどぷどぷんっ！

たわわな肉果の狭間で挟み揉まれた巨根は、射精と見まごうほど大量の喜悦汁を迸らせて、胸から顔までをドロドロに濡れ光らせた。

「んっ……くふぅ……あふ、ぴちゅ、れるっ、ちゅく……ぴちゃぴちゃぴちゃ」

熱した水飴のような体液に顔を濡れ光らせながら、咲妃は胸の谷間から顔を覗かせた巨大な亀頭に触れるか触れぬかの微細なタッチで舌を使う。

濃密な神気を含んだ先走り汁が舌先にまとわりつき、強い酒でも舐めたかのような熱い刺激に味覚器官が震える。

「んんっ！　ひぁぁう！　あっ、ひんっ！　はぁぁっ、あぁぁぁんっ！」

意識を失ってグッタリとうなだれていた有佳が、快感の喘ぎを漏らし始めた。

声音は確かに有佳のものなのだが、喘ぎには強いエコーが掛かっており、異様に長く尾を引いて個室内に反響する。

(神のよがり声か？　この愛撫がお気に召しているようだな……ならば……)

咲妃はさらに入念に舌を這わせ、巨根の先端部に快感を送り込む。

「はむ、んふ、ちゅぱっ、くちゅ、ちゅぷ、くちゅくちゅくちゅくちゅ……あふ、ちゅっ、ちゅっ、ちゅるるっ！」

鈴口のワレメを集中的に舐め回し、柔らかな唇を密着させて吸いながら、カリ首の張り出しを乳房で逆撫でし、大量に溢れ出す先汁を肉茎に塗り込めながら揉み立てる。

「あぁぁ、もっと、もっと……擦れ……先を、吸え！　……オオォォォ」

有佳の声で命じる淫神の要求に従い、パイズリフェラ奉仕に熱を込めると、男根型の淫神は歓喜に胴震いし、咲妃の口内に熱した神酒のような濃厚ガマン汁を噴き上げた。

(あと一押しで、神体そのものを精液に宿らせて射精させられるはず……)

儀式の成功を確信した咲妃は、わずかに腰を浮かせ、股間に食い込んでいた革帯を大きくずらす。胎内から溢れ出した愛液に濡れ光る、鮮紅色の秘裂と、繊細な小皺を引き結んだ薄紅色の肛門が、あらわになった。

「故あって女陰には受け入れられませぬので、後ろにて失礼いたします……」

射精寸前の強張りに震える淫ノ根に指を添えて角度を調整した咲妃は、可憐なアヌスの蕾《つぼみ》に亀頭をあてがう。

「ンッ……初めての交合が後ろの穴とは……妙な気分だ、くふぅ、んんんっ」

熱く猛った亀頭が敏感なすぼまりに触れてくる感触に小さく呻き、ゆっくりと尻を下降させてゆく。圧迫に逆らわずに緩めた括約筋が亀頭の先端を呑み込み始めた。

「ふぁ、ダメェ……ダメ……ですぅ！」

気の抜けた有佳の声とともに、挿入寸前だった男根が唐突に消え失せた。

「えっ⁉　あんッ！」

目標を失った美尻が、カクンッ！　と空腰を打ち、わずかに背を反らした対面座位の体位を取っていた咲妃の身体が、仰向けにひっくり返りそうになる。

「有佳、意識が戻ったのか？　あと少しだったのに、淫ノ根が消えてしまったぞ！」

九割九分まで儀式を成功させておきながら、最後の最後で予期せぬ失敗をしてしまった神伽の巫女は、体勢を立て直しつつ、ついつい口調を荒げてしまう。

「ごめんなさい……でも、お願いです、オチンチン、わたしから取らないでください」

股間に憑依した男根のもたらす疼きに悩み、苦しんできたはずの少女は、意外なことを言い出した。

「何を言ってる？　あと少しで、お前は解放されるはずだったのに、どうして？」

「わたしに取り憑いた神様が消えちゃったら、常磐城さんはわたしに興味なくしてしまうんじゃないんですか？　せっかくお友達になれたのに、そんなの嫌です！」

涙目で訴える有佳の言葉に、フウッ、と呆れ気味のため息を漏らす咲妃。

「依り代の承諾なしに神伽はできないな。わかった……淫ノ根の封印は一時保留しよう。……そのかわり、自慰行為は今後、一切禁止する！」

「ええぇっ⁉　そっ、そんな……」

オナニーの禁止を命じられ、泣きそうな声を上げる有佳の額に、チュッ、と口づけした咲妃は、そのままの姿勢で口を開いた。

「心配するな。淫ノ根が疼いたら、私がいつでも慰めてやる。そんな義務的な繋がりがなくても、私と有佳の友情が変わらないことを実感してくれて、淫神の封印に同意してくれるまで、いつでも、どこでも、何度でも、な……」

色香と凛々しさの絶妙にブレンドされた微笑みを浮かべ、宣言する呪詛喰らい師《カースイーター》。

「ごめんなさい、わがまま言って、本当にごめんなさい。……でも、少しだけ、常盤城さんの優しさに甘えさせてください」

再び嗚咽し始めた少女の身体を優しく撫でてやりながら、咲妃は、神伽を完遂できなかったとは思えぬ満ち足りた表情を浮かべていた。

数日後……。

「あっ、あの、咲妃さん、……また、よろしいでしょうか?」

帰り支度をしている咲妃のところに、有佳がやって来た。

口調や表情は遠慮がちであったが、頬は紅潮し、熱く潤んだ瞳の奥では、強く深い欲情の炎が揺らめいている。

「ああ、構わないぞ。少し我慢できるなら、私のマンションに行こうか?」

色っぽい表情になった委員長はコクリと頷く。あの日の約束以来、最低でも一日に一度は、有佳の股間に顕現《けんげん》した淫ノ根を慰めてやっているのだ。

疼きが弱い時は、咲妃が住んでいる高級マンションで、誰はばかることなく快楽に耽ることができるが、切羽詰まった状況になると、空き教室やトイレに駆け込んで奉仕してやらねばならないこともあった。

(自分から言い出したことではあるが、これはなかなかスリリングでエロチックな学園生活だな……)

口元に苦笑を浮かべながら、淫ノ根を宿す少女とともに教室を出て行く咲妃であった。

封の二　淫水蝶

「ハァハァハァハァ……」

　高級マンションのバスルーム内に、甘くかすれた少女の喘ぎ声が反響している。

「たくさん出たな……気持ちよかっただろう、有佳」

　神伽の儀式を終え、少女の肉体を依り代とした淫神の昂りを鎮めた咲妃は、紅潮した級友の耳元に囁きかけた。

「はい……あぁぁ、咲妃さん……」

　絶頂の余韻で熱く火照る頬を、呪詛喰らい師《カースイーター》の豊乳に埋め、淫神に憑依された少女は恍惚《こうこつ》の声を上げる。浴室の床に敷いた大振りなエアマットの上に、瑞々しい全裸の肢体を横たわらせた咲妃と有佳は、快感の余韻に浸りながら睦みあっていた。

　二時間近くに及ぶ、咲妃の優しく濃厚な手淫奉仕によって快感を限界まで高められ、大量の白濁液を迸らせたペニス型の淫神は、昂りを鎮められて姿を消している。

　室内に漂う甘く淫靡な精液の香りと、バスルームの床にコッテリと粘り着いたゼリー状の白濁溜まりが、つい先ほどまで繰り広げられていた淫妖な行為の名残を留めていた。

「淫ノ根も、ずいぶん鎮まってきたな。これで数日の間は顕現しないだろう」

　白濁液にぬめった指で、有佳の下腹部を撫でながらつぶやいた咲妃は、余韻に蕩けた級友に口づけを仕掛ける。

「ンッ……んふぅ……くちゅ、くちゅ、ちゅぷっ……」

　依り代の少女、雪村有佳は、うっとりと目を細め、口腔内を掻き回すクラスメイトの熱く柔らかな舌を夢中になって吸いしゃぶった。

「ふぁ……あむ……んっ……んふぅ……」

　まるでフェラチオでもするかのように強く吸い上げられた舌先から、甘い快感の波が沸き起こり、咲妃の美貌にも悩ましげな表情を浮かばせる。

「可愛いぞ、有佳……んふ、くちゅ、ちゅるっ、ちゅぱ、ちゅぱ、ちゅくっ……」

　艶めかしくかすれた声をかけた咲妃は、積極的に舌を絡めながら、精液に濡れた指で有佳の柔らかなバストを揉みこねた。

サイズこそ咲妃には及ばぬものの、形よく育ったCカップオーバーの美乳は、巧みに蠢く指によって縦横無尽に形を変えられ、肉果の奥まで快感を揉み込まれる。

「ひぁぁ！　アッ、いッ、イッちゃったばかりで、かっ、身体中敏感にッ！」

「本当に……敏感だな……乳首もこんなに尖らせて……フフッ♪」

ビクッ、ビクビクッ、裸身を震わせる級友の乳房を、根本から先端に向かって揉み上げた指先は、乳輪ともども、ツンと円錐状に尖り勃ったピンク色の乳首を摘んで弄《もてあそ》ぶ。

「ひゃふぅん！　乳首は、らめぇ、らめれすよぉ！　ふぁ、アッ、あぁぁぁんっ！」

素晴らしい感度を秘めている勃起乳頭を巧みな指使いで愛撫され、有佳は舌をもつれさせてよがり悶えた。

「はあぁぁん、咲妃さん……」

感極まった声を上げた少女は、乳首を吸いしゃぶっている咲妃の頭を抱き寄せ、濡れてさらに艶やかさを増した黒髪や、白く滑らかな背中に指を這わせてくる。

（ここから先は、プライベートな悦楽の時間……私も愉しませてもらうぞ）

くすぐったい感触が快感に変じて背筋を駆け抜け、秘裂の奥が熱く潤むのを感じながら、咲妃は込み上げてくる欲情の赴くまま、自らも快楽を貪り始めた。

「有佳、胸以外も気持ちよくして欲しいだろう？　たとえば、ここととか……」

勃起乳首を唇でついばみながら、ムッチリと健康的に張り詰めた太腿を、濡れた秘裂に押しつけて身体を小刻みに揺する。

「ひっ、あっ、アッ、あぁぁんッ！　そこぉ、そこはぁぁ……あぁぁんっ！」

艶めかしいエコーを伴った少女の嬌声を聞きながら、咲妃は、限界勃起状態の乳頭を吸い上げつつ腰をくねらせて、濡れ開いた秘裂を擦り上げる。

「有佳のここ、すごく熱くなっているぞ。気持ちいいだろう？　蕩けてしまいそうだろう？　フフッ、もう、トロトロになってしまっているな」

熱く柔らかな割れ肉が、まるで吸盤のように太腿に吸いついてくるのを心地よく感じながら、咲妃は自分の秘部も有佳の腿に押し当ててこね回す。

「ふぁ、あんッ！　咲妃さんの……あっ、アソコもすごく熱いですッ！　熱くて、濡れていて……あぁぁ、咲妃さんんんんんッ！」

　言葉責めに対する反撃のセリフを甘い声で叫びながら、快感に酔いしれた少女は首筋にすがりつき、ぎこちなく迎え腰を使って、女同士の痴戯に没頭してゆく。

「そうだ、もっと腰を使え。私をイかせてみろ！」

　腿に吸いついた性器の熱さと淫靡な蠢きに興奮した呪詛喰らい師《カースイーター》は、尻のうねりを速めてゆく。まろやかに張り出した美尻の内に秘められた、鍛え抜かれた筋肉をここぞとばかりに躍動させると、腿と秘裂の接触面から、クチュクチュという生々しい粘音が聞こえてきた。

　ムッチリと張り詰めた大腿筋と恥骨に挟まれたクリトリスが、グリッ、グリグリッ、と陰核海綿体の基部から根こそぎこね回されると、腰の奥に甘美な電流が走り抜け、快感曲線が沸点を超えて急上昇してゆく。

「きゅあぁぁんっ！　そんらにアソコ、擦ったら……やっ、あっあっアッ、らめぇ、変になっちゃいますぅぅッ！　蕩けちゃううぅッ！」

　射精絶頂の余韻に疼く肉体に、攻撃的な愛撫を仕掛けられた有佳の裸身が、エアマットの上で悶え狂う。

「蕩けてもいいぞ、もっと動くんだ。……ほら、こんな風に……ッ！」

　許容量を超える快感から逃げようとする有佳の裸身をきつく抱擁して捕まえた神伽の巫女は、素股ストロークの速度を上げてラストスパートを掛ける。

　快感に張り詰めた二人の乳房が密着してひしゃげ、勃起を際立たせた乳首の先端が互いを弾きあって、股間の摩擦快感に鮮烈な刺激の彩りを添えた。

「きっ、きもち、イッ、いいいっ、あっ、やぁぁ、イクッ、らめぇぇ、イッちゃいますぅっ！　飛んじゃうッ！」

「いいぞ……二人で一緒に……んは、とっ、飛ぼうッ！」

　しなやかな裸身が融合してしまいそうなほど強く抱きあった二人は、欲望の命じるままに腰を振り、互いの性器に快感を送り込む。

　ぬちゅ、くちゅっ、くちゅっくちゅちゅぷるっ……。

　いやらしい蜜鳴りの音を立てて、滑らかな太腿に、濡れ開いた秘裂が吸盤のように吸いついてヌルヌルと滑る。

浴室内に漂う精液の匂いに、甘く香しい淫蜜の芳香が混じり、反響する喘ぎ声が二人の興奮をさらに煽り立てた。

二人の膣壁が、まるで濡れタオルを絞るかのように捩《よじ》れ、存在を際立たせた子宮の奥から、気が遠くなりそうな快感の大波が押し寄せて、何も考えられなくなってしまう。

先に音を上げたのは、やはり有佳の方であった。

「あぁっ！　ヒッ、イッ、イッちゃう！　イキますっ！　咲妃さんっ！　咲妃さぁぁん！　ふぁぁぁ……やっ、きゅううぅっ！　くはあぁぁぁぁぁぁ～ンッ!!」

可愛らしい声で愛しい少女の名を連呼しながら絶頂を告げた裸身が、硬直と弛緩を交互に繰り返し、女悦の荒波に呑み込まれる。

「ンッ……くふぅ……はぁぁぁ……ッ」

押し当てた太腿に、有佳の秘裂が愛液を噴き出しながら絶頂収縮するのを感じながら、咲妃もまた、熱い淫蜜でクラスメイトの腿をびしょ濡れにして美貌を仰け反らせた。

「あっ！　もうこんな時間。そろそろ帰らないと、寮の門限が……」

有佳は、大きな姿見の前で制服の着付けを確認しつつ、焦った声を上げる。

「有佳は真面目だな。泊まっていってもいいんだぞ」

一足早く学園の制服を着用した咲妃は、シャンプーのいい匂いがする級友の髪にブラシを掛けてやりながら、肩越しに誘惑の声をかけた。

「それはダメですよ。欲望に負けて、ズルズルいっちゃいそうですから。すごく名残惜しいですけれど、けじめは大切です」

同性の恋人に向き直った依り代の少女は、はにかみながら告げる。

「そうか、有佳は強いな」

「強い？　わたしが、ですか？」

想像もしていなかった言葉で褒められた有佳は、目を丸くしつつも嬉しそうだ。

「ああ、強い。私と出会うまで、淫ノ根がもたらす人外の快感に理性を失わずに耐えていたなんて、本当にすごい。敬服するよ」

お世辞ではない賛辞を囁いた神伽の巫女は、級友の身体を抱擁する。

「そっ、そんな……うう、照れちゃいます。はぁぁう、欲望に流されちゃわないうちに、帰りますね。咲妃さん、女子寮まで送っていただけますか？」

誰にでも敬語で話す真面目なクラスメイトは、飼い主に散歩をねだる子犬のような目で咲妃を見つめながら言った。

「ああ。もちろんだ。全身全霊でエスコートしてやるぞ」

マンションを出た二人は、手を繋ぎ、寄り添って夜道を歩く。

日本全国から生徒を受け入れている私立槐宝学園は、設備の充実した学生寮を完備している。有佳が入居している女子寮は、咲妃が借りている高級マンションから歩いて十数分、繁華街からわずかに離れたところに建てられていた。

全室個室、冷暖房と最新のセキュリティを備えたワンルームマンション構造で、安全、快適な寮生活を送れるようになっている。

「いい夜ですね」

「ああ、そうだな。街明かりのせいで星はあまり見えないが、いい風が吹いている」

艶やかな黒髪を夜風に撫でられながら、咲妃は黒曜石のようなきらめきを宿す瞳に、どこまでも高く澄みきった夜空を映して歩を進めてゆく。

（こんな穏やかな気持ちで夜空を見上げるのは、初めてかもしれないな……）

神伽の巫女として苛烈な修業に明け暮れてきた少女は、繋いだ手から伝わってくる体温を心地よく感じながら思う。

淫神を封じるという責務を全うするため、咲妃は男性との恋愛やセックスを禁じられ、処女を守り通すために、子宮に特殊な封印を仕込まれている。

そんな彼女の前に現れたクラスメイト、雪村有佳は、淫神をその身に宿す依り代でありながら、任務の枠を越えた関係で結ばれた存在になっていた。

（淫神の封印を先延ばしにして、依り代といちゃついていることを、組織は快く思わないかもしれない。だが、多少のわがままを言う権利が、この私にはあるはずだ……）

物思いに耽りつつ歩を進めていた神伽の巫女は、有佳が立ち止まったのに気付いて足を止める。

「到着です。ゆっくり歩いたつもりだったのに、もう、着いちゃいましたね」

「ん？　ああ、そうだな」

落ち着いた外見の女子寮前で、しばらく無言で見つめあった有佳と咲妃は、繋いでいた手を名残惜しげに離した。

最後まで絡みあっていた小指が、指切りでもするかのように、軽く戯れ、離れる。

「じゃあ、また明日、学校で……おやすみ、有佳」

「ええ。学校でお会いしましょう。お休みなさい、咲妃さん……」

何度も振り返って手を振りながら、学生寮に入ってゆく少女の姿を見届けた咲妃は、夜の街を当てもなく歩き始めた。

引っ越してきたばかりで、新鮮な印象を与える街を散策しつつ、淫神の気配を探ってみるつもりだ。

まだ宵の口ということもあって、夜の繁華街は通行人も多かった。

左乳房に描き込んだ、印象希薄化の呪印が効果を発揮しているので、道行く人々は、制服姿の極上美少女のことを気にも留めない。

「さて、この辺を一通りパトロールしたら、帰って寝るか……。その前に、何か夜食を買っていこうかな。むっ……あれは……？」

繁華街を歩く歩行者に混じって散策していた咲妃は、頭上を見上げて眉を顰《ひそ》める。

鋭さを増した視線の先、オーロラのような燐光に包まれた、常識外れに大きな蝶が、夜空をゆっくりと舞っていた。

差し渡しの幅が三十センチはありそうな羽を優雅に動かして飛翔する蝶の身体からは、淡い緑色の燐光を放つ鱗粉が舞い散り、夜風の中を漂っている。

多くの人達が歩道を行き交っているにもかかわらず、妖美な蝶の飛翔を見上げているのは、咲妃ただ一人。高度を下げてきた蝶が目の前をかすめ飛んでも、道行く人達は何の反応もしないで歩き去ってゆく。

(どうやら、あれが見えているのは私だけのようだな。常人の目には見えぬ夜光蝶……情報検索、開始！)

立ち止まり、瞳から一切の表情を消した呪詛喰らい師《カースイーター》の少女は、脳内に刻まれた妖しのモノ達についての記憶を探った。

　咲妃の脳には、全世界の呪術、妖術や超常存在に関する膨大な量の知識が、特殊な記憶定着の技法を用いて刻み込まれている。情報を取り出す際、一種のトランス状態に陥ってしまうのが欠点だが、この能力によって、彼女は初めて遭遇した魔のモノに対しても、適切な対処法を練ることができるのだ。

「外観情報該当。『淫水蝶《いんすいちょう》』……。多数の分身を使役し、体液に含まれる精気を糧とする淫神……」

　無感情な声でつぶやいた咲妃の目に表情が戻り、口元に小さな笑みが浮かぶ。

「春の宵、闇を舞い飛ぶ淫神……。フフフッ、この街は、やはり面白い」

　即興で一句詠んだ呪詛喰らい師《カースイーター》の少女は、豊かな胸の内を、獲物を見つけた狩人のような高揚感に疼かせながら、光る蝶の跡を追い始めた。淫水蝶の分身は、ひらり、ひらりと優雅に羽ばたき、繁華街を抜けた先にある大きな公園に入ってゆく。

「城塞公園か。ふむ、確かに城の石垣みたいなものがあるが、城自体は、もう建っていないみたいだな」

　咲妃は、闇を飛ぶ蝶の後を追って、人影のない夜の公園に足を踏み入れてゆく。

　巨大な切石を緻密に組み上げた石垣沿いにしばらく進むと、うっそうと茂った雑木林が闇の奥に姿を現した。築城以来、この地を静かに見守ってきたかのような古木の連なりは、街灯の光が届かぬはるか奥まで続いている。

　緑の燐光に包まれた淫水蝶は、鱗粉を散らして妖しく羽ばたきながら、木立の奥へと消えてゆく。

「さすがにここまで奥に来ると、人の姿はまったくなしか。……まあ、ベンチもない真っ暗な森の中に好きこのんで入ってゆく物好きな奴など……おや、物好きがいるぞ？」

　闇を見透かしていた咲妃の目が、森の中をうろついている人影を捉えた。

　光る巨大蝶は、侵入者を警戒するかのように、人影の頭上でゆっくりと旋回している。

「誰かと思えば、またあいつか。初めて出会った夜と同じような状況だな」

　夜目の利く退魔少女は、見覚えのある人物の姿を闇の奥に捉えて苦笑を浮かべる。

「……おやおや、岩倉信司ではないか」

わざと気配を殺して忍び寄った退魔少女は、よく通る声で、都市伝説マニアの少年に呼びかけた。

「うわぁ！　おっ、脅かすなよ！　あっ、キミは編入生の……ええっと……？」

いきなり声をかけられ、驚きの声を上げて振り向いた信司の手には、夜間撮影機能付きのビデオカメラが握られている。

「私の名前を忘れたか？　常磐城咲妃だ。また、公園で盗撮しているのか？」

名乗った咲妃は、ぶっきらぼうな口調で問いかける。

「おいおい、人聞きの悪いこと言うなよ！　都市伝説の検証に来てるんだ！　キミこそ、こんなところで何しているんだ？」

「私か？　まあ、散歩……かな？」

「女子が、あまり人気のないところをうろつくのはオススメできないな。あ、そんなことより、ここで会ったのも何かの縁、キミ、入部してくれない？　大歓迎だよ」

信司は相変わらずのスケベっぽい笑みを浮かべて勧誘を仕掛けてきた。

「今のところ、その気はない。……で、今日は何の調査なんだ？」

勧誘を冷たく突き放した少女は、頭上を舞う淫水蝶と、まったくそれに気付いていない様子の信司を交互に見ながら問いかけてみる。

「今日の目当ては、謎の飛翔体、スカイフィッシュだ」

「スカイフィッシュ？　ああ、五月の空で悠然と翻っている、あれだな？」

「それは鯉のぼりだッ！」

とぼけた口調でつぶやいた少女に、即座にツッコミが入った。

「ふむ、ツッコミの速度とタイミングはなかなかいいが、リアクションの動作が小さくて地味だな。総合評価は55点といったところか……」

辛口なダメ出しした咲妃は、ニヤリ、とイタズラっぽい笑みを浮かべる。

「オレはお笑い芸人じゃないぞ。ツッコミの才能を期待するなよ。キミは唐突にボケるから、絡みづらいよ」

呆れ顔で文句を言いながらも、美少女転入生との掛け合いに、楽しげな様子の信司。

学園で再会した時に、彼の小指に転写した呪印によって、彼は印象希薄化の呪印効果を受けずに、咲妃の美貌を認識しているのだ。

「オカルト関係にも、お笑いの才能は必要だぞ。笑いは悪しき霊を遠ざける。……あ、お前の場合、霊を遠ざけてしまうのは、オカルトマニアの趣旨に反するのか？」

「ん？　まあ……そうだな。検証する対象が寄ってこないのは困る。そうか、笑うとダメなのか、いいこと聞いたぞ、ここから先は絶対に笑わない……」

唇を引き結び、ムッツリとした表情になった信司の頭に、高度を下げてきた淫水蝶が、フワリ、と止まる。

「……あッ！」

予想もしていなかった展開に、小さな声を上げてしまう咲妃。

「何だ、その『あッ！』ってのは？」

霊視能力のない少年は、頭に巨大蝶を乗せた間抜けな格好のまま、怪訝《けげん》そうに問いかけてくる。

「いや、別に……細かいことは気にするな。それで、そのスカイフィッシュというのが、この公園にいるのか？」

「ああ。少し長くなるけど、説明をさせてもらってもいいかな？」

「別に構わないが……」

説明好きな少年は、頭に巨大蝶を止まらせたコミカルな姿で語り始める。

「スカイフィッシュというのは、通常、棒状に見えるその姿から、海外ではロッズと呼称されている謎の飛行物体だ。生物だとも、ＵＦＯに関係しているとも言われている」

「ふむふむ……」

信司の頭に止まった淫水蝶が気になって、生返事しかできない退魔少女に、都市伝説マニアの少年は、得意げな口調で知識を披露する。

「画像投稿サイトなんかに出回っているスカイフィッシュ映像の大半は、デジタルビデオの電子シャッターに特有の、『モーションブラー』という現象で、昆虫の飛跡が棒状の残像となって映り込んだものだと言われている。つまり、機械が生み出した錯覚映像だな」

「そうか、錯覚なのか」

相づちを打ちながら、咲妃は決して錯覚などではない巨大蝶に注意を払っている。

(何もしてくれるなよ、淫水蝶の分身よ。本体と対峙し、神伽の戯を仕掛けるまでは、触らぬ神に祟《たた》りなしを貫きたいのだ……)

いかなる理由にせよ、淫神や、その分身に敵対することは、儀式の大きな妨げとなってしまうため、極力避けたいところであった。

「でも、この街で最近発見報告があるのは、そういう通説を大きく覆す形状……巨大な蝶の姿をしているんだ！」

「ほぉ……？」

咲妃の眉が、ピクッ！　と動く。

(まさにそのものズバリの存在が、お前の頭に止まっているのだが、まったく見えていないようだな。……何だかジワジワと笑いのツボにくる光景だ)

霊視能力を持っている少女は、力説する信司をあざ笑うかのように、頭上で羽をそよがせている淫水蝶を観察しつつ、込み上げてくる笑いを堪えている。

「蝶型スカイフィッシュは、そんな姿をしているだけでも画期的なのに、肉眼での目撃報告もいくつか上がり始めているんだ。これって、実はすごいことなんだぜ！」

オカルトマニアの少年は、ズイッ、と顔を寄せてきた。

「う……くぷぷぷっ！」

頭に巨大な蝶を乗せた生真面目顔の大アップに、とうとう耐えきれなくなった咲妃は、口元を押さえて吹き出してしまう。

「何笑ってるんだよ⁉　笑ったら霊が来なくなるって言ったのは、キミじゃないか？」

「いや、すまない……ただの思い出し笑いだ。話を続けてくれ」

笑いの衝動を必死に抑え込んだ少女は、話の続きを促す。

「ここからが話の核心。巨大蝶の目撃者は、妊婦や育児中の母親ばかりらしいんだ。どうだ、不思議だろ？」

「妊婦、だと？」

信司の言葉に、眉を寄せる咲妃。

「ああ。画像投稿サイトにアップロードされた蝶型スカイフィッシュの映像は、赤ん坊に授乳している母親を録ったビデオだった。赤ん坊に吸わせているのとは逆側のオッパイに、蝶型スカイフィッシュが止まって、母乳を吸っているように見えるんだ」

（今回の淫水蝶は、母乳を好むか……厄介だな。私は、母乳なんて出ないぞ）

呪詛喰らい師《カースイーター》は、豊かな乳房を過剰に意識してしまいつつ、困惑顔になる。

「その映像は、画像サイトの投稿規制に引っかかったみたいで、すぐに削除されてしまったけれど、それと前後して、巨大な蝶に母乳を吸われたっていう体験談が、巨大掲示板のオカルト系スレッドにいくつか投稿されたんだ」

信司の説明を聞いた咲妃の顔が、さらに曇る。

（一般人の肉眼に見えるだと⁉　貪欲な活動で、思った以上に厄介な存在に育っているかもしれぬ。神伽の儀式、困難なものになりそうだな）

母乳を分泌できぬ少女は、淫水蝶に対する伽の手管をあれこれと考え続けている。

「集めた様々な情報を分析した結果、オレは蝶型スカイフィッシュの巣に目星を付けた。それがこの公園なんだ」

「その根拠は？」

咲妃の問いに、信司はニヤリ、と自信ありげな笑みを浮かべる。

「例の映像が撮影されたのは、この公園に隣接して建つ市民病院の妊婦病棟なんだよ。窓の向こうに、城の石垣がチラリと写ってるから間違いない。さらに、母乳を吸われたっていう証言のいくつかも、場所こそ明確には語っていないが、市内の大病院であることは明白。そして、市内で産婦人科病棟があるのは、あの病院だけなんだ！」

拳を握り締めて力強く語った信司の頭から、淫水蝶がフワリと飛び立ち、森の奥へと飛翔してゆく。

「たいしたものだ。まさに、名探偵、って感じだな」

「感心したなら、是非、入部を！」

「それとこれとは話が別だ。さあ、その巣とやらに案内してくれないか？」

勧誘をはぐらかした退魔少女は、信司とともに森の奥に向かって歩み始める。

「それで、どこに行くつもりなんだ？」

「この先に、室町時代に『乳母魂の井戸』と呼ばれていた井戸の跡があるんだ」

淫水蝶が飛び去った方向に真っ直ぐ向かいながら、信司は答える。

「ウバタマ?」

「ああ。乳母の魂と書いて、『うばたま』と読ませる。その井戸から湧き出る水を飲むと、母乳の出がよくなるという言い伝えがあったようだが、江戸時代中期の大飢饉の時に、水を汲み上げすぎて涸れ井戸になってしまったらしいんだ」

説明好きな少年は、得意げな口調で解説を続けた。

「涸れ井戸か……」

眉を寄せてつぶやく咲妃。

(妙だな。淫神は人の情念に取り憑く。はるか昔に水のかれた井戸が、神の住まう場所になるとは思えないが……)

「乳母魂の井戸は、それ以来、うち捨てられて、史跡指定もされていないから、荒れ放題になっているけれど……おっ！　見えてきた、あれが井戸跡だ」

そこは、古木に囲まれた小さな空き地になっていた。すり鉢状に窪んだ土地の中央に、苔むした石組みの跡が草と落ち葉に埋もれて覗き見えている。

「井戸の穴もほとんど埋まっているな」

瓦礫や木の枝、大量の落ち葉で埋まってしまった井戸の中を覗き込みながら、つまらなそうな口調でつぶやく咲妃。

(淫神の霊気は確かに漂っているが、依り代もいないのに、神格化段階まで育つことができるものなのだろうか？　妙だ、何か、作為的なものを感じる)

井戸の周囲に残留している霊気の名残を感知した退魔少女は、何らかの儀式が行われた痕跡を探して地面を見回している。

「おい……あ、あれ！　何か光るものがこっちに来るぞ。見ろ！　蝶型スカイフィッシュだッ！　いっぱいいるッ！　こいつはすげぇ！　本当に出たぞ！」

闇に沈んだ井戸跡を撮影していた信司が、森の奥を指さして、上ずった声を上げげた。

「出たな……お前にも見えているということは、実体化バージョンか!?」

まるで闇の奥から湧き出してくるかのように、光る蝶が次々に姿を現すのを見つめ、表情を引き締める咲妃。

「あれっ？　何だよ、さっきまで撮影できてたのに！　肝心なところでトラブルが！」

急に電源が切れてしまったビデオカメラの液晶ファインダーを開け閉めしながら、焦った声を上げる信司の目の前で、緑色に光る淫水蝶が渦を巻いて集結し始めた。

ヒュウウウッ、ヒョオォォォォォ〜ッ！　ヒュオォォォォォ〜ンッ。

長く尾を引く高く澄んだ音が、奇妙な和音を奏でて鳴り響く。

「なっ、何だ、この音は？　雅楽みたいな音楽が……頭の中に直接響いて、何か気持ち悪い……うぅぅ。こっ、これが怪奇現象なのか、すげぇ！」

耳を押さえても聞こえてくる神秘的な旋律に顔を顰《ひそ》めながらも、オカルトマニアの少年は、目の前で起きている怪奇現象に嬉しげな声を上げている。

「神鳴り……西洋では、エンジェルヴォイスと呼ばれる霊体共鳴現象。神格レベルの存在が顕現する際に出る精神波動が、音楽のように知覚されているんだ」

わずかに目を細め、いかなる状況の変化にも対応できるように精神と肉体感覚を研ぎ澄ましつつ、咲妃は静かな口調で解説する。

「ずいぶん詳しいんだな、やっぱりキミ、かなりの超常現象マニアだろ？」

「マニアじゃない。本職だ！」

信司の問いに、凛とした声で言い放った咲妃の口元に、不敵な笑みが浮かんだ。

「ツッコミ待ちなら、お断りだぜ。笑いのオーラは霊を遠ざけるんだろう？」

咲妃の言葉を冗談だと受け取った信司は、目の前で起きている怪奇現象を食い入るように見つめながら言った。

「冗談ではない。本職である私から、一つ忠告してやろう、地面に伏せて、大人しくしていろ。何があっても、私がいいと言うまで顔を上げるんじゃないぞ！」

「おっ、おい、マジで？　そんなにヤバイ状況なのか？」

鋭い語気に威圧され、言われたとおり地に伏せた信司は、まだ未練がましくビデオカメラを弄りながら言った。

「大人しくしていれば、お前に危害は及ばない。しかし、淫神の気分を害するような行動を取れば、精気を吸われて干涸らびてしまうかもしれないぞ。だから、私の指示には全面的に従え！」

　周囲の森を、緑色の妖しい燐光で照らしながら寄り集まってゆく蝶の群れを見据えながら、呪詛喰らい師《カースイーター》の少女は、さらに強い口調で命じる。

「キミは急に高飛車になるな。そういうところは鮎ねえそっくりだよ」

　仁王立ちになった咲妃の隣でうつ伏せになった少年は、スカートの内側を覗き込めそうな角度で、顔だけを上げながらつぶやいた。

「おっと、無駄話をしているうちに、淫水蝶……顕現か」

　まるで光の柱のように収束していた蝶の群れが、一つに融けあい、変形してゆく。

　二人の前に姿を現したのは、見事なプロポーションを持った、全裸の女性だった。

　伏せた顔を長い黒髪が覆い隠しているため、顔立ちははっきりとはわからないが、乳房は二個の丼鉢を横並びに伏せたかのような美巨乳で、薄紅色の乳首はサクランボの実ほどの大きさで丸く突き出している。

　程よく肉付きのいい胴回りは、成熟した女性の色香を漂わせ、ムッチリした尻は大きく左右に張り出して、太腿もたくましい安産体系であった。隙間なく閉じあわされた腿の狭間では、艶やかな黒の恥毛が逆三角形の陰りを萌え煙らせている。

　裸身をさらけ出した女の背中からは、巨大な蝶の羽が広がり、全身が薄緑色の燐光に包まれて、人外の妖艶さを際立たせていた。

「うわ、妖精みたいな、裸の女⁉」

　信司が上げた声に反応したのか、伏せられていた女の顔がゆっくりと上がってゆく。

　顔を隠していた黒髪の下から現れたのは、超絶美少女を自負している咲妃でさえ、思わず息を呑んでしまうほどの美貌であった。

　薄墨を引いたような眉、すっきりと通った鼻筋、ふっくらと色っぽい唇は、夜目にも鮮やかな紅色に照り輝き、切れ長の目は、エメラルドをはめ込んだかのような澄んだ緑色の瞳で少年と少女を見つめている。

「う……な、何だ？　身体が、動かない……息が……ッで、できないっ！」

緑の瞳で見つめられた信司は、酸素不足の金魚のように口をパクパクと開閉させ、自由に動かせなくなった身体を震わせる。

「うろたえるな！　神格と対峙した人間の、当然の反応だ。神の姿を直視せず、目を伏せてかしこまっていろ！」

好奇心旺盛な少年が、喘ぎながらも指示に従ったのを確認した咲妃は、おもむろに着衣を脱ぎ始めた。落ち葉の積もった地面に、制服のスカートがハラリと落ち、無造作に脱ぎ捨てられたシャツがその上にわだかまる。

ためらいもなくブラを外し、靴と靴下を脱いだ咲妃は、最後の一枚であるショーツもスルリとズリ下げた。

淫水蝶にも負けぬ極上プロポーションの裸身が、肌寒い夜気の中にさらけ出される。

「うわ！　革紐……超Tバック？　っていうか、なんで脱ぐんだ？」

地に伏せたまま、チラリと視線を上げた信司は、咲妃の美尻に視線を釘付けにして上ずった声を上げる。

「ジロジロ見るな！　顔を伏せていろと言っただろ！」

厳しい口調で命じた少女の裸身は、幅数センチの深紅の革帯に緊縛されていた。

天に挑むかのように突き出した美豊乳は、乳首と乳輪をかろうじて隠せる幅の革帯で寄せあわされ、魅惑の谷間を強調されている。

ツルリと無毛の恥丘にピッチリと張りついて尻に回り込んだ黒い薄革は、量感たっぷりの尻たぶを割って深々と食い込み、Tバックショーツよりもさらにエロチックに美尻を際立たせていた。

「神鳴りの音紋分析……結縁の音声構成完了……唱和」

半トランス状態に突入し、無感情な声で告げた咲妃は、目を閉じ、スウーッ、と大きく息を吸い込んだ。

ゆっくりと開かれた朱唇の奥から、人の喉から出せるとは思えぬ、高く澄んだ和音が紡ぎ出される。朗々と響く咲妃の声と、淫水蝶が放つ神鳴りの音が調和し、魂の芯まで染み通ってくるような神秘的な多重和音となって、周囲の空気を震わせた。

「……結縁、了……」

発声を終え、目を閉じたままつぶやいた咲妃は、淫水蝶の前に跪《ひざまず》き、頭を垂れたまま、恭しい口調で口上を述べ始める。

「御前にて畏《かしこ》み申し上げまする、私は常磐城咲妃と申す神伽の巫女にございます。慎み敬いて、御前様の御身お心を癒やす伽をさせていただきとうございまする」

「巫女かえ？　よきかな……我に伽をすると申すか？」

背中から蝶の羽を生やした美女が声を発した。

淫水蝶の上げる声は、幾重にも響いて、咲妃の鼓膜に届く。まるで、何十人もの女性が、発声のタイミングを完璧にあわせて唱和しているかのようだ。

（集合霊か、それも、妙齢の女ばかりが集っている。よほど強い執着心が、淫神の核になっているようだな）

一筋縄ではいかぬ相手の前で頭を垂れたまま、神伽の巫女は淫水蝶の出方をうかがっている。これは戦いにあらず、神を鎮める儀式故、こちらから軽々しく仕掛けることはできないのだ。

「癒やしの巫女ならば、そのたわわな乳より滴る乳汁を我が子等に捧げよ。愛しき赤子の渇きを癒やすのじゃ」

幾重にも反響する声で告げた淫水蝶は、背中の蝶の羽をフワリ、と羽ばたかせる。

ブォウンッ！　羽ばたきが起こした突風のごとき風に乗って、緑色に輝く鱗粉が咲妃の全身に吹きつけられた。

「ンッ！　う……ッ」

反射的に目を閉じ、息を止めながらも、神伽の巫女は、鱗粉混じりの疾風を甘んじて受け止める。妖しく光る粉末が、きめ細かな裸身にラメを散らしたように付着し、少女の身体を妖しく照り輝かせた。

「ふぁ……あ……身体が……」

鱗粉に覆われた裸身が、甘く切ない疼きに包まれ、心臓の鼓動が速くなる。

まだ肌寒い春先の夜風に舐められていた裸身が火照り、しっとりと汗ばみ始めた。

胸に巻かれた革帯越しに、勃起し始めた乳首のポッチが突き上げ、太腿の狭間では、充血して膨らみを増した恥丘が股間に密着した薄革を咥え込んで、乙女のワレメをくっきりと浮き出させる。

（さすがは淫神の媚薬鱗粉。この私が、身体の疼きを抑えきれぬとは……)

汗ばんだ半裸身から、ほの甘い発情臭が、フワリと匂い立つのを感じながら、咲妃は込み上げてくる淫情の波に抗っている。

「疼くであろ？　切なかろ？　我が羽より出る粉は、人を羽化登仙《うかとうせん》の夢心地にする」

媚薬鱗粉で強制的に欲情させられて喘ぐ神伽の巫女に声をかけた淫水蝶は、その傍らに伏せた少年に目を向けた。

「そこな男子、立つがよい。その娘の後ろに回るのじゃ」

妖女神に命じられた信司が、ぎこちない動きで立ち上がった。虚に見開かれた目に理性の光はなく、表情はだらしなく弛んでしまっている。

「この男の子には、我が分身によって、既に暗示を仕込んである」

蝶の羽を生やした妖女は、妖艶な笑みを浮かべて告げた。

(巨大蝶があいつの頭に止まっていたのは、暗示を仕込むためであったか。まあ、企みがわかっていたとしても、おいそれと排除はできなかっただろうが……。信司を操って何をするつもりなのか、大体の想像は付くが、色々と鬱陶しいな)

咲妃の嫌な想像は、ほぼ的中した。

「さあ、そこな巫女の乳を存分に揉みこねよ！」

「あぁ……常磐城さんの……おっぱい……」

淫水蝶に命じられた少年は、寝言のような声を上げて歩み寄ってくると、咲妃の腋の下に手を回して、力の入らぬ半裸身を背後から軽々と抱き上げる。

「く……う……」

思っていたよりも力強い男子の腕の中で、抵抗もできず呻く退魔少女の乳房が、ゆっくりと揉みこねられた。たわわな果肉をムギュムギュと揉み歪ませて、少年の指先が、深く、強く突き立てられる。

「はぁう……んんんっ！」

感度を増した乳肌に食い込んでくる、固く力強い男の指の感触に喘ぎが漏れる。

(これが、男の指なのか。有佳の優しくて遠慮がちな揉み方とは全然違う、肉の奥まで、指先が届いてくるっ！)

信司の指使いは、普段の彼女であったなら、快感を感じるにはほど遠い稚拙で荒っぽいものであったが、媚薬鱗粉で欲情させられた身体には、深く強烈な刺激となって、しなやかな裸身をわななかせてしまう。

「とっ……常磐城さん……ごっ、ゴメンっ！　オレ……こんなことしたくないのに、身体が……勝手に……ッ！　あぁぁ、指が動いて……んんっ！」

わずかに理性が残っているのか、口では詫びながらも、信司の指は一時も休まず蠢いて、柔らかさと弾力を併せ持った、ボリュームたっぷりの肉果を揉みこねている。

「うっ……くうんっ、こんな状況で謝られても迷惑なだけだ。だっ、黙っていろ！　ひぅ……んくうっ」

ぎこちない指使いでこね回された乳房の奥から沸き起こる快感の波に呻いてしまいながらも、抵抗を許されぬ神伽の巫女は、勝ち気な口調で少年に命じる。

「男子よ、黙らずともよい。そなたの淫らな思いを口にせよ。その方が興が乗る」

相反する指示を下す淫水蝶。

この状況では、どちらの命令に優先権があるのかは明らかであった。

「柔らかい……女の子のオッパイって、こんなに気持ちいい感触なんだ……」

スケベ男の思考垂れ流しで、信司は恥ずかしいセリフを口走りながら、汗ばんだ乳球に指先をめり込ませ、乳肉のボリュームを確認するかのように、下からすくい上げてこね回す。革帯で乳首のみを隠された豊乳が、むにゅり、むにゅりと揺れたわみ、深々と指を食い込まされて歪に変形させられた。

荒っぽく扱われた乳肉は、熱く火照るような悦波に包まれてさらに張りを増し、しっとりと汗ばんで、少女に切れ切れの色っぽい呻きを上げさせる。

「んっ、くぅ……うっ、つぁ……もっと、優しく揉まないかッ！」

明らかに愛撫慣れしていない強さで繊細な乳肌を責められた咲妃は、小声で信司を叱りつけるが、操られた少年の指はさらに強く、欲望剥き出しで豊乳に食い込んでくる。

「ああ、指が吸い込まれて、押し返されて、オッパイって、すごい！」

童貞少年丸出しの感想を、荒い鼻息混じりに告げながら、信司は乳揉みを続けた。

「んぁ、はぁぁっ、いっ、言うな、黙ってろ……」

無駄とはわかっていても、命令せずにはいられない。

信司の筋肉質な前腕部に密着している腋の下から、甘い匂いのする熱い汗が噴き出し、乳揉みの激しい動きでこね回されて、クチュクチュと艶めかしい音を立てている。

「お主の汗、よい匂いがするのう。我の好みし香りじゃ」

蝶の羽を持った淫神は、夜風に乗って漂う咲妃の匂いにうっとりと目を細める。

「はぁはぁはぁ……んんっ！　我が身体より出る匂いは、御前様のような神々を癒やし奉ります。なにとぞ、なにとぞ私に伽を……伽をさせてくださいませ」

男の欲望剥き出しの荒々しく執拗な乳揉みの快感に喘ぎながら、神伽の技巧を身につけた少女は、恭しげな口調を崩さずに告げる。

「我に伽など無用。欲するのは我が子に飲ませる乳汁のみ。男子よ、その娘の乳帯を外せ、乳先も弄るのじゃ」

伽の申し出をすげなく断った淫水蝶は、信司に新たな指示を下す。

「う……乳首ッ！　ゴクンッ……」

生唾を呑み込む大きな音を立てた少年は、興奮に震える指を革帯に引っかけて、一気にズリ下げた。

既に勃起を際立たせていた乳首が、ぷりゅんっ！　と弾みながらあらわになる。

焼き立てのパンケーキのようにふっくらと盛り上がった乳輪の中央、汗に濡れて艶めかしい薄紅色に照り輝く乳頭が、ミサイルの信管のように尖り勃っていた。

「くはぁ……んんっ！」

剥き出しにされた敏感な突起を、夜風と少年の視線に舐められて、神伽の巫女は悩ましげな呻きを上げてしまう。

「あ……あぁ、これが、常盤城さんの乳首……すごく綺麗で、エロいよっ！」

子供っぽい賛辞の声を上げた少年の指が、乳房の曲面を這い上がってきた。

「く……触るのは仕方ないが、優しくだぞ……そこは、すごく敏感……くぅぅんッ！」

言い終わる前に、勃起乳頭をキュッ、ときつく摘まれた。

痛感が鋭い快感の針に変じて乳房の芯を駆け抜け、革帯ボンデージに包まれた肢体が、グンッ！　と仰け反ってしまう。

「くひぃぃ……んんっ！　つっ、強イッ……あぅぅッ！　加減しろ、バカッ！」

親指と中指に挟み込まれて、押し潰されそうに圧迫された左右の乳首を心配げに見下ろしながら、少女は声を震わせて少年を罵る。

「ああ、乳首、コリコリしてる。常磐城さんの身体、すごくいい匂いがする……」

少女の声など聞こえぬ様子で、夢見るような声を上げた少年は、咲妃のうなじから立ちのぼる甘い媚香を嗅ぎながら、剥き出しになった乳首をなおも弄り回す。

「んひっ！　こっ、こらっ！　少しは力の加減をしろ！　そっ、そんなに強く摘むんじゃないっ！　うぁ、ヒッ！　引っ張るなっ！」

きつく摘まれた乳先を左右に揉み転がされ、引っ張られながら捩り上げられた退魔少女は、胸の芯を痛悦感に貫かれ、色っぽい声を上げて裸身をくねらせる。

薄紅色に充血していた勃起乳首は、強く圧迫されすぎて血の気を失い、透明感のある淡いピンク色になって苦悦に打ち震えている。

「乳首のコリコリ感が病み付きになって、止まらない！　ずっと弄っていたいよ！」

男の本能を剥き出しにされた少年は、駄々っ子のような口調で言いながら、心地よい触り心地の乳首を摘んだ指をクリクリと蠢かせ続ける。

「初々しいのう。……そろそろ乳の内側も可愛がってやろう。男の子よ、乳先から指を離して、もそっと優しゅう揉んでやれ」

「うっ？　うぅぅ……は……はい……」

妖女の命令には逆らえず、未練がましく指を離した信司は、汗に濡れ、張りを増して火照り疼く乳肌を、ソフトタッチで揉みこねる。

若々しい弾力を誇示してお椀型に突き出した豊乳は、根本から大きな円を描くようにこね回され、先端に向かってやわやわと扱き上げられた。

「んぁ……そっ、そういう揉み方ができるなら、最初からやれ！　はぁはぁはぁ……」

張り詰め汗ばんだ乳房を優しくこねられる心地よさに目

を細め、表情を和らげて喘ぐ咲妃の前に、宙を滑るような動きで淫女神が迫ってきた。

「たわわに実った乳よのう。これならば、乳汁もよう出るであろう」

ぎこちないながらも執拗な愛撫で張りを増し、見事に突き出した豊乳をじっくりと検分しつつ、乳汁を糧とする淫神は妖艶な笑みを浮かべて指を差し伸べてくる。

「我が子等に吸わせるに、程よき大きさ、形の乳先じゃ」

淫神の指にそっと摘まれた乳首から発した快感は、信司の粗雑な愛撫など比べものにならぬほど強烈なものだった。

「はぁう……うくうぅぅぅんっ！」

冷たい指で吟味するかのように弄り回された勃起乳頭は、ジンジンと甘く疼きながらさらに感度を増し、呼吸さえままならないほどの悦波で、少女の裸身を強張らせる。

「おっ、お待ちを……私、乳汁は出せませぬ。ゆえに、なにとぞ、伽を……ッ！　御前様の神体に伽をさせてくださいませ」

少年に乳房を揉みこねられ、妖女に乳首を摘み責められる快感に声を震わせながら、神伽の巫女は奉仕を申し出る。

「我が欲すのは、そなたの伽ではない。我が舌で乳房の中を掻き混ぜて、すぐに乳汁が出るようにしてしんぜよう」

咲妃の願いも聞き入れず、一方的に告げた淫神は、色っぽい唇の間から、赤い舌先をヌルリと突き出した。それは、みるみるうちに長く伸び、獲物に忍び寄る蛇のようにくねりながら、咲妃の乳首に絡みついてくる。

「ひぁ！　くうううううんっ！」

熱く煮え立つかのような、超絶快感に勃起乳首を包み込まれた少女は、信司の腕の中で革帯緊縛された極上の裸身を仰け反らせてしまう。

妖女の舌は、右乳首に幾重にも巻きつき、左の乳首にも先端を伸ばして密着させた。

「若く初々しい味がする。このように美味な乳肌は初めてじゃ」

口から長々と舌を突き出したまま、淫水蝶は淫らな笑みを浮かべて告げると、乳首に絡めた舌先を蠢かせる。

くちゅ、ちゅぷ、ぬちゅ、ぷちゅ……水飴のように濃い唾液を塗り込む淫音を立てながら、赤く色付いた勃起乳頭が、左右同時に舐めしゃぶられた。

「くぁ！　はぁぁぁぁぁぁ……ッ！」

　壮絶な快感に乳先を貫かれた少女の裸身が、電流でも流されているかのようにビクビクと痙攣する。

「すごい……すごいよ常磐城さん、痙攣しちゃうぐらい気持ちいいんだね？」

　腕の中で悶え狂うしなやかな裸身をしっかりと抱き止めながら、操られた少年は、汗ばんだ豊乳を優しく、深い指使いで揉み続けている。

「さて、奥の味はいかがであろうか……」

　乳首の味を堪能した淫神の舌に、異様な変化が起きた。舌のざらつきを形成する小突起、味蕾《みらい》が、ゾワゾワと伸び、乳首の先端を小刻みに突き始める。

　つぷっ、つぷっ、つぷぷっ！　コチコチに充血した勃起乳頭の先端で、まだ未開の乳腺口を探り当てた味蕾触手は、乳首の内側に侵入してきた。

「ふぁ、中に……奥にっ！　あはぁぁ……ンッ！」

　妖女の舌に乳首のヴァージンを奪われた咲妃は、勃起した乳先を内側からくすぐられているような異様な感触に裸身を仰け反らせる。

　しなやかな肢体にドッ！　と汗粒が噴き出し、半開きになって喘ぐ唇の端から、喜悦の涎が溢れ出して、紅潮した頬から顎のラインを伝って喉元まで滴り落ちた。

「ああ、常磐城さん、すごく気持ちよさそうな顔しているよ。涎まで垂らしながら喘いで、堪らなくセクシーだぁ……んふぅ、すごくいい匂い……あむ、ちゅぱ……」

　超絶快感に震える肩越しに、うっとりとした声で囁きかけた信司は、辛抱堪らなくなったのか、白い喉元や、肩口に唇や舌を這わせ始めた。

「ふぁ、しっ、信司ッ！　お前は……なっ、舐めるなッ！　あっ、はぁぁうんっ！」

　乳腺を掘り返される快感に、さらに追い打ちを掛けられ、神伽の巫女は甘く裏返った声を上げて身悶える。

「はぁぁ、美味しい。すごくスベスベで、甘くて……たまんないよ。ぴちゃ、ちゅぱ、ぴちゅるっ、れろっ、れるっ、はぁぁ、女の子の涎って、こんなに美味しいんだ……」

　操られた少年は、咲妃の声など完全無視で、夢中になって舌を這わせ、喉を伝い流れる喜悦の涎や、甘い媚香を放つ汗を根こそぎぬぐい去ってゆく。

（これが男の舌か？　何と激しくて、貪欲で、力強い……。まるで、餓えた獣に貪られているみたいだ）

熱くざらついた男の舌が、きめ細かな肌を何度も舐め上げる感触が、乳房の内部を探られる快感と入り交じって、呪詛喰らい師《カースイーター》を惑乱させる。

「おお、乳の中も熱く、甘く潤んでおるわ。心地よかろう？　もうすぐじゃ、もうすぐ乳汁が湧き出てくる」

乳首の内部にまで味蕾触手を侵入させ、繊細な粘膜組織の味を堪能した淫神は、満足げな口調で言いながら、なおも淫らに舌をくねらせる。

「くうぅぅ、そんな奥にまで……はぁぁぅ、んっ、あ、あぁぁぁ……入って、きて……くうぅぅぅンッ！」

乳管内に侵入した極細の味覚器官は、乳房の奥へ、奥へと潜り込み、ついには母乳を分泌する器官である乳腺葉にまで到達していた。

「ゆくぞえ、何度気をやろうと、乳汁を湧き出させるまで容赦はせぬ」

乳辱に喘ぐ咲妃の中で、淫水蝶の舌が細かく震え始めた。

ヴヴヴヴヴゥゥゥゥゥ～ンッ！

蜂の羽音のようなくぐもった振動が、乳房を内部から震わせ、母乳分泌系の柔組織を根こそぎ揺すり立てる。

同時に、熱気のような淫神のオーラが乳房内部に注ぎ込まれ、未稼働であった母乳分泌器官を強引に活性化させた。

「んぁぁぁ！　くぅぅっ！　あっ、熱いッ！　ウッ、アッ、んくうぅぅぅぅぅぅンッ！」

汗に濡れ光る裸身を強張らせ、乳房の奥底から押し寄せる超絶快感に耐える咲妃。

「常磐城さんのオッパイ、震えているよ……ああ、すごい、こんなに張り詰めて……」

陶酔状態の信司は、振動に包まれた乳肉を夢中になって揉み立てた。外からは力強い指使いで豊乳をこね回され、内からは、神の舌で乳腺を犯され、刺激される。

（ダメ……だ、強烈すぎて……何も考えられない。胸が……燃えて、弾けてしまいそうだッ！）

「我を鎮めると欲するなら、乳を出せ！　はよう！　出せ！　乳を出さぬか！」

母乳を欲する淫女神は鬼気迫る声で言いながら、さらに激しく舌を振るわせ乳腺を犯す。

とてつもない快感の大波が、胸の奥から沸き起こり、乳房の芯を駆け上がってきた。

「うぁ、あぁぁ、はあぁぁぁぁぁぁぁぁぁ〜ンッ!!」

艶めかしい声で夜気を震わせながら、乳責めだけで女悦の極みに追い上げられて仰け反った咲妃の乳先から、プシッ！　プチュルッ！　と純白の乳汁がしぶき出る。

「おおお、出た！　出たぞ……乳が出た！」

歓喜の声を上げる淫水蝶の顔にまで、白い飛沫を飛ばしながら、神伽の巫女は人生初の射乳絶頂に痙攣する。

「常磐城さん、ミルク出してる……美味しそうだ……飲みたい……」

餓えた子犬のように舌を突き出して喘ぎながら、信司は、熱い湿り気を孕んで、ムワッ、と甘く立ちのぼる母乳の匂いを胸いっぱいに吸い込んでいる。

「はぁはぁはぁはぁ……あぁ、出てる……母乳が……んくうぅぅ……ッ」

乳腺に挿入された味蕾触手が抽送されるたびに、乳首の先端から迸る乳汁を呆然と見ながら、少女は気が遠くなりそうな射乳快感に身をわななかせていた。


「乳の用意は整った。我が子等よ、出ませい！」

咲妃の乳首から舌を引き抜いた淫水蝶は、上体をグイッ！　と仰け反らせる。

大きく突き出された豊乳の頂点で、丸く膨らんでいた左右の乳首がさらに膨張し、先端がクパァ、と大きく開口した。直径数センチはありそうな、肉色の粘膜トンネルを巨乳の先端に開かせた妖女は、乳房の基部をきつく握り締め、思い切り扱き上げる。

「な、何だ？」

乳汁を滴らせる乳首の疼きも一瞬忘れ、呆然とつぶやく咲妃の眼前で、淫水蝶の巨乳内部から、何かが這い出してきた。

「オアァァァーッ、オアァァァァァーッ！」

妖しさと物悲しさを感じさせる赤ん坊の泣き声が、妖女の乳先に開いた穴の奥から聞こえてくる。粘膜トンネルがさらに大きく広がり、その奥から、透明な粘液に濡れた赤ん坊の頭部が、ヌプッ！　と顔を覗かせた。

蝶の羽を持った美妖女の巨乳から顔だけを突き出した、握り拳ほどのサイズの赤ん坊は、歯のない口を大きく開けて、母乳をせがむ泣き声を上げ続けている。

「愛しき子らよ、巫女の乳を存分に吸い、餓えと渇きを癒やすがよい！」

異形の赤子等に慈愛に満ちた声をかけた淫神は、グイッ、と身体を寄せてきた。

淫女神の妖乳と、咲妃の美豊乳が、互いをひしゃげさせながら密着し、乳先で泣く赤子の口が、母乳滴らせる少女の乳頭をパクリと咥え込む。

ちゅうううっ！　ずちゅるるるるるる～ッ!!

左右の乳首が強烈に吸い上げられ、分泌が始まったばかりの母乳を吸飲された。

「ひはぁぁぁんっ！　やっ、あっ、吸われて……出るうッ！はぁぁぁぁぁンッ！」

母乳と一緒に魂さえも吸い取られているかのような超絶快感に襲われ、神伽の巫女は前後から抱擁された裸身を痙攣させる。

ちゅぱ、ちゅぱ、ちゅぱ、ちゅううっ、ちゅうううっ、ちゅるるるるっ……！

トロリとぬめった生暖かい口腔内に咥え込まれ、倍ほどの長さに吸い伸ばされた乳首の芯をむず痒く疼かせて、強制分泌させられた乳汁が啜り込まれてゆく。

しかし、ほんの一分ほど吸飲を続けただけで、赤ん坊は乳首を吐き出し、再び物欲しげな泣き声を上げてむずかり始めた。

「強引に仕込んだ故、乳の出が足りぬようじゃな」

分泌量が著しく低下した勃起乳頭を見つめ、忌々しげな口調で告げる淫水蝶。

「はぁはぁはぁはぁ……うぅ……あ、あぁぁ……」

分泌が間に合わぬほど強烈に母乳を吸い上げられ、未知の快感に翻弄《ほんろう》された咲妃は、半ば放心状態で喘いでいる。

「も少し、女の性に目覚めれば、乳汁も多く出るようになろう。……そこな男《お》の子《こ》、この娘とまぐわい、精汁を注いでやれ。孕ませても構わぬぞ」

焦れた淫女神は、とんでもない命令を信司に下した。

「なっ、何ッ!?　それは……それだけはご容赦を！」

身悶えする咲妃の背後で、操られた少年はゴソゴソと動いて、下半身を露出する。

「うう……く……くううっ……」

込み上げる欲情を抑えているのか、どこか苦しげにも聞こえる呻き声を上げた信司は、咲妃の尻に剥き出しの股間を押しつけてきた。

「ふぁ！　待て……それだけは……ッ！」

熱く、固く猛った少年の肉柱が、汗ばんだ尻たぶにグリグリと擦りつけられて、少女の美貌を処女喪失の危機感に歪ませる。

「我が赤子らが、乳を欲して泣いておる。早うするのじゃ、交われ！」

「うぁ……く……あぁぁ……」

淫水蝶に急かされた信司は、相変わらず苦しげな呻き声を漏らしながら、退魔少女の股間を守っていた革帯をグイッ、と横にずらす。既に濡れ疼いてしまっている秘部が剥き出しになり、冷たい夜風に舐められて、卑猥に収縮した。

「さあ、お主の摩羅で、この女子の子壺を存分に突き混ぜよ！」

「やっ、やめろ！　私の膣には、仕掛けが……んむぅぅぅんっ！」

何か言いかけた咲妃の口腔に、長く伸びた妖女の舌が突き挿《い》れられ、声を封じる。

「泣き騒がれては興も削がれるであろう。おなごは黙って、男に身を委ねておればよいのじゃ。さあ、奥まで突き挿れよ！　子種を注いで孕ませよ！」

「あ……はぁぁ、あぁぁぁ……」

ぎこちない腰使いで、勃起した牡槍の穂先を秘裂に擦りつけた少年は、膣口も捕らえられぬまま、腰を突き出した。

くちゅ……ふにゅ……急激に萎えたペニスが、挿入を拒んで閉じあわされた秘裂に押しつけられて、頼りなげに捩れ、たわむ。

(う……ぁ？　えッ？　な、何が起きた？)

「なぜじゃ！　なぜ摩羅の強張りが解ける？　お主はその若さで腎虚《じんきょ》かえ⁉」

予想外の事態に、咲妃ばかりか淫水蝶まで困惑している。

「おっ、オレは……こう見えてもフェミニストなんだよっ！　レッ……レイプは、オレのポリシーに反するッ！　断固……拒絶するッ！」

操られているはずの信司の口から、切れ切れの声が絞り出された。

（信司……まさか、淫神の暗示に抗っているのか⁉）

退魔士としての訓練も受けていない一般人が、神の精神操作に抗っていることに、咲妃は驚きを禁じ得ない。

「ぬううっ、我が命に逆らうか！　ならぬ！　そのようなこと、断じて許さぬ！　巫女を手籠めにするのじゃ！」

蝶の羽を持った淫女神は、数十人の女の怒声をハモらせて再び命じる。

「クウウッ……暗示なんて……クソ食らえだぜ！　嫌だ！　おっ、オレは、絶対に、やらない……お断りだッ！　神様の命令にだって、抗ってやるぜッ！」

咲妃の尻に密着していた身体を強引に引き離した少年は、落ち葉の積もった地面の上に仰向けになって倒れ込む。

「致し方ない。役立たずの萎え摩羅から、精汁の全てを吸い出し、我自ら巫女の子壷に注いで孕ませてやるわ！」

業を煮やした淫水蝶は、抱擁していた少女の身体から離れ、下半身剥き出しで大の字になった信司に詰め寄った。

「精汁を吸い尽くしてやる故、覚悟せい！」

細管状の舌が、まだ柔らかい勃起の先端にあてがわれ、尿道口にヌプッ、と挿入される。

「うぁ！　そんなのアリかよぉ！　うぉ、ひぁぁ、あぁぁぁぁっ！」

尿道粘膜を舐めながら挿入されてくる触手舌の異様な感触に、引きつった声を上げた少年の身体が跳ね上がる。

「久しぶりの男の味、なかなかに美味いものじゃ。そおら、もっと奥まで……子種汁の溜まりまで挿れてやるぞえ。フフフッ、心地よかろう……」

細い舌をくねらせて、淫神は異物挿入にわななく男性の芯を貫いてゆく。

「くぁ、あはぁぅ！　はっ、入ってくるなぁ！　うぉ！　はおぉぉぉうっ！」

射精経路を逆行して侵入してくる細管のもたらす快感で、意思に反して勃起してしまったペニスを跳ねさせながら、信司は痛悦入り交じった呻き声を上げる。

「濃い汁がたっぷりと溜まっておるではないか。残らず吸わせてもらうぞ」

妖艶な笑みを浮かべ、淫神は精液の吸引を開始しようとした。

「お戯れは、そこまでにしていただきとうございます！」

凛とした声とともに、妖女の乳房が、背後から鷲掴みにされる。

「なぜじゃ？　お主は我が媚薬鱗粉の効果で動けぬはず……!?」

愕然《がくぜん》と顔を振り向かせた淫水蝶は、背中に張りついた神伽の巫女に問いかける。

「私の身体は、呪術の粋をつぎ込んで強化されております る故」

鷲掴みにした淫水蝶の乳房を、繊細な指使いで揉み上げながら、咲妃はしっかりとした声を上げる。

色白な頬は、快感の余韻で紅潮し、勃起した乳首には少量の乳汁を滲《にじ》ませてはいるが、瞳には強い意志の光が戻っていた。

「御前様の核となっている呪詛は、何百という女達の情念。自らの母乳で子を育みたいと願いながら叶わず、我が子ともども命果てた哀しみと無念が寄り集まって、そのお姿を形作っております」

蝶の羽を持つ妖女の巨乳を愛撫しつつ、呪詛喰らい師《カースイーター》は静かな口調で告げる。

こね回される乳房の動きが、揺りかごのような効果を発揮しているのか、大きく拡張された乳首から顔を覗かせた赤ん坊は、いつの間にか泣きやんでいた。

「主の言うとおりじゃ。我が子の餓えを、渇きを、乳が欲しいと泣き叫ぶ声を鎮めるためだけに我はある！　もっと、もっと、もっと乳を吸わせねばならぬのじゃ！」

情念の集合体である淫神は、何十人もの女の声で悲壮な叫びを上げる。

「それは……空しいだけの行為。他の女達の乳汁をどれだけ奪って飲ませても、未来永劫、赤子達を満足させることはできませぬ！」

淫水蝶の乳房を根本から搾り上げ、乳先から突き出した赤子の頭を指先で優しく撫でながら、神伽の巫女は呼びかける。

「ならば、ならば何とする？　どうすれば赤子らを安んじられるのじゃ!?」

「亜神となった赤子達の渇きを癒やし、成仏させられるのは、同じ神格である御前様の出す母乳のみ……」

淫女神の問いに、恭しい口調で答える咲妃。

「そのような戯れ言を……。我が胸乳、いくら吸わせても、ねじ切らんばかりに搾り上げても、乳汁など一滴も出ぬ！　出ぬのじゃ！」

「乳が出ぬと諦めること、それもまた呪詛！　神であらせられる御前様が自らに掛けた、無意識にして、最大、最強の呪詛！　その呪い、私が残らず祓《はら》ってみせましょう！」

ひときわ力強い口調で宣言する少女の声に、淫水蝶の裸身が震える。

「んおぉう……ほっ、本当に……できるのか？　そのようなことが？」

「できますする！」

期待と不安を声音に滲ませる淫神に、呪詛喰らい師《カースイーター》は自信たっぷりに頷いた。

「私のこの身体は、無抵抗で淫神様に貪られるためにあるのではございませぬ。神に奉仕し、餓えを、渇きを、疼きを、そして、哀しみと無念を癒やし鎮めるため……神の願いを叶えるために存在しておりまする！　ウズメ流神伽の戯、参るッ！」

咲妃は、その身に刻み込まれた技巧の粋を凝らして淫水蝶の豊乳に奉仕し始める。

「仮のひもろぎ……神の御座所をこしらえました。まずは、この両乳房に宿る赤子の亜神に、そちらにお移りいただきます」

少女が視線を向けた方向、落ち葉の積もった地面に、赤い燐光に包まれた直径一メートルほどの呪印が描き込まれていた。

信司が責められているわずかな隙に、赤ペンを使って高速描画したものだ。

「さあ、母神様の身を一時離れて、移りませい！」

よく通る声で告げた神伽の巫女は、バレーボールを二つ並べたようなサイズの巨乳に左右から手のひらをあてがい、一気に圧力を掛ける。

ぬちゅうっ、ぷちゅるんっ！　チューブの中身を搾り出すかのように、左右の巨乳に宿っていた赤子霊の集合体が扱き出され、地に描かれた呪印の上に落ちた。

「オアァァァーッ、オアオァオァァァーンッ！」

赤い呪印の上で、身をくねらせながら泣き叫ぶ赤子の首から下は、巨大な芋虫のような形状をしている。

「その姿で餓えに苛《さいな》まれ続けるのも、あとほんの少しの辛抱……」

巨大芋虫型の赤子に、慈愛に満ちた視線を向けて語りかけた咲妃は、赤子が抜け落ちてポッカリと口を開けた淫水蝶の乳頭に、人差し指の先をそっと挿入した。

ぷちゅ……ぬぷっ……温かく濡れた肉筒が収縮し、細くたおやかな指を咥え込む。

「おほぉうっ！　巫女よ、何をする気なのじゃ？」

先ほどとは立場を転じ、乳首を責められた淫女神は、声を震わせて問いかける。

「案じめさるな。私は神伽の巫女、決して悪しきようにはいたしませせぬ」

穏やかな口調で言った咲妃は、乳首に潜らせた指先に全身の気を収束してゆく。

「おおお！　温かや……主の指から、温かなモノが、我が乳の内に」

「私の気を、霊体に変えて注いでおります。神気凝り固まれば、即ち万物の体をなす……先ほど私の胸の中を探った時に感じたものを強く、強く思うのです。乳腺を……母乳を創り出す器官を……！」

半ばトランス状態に突入しながら、少女は練り上げた霊体を、エクトプラズムの形にして淫水蝶の乳房内部に送り込みつつ、親指の腹で乳輪の周囲に呪印を描き込んでゆく。インクのかわりに使っているのは、自分の母乳であった。

「思えば……想えば叶えられるのかえ？」

「御前様は神にございます。強く信ずれば、必ずや叶えられましょう。さあ、このたわわな胸を、汲めども尽きぬ乳汁の泉にッ！　解呪の儀、始めまする！」

大きく息を吸って開かれた咲妃の口から、高く澄んだ和音が紡ぎ出される。

それに唱和するかのように、淫水蝶も声を上げ始めた。呪印の中で泣いていた芋虫型の赤子達も、小さな口をいっぱいに開き、魂を震わせる多重和音を絞り出している。

(神結びの御声……。神の霊気と己の霊気を調和させ、霊体を根本から癒やす高等術式。どうか、成功してくれ)

目を閉じ、天を見上げて真っ直ぐに伸ばした喉奥から、人には出せぬ音域の音を発しながら、呪詛喰らい師《カースイーター》の少女は巨乳の中に霊気を注ぎ、乳輪に呪印を描き続ける。

プシッ……プシュッ、プシイイッ！

突然、噴出音を立てて、純白の乳汁が淫水蝶の乳先から迸った。

ちゅぷんっ、プシュウウウッ！　プシャアァァァァァァ～ッ!!

乳腺口に挿入されていた咲妃の指が抜かれると、信じられぬほど大量の母乳が、まるで噴水のように噴き出て、夜空に白い放物線を描く。

「おお！　おおおおおっ！　出た！　乳が……我が乳先から！　出たあぁぁぁ～ッ!!」

雨のように降り注ぐ自らの母乳を浴びながら、淫水蝶は、数十人の女性の声を響かせて歓喜の声を上げる。

「さあ、存分に……」

咲妃に促された淫女神は、呪印の中で泣いていた芋虫型の亜神をまとめて愛おしげに抱き寄せ、乳汁を滴らせる乳首を含ませる。

「はぁぁ、飲め、もっと、もっと吸え！　そうじゃ、これで、我は、この子等は、やっと……おおぉぉぉ～ッ!!」

歓喜の声を上げて授乳を続ける淫水蝶の身体から、赤子を胸に抱いた母親の霊が次々に解き放たれ始めた。呪詛から解放された母の魂は、その乳先に赤子の魂を吸いつかせたまま、ほの白い光に包まれて天へと昇ってゆく。

全ての霊が解放された後に残ったのは、薄緑色に輝きながら宙に浮いた、握り拳大の光の玉。

「神体……招迎《しょうげい》……」

静かな口調で告げる咲妃の胸に、浄化された淫神の核が吸い込まれた。

「……終わった……のか？」

ゆっくりと身を起こした信司は、静けさを取り戻した周囲を見回しながらつぶやいた。

「ああ、神伽の儀式は終わった。お前には迷惑を掛けたな。今夜はさすがに疲れた。帰ろうか？」

脱ぎ捨てた着衣を拾って身に着けながら、咲妃は変わらぬ口調で声をかける。

「オレ、最低だ……」

落ち葉の上に座り込んでうなだれたまま、自虐気味につぶやく信司。

「そう自分を卑下するな。淫神の暗示に抗ったではないか。神に抗うことなど、簡単にできることではないぞ」

「そんなの、何の慰めにもならないぜ。レイプこそ未然に防げたけど、キミにあんなにひどいことするなんて……どんな罰を受けても足りない」

　自己嫌悪に陥っている少年を見下ろし、フウッ、とため息をついた呪詛喰らい師《カースイーター》は、ポケットから取り出した赤ペンを指先でクルクル回しながら口を開く。

「良心の呵責に耐えられないか？　そういう悔みや罪悪感も、ある意味では呪詛。お前の人生が、それで歪んでしまいそうだと言うなら、祓ってやるのが私の仕事だな」

　呪詛喰らい師《カースイーター》は、赤ペンのキャップを外しながら告げた。


「……信司、おい、信司！」

　岩倉信司は、咲妃の呼びかける声で意識を取り戻した。

「あれっ？　お、オッ……パイ⁉」

　目をしばたかせながら、すぐ目の前に突き出された豊乳と、その向こうから見下ろす咲妃の顔を見上げ、とぼけた声を上げる。

「意識を取り戻した第一声がオッパイか……まったくお前はムッツリスケベだな」

　膝枕していた少年の頭を押し退けて立ち上がった少女は、苦笑を浮かべて言った。

「オレ、どうしてこんな状況に？」

「井戸を覗き込んでいて、いきなり倒れたんだ。多分、何らかの有毒ガスが発生していたんだろうな」

　制服のスカートに付着した落ち葉を払い落としながら、咲妃は告げる。

「そうか……じゃあ、あの出来事は全部、夢だったのかな？」

「ほぉ？　私の膝枕の上で見た夢だから、さぞやいい夢だっただろうな？」

　冗談めかした口調で問いかける少女の口元には、小悪魔的な笑みが浮かんでいる。

「えっと……いや、いい、話せば、キミが気分を害するだろうから止めとくよ」

「そうか、お前はムッツリスケベだが、根は本当にフェミニストだな。ククッ」

意味ありげな含み笑いを漏らす美少女の顔を、オカルトマニアの少年は複雑な表情で見つめていた。

翌日。

都市伝説研究部が部室として使っている小部屋に、咲妃と有佳の姿があった。

「マジで⁉　本当に、本当に？　入部してくれるのか？　ウソや冗談じゃなく？」

美少女二人の訪問を受けた少年は、興奮した声を上げる。

「ああ。私と有佳、二人で入部してやろう。ありがたく思うのだな」

入部届の用紙をヒラヒラさせながら、転入生の少女は恩着せがましい口調で言った。

「本当にありがとう。これで部室を追い出されずにすみそうだよ。これから、数々の謎を一緒に解明していこう！」

すっかり舞い上がっている信司の背後で、部室の引き戸が、勢いよく開かれた。

「岩倉信司君！　ちょっと話があります！」

戸口で仁王立ちになって声を上げたのは、真面目一途な生徒会長の稲神鮎子。

「鮎ねえ、なんでここに？」

「鮎ねえって呼ぶんじゃない！　生徒会の書記が、都市伝説研究部に強制入部させられたというから、事実確認のためにやって来たのよ！」

トレードマークであるメガネのレンズ越しに、幼馴染みである少年の顔を睨みながら、鮎子は声を荒げる。

「あっ、あの、会長、強制なんかじゃないです。わたし、この部に入りたいと思ってます。もちろん、生徒会のお仕事も、ちゃんとやりますから」

遠慮がちな声で言いながら、生徒会書記を務める女子生徒、雪村有佳は、隣にいる咲妃の手をそっと握り締める。

正直なところ、有佳は都市伝説など何の興味もない。

恋仲にある咲妃が入部すると言うから、一分でも長く一緒にいたかっただけなのだ。

「そう？　本当に強制じゃないのね？　そこの転入生さん、常磐城さんでしたっけ？　あなたも、強制されて入部したわけじゃないのね？」

咲妃に視線を移した生徒会長は、有佳としっかりと握りあっている手を少し気にしつつ問いかけてくる。

「ああ。私は以前から都市伝説に興味があったんだ。マニアではないが……な」

胸の中で、『実は本職なんだ……』と付け加えつつ、ニヤリ、と笑みを浮かべる。

「そう……わかりました。では、私も監視役として、この部室に時々顔を出させていただきます。だから、岩倉信司君は、くれぐれも妙なことをしないように！」

メガネの位置を、クイッ、と直しながら、生徒会長は、拒否や意見を許さぬ口調で唯一の男子部員となった部長に釘を刺す。

「なっ、何だよ妙なことって!?」

「……セクハラ、盗撮、お触り、そして、グチョグチョ、ドロドロの乱交？」

咲妃の発言に、その場にいた全員が顔を強張らせる。

「ちょ、ちょぉっと常磐城さんっ！　そういうはしたないことを、女子が言うのはいかがなものかと思いますけど？」

猥談に対する耐性がないらしく、鮎子は耳まで真っ赤にして注意してくる。

「そうですよ咲妃さん！　咲妃さんは……わたしとだけ」

恥ずかしげな声を上げた有佳は、絡みあわせた指にキュッ、と力を込めてきた。

触れあった指先から、『浮気は許しません！』という強い感情が伝わってきて、咲妃の口元に苦笑を浮かばせる。

「セクハラとか、盗撮とか、そんなことは断じてしない！　オレを疑っているなら、鮎ねえも入部してくれよ！」

咲妃のひと言で、妙な雰囲気になった空気を払拭すべく、都市伝説マニアの男子生徒は必死の声を上げる。

「お断りです！　私はオブザーバーとして、この部がモラルに反した行動をしないか監視させてもらいます。いいわね？」

「私は異存ないぞ。そうか、４Pの可能性が出てきたか……フフフッ」

開けっ広げな転入生のイタズラっぽいひと言で、空気が再び凍りついた。

こうして、都市伝説研究部は部員三名、監視者一名で、活動を開始したのだった。

封の三　淫夢人形

大型液晶画面に曲名が表示され、イントロが流れ始めた。

「私が入れた曲だな。よし、有佳、二人で歌うぞ！」

「ほっ、ホントにわたしも歌うんですか……？」

自信に満ち溢れた咲妃の隣で、恥じらいと緊張の表情を浮かべてマイクを手にした有佳は、クラスメイト達の視線にさらされて身を強張らせている。

「心配ない、私がついている」

ただならぬ関係にある親友の肩を抱いた転入生の少女は、いきなり高いキーで始まる歌い出しを難なくクリアし、伸びやかな美声を室内に響かせる。

「我がクラスの歌姫、とっきーキター！」

「委員長も遠慮なく歌っちゃえ！　ラブラブデュエット羨ましいぃ♪」

クラスメイトの女子達の歓声を受けながら、有佳もデュエット部分を歌い始めた。

ここは市内にあるカラオケボックスの一室。

女子生徒ばかり十数人が集い、常磐城咲妃の転入歓迎パーティーが開かれている。

部屋に入るなりマイクを手にした咲妃は、最近のヒット曲に加え、アニソンや懐かしのヒット曲、さらには渋い選曲の演歌まで見事に歌いこなして、『歌姫』という新たな称号を獲得し、歓迎会は大いに盛り上がっていた。

「おおお！　新発見、委員長も歌ウマっ！」

「雪村さんの歌声、初めて聞くけど、超カワイイ！　惚れちゃいそう」

「二人とも、マジ歌上手いんですけど、プロ行けるんじゃない？」

顔を真っ赤にして照れまくりながらも、咲妃の美声と見事にハモって歌う有佳にも、クラスメイト達の惜しみない賞賛の声がかけられた。

「はぁぁ、何とか歌えましたぁ。恥ずかしくってクラクラしちゃってます。……ちょっとお手洗い行ってきますね」

一曲見事に歌い終えた有佳は、顔を上気させたまま、個室を出て行った。

「……とっきー、アリガトね」

有佳がいない隙を突いて、『宴会部長』と書かれたたすきを掛けた女子が、咲妃の隣に腰を下ろし声をかけてきた。

「ん？　何か、感謝されるようなことをしたかな？」

クラス内では、『とっきー』という愛称で呼ばれている転入生は、小さく首を傾げる。

「委員長……雪村さんのことだよ。今までなんか、取っつきづらい感じだったけど、とっきーが来てから一気に打ち解けたもの」

「そうか……そう言ってもらえると嬉しいし、私としても誇らしいな。有佳は本当にいい奴だから、これからも仲よくしてやってくれ」

咲妃は、柔らかな微笑みを浮かべて言った。

狂おしいほどの射精衝動をもたらす男根型の淫神、淫ノ根の依り代となってしまったせいで、雪村有佳は、性衝動を刺激してしまう他人との接触を極端に恐れていた。

神伽の巫女である咲妃と出会い、定期的に鎮めの儀式を受けているおかげで、有佳は本来の、明るく人なつっこい性格を取り戻しつつある。

「ただいまぁ。アハハ、ちょっと迷っちゃいました」

照れ笑いを浮かべて、有佳が戻ってきた。

「同じ形のドアがいっぱい並んでいるからな。早速だが、もう一曲一緒に歌おう」

歌姫の称号を得た少女は、端末を操作して、デュエット曲を検索し始める。

「ええっ！　さっき一曲歌っただけでヘトヘトですよぉ」

「あー、それじゃあ、みんなで歌おうよ」

宴会部長の女子が、有佳と咲妃の肩を背後から抱いて、ここぞとばかりに提案する。

「それ、賛成！　みんなで歌ってるとこ撮影して、フォトシールにしちゃおうよ！」

「有佳、それならいいだろう？」

「はい、皆さんと一緒なら……」

咲妃に声をかけられた委員長は、嬉し恥ずかしげな微笑みを浮かべて頷く。

すっかり打ち解けた女子達の宴会は、それからも大いに盛り上がった。

「昨日は部活に参加できなくて悪かったな。女子寮の門限ギリギリまで盛り上がってしまったんだ」

翌日の放課後、咲妃と有佳は部室で、部活を無断で休んだ言い訳をしていた。

「まあいいさ。一人で部室にいるのは慣れてるから。でも、せめて連絡か伝言メモぐらいは欲しかったな」

ちょっと拗ね気味で言う信司。

「あなた、昨日は一人じゃなかったでしょ!? 私がしばらく一緒にいたじゃないの！」

なぜか今日も部室に居座っている生徒会長、稲神鮎子が信司に食ってかかる。

「鮎ねえは、説教っていうか、尋問みたいなことを三十分ぐらいやって、生徒会の仕事があるからってさっさと帰っちまったじゃないか！」

「ほぉ、塩焼きは、信司と二人っきりで言葉責めしていたのか、お楽しみだったたな」

咲妃は、ニヤリ、とイタズラっぽい笑みを浮かべて冷やかしに掛かる。

「塩焼きって言うなぁ！　そっ、それに言葉責めなんてしてませんっ！　常磐城さんは、なんでいつも、そういういやらしい方向に話を持って行くんですか!?」

猥談に対する耐性が著しく低い生徒会長は、ムキになって言い返す。

「若く健康な男女が個室で二人きりの状況になれば、そっち方面に行くのが世の必然というものではないのか？」

「違いますっ！」「断じて違うッ！」

生徒会長と、都市伝説マニアの少年は、声を見事にハモらせて否定する。

「咲妃さん……あまりエッチなことを言うのは、いけないと思います」

有佳にまで、やんわりと釘を刺された。

「むう、何だか私が三人掛かりで責められそうな雰囲気だな。だが、そういう総受け展開も、場合によってはありだな、うん……」

爆乳を誇示するかのように腕組みした咲妃は、妙に色っぽい口調でつぶやく。

「だからぁ、そういう話題からはいい加減に離れなさい！　信司、あなたもニヤけてないで、さっさと会議始めるッ！」

「なっ、何だよ、監視者のくせに、部活を仕切るのか？

職権濫用だぞ」

幼馴染みである上級生からいきなり話を振られた信司は、腕組みに押し上げられて、魅惑的な弾力を見せつけていた咲妃の爆乳から慌てて視線を逸らして愚痴る。

「生徒会長として、健全な部活動を推進しているだけですっ！　ここは都市伝説研究部であって、猥談部じゃないでしょ!?」

「わかったよ。じゃあ、都市伝説研究部の第一回、活動方針決定会議を始めます」

宣言した少年は、私物のノートパソコンと、部の備品となっている旧型デスクトップをリンクさせ、この街の地図を表示した。

「この街にはミステリースポットが多い。その中で、実地検証に赴く場所の厳選をしようと思っているんだ」

咲妃達、女子三人が覗き込んでいるデスクトップパソコンの地図には、小さな旗型のマーカーがいくつも打ち込まれていて、マウスのカーソルをあわせると、その場所についての注釈が出るようになっている。

「ミステリースポット巡りか、まあ、妥当な活動だな」

咲妃が既に亜神を封じた首くくりの樹や、先日、信司とともに淫神と遭遇した乳母魂の井戸にもマークと注釈が付いていることに小さな笑みを浮かべながら、咲妃はあちこちカーソルを動かしてマークをチェックしている。

「くれぐれも、調査にかこつけた集団デートにならないようにね？」

メガネのレンズに地図画面を映しながら、鮎子はお姉さん口調で忠告する。

「心配性だなぁ、誰もそんなことしないって……多分」

「何なのよ！　その、多分ってのは!?　男ならはっきりと断言しなさい！」

真面目一途な生徒会長は、曖昧な返事をした幼馴染みに詰め寄った。

「いいことを思いついた。塩焼きも調査について来ればいい。その方が信司も喜ぶし、集団デートに発展しても仲間外れにならないぞ」

咲妃が発したさりげないひと言に、鮎子と信司の顔がギクリ、と強張る。

「せっ、生徒会の仕事が忙しくて、そんな暇なんてありませんッ！」

「そっ、そうだよな、生徒会活動の方が絶対に大事だ、うん……」

幼馴染みの少年少女は、再び声をハモらせて頷いた。

「あ、あのぉ、わたしも一応、生徒会の書記なんですけれど、会長がそんなにお忙しいなら、わたしもお手伝いしますよ」

生徒会の書記係と都市伝説研究部を掛け持ちしている有佳は、申し訳なさそうな表情を浮かべて申し出る。

「雪村さんは、生徒会書記の仕事を十分に果たしてくれているわ。私が勝手に色々引き受けて、仕事を溜め込んでいるだけだから。……それから、常磐城さん」

優しい口調で有佳をフォローした生徒会長は、一転して険しい表情になって、咲妃の顔をキッ、と睨みつけてきた。

「ん？　何だ？」

「私を塩焼きって呼ばないでって、何度も何度も注意したわよね⁉」

ニックネームで呼ばれることを嫌う先輩少女は、ズイッ！　と顔を寄せてくる。

「そんなに不快だったか？　塩焼きという愛称で呼ばれるのにも、そろそろ慣れてきたんじゃないかと思っていたんだが……」

「慣れるわけないでしょ⁉　愛称なんかじゃなくって、蔑称《べっしょう》じゃないの！」

咲妃のとぼけた声でさらに気分を害した生徒会長は、バンッ！　と机を叩いて声を荒げる。その衝撃で、机の縁に置いてあったマウスがテーブルの下に転げ落ちた。

「そんなにエキサイトしなくてもいいのに……ん……あれは……？」

テーブルの下を覗き込んだ咲妃は、信司の足元に置かれた紙袋に気付く。

市内にあるホビーショップのロゴが印刷された大振りな手提げ袋から、ごく希薄ではあるが、淫神特有の粘り着くようなオーラが漂い出ていた。

「おい、その袋は何だ？　ちょっと見せてくれないか」

「あ？　これか？　これもまあ、都市伝説の検証対象と言えなくもないな」

信司が紙袋から取り出したのは、大振りな箱に入ったフィギュアだった。

箱の前面にある透明な窓越しに、中身が確認できる。

「細部がよく見えないな。出してみてもいいか？」

「別にいいよ。オレは別に転売目的で買ったわけじゃないからな。おっと、荒っぽく扱われて、せっかくのフィギュアが破損したらかなわない。オレが箱から出すよ」

信司は、パッケージから中身を丁寧に取り出し、机の上に置いた。

それは、見ようによっては割り開かれた女陰のようにも見える、鮮やかな深紅の花の中心で抱きあい、上半身を仰け反らせた、全裸の男女を造形したフィギュアであった。

どうやら、男女は花の雄しべと雌しべを擬人化して表現しているようで、植物的な意匠の仮面を被っているため、顔は見えない。

男は中性的な筋肉質の肉体で、対する女性は見事なプロポーションの妖艶な姿だ。

隙間なく密着した股間から下は、白濁した蜂蜜のような色をした樹脂に融け込むような形で造形されている。

開封されたばかりのフィギュアから、まだ新しい塗料の匂いが漂い、それに混ざって、淫神特有の淫靡な魔香が、線香の煙のように渦巻きながら立ちのぼっていた。

「これは、いわゆるエロフィギュアという奴だな」

「わぁ……初めて見ました。こんなにエッチなものが売られているんですね」

咲妃と有佳は、淫靡な造形のフィギュアを興味深げに眺めながら感想を述べる。

「これは断じてエロじゃない、芸術だ！」

どうやらフィギュアに関しても一家言あるらしく、信司が即座に否定した。

「フィギュアの売れ筋ってのは、アニメやゲーム、コミックやラノベなどの登場キャラやメカを立体化したものが主流なんだ。しかし、一点物のイラストを立体化したものや、アート系のフィギュアも制作されていて、根強い人気があるんだよ」

ウンチク好きな少年は、得意げな口調で語り始める。

「今回オレが入手したこのフィギュアは、ファンタジーイラストを立体化したアート系の作品で、『アルラウネの恋人達』という作品名が付けられているんだ」

「なるほど……筋肉や骨格の造形は、なかなかリアルだな。しかし、股間はあまりリアルには造形されていない……」

半透明の樹脂に半ば埋め込まれた彫像の下半身を覗き込みながら、咲妃はつまらなそうにつぶやく。

「当たり前だろ！　そんなところまで細かく造形したら、発売禁止になっちまうよ」

「女の方の乳首は丁寧に塗装されているのに、男の乳首は塗られていない……」

羞恥心のピントが、他人とはちょっと異なっている少女は、さらにケチを付ける。

「男の乳首に色が付いていて喜ぶ奴は、そうそういないだろうからな」

「そういうものなのか。で、このフィギュアは、何個ぐらい出回っているんだ？」

フィギュアにさりげなく手をかざし、立ちのぼるオーラを調べながら、呪詛喰らい師《カースイーター》は小さく眉を顰めて問いかける。

「それはさすがにわからないよ。製造元は、あまり大きなフィギュアメーカーじゃないから、何万個ってことはないと思うけど。なんでそんなこと気にするんだ？」

「いや……こういう商品って、どのくらい売れるのか、ちょっと気になっただけだ」

言い訳しながら、隣に座っている有佳の顔を横目で盗み見る。

「あの、咲妃さん、このフィギュアに何か？　もしかして……？」

依り代になっている少女の目には、ごく薄い淫神のオーラは検知できていないようだが、咲妃の表情や口調から何かを察して問いかけてくる。

「ん？　いや、たいしたことじゃない。純粋に好奇心だよ。で、生産数は？」

有佳に微笑んでみせて安心させてから、再度信司に問いかける。

「そうだなぁ、数百ってことはないだろうから、千体以上、数千体以下って感じじゃないかな。このタイプのフィギュアは爆発的に売れるってことは珍しいから」

「そうか。これが数百から数千……ふむ」

咲妃は思案顔になる。

（淫神の核が宿っているのは、おそらくこのフィギュアの原型。それを精密にコピーしたために、量産品までもが、分身を憑依させる依り代となっているんだろう。一つ一つは害のないレベルだが、全部まとまったら……）

「オレ、この会社のアート系フィギュアシリーズが気に入って、いくつか持っているんだぜ、今度、持ってきてみせてあげるよ」

咲妃がフィギュアに興味を持っていると勘違いした少年は、自慢げな口調で言う。

「お前、オカルト関係だけかと思ったら、色々とマニアックなんだな……」

転入生の少女は、呆れ半分、感心半分でつぶやく。

「広く、深くがオレのモットーだからな。オカルトから最新科学、さらにはサブカルチャーまで、興味を持ったジャンルは徹底的に突き詰めてみたいんだ」

「要するに、浮気性なだけでしょ。だから、運動神経抜群なのに、こんなわけのわからないものにばかりいれこんで……まったく」

黙って聞いていた鮎子が、ここぞとばかりに愚痴る。

「まったく鮎ねえは、昔から説教好きで困るよ」

「鮎ねえって呼ぶんじゃないッ！　これは説教じゃなくって、あなたの才能を惜しんで言っているのよ！」

生真面目な委員長は、うるさそうに言った幼馴染みの鼻先に、指をビシッと突きつけて怒鳴る。

「塩焼きって呼ばれるよりはいいだろ？　昔から、オレは親しみを込めて、鮎ねえって呼んでいたんだから」

「そっ、それはまぁ、そうなんだけど……」

曖昧な表情で頷く鮎子の顔は、心なしか嬉しそうだ。

「そういえばさっき、このエロフィギュアが検証対象とか言ってなかったか？」

ちょっといい雰囲気になりかけている幼馴染み同士に水を差すように問いかける咲妃。

「このフィギュアについては、ネット上で、ちょっと不思議な噂が広まっているんだ」

「ほぉ、どんな噂なのかな？」

「こいつを枕元に置いて寝ると、片想いの相手とラブラブしているロマンチックな夢が見られるっていうんだ。実際に体験したっていう書き込みもいくつか上がっていて、それによると物凄く生々しい夢らしい」

　都市伝説マニアの少年は、口元にスケベったらしい笑みを浮かべて解説する。

「ふむ、要するに、片想いの相手に対して秘めていた劣情を、思う存分吐き出すエロエロ、グチュグチュな淫夢が見られるということだな？」

「キミは表現がストレートすぎるんだよ。あくまでも愛があってこそのロマンチックドリーム！　断じて淫夢などではないッ！　だからこれは、検証に値するんだ！」

　グッ、と拳を握り締め、瞳を輝かせて宣言する信司。

「片想い、下着を汚す淫夢かな、と……」

　バレ句を詠んだ咲妃は、ニヤリ、とイタズラっぽい笑みを浮かべる。

「だから、もう少し言葉にオブラート掛けろよキミは！」

　都市伝説研究部部長の少年は、やたらとエロ方面に話を引っ張りたがる美少女新入部員をたしなめる。

「ねえ、片想いって……信司には好きな人がいるの？」

　二人の漫才的な掛け合いをよそに、鮎子は探るような口調で幼馴染みの少年に問いかけてきた。


「えっ？　いや、別に……そういうのはあまりオープンにできないからこその片想いであって……アハハハっ」

　煮えきらない口調で言う信司を、メガネの少女はむくれた表情で見つめる。

「片想いも何も、信司と塩焼きは相思相愛の仲じゃないのか？」

　ボソッ、とつぶやく咲妃。

「なっ！　いきなり何を言い出すのよあなたはッ！」

　塩焼きと呼ばれたことを怒る余裕もないほどに取り乱した委員長は、耳まで真っ赤にして声を上ずらせる。

「そんなにうろたえなくてもいいじゃないか。幼馴染みのお姉さんに、年下の男子は必ずと言っていいほど惚れて、初めての女になってもらうのが世のことわりだ」

「そっ、そんなことわりはありません！」「どこのエロコミックだよ⁉」

　今度のツッコミも見事にハモった。

「とっ、ともかく、これは没収します！」

　押し殺した口調で言った鮎子は、卓上のフィギュアを鷲掴みにしながら宣言する。

「そんな殺生な！　今夜、噂の検証をしようと思っていたのに！」

「たとえ夢であったとしても、そういう卑猥な目的に使われるものを、ムッツリスケベなあなたに持たせておくわけにはいきません！　噂の検証だったら、中立の立場でオカルト懐疑派の私がしてあげるわ！」

レンズ越しの眼光で、幼馴染みの少年を威圧しつつ言い放った鮎子は、淫神の分身を宿したフィギュアを手際よく梱包し、手提げ袋に突っ込んだ。

「おいおい、横暴すぎるよ！　なんでそんなにむくれてるんだよ、鮎ねえ」

「むくれてなんてないわよッ！　監視者特権を行使します！」

フィギュアを取り返そうとする信司から距離を取った生徒会長は、起伏の乏しい胸にしっかりと手提げ袋を抱きかかえ、明らかに機嫌が悪そうな口調で宣言した。

「ますます横暴だ！　そんな特権認めた覚えはないぞ！」

「私は生徒会長よ。いわば、この学園における生徒自治活動の頂点！　神にも等しい存在なの。その私の権限で、このフィギュアは没収します。以上ッ！」

クルリと踵《きびす》を返した鮎子は、止める間もなく部室を出て行ってしまった。

「神宣言とは、塩焼きもなかなかやるな。……おい、追いかけていって、『オレが片想いしているのは、実はキミなんだ！』って言えば、彼女はきっと喜ぶと思うぞ」

咲妃は、まんざら冗談でもなさそうな口調で、フェミニストの少年をけしかける。

「そっ、そんな恥ずかしいこと言えるわけないだろ！　はぁ……何だかグッタリ疲れちまった。今日はもう、お開きにしてもいいかな？」

女の子の悋気《りんき》に慣れていない少年は、心身ともに疲れきった様子で、部活の終了を申し出た。

明かりを落とした部屋の中、パソコンの画面から漏れる白っぽい光が、咲妃の美貌を照らしている。

「……ふむ、原型師の経歴や、過去の作品からは、何も引っかかってこないか」

自宅マンションに戻った彼女は、退魔機関の情報網にアクセスし、例のフィギュアに関するデータを片っ端から収集していた。

退魔機関は、独自の検索エンジンを使用して、ネット状を飛び交うオカルト関係の情報を収集、分類、検証し、強力無比なデータベースを構築しているのだ。

咲妃はさらに検索範囲を広げ、原型師の居住区や取引先周辺で起きた事件、事故にアクセスしてみる。

「……原型師が住んでいるマンションの近所で、新興宗教団体所属の数名が火災により死亡……これが怪しいな」

メリハリの利いた全裸の肢体に、バスタオル一枚巻いただけの色っぽい格好の呪詛喰らい師《カースイーター》は、座り心地のいいネットチェアにまろやかなヒップを委ね、事件の内容についての検索を続けた。

「幽体離脱による、肉体の束縛を超えた性愛行為……霊体同士のセックスが教義か」

教団関係の詳細なデータを表示させた少女は、さらに興味深い情報を目にして軽く目を細める。

「教祖の男は、実際に幽体離脱能力者であった可能性が高い。霊体セックスに興じている最中に肉体が死亡、戻れなくなった魂が、フィギュアの原型に宿ったか？　人の霊は、人の形に最も適合して宿るからな……」

まだ湿り気の残る艶やかな黒髪を手櫛で梳き上げながら、咲妃は推理を続ける。

「大いにあり得る事象だな。ただ、それだけなら、単なる憑依霊止まりのはずだった。……しかし」

呪詛喰らい師《カースイーター》の少女は、モニターを見つめる眼光に鋭さを増す。

「唯一にして最大、最悪の問題点は、あのフィギュアが量産されたこと。そのせいで、何百、何千という分身が、淫夢を介した精気吸引用の端末として使われている。こいつは迅速に対処しないと、急激に力を付けて危険な存在になるぞ。手遅れになる前に行くか……淫夢を狩りに！」

美貌を引き締めて立ち上がった少女は、身体に巻いていたタオルを一気に脱ぎ捨て、神をも魅了する見事な裸身をさらけ出した。

「本当に、こんなもので、片想いの人の夢なんて見られるのかしら？」

学生寮のベッドの上で腹ばいになり、サイドテーブルの上に置いたフィギュアを見つめながら、真面目一途な生徒会長、稲神鮎子はつぶやいた。

風呂上がりの身体は、淡いピンク色のパジャマに包まれ、ほのかに上気した顔は、学園では常に身にまとっているピリピリした緊張感が弛んで、年齢相応の、初々しい色香を漂わせている。

肌触りのいいコットン生地に包まれた肢体は、バストこそ決して豊かとは言えないが、ヒップから太腿は女らしい丸みを帯びており、ウエストの細く引き締まった、スレンダー体型の美少女だ。

「はぁ、私ったら、どうかしてたわね。なんであんなに腹が立ったんだろう？」

幼馴染みの少年の、煮えきらない言動や態度に腹を立て、フィギュアを没収してきたことを今更ながら反省して、自嘲気味につぶやく。

脳裏に浮かぶのは、「片想いの相手」と言った時、信司の視線が向いていた、やたらに卑猥なことばかり言う転入生の女子のこと。

（信司は、あの常磐城さんという人が好きなのかな？　あー、何だかモヤモヤする！）

咲妃と比べると、明らかにアピール力不足の胸に枕を抱きかかえた鮎子は、ベッドの上を、右に、左にゴロゴロと転がる。

件《くだん》の女子、常磐城咲妃は、信司と鮎子のことを両想いではないか、と言った。

「勘違いもはなはだしいわ。両想いじゃ……ないみたい」

ゴロリと仰向けになって、天井を見上げながら、重いため息混じりにつぶやく。

幼少期から一緒に遊び、いつの頃からか、ほのかな想いを抱くようになっていた年下男子の顔を思い浮かべながら、生真面目な性格の少女は、自分でもどう処理していいのかわからぬ感情のうねりに囚われている。

「想いが叶わないなら、せめて、夢の中で、なんて。……はぁぁ、こんなプラスチック製品に何を期待しているんだろ、私って」

卑猥な造形のフィギュアを再び視界に捉えて、切ない吐息を漏らす。

「まあ、言い出した責任はあるから、検証はしてあげるわ。どうせ何も起きないでしょうけど、ね……ふぁ……」

胸の奥のざわめきを鎮められぬまま、生あくびを噛み殺しつつ言った少女の耳に、ドアチャイムの鳴る音が飛び込んできた。

（こんな時間に来客？　誰かしら？）

起き上がった鮎子は、スリッパを履いて、直接、ドアへと向かう。

「こんばんわ、塩焼き♪」

「常磐城さん⁉　どうしてあなたが女子寮にいるのよ？」

ドアの向こうに立っていた制服姿の少女に、目を丸くして問いかける。

「入口で、学生証を提示して入ってきた」

とらえ所のない編入生は、いつも通りの、とぼけた口調で告げる。

「そういうことを質問しているんじゃなくって、なぜ、こんな夜遅くに私の部屋に押しかけてきたのかってことを訊いているの！」

叶わぬ想いに悩む少女から、生真面目な生徒会長に戻った鮎子は、恋敵かもしれない女子生徒に、トゲのある口調で問いかけてしまう。

「一緒に淫夢の検証をしようと思って来たんだ。立ち話も何だから、入るぞ」

デリカシーに欠ける転入生は、ずかずかと室内に入ってくる。

「へえ、狭いながらも機能的でいい部屋じゃないか」

「ちょ、ちょっと、あなた、強引よ！」

鮎子のプライベート空間を興味深げに見回す咲妃に、食ってかかる。

「今日、部活の時のお前も、フィギュア没収したりして、ずいぶん強引だったじゃないか」

部屋の真ん中で立ち止まった咲妃は、黒曜石のような深い光をたたえた目で、鮎子の顔を真っ直ぐに見つめながら言った。

「あ、あれは……ちょっと気が動転してたのよ。信司、怒ってたでしょうね？」

「いや、グッタリ疲れたとか言って、早々に部活を終了させたが、怒っている様子はなかったな。まあいい、とにかく検証だ。さあ、寝よう！」

フローリング床に敷かれたラグの上に座り込んだ咲妃は、バッグから取り出したキャンプ用のコンパクトマットレスを広げ始める。

「ちょっと、本気で検証に参加する気なの？」

「もちろん本気だ。一人より二人の方が、何をしても楽しいぞ」

戸惑った声を上げながらも、なぜか強く拒絶できぬ部屋の主を尻目に、侵入者の少女はマットレスの上にフリース毛布を置いて、即席の寝床をこしらえた。

「さて、今度は私の準備だ」

マイペースな女子生徒は、立ち上がって、楽しげな鼻歌交じりに制服を脱いでゆく。

「なっ、何脱いでいるんですか⁉」

「何って、制服姿のままじゃ寝苦しいじゃないか」

恥じらう様子もなく言った咲妃は、どんどん服を脱ぎ、シンプルな白のブラとショーツの下着姿になった。当然、革帯緊縛の退魔装束も身に着けているのだが、印象希薄化の呪印処理が施されているため、鮎子の目にはただの下着姿にしか見えていない。

「普段は全裸で寝ているのだが、今日は下着姿で失礼させてもらう」

「全裸って、あなた、私生活までそんな調子なの？」

貧乳気味なのがコンプレックスな生徒会長は、メリハリの利いたプロポーションを見せつける咲妃の肢体を、羨ましげに見ながら呆れた声を漏らす。

「じゃあ、おやすみ」

床に敷いたマットに横たわり、フリース毛布を身体に巻いた咲妃は、胎児のように身体を丸めて目を閉じた。

「待ちなさいってば！　だっ、第一、どうして私が、あなたと一緒に寝なきゃいけないのよ⁉　そんなこと許可した覚えはないわよ！」

図々しい侵入者のペースにすっかり巻き込まれていた鮎子は、ようやく反撃のチャンスを与えられ、寝ている下級生に詰め寄った。

「何だ、寝ないのか？」

「寝られるわけないでしょ！　よりによって、あなたと一緒に淫夢の検証なんて……」

嫉妬と困惑、そして、それ以上に、自由奔放な咲妃に対して強い羨望の感情を抱きながら、鮎子はつぶやく。

「それじゃぁ、安眠のおまじないをしてあげよう」

上体を起き上がらせた咲妃は、しなやかな腕を差し伸べ、人差し指の先で、鮎子の額を、ツン、と突いた。

「なっ！　何を？　そっ、そんな変なことしても……眠ることなんて……でき……ない……ふぁ……んッ」

指先に描き込んでいた、『催眠』の呪印を額に転写された生徒会長は、ベッドにコロンと横たわると、心地よさげな寝息を立て始めた。

「これでよし……さて、私も寝るとしよう」

すやすやと眠る部屋主の身体に毛布を掛けてやった咲妃は、床にこしらえた寝床で身を丸め、夢の世界に旅立った。


（……どうやら、上手くいったようだな）

心地よい浮遊感に包まれて横たわったまま、咲妃はゆっくりと目を開く。

そこは、生暖かい空気に満たされた空間だった。

胎児の姿勢で背を丸めて横たわった身体に触れているのは、適度な弾力がある、ウレタンマットレスのような感触の黒い床。周囲には淡い燐光を放つ霧が漂っていて、視界はほとんど利かない。

身を起こして上を見上げてみるが、天井は確認できず、白く輝く霧がどこまでも続いているだけであった。神伽の巫女は、音もなく、匂いもない、静寂と虚無の支配する場所にたった一人で放置されている。

「まさに夢の世界という感じの幻想的な舞台設定だな。それに、この服装は……淫神の好みか？　俗っぽいというか、何というか……」

自分のいでたちを確認した咲妃は、幾分呆れ気味の苦笑を浮かべる。

下着姿で眠りについたはずの彼女の肢体は、体操服とブルマーに黒靴下を着用した格好に変えられていた。体操服のサイズは、彼女の体格には少し小さめで、豊かなバストに突き上げられた胸元の布地は、今にもはち切れてしまいそうにピンと張り詰め、寸足らずな裾の下からは、引き締まった腹部と、形のいいおへそが覗いている。

体操服の下は、着用と同時に彼女の霊体と一体化する革帯の退魔装束のみで、下着は着用していないようだ。

尻を包み込むブルマーも明らかにサイズ不足で、ムッチリと張り詰めた桃尻の形状が、あからさまに浮き出ていた。

(身体が重い……動こうとしても、力が抜けてゆく感じだな。これが夢の呪縛か)

立ち上がろうとしても、思うように動けない咲妃の身体は、やがて、四つんばいになって尻を突き出した姿勢のまま身動きできなくなってしまう。

まるで、後背位での挿入をねだるかのようなポーズになったせいで、サイズ不足のブルマーが尻の谷間に咥え込まれ、まろやかな恥丘にピッチリと張りついて、若さと色香を併せ持った下半身のエロスを際立たせた。

(淫夢の主は、このフェチっぽい格好がご所望か。そろそろ、来る頃かな?)

身動きを封じられても、焦りや恐怖の表情も浮かべず、美貌を凛と澄みきらせた少女の周囲で、いくつもの気配が動く。怪しく光る霧の奥から姿を現したのは、かろうじて人の姿をしているのがわかる、黒い影達であった。

黒い煙が凝り固まったかのような人影の群れは、輪郭を不安定に波打たせながら、分離したり、融合したりを繰り返して、咲妃の周囲を取り囲む。

(私に関する情報不足で、まだ、明確な形をなすことができないようだな。こいつらはただの分身、本体を引っ張り出すまで、何をされても耐え抜くのみ……)

淫神の分身達は、体操服とブルマー姿で金縛りになっている少女に群がってくると、指の輪郭も不安定な手を伸ばして、瑞々しい肢体を弄り始めた。

濃紺のブルマーをはち切れそうに張り詰めさせた尻の曲面が撫で回され、双臀の谷間から恥丘に至る一帯が、卑猥な指使いで上下になぞられる。

四つんばいの姿勢になっても、毅然として重力に逆らい続けている美爆乳も、体操服越しに鷲掴みにされて、大きく円を描くように揉みこねられた。

ムッチリと張り詰めた太腿や、体操服の裾から覗く腹部にも、冷たくざらついた指が這い、へその窪みを指先で掘り返すように弄られる。

「んっ……なかなか、リアルな感触だな。……だが、この程度では感じないぞ」

全身を執拗に弄られる感触に眉を顰めながらも、神伽の巫女は口元に不敵な笑みを浮かべている。

「ヒュオォォォ〜、ウァァァァア〜」

数分の間、無言で咲妃の身体を弄り回していた黒い影達は、愛撫の手を止めて、風の鳴るような声を上げ始めた。

「フフフッ、どうした、私が感じて乱れないのが悔しいのか？　片想いの相手の姿にならないと、愛撫の実力が出せないようだな」

呪詛喰らい師《カースイーター》は、美麗な肢体に群がった淫神の分身どもを挑発する。

事前に施しておいた、記憶防壁の呪印が効力を発揮しているため、淫夢を操る淫神は、咲妃の記憶を読み取ることができず、明確な姿になれないのだ。

さらに、性感抑制の呪印もあわせて描き込んだ彼女の肉体は、影どもの愛撫にまったくと言っていいほど反応せず、淫神の糧である快感波動を発生させていない。

（分身で埒が明かないとなれば、淫神の本体が乗り出してくるはず。これが策の第一段階……さあ、どうする淫夢の神よ！）


夢に囚われ、身動きもままならないというのに、あくまでも勝ち気な態度を崩さぬ少女の周囲で、光る霧がゆっくりと左右に割れてゆく。

「んっ、やっ、ダメ！　そんなとこ、触っちゃ……ダメぇぇぇ！」

まるで扉が開かれるかのように割れてゆく霧の向こうから、可愛らしくも艶めかしい少女の声が聞こえてきた。

「この声は、塩焼きか？　彼女の見ている淫夢と、私の夢を繋げたのか？」

やがて、先輩少女の姿が、手を伸ばせば届きそうな至近距離に忽然《こつぜん》と現れる。

トレードマークであるメガネもしっかりと掛けた生真面目な生徒会長は、白い競泳水着を着せられ、M字開脚で座り込んだ姿勢で、背後から抱きかかえられていた。

淫夢に抗う呪詛喰らい師《カースイーター》に見せつけるかのように、もう一人の少女を嬲《なぶ》る淫宴が始まろうとしていた。

「んっ、やっ、ダメェ……ダメって言ってるでしょ！　ひぁ……アァアンッ！」

槐宝学園の生徒会長を務める少女、稲神鮎子は、霧の中で、胸と股間を弄られていた。他人の指に身体を弄られるのは、すごく恥ずかしいのだが、信じられないほど気持ちがよくて、鮎子の心は拒絶と許容の間を激しく揺れ動いている。

鮎子のスレンダーな肢体を包んでいるのは、純白の競泳水着だ。なぜ、こんな格好をしているのかという疑問に、理性の一部が、「これは夢だ!」と答えているが、送り込まれる快感がリアルすぎて余計に困惑が強まってしまう。

「やぁぁ、信司、ダメぇぇぇ!」

あまりにも生々しい快感と、非現実的な状況で半ばパニックに陥った少女は、彼女の身体を背後から抱き締めて愛撫している相手の名を、鼻に掛かった甘い声で呼ぶ。

「いいじゃないか、鮎ねえだって、オレにこうやって弄って欲しかったんだろ?」

制服姿の岩倉信司は、紅潮した耳元に熱い声で囁きかけつつ、愛撫を続行する。

右手の指は、鮎子の両手でしっかりとガードされた股間に滑り込もうと奮戦中で、左手は、ささやかなバストの膨らみを水着の薄布越しにこね回していた。

「鮎ねえ、もっと自分の欲望に素直になって、あいつに見せつけてやろうぜ」

「えっ? あいつって、誰?」

鮎子の問いに答えるように、周囲を取り巻いていた霧が急激に晴れてゆく。

「塩焼き……?」

聞き覚えのある少女の声がした。

ハッ! と顔を上げた視線の先に、体操服姿で四つんばいになった咲妃の姿。

「ふぁ、常磐城さん!? やぁぁ、見ないでッ! やぁぁぁっ、ダメエェェ!」

あられもない自分の姿を見られ、羞恥の叫びを上げて身悶える生徒会長の身体に、信司はひときわ激しい愛撫を加えてきた。

「ふぁ、あんっ! やっ、やだぁ……常磐城さんが見てるっ!」

咲妃を恋敵だと思い込んでいる少女は、控えめなサイズのバストを弄られ、布地をツンと尖らせた乳首を摘まれる快感に声を震わせながら身を捩る。

「別にいいじゃないか、オレと鮎ねえが愛しあってるところ、見せつけてやろうよ。ほら、いつまでも意地張っていないで、手をどけてオマンコ触らせて」

信司に擬態した淫神の分身は、羞恥に紅潮した幼馴染みの耳を唇でついばみながら、卑猥なセリフを囁きかける。

「そっ、そんなのダメっ！　ダメよッ！　校則が……不純なのは……んぁぁんっ！」

内腿を撫でられた生徒会長は、彼女らしい生真面目な言い様で少年の申し出を拒むが、胸の奥では妖しい衝動の炎がメラメラと燃え上がり始めていた。

（信司が、常磐城さんよりも私を愛してくれてる……愛されてる……でっ、でも……）

もしも性器に触れさせてしまったら、もう、幼馴染みではいられなくなるという恐怖感と、全てを彼の指に委ねてしまいたいという淫らな衝動がせめぎあう。

「鮎ねえが触らせてくれないなら、常磐城さんのオマンコを触っちゃおうかな……」

狡猾《こうかつ》な分身は、彼女が対抗意識を抱いている転入生を引き合いに出して、恋する乙女の感情を掻き乱す作戦に出た。

「ダメェ、常磐城さんだけは……信司は、他の誰にも触っちゃダメなのぉ！」

信司に恋する生徒会長は、見ている咲妃が思わず苦笑を浮かべてしまうような、歯の浮くセリフを叫ぶ。

「じゃあ、鮎ねえのオマンコ触らせてくれよ。オレのこと、好きなんだろう？　それに、これはただの夢なんだ。もっと自由に、エッチになっちゃっていいんだよ」

「夢、なの？　それなら……いっ、いいわ……触っても……でも、優しく、して」

わずかな逡巡《しゅんじゅん》の末、顔を真っ赤にして目を伏せた鮎子は、声を震わせながら、頑なに股間を守り続けていた両手をゆっくりと緩めてゆく。貧乳の奥で心臓が高鳴り、愛撫を許してしまった股間が淫らな期待にジンジンと疼く。

「クククッ、いい子だ……じゃあ、触るよ」

鉤型に曲げられた少年の指が、障壁のなくなった競泳水着の股間をコリッ！　と掻き上げた。

「ひゃう！　きゃふうぅぅ……ッ！」

秘部にピッチリと密着した純白の水着生地をワレメに押

し込み、卑猥な縦筋をくっきりと刻み込みながら滑り上がった指先は、秘裂の頂点に位置する敏感な肉芽を捕らえて小刻みに弾き上げる。信じられないほど甘美な衝撃が、鮎子の股間を痺れさせた。

「ひっ！　ひゃあぁうんっ！　そっ、そこっ！　ダメええっ！　ふぁぁんっ！」

最大の急所を集中攻撃されたスレンダーボディが、少年の腕の中でビクビクンッ！　と派手に跳ね上がった。強烈すぎる刺激から逃げるため、反射的に太腿を閉じあわせようとする鮎子であったが、健康的な美脚は、開いたままの状態で固定され、両手にも力が入らない。

「ああ、鮎ねえのクリトリス、どんどん固くなってくるよ。ほら、すごく尖ってる」

咲妃の耳にも届くような声で言葉責めを仕掛けながら、信司に擬態した淫神の指が、水着生地の上から、乙女の急所を摘み、撫で回し、爪を立ててカリカリと掻き責める。

「やっ、そんなにピンピンってしたら……やっ、やめなさいっ！　いっ、ヒッ、ひあぁぁぁンッ！　ダメェ！　ダメだったらぁ！　あひっ、きひゃぁぁう！」

学園の生徒達には決して聞かせられぬ甘く色っぽい嬌声を上げながら、生真面目な生徒会長は過剰な女悦に乱れ泣かされた。肉芽を弄る指先が小さく跳ねるたびに、スレンダーボディが仰け反り、膣奥が震えて熱く潤み蕩けてゆく。

「ふぁ、アソコっ！　やぁぁ、ダメェ、奥まで挿れちゃダメぇ！　はぁぁぁぁんっ！　もっ、もう……ダメ……ダメだったらぁ！　あっあっアッ、んんんん〜ッ！」

布越しに探り当てた膣口をグリグリと穿《ほじ》られ、引きつった声を上げる少女の股間がせり上げられ、純白の股布に、恥ずかしい濡れ染みが大きく広がっていった。

（あぁ、私、濡れてる……恥ずかしいッ、気持ちいいっ、信司に……愛されてる！）

炎に炙られているかのような羞恥の火照りが快感を増幅し、淫夢とは思えぬリアルな快感が、喜悦の体液を止めどなく分泌させて少女の理性を融かしてゆく。

濡れた白水着の股間に、薄紅色に充血して濡れ開いた性器の姿が透け、膣口を責める指の動きに連動して、卑猥に収縮して大量の淫蜜を迸らせた。

（こんなものを見せつけて、一体、何のつもりだ？）

鮎子の股間を責め立てる信司の姿を、冷めた目で見ながら、咲妃は淫神の真意を読みかねている。

くちゅ、くちゅ、ちゅぷ、くちゅるっ……ぴちゃ、ぴちゃ、ぴしゃぁぁぁっ！

生々しい蜜鳴りの音と、迸った愛液が立てる水音が咲妃の耳にも届き、甘酸っぱい淫臭が、熱い湿り気を含んで鼻腔に絡みついてきた。

たちまちのうちに布地の保水力をオーバーした淫蜜は、水着の股間から糸を引いて滴り落ち、膣口を掘り返す指を伝い流れて、愛液溜まりを形成してゆく。

「んっ……これは……いくら何でも出すぎだろう……」

たちまちのうちに、ちょっとした池ほどの大きさにまで広がった喜悦汁の水溜まりが、四つんばいのまま動けない呪詛喰らい師《カースイーター》の手指と膝を熱く濡らす。

「鮎ねえの愛液で、周りが池になっちゃったよ。……でも、こんなにいっぱい出てるのにイけないいんだね？　まだ、オナニーでイッたことがないのかな？」

淫夢ならではの、尋常でない量の愛液を少女の膣口から湧き出させた少年の指が、ぐしょ濡れになった白水着の股間から離れる。

「はぁはぁはぁはぁ……あぁぁ……あ、あぁぁん……ッ」

強烈すぎる快感で意識が半分飛びかけているのか、メガネの下で虚《うつ》ろな目を見開いた鮎子は、信司の身体にもたれかかって切れ切れの喘ぎを漏らしている。

「常磐城さん、鮎ねえのオマンコ汁、舐めて……」

一部始終を見守っていた咲妃の口元に、愛液を滴らせる信司の指が突きつけられた。

淫らな匂いがさらに強まり、神伽の巫女の膣奥で、女の欲情がゾワリ、と蠢く。

「んぁ……はぷ……んふ……ちゅぱ、ちゅぱ……んっ、ちゅるっ……」

言われるがままに指を口に含んだ少女は、淫靡な味のする他人の愛液を舐め取り、唾液と混ぜあわせて呑み込んだ。

「結縁、了！　我が神体は、ここに顕現する！」

邪悪な笑みを浮かべ、分身は声を上げる。

じゅる……ずちゅるるるるっ……！

周囲に広がった愛液溜まりが渦を巻き始め、その中央から、黒い人影がゆっくりと浮上してきた。

（さっきのは、左道密教系の結縁儀式か。このオーラ濃度……いよいよ本体のお出ましだな。さて、ここからが神伽の本番だ！）

　分身とは桁違いに濃密な霊気を感じながら、神伽の巫女は思う。

「お前は普通の人間とは出来が違うようだ。我自らじっくりと可愛がってやろう」

　重々しく響く声で宣言した影の手が伸びてきて、咲妃の額に触れる。

「んっ！　くぅ……」

　記憶防壁があっさりと無効化され、性感抑制の呪印も消し飛ばされた。

（さすがは淫夢の神、本体の前では小細工など通用しないか……）

「記憶は読めた。お前を嬲るに最適の姿に変じよう」

　淫神の姿が、変化を始めた。

　艶やかな黒髪のロングヘアがフワリと翻り、メリハリの利いた、しなやかで非の打ち所のないプロポーションを誇る色白な肢体が、咲妃の眼前に立った。

　凛々しく引き締まった美貌の中、黒曜石のようなきらめきを宿した瞳が、体操服姿の少女を真っ直ぐに見据える。

「これは驚いた……お前の想い人は、お前自身なのか？」

　変化した全裸の肢体を吟味しながら、淫神は驚きを隠せぬ声を上げる。

「左様でございます。我が身体、神伽のために練り上げられた、唯一無二のものにございますれば……愛しい想いもひとしおのもの」

　咲妃の姿になって驚きの声を上げる淫神に、神伽の巫女は丁寧な口調で答えた。

「ふむ、お前ほどの美形なら、さもありなん。ああ、何と心地よい身体なのだ。内に秘めたしなやかさと力強さ、声も、鋭敏な感覚も、身体の匂いも麗しい。よいッ！　申し分ない！　これこそ理想の……完璧な肉体だ！」

　咲妃とまったく同じ姿になった淫夢神《いんむがみ》は、自らのたわわな乳房をすくい上げるようにして揉み上げながら、歓喜と恍惚の極みのような声を上げる。

「お褒めにあずかり……光栄至極……」

淫神の絶賛に応えた咲妃の口元に、してやったりと言いたげな笑みが浮かぶ。

「それだけではない、お前にはないモノもある！」

自慢げに突き出された淫神の股間から、女の肉体には本来存在しない器官が、ズルリ！　と生え出てきて、下腹にめり込まんばかりに屹立した。

（あれは！　淫ノ根の形状をコピーして生やしたか……）

「私こそ究極にして完璧！　まさに神にふさわしい肉体だ！　この身体、誰にも渡したくない。お前の身も心も支配して、現実世界でも成り代わってやろう！」

咲妃の姿を気に入った様子の淫神は、淫蕩な笑みを浮かべ、体操服にブルマー姿の本物に愛撫を仕掛けてきた。

「よい身体だ……ああ、本当に麗しい……」

咲妃と同じ声で囁きかけながら、背後からのしかかった淫神は、股間で屹立した牡器官でブルマーの股間を嬲り、体操服越しに掴んだ爆乳に深々と指をめり込ませて揉みしだく。自らの姿をした淫神に愛撫される倒錯的な快感に、四つんばいになった肢体がわななないた。

「ふぁ！　んくぅぅ、くふううっ、んっ、わっ、私にも……伽を……その美麗な身体を愛撫させてくださいませ……くぁ、はぁぁぁ……ッ」

巧みな指使いで乳房を揉み込まれ、固く反り返った肉柱で恥丘を擦り嬲られながら、神伽の巫女は、神への奉仕を申し出る。

「伽か……ククッ、ならば、淫夢ならではの趣向でお前の想いを叶えてやろう」

背後から素股責めしていた淫神が立ち上がり、咲妃の前に仁王立ちになる。

「最初は女の部分に奉仕してもらおうか！」

喘ぎ震える美貌の鼻先に、秘裂を突きつけた淫神は、柔らかな大陰唇に両手の指を添えてパックリと割り開いた。

「あ、あぁ、これが……私の……」

神伽の巫女は、目の前に開帳された女陰の淫靡な形状に見入ってしまう。

色素沈着のほとんどない、初々しい薄紅色のワレメは、割り開かれた膣前庭の粘膜組織を艶めかしくぬめ光らせ、甘く清涼感のある媚香を立ちのぼらせていた。

薄く控えめな小陰唇は、完全に左右対称で、既に潤んでいる膣口は、繊細な粘膜襞をピンクローズの蕾のように寄りあわせてすぼまり、そのすぐ上にポツンと開いた尿口の小穴までもが、倒錯的な愛撫の欲求を高まらせる。

彼女の肉体には本来存在しない、牡の剛直に真上から圧迫されたクリトリスは、強制的に包皮から押し出されて、パールピンクの尖りをあらわにしていた。

「美しき柔肉の秘め花だな……さぁ、技巧の限りを尽くして舐めるのだ！」

「はい……んぁ、はむ……ぴちゅ、ひゃうんっ！」

恍惚の表情を浮かべて顔を寄せ、柔肉のワレメに舌を這わせた咲妃の身体が、ビクンッ！　と跳ね上がる。

「こっ、これは……ッ!?　なぜ、私の身体にまで……？」

自分と同じ姿をした淫神に奉仕した瞬間、革帯に守られているはずの咲妃の秘部にも、熱く濡れた舌の感触がヌルリと這った。

「心地いいか？　先ほどの結縁で、この身体に受けた愛撫は、全てお前の身体にも送り込まれる。自分の技巧で自らをよがり狂わせて堕ちるがいい！　お前が堕ちれば、現実世界の肉体も我のものになる！」


さらに腰を突き出した淫神は、咲妃の口を濡れ開いた秘裂に押しつけて、淫妖の快楽奉仕を強要する。

「んふぅ……ひぁ！　んむふぅぅ……ぴちゅ、ぴちゅ、くちゅ、んふ……ちゅるるっ、はぁぁ、ぴちゃぴちゃぴちゃぴちゃ……あ、あはぁぁ、あむ、ちゅるっ……くはぁう」

餓えた子犬がミルクを貪っているかのような、生々しい舌なめずりの音を立てて、咲妃は自分の分身に濃厚なクンニ奉仕を開始した。

（きっ、気持ちいい……。私の愛撫、こんなに気持ちいいものだったのか？　ダメだ、舌が止められない！　アソコが疼いて……あああ、溢れるッ！）

薄い小陰唇を舐めそよがせると、ブルマーに包まれた股間にも柔らかくざらついた熱い舌が這い回り、尿口を舌先で弾き上げると、尿意を数十倍に鋭くしたような危険な悦波が恥骨を震わせ、膀胱の奥にまで走り抜けてゆく。

革帯の退魔装束など、あってなきが如き壮絶な口淫快感で自らの性器を蕩けさせながら、自辱の奉仕は延々と続く。

「あふ……んぁ、ちゅぷっ、くちゅっ、くちゅくちゅくちゅっ、ずちゅるるるっ！」

温めた甘露水のように美味な愛液を滲ませる膣口に舌先を挿入して掻き回し、溢れる蜜を吸い上げると、気持ちよすぎて何も考えられなくなってしまう。

（このままでは、堕ちる……自分の愛撫で……堕ちてしまウッ！）

神伽のために身に着けた超絶技巧に酔いしれた退魔少女は、濡れ染みのできたブルマーに包まれた尻を艶めかしくくねらせながら、淫夢の自慰行為に没頭していった。

「……咲妃さん、わたしをのけ者にするなんて、ひどいです！」

咲妃のパソコンから携帯電話に送られてきたメールを読んだ雪村有佳は、唇を可愛らしく尖らせてつぶやきながら、寮の廊下を歩いていた。

小柄だがメリハリの利いた身体にまとっているのは、パジャマがわりのジャージだ。

メールの内容は、『委員長の淫夢実験に付き合う』という一文のみ。

メール送信予約機能を使っているので、二時間近いタイムラグのある受信だった。

むくれ顔のまま、有佳は同じ寮内にある鮎子の個室前までやって来る。

「夜分に失礼します……」

丁寧な口調でつぶやきながら、ドア脇のインターホンボタンを押してみたが、しばらく待っても応答がない。

「もう、寝ちゃったんでしょうか？　もしかして、会長が咲妃さんのマンションに行って検証しているとか？　まっ、まさか……ですよね……」

不安に駆られた少女は、ドアノブを握ってそっと回してみる。ドアには施錠されておらず、簡単に開いた。

「会長、夜分すみません、雪村有佳です。お邪魔します」

遠慮がちな声で言いながら、室内に足を踏み入れる。

個室の間取りは全室共通で、入ってすぐ脇にユニットバスのドア、その正面の壁に天井までの高さがある大容量の収納庫があり、短い廊下の先にある引き戸を開けると、八畳ほどの広さの個室になっている。

「んっ、ふぁ……く……んんんっ」

「やっ、ダメェ……そんなとこ、触っちゃ……ダメだったらぁ」

　引き戸の前までやって来た有佳の耳に、咲妃の抑え気味な喘ぎと、鮎子の恥ずかしくも艶めかしい声が飛び込んできた。

（咲妃さん！　まさか、会長とエッチなことを!?）

　嫉妬心に煽られた少女は、顔を引きつらせて引き戸を開け、室内を覗き込んだ。

「え？　寝ているだけ、ですか？」

　彼女が見たのは、ベッドの上で小さく身悶えしている鮎子と、床に敷いたマットの上で、うつ伏せになって喘ぐ、下着姿の咲妃であった。

「咲妃さん……咲妃さん……起きてください。有佳ですよ、咲妃さん……」

　耳元に口を寄せて呼びかけ、身体を揺すっても、目を覚ます様子がない。

　呆然と見つめる有佳の目の前で、シンプルなショーツに包まれた美尻がクイッ！　と持ち上がり、艶めかしくくねっている。

「ちょ、ちょっと、それって誘ってるんですか？　いくら何でも、会長の部屋で、エッチなことなんて……そっ、そんなのいけないと思います」

　恥ずかしげに頬を染めてつぶやく有佳の目の前で眠り姫状態の少女は、突き出した尻を切なげにくねらせ、色っぽい喘ぎを漏らし続ける。

　量感を誇示するかのように突き出された尻たぶがショーツの布地を咥え込み、魅惑的な谷間と、まろやかな恥丘の膨らみを際立たせていた。

「はぁぁ、あはぁぁう……んっ、あっ、あぁぁぁ……」

　感極まった声を上げた咲妃の尻が震え、ショーツの股布部分に、ジュワッ、と恥液の濡れ染みが広がる。喘ぎの響く部屋の中に、堪らなく淫靡な芳香が漂った。

「あぁ、咲妃さんのエッチな匂い……ダメぇ……出て来ちゃう……ッ！」

　甘く香しい恋人少女の淫臭を嗅いだ有佳の股間が、ドクンッ！　と大きく脈動した。

　下腹の奥で、狂おしく切ない圧力が急激に高まり、抑えることもできぬまま、一気に身体の外に這い出してくる。

「きゅはあぁぁぁぁぁううぅぅんっ!!」

室内に響くような声を上げた有佳は、フローリング床にペタリと座り込み、股間に生え出てきた肉柱を両手で押さえて身をわななかせた。

「はぁはぁはぁはぁはぁ、いっ、いけない……大きな声出しちゃった！　あぁぁ……」

両性具有化してしまった少女は、肩を喘がせ、涙目になって咲妃と鮎子を見るが、二人とも目を覚ます様子もなく、甘い喘ぎを漏らし続けている。

「咲妃さん、起きて……起きてください。オチンチン、出てきちゃいました。いつもみたいに……あぁぁんっ、撫でて、可愛がってくださいよぉ」

下半身を剥き出しにした有佳は、目を閉じたまま喘いでいる咲妃の尻に頬ずりしながら愛撫をねだるが、愛しい美少女は淫らな眠りから覚めてくれない。

「ああ、咲妃さんのお尻、スベスベで、気持ちいいです。んふ、ちゅっ、ちゅぱっ」

軽く汗ばみ、火照った尻たぶに何度もキスしたフタナリ少女は、たちまちのうちに理性を煮溶かされ、恍惚の表情を浮かべながら、滑らかな尻肌を舐め回す。

室内に立ち込めた咲妃達の淫臭と、股間に具現化してしまった牡器官から発生する甘く切ない疼きに酔った有佳の行動は、次第にエスカレートしていった。

「咲妃さんの下着、もうグショグショ……こぼれてきちゃいそうですよ」

色白な尻から腿裏を唾液で濡れ光らせた少女は、ショーツの股布にできた濡れ染みに唇を吸いつかせ、はしたない音を立てて吸い上げる。

「んぁ……はぁぁんっ！」

股布越しに膣口を吸われた咲妃がひときわ艶めかしい声を上げ、新たな恥液を有佳の口の中に溢れ出させた。

「あはぁ、美味しい……脱がしちゃいますよ」

まるで自分も淫夢の中に迷い込んでしまったかのように、瞳を熱く潤ませた有佳は、蜜と唾液に濡れて秘部に張りついたショーツをゆっくりと剥き下ろしてゆく。

腿の中程辺りまで下着をズリ下げたフタナリ少女は、量感たっぷりな尻たぶの隙間にひっそりと息づく、最も恥ずかしい小穴に視線を集中させた。

「咲妃さん、お尻の穴まで美人です……」

薄布の下からあらわになった退魔少女の肛門は、排泄器官とは思えぬ美しく慎ましやかなたたずまいで、勃起を生やした少女の胸と股間を熱く疼かせた。

肌の色が白いせいか、咲妃のアヌスは色素沈着がほとんどなく、健康的なピンク色をしている。程よく鍛えられた臀筋が左右に控えているので、繊細な小皺に囲まれた排泄のための穴は、キュッ、と縦一文字に閉じあわされていた。

「ふぁぁ、咲妃さんのここ、愛しちゃいますよ……んふ……チュッ」

背徳感に胸と股間を高鳴らせながら、理性を失った少女は秘めやかな蕾に口づけを仕掛ける。

「んひぁ！　く……んんっ！」

淫夢に囚われた退魔少女は、現実世界から加えられた新たな刺激に呻き、括約筋の末端を、キュッ、キュッ、と収縮させた。

「咲妃さん、感じてくれているんですね？　いつものお返しに、いっぱい気持ちよくしてあげます。ちゅぷ、あむ、ちゅぱ、くちゅ、くちゅ、くちゅ、ちゅるっ……」

そっと這わせた舌先に伝わってくる肛門括約筋のくすぐったげな収縮と、プルプルと柔らかな小皺の舌触りに、興奮を煽り立てられた少女は、夢中になって舌を使う。

放射状に走る小皺の一本一本を舐め清めるようにしゃぶり回し、縦一文字に引き結ばれた排泄孔に舌先を潜り込ませて幾度も掘り返す。

執拗なアナル舐めに屈したのか、咲妃のすぼまりは、次第に甘く蕩け、背徳の快感に酔いしれた舌の侵入を受け入れてくれた。

「あふぅ……んっ、くちゅる……」

頭の芯を欲情で霞ませた少女は、舌を深々と挿入して内部を舐め回しながら、勃起を反り返らせた小振りなヒップを切なげに振りたくっている。淫ノ根と呼ばれる男根型の淫神は、鈴口のワレメから水飴のように濃厚な先走りを止めどなく滴らせてフローリングの床を汚してしまいながら、挿入と射精の欲求に疼き猛っていた。

「あはぁん！　もう、我慢できませんっ！　咲妃さんの中に入りたいです。いっ……挿れたいですっ！　ハァハァハァ……おっ、犯しちゃいますよっ！」

淫神の意思に半ば支配された有佳は、膝立ちになって咲妃の尻を抱きかかえた。

「ごめんなさい、でも、もう、限界なんです。こっちで我慢しますから……」

詫びの言葉を口にしながら、はち切れそうに充血した亀頭をアヌスの蕾にあてがい、ゆっくりと突き挿れてゆく。

散々舐め解され、唾液を塗り込まれていた筋肉リングは、ささやかな抵抗を見せながらも、少女の勃起をヌムヌムと呑み込んだ。

「はっ、入りますッ！　咲妃さんの、おっ、お尻に……オチンチンが……はぁぁ……ふあぁぁンッ！　温かくて……キュッキュッってなって、きっ、気持ちいいですぅ！」

勃起の根本まで挿入を果たした有佳は、込み上げる欲情のままに腰を振り始めた。

「ひあぁぁんっ！　ふぁ！　こっ、これは……淫ノ根の!?　有佳が……来たのか？」

淫夢の中で、自らへのクンニ奉仕に酔いしれていた咲妃は、尻穴をこじ開けて侵入してくる淫神のオーラを感じ、悲鳴を上げつつ理性を取り戻していた。

「なぜやめる？　狂え！　自らの愛撫で理性を舐め融かして淫らに狂わないか！」

淫夢を支配する淫神は、焦れた口調でクンニ行為の続行を命じる。

「んぁ、ハァハァハァ……御前様にも感じるでしょう？　もう一柱の淫神の気配を」

口元を濡らした愛液をペロリと舐め取った神伽の巫女は、汗に濡れ光り、紅潮した美貌に妖艶な笑みを浮かべて問いかける。

「もう一柱だと!?　……おおお、尻が、お前の尻が消えてゆく！」

咲妃の下半身は、いつの間にか消え去り、床に這った上半身だけが淫夢空間に取り残された状態になっていた。

「私の尻は、もう一柱の淫神、淫ノ根に捧げました。んっ、ふぁ……今、かっ、神伽の戯にて、く……ふうぅっ……もてなしております、あはぁぁ、イッ、いいっ……」

現実世界に引き戻された尻から伝わる強烈な抽送快感に呻きを漏らしながらも、咲妃は淫らに誘うような瞳で淫神を見上げ、美貌を快感に蕩けさせて挑発する。

「渡さぬ！　お前は我のもの！　たとえ神であろうとも渡さないぞっ！」

ゴオオオオオッ!!　淫夢の空間が鳴動し、渦巻き乱れる霧の奥から、何百という影が湧き出てきた。男もいれば、女もいる。中には犬の姿をしたものまで、人の記憶から探り出した想い人の姿に擬態した分身達が、咲妃の姿をした本体に融合してゆく。

（それでいい、それを待っていた！　全てを収束させて淫ノ根と張りあえ、淫夢神！）

自らの肉体を贄として、淫夢神と淫ノ根を競わせる……。事前に仕込んでおいた策が的中したことに胸の内でほくそ笑みながら、神伽の巫女は尻から込み上げる超絶の快感に抗っている。

熱く、固く、力強く脈動する肉柱が、直腸粘膜を掻き擦りながら抽送される感触は、誇張抜きで腰が抜けてしまいそうに心地いい。少しでも気を許せば、尻だけでなく全身が現実世界に引き戻されてしまいそうな、超越のアナル快感であった。

「我ガ力ヲ全テ集メレバ、負ケヌ！　コノ身体、絶対ニ渡サヌ……！」

全ての分身と融合した淫神は、咲妃の肉体への執着心をあらわにしている。

「とっ、伽は続けさせていただきます。ただし、この部分にッ！」

力強い声を上げた神伽の巫女は、自分の姿に擬態した淫神の股間からそそり勃っている肉柱をパクリと咥え込んだ。

欲望のオーラが凝り固まった剛直は、口腔粘膜が火傷してしまいそうに熱く、鋼鉄の棒をなめし革で包んだかのように固く、力強い脈動を伝えてくる。

（この部分は私にない器官。つまり、淫夢神本体のもの。感覚が同調していても、快感は襲ってこないはず！）

「んお！　オヲヲヲヲヲヲヲヲウンッ!!」

驚きと快感の入り交じった声を漏らす神の勃起に舌を絡め、奉仕を開始する。

「んふ、あむ！　くちゅ、くちゅ、くちゅ、ちゅぱ、ちゅぱ、くちゅるっ……」

逃げられぬよう、カリのくびれに軽く歯を立てて甘噛《あまが》みしたまま、先端のワレメを丹念に舐め、尿口内にまで舌先を潜り込ませて刺激すると、咲妃の姿に擬態した神の裸身がガクガクと震え始めた。

「んっ……くふうっ……」

ペニスの感じている愉悦は、直接は伝わってこないものの、奉仕を続ける咲妃の股間には、恥骨を鷲掴みにされているかのような射精衝動がわずかではあるが伝わってきて、快感耐性の強い少女に甘い鼻息を漏らさせる。しばらく亀頭舐めを続けている内に、淫夢の呪縛力が弛んだのか、金縛りが解け、身体の自由が戻った。

(ここからが本番、ウズメ流神伽の戯、参るッ!)

自由になった両手で、すかさず勃起を握り締め、緩急を交えて扱き上げながら、亀頭を吸い上げ、舌技の技巧を駆使して責め立てる。

熱く固く張り詰めた肉柱を根本から先端まで撫で擦り、カリのくびれを舌先で弾き上げながら、先端の射出口に唇を吸いつかせて何度も吸いついばむ。

敏感な裏筋部分を指先で摘んで優しく揉みつつ、横咥えにした勃起の胴を唇と前歯を交互に使って扱き上げると、淫夢神の勃起は海綿体のビキビキとなる音を立てて、ひときわ固く反り返った。

「オオオオオ! 出ルッ! 弾ケルッ! アァァァッ! 心地イイイイッ!」

(愛撫に対する耐性は、存外低いか……あと一押し! こちらの神を先に封じる!)

咲妃の指先は、亀頭のワレメを少し強めに擦り上げ、細い指先を潜り込ませて尿道内まで鮮烈な快感を送り込む。

「ごめんなさいごめんなさいッ! でも、でも、我慢できなかったんです! あぁぁ、気持ちいいッ! オチンチン、融けちゃいますッ!」

夢中になって腰を使う有佳の色っぽく可愛らしい声が、淫夢の中にいる咲妃の耳にも、エコーを伴って届いてきた。

(意識と感覚が、現実世界に戻りかけている。淫ノ根の方が優勢なようだな。くぅ! 有佳の奴……思った以上に激しいッ! ここで理性を飛ばされたら、元も子もないぞ)

上半身は淫夢の中で、自分と同じ姿の淫神にフェラチオ奉仕を仕掛け、現実世界に引き戻された下半身は、有佳の股間から生え出た淫ノ根によってアナルを犯されながら、神伽の儀式を続行した。

快感に震える淫夢神の顔を上目遣いで見上げつつ亀頭を吸い、勃起の胴を扱き上げる手指の速度を速めて、神の男根を射精に導いてゆく。

「オオヲヲヲヲ〜ッ！　吸イ出サレルッ！　我ガ神体ガッ！　クアァァァ〜ッ！」

切羽詰まった声を上げた淫夢神の勃起が、制御不能の脈動を開始する。

(絶頂とともに神体を吐き出せ！　死せる命の理《ことわり》に従いて、十万億土の彼方に発つがいい！　神を果てさせるのは、私の技巧と、有佳に宿った淫ノ根の合体快感！)

分身の尻を抱き寄せた神伽の巫女は、頬をすぼめて亀頭を吸い上げながら、尻の谷間に滑り込ませた指先でアナルの蕾を抉《えぐ》り、自分の味わっている淫ノ根のピストン快感を送り込む。

びゅくんっ！　びくびくびくドクンッ！　ドクドクドクドクドクドプウウウッ！　ビュウウウウウッ、びゅるるるるっ！　ドプルウウウウウッ！

口腔内で力強く脈動した淫夢神の勃起が、神体の核が融け込んだ精液を迸らせた。

「ハヲォォォォ！　イクッ！　逝クッ！　魂ガ、抜ケルうううう〜ッ！」

魂を繋ぎ止め、淫夢を操る能力を与えていた神体と分離された霊能者の魂は、歓喜とも悲鳴とも取れる声を上げながら昇天してゆく。

ビシイイッ、パシャアァァァンッ！　膨らみきっていた風船が弾けるかのように、淫夢が砕け散り、咲妃の肉体と魂は現実世界に帰還した。

「……神体、招迎……くはぁう！　こっ、今度は、こっちか……有佳……ッ！」

口の中に解き放たれた淫神のエキスを残らず飲み干した呪詛喰らい師《カースイーター》は、アナルの奥から荒波のように沸き起こる抽送快感に美貌を歪める。

「咲妃さんッ！　目が……覚めたんですね。ふぁ、あぁぁぁんっ！　ごめんなさいッ！　咲妃さんのお尻、気持ちよすぎて、わたし、もう、らめぇぇぇ！」

覚醒した恋人に謝りながら、フタナリ少女は制御不能の腰振りを止められない。

「謝らなくていい……ふぁ、あふぅっ！　このまま、神伽を続けるぞ！」

　大きく張り出したカリ首で直腸壁を掻き擦られる快感に震えながら、咲妃は括約筋を引き締め、汗ばみ紅潮した美尻を振って、男根型の神を受け入れた。

「はいぃ……キス、してくださいぃ」

　首を捩って有佳の希望に応えた神伽の巫女は、熱く蕩けたフタナリ少女の口を吸い、舌を絡めながら、腸壁を小刻みに収縮させて射精を促した。

「やはぁぁんっ！　出ちゃう出ちゃう出ちゃう出ちゃうううう～ンッ！　咲妃さんのお尻にッ！　出しますううううっ！　きゅふあぁぁぁぁ～ンッ!!」

　びゅくんっ！　びゅくびゅくびゅるるるるっ！　どぷううっ、びゅうっ、びゅうっ、びゅるっ、どぷっ、どくどくどくどくどくどぷうっ！

　直腸内で力強く脈動した淫ノ根の先端から、灼熱の絶頂粘液が大量射出される。

「くはぁぁぅんっ！　んんっ、しっ、神体……招迎……ッ！　はぁぁぁぁぁンッ!!」

　淫ノ根の核を体内に受け入れた呪詛喰らい師《カースイーター》は、甘く裏返った声で室内の空気を震わせながら、耐えに耐えていた絶頂の大波に呑み込まれた。

「まさか、二体の淫神に同時に伽をすることになるとは……策の内とはいえ、我ながら危険な賭けをしたものだな。まあ、結果オーライってことで、いいか」

　淫夢から解放されて安らかな寝息を立てている鮎子と、強烈すぎる絶頂感で意識を失った有佳を見ながら、神伽の巫女は、紅潮して汗ばんだ美貌に苦笑を浮かべる。

「んっ……ふぁ、あ、咲妃さん……ごめんなさい」

　意識を取り戻した有佳は、目覚めるやいなや詫びの言葉を口にした。

「わたし、すごくお邪魔なこと、しちゃいましたよね？　我慢できなかったとはいえ、あんなひどいことしちゃって……ごめんなさい、本当に……うううっ……グスッ」

「いいや、有佳の行動は、全て私の策の内だった。だから、もう泣くな」

　大粒の涙をこぼして泣きじゃくる少女の身体を優しく抱き締めてやりながら告げる。

「そっ、それ、本当ですか？　慰めようと思って、無理し

てませんか？」

「私は、有佳には嘘はつかないよ。淫神同士が、一人の獲物を取りあう場合、互いの霊力と、獲物に対する執着心を比べあい、その値が大きい方が勝者となる」

有佳の髪を撫でながら、神伽の巫女は解説を続ける。

「だから、淫夢神と、有佳を依り代にしていた淫ノ根に、私の所有権を競いあわせたんだ。お前が心から私のことを愛していてくれたから、淫夢神の執着心にも対抗できたし、結果的に二柱の淫神を同時に受け入れることができた。ありがとう」

心からの感謝の言葉を告げて、最愛のクラスメイトに口づける。

「でも……残念です。あの……オチンチンさんが、もうなくなっちゃったなんて」

疼き猛ったペニスをじっくり愛撫され、存分に射精する快感の虜になっていた少女は、最愛のペットを失ったかのような哀しげな声を出す。

「心配ない。私は直《じき》に淫ノ根と淫夢神の制御ができるようになるだろう」

イタズラっぽい笑みを浮かべた咲妃は、恋人関係にある少女の身体を抱き寄せる。

「淫神の力を駆使した夢の中なら何でもありだぞ。有佳の股間にペニスだって生やせる。これからの逢瀬は、もっと楽しくて、気持ちいいものになるだろうな？」

腕の中で、有佳の身体がプルプルッ！　と可愛らしく震えるのを愛おしく思いながら、神伽の巫女は小さく安堵のため息を吐き出していた。

翌日の放課後、都市伝説研究部の狭い部室に、生徒会長はいきなりやって来た。

「ほら、これ、返すわ。それから、これ……」

没収たフィギュアを信司に返した鮎子は、小さな紙包みをついでに差し出す。

「あ、ああ、ありがとう。えっと、この小さい紙袋は？」

「クッキーよ、私が焼いたのじゃなくって、洋菓子店のだから、味は保証するわ」

「で、このクッキーに秘められた鮎ねえの思惑は？」

鮎子のツンツンした態度にばかり接してきた少年は、幼馴染みの先輩少女を、疑惑の眼差しで見ながら問いかける。

「べっ、別に思惑なんてないわよ！　フィギュアを強引に没収したお詫び！　それ以上でも、それ以下でもないから、変な勘違いしちゃダメよ！」

突き放すように言った生徒会長は、メガネの位置を直しながらそっぽを向く。

「塩焼きは素直じゃないな。しかし、絵に描いたようなツンデレっぷりは見事だ」

「余計なことを言って茶化すんじゃないの！　あなたって人は、ホントに……」

生真面目な生徒会長は、肩をすくめてため息をつく。

「おや？　塩焼きって呼ぶなー！　っていういつもの決まり文句は？」

何だか物足りなさそうな表情で、転入生の少女は問いかけた。

「いいわ、私のこと、塩焼きって呼ぶことを、あなただけに許可します」

鮎子が発した意外なひと言に、部室内の空気がざわめく。

「どうせ、何回注意したって改める気はないんでしょ？　他の人にその呼び名を広めないと約束するなら、渋々ながら許可します」

「わかった。同じ淫夢を体験した者として約束しよう」

咲妃の言葉を聞いた鮎子の顔が、たちまちのうちに紅潮してゆく。

「ちょ、ちょっと！　別々の人間が、同じ夢を見られるわけないでしょ！」

「いや、そうでもないぞ。体操服とブルマーとか、白い競泳水着とか……」

咲妃の言葉に顔を引きつらせたメガネ少女の顔から血の気が引いた。

「なっ、何を言ってるのか、全然わかりませんことよ、オホホホホォ」

狼狽した鮎子は、引きつった笑い声を上げる。

「そうか、ちゃんと検証してくれたんだ。それで、淫夢は見られたんだろ？」

空気をまったく読まずに信司が質問してきた。

「あ、あんなもの、ただの自己暗示よ。そういう夢が見られるって強く思い込んで寝るから、あんな変な夢を……」

「見たんだな⁉　どんな夢だった？　詳しく聞かせてくれっ！」

　好奇心剥き出しで身を乗り出した信司の腹に、鮎子の拳が打ち込まれる。

「デリカシーのない奴ッ！　ただの変な夢、それしか覚えてないわよッ！　じゃ、私は生徒会室に戻るから、ごきげんようッ！」

　思いっきり狼狽気味の鮎子は、逃げるように去ってゆく。

「キミの方はどうだった？　淫夢、見られた？」

　都市伝説マニアの少年は、ちょっとエッチな期待に目を輝かせて問いかけてくる。

「私か？　まあ、いい夢を見られたし、いい体験もできた。これからは、もっといい夢を見られそうだよ。フフフッ」

　彼女にしては含みのある表現で言って、意味ありげな笑いを漏らす咲妃の隣で、有佳は耳まで真っ赤になって俯いている。

「キミにしちゃ、曖昧な言い方だな。まあいい、今夜はオレが検証してみるよ」

　ただのアートフィギュアになってしまった淫夢人形を、大事そうに抱きかかえて言う信司を少し気の毒に思う咲妃であった。

封の四　淫吸《インキュ》バス

「ねえ、早く会議を始めてくれないかしら、私と雪村さんは、この後生徒会の仕事が待っているのよ」

監視者という名目で、今日も部室に顔を出している生徒会長、稲神鮎子が幼馴染みの男子生徒を急かす。

「ああ、みんな揃ったから、言われなくたって始めるよ。都市伝説研究部の、記念すべき第一回実地検証の目標が決まったぞ！　まず最初に、この記事を見てくれ」

都市伝説研究部の部長を務める少年はマウスを操作し、パソコンの画面に、地方紙の記事を表示させた。

『ついに撮影された幽霊バス？』という見出しの下に、粒子の粗い不明瞭な写真が掲載されている。

「これが今、都市伝説マニアの間で話題沸騰の幽霊バス！　ネット上でも噂になり、テレビ番組でも取り上げられた、ここ数ヶ月では最もメジャーな都市伝説だ」

「車の幽霊とは、何だかうそ臭いな」

どうやらバスの後部が写っているらしいピンぼけ写真を見た咲妃は、退魔少女らしからぬ感想を口にする。彼女の専門は、あくまでも淫神関係で、都市伝説や、一般的に言われているところの心霊現象には興味が薄いのだ。

「ところがそうでもないぞ。幽霊自動車の伝説は、自動車の普及が始まった頃から語り継がれていて、写真や映像もかなり残っているんだ」

都市伝説マニアの少年は、ここぞとばかりに熱弁を振るい始める。

「アメリカでは、暴走車を追跡していたパトカーの記録カメラが、金網フェンスをすり抜けて走り去ってゆく車の姿を捉えた画像が公開されて、話題になっている」

「あ、わたし、その映像をテレビで見た記憶があります」

それまで黙って話を聞いていた有佳が、相づちを打った。

「ホント、どうでもいいデータの蓄積とウンチクだけは相変わらずね。それで、検証には、いつ行くつもりなのかしら？」

幽霊自動車の映像を胡散臭げに見ていた鮎子が質問する。

「今夜決行する！」

「はぁ!?　いきなりすぎるわよ！　日程を変えなさい！」

「無理だね！　データ解析から導き出した場所に幽霊バスが現れる可能性があるのは、今夜なんだ。オレの分析が正しければ、幽霊バスが次に出現するのは一ヶ月後になっちまう。それじゃあ学園祭の展示に間に合わないんだ」

都市伝説マニアの少年は、頑なに今夜の決行を主張する。

「学園祭の出し物にするために、幽霊バスの映像を撮影する気なの？」

「ああ、そのとおり！　学祭で公開して、都市伝説研究部ここにあり！　ってのを、みんなに見せつけてやるんだ」

学園で一番胡散臭くて活動実績のないサークルという、ありがたくない評価が定着している部活の主催者は、瞳に野望の炎を燃やして言い放つ。

「根拠になっているデータ解析が正しいという保証は？」

「このデータを見てくれれば、キミ達も納得するはずだ」

咲妃に問われた信司は、自信満々でプレゼンテーションを始める。

「幽霊バスの目撃情報に、何らかのパターンがあるんじゃないかと思って、色々調べてみたんだ。まず、日時。バスが目撃されているのは、決まって新月の晩、午後六時から八時の間なんだよ」

画面に時間帯のグラフが表示され、それに目撃時間の表示が重なる。

「……さらに、過去の目撃証言から得られた出現場所のデータと、古い地図、そして、昔のバス路線図を重ねあわせたのがこの画像」

信司は新たなデータを表示する。

「幽霊バスの出現場所が、四十数年前にこの街の北部丘陵地帯を走っていたバス路線の停留所跡に符合していて、一駅ずつ東に移動していっているのがわかるだろう？」

都市伝説の解明に情熱を注いでいる少年は、次々に画面表示を切り替えながら、自慢げな口調で自説を披露する。

「さて、ここからがちょっと恐い話になってくる。キミ達、覚悟はいいか？」

怪談を語るよりも、猥談の方が似合っているように見えるスケベったらしい笑みを口元に浮かべた少年は、三人の女子達を見回しながら問いかけた。

「時間が惜しいわ。もったいぶらずに早く話しなさいよ」

会議が控えている生徒会長は、恐がるそぶりも見せずに話の続きを急かす。

「チッ、鮎ねえは演出ってものがわかってないな」

　雰囲気を盛り上げようとしていたところに水を差された信司は、文句を言いながらも説明を続ける。

「この路線を運行していたバス会社の事故記録を調べたところ、過去に起きた死亡事故はたった一件、四十数年前、バスが崖下に転落して、運転手を含む五人が死亡した事故だ。これが幽霊バスの正体だと、オレは推理した」

　パソコン画面に、古い新聞記事が表示された。記事によると、事故で車体が大破、乗客の男子学生四人が即死、運転手も病院で死亡が確認されたらしい。

「おや、被害者は、槐宝女学院の学園祭に行く途中で事故に遭ったと書いてあるぞ」

　記事を読んでいた咲妃がつぶやく。

「うちの学校は、三十年ほど前までは女子校だったのよ」

　鮎子が説明してくれた。

「なるほど。しかし、バスは行方不明になったわけじゃないだろう？」

「ああ。遺体はその日のうちに収容され、バスの車体も数日後には撤去されている。しかし、幽霊バスの写真と、四十年以上前に転落事故を起こした車両は、車体後部や、窓枠の形状がピタリと一致するんだ」

　信司は古いバスの写真と、幽霊バスの写真を並べ、類似点をいくつも指摘してみせる。

「ホント、よく調べ上げたものね。ここまで来ると、呆れや感心を通り越して、執念みたいなものさえ感じちゃうわ。この情熱の一パーセントでも勉強につぎ込めば……」

　メガネの位置を直しながら、生真面目な生徒会長は眉根を寄せる。

「わたしは部長の説明、すごくわかりやすかったです。部長って、プレゼンの達人になれそうですよね」

　素直な性格の有佳は、感心した様子で、信司のプレゼンを褒める。

「まあ、それなりに説得力はあったが、情熱の無駄遣い、ここに極まれり、だな」

　無駄に出来のいいプレゼン画面を冷たい目で見ながら、辛辣な感想を漏らす咲妃。

「若い情熱は時には無駄に見えるものなんだよ！　ともか

く、そういうわけだから、今日、検証に出発する。夕方五時に、中央バスターミナル前のコンビニに集合だ！」

「そんなの無理よ！　会議は六時すぎまでの予定なんですから！」

鮎子が即座に反論する。

「それじゃあ仕方ないな、常磐城さんは今夜の予定は？」

「特にないが……」

「じゃあ、今日の検証は常磐城さんと二人で行ってくる。成果を期待していてくれ」

無造作に告げられた信司の言葉に、咲妃にぞっこんな少女と、信司に片想いしている生徒会長の顔が強張った。

「咲妃さん、本当に部長と二人っきりで行く気ですか？」

散歩に連れて行ってもらえぬ飼い犬のような目をして、有佳が問いかけてきた。

「仕方がないだろう、有佳と塩焼きは、生徒会の仕事があるんだから」

「そっ、それはそうなんですけど。……部長……」

誰にでも敬語で話す人当たりのいい少女は、信司に顔を向け、妙に改まった口調で話しかける。

「なっ、何かな？」

「二人きりになっても、咲妃さんにエッチなこと仕掛けたりしないでくださいね……」

「しっ、しないよ！　オレの誇りに誓って、約束する！」

有佳の口調は、いつも通りの丁寧なものだったが、静かな声音の奥に、背筋をゾクリとさせるような恐い響きが秘められていて、信司は声を上ずらせてしまう。

「心配しなくたって、私がこいつにセクハラされる心配は、限りなくゼロに近いぞ。彼は筋金入りのフェミニストだからな……フフフッ」

意味ありげな含み笑いを漏らす咲妃を、少年少女は三者三様の面持ちで見つめていた。

午後五時、空は夕焼けのオレンジ色から黄昏の紫を経て夜のグレーへと、緩やかに色を変え、辺りは薄暮に包まれ始めている。約束通り、バスターミナルで落ちあった二人は、郊外へと向かうバスに乗り、終点に近いバス停で降りて、十数分歩いた。

外出時は可能な限り制服着用という校則に従って、二人とも制服姿で、信司は大型ポケット付きのパーカーコート、咲妃は黒のキルティングブルゾンを羽織っている。

「本当にここでいいのか？　何もないところだが……」

「ああ、間違いない。噂の幽霊バスは、必ずこの場所に出現する！」

疑念たっぷりの声で咲妃に問いかけられた信司は、ことさら自信ありげに宣言する。

二人がいるのは、この街の北部丘陵地帯を走る旧道。

一応、二車線の幅はあるが、幹線道路と比べると狭く、道路沿いには、工場や近郊農業のビニールハウスや田畑が続いていて、所々には雑木林も残っている。

(何の霊気も感じない。残留思念もなし……霊的には、何の異常もない場所だ)

呪詛喰《カースイーター》らい師の異名で呼ばれている少女は、周囲の霊気を探りながら思う。

「そうそう、忘れないうちにこいつを渡しておこう」

信司は、ポケットから取り出したものを手渡してきた。

「む、プレゼントか？」

「違うよ。コンパクトカメラだ」

信司が手渡してきたのは、かなり年季の入ったコンパクトカメラだった。

「シャッター機構とフイルムの巻き上げは、完全にメカニカル式だから、超常現象の現場でよく起きる、電子機器の不調などの影響は受けにくいはずだ」

「ふむ、これでお前の恥ずかしい姿を撮ればいいんだな？　それとも、私にセルフヌードでも撮らせる気か？」

ニヤリ、とイタズラっぽい笑みを浮かべて、いつもの冗談を飛ばす咲妃。

「なんでキミはそうエロいことばかり言うんだ！　幽霊バスが現れたら、証拠写真の撮影に協力してくれ。出現から十秒足らずで走り去ってしまうらしいからな。カメラの操作はわかるよな？」

カメラを弄り回している女子部員に問いかける信司。

「……ツッコミが甘いな。もう少し乗ってきてくれるかと思ったんだが、有佳や塩焼きがいないとテンション上がらないか？」

ポケットカメラのファインダー越しに信司のムッツリスケベ面を見ながら、猥談好きな美少女はちょっとつまらなそうな口調でつぶやく。

「そうじゃないけど……。キミって常にそういうことを考えているのか？」

「ああ。そうだ。健全な思春期真っ只中の美少女だからな。常に心にエロを！　ってやつだ」

小悪魔的な笑みを浮かべた咲妃は、クスッ、と鼻を鳴らして笑う。

「まあ、他にも理由はあるのだが、お前に話すようなことでもないからな……」

「何だよ、気になる言い方だなぁ、その理由って奴を聞かせてくれよ」

思わせぶりな言い方に好奇心を煽られた少年の耳に、重々しいエンジン音が飛び込んできて、会話を中断させる。

「ほぉ、お前の推理もなかなかのものだな。本当に出たぞ、幽霊バス」

薄闇《うすやみ》の奥からゆっくりと姿を現したのは、無灯火で走る一台の路線バスだった。

かなり古いデザインで、車体の各所や窓枠は丸みを帯びており、塗装も古めかしい。

車内灯も消えているため、窓の向こうは真っ暗で、車内の様子は見えなかった。

「おおおっ！　出た出た出たぁ！　消えないうちに証拠撮影だ！　キミも写真を撮りまくってくれ！　すげぇ、オレの予想、マジで大当たりだぜ！」

興奮して叫ぶ信司は、ビデオカメラを引っ張り出し、撮影を開始しようとする。

「くう、やっぱり電子機器は作動しないか！　カメラで撮影してやる！」

ビデオ撮影を諦めた少年は、ポケットからもう一つ、コンパクトカメラを取り出し、慌ただしい手つきで写真を撮り始めた。

ギュギギギギギイィィィィ～ッ！

幽霊バスは、二人の目の前で、ブレーキの軋む金属音を立てて停車する。

「止まったな……」

重々しいアイドリング音を上げている旧式の車体を見ながら、咲妃はつぶやく。

（このバス、淫神だ、間違いない。ならば、この事件は既に私の領分……）

車体から漂う淫神のオーラを感知した退魔少女の口元に、不敵な笑みが浮かぶ。

（しかし、妙だな。淫神の気配は極めて微量。これだけの大きさで、こんなにオーラが弱いはずはないのだが……）

「すげぇ、幽霊バスが停車するなんて、初めてのことじゃないか？」

危機感を抱く呪詛喰らい師《カースイーター》の傍らで、信司は興奮しながら写真を撮りまくっている。

「もうちょっと下がって全体像を撮る……」

「おい！　それ以上下がるな！」

カメラを構えたまま、後ずさりしようとした少年の腕を掴んだ咲妃は、強い口調で呼びかけつつ胸元に引き寄せた。

少年の肘が、制服の胸元を盛り上げた爆乳に、むにゅっ、と押しつけられる。

「わっ！　なんで邪魔するんだよ!?」

信司は、カメラのファインダーから目を離して不満げな声を上げた。

「後ろを見てみろ、ゆっくりと、な……」

ただならぬ口調に表情を強張らせた少年は、言われたとおりにゆっくりと振り向いた。

「なっ、何だ、これ、道が……消えてる！」

二人が立っている歩道と、バスが停車している車道以外の場所は、いつの間にか漆黒の壁に囲まれていた。見ている間にも、闇の壁は、ジワジワと範囲を狭めてくる。

ギギィィィ〜ッ！　二人の背後で、バスの乗車口が、軋みながら開いた。

「どうやら、乗れという意味らしいな」

闇に閉ざされた乗車口の奥に鋭い視線を送りながら、呪詛喰らい師《カースイーター》の少女はつぶやく。

「オレとしては、そいつは望むところだが……。すまないな、キミをこんなことに巻き込んでしまって」

どんどん迫ってくる闇の壁から後ずさりしながら、信司は真面目な口調でつぶやく。

「何を言ってる。私もこの状況を楽しんでいるんだ。やっぱりお前、ムッツリスケベだが根はいい奴だな」

この状況に動じる様子もなく言った少女は、クスッ、と小さく鼻を鳴らして笑う。

フォォウンッ！　乗車しようとしない二人に焦れたかの

ように、クラクションが鳴る。

「早く乗れと言っているようだな。幽霊バス殿は、意外とせっかちな性格らしい」

「乗るしかないか……ええいっ！」

足元まで迫ってきた闇の壁に追い立てられるように、二人はバスに乗り込んだ。

金属の軋む音を立ててドアが閉まるやいなや、バスは走り始める。発車と同時に白熱電球の車内灯が灯り、闇に沈んでいたバス内部を黄色っぽい光で照らし出す。

バスの内装は、淡いクリーム色に塗られており、床は黒光りする板敷き、客席には濃緑色のベルベット生地が張られている。

窓枠や、座席の肘掛けにも木材が使われており、バスの天井に、布製のカバーを掛けられた扇風機が取りつけられているのが、このバスが製造された時代を感じさせた。

車体の前寄りの座席に、数人の乗客が座っているのが見える。

いずれも詰め襟の学生服に身を包んだ少年であった。

「先客がいるようだな」

「ああ。運転手もいるぞ……彼らの顔写真を撮ってくるから、キミはここにいてくれ」

用心深い足どりで車体前方に向かっていた信司の足が唐突に止まった。

「な、何だ？　見えない壁みたいなものが……押されるっ⁉」

困惑した声を上げながら、少年は見えない壁に押されてズルズルと後退してきた。

「おっ、おい、私までとばっちりが……！」

「すっ、すまないっ！　うあ、うわわわっ！」

押し戻されてきた信司の背中に張りつくような状態になった咲妃ともども、車両の最後尾近くまで押し戻されたところで、壁は停止した。

(結界の使い方が、ずいぶん巧みな淫神だな……少し厄介な相手かもしれない)

強い反発力を伝えてくる見えない壁に指先を這わせ、神伽の巫女は、淫神の素性を探ろうと霊査を続けている。

「写真撮影はＮＧらしいな。とりあえず、一番後ろのシートに座ろう。そうすれば、前の座席を全部見渡せるし、事態の変化にも対処しやすい」

信司を促した咲妃は、最後尾のシートに腰を下ろす。

「事態の変化って、これ以上何か起きるって言うのか？」

咲妃の隣に恐る恐る腰掛けながら、信司が尋ねてきた。

「ああ、私に対して、何か仕掛けてくるはずだ」

「キミの身に危険が及ぶようなら、オレは助けに入るぞ」

いつでも立ち上がれるように、やや前屈みの姿勢で着座したまま、少年は拳を握り締めて力強くつぶやく。

「フフッ、頼もしいな。だが、余計な心配しなくていい。何が起きても、私を信じて、黙って見守っていてくれ。本当に助けが欲しい時には、そう言うから」

膝の上で固く握られた少年の拳に、そっと手のひらを添えて、優しい口調で話しかけると、ウブな信司の耳がパアッ、と紅潮する。

「……闇の中、我ら乗せ行く幽霊車、む、字余りだな」

唐突に一句詠んだ少女は、文字数を指折り数えながら唇を尖らせた。

「この状況で川柳か？　キミは肝が据わってるな」

「霊なるものに対するには、胆力は大事だぞ……むっ、来るか!?」

霊気が急激に強まったのを感知した咲妃の声と表情が、鋭さを増した次の瞬間。

ピキッ！　パキパキパキンッ！　木材の軋むような音が、そこかしこで上がり始めた。

「う……なっ、何だ!?　何だよ、これは!?」

反射的にシートから立ち上がった少年は、怪音の鳴り響く車内を緊張した面持ちで見回しながら、声を上ずらせている。床板や、窓枠の木材部分から、樹の根のようなものがぞろぞろと伸び出し、車内の光景が怪しく変貌してゆくのだ。

「あまり好きになれぬ姿だが、仕掛けてきてくれたのはありがたい」

異様な変貌を遂げてゆくバスの車内でただ一人落ち着き払っている咲妃は、ゆっくりと立ち上がり、制服の上に羽織っていたブルゾンを脱いで身軽になった。

「こうなったら、窓を打ち破って脱出を……うわ、あれ、目ッ！　目だ！」

脱出場所を探して車内を見回していた信司が、天井を指さして声を上げる。

彼の言うとおり、天井に設置されていた扇風機が、巨大な眼球に変貌していた。

血走った血管まで見て取れる、直径四十センチはあろうかという単眼がギロリ、と動いて二人を睨み据える。

「うくぅ……か、身体が……金縛り……!?」

拳を握り締めて身構えていた信司の身体から力が抜け、床にへたり込んだ。

一方、咲妃は金縛りに陥ることもなく、巨眼を真っ直ぐに見据えて悠然と立っている。

「御神体のお出ましか、さて、如何《いか》様な伽がお望みかな？　お好みのままに……」

数歩、歩み出た咲妃は、両手を広げて無抵抗の意を表しながら、艶然たる笑みを浮かべて問いかけた。

ピキッ、ピキピキピキンッ！

生木を裂くような音を立てながら上下左右から伸びてきた樹の根状触手が、無抵抗で立ちつくす少女の手足に絡みつき、しなやかな肢体を緊縛してゆく。

身体に絡んできた触手は、つい今しがた土の中から掘り出してきたかのような湿り気を帯びており、素肌にひんやりとした感触を伝えてくる。

制服越しに、バストの根本がギチギチッ！　と締め上げられ、たわわな美乳がさらに突出を際立たせられた。

細いウエストに幾重にも巻きついた樹の根触手の先端は、スカートの裾を大きくまくり上げながら忍び込んで、ショーツに包まれたまろやかな尻たぶを撫で回していた。

「んっ！　く……う……。スカートめくりとは、感性まで四十年前のままなのかな？」

あられもない緊縛姿を強要され、身体に食い入ってくる触手の痛みに小さく呻きながらも、咲妃は冗談を言う余裕を残している。

（まずは結縁の儀を執り行いたいが、淫神の核となっているのは、神格クラスの植物霊……木霊だな。これはなかなかに厄介だぞ）

蠢く樹の根に全身を搦《から》め捕られ、身動きできない状態に陥りながらも、神伽の巫女は、相手の素性を冷静に推察している。

長い年月を経て、神格を宿した樹木……木霊は、動物や人の霊とは思考形態や行動原理があまりにも異質であるため、意思の疎通は極めて困難だ。

（植物霊には、そもそも移動という概念が存在しないはず、それがどのような経緯で、バスの形状を取って徘徊しているんだ？　木霊の神格が、死者の情念でどのように歪められているのか見極めるまで迂闊な行動はできないな）

緊縛が完了すると、それまで人形のように身じろぎもせず、座席に腰を下ろしていた少年達が、ゆっくりと立ち上がり、緊縛された咲妃のところに集まってきた。

少女を見つめる彼らの顔は、新聞に掲載されていた事故死者の顔写真と同じだ。

全員が制服を着用しており、今時の学生と比べると、少し子供っぽい印象を与える顔立ちをしている。しかし、ズボンの股間部分は、あからさまに勃起の輪郭を浮き上がらせ、彼らがもう子供ではないことを無言で主張していた。

（魂の緒が……木霊に繋がっている）

霊視能力に優れた咲妃は、少年達の後頭部から伸びた細いオーラの管が、木霊の巨眼に繋がっているのを見て眉を軽く顰める。


（バス型の淫神と少年達の霊は、不完全な形で融合しているようだな。ならば、少年達の霊を経由して木霊と意思疎通を図ることは可能なはず）

結縁の手段を考えている神伽の巫女を、少年の霊体はじっと見つめている。

咲妃の全身を樹の根触手が探り始めた。革帯ボンデージ巻きの美脚を這い上がった触手は、くすぐったい感触で太腿の筋肉をわななかせ、白いショーツに包まれた股間に到達した。

シュルッ……シュルッ……シュルルッ……小さな衣擦れの音を立てながら、樹の根触手が、何かを探しているかのように股布の表面を撫で擦る。

根の表面に密生した繊毛がショーツの布地に擦れ、まるで毛足の長い柔らかな歯ブラシで優しく愛撫されているような掻痒感が、身動きできぬ少女の秘部を襲う。

「う……くふぅ……ンッ、ふぁ……」

布越しに敏感な部分を刺激される、もどかしく妖しい快感に美貌を歪めながらも、咲妃は抗いもせずに樹の根の触診を受け入れていた。

ショーツの表面を撫で回していた妖根は、下着が邪魔だと判断したのか、器用にズリ下げて脱がしてしまう。

「あ……ッ！」

恥ずかしげな声を上げて身を捩る咲妃であったが、手足は緊縛されていて抗えない。

細く引き締まった美少女の足首から、脱がしたショーツをスルリと抜き取った触手は、恥じらう巫女の身体をM字開脚の体勢で吊り上げ、制服のシャツをはだけた。

ほの甘い汗の芳香をフワッ、と香り立たせて、メリハリに富んだボンデージボディがあらわになる。

重力に挑むかのように突出した、見事な爆乳は、色白な乳肌を食べ頃の白桃の様に上気させ、それを深紅の革帯が飾り立てて、人外の存在さえも魅了するような色香を放っていた。

ボリューム過剰なバストとは対照的に、スリムに引き締まった腹部には、腹筋の凹凸がエロチックに浮き出ていて、汗に濡れてきらめきを放っている。

「くぅ！　ンンッ！」

見事な肢体をさらけ出して低く呻く少女の身体に、樹の根触手がザワザワと群がってくる。

節くれ立った触手は、無毛の恥丘を撫で、退魔装束の革帯を咥え込んだ秘裂の周囲を探り、薄革に浮き出たワレメをズリズリとなぞり上げて責め立てる。

女体の反応と触り心地に興奮したのか、触手の何本かは、その先端形状をペニスそっくりに変化させ、先端に形成された鈴口のワレメから、透明な樹液をトロトロと垂らし始めていた。

無意識のうちに握ってしまった樹の根触手も、ペニス状に変形し、濃い樹液を滴らせながら、指の輪の中でズリズリとストロークしている。

触手が垂らした粘液は、革帯ボンデージ姿の美少女の身体をたちまちの内に濡れ光らせ、桜色に上気した柔肌の表面をトロトロと流れ落ちてゆく。

ぬちっ、くちゅっ、にゅぷっ、ぐりっ、ずりりっ！

「ひぅんっ！　んっ、はぅ……くぅぅぅンッ！」

粘りの強い樹液にぬめった亀頭状の先端部が、秘部を覆う革帯を軋ませながら、繊細な秘裂を上下に擦り責める。

秘部にピッチリと密着した柔軟な革帯は、その下に秘めた性器の輪郭ばかりか、勃起クリトリスのポッチまでもクッキリと浮き出させていた。

その敏感そうな突起が気になるのか、秘裂をなぞり上げている触手の先端が、時折、ツンッ、ツンッ、と探りの突きを繰り出してくる。

「ンッ！　ふぁ、あッ、ひぁうっ！」

バスの車内に、艶めかしい喘ぎを響かせ、淫神と化した木霊の触手に緊縛されたメリハリの利いた肢体が跳ねる。

植物とは思えぬ淫猥な動きで秘部を擦り嬲られ、呪詛喰らい師《カースイーター》の異名を持つ少女、常磐城咲妃は、美貌を切なげに歪めて喘いでしまう。

濃い樹液の匂いがする粘液をトロトロと垂らした樹の根触手は、深紅の革帯ボンデージに飾られた極上女体を検分するように這いずり、緊縛をさらに強めてゆく。

ぎゅるるっ……ぎちゅるっ！

「くぁ……胸ッ！」

重力に挑むかのように突出した爆乳も、基部を巻き締められてさらなる突出を強要され、乳先を覆った革帯音をあっさりとずらされて、乳首を露出させられた。


（信司には、見えていないはず……）

真後ろで金縛りになっている少年からは死角になっていることに、少し安心する呪詛喰らい師《カースイーター》であったが、次の瞬間には、まだ革帯に守られている方の乳首を硬い樹の根触手にグリグリと押し揉まれて、美貌を仰け反らせてしまう。

秘裂嬲りを続けられているうちに、革帯に塗りたくられた樹液と、性器の奥から湧き出た愛液が触手の動きでこね回され、ヌチュヌチュと卑猥な音を車内に響かせた。

（あぁぁッ、ダメだ、恥ずかしい、信司に聞かれてる！　イクッ、イクううッ！）

薄皮の退魔装束越しに秘部を執拗に擦られ、豊かな乳房を巻き締めて責め立てられ呪詛喰らい師《カースイーター》の身体は、絶頂への階段を駆け上らされてゆく。

「くぁ……あぁぁッ！」

込み上げてくる絶頂の波に意識を持って行かれそうになった瞬間、触手の動きはピタリと止まり、お預けを喰らった緊縛ボディが、切なげに捩れる。

ムッチリと豊かなヒップがはしたなくせり上げられ、濡れそぼって火照り疼く性器が収縮して、革帯の内側に、白濁した淫蜜を溢れさせた。

ミチッ……ギチュルルッ……。

滲み出てきた愛液の味と、そこに含まれる滋養成分を確かめるかのように、繊毛を密生させた樹の根触手がボンデージの内側に潜り込み膣口をくすぐり這う。

「ひゃふんっ！　うぁ……くうぅぅぅッ！」

強烈なくすぐったさに襲われた呪詛喰らい師《カースイーター》の膣口がヒクヒクと収縮し、大量の愛液が漏れ出てきてしまう。

バスの車内に、甘酸っぱい愛液の芳香が、ムワッ！　と熱い湿り気を含んで香り立った。

(信司のところまで……私の匂い、届いている⁉)

濃密に立ちのぼる恥液の匂いが、呪詛喰らい師《カースイーター》の羞恥をさらに煽り立て、愛液の分泌量をさらに増してしまう。

クチュクチュクチュクチュルッ……。

美少女の分泌液をこね回す音がひときわ高まり、くすぐり責められている膣口の奥から、絶頂の予感が込み上げて来るが、恥辱の頂点に至る直前でお預けを食わされる。

「ハァハァハァ……あぁぁッ、また……⁉」

絶頂寸前で焦らし抜かれて悶える咲妃の肢体を嬲り抜きながら、淫神と化した幽霊バスは、漆黒の闇の中を疾走し続けていた。

愛液をたっぷり味わった樹の根触手は、幾重にも枝分かれして性器全体を包み込んだ。閉じあわされた大陰唇に微妙な力が加えられ、柔らかな女陰が、くぱぁ……と左右に割り開かれ、革帯ボンデージを咥え込まされる。

「ひぁ！　う……革帯の庇護も神の前では役立たずか……はぁう……く……あっ！」

亜神程度の霊力ではずらすことのできない革帯の下にあっさりと侵入した木霊の触手は、冷たく湿った繊毛で大陰唇と小陰唇の隙間を這い進み、濡れた膣前庭をサワサワとくすぐるように弄ってくる。

四人の死者と、一人の生者に見られながら、恥悦の身体検査は続く。

(この程度の愛撫、何度も受けてきたはずなのに、あいつが……信司の視線が気になる……なぜだ？)

樹の根に秘部を弄られる快感に耐えながら、神伽の巫女は今まで感じたことのない感情の揺らぎを覚えている。この痴態を信司に見られている……そう思っただけで、胸の奥が妖しくざわめき、うなじの辺りが熱を帯びてチリチリと疼いてしまうのだ。

(気にするな！　今は神伽に専念するんだ……)

そう思ってはみるものの、木霊に嬲られる自分の姿を、背後にいる彼がどういう表情で見つめているのか、気になって仕方がない。

振り向けば、少年の様子を確認できるのだが、なぜかそれもためらわれてしまう。

「はぁ……う……んっ、く……ンッ！」

繊毛触手の動きは、愛撫と言うよりは単なる探索行為のようであったが、毛足の長い濡れ筆で刷き撫でられているようなもどかしくむず痒い感触は、敏感な部分に快感の波紋を沸き起こらせ、少女の性器を熱く、甘く疼かせた。

さらに密度を増して性器を弄る樹の根の動きは、幸いと言うべきか、信司の視界には入っていない。

しかし、M字開脚で吊らされた尻たぶの緊張や、くすぐったい快感に耐えきれぬ太腿の痙攣は、少年の目にしっかりと捉えられているはずだ。

催眠の呪印で眠らせておくべきだったか……と後悔しても、後の祭りでしかない。

性器の外周部を一通り探査し終えた繊毛触手は、湿り気を増した膣口周辺を探り、内部にまで浅く潜り込んでくる。

「くふぅ……はぁう……ひぁ！　そこ……挿れ……たら……きゅふぅ……ッ」

柔らかな繊毛に直接撫でくすぐられた膣口が熱を帯びて濡れ、触手の先端を挿入された尿道口に鋭い排泄欲求が沸き起こる。

じゅわ……わずかに漏らしてしまった尿水の潤いを感じた瞬間、バスの車内を覆い尽くして伸びた妖根がゾワゾワとざわめき、無言で立ちつくす少年達の身体もそれにあわせて前後左右に揺れた。

(植物の本能が滋養を欲しているのか？　神伽の巫女として、与えるのはやぶさかではないが……信司に排尿の様子を見られるのは、さすがに恥ずかしいな)

背後で見ている少年に、排泄していることを悟られまいとする咲妃の困惑をよそに、滋養に満ちた尿水の源泉を探り当てた樹の根触手は、密生した繊毛を蠢かせて尿道粘膜をくすぐりながら、排尿経路を逆行してくる。

「きゅふうぅぅんんっ！」

ツーンと鋭い異物挿入の感触が尿道を一気に貫き、膀胱にまで到達した。

（あぁっ！　漏れる……ッ！）

言葉には出さなかったものの、強制的に尿失禁されられる羞恥で、桜色に染まった美貌が歪み、樹の根に緊縛された肢体が強張ってわななく。

「は、あ、あぁぁぁ……んふうぅぅ……ッ」

眉を寄せ、小さな声を上げた少女の下腹が、筋肉の輪郭を浮き上がらせて緊張し、樹の根に撫でくすぐられた美脚が宙でガクガクと痙攣した。

しかし、咲妃が心配していた尿水の噴出は起きなかった。

膨れあがった樹の根が尿口に栓をしているため、強制排尿で迸りかけた小水が出口で塞き止められているのだ。

ジュルッ……チュルチュルチュルルッ……。

じわり、じわりと岩清水のように漏れ出てくる尿水を、小刻みに脈動する樹の根触手が残らず吸い上げてゆく。

「んっ、んふうぅぅ……はぁはぁはぁはぁ……ひぅ……くふうぅぅ」

下腹の緊張を緩めることができぬまま、退魔士の少女は、膀胱内にまで進入して尿水を掻き回しながら蠢く繊毛の異様な感触に耐えている。

（吸われている……膀胱の中……全部……くうっ！）

尿水吸飲の異様な快感にモジモジと切なげに蠢いてしまう下半身を、何とか制御しようと試みる呪詛喰らい師《カースイーター》であったが、尿道と膀胱内で蠢く繊毛触手は、強烈すぎる尿意と、異様な快感を湧き起こらせて、恥ずかしい身悶えが止められない。

チュルッ……チュルルルルッ……クチュクチュクチュクチュッ。

小さな吸飲音を立てながら、繊毛触手は敏感な尿道内を弄り、さらなる滋養を要求するかのように、膀胱壁を掻きくすぐって刺激してくる。

（ダメ……だッ！　イクッ！　イッてしまうッ！）

じっくりと焦らし抜きながらの強制排尿快感に屈し、絶頂の予感が込み上げて来るが、陰の絶頂波動を嫌う樹の根触手は、その瞬間に動きをピタリと止めて、寸止めでの切なさで神伽の巫女を悶えさせてしまう。

緩急を付けた恥辱の尿水吸引は、十数分にわたって続き、

溜め込まれていた最後の一滴まで吸い尽くされた。

「ハァハァハァハァ……あ……あはぁぁ……」

尿道を犯していた樹の根が、ヌルリ、と抜け落ちると、緊張で強張っていた咲妃の身体からようやく力が抜けた。

ミシミシミシミシ、ビキッ！

生木の軋む様な音を立てつつ、樹の根触手はさらなる滋養を求めて呪詛喰らい師《カースイーター》の股間を弄り続ける。

「く……はぁぁぁ……あっ！　そっ、そこは……そこは……はぁぁうッ！」

樹の根触手の執拗な責めにガクガクと肢体を震わせていた神伽の巫女は、もう一つの排泄孔を探られる感触に裏返った声を上げる。

括約筋を引き締める間もなく、慎ましやかにすぼめられたアヌスに、小指ほどの太さの樹の根がズルリと突き挿れられた。

「くううんッ！」

反射的に、尻たぶをキュンッ！　と緊張させて樹根触手を挟み込んでみるが、滋養を求める木霊の根は繊毛を長く伸ばし、直腸内をサワサワとくすぐり回してくる。

「はぁぁぁう……ンッ、そこは……もう、別の……滋養など……ひぁぁぁう！」

切れ切れに上げる声を無視して、樹の根は、最も恥ずかしい秘め穴の内部を何十、何百の繊毛でくすぐり、掻き回して滋養を探し求めている。

(信司に……尻を犯されているのを見られている！　なぜ？　どうしてこんなに恥ずかしいんだ？　後から記憶を消せばいい話ではないか!?)

神伽の巫女になって以来、感じたことのなかった強い羞恥の炎に全身を炙られながら、少女は直腸触診の快感に悶え、喘いでしまう。ショーツは穿いたままだが、真後ろから見ている少年には、樹の根がどこに挿入されているのか察しが付くはずだ。

直腸内を探り終えた樹の根は、さらに先端を伸ばし、結腸部をこじ開けて、大腸内部にまで探索の繊毛を送り込んできた。

「あ、あぁぁ、そんなに奥ッ！　う、はぁぁぁ……やっ、ふうぅぅんんっ！」

内臓をサワサワと撫で回される感触が、悪寒を伴った恥悦の波紋となって、少女の背筋を総毛立たせる。腸壁の柔突起が繊毛触手に掻きくすぐられる感触が腹膜や薄壁越しの子宮にまで伝わり、神伽の入口として開発された肛門括約筋が卑猥な収縮を起こして樹の根を締めつけた。

（くウッ、イくっ……イッてしまうっ!!　信司の目の前で、尻を探られて……ッ！）

アナルエクスタシーを覚悟した瞬間、チュポンッ！　という恥ずかしい音を立てながら、咲妃の肛門から触手が引き抜かれた。

「はぁはぁはぁはぁ……く……う……はぁぁぁ」

恥悦の直腸愛撫からようやく解放された神伽の巫女は、小さく安堵の吐息を漏らす。

（どういうことだ？　私が絶頂しそうになるたびに、まるで慌てたように愛撫が止まる……）

眉を顰める咲妃の身体から、女体検分を終えたらしい触手が引き上げてゆく。

代わりに、それまで黙って見守っていた四人の死霊達が、血の気の失せた手を、胸に伸ばしてきた。四十本の指が、革帯に彩られた爆乳に殺到し、競いあうように弄り回す。

「あぁぁ、柔らかい……大きい……これが、女の子の乳、ゴム鞠《まり》みたいだ」

低くかすれた声を上げた死霊少年達は、先を争って手を伸ばし、夢中になって粘液まみれの爆乳を揉みこねる。

（く……胸ばかり……女の扱いに慣れていない連中ばかりだな）

弾力と柔らかさを兼ね備えた自慢のバストを容赦なく弄られる痛みに眉を顰めてしまいながらも、神伽の修業を積んだ少女は、抗うそぶりも見せずに耐え続ける。

「温かい、生きているんだ……畜生ッ！　オレだって生きていたかったんだぁ！」

生気に溢れた咲妃の肉体に嫉妬したのか、自棄じみた声を上げた一人の少年が、丸く張り詰めた肉果に思い切り指を食い込ませてきた。

「くぁ！　あぁぁぅ……ッ！」

苦痛の声を上げて仰け反った咲妃の視線と、金縛りにあったままこちらを凝視している信司の視線がぶつかりあった。彼の瞳の奥に燃えているのは、激しい憤りの炎。

「く……信司……そんなに怒るな……私は大丈夫だから……

…信じろ」

汗ばんだ顔に笑みを浮かべて声をかけるが、信司の無念そうな表情は変わらなかった。

「そろそろボクらも気持ちよくしてもらおう」

乳房の揉み心地を堪能した少年達は、生気のない声で囁き交わし、狭い車内で、それぞれに場所取りをする。

一人が床に仰向けになり、その左右で二人が仁王立ちになった。

咲妃の乳房に指を食い込ませた少年は、場所取りにあぶれて思案顔で立っている。

手足を縛めていた樹の根触手が弛み、ある程度自由に身体を動かせるようになった。

「ズボン脱がさなくていいから上に乗って……動いて」

仰向けに寝た少年が、淫らな期待に満ちた表情で命じてくる。

「このままで、いいのか？」

騎乗位の姿勢で少年の腰に跨がった少女は、ズボンの股間を突き破りそうに盛り上げた勃起に、秘部を密着させた。

樹の根触手に嬲られて充血し、弾力を増した恥丘が、死してなお強張っている海綿体を、むにゅっ！　と、柔らかく圧迫する。

「んっ……んふぅぅ……」

少年の霊体は、初体験する女性器の感触に眉を寄せ、心地よさげに鼻を鳴らした。

「ボク達は、手で……」

左右の手が掴まれ、学生服の股間へと引き寄せられた。

最後の一人は、何やら迷っていたが、やがて、咲妃の背後に回り、量感過剰に肉を張り詰めさせた美尻に、股間の膨らみを押しつけてきた。

全員が着衣のままなのが、逆に倒錯的だ。

「うっ、動くぞ……こんな感じで、いいのか？」

前後を男の股間に挟まれ、両手をズボンの膨らみに添えた神伽の巫女は、少年達への奉仕を開始した。布越しに、生固い感触を伝えてくる勃起に繊細な指で手淫奉仕を仕掛け、量感のある尻を揺らして、股間と尻で男のモノに快感を送り込む。

「もっと、もっと擦って……くぁ、そっ、そうだ……あぁぁ、気持ちいいっ！」

要求されるまま、強張った海綿体を布越しに握って上下に扱き上げると、若い勃起はビクビクッ！　と敏感な快感反応を伝えてくる。もう一人の少年の勃起にも、同様の手淫愛撫を仕掛けながら、充血して弾力を増した恥丘で、ズボンの前を突き破りそうに強張った牡器官を擦り上げて、疑似性交の快感を送り込む。

(信司……見るな……！　お前には、見て欲しくない)

奉仕を続けながら、思わずにはいられない。樹の根触手に嬲られている時は受け身の立場だったが、今は積極的な奉仕行為。先ほど以上に胸の奥がざわめき、得体の知れない罪悪感が込み上げてきて、勃起を擦る指の動きもぎこちなくなってしまう。

「んっ、くっ、早く、イッてくれ……」

恥じらいの表情を浮かべつつ、神伽の巫女は腰をくねらせ、繊細な指で布越しに勃起を愛撫した。圧迫、摩擦された性器の奥から溢れ出た愛液が、秘部を守る革帯を透過して、少年のズボンまでグッショリと濡らし、甘酸っぱい淫臭をバスの車内に漂わせる。

この淫らな匂いは、金縛り状態の信司にもしっかりと届いてしまっているはずだ。

(くううっ！　ここまで痴態をさらしてしまったら、もう、自棄だ！　信司のことはひとまず忘れて、本気を出させてもらうぞ！)

ようやく開き直った神伽の巫女は、習得した奉仕の技巧を駆使して反撃を開始した。

股間にあてがわれた左右の手指は、ズボンの前をはち切れさせんばかりに盛り上がった勃起の輪郭に沿って指を滑らせ、敏感な亀頭冠や先端部を布越しに刺激する。

「おふぅっ！　そっ、それ……すごい……っ！」

鉤型に曲げた指先で、亀頭のワレメを刺激しつつ竿部分を扱き上げてやると、少年の身体は全身がペニスになったかのように強張り、仰け反った。

(全員を果てさせて、木霊の出方を見る！)

両手を駆使して、二本のペニスを責め立てながら、神伽の巫女は腰使いを速める。

秘裂に沿って勃起が滑る素股の動きが、尻に押しつけられたもう一本の男根も擦り上げて、女を知らぬまま死霊となった少年達を昂りの頂点へと誘ってゆく。

「あ、あぁぁ……出るッ！」

「ボクも……我慢、できない！」

巧みな愛撫で快感の極みに達した四本のペニスは、相次いで絶頂を迎えた。

恥丘に擦り上げられていた少年と、手淫奉仕されていた二本の勃起が、ズボンの下で制御不能の脈動を始め、少し遅れて、尻を貪っていた肉柱もドクドクと脈打つ。

（果てたか!?　……だが、何か妙だ）

ビクビクとしゃくり上げる勃起をなおも扱き上げて快感を送り込みながら、咲妃は違和感を覚えている。射精の脈動は確かに起きているというのに、ズボンの股間に滲み出てくるはずの精液の染みは見当たらない。

「霊体だからというわけではなさそうだな。まさか!?」

神伽の巫女は、射精快感に硬直している少年のベルトを手早く緩め、ジッパーを引き下げて、股間を剥き出しにさせた。

「これは……射精封じ!?」

下腹にめり込みそうなほどにいきり勃った少年の勃起根本には、樹の根触手が幾重にも巻きつき、陰茎海綿体と尿道をきつく締め上げて、精液の放出を阻んでいる。

仮性包茎気味のペニスは、下腹を打ちながら力強い脈動を起こしているが、亀頭先端のワレメからは、一滴の精液も迸り出てこない。

生きた人間なら、たちまちのうちに鬱血を起こし、ペニスが壊死してしまうような緊縛を施された少年の霊体は、萎えることのない勃起を強要され、絶頂を迎えても射精できぬもどかしさに延々と責められ続けているのだ。

（少女達と愛しあうまでは禁欲しようという少年達の純な想いを、木霊が曲解した故の呪縛か？　だが、これでは増大した性欲がループして、事態を悪化させるだけだ）

痛々しく緊縛された男根を憐れみの視線で見つめながら、神伽の巫女は思う。

淫神は、少年達が放つ陽の気を、このバスの姿を維持するための糧とし、到着する場所のない無限の徘徊を続けて、さらなる陽の気を欲しているのだ。

それはまさに、終わりのない呪縛、人と植物の価値観の相違が生んだ呪詛であった。

（私がイキそうになった時、触手が逃げていった理由もこ

れで察しが付く。女が絶頂する時に放つ陰の気が、木霊のお気に召さなかったわけだな)

「ううううっ、ぐううううっ、んっんっ、あぁぁぁ……」

喜悦と言うよりは、苦悶に近い声を上げながら、少年達は射精封じされた勃起を脈動させ、淫らな欲望で歪んだ陽の気を発生させ続けている。

(陽の気に霊力を乗せて送り込めば、木霊の神体に接触できそうだが……どうする？　一つ、手がないわけでもないが、それはあまりにも危険な賭けだな……)

咲妃が股間に封じた淫ノ根の力を解放し、男性器を具現化させれば、彼女にも陽の気を放つことができるが、快感に呑まれれば、神伽の儀式は失敗してしまう。

(正直、ペニスの快感を制御する自信は、今の私にはない……どうすれば……)

方法を模索していた咲妃は、背後で金縛りになっている少年のことを思い出した。

「信司、お前の助けが必要だ！」

身動きできぬ少年に向き直った咲妃は、真摯な口調で話しかける。

「まず、そのために金縛りを解く必要があるが……木霊よ、許可してくれるな？」

天井の巨眼を仰ぎ見て問いかけると、少女の手足に絡んでいた樹の根触手がスルリと解かれた。木霊もまた、この永劫に続く彷徨《さまよ》いから解放されたいと願っているのだ。

「了承、かたじけない。……解呪、開始！」

古風な口調で告げた呪詛喰らい師《カースイーター》は、床に脱ぎ捨ててあったブルゾンのポケットから赤ペンを取り出し、信司の額に手早く呪印を描き込んだ。

「く……動けるッ！　キミを辱めた死霊と、あの目玉野郎をぶっ飛ばすんだな？」

金縛りが解けるやいなや、信司は拳を握り締めて立ち上がろうとする。

「違うッ！　しゃ……射精してくれ」

「はぁ⁉」

珍しく口ごもりながら告げられた卑猥なお願いに、信司は声を裏返らせる。

「射精だ、射精ッ！　何度も言わせるな！　お前の肉体を仮の依り代として、彼らの霊を憑依させ、射精と同時に文字どおり昇天させる。そうすれば、この幽霊バスを形作っている少年達の想いの呪詛から、木霊を切り離すことができるんだ！」

はだけられていたシャツの胸ボタンをさりげなくはめ直し、信司の視線から爆乳を隠しつつ、神伽の巫女は真剣な口調で説明する。

「おっ、おい、ちょっと待てよ、そいつらをオレに憑依させるつもりなのか⁉」

目の前で陵辱行為をした少年達の霊を憎々しげに睨みつけ、信司は唇と声を不満げに尖らせる。

「そのとおりだ。時間が惜しい、始めるぞ！」

立ち上がった咲妃は、少年達の身体を次々に抱擁し、口づけを仕掛けた。

エクトプラズム化した霊体はまるで煙のように揺らぎながら、少女の口腔内に吸い込まれてゆく。四人目を吸い込み終えるまで、一分とかからなかった。

「さて、今度はお前の番だ。この神伽の成否は、お前に掛かっている」

信司に向き直った咲妃は、彼の肩に手を置き、困惑気味の顔を真正面から見つめる。神伽の巫女の美貌には、今まで誰にも見せたことのない、恥じらいと照れのような表情が浮かんでいて、色白な顔は耳まで真っ赤になっていた。

「ちょっと待て！　まだ心の準備が……んむうっ⁉　んんんんん〜ッ⁉」

有無を言わせず唇を奪った神伽の巫女は、胃の腑に宿していた少年達の霊体を、信司の体内に一気に吹き込んだ。温かく柔らかな唇の感触に陶酔する間も与えられず、少年の口腔内に冷たい煙のようなものが流れ込んでくる。

「んぐ……はぁはぁはぁ……な、身体が冷たい……クウウッ！　手足が、動かないぞ！」

四人分の死霊を無理やり憑依させられて金縛り状態に陥った少年は、美少女とのファーストキスで紅潮した顔を歪め、不安げな声を上げる。

「お前は動かなくていい。心配せずに身を任せてくれ。さっ、さあ、射精させてやるぞっ！」

「そっ、そんなこといきなり言われても……うぁ、あぁぁ……っ！　ホントに……しちゃうのか⁉」

困惑の声を上げる少年のズボンと下着を慌ただしくズリ

下げた咲妃は、まだ萎えたままの勃起に指を絡めて愛撫を仕掛けた。

「目を閉じていろ、何も話すな！　ただ快感に身を委ねて、射精してくれればいいんだ！」

叱りつけるような口調で言いながら、頼りない感触の肉茎を握って上下させる。

「く……うぅぅっ、こんなのは……あ、うくうぅ……ダメ、ダメだよ……」

冷たく滑らかな指で、まだ勃起していないペニスをクニクニと撫でられた少年は、言われたとおりに目を閉じながら、上ずった声を上げた。

「しゃべるなって言っただろう！　黙って任せてくれ、頼むから！」

色白な美貌を紅潮させた少女は、信司のペニスから視線を逸らしながらも、陰嚢《いんのう》を優しくすくい上げて揉み上げ、もう片方の手で肉茎を掴んで扱き上げる。

しかし、神伽の技巧を身につけた彼女の愛撫を受けても、信司のペニスはなかなか勃起しようとしなかった。

「おかしい、なぜ勃たない？　男ならこういう状況を喜ぶんじゃないのか？」

「無茶言うなよ！　身体がゾクゾクして、手足が痺れて……そっ、それに、こんな状況でキミに恥ずかしいことさせたくないんだ」

フェミニストの少年は、金縛り状態の身体をギクギクッ、と緊張させながら声を上げる。

「射精しろと命じたのは私の方だ！　ええいっ！　こういう時は欲望に身を委ねるんだ、つまらぬ意地など張っていないで、さっさと射精してしまえ！」

一向に勃起しない男根に苛《いら》ついた咲妃は亀頭にまで愛撫を仕掛けるが、少年は眉を寄せてくすぐったげに身を強張らせるばかりで、海綿体の充血はなかなか進まない。

「手でしてもらうだけでは不満なのか？　何をして欲しい？　胸の間に挟むのか？　そっ、それとも、口でしないとダメなのか？　言え！　緊急事態なんだ！」

半勃起状態から進展しない陰茎に、繊細な指で技巧の限りを尽くして愛撫し続けながら、神伽の巫女は焦れた声を上げる。

「ダメだ……こんなこと、やっぱり、オレ、できないよっ！

他の方法を……ッ」

「ふっ、ふざけるなっ！　踏み潰されたくなかったら、さっさと射精しないかっ！」

業を煮やして立ち上がった咲妃は、急性インポに陥っている少年の股間をグリッ！　と足裏で踏みつけて勃起を強要した。

「うぐ……あぁぁうッ！　きっ、きついっ！」

苦しげな声を上げた信司のペニスが、足の下でグングンと力をみなぎらせ始める。

「なっ、何ッ!?　そっ、そうか、そういう性癖なら、私もとことん付き合ってやるぞ。ええいっ！　もう、どうにでもなれッ！」

自棄気味の声を上げた咲妃は、靴と靴下を手早く脱ぐと、しなやかな美脚を少年の股間へと伸ばし、さっきとは桁違いに固く大きくなった肉茎を素足で踏みつけた。

「こうやって踏まれるのがお望みだったんだな？　なるほど、言えないわけだ」

足裏に伝わってくる勃起の硬さと熱さに妙な昂りを覚えてしまいながら、女王様モードに切り替えた咲妃は足コキ責めを仕掛ける。

きゅむっ、しゅるっ、ぎちゅっ、ぐりっ……少年の下腹に亀頭を擦りつけながら、冷たく滑らかな足裏がマゾ属性の肉棒を圧迫し、擦り上げた。

「ちっ、ちがうっ！　オレは……あっ、あぁぁっ！」

否定の声を上げる信司だが、少女の滑らかな足裏と、少年自身の引き締まった下腹に挟まれて踏み転がされた勃起は充血を強め、ドクッ、ドクッ、と力強く脈動する。

(これが生身の男のペニス……信司の……くううっ！)

言い様のない恥ずかしさと興奮に襲われた咲妃の身体がブルブルッ、と震え、新たに分泌された愛液が股間を熱く湿らせた。

「かっ、感じているのか？　だらしない顔になっているぞ。ほおら、ここをこうやって……こうすると……もうグチャグチャじゃないか、はっ、恥ずかしい奴めっ！」

自分が濡れてしまったことを棚に上げた神伽の巫女は、カウパーを滲ませ始めた亀頭を、足指で器用に挟み込んで揉み責めつつ、言葉でも背徳的な快感を煽る。

「んんっ、ううっ！　あ、あぁぁ、ダメだぁ……出ちま

ウッ、ゴメンっ、出るっ」

巧みに動く足指の下で、先汁でヌルヌルになった亀頭と肉茎がひときわ固く張り詰め、切羽詰まった脈動を始めた。

「いっ、いいぞ……出せ……さあ、しゃ、射精しろっ！」

今まで感じたことのない妖しい昂りに全身を火照らせた神伽の巫女は足裏全体を使って、爆発寸前の勃起を圧迫しつつ擦り立てる。

「あっ、あぁぁぁぁぁぁ、ゴメンッ！　出るうううううううううっ!!」

罪悪感混じりの快感に顔を歪めて射精を告げる信司の声に、歓喜に満ちた四少年の声が重なった次の瞬間、勃起が灼熱の絶頂汁を噴き上げた。

びゅるうっ、びちゃぁ、どぷっ、どぷっ、ぶちゅるるるっ、びゅうっ、びちゃっ、ぶちゅるるるるる～ッ!!

霊体と化した少年達とは桁違いに濃厚で滋養に富んだ陽の気を、木霊は網状に広げた樹の根触手で受け止め、残らず吸い上げてゆく。

「いっ、今だッ！　霊体波動同調ッ……潜入ッ！」

絶頂の際に発生した射精快感に同調し、陽の気に自らの意識を乗せた咲妃は、淫神の核である木霊の意識に侵入する。それは、精液の流れる川に全裸の肢体を委ねるような、異様で倒錯的な感覚だった。

（くう、これが信司の……精液の温度、味、感触……そして快感。妙な気分だ。私にこんな恥ずかしいことまでさせて、あぁ、射精とはこんなに気持ちいいものなのか）

信司の感覚とシンクロし、絶頂感に意識を融合させた咲妃は、精液に含まれる様々な情報を体感しながら、木霊の神体めがけて突き進み、接触に成功した。

それは、意識と呼ぶにはあまりにも異質で、あまりにも大量の情報集積体であった。

一粒の種から芽吹いた樹が、年を経て木霊を宿すまでの膨大な情報が、咲妃の意識に一気に流れ込んでくる。

（まだだ！　もう少し……もう少しで、因果の根に触れられる……触れたッ！）

ようやく、木霊が淫神となるきっかけとなった事故の情報に行き当たった。

陽光を浴びていた木霊の身体に、激しい衝撃が走る。同時に伝わってくるのは、事故に遭った瞬間の少年達の感覚と記憶。事故の痛みと衝撃、そして強烈な悪寒が全身を包み込み、息絶えるまでの感覚を、神伽の巫女は四人全員の分、体験させられた。死の衝撃を疑似体験した呪詛喰らい師《カースイーター》の肉体が弓なりに仰け反り、激しく痙攣する。

バスに激突されてへし折れてゆく古木の生への欲求と、少年達の生きたいという想いがシンクロし、本来交わらぬはずの魂が、バスの形となって融合する。

「互いの存在を歪めて絡みあった呪詛の糸、私が全て絶ってやる！」

自らの意識を一振りの刃に変えた呪詛喰らい師《カースイーター》は、少年達の魂ともつれあった木霊の呪縛を一気に断ち切った。

「くはあァ！　はぁ、はぁはぁはぁはぁ……」

深いトランス状態から目覚めた神伽の巫女は、溺れる寸前で水面に顔を出した水難者のような激しさで、荒い呼吸を繰り返した。

全身が冷たい汗に濡れ、手足の指先が冷えきっていて感覚がない。

「常磐城さんっ！　だっ、大丈夫か！　息をしろ、オレがわかるか？」

信司の必死な声が頭上からする。どうやら、床に倒れてしまっているらしい。

「あ、ああ、大丈夫だ……心配、いらない……注意しろ、崩れるぞ！」

二人の周囲で、バスの車体が、無数の落ち葉に分解しながら崩れ去ってゆく。

路面にうずたかく積もった落ち葉も、エクトプラズムの湯気をたなびかせながら虚無へと還り、道路の真ん中にへたり込んだ少年と少女だけが残った。

「ここは、オレ達が乗り込んだバス停跡。じゃあ、まったく動いていなかったのか？」

周囲を見回した信司は、剥き出しだった股間を恥ずかしげに隠しながらつぶやく。

「そういうことになるな……さて、帰るとするか？」

言葉少なに答えた咲妃は、足に付着した信司の精液をウエットティッシュで拭い、彼にもティッシュのパックを投げてやると、路上に落ちていた制服や下着、靴下、靴を履き直し、キルティングブルゾンを拾い上げて羽織った。

「……なあ、さっきまでの出来事、現実だよな？　一体、何をしたんだ？」

　無言のまま、数分歩いたところで、意を決したように信司が問いかけてきた。

「ああ、現実だ。簡単に説明するとだな……あのバスの正体は樹木の霊だった。樹木の霊は、陽の気しか受けつけない。だからお前の……しゃ、射精の時に発する陽の気に私の意識を乗せて、霊体の核に接触したんだ」

「オレがもっと、その、何だ、素直にしゃ、射精……したら、キミはもう少しは楽ができたってことかな？　本当に、ゴメン……」

　互いに口ごもりながら、二人は夜道を歩く。

「謝ることはない。お前のおかげで神伽は成功した。幽霊バスの写真は公開してもいいが、バスの中で起きたことは、他言無用だぞ。私も話さないと約束する」

　落ち込んでいる少年を励ますため、冗談めかした口調で言った咲妃は、ニヤリと笑みを浮かべる。

「あ。ああ……。あの目玉は、結局、邪神だったのか？」

「邪神など、この世に居はしない」

　夜空を見上げてフウッ、と大きく息を吐いた少女は、話を続ける。

「そもそも、神とは、強い意志の力を受けて、如何様な形状、状態にもなり得る純粋なエネルギー体でしかない。神の存在を歪めるのは、人の情念なんだ」

「情念……か。神様まで歪めちまうなんて、人の想いってのは恐いものなんだな」

　神妙な表情で頷く信司。

「邪な人の情念で、その存在を曲げられてしまった神のことを、曲がった神……マガツ神と呼ぶ。その中でも、私は淫欲や性への執着心によって歪められた神格である淫神を専門に鎮め正す、神伽の巫女、ってのをやっている」

　ゆっくりと歩きながら、これまで秘密にしてきた自分の素性を話して聞かせる咲妃。

「そうなのか？　なあ、オレ、前にもこんな体験したような気がするんだけど……」

　信司の発したひと言に、咲妃の顔が小さく引きつる。

「そっ、それはきっと気のせいだ！　そっ、そうだとも、気にするな！」

　正体を明かした呪詛喰らい師《カースイーター》は、珍しく慌てた口調で言うと、足早に歩を進める。

「ん、そうか？　キミはその、何というか、本物の霊能者だったんだな」

「だから、巫女だと言っている。とはいっても、巫女装束は持っていないから、萌えポイントは一点減点だが……」

いつもの口調で言った咲妃は、クスッ、と鼻を鳴らして笑う。

「気持ちの整理が付かなくて、頭の中グッチャグチャな気分だよ」

「その頭の中をスッキリ整理してやってもいいが、今日は無理だ。木霊との意思疎通で消耗しすぎたからな」

そこまで言った咲妃の身体が、貧血でも起こしたかのようにユラリ、と揺れる。

「おっと！　大丈夫か？」

倒れ込みそうになった少女の身体を、信司はとっさに抱き止めた。

「大丈夫……と言いたいが、これ以上歩くのは、正直遠慮したい気分だな。おっ、ちょうど路線バスが来たぞ、あれに乗ろう」

折よく近づいてくる市街地行きのバスに目を留めた少女は、信司の腕の中で言う。

「さっき、あんな目に遭ったのに、またバスに乗るのか、大丈夫かな？」

「あれは普通のバスだよ。もう、幽霊バスはいないし、私も限界だ。だから、私を抱いて走れ、急げ！」

「おっ、おうっ！」

命令口調で叱咤された少年は、咲妃の身体をお姫様抱っこ状態で抱え上げ、数十メートル先にあるバス停に向かって走ってゆく。

「信司、お前って、意外とたくましいんだな」

「キミこそ、思っていたよりもかなり軽い」

危なげない足どりで駆けながら、少年と少女は感想を述べあう。

「ほぉ、私を抱くことを想像していたのか？　やっぱりムッツリスケベだな」

「そっ、そういう意味じゃないよ。茶化さないでくれ……下ろすぞ、歩けるか？」

乗車口の前で咲妃の身体を下ろした信司は、まだ頼りなげに揺らぐ身体を支えてやりながら問いかける。

「ああ、バスに乗るぐらいなら、大丈夫だ」

乗り込んだ二人は、最後部の座席に並んで腰を下ろした。

「ちょっと肩を借りるぞ……バスターミナルに着いたら起こしてくれ」

隣に座った少年の身体にもたれかかった咲妃は、信司の肩を枕代わりにして、安らかな寝息を立て始めた。

「おっ、おい……もう寝ちまったのかよ？　ホントに疲れきっていたんだな」

嬉し恥ずかしげな表情を浮かべて身を強張らせた信司の肩を枕に、無事に神伽の儀式を終えた巫女は、つかの間の眠りを貪っていた。

封の五　淫校祭《サバト》

「んぁ……あ、あ、はぁぁう……ンッ、ふぁ……」

明かりを落とした室内に、甘く潤んだ少女の喘ぎが響いている。

「んふ、咲妃さん、背中が弱かったんですね？　もっといっぱい舐めてあげます」

表情をうっとりと蕩けさせた有佳は、ベッドにうつ伏せになった咲妃の背筋に沿って舌を這わせ、芸術的に引き締まった裸身を撫で回して快感に色を添えている。

「ふぁ、ゆっ、有佳……上手くなっている。はぁぁ、んっ、きゅふうぅ……っ！」

呪詛喰らい師《カースイーター》の異名を持つ少女は、恋人の繊細にして情熱的な愛撫に身を委ね、ベッドの上で悩ましげな声を上げ続けた。

「嬉しいです。咲妃さん、もっと、もっと感じてください。んふ、ぴちゅ、ちゅっ、ちゅぱ、ああ、スベスベで、いい匂いがして、気持ちいいのが伝わってきます……」

いつもとは立場を逆転して攻めに回った有佳は、快感に火照り、蕩けた恋人の裸身に献身的な愛撫を仕掛ける。うなじから耳の辺りを吸いついばまれ、腋から回した手で勃起乳首を摘んで揉み転がされると、快感曲線が一気に沸点を超えた。

「あ、はぁぁう……ダメ……だ、イク……ッ！　くふうぅうぅうぅ……ンッ！」

切羽詰まった声を上げた咲妃の身体が、弓なりに仰け反って硬直する。

唾液に濡れ光る背筋が、艶めかしい曲線を描き、有佳の指で乳先を摘まれたままの爆乳が、歓喜の痙攣に打ち震えた。数十秒の間、金縛りにでもあったかのように硬直を続けていた裸身は、急激に弛緩してベッドに突っ伏した。

「咲妃さん、今日はわたしの勝ち、ですね」

絶頂の余韻に喘ぐ少女の肩口に口づけした有佳は、小動物的な愛くるしさを感じさせる顔に、色っぽい笑みを浮かべて囁きかける。

「はぁはぁはぁ……短期間に複数の神体を宿したせいで、身体がすごく敏感になっているんだ。霊気の感知能力も鈍っているし、はっきり言って不調だな……」

　神をも魅了する肉体を持った巫女は、甘くかすれた声で気だるげに告げる。

「大丈夫、ですよね？」

　かつて、淫神の依り代であった少女は、乱れた黒髪を指先で梳いて直してやりながら、少し心配そうに問いかけてきた。

「ああ、平気だ。数日で体調も落ち着くだろう。それまで、もうちょっと手加減してくれると助かる。……そろそろ時間かな？　寮まで送るよ」

「フフッ、エッチ禁止！　とか、言わないんですね」

　気だるげに身を起こし、まだかすかに足をふらつかせてシャワールームへと向かう咲妃の身体を、子犬のように寄り添ってそっと支えてやりながら、有佳は微笑む。

「快楽は私の命の糧でもあるからな……禁止したら餓えてしまう」

　本気とも冗談ともつかぬ口調で言った呪詛喰らい師《カースイーター》は、恋人関係にある少女の身体を優しく抱き締めた。


翌日。

　咲妃と有佳は、二人仲よく学園の敷地内を歩いていた。

　今日は、午前中が模擬店の設営、午後から夕方までは、学園祭の前夜祭が行われることになっていて、校内は祭り前の高揚感とざわめきに包まれている。

　前夜祭は、三日後に行われる学園祭本番に備えての予行演習の意味合いもあり、実際にアトラクションや模擬店を短時間運営してみて、問題点の洗い出しと改善をすることになっている。

「春に学祭やるというのは、珍しいんじゃないのか？」

「うちの学園、お祭り好きですから、学園祭が、春と秋の二回あるんです」

　完成間近の模擬店を楽しげに見ながら、有佳は咲妃の問いに答える。

「なるほど。おや、模擬店の設営には、外部の人間も関わっているのか？」

　模擬店を設営している学生達に混じって、作業服姿の男女がキビキビと動いているのを見て、咲妃は問いかける。

「電源の配線や、調理器具の設置は、学園のＯＢの方が経営しているイベント会社に協力していただいているんです。それにしても、今年は去年よりも配線が多くて複雑な感じですね。ライトアップを派手にするんでしょうか？」

頭上に張られた何本もの電線を見上げながら、有佳は可愛らしく小首を傾げる。

「祭りの飾り付けが派手なのはいいことだ。そういえば、うちのクラスはメイド喫茶をやるんだったな？　物凄くベタな出し物だが……」

「咲妃さんのメイド姿、楽しみだったんですけれど、裏方に回っちゃいましたね」

有佳は心底残念そうだ。

「私は接客に向いていないからな。でも、料理は大好きだから、今回は頑張るぞ」

教室に入った咲妃と有佳は、早くもメイド姿に着替えてはしゃいでいるクラスの女子達に挨拶すると、前夜祭分として用意した食材の下拵《したごしら》えを手早くすませ、都市伝説研究部の部室へと向かう。狭い部室には、生徒会長の鮎子と、部活の主催者であり、唯一の男子部員でもある岩倉信司が既に待っていた。


「やぁご両人。む……何だか険悪な空気が漂っている気がするが？」

ムッツリと不機嫌そうに押し黙った信司を、腕組みした鮎子が睨んでいる。

「ちょっと聞いてくれる？　信司が、都市伝説研究部の展示をしないって言うのよ」

主婦の井戸端会議のような口調で、鮎子が愚痴る。

「幽霊バスの写真を大量展示するんじゃなかったのか？　何か問題でも？」

数日前、信司とともに体験した幽霊バス事件のことを思い出しながら、咲妃も不思議そうに問いかけた。

「いや、その……確かに写真は撮ったんだが、ピンボケばかりで、説得力に乏しいし、他の展示品目も特に考えてなかったから、今回はパスってことで」

「まったく、いい加減なんだから……少しは外部に活動実績見せなさいよ」

信司の幼馴染みであり、部活動の監視者として部室にしょっちゅう顔を出す生徒会長は、眉根を寄せて大きなため息をついた。

「あの……部長のプレゼン、すごくわかりやすいので、過去のデータを使って、都市伝説についての講演とか、できませんか？」

重く沈んだ空気を和ませようと、有佳が遠慮がちに提案する。

「ああ、それはダメよ。信司は、大勢の前だと緊張しちゃって、しどろもどろになっちゃうから、プレゼンなんて絶対に無理」

少年の過去をよく知る生徒会長は、にべもなく言い放つ。

「まさに無駄な才能の塊だな、お前は」

あの事件以来、信司の態度がぎこちなくなっていることを少し気にしながらも、咲妃はいつもと変わらぬ毒舌を浴びせかける。

「検証に付き合ってくれたキミにはホントに悪いと思うけど、今回は……ゴメン」

都市伝説マニアの少年は、言い返しもせずに、ペコリと頭を下げた。

「はぁ～、仕方ないわね……。じゃあ、私と雪村さんはちょっと席を外すわ。イベント会社の人達と一緒に、模擬店の安全チェックに回るのよ」

また一つため息をついた鮎子は、有佳を促し、イスを引いて立ち上がる。

「そういうわけで、わたしも会長のお供でお出かけです」

生徒会の書記をしている有佳も、申し訳なさそうに微笑んだ。

「えっ？　二人とも行っちゃうのか？」

信司は、少し不安げな表情になる。

「おいおい、そんなに怯えるな。二人っきりになったからといって、お前を押し倒したりはしないぞ。私はそこまで餓えていない」

エロ方面に話題を引っ張ってからかってみても、少年はビクッ、と顔を強張らせただけで、何も言い返してこない。

「咲妃さん……エッチなことは、あまり言わない方がいいと思います」

リアクションの貧弱な少年の代わりに、有佳がちょっと嫉妬じみた声をかけてくる。

「部としての展示をしないのなら、あなたもクラスの手伝いに行ってきたら？」

少し怪訝そうな眼差しを、いつもと態度の違う幼馴染みの少年に投げかけながら、鮎子が提案する。

「ああ、そうだな……部室の片付けをしたら、クラスの方に行ってくるよ」

「それじゃあ咲妃さん、行ってきますね」

信司と咲妃を残し、生徒会の二人は部室を出て行った。

「……なあ、幽霊バスの写真、本当に展示しないのか？」

遠ざかってゆく足音を聞きながら、退魔士の少女は口を開く。

「色々と悔しい記憶を思い出すから、写真は展示しない。まだ、気持ちの整理が付いていないいんだ。ゴメン」

明らかに意気消沈した様子で、少年は頭を下げる。

「なぜ、私に謝る？　あの時のことをそんなに気に病んでいるなら、記憶を消してやるって言っているのに、それを拒絶し続けているのはお前自身なんだぞ」

爆乳を誇示するかのように腕組みした呪印使いの少女は、不満げな声を上げる。彼女の呪印術で記憶操作すれば、信司もここまで思い悩まずにすむのだ。

「せっかくの申し出を断って悪いとは思ってる。でも、記憶を消すとか、そんな甘い方法で解決したくないいんだ。真実と向きあって、この気持ちを乗り越えなきゃ……」

制服のシャツをはち切れさせそうな咲妃の胸に視線を吸い寄せられてしまいながらも、少年は静かな口調で決意を口にした。

「心構えはいいが、くよくよ思い悩むのは、端から見ていて鬱陶しいぞ」

「そうだよな。自分でもそう思うんだが、あの事件以来、価値観やら何やら崩壊しまくりで、オレという存在がすごくちっぽけで無力に思えて、色々と考えちまうんだよ」

気弱な表情になった少年は、自嘲気味の笑みを浮かべて俯いた。

「お前はもっと能天気な奴だと思っていたのだが、意外と繊細なんだな。この私が保証しよう！　お前は断じて無力ではない。強靭《きょうじん》な肉体と精神力の持ち主だ！」

イスから立ち上がり、信司の傍らに回り込んだ咲妃は、力強い口調で断言する。

「ホントに？　慰めとかじゃなくって？」

「退魔士である私から見ての、正当な評価だ。もう一つ付け加えると、筋金入りのムッツリスケベだな。お前の視線が、胸に絡みついてきてくすぐったい」

詰め寄った少女は、精悍《せいかん》な美貌にイタズラっぽい笑みを浮かべてからかう。

「うわ！　ごっ、ゴメンッ！　そんな気はなかったんだが、つい……んぐむッ!?」

頬を染めて詫びる少年の頭部を、咲妃はいきなり胸元に抱き寄せた。

ボリューム満点の爆乳が、いきなりの抱擁に硬直した信司の顔を優しく包み込む。

「信司……。もう悩むな。自分を卑下するな。これ以上ウジウジしていると、強制的に記憶を書き換えてやるぞ！　わかったか？」

「んぐ……わ、わふぁった……んむぅ……」

いい匂いのする温かな肉果に顔を包まれた少年は、半ば夢見心地になりながら、くぐもった声を上げる。

「わかればよろしい。少しは元気が出たか？」

抱擁を解いた咲妃は、紅潮して汗ばんだ信司の額を指先で小突いた。

「ホント……キミは色々と規格外だな。いっ、いや、断じて、胸の話じゃないぞ！」

慌てて取り繕う信司の声に、校内放送を知らせるチャイムの音が被さる。

『生徒、及び関係者の皆様にお知らせいたします。午後三時より、春の槐宝祭、前夜祭を開催いたします……。繰り返しお知らせいたします……』

抑揚を抑えた口調の校内放送が、スピーカーから聞こえてきた。

「前夜祭、そろそろ始まるようだな」

「ああ。オレも、クラスの出し物の方に顔出してくるよ」

抱擁で乱れた髪を直しながら、信司も立ち上がる。

「お前のクラスは何をやるんだ？　時間ができたら冷やかしに行ってやる」

「お化け屋敷。オレは企画そのものにはノータッチで、効果音担当の裏方だけど」

都市伝説マニアの少年は、気恥ずかしそうな笑みを浮かべて言った。

「さて、秘伝の隠し味を加えた焼きそばで、学園中を虜にしてやるとしよう」

校舎の入口で信司と別れた咲妃は、メイド喫茶の営業準備に忙しいであろう自分の教室に向かっていた。

『三時になりました。ただ今より、春学祭、前夜祭を開催します』

前夜祭の開始を宣言する校内放送が流れ、校内のイルミネーションが点灯されると同時に、ザワリ！　と空気が妖しく揺らめいた。

「……!?　なっ、何だ、この異様な霊気は？」

うなじの辺りが総毛立つような霊気を感知して、咲妃は美貌を強張らせる。

ピシイイッ！　ビキビキビキビキイイイインッ！

氷の軋むような音を立てながら、学園の敷地が、オーロラのように揺らめく光の壁によって細かく分断されてゆく。

「これは……張り巡らせた電線に沿って、結界を展開しているのか!?」

緊張の面持ちで周囲を見回す咲妃の周りで、怪異現象に遭遇した他の生徒達もパニック寸前の状態に陥っている。


「えっ？　何、これ？　何なのよぉ!?」

四方を壁に囲まれ、泣きそうな声を上げて周囲を見回していた女子生徒の肩に、青白い煙のようなものがフワリとまとわりついた。

「ふぁ、あ……うぅぅ……ッ」

小さく呻いた女子生徒の身体から力が抜け、石畳にゆっくりと倒れ伏す。

「あれは、低級霊!?」

少女を昏倒させたものの正体に気付いた咲妃の顔が、さらに強張った。

低級霊とは、自我や記憶を全て失い、抜け殻と化した霊の総称だ。

単純な命令を仕込んで他者や死体に憑依させ、操る呪術体系も存在している。

「うわぁぁぁ！　顔だッ！　顔だけの幽霊が！」

「きゃあぁぁぁぁぁぁ〜ッ!!」

結界で分断された敷地内のそこかしこで、叫び声や悲鳴が上がり始めた。

学園の敷地全体を、ドーム状に覆った結界の天井から、低級霊達が何十、何百と舞い降りてきて、逃げ惑う生徒達にまとわりつき、次々に昏倒させてゆく。

（これだけ大規模な結界を張りつつ、大量の低級霊も使役するとは、とんでもなく強力な術者だな……狙いは私か？　ならば、なぜこんなに大がかりなことをする？）

まとわりついてくる低級霊をうるさげに払いのけながら、呪詛喰らい師《カースイーター》は、術者の気配を探ったが、結界で分断された空間では、霊気探知も上手く働かない。

『生徒の呼び出しです。二年の常磐城咲妃さん、至急、教室に戻ってください……繰り返します……常磐城咲妃さん……』

まだ声変わりしていない少年のような声が、校内放送のスピーカーから流れ出てきた。

（この声、今回の黒幕か、あるいは低級霊を憑依させられた放送委員か？　ともかく、今は指示に従うしかないな）

全校生徒を人質に取られ、結界の迷路に封じられた現状では、迂闊な行動はできないと判断した咲妃は、声の指示通り、教室に戻る順路を進んでゆく。

「ここも低級霊の被害に遭ったか……有佳ッ！」

教室に踏み込んだ咲妃の表情が曇る。

半透明の壁の向こう側に、制服姿のまま、イスに座らされている有佳がいた。

制服姿の身体は、力なくうなだれて意識を失っているようだ。

『ご心配なく、彼女は眠っているだけです。あなたが指示に従ってくれれば、極めて平和的に事を進めるつもりですよ』

先ほどと同じ少年の声が、校内放送用のスピーカーから聞こえてくる。

「楽しみにしていた前夜祭をぶち壊しにしておいて、平和的とはよく言う……」

周囲の惨状を見回しながら、呪詛喰らい師《カースイーター》は吐き捨てるように言い放つ。

先ほどまでの混乱を物語るかのように、教室の床には飲み物や氷が散乱し、ホットプレートの上では、放置された焼きそばやお好み焼きが焦げ臭い煙を上げている。

結界で分断された教室内には、ほとんどのクラスメイトが揃っていた。

「ああ、とっきーが来た、お帰りなさいませご主人様ぁ～♪」

メイド姿の女子達が、棒読み口調で言いながら歩み寄ってくる。

全員が低級霊に憑依されて、操られているようだが、咲妃のことをニックネームで呼んだということは、完全に理性や意識を失っているわけではないらしい。

「ああ、来てやったぞ。術者よ、こんな回りくどい罠など張らずに、私一人を狙ってきたらどうだ？　貴様は小細工をするしか能のない、卑怯な臆病者か⁉」

呪詛喰らい師《カースイーター》は、勝ち気な口調で謎の術者を挑発する。

『そんなに喧嘩腰にならないでくださいよ。これはゲームなんですから。アトラクションを楽しんでくださいね』

「……貴様も死霊だな。声に生気がない。黒幕に使役される下僕ということか？」

音声に含まれるわずかな波動から、声の主の素性を察した退魔少女は問いかける。

『当たらずといえども遠からずといったところです。さて、早速ですが、第一ステージのゲームを始めさせていただきますね……』

挑発にも乗らず、少年の声はゲームの開始を一方的に宣言する。

「これに……着替えて……テーブルに寝て」

操り人形と化したクラスメイトが、真新しいメイド服を差し出してきた。

「いいだろう。今は、悪趣味な余興に付き合ってやる」

恥じらうそぶりも見せずに制服を脱ぎ捨て、下着と革帯ボンデージの姿になった少女は、渡されたメイド服に着替える。

「みんなのメイド服とずいぶんデザインが違うじゃないか。これじゃあ、エロメイドだな」

自分のいでたちを確認した咲妃は、苦笑を浮かべる。

他の女子達が着用しているメイドコスチュームと比べると、明らかに丈の短いスカートは、腿の付け根近くまでが露出しており、少しかがんだだけで下着まで丸見えになってしまう。エプロンは、胸の部分だけが簡単に外せるようになっており、メイド姿を極力崩さずにバストを露出できる仕様になっていた。腹の部分には布地がなく、引き締まった腹部と、形のいいへその窪みが露出してしまっている。

「よいしょっ、と。これでいいんだな？」

言われたとおり、テーブルクロスを掛けられた長机の上に仰向けになり、生け贄のごとく寝転がったエロメイド姿の少女を、クラスの男子十数名が取り囲む。

「乳……乳が、飲みたい。吸わせろ……母乳……乳首」

低級霊を憑依させられた男子生徒達は、かすれた声で言いながら、エプロンの胸元を突き上げた咲妃の爆乳に手を伸ばしてくる。

「オーダー、入りま～す。とっきーの母乳～♪」

メイド姿の女子が、卑猥な注文を読み上げた。

『男子達に憑依した低級霊は、母乳を欲しがっています。雪村有佳さんを解放したければ、三十分以内に、全員に授乳してくださいね。では、スタートッ！』

「そういう趣向か、胸に封じた淫水蝶の力を使わせるのが目的だな？」

壁面に設置されたスピーカーを睨みつけながら問いかけるが、答えはない。

「吸わせろ……胸……早く。渇く……喉が……干涸《ひから》びそうだぁ」

憑依した低級霊によって、母乳に対する飢餓感を植えつけられた男子達は、今にも死にそうな声を上げ、白目を剥いて詰め寄ってくる。

「そう慌てるな。お前達の渇き、私が鎮めて昇天させてやろう」

怯える様子もなく言い放った神伽の巫女は、メイド服の胸部分をまくり上げ、ブラと、その下にまとっていた退魔装束の革帯をずらす。

お椀型に突き出した量感たっぷりのバストが、プリュンッ！　と揺れながら露出し、透明感のあるピンク色をした乳先が、母乳に餓えた少年達の前にさらけ出された。

「オレ、オレが一番だからな……すごい……大きくて、美味そうなオッパイだぁ」

欲望にギラついた目で極上の美爆乳を凝視しながら、霊に憑依された少年達は、クラスメイトの乳先に顔を寄せてくる。鋭敏化している乳肌を、熱く湿った荒い鼻息にくすぐられただけで、露出過剰なメイド姿が小さくわななないてしまう。

（肉体の感度が上がりすぎている……この状態で母乳を出して、理性を保てるだろうか？）

不安げに眉を顰める咲妃の乳先に、餓えた男子の唇が迫ってくる。

「あぁ、いい匂いだぁ。むちゅっ、んふうぅぅ」

荒い喘ぎを漏らしながら近づいてきた唇が、爆乳の先端に吸いついた。

「んっ！　ひゃはうっ！　もっと優しく吸わないかッ！」

欲望まかせの荒っぽい吸引で、ふっくらと盛り上がった乳輪と乳首を吸い上げられた咲妃は、美貌を歪めて呻く。

（これが男の吸い方か？　有佳の、優しく柔らかな唇とはまったく違う……）

生まれて初めて、男の口に乳首を吸われた神伽の巫女は、優しさの欠片もない強引な吸引に身を強張らせながら耐えている。反対側の乳首にも、別の男子生徒がむしゃぶりつき、餓えた犬のようにゴフゴフと鼻を鳴らしながら吸いしゃぶっていた。

男子の口元に生えた無精ヒゲが、繊細な乳肌をチクチクと刺激して、今、乳首にむしゃぶりついているのが男であることを痛感させられる。

男子の口の中で、充血度を強めた乳首がムクムクと勃起し、さらに感度を増して小指の先ほどのサイズにまで尖り勃った。

「く……んんっ！　こっ、こら！　歯を立てるな！　ひぅっ！　くううっ！」

刺激に反応した乳首は、熱く粘ついた口の中で舐め回され、甘噛みを受けながら吸いしゃぶられたが、肝心の乳汁は一滴も分泌されない。

「出せぇ……乳、出せよぉ！　こんなに乳首オッ勃ててるのに！　出せぇぇ！」

いくら吸っても喉を潤す滋味《じみ》を湧き出させない乳頭から口を離した男子は、たわわなバストに指を食い込ませてギュウギュウと搾り上げながら母乳をねだる。

「そんなに強く揉むなっ！　精神集中が途切れて……くあぁぁぁンッ！」

敏感な肉果に容赦なく指を食い込まされた神伽の巫女は、凛々しい美貌を歪めて呻くが、渇きを植えつけられた男子生徒は、頬をすぼめて勃起乳頭を吸い上げ、たわわな乳房を荒々しく揉み搾る。

『おやおや、母乳が出ていないようですね？　時間切れになっちゃいますよ』

スピーカーから聞こえてくる少年の声が、焦燥を煽る。

「くぅ……わかっている！　ふぁ、あぁぁッ、そんなに舐めても、出ないぞッ！」

なかなか乳汁の出ない乳首をあめ玉のように舐め転がされた神伽の巫女は、乳房全体がビリビリと痺れるような快感に襲われて甘い悲鳴を上げてしまう。

「とっきー、すごくエロい顔になってるよ。ひょっとして、エッチモードのスイッチ入っちゃった？　アタシも何だかイケナイ気分になってきちゃった。ねえ、キス、しよ」

クラスの宴会部長を自認している社交的な女子生徒が、メイド服姿の身体をかがめ、咲妃の唇に吸いついてきた。温かく柔らかな舌先が、喘ぐ口の中にヌルリと侵入して、情熱的に掻き回す。

有佳とは味も匂いも違う少女の唾液が口の中に流れ込み、搦め捕られて吸い上げられた舌から、鮮烈な快感が沸き起こった。

「んふぅぅぅっ！　んっ！　んんんっ！」

同性に口を吸われながら、左右の乳首をクラスの男子に吸いしゃぶられた退魔少女は、エロメイドコスチュームに包まれたしなやかな肉体を淫靡にくねらせる。

「……咲妃、さん？　わたし以外とエッチなことするなんて、ひどいですッ！」

少女の震える声に、ハッ！　と我を取り戻した咲妃は、意識を取り戻した有佳が、クリッと大きな目に涙を溜めて、こちらを見つめているのを見て美貌を強張らせる。

「有佳!?　これはそういうのじゃなくって、神伽の……んむぅぅぅんっ！」

愛しい少女に呼びかけた咲妃の口が、再び情熱的なキスで塞がれた。

(そうか、有佳は眠らされていたから、こういう展開になったいきさつを知らないんだ……後できっちりと説明しなければ……んんっ！　キスが激しい)

困惑の表情を浮かべたまま、口の中で暴れ回るクラスメイトの舌に声を封じられてしまう。

「エロエロなとっきーは、みんなのものだよ。だから、委員長は順番待ちしてて。ああ、美味しそうな身体。いっぱい気持ちよくしてあげる」

クラスの女子達は、欲情に潤んだ声で言いながら、テーブルの上で悶える咲妃の身体に群がってきた。エロメイドコスチュームに包まれた極上の肢体に、性欲に支配された少女達の愛撫が施される。

「とっきーのオッパイ、こんなに大きかったんだね。あはぁ、ぷにゅぷにゅで、マシュマロみたい。ああ、揉んでるだけで、アタシまで濡れてきちゃうよぉ」

男子達に乳頭を吸い嬲られている咲妃の爆乳を、同性ならではの繊細な指使いで少女達が揉み搾り、喘ぐ唇に次々にディープキスを仕掛けて、唾液交換を強要する。

「ふぁ！　あぁぁぁ……んふぅぅ……ンッ、くちゅ、くちゅるっ……」

興奮で熱くなった級友の舌に口の中を掻き回され、艶めかしい喘ぎを途切れ途切れに漏らす咲妃の全身に、女子達のキスの雨が降らされた。剥き出しの腹部や、切なげに擦りあわされる太腿にも、熱く潤んだ唇や柔らかな舌が這わされ、へその窪みにまで舌先が挿入されて、妖しい快感で無垢《むく》の子宮を疼かせる。

ぴちゃぴちゃぴちゃ、れるっ、ちゅっ、ぷちゅっ……柔肌を吸いしゃぶる音に、咲妃が上げる切れ切れの喘ぎが高まり、男子生徒達が乳先を吸いしゃぶるはしたない舌なめずりの音が入り交じって、教室内に淫らなハーモニーを響かせた。

（あぁぁ、乳房が張り詰めて……乳首が疼くッ！　出るッ、母乳が……ッ！）

少女達の繊細にして執拗な愛撫が功を奏したのか、淫水蝶に嬲られて以来の乳汁分泌快感に爆乳が震え、甘く切ない感触が乳腺を灼熱させて込み上げてきた。

「はぁぁぁんっ！　出るッ、アァァッ……母乳が……出て、しまうっ！」

同性のキスを振りほどき、引きつった声を上げたエロコスメイドは、射乳の前兆にわななき震える爆乳を突き上げながら仰け反った。

ぷしっ！　ぴゅううっ！　ぷちゅるるるっ！

乳首を吸いしゃぶる男子生徒の口腔内に、甘く温かな滋養のエキスが迸る。

「んふぅぅ！　んぐ、んぐ、じゅううっ、ちゅぱっ、ちゅばっ、んぐんぐんぐんっ」

歓喜の呻きを漏らした少年は、母乳を噴き出すクラスメイトの乳房を思い切り吸い上げ、渇きを癒やす甘露の分泌液を飲み干してゆく。

「はぁぁう……んぁぁぁ……いっぱい出て、いる……くふぅぅぅぅッ！」

「あはぁ、とっきー、ホントにミルク出てるぅ。気持ちよさそうだね、オッパイ搾って手伝ってあげるね」

爆乳の芯が蕩けてしまうような授乳快感に悶える咲妃の身体を、クラスメイト達は、なおも愛撫して、さらなる乳汁の分泌を促した。

細い指が乳房を根本から先端に向けて扱き上げ、張り詰めた乳肉を優しく揉みこねて、活性化した乳腺にさらなる刺激を送り込む。

「んぐんぐんぐ……ごくっ、ごくっ、ごくんっ！　ぷはぁぁぁ〜。げぷっ、満たされた……」

思う存分母乳を貪り、満足げなため息を漏らした少年の身体から、青白い煙のようなものが湧き出し、スウッ、と宙に融けてゆく。

憑依した低級霊から解放された男子生徒は、そのまま昏倒して床に崩れ落ちた。

「ふぁ……はぁぁぁ」

甘く潤んだ喘ぎを漏らす咲妃のバスト先端では、赤く色付き、唾液と母乳に艶めかしく濡れ光る勃起乳頭がヒクついて、純白の乳汁をピュッ、ピュッ、と射出していた。

「はぁい、次のお客様、どうぞ〜」

メイド服姿の少女達は、順番待ちしていた男子生徒を手招きする。

「母乳は出たが……感じすぎて……ひゃぁぅうんんんっ！」

呼吸を整える間もなく、新たな唇が、左右の勃起乳頭を吸い込み、張り詰めた乳球が荒っぽく揉み搾られる。気が遠くなるような授乳快感に左右の乳首を貫かれた退魔少女は、爆乳に吸いついた男子達の頭を無意識に抱き寄せてしまう。

一度分泌が始まった乳汁は乳首が蕩けそうな放出快感に疼かせながら止めどなく迸り、男子生徒達の渇きを次々に癒やしていった。

「ハァハァハァハァ……。んぁ、あ、はぁぁぁ……終わった、か？」

　最後の男子生徒が憑依霊から解放されて眠りに落ち、唾液と母乳に濡れ光る爆乳を喘がせて安堵の表情を浮かべる咲妃を、顔を上気させた女子達が取り囲む。

「とっきーのミルク、アタシ達にも、もちろん飲ませてくれるよね？　ダメって言われたって飲んじゃうよ、あむ、んちゅっ！　ちゅばちゅばちゅばっ！」

　有無を言わせず、柔らかな唇が、左右の乳首に吸いついてきた。

「ひゃあぅっ！　おっ、お前達まで……はぁぁぁ、んんっ、出るんんッ！」

　ぷちゅううっ！　ぷしぃっ、ぷしっ、ぴゅるっ、ぷしゅるっ、ぷちゅるるるるっ！

　欲望に任せた男子達の吸い方とはまったく違う、優しくツボを心得た吸引で吸い上げられた乳先は、先ほど以上の快感に包まれながら母乳を噴出させせる。

「ちゅぷ、ぷあはぁぁ、美味しい。とっきーは、自分のミルク飲んだことある？　お裾分けしてあげるね……」

　うっとりとした表情で言った宴会部長は、再び乳首にむしゃぶりつき、口いっぱいに思い切り吸い上げた乳汁を口移しで飲ませてくる。

「んむぅ！　んっ……こくっ、くちゅ、んふぅぅ、ゴクッ……ふぁ……」

　温かく、トロリとした舌触りの甘い乳汁が口腔内に流れ込んでくると、喘ぎすぎて渇いた咲妃の喉は、勝手に動いて己の体液を貪ってしまう。

（これが私の母乳の味か……甘くて、いい香りがして……美味しい……）

　これまで飲んだどんなミルクよりも芳醇で美味な母乳の味に陶酔した呪詛喰らい師《カースイーター》は、密着した級友の口に自ら吸いついて、口移しの乳汁を貪った。

「んちゅ……くちゅっ、ちゅぱっ。あはぁ、とっきーのミルク、美味しいでしょ？」

「んぁ、はぁぁ、美味しい……」

　艶っぽく潤んだ声で問いかけられると、素直にそんな返事が漏れ出てきてしまう。

「じゃあ、今度はわたしが飲ませてあげる、あむ、んちゅ

うう っ……ンッ」

別の女子生徒が、口移しの母乳キスを仕掛けてきた。

口に含んでいた母乳を全て飲ませ終わった後も、レズキスの倒錯的な快感に酔った少女は、甘い乳汁が染みついた舌を挿入し、濃厚な舌使いで巫女の口腔内を掻き回す。

「キス、いいなぁ。羨ましいから、常盤城さんの美味しいミルク、いっぱい飲んじゃう！」

ディープキスに興じるメイド姿の級友を見ながら、他の少女達も、次々に乳首に吸いつき、迸る乳汁を恍惚として飲み干した。

「ハァハァハァハァ……う……くふぅ……ぅ、こっ、今度こそ……終わったな？」

長机の上にグッタリと横たわったままの咲妃は、全身を甘く痺れさせた快感の余韻に頬を上気させて喘いでいる。その周囲には、憑依霊から解放されて眠りに落ちたクラスメイト達が、折り重なって昏倒していた。

『お見事です。時間内に全員に授乳できましたね。お約束通り、人質はお返しします。残るお二方も、あなたの助けを待っていますよ』

有佳が閉じ込められていた結界が消滅した。

「咲妃さあぁぁんっ！」

解放された有佳は、咲妃の胸に飛び込んできて泣きじゃくる。

「そんなに泣くんじゃない。この程度のこと、私は平気だ。鍛え方が違うからな」

肩を震わせてすすり泣く少女の髪を撫でてやりながら、神伽の巫女は冗談めかした口調で告げる。しかし、そんな彼女のバスト先端では、散々吸いしゃぶられた乳首の勃起が収まらず、白い乳汁の雫を滴らせていた。

「こんなひどいこと、一体、誰が？」

倒れたクラスメイト達を心配そうに見ながら、有佳はつぶやく。

「私の身体に封じた神体を狙う術者だ。巻き込んでしまってすまない。さっきの奴の口ぶりからすると、信司と塩焼きも囚われているはずだ。助けに行くぞ！」

疼き火照った勃起乳首を、深紅の革帯で押さえ込んだ咲妃は、疲れた身体に鞭打ち、伶俐《れいり》な美貌を引き締める。

「はっ、はい……。あの、この先、また、エッチなこと、やらされるんでしょうか？」

　不安げな表情で問いかけてくる少女に、咲妃は軽く眉を寄せつつ頷いた。

「ああ、多分……な。これは、強引に淫神の力を使わせて、私を消耗させ、神体との結縁を緩めることが目的だ。おい、使い魔！　この格好のままで行っていいのか？」

　有佳の手を借りて長机から下りた咲妃は、天井のスピーカーに向かって質問する。

『そうですねぇ……今後の試練は、なるべく全裸で挑まれることをお勧めします』

　あどけなささえ感じさせる少年の声が、即座に答えた。

「……いいだろう。さすがに全裸とはいかぬが、そのアドバイスに従ってやろう」

　苦笑した退魔少女は、エロメイドのコスチュームを脱ぎ捨てて、深紅の革帯で緊縛された極上肢体を惜しげもなくさらけ出す。幅数センチのしなやかな革帯は、秘部と尻の谷間に食い込み、爆乳の先端をかろうじて隠してはいるが、それがかえって、若々しくメリハリの利いた肢体を、全裸よりも扇情的に見せていた。

『お聞き届けくださり、ありがとうございます。では、順路に沿ってお進みください』

　廊下を幾重にも分断していた結界の壁が開いてゆく。

「この先は、信司達のクラスだな？」

「出し物は、お化け屋敷、なんですよね？」

　咲妃の後をついて歩きながら、不安げな面持ちで有佳がつぶやいた。

　校舎の一番端、角部屋の教室入口は、段ボールや発泡スチロールでできた墓石や枯れ木が並べられ、おどろおどろしい外観に変えられている。

　入口前に吊るされた暗幕を押し退けて、室内に入ると、荒れ果てた墓地に仕立て上げられた室内で待ち構えていたのは、異様な姿のモンスターであった。

「きゃぅっ！　あれって、着ぐるみ……ですよね？」

「そうだな、もともとはただの着ぐるみだったはずだが、今は違うようだぞ。それにしても、ずいぶんステレオタイプのモンスターを揃えてきたものだな……」

　居並ぶ怪物達の姿に怯える様子もなく、神伽の巫女はつぶやく。

真正面に立つ二人の身体の色は赤銅色と濃青色。筋骨隆々の裸身に、ボロ布でできた腰布を巻いている。彼らの異形を際立たせているのは、その頭部であった。

赤い方が馬、青い方が牛の頭部を持った獣人の姿をしているのだ。

地獄の番卒に扮した獣人達の目は、獣欲にギラついて咲妃を睨みつけており、せわしない吐息を漏らす口からは、白濁した涎を滴らせている。

さらに、腰に巻いたボロ布を押し上げて、誇張抜きで大根ほどの太さと長さのある巨根がそそり勃っていた。形状は人間のペニスと同じだが、色とサイズのせいで、余計にグロテスクに見える。

牛頭と馬頭の背後に控えているのは、全身を獣毛に覆われた狼男、薄汚れた包帯でグルグル巻きになったミイラ男、そして、数体のゾンビであった。

モンスター達の背後に、囚われの身となった信司の姿が見える。

都市伝説マニアの少年は、イスに座った状態で金縛りにされているようであったが、革帯ボンデージ姿の咲妃を見て、ギクリ！　と顔を強張らせた。

「信司！　聞こえるか？　すぐに助けてやるぞ！」

呼びかけに頷いた信司は、何か叫んだが、その声はまったく聞こえてこない。

「音声一方通行型の結界か……器用な術者だな」

いまだに底の見えぬ相手の力量に警戒心を強めながらも、神伽の巫女は毅然とした態度で異形の群れに対峙する。

『第二の試練です。妖怪やモンスターに扮したあの男子達は、憑依霊体によって、エクトプラズムをまとって異形化しています。彼らを元に戻す手段はただ一つ。ペニスに奉仕して射精させることです！』

「そんなことだと思ってはいたが……はぁ～」

小さなため息をつく咲妃の背後で、有佳は身体を震わせている。

「咲妃さん、そんなこと、しないでください！　他に方法ないんですか？」

「これは大規模な呪術結界なんだ。強引に突破しようとすれば、何が起きるかわからない。有佳、ここは私のやり方に任せてくれ」

　すがるような視線を向けてくる少女の身体をそっと背後に押しやった神伽の巫女は、一歩前に出て、怪物の群れと向きあった。

『一つご忠告しておきますが、あの姿を維持するために、男子達は生命エネルギーを消費し続けています。あまり長引いてしまうと、心身に悪影響が出ますよ』

「親切なご忠告ありがとう。お前の主人は、最低なアトラクションを思いつく奴だな。一匹ずつは面倒だ、全員まとめて昇天させてやる。来いッ！」

　床に膝立ちになった咲妃は、妖艶な笑みを浮かべて異形の陵辱者達を誘う。

「ヴモウッ！　ソノ、エロイカラダデ、オレノチンポニ、ゴ奉仕スルンダ！」

　興奮した鼻息を荒げ、醜悪な巨根をそそり勃たせて咲妃に迫ってきた怪牛の角を、横から伸ばされた小さな手がガッチリと掴み止めた。

「おっ、おい、有佳、何をする？」

「わたしの……わたしの咲妃さんから離れてくださいイイイ〜ッ‼」

　小柄な少女は、腕一本で、数倍以上の体重がありそうな牛頭を放り投げた。

「ヴモォォ〜ッ⁉」

　牛そのもののような悲鳴を上げて宙を飛んだ牛頭は、背後に立っていた馬頭にぶつかり、段ボール箱で作られた墓石をなぎ倒しながら、二匹まとめて転がる。

「来ないでくださいッ！　咲妃さんにエッチなことなんてさせませんッ！」

　人間業とは思えぬ怪力で牛頭を放り投げた有佳は、怒りの声を張り上げる。

「もういい、やめろ！　ここは私に任せてくれ！」

「嫌ですッ！　咲妃さんが穢されるのを、黙って見ていることなんて、できません！」

　泣き顔になって憤る有佳の周囲を、オーロラのように揺らぐ壁が取り囲んだ。

「！！！！！」

　閉じ込められた有佳は、何か叫びながら結界壁を叩いているが、壁はビクともせず、こちらには何の物音も聞こえてこない。

『申し訳ございませんが、それ以上の暴力行為はご遠慮願います』

進行役であり、咲妃達の監視も行っているらしい少年の声が告げる。

「狙った対象だけを的確に隔離するとは、見事な結界制御能力だな。……有佳、悪いが、そこで待っていてくれ。大丈夫、私は平気だから……」

優しい声をかけながら顔を近づけると、敏感に察した有佳も、目を閉じて応じる。

どんな壁よりも強靭な結界越しに、少女達の唇が重なりあう。数十秒の間、想いを伝えあうキスを続けた咲妃は、ゆっくりと唇を離して怪物の群れに向き直った。

『では、第二の試練、仕切り直しと参りましょう』

「牛頭と馬頭、並びて誘う色地獄……か」

バレ句を詠んだ咲妃は、有佳と信司の視線を気にしながら跪くと、目の前に並んでそそり勃った獣根への愛撫を開始した。片手では握り込めぬ太さの凶悪な肉柱に触れると、猛った怒張は、ビクビクンッ！　と震えてさらに硬度を増す。

（く……熱いな。節操もなくそそり勃って……無駄に大きすぎるぞ！）

嫌悪の感情をグッ、と押し殺した神伽の巫女は、身に着けた技巧を駆使して、巨根に快感を送り込んだ。凶暴なサイズの肉胴表面を撫でくすぐりながら這い上がった白く繊細な指は、握り拳サイズに張り詰めた亀頭を撫で回し、既に先汁に濡れている鈴口の切れ込みを優しくなぞる。

「ブモオオォ！　ブヒルルルッ！」

牛頭と馬頭が同時に快感の声を上げ、勃起度を強めた獣根は、腹筋の凹凸が浮き出た下腹にめり込まんばかりに屹立して歓喜の胴震いを起こした。

「オレタチモ、忘レルンジャネエゾ！」

くぐもった声で言いながら、狼男やミイラ、ゾンビ達が醜悪なペニスをしゃくり上げながら迫ってくる。憑依霊によっておぞましい実体化を遂げたモンスター達の股間からは、牛頭馬頭にも負けぬ汚怪な逸物がそそり勃っていた。

狼男の巨根は亀頭部分以外を獣毛に覆われ、さながら肉のブラシのような凶暴ないでたちをしている。ミイラ男の肉槍は、先端部まで包帯を巻かれており、黄色っぽく濁った先汁をジュクジュクと滲ませた汚穢《おわい》なものだ。二人並んだゾンビどもの股間から突き出しているのは、どす黒く変色した、生ける死者そのものの肉棒である。

「美味ソウナ身体ダ、色白デ、イイ匂イガシテ、ナイスボディナメスブタダナ」

咲妃を嘲る声をかけながら、狼男は白い背中に毛むくじゃらの獣根を擦りつけ、長い舌を伸ばして、耳やうなじの辺りをベロベロと舐め回してくる。

「くうっ……貴様などにメスブタ呼ばわりされる筋合いはない！」

獣臭い唾液に眉間を顰めて言い返す少女のたわわな胸に、左右から迫ったゾンビ達は、青黒く冷たい勃起を押しつけてくる。腐肉の匂いまで再現された死者のペニスが、大量授乳の余韻に疼く乳房を歪みたわませながらグリグリと突き嬲り、汗ばんだ腋の下を擦って、巫女の柔肌を嫌悪に鳥肌立たせた。

ミイラ男は、ぎこちなく手を伸ばし、黒く艶やかな咲妃の髪を掴むと、包帯巻きのペニスの上から、さらに黒髪を巻きつけて手淫を始める。

「そう焦るな、お前達もすぐに相手してやるから、大人しく待ってろ！」

身体中を好き放題に嬲られながらも、牛頭と馬頭に愛撫を続ける咲妃の指は、亀頭冠のくびれに指を巻きつけて左右に捻り、張り詰めた裏筋を爪先でコリコリと甘掻きして刺激し、根本から先端まで大胆な指使いで擦り上げる。

「ブヒルルルッ！　オレノ馬並チンポ、触リ心地ハドウダ？」

心地よさげに鼻を鳴らした馬頭が、手淫奉仕する咲妃を見下ろし、勝ち誇った口調で問いかけてくる。

「無駄に大きいだけで、最悪の感触だな。すぐにイカせてやるから、少し黙ってろ！」

奉仕者らしからぬ勝ち気な口調で言い返した神伽の巫女は、無節操に肥大化した勃起を愛撫する指先に力と技巧を込める。

「反抗的ナコトヲ言イナガラ、チンポ扱キハ、ズイブン上手イジャナイカ、ブフウッ！　実ハチンポ大好キナ淫乱女ナンダロ？」

自慢の巨根をけなされた馬頭の獣人は、仕返しのように言葉責めを仕掛けてきた。

神伽の巫女は、侮辱の言葉に眉一つ動かさず、黙々と手淫奉仕を続ける。

くちゅ、くちゅ、くちゅ……ちゅぷっ……。刺激に反応して溢れ出た大量の先走りを、白く繊細な指がこね回す卑猥な音と、獣の上げる呻きが、教室内に響いた。

冷たく滑らかな指に扱き上げられ、敏感な亀頭部分を繊細なテクニックで集中愛撫された牛頭と馬頭の巨根は、間もなく切羽詰まった痙攣を始める。

（くるか⁉　……一体どれだけ出るのやら……）

間もなくぶちまけられるであろう精液に対して身構えながら、咲妃は高速ストロークで赤と青の極太獣根にとどめの快感を送り込んだ。

「グモォォォオウッ！　チンポ汁ヲブッカケテヤルゾォ！」

牛馬そのもののような絶頂の声を上げた二人の獣人は、咲妃の肩をガッチリと掴んで逃亡を封じると、大根サイズの巨根をしゃくり上げて射精を開始した。

びゅくびゅくどびゅるるっ！　びゅううっ、びゅるるる～ッ！　びしゃぁ、びしゃぁ、びしゃびしゃびちゃぁ！

獣臭さを凝縮した悪臭を放つスペルマ奔流《ほんりゅう》が、咲妃の顔面にぶちまけられた。

「んんっ！　くううぅっ！　うっ、くふぅ、なんて量だ……んむうぅぅぅッ！」

灼熱の白濁流で美貌を汚されて呻く神伽の巫女の顔と身体は、たちまちのうちに粘度の高い精液に濡れまみれる。

むせ返るような獣臭を放つ牡汁は、革帯の退魔装束のみをまとって跪いた極上肢体にべっとりと粘り着き、メリハリの利いたボディラインを舐めるようにしてドロドロと流れ落ちてゆく。

ピシイインッ！　パァァァアンッ！

全身を歓喜に震わせながら射精を終えた牛頭と馬頭の身体が、風船の割れるような音を立てて爆ぜ、依り代にされていた着ぐるみ少年の姿に戻って床に転がった。

ジャージを改造した着ぐるみ姿で昏倒した男子生徒の股間では、露出したままのペニスが、本来のサイズに戻ってピクピクとしゃくり上げ、精液の残滓を滴らせている。

「まずは……二匹……うぷっ！」

　全身から立ちのぼる濃厚な精液臭に顔を顰める咲妃の鼻先に、薄汚れた包帯でグルグル巻きにされた肉柱が突きつけられる。乾いたナマコのような乾燥男根は、太さはさほどないが、長さは三十センチ近くあり、見るからに不潔そうだ。

「ウアァァア、チンポヲ咥エロォ！」

「こんなボロ雑巾みたいなのを!?　断るッ！　んぐううっ!?　ゴホッ、ゴホッ！」

　包帯を巻かれたミイラ男の肉棒が唇に押しつけられ、有無を言わせず喉奥にまで突き挿れられた。カビ臭さと、乾いた腐肉の入り交じった悪臭が鼻腔を突き抜け、精液にまみれてもなお凛々しさを失わぬ美貌を汚辱に歪ませる。

「アァァア、濡レテ、温カデ、気持チイイ口マンコダァ」

「ぐふっ、んぐぅ……んっ、ぐぅぅ……ごほぉッ！」

　一気に食道入口まで蹂躙されて、激しく咳き込み苦悶する少女にはお構いなく、ミイラは欲望に突き動かされるがままに腰を振って、温かく潤んだ口腔を犯し抜く。

　ぐぷっ、ぐぷっ、くちゅ、ずちゅ、ぐちゅっ……フルストロークの抜き挿しのたびに、肉柱に巻きつけられた目の粗い包帯が、喉粘膜をゾリゾリと擦り、食道入口にスッポリとはまり込んだ亀頭が、強烈な嘔吐《おうと》感を沸き起こらせる。白く細い咲妃の喉には、食道を蹂躙しながら抽送される怪ペニスの姿が、くっきりと浮き出ていた。

「んぐぅぅ！　ゴホッ、グッ、んふぅぅぅ、ゴホォ、ぐぅぅぅぅ、んんっ！」

　グチュグチュと恥ずかしい音を立てて犯される唇の狭間から、泡立てられた唾液がこぼれ出し、喉を伝って爆乳の曲面まで垂れ落ちてゆく。

（ぐぅ！　なっ、何だ？　イチモツが、大きくなっている……喉が裂けるっ！）

　清浄な芳香を立ちのぼらせる巫女の唾液を吸い込んだ乾燥ペニスは、喉粘膜をギチギチと押し広げながら体積を増し、ボンデージ緊縛された極上裸身を窒息感で痙攣させる。

「キシシシッ！　オマエノ涎デ、オレノ乾燥チンポガ甦ッタゾ！」

　ジュポッ、と音を立てて咲妃の口から勃起を引き抜いたミイラ男は、水分を吸収して生々しく復活したイチモツを見せつけた。激しいイラマチオで包帯が解けて露出した男根は、ゾンビ達のそれよりもおぞましい黒色をしており、先端のワレメから、茶色っぽく濁った先汁を滴らせる腐肉棒だ。

「うくぅ……そんなモノが、私の口に……んっ！　んぐううぅぅぅ！」

嫌悪に顔を歪める少女の口に、醜悪な肉凶器が再び突き込まれ、激しく喉を犯す。

「ガフウウッ！　オレモ犯スッ！　メチャメチャニ犯シテヤルゾ雌豚メェ！」

イラマチオに苦悶する咲妃の姿に興奮した狼男は、精液に濡れまみれた身体を背後から抱き締め、股間に毛むくじゃらの怒張を押しつけて腰を振る。革帯緊縛された爆乳が、突き上げの衝撃で残像を描いて揺れ弾むほどのハードな素股責めだ。

「んぐううっ！　んおぉぉおっ、んむううううんっ！」

性欲に狂った獣人は、苦しげに呻く少女の裸身を獣のパワーで揺さぶりながら、ブラシのような獣根を激しく擦りつけてくる。圧迫された恥骨が軋み、膣口を守る唯一の防壁である薄革ボンデージが、剛毛ペニスに押されて、秘裂に深々と食い込んだ。

ゾリッゾリッ、ジュリッ、ギチュッ、ギチュッ……剛毛の摩擦音と、革の軋む音を交互に立てて、無毛の秘裂をオオカミのペニスが擦り嬲る。

一本の紐のようになって陰唇に咥え込まれた革帯の頂点では、刺激に反応して勃起してしまったクリトリスが、小さなポッチを浮き出させ、野獣の亀頭冠に掻き弾かれてプルプルと震わされている。

(退魔装束が……食い込んで……恥骨が砕けてしまいそうだッ！)

「グフルルルッ、マダマダコンナモンジャナイゼッ！」

抱きかかえた裸身から伝わる苦悶の痙攣に野獣の血を沸き立たせた狼男は、剛毛ブラシ状のペニスをさらに強く押しつけて腰を振った。

「んぐうぅっ！　あぐうっ、ごふっ！　ゴホッ！　ぐむぅ……んおぁぁうんんん〜ッ！」

刺激が強烈すぎて、苦痛にしか感じない素股責めに、精液まみれの美貌が歪む。

女性の身体のことなどまったく気遣っていないかのよう

な凶暴な責めに、神伽のために鍛えられた白い裸身が軋み、快感と呼ぶにはほど遠い衝撃が、擦り責めされる性器を立て続けに襲う。

他のモンスター達を一刻も早く射精させねばならないのだが、イラマチオの窒息感と、秘部をハードに擦り責められる衝撃で身体の自由が利かなくなりつつある。

「チンポ、手コキ……タマ、揉メ！」

ゾンビの一体は、たどたどしい口調で言いながら、青黒く変色した腐肉柱を呪詛喰らい師《カースイーター》に強引に握らせて、手淫奉仕を強要してきた。

「ゴホッ、ぐ……う……ぐふぅぅぅぅ……はぅ……んっ、ゲホッ、んむぅッ……」

イラマチオと素股で同時に責められながらも、神伽の巫女は震える指で死者の勃起を愛撫する。亀頭先端から滲み出る、黄色く濁った先走りを怒張全体に塗り込み、大きく膨れあがった陰嚢を優しく揉みほぐすと、立ちのぼる腐臭が濃くなった。

（こいつら……精液まで腐ってるのか？　こんなのを顔に出されたら……）

揉み指に重く粘り着いてくる肉袋に溜まった、ドロリとした腐液の感触が、射精に対する嫌悪感を煽り立て、咲妃の美貌を曇らせる。

「オレハ、コノデカ乳ヲ犯スゥ！」

もう一体のゾンビは、青紫色に壊死した巨根を、胸の谷間に挿入してたわわな乳球を犯す。氷のように冷たい死者のペニスは、温かく柔らかな肉果を削り取らんばかりに摩擦し、強張った指は爆乳を荒っぽく揉みしだき、革帯越しにポッチを浮き出させた乳頭をきつく摘まんでグリグリと揉み転がした。

「くぁ、そこぉ……くふううっ、んっんっんっ、はぁううううっ……！」

刺激を受けた乳首がジワリ、と母乳を滲ませ、革帯の緊縛が弛んだ。

「ンオオオッ、乳首、見セロォ！」

退魔装束の弛みに気付いたゾンビの指が、かろうじて乳先を守ってきた薄革の防壁を、ヌルリ、とずらし、隠されていた先端を剥き出しにする。

メイド喫茶での授乳試練以来、むず痒い疼きの収まらぬ乳首が、乳汁に艶めかしく濡れ光って、ピョコンッ！　と飛び出してきた。絶好の攻撃目標を見つけた生ける死者は、親指の腹で、鮮やかなピンク色に充血した勃起乳首をグリッ、ゾリッ、と撫で転がす。

「くひぁ！　んあっ、ヒッ、ふぉおぉうぅぅぅ〜ンッ！　で……るううぅぅッ！」

プシイイッ！　プシュルウウッ！　甘く引きつった声を上げた咲妃の乳首が小さなペニスのように脈動し、純白の乳汁を迸らせた。

「グヒヒィ……淫ラナ雌豚ダト思ッタラ、乳牛ダッタカ」

枯れ木の軋むような渇いた笑い声を漏らしたミイラ男は、喉を犯す腰の動きを速めながら、射乳痙攣中の乳首を摘んで揉み上げ、布地に包まれた指先で、とりわけ敏感な先端を掻き擦って責め立てる。目の粗い布地にゾリゾリと擦られた勃起乳頭は、止めどなく母乳を噴き出して、ミイラ男の包帯をグッショリと湿らせた。

「グルルッ、コノ雌豚、オレタチニ嬲ラレテ感ジテイヤガルゼ！」

あからさまな反応に狂喜した狼男は、舌なめずりしながら腰使いをさらに速める。

獣のペニスと恥骨の間に挟まれた勃起陰核がギチギチと圧迫され、獣毛に覆われた狼男の下腹が、咲妃の白くまろやかな尻肉を打ち震わせて叩きつけられる。

膣内への挿入こそされていないものの、端から見ている者にとっては、悲痛な獣姦陵辱の光景が延々と続く。

「ガフウゥ！　コッチノ乳首ハ、オレガ舐メテヤロウ」

無尽蔵の体力を見せつけて素股責めを続けながら、狼男は長い舌を伸ばして、反対側の乳首をレロレロと舐め転がして責め立てる。

「ひううっ！　んっ、んんっ、きゅうううううんっ！」

ざらついた獣舌に舐めしゃぶられた勃起乳首は、たちまちのうちに甘美な痙攣を起こし、甘く温かな乳汁を噴き出して、陵辱獣の喉を潤した。ブラシ状の獣根に擦られた秘部も、熱い恥液を溢れさせて、素股責めを続ける毛むくじゃらの肉凶器を濡らす。

「オアァァア、オレモ、挿レ……タイ」

ゾンビの一人が、咲妃の美脚を覆ったタイツの隙間に腐肉棒を突き挿れて抽送する。薄革のコスチュームと滑らかな太腿の間に挟まれて擦られた勃起は、膿のような先汁をビュルビュルと溢れ出させ、ヌチュヌチュという卑猥な淫音を立てた。

ぐちゅぐちゅぐちゅぐちゅっ！　股間からも、はしたない摩擦音が上がっていた。

愛液を吸って重く濡れた革帯は、既に秘部を守る役割を放棄しており、毛むくじゃらのペニスの前後動に巻き込まれて捩れ、引きつって、濡れ革の軋むギチュギチュという音を立てながら、守るべき勃起陰核に絡みつき、責め立ててくる。

「オマンコガビクビク震エテイルゾ。痛メツケラレテ感ジルナンテ、マゾ雌豚ダナ」

言葉責めを交えながら、狼男は腰をグラインドさせ、剛毛が密生した肉柱で性器全体をこね回す。激しい摩擦を受け続けて充血度を増した大陰唇は、痛々しいほどの紅色に染まり、牡と女の体液に艶めかしく濡れ光っていた。

「くううっ！　んふぅぅっ、ふぁ、ゴフッ、ぐ。うぐうっ、んっんっんっ！」

唾液を吸って硬度と太さを増した腐肉勃起に犯される喉奥から、鼻に掛かった甘い呻きを絞り出された神伽の巫女は、ボンデージ姿の白い裸身を辱悦感に震わせた。

（怒りの視線を感じる……こんな無様な姿を……信司に見られている。くそっ！　なぜ、こんなに胸がざわめく？　どうしてあいつのことが気になるんだ⁉　……どうして、こんなに哀しいんだ？）

モンスターどもに嬲られながら、咲妃は自分でも説明の付かない感情のうねりに戸惑っている。幽霊バスの一件以来、互いの間に生じてしまったぎこちないものを解消する間もなく、あの時の光景をさらに悲惨な形で再現するかのような状況で、異形のペニスに奉仕し、犯されているのが、悔しく、そして哀しい。

（今は、どんな屈辱にも耐えるしかない。こいつらを射精させれば……この恥辱は終わるんだ。それが、神伽の巫女の責務……ッ）

友人達の眼前で繰り広げられる陵辱劇に終止符を打つべく、神伽の巫女は、押し寄せる快感と、込み上げてくる屈辱感に耐えて奉仕に没頭する。

「んふ、んむっ……ちゅぱ、ちゅぽっ、くちゅくちゅくちゅくちゅっ……あふ、あむ、んんんっ、じゅるっ、ゴホッ、くふうっ、じゅぷ、じゅぷ、じゅぷっ……」

太腿をキュッ、と閉じあわせて狼男の勃起を挟み込み、摩擦快感を増してやりながら、喉を犯す包帯巻きペニスを吸い上げ、弾力を増した肉茎に軽く歯を立てて刺激する。

(こんな辱め、終わらせる！　一秒でも早く……！)

焦燥感に囚われながら、両手に握らされたゾンビの腐肉棒を扱き上げる速度を速め、膿汁を滴らせる亀頭を集中的に愛撫して、生ける死者に奉仕した。

「ソウ、ダ、イイゾ、淫乱雌豚メ！　モットモット、オレタチニ奉仕スルノダ」

モンスター達も負けじとハードな愛撫を強め、感度を増している咲妃の身体に容赦のない快感を送り込んでくる。

母乳を滴らせる乳首が摘んで捻り上げられ、揺れ弾む爆乳に指が深々と食い込んで、白い乳肌に揉み痣ができるほどの荒っぽさでこね回す。

「くぁ！　んおおおっ、はぁぁう、んんんん〜ッ！」

「コノ雌豚メ！　オマンコヲ、コンナニグジョグジョニシヤガッテ。イキソウナンダロ？　意地ヲ張ラズニ、オレノチンポデ、イッチマエ！」

既に崩壊状態の秘裂を擦る剛毛ペニスは、巨大な亀頭で勃起クリトリスを集中的に弾き上げ、こね回して、鋭く痺れる女悦を送り込んでくる。

グチュグチュグチュギチュギチュウッ！　ズリュズリュズリュルチュルンッ！

聞くに堪えない淫音を教室内に響かせ、甘酸っぱい愛液の飛沫を飛び散らせながら、とどめとばかりに秘部が嬲り抜かれた。

(くぅ……身体が、ダメだ、イクっ！　信司と有佳が見ているのに、絶頂……させられてしまうっ！　この私が……こんな奴らに……ッ！)

左右の乳首と喉粘膜を責められ、薄い革帯一枚に守られただけの勃起クリトリスを激しく擦り嬲られた退魔少女の身体を、抑えきれぬ絶頂の大波が襲う。

「やはぁぁぁ！　いっ、嫌ぁぁっ、ひぐうっ、んんんっ、イクっ……イク……ううッ！　やぁぁう……くはぁぁぁぁうぅぅぅん〜っ！」

ミイラの勃起を呑み込まされた喉奥から艶めかしい絶頂

の叫びを上げた咲妃は、全身をわななかせて恥辱のエクスタシーに舞い上がった。

革帯を咥え込んだ秘裂の隙間から、大量の愛液がジュワッ、と溢れ出し、ひときわ勃起を際立たせた乳頭が、純白の母乳を噴水のように噴き上げる。

「雌牛メ、ミルクヲ噴キヤガッタ。オレモ、出ルゾッ！」

イラマチオを仕掛けていたミイラのペニスが、喉の奥で不気味な脈動を開始し、冷たい腐汁で巫女の喉を穢し抜く。

「ぐちゅるっ、ちゅぶっ、ぐふううっ！　んぐううっ！　んんんん〜ッ!!」

汚辱感と嘔吐感に苛まれながらも、絶頂によって理性の制御を離れた肉体は、喉をゴクゴクと鳴らして、強烈な臭いのする絶頂粘液を呑み込んでしまう。

「ウヲオォォォォォォ〜ンッ！　ウアァァァァァ、セーエキ、出ルッ！　出ルゾォォォォ！」

咆吼を上げた狼男とゾンビも、異形のペニスから射精を開始した。火傷しそうに熱い獣の精汁が股間に弾け、爆乳の谷間には、冷たい腐汁がドプドプと吐き出される。

「くはぁ、ゴホッ、うぇぇ……ウプッ……んぐううッ!?」

口内射精を終えたミイラのペニスを吐き出し、苦しそうな表情でえずく咲妃の口に、脈動を続けるゾンビのペニスが突き挿れられ、腐臭のする肉棒で喉粘膜を犯しながら、膿汁のようなスペルマをたっぷりと注ぎ込む。

「オレ……顔ニ……ブッカケル！」

もう一体のゾンビは、咲妃の黒髪を鷲掴みにして美貌を上向かせると、黄色く濁った腐液をビュルビュルと噴出させて苦痛に歪んだ顔面を汚し抜く。

「ガフウウウッ！　オレノ精子モ、飲メェェ！　ウオオォォォォォ〜ンッ!!」

獣臭い精汁の噴水で少女の秘部から下乳の辺りまでをドロドロにした狼男も、咲妃の口に剛毛ペニスを突き挿れ、勝ち誇った遠吠えで教室の空気を震わせながら、最後の迸りを喉奥へと注ぎ込んだ。

「ハァハァハァハァ……アァ……うぐっ！　ゴホッ、ゴプウッ！　うううぅッ」

獣人と死者、二種類の悪臭を放つ体液でドロドロに汚された咲妃は、汚辱の試練からようやく解放されて、粘液まみれの床の上に突っ伏し、大量に飲まされた汚粘液を嘔吐しながら裸身を震わせる。

『第二の試練、クリアー！』

少年の声が無邪気に告げると同時に、モンスターどもは変身を解除され、下半身を剥き出したコスプレ少年の姿に戻って転がった。

「咲妃さんっ！」

結界による隔離から解放された有佳が、強烈な悪臭を放つスペルマで汚れるのも構わずに咲妃を抱き起こし、汚汁にまみれた顔をハンカチで拭いてくれた。

「ハァハァハァ、だっ、大丈夫だ……」

試練を達成した神伽の巫女は、呼吸を鎮めながら、かろうじて声を搾り出す。

「くそおおおおっ！　てめえら、なんてことを!?」

わずかに遅れて、金縛りから脱した信司は、怒りの声を張り上げて、倒れている級友達に襲いかかろうとする。

「くぅ……有佳、止めろ！」

「部長ッ！　ダメですっ！」

床に倒れているクラスメイト達を足蹴にしようとした少年を、咲妃の命令に素早く反応した有佳が、ぎりぎりのところで押し留めた。

「なんで止めるんだ!?　常磐城さんに……咲妃にあんなひどいことをッ！　放せッ！　一発ぶん殴ってやらなきゃ気がすまないんだよぉ！」

怒りに我を忘れた信司は、有佳の手を振りほどこうと暴れているが、先ほど牛頭を投げ飛ばした時のような、常人離れした力を発揮した少女は、少年の身体をガッチリと羽交い締めにして放さない。

「落ち着け、信司。彼らは操られていただけだ。それに、私はこのくらいどうということはない。鍛え方が違うからな。私は大丈夫だ……」

床の上に上体を起こした咲妃は、顔にこびりついた腐液を指で拭いながら、不敵な笑みを浮かべてみせるが、その表情には消耗の色がありありと浮かんでいる。

「嘘つくなよ！　キミの声、哀しそうだった。キミの顔、辛そうだった。こんなことされて、本当に平気な奴なんていないんだ！　どうしてそんなに強がるんだ！」

激昂している信司は、声をからしながら叫ぶ。

「……いい加減にしてくださいッ！　わたしだって、本当は怒りたいんです！　泣きたいんです！　でも、そんなことしても咲妃さんの邪魔になるだけだから、我慢してるんですよッ！」

キレ気味の声を上げた有佳は、信司の身体を頭上に高々と持ち上げ、そのまま説教を始める。

「うおわぁ！　ゆっ、雪村さん、わかった、わかったから降ろしてくれ！」

「いいえっ！　この機会だから、最後まで言いますッ！　咲妃さんは、本当にすごく強い人なんです！　でも、部長が見ている前では、なぜか弱くなっちゃうんです。咲妃さんのことを大事に思うのなら……好きなんだったら、あの人の弱点にならないでくださいッ！　これ以上咲妃さんを弱くしないでくださいッ！」

恋する少女ならではの勘で、信司の秘めた想いを言い当てた有佳は、抑え込んでいた感情を解き放って一気に言い放った。

『……あのー、そろそろ次のアトラクションに向かっていただきたいのですが……』

スピーカーから聞こえる少年の声が、有佳の説教に水を差した。

「了解した。有佳も気がすんだだろう？　そろそろ信司を降ろしてやれ」

持ち上げられたままの少年をチラリと見た咲妃は、怪力少女に声をかける。

「ごっ、ごめんなさいっ！　つい、気が昂って変なこと言っちゃいました」

まるでヌイグルミを棚から下ろすかのように、ひょいっ、と軽く扱われた信司は、信じられぬと言いたげな面持ちで、小柄で愛くるしい顔立ちの少女を見つめた。

教室前のトイレで、身体中に付着した濁汁をザッと洗い落とした咲妃は、信司と有佳を伴って、次の試練の場に向かってゆく。

「さっきは取り乱しちまってすまなかったな。……なぁ、一つ教えてくれないか？　雪村さんのさっきの力、どう考えても超常現象としか思えないんだが……」

足早に廊下を歩きながら、信司が遠慮がちに問いかけてきた。

「神無城《かんなぎ》……神をその身に宿したことのある者を、そう呼ぶ」

呪詛喰らい師《カースイーター》は、静かな口調で説明を始める。

「詳しい説明は避けるが、有佳の身体にも、神の眷属が宿っていたことがあるんだ」

咲妃の言葉を受けて、恥ずかしげに頬を染めた有佳は、コクリと小さく頷いた。

「降りていた神が去った後も、かんなぎとなった者の身体には、力の残滓が宿ることがある。いわゆる、神通力って奴だな」

「さっきのすごい力が、その名残なのか?」

「そうだ。有佳の場合は、感情の昂りに伴って発動する、身体能力の著しい強化がなされたようだな。だが、くれぐれも使いどころを間違えるなよ。感情のままに暴れたら、それこそ大惨事になるからな」

咲妃の言葉に、かんなぎの少女は神妙な表情になってコクリと頷いた。

やがて、一行は生徒会室の前で立ち止まる。

「なっ、何ですか、あの扉……」

見慣れた生徒会室の引き戸があるはずの場所に、忽然と出現した謎の扉を見て、生徒会書記を務めている有佳が、怪訝そうな声を出す。

分厚い木板を金属で補強した重厚な扉の中央に、丸い穴が開いており、もう一つ、咲妃の顔の高さにも、同じような穴がある。

『第三の試練、淫悦の扉です。鍵穴にペニスを挿入し、条件を満たせば開きます』

「ろくでもない趣向なのは察してはいるが、その条件とは?」

『それは、挿入後に改めてご説明させていただきます』

「咲妃さん……」

耳まで真っ赤にした有佳が心配そうな声を出す。

彼女は、男根型の淫神、淫ノ根に憑依されていた経験から、ペニスの快感を嫌というほど知っているのだ。

「心配するな。私とて、淫ノ根の制御鍛練は積んでいる」

少女の肩を抱きながら、強気な口調で告げる咲妃であったが、淫ノ根を封じて以来、実際に具現化したことはまだ一度もないのだ。

「……なあ、オレに一度やらせてみてくれないか?」

意を決したように、信司が口を開いた。

「何を言っている？　退魔士でもないお前には、リスクが大きすぎるぞ」

（それに、いざとなるとインポになってしまう童貞フェミニストではないか……）

かなり痛烈な追い打ちの言葉を堪えつつ、呪詛喰らい師《カースイーター》は少年をたしなめる。

「だって、女のキミには、しゃ、射精なんて無理だろ？　これはオレに課せられた試練なんだ！　きっと、そうに違いない！」

宣言した少年は、闘志と決意に燃える目で咲妃を見つめてくる。

「いや……それはだな……ええいっ！　説明が面倒で恥ずかしいから、悪いがしばらく眠っていてくれ！」

呪印使いの少女は、少年の首筋に催眠の呪印を手早く描き込んで眠らせると、美貌を引き締めて扉に向き直った。

「有佳、お前も眠るか？」

赤ペンを手にした少女の問いかけに、有佳はプルプルと首を振った。

「いいえ、見届けます。絶対に邪魔しませんから、眠らせないでください！」

「わかった。……淫ノ根……顕現ッ！」

秘部を覆った革紐をずらした咲妃は、大きく息を吸い込み、下腹の一点に精神を集中する。顕在化した神の力によって、急激に男根化したクリトリスは、ビクッ、ビクンッとしゃくり上げながら、下腹にめり込みそうなほどに反り返って屹立した。

肉茎の色は、色白な咲妃の肌をそのまま受け継いだような初々しいピンク色に上気し、薄紅色に張り詰めた亀頭は見るからに敏感そうだ。

「はぅんっ！　くふうぅぅ……ッ」

淫ノ根を具現化しただけで、腰が抜けそうな快感が少女の下腹を疼かせる。

（これほどの感度とは……果たして、試練に耐えられるだろうか？）

胸の奥に沸き起こる不安を振り払った咲妃は、扉に開けられた穴に、亀頭をそっと押し当てた。

「さて、どういう趣向なのかな？　んっ……」

き挿れた。
訝《いぶか》しみながらも、咲妃は扉の穴にゆっくりとペニスを突
「ふぁ！　な、これは……⁉」
下の穴に勃起を挿入すると同時に、上の穴から、濡れ光
るペニスが、ヌッ！　と突き出てきて、さすがの
呪詛喰らい師《カースイーター》も驚きの声を上げて仰け反ってしまう。
『空間歪曲《くうかんわいきょく》ですよ。自分のペニスにフェラチオ奉仕して、
快感波動を発生させてください。性エネルギーが十分に溜
まれば、鍵は開きます』
天井からの無邪気な声が、解錠の条件を説明した。
「何とも漠然とした条件だな。しかし、やるしかないか」
スウッ、と大きく息を吸い込み、ゆっくりと吐き出した
咲妃は、覚悟を決めて、扉から突き出た淫ノ根の先端に口
を寄せる。
「くぅ……んっ、ちゅぷ……きゅふううっ！　あッ、これ
は……きついッ！」
命じられるがまま、熱く猛った亀頭に唇を吸いつかせた
神伽の巫女は、強烈な快感に呻いて腰を引いてしまう。
「はぁはぁはぁ……こっ、こんなに感じるなんて……」

唇に残る亀頭の熱気と、敏感なペニスに染みついた柔ら
かな唇の余韻に震えつつ、行為の続行を躊躇《ちゅうちょ》してしまう。
『生徒会長さんを早く助けないと、低級霊に憑依された生
徒会役員達が彼女を犯してしまいますよ』
少年の声が、自辱の行為を急かしてくる。
「卑怯な……やればいいんだろう！　んっ、はぷ……チュ
パ……あうぅぅ！」
扉の穴に再びペニスを突き挿れた咲妃は、セルフフェラ
で淫ノ根ペニスに奉仕する。最初は遠慮がちな口づけで亀
頭と唇を馴染ませ、おずおずと舌先を差し伸べて、敏感な
先端に味覚器官をそっと触れさせた。
「きゅふうっ！　はふうぅぅっ！　しっ、痺れて……あぁ
ぁあッ！」
かすかにざらついた舌先に舐められた亀頭を、ゾクゾク
するような悦波《えっぱ》が包み込む。
勃起の芯を震わせながら根本まで到達した快楽のさざ波
は、恥骨の裏側辺りに形成された精液溜まりを甘く切なく
疼かせ、美貌を悩ましげに歪めた神伽の巫女は、両性具有
化した裸身を倒錯的な快感に震わせた。

「あふっ、んっ、はむ……れるっ、ふぁ、ちゅっ、ちゅっ、はぁぁう……んふぅ」

強い刺激を避け、猛った肉柱をなだめるように優しく吸いつついばむ咲妃であったが、無意識のうちに腰を突き出して、扉の穴にペニスを深々と突き挿れてしまう。

目の前の穴から突き出した薄紅色の肉茎が、半開きで喘ぐ唇にヌプッ、と呑み込まれ、ピクピクンッ！　と歓喜の胴震いを起こした。

（はぁぁ、この味……何と清らかで心地いいんだ。これが、私の……ペニス……）

口腔内に広がる男根の香りと味は、先ほどの試練で奉仕させられたモンスターどもの腐肉棒などとは比べものにならぬほど清浄で、美味であった。

「んふぁ、あぅ、れろっ、ちゅっ、ちゅぷっ、ぴちゅ……ぴちゅ、れるっ、れろっ、ちゅくっ……」

わずかに舌先を動かし、亀頭先端の切れ込みをなぞり上げると、ビクビクッ！　と歓喜の震えを起こした淫ノ根は、ほのかに甘い先走りの体液を口腔内に迸らせる。

腐液の苦味が粘り着いた口腔内に、薫り高く清浄な神の愛液が広がり、不快で屈辱的な奉仕の残滓を消し去ってゆく。

「んはぅ！　んっんんっ……あふ、ちゅぱ、ちゅむっ……んふうぅぅんっ！」

モンスターどもに汚し抜かれた口腔内を、神の力を宿した体液で祓い清めようとしているかのように、神伽の巫女はフタナリペニスへの口唇奉仕に熱を込めた。

頬をすぼめて吸い上げながら、前後に小さく頭を振って、唇で肉茎を扱き上げると、腰が抜けそうな快感が腰椎《ようつい》を走り抜け、表情がだらしなく蕩けてしまう。

（ああ、気持ちいい。私の口、何と心地いいんだ。私のペニス、火傷しそうに熱くて、力強くて、美味しい……もっと、もっとしゃぶりたい！）

神伽のために愛撫の技巧を究めた舌と唇は、想像を絶する快感で少女の理性を崩壊させ、セルフフェラの動きを加速させた。

「んはぁぁ、あふぅ……んっ、ちゅぱ、ちゅぽっ、ちゅぽっ、ちゅぽっ、れるっ、くちゅ、はぁぁう……あむ、んふぅ！　くちゅ、くちゅ、くちゅっ……ちゅるるるっ！」

唾液と先走りの混合液に濡れた肉茎を、うっとりと目を細めて見つめながら、熱く張り詰めた胴に舌を這わせ、はち切れそうに充血した亀頭を口腔内に吸い込んで、滑らかな表面を磨き上げるようにヌロヌロと舐め回す。

「あむんっ、ちゅぷ、ちゅばっ、ちゅばっ、れるっ……んきゅふうぅ、はぷ、ちゅうぅぅっ！　あはぁぁうんっ！」

絡みついてくる舌の柔らかさと、痛悦入り交じった快感を送り込んでくる味蕾のざらつきに身体が強張り、トロリと熱い唾液に満たされた口腔粘膜に包まれて吸い上げられた瞬間の、息を呑むような心地よさに、革帯ボンデージ姿の裸身がわななく。

ペニス快感の余波を受けた女の部分も革帯の下で熱く潤み、大量に溢れ出した愛液が、白い内腿を濡らして伝い流れていった。

「んは、ちゅぷ、ひぁう！　んっ、ここ、すごいッ、あぁぁ、こんなに感じて、美味しい……くちゅくちゅくちゅっ、あ、はぁぁん、あむ、ちゅるるるるっ！　はぁぁぁ」

張り詰めた亀頭先端の敏感なワレメに舌先を挿入して掻き回す時の、緊張感を伴った快感に瞳が潤み、鈴口から溢れ出る先汁の味に満足げな吐息が漏れる。

神伽の愛撫テクニックを刻み込まれた巧みな舌は、特に感じる部分を避けて、その周囲を焦らすように舐めくすぐったり、時折、歯を立てて鮮烈な快感で肉柱をしゃくり上げさせたり、持てる技巧の限りで自分のペニスに奉仕した。

唾液と混じりあった先走りが唇の端から溢れ出し、扉に密着してひしゃげた爆乳の曲面をトロトロと流れ伝って、ボンデージ姿の裸身を濡らしてゆく。

（気持ちよすぎる！　もっと、もっと……焦らして、高めて……味わって……あぁぁ、止まらない、舌が気持ちいい……もっと奥まで咥え込みたい！」

奉仕する者の悦びと、奉仕される者の快感を同時に感じつつ、神伽の巫女は、禁断のセルフフェラに没頭していた。

目いっぱい突き出された腰が、扉にぴったりと密着した状態で妖しくくねり、さらに深く勃起を突き入れようとする動きが、まろやかな尻の筋肉をエロチックに躍動させる。

「咲妃さん……」

セルフフェラに酔いしれている恋人の姿を呆然と見つめながら、有佳が泣きそうな声を上げるが、今の咲妃には何も見えず、何も聞こえていなかった。

「あはぁぅ、んふ、ちゅううっ！　くふぅ、ちゅぱっ、ちゅぱっ、ずちゅるるるっ！」

カリのくびれを唇で締めつけながら、はしたない音を立てて吸うと、負圧を掛けられた尿道内を、濃厚な先走りがチュルチュルと走り抜けて口内に溢れる。

卵の白身のように濃い愛液を、ゴクリと喉を鳴らして呑み込んだ神伽の巫女は、鈴口に舌先をねじ込んで掻き回し、もっと濃い体液の噴出を促す。

「ひぁ！　あぁぅ、ンッ、くちゅくちゅくちゅっ！　あはぁん、もっと、奥ッ……」

敏感な先端の小穴で舌先を抽送すると、これまで以上に深く、危険な快感が勃起の芯を駆け抜け、恥骨の奥で狂おしい射精欲求が高まってゆく。

「んぁぁ、らめぇぇ、もっと、もっとぉ……あふぅ、んっんっんっ……」

ビクビクと歓喜に震える亀頭のワレメに何度も舌を這わせ、止めどなく湧き出す男の愛液を啜り飲みながら、淫ノ根を生やした少女はまろやかな尻をくねらせて扉の穴越しに自分の口を犯して、自辱の快感に呑み込まれてゆく。

永遠に続けていたいとさえ思っていたセルフフェラであったが、無心になって舐めしゃぶっているうちに、ペニスの限界が訪れた。

淫ノ根実体化と同時に形成された射精筋が甘美な収縮で精嚢《せいのう》を搾り上げ、女性には本来味わえない射精絶頂で頭の芯を痺れさせながら、濃厚な粘液を輸精管へと送り出す。

口の中でひときわ大きく、硬く張り詰めた亀頭が制御不能の脈動を起こし、気が遠くなりそうな快感の波濤《はとう》とともに、灼熱のスペルマが勃起の芯をせり上がってくる。

「あはぁぁ、出そうだ……。私の口で……私が、しゃ、しゃ、射精するなんて。ふぁぁ、あ、あ、あ、ダメだ、出るッ！　せっ、精液ッ、出るうっ！　しゃ、射精するううっッ！」

両性具有化した神伽の巫女は、扉にすがりついて美尻を震わせながら、生まれて初めての射精液を壮絶な歓喜とともに解き放った。

「はぁぁぁあっっ！　弾けるッ！　あむうっ、きゅふううううう～ンッ!!」

亀頭を咥え込んだまま、歓喜の声を上げた咲妃の口の中

で、淫ノ根が弾けた。

ドクンッ！　どくどくどぷううっ！　どぷううっ、びゅうっ、びゅうっ、ぶぴゅるるっ！　どくどくどくんっ！

力強い脈動のたびに、気が遠くなりそうな快感を発生させながら、熱く濃厚な神の精汁が咲妃の口腔内に濁流となって溢れ返る。

「んぐ、んふぅ、ゴクッ、ゴクッ、ゴクッ、んはぁ、くぁ、はぁぁうっ！　ちゅばっ、くちゅくちゅくちゅ、ずちゅるるるっ、んくっ、ゴクッ、あはぁぁ、出るッ……まだ……出てるッ！　あぁぁ、熱いッ！」

放出量が多すぎて飲みきれぬ自分の精液で顔を汚されながら、恥ずかしい声を漏らす咲妃の鼓膜を、既にそれが目的であったことさえ忘れかけていた解錠音が震わせた。

「んぁぁ、とうとう、自分で……ハァハァハァハァ……自分のを……くうぅ」

床にへたり込んだ咲妃は、起き上がることもできずに喘ぎ続けている。

大量射精した淫ノ根は消滅していたが、腰の奥には絶頂の余韻が色濃く残留していて、自力では立ち上がることもできない。

「常磐城さん、ずいぶん具合が悪そうだけど、大丈夫？　すぐに助けを呼ぶから！」

解放された鮎子は、咲妃の様子を気遣いながらも、彼女のコスチュームに驚いている様子はない。印象希薄化の呪印が効果を発揮していて、鮎子の目には、咲妃の扇情的なボンデージ姿は普通の制服姿に見えているのだ。

「……ダメだわ、携帯電話も一般回線も繋がらない。これは一体、どういうことなの？　もしかして、テロなの？　そうよね、これはテロ行為なんだわ！」

助け出された鮎子は、状況がまったくわかっておらず、生真面目そうな美貌を引きつらせて外部との連絡を取ろうと躍起になっている。

「校舎は全館停電しているし、窓も接着されているわ！　それだけじゃなくって、色んなところに防弾ガラスの壁まで設置されているなんて、信じられないッ！」

右に、左にめまぐるしく走り回り、思いつく限りの脱出手段を試していた生徒会長は、ついに万策尽きてへたり込んだ。

「だから言っただろ、鮎ねえ。これは超常現象なんだ。断じて、テロなんかじゃない……いや、ある意味テロなんだが、とにかく、超自然的な異常事態なんだよ！」

信司の言葉に顔を上げた鮎子は、ひどく消耗した様子の咲妃と、彼女に寄り添う有佳に視線を向けた。

「その異常事態のせいで、常盤城さんがあんなに辛そうにしているの？」

「まあ、そんなところだ。とにかく今は、彼女に頼るしか手がない状況なんだ」

悔しげな表情を浮かべた少年は、拳をグッ、と握り締めて告げる。

「悪いな、妙なことに巻き込んでしまって……。そろそろ何か言ってくる頃だな」

鮎子に詫びた咲妃は、天井のスピーカーに目をやる。

『皆様、講堂までお越しください。最終試練のご用意ができております』

「ほおら、きた。では、行くとするか……」

かすかにふらつきながらも、咲妃は立ち上がる。

「大丈夫なの？　足元ふらついているじゃないの。講堂には私達だけで行くから、あなたはどこか安全な場所で休んでいなさい」

鮎子は、生徒会長らしい責任感を発揮して、下級生を気遣う。

「鮎ねえ、安全な場所なんて、どこにもないんだよ」

信司は、何か思い詰めたような表情を浮かべて言った。

「そう、行くしかないんだ。鬼が出るか蛇が出るか……。いざ、講堂に！」

咲妃達一行は、最終試練の場へと向かう。

講堂内に足を踏み入れた一行を、スポットライトの光と、拍手の渦が待っていた。

「なっ、何なの？　これ、ひょっとして、ドッキリ？　ドッキリなのよね!?」

唖然とした表情を浮かべた鮎子は、無表情で拍手を続ける生徒達を気味悪げに見回す。

「いや、違うって……ドッキリだったらどんなによかったことか……。まだ、こんなに大勢人質になってるじゃねえか、クソッ！」

一向に好転しない状況に焦れた信司は、床を蹴りつけて憤る。

「ずいぶん遅かったわねぇ。待ちくたびれちゃったわ」

甲高い少女の声が、舞台上から投げかけられた。

「ようやく黒幕、登場か……」

舞台にたたずむ人影を見つめながら、神伽の巫女はつぶやく。遠目にも、人形のように整った顔立ちをしていることがわかる、金髪碧眼《へきがん》の少女であった。

見た目の年齢は、咲妃達よりも下で、華奢《きゃしゃ》な身体を乗馬服のような、派手ないでたちに包んでいる。右手には乗馬鞭を携え、首には、キツネの毛皮を使った襟巻きを巻いていた。

「子供さん、ですか？」

「失礼ね！　リシッツァ、アタシのことを簡潔明瞭に紹介して差し上げなさい」

有佳に子供呼ばわりされたことに腹を立てたのか、尖った声を上げた金髪娘は、右手に持った鞭をヒュンッ！　と鳴らして何者かに命じる。

「では、僭越《せんえつ》ながらご紹介させていただきます。この御方は、瑠那《るな》・イリュージア様。最古にして究極の繰霊術《そうれいじゅつ》、レメゲトン派の奥義を継承された偉大なる御方です」

校内放送で聞いた、あの少年の声で、キツネの襟巻きが少女の名を告げた。

「キツネのマフラーが、しゃべった……!?」

「腹話術でしょ、きっとそうよ。やっぱりドッキリなんじゃないの？」

「いや、鮎ねえ、断じてドッキリじゃないから。あれが使い魔って奴だろ？」

有佳と鮎子、それに信司は、好き勝手に意見交換する。

「襟巻きがしゃべったぐらいで何を驚いてるの？　主役は、このアタシなのよ！」

せっかく紹介されたのに、誰にも注目されなかった金髪少女、瑠那は不機嫌そうに頬を膨らませる。

どことなく芝居がかった展開に緊張を緩ませ始めている三人とは対照的に、呪詛喰らい師《カースイーター》は警戒心もあらわに舞台へと歩み寄ってゆく。

「レメゲトン派……ソロモン王の魔術体系を受け継ぐ最古の魔術結社。確か内部抗争で弱体化し、一部は旧ソ連の庇

護下に入ったと記憶しているが？」

脳内の記憶を検索した退魔少女は、レメゲトン派の継承者を名乗る少女に問いかける。

「ええ。アンタの言うとおりよ。アタシはロシアレメゲトン派最後の生き残り。仲間からは、畏怖を込めてカースコレクターという異名で呼ばれていたわ」

金髪の少女は、膨らみのほとんどない胸を偉そうに張りながら自己アピールする。

「レメゲトン派の術者なら、これだけの低級霊を使役できたのにも合点がいく。だが、私の中の神体が目的なら、なぜこんなに大規模で回りくどい手を使ったんだ？」

舞台に上がりながら、咲妃はよく通る声で金髪娘に問いかけた。

「アタシはね、どんな相手にも手を抜かないのがポリシーなの。本気だという証拠に、アンタにいいものを見せてあげるわ」

少女がヒュンッ！　と鞭を鳴らすと、舞台の下から、何かがせり上がってきた。

鉄パイプを縦横に組みあわせた、高さ、幅ともに二メートル近い直方体状の物体で、表面には太い電源ケーブルが何本も接続されている。

金属パイプを組みあわせたジャングルジムのような構造の奥に、銅鑼を思わせる釣り鐘状の物体が設置され、ブーンという低い音を立てて細やかに振動していた。

「あなたなら、これが何なのか知っているでしょう？」

異様な物体を自慢げに見やりながら、瑠那・イリュージアは問いかける。

「かなりの魔改造が施されているようだが、中央部に取りつけられているのは、ソロモンの鐘……その、精巧なイミテーションだな。十支族に授けられたものの一つか？」

「そう。世界に十個しか存在しない、最強の霊体封印アイテムを、科学の力で強化、改造したものよ。この中に、最大六百万の死霊を封じて自在に操ることができるの。呪術の電気的増幅……素晴らしいと思わない？」

ジャングルジム状の構造体にまとわりついている低級霊を指先で愛撫しながら、死霊使いの金髪娘はうっとりとした表情を浮かべて告げる。

「悪趣味なだけだ。術者の制御能力を超える力をイタズラに使役しようとすれば、その身を滅ぼすことになるぞ」

「お黙りなさい！　アタシはね、強い霊体が欲しいの。物理法則さえねじ曲げてしまうほどの、神格レベルの霊体をコレクションに加えるのよ！」

金髪少女は、どこまでも自分勝手な野望を恥ずかしげもなく口にする。

「つくづくお子様な思考形態だな。……く……ンッ」

呆れた声を上げた咲妃の顔が、身体の芯から込み上げてくる肉の疼きに歪む。

「偉そうなことを言うけれど、あなたも自分の中の淫神を制御しきれなくなっているんじゃなくって？　ずいぶん苦しそうよ。それとも、その淫乱すぎる身体が疼いて我慢できないのかしらね？」

金髪娘は、ニヤリ、と小悪魔めいた笑みを浮かべる。

「アタシに感謝しなさい。今回の宴で、アンタに対する復讐を果たして、その疼きの源である淫神からも解放してぁげるわ！」

サファイア色の瞳に神伽の巫女を映しながら、死霊使いの少女は傲然《ごうぜん》と言い放つ。

「復讐だと？　お前の恨みを買う覚えは、私にはないんだが……」

「恨みならいっぱいあるわ！　コレクションに加えようと思って狙っていた淫水蝶。あれの宿っている場所をアタシより先に探り当てて盗んだでしょ⁉」

「おいおい、逆恨みもいいところだな」

とんでもない言いがかりを付けられて、さすがの咲妃も呆れ顔を浮かべてしまう。

「うっ、うるさいッ！　まだまだあるわよ。アタシがフィギュアの原型に憑依させて、順調に育てていた淫夢神を、横取りして封印しちゃったじゃないの！　上手く育てれば、レメゲトン七十二柱の悪魔の一人、ダンタリオンになるはずだったのに！」

「あれもお前の仕業か⁉　育成ゲーム感覚で、淫神を育てるんじゃないッ！」

凛とした口調で叱りつけられた瑠那は、一瞬、ビクッ、と身体を強張らせる。

「いちいちうるさいわねぇ！　最後の試練、始めるわよっ！　ここにいる生徒みんなに、そのエッチな身体でご奉仕しなさい」

観客席を埋めた学生達を乗馬鞭で指し示しながら、金髪の繰霊術師は告げた。

「何だと!? 全校生徒を巻き込むつもりなのか!?」

「そのとおり。彼らの意識は、夢と現《うつつ》の境目を漂っていて、大抵のことなら抵抗なく受け入れられる状態になっているのよ。でも、それだけじゃないわ」

自信に満ち溢れた声音で、瑠那・イリュージアは解説を続ける。

「生徒達全員の深層意識に、アンタに対する欲情を植えつけた色情霊を憑依させてあるのよ。理性の呪縛をちょっと緩めて、感情や記憶はそのまま残るように調整してあるから、さぞかし楽しい快楽の宴になるでしょうね」

少女は、愛くるしい顔に小悪魔的な笑みを浮かべた。

「つくづく悪趣味だな……」

「悪趣味じゃないわ。これは、神伽の巫女を供物として催される、大いなる淫宴……サバトなのだから！ その供物になれることを光栄に思うといいわ」

瑠那は、芝居がかった身振りを交え、舞台上で大見得を切る。

「もっ、もう我慢できません、このわたしが、お仕置きしてあげますっ！」

「ドッキリにしても悪趣味すぎるわよ！ いい加減にしなさい！」

有佳と鮎子が眉を吊り上げて瑠那に詰め寄っていく。

「おいっ！ お前達、やめないか！」

「止めるなよ……オレだって、あのガキをボッコボコにしたい気分なんだから！」

咲妃と瑠那の間に割り込むように立ちはだかった信司は、握り締めた拳を怒りに震わせながら言った。

「霊との戦い方も知らない素人のくせに、生意気よ、アンタ達！」

ヒュンヒュンヒュンッ！ 乗馬鞭が風切り音を立てると、展開された結界が、三人を包み込んで隔離した。見えない壁に閉じ込められた三人は、たちまちのうちに金縛りに掛かって身動きと声を封じられてしまう。

「あの三人は、アンタと浅からぬ縁があるようだから、意識も理性も残したまま、見届け人にしてあげるわ。じゃあ、始めるわよ！」

複雑な軌道を描いて乗馬鞭が打ち振られると、それまで無言、無表情だった生徒達の顔に表情が戻り、講堂内を夕立の音のようなざわめきが走り抜ける。

「あれっ？　オレ達、いつの間に講堂に？」

「何言ってんのよ。校内放送で集まれって言われたじゃん？」

いつも通りの口調で生徒達が交わす会話が咲妃の耳にも聞こえてくる。

「まず手始めに、あなたの姿を偽っている、印象希薄化の呪印を消しなさい」

「当然、そうくるだろうな。……解呪！」

命令に従うしか選択肢のない呪詛喰らい師《カースイーター》は、爆乳に転写されていた深紅の呪印を解除する。彼女の印象を希薄化していた呪印が消え去ると同時に、客席を埋めた生徒達が、舞台上に注目してざわめいた。

「うぉ！　あれ、ＳＭか？　あれ、誰だ？　すっげぇエロい美人なんだけど」

「二年の……常磐城じゃないか？　なんであんな格好しているんだ？」

男子生徒達だけでなく、女子の間からも黄色い歓声が上がり、極上美少女の姿をもっと近くで見ようと、男子達が舞台下に押し寄せてくる。

深紅の革紐に緊縛された色白なナイスボディに、少年少女達の好奇と欲望の視線が容赦なく突き刺さってきた。

（私の真の姿を見ただけで、みんな、こんなに欲情しているのか……？）

複雑な表情を浮かべてたたずむ咲妃と張りあうかのように、瑠那が隣に並ぶ。

「フフフッ、大人気ね。どうしたの、身体が震えているわよ。本当の自分をさらけ出すのが、そんなに恥ずかしいのかしら？」

きめ細かな裸身をライトの光に照り輝かせて舞台上にたたずむ咲妃の美尻を、氷のように冷たい瑠那の指がそっと撫でた。

イタズラな指は革帯を食い込ませた尻の谷間に滑り込み、アヌスから会陰に掛けての敏感な一帯をクネクネと弄る。

「なっ、何をするっ、やめろっ！　ひゃう……ンッ！」

喉奥で小さく呻いた緊縛ボディが、ビクンッ、と敏感な反応を見せて跳ねると、調子に乗った指は、革帯の下にまで侵入してきた。淫らな軟体動物のように、尻の方から滑ってきた冷たい指先は、革帯の下に守られてきた膣口を捕らえ、入口の繊細な粘膜組織を小刻みな屈伸運動で掻きすぐってくる。

「ひぁ！　やっ、こんなことをするのが目的なのか？　そこはっ……あぁぁうっ！」

「これはただの戯れよ。言うなれば、料理の下拵え。宴は目いっぱい盛り上げなきゃ」

子供にしか見えない金髪美少女の指に股間を穿られ、恥ずかしい声を講堂内に響かせる緊縛美少女の痴態を、生徒達は息を呑んで見つめていた。

「もう濡れてる……アタシみたいな子供に弄られても感じちゃうんだ？　エッチなお姉ちゃんなのね。恥ずかしい音、皆さんにも聞いてもらいましょうね」

いつの間にか、集音マイク付きのハンディカメラを持った放送部の男子生徒が、舞台の下から舐め上げるようなアングルで咲妃の股間を捉えていた。

カメラの映像は、舞台上の大スクリーンに投影され、マイクが拾った音声は、スピーカーから流される。

くちゅ、くちゅ、くちゅ……くちゅ、ぷちゅ、ちゅぷっ、くちゅくちゅくちゅるっ……。

静まりかえった講堂内に、卑猥な蜜鳴りの音が響き、革帯の下で少女の指に責められる秘部のアップ映像がスクリーンに大映しになった。

「うぉぉ！　すげぇ、あれ、マン汁の立ててる音？　エロすぎるぜ！」

「やだ……あの子、あんな音がするぐらい濡れてる……」

刺激的な映像を見た生徒達が男女ともにどよめき、卑猥なヤジや歓声、口笛や小さな悲鳴までもがそこかしこから上がる。

「ひぁ！　あぁぁぁう……んっ、くっ、あっあっアッ、んきゅふうぅぅんんっ！」

抑えようとしても抑えきれぬ恥ずかしい声を喉奥から絞り出され、寄せあわせた美脚をガクガクと震わせる咲妃の膣奥から溢れ出した愛液が、スポットライトの光にきらめきながら内腿を伝い流れてゆく様子も、カメラがアップで捉えて投影されてしまう。

「濡れてる……やだ……私まで、ジュンッ、ってきちゃうじゃないの！」

憑依した低級霊によって理性を弱められ、夢と現の境界線上に意識を繋ぎ止められた少年少女は、興奮に汗ばんだ顔で、卑猥極まりない生中継映像を凝視しながら、普段は抑制している淫情を燃え立たせていた。

刺激的な光景で、思春期の有り余る性欲を活性化させられた若者達の身体から、ムッ、とする熱気が放たれ、講堂内の空気を淫らに変質させてゆく。

「素晴らしいリビドーエネルギーだわ。学校って、抑圧された性欲の溶鉱炉みたいよね？　アンタの性器が立てる音を聞いて、みんなの欲望に火が付いたのよ」

呪詛喰らい師《カースイーター》の膣口を繊細な指使いで掘り返しながら、死霊使いの金髪娘、瑠那・イリュージアは勝ち誇った声で告げる。

「そろそろ頃合いね、リシッツァ、宴の開始宣言を！」

『かしこまりました。……会場にお集まりの生徒の皆様に、淫らな美少女、常磐城咲妃が、快楽のご奉仕をさせていただきます。どうぞ、舞台の前にお集まりください』

いつの間にか、瑠那の身体を離れ、マイクスタンドに巻きついていたキツネの襟巻きが、少年の声で淫宴の始まりを告げる。

「ええっ！　いっ、いいのかよマジで！　エッチなご奉仕、してくれるの？」

淫らな映像で興奮を高められていた生徒達の欲望は、一気に沸騰し、舞台上にいてもはっきりと嗅ぎ取れるほどの若い発情臭を立ちのぼらせた。

「ほおら、みんな戸惑いながらも期待しているわよ。ご奉仕しに行ってらっしゃい」

革帯の隙間に忍び込んで秘部を弄っていた指が、愛液の糸を引きながら引き抜かれ、肩が強く押された。

「ハァハァハァ……一つ、提案があるのだが……淫神の力を使ってもいいか？」

膣口責めの余韻に喘ぎながら、その身に複数の神体を封じた神伽の巫女は、金髪の小悪魔に声をかける。

「ええ。よくってよ。アタシもそれを望んでいるのだから。でも、妙な真似をしたら、生徒達がひどい目に遭うってことをお忘れなく……んふ、美味しいお蜜だこと」

低級霊の使役に絶大な自信を持っているらしい繰霊師は、あっさりと許可を出すと、指に付着した咲妃の愛液をペロリと舐め取って微笑んだ。

「……ウズメ流神伽の戯、憑依分身にてつかまつる！」

胸の前で印を結び、目を閉じた咲妃の裸身から、白い霧のような霊気が流れ出した。

細い糸状に変化した霊気は、戸惑いながらも興奮を隠せない生徒達の首にフワリと巻きつき、首の付け根辺りに先端を吸着させる。

「すごい量のエクトプラズム。さすがは神伽の巫女ね」

素直に感心の声を上げる瑠那であったが、その青い目は油断なく周囲の様子をうかがっている。

「あぁぁ、身体が熱くって……あぁぁぁぁッ！」

叫ぶような声を上げた男子生徒の口から、大量の白煙が噴き上がり、渦巻きながら形をなしてゆく。同様の現象は至る所で起きていた。驚きの表情を浮かべている少年少女の口や鼻、耳穴から溢れ出た白煙は、次第に人の姿になり、舞台上に立っている神伽の巫女と寸分違わぬ分身となって、彼らの前に姿を現した。

「さあ、来い！　お前達に掛けられた色欲の呪詛、私達が喰らってやろう！」

数十人の常磐城咲妃が声をあわせ、あられもないボンデージ姿で、欲情に囚われた少年少女達の身体に愛撫を仕掛ける。

革帯ボンデージの扇情ボディをさらけ出した極上の肉体は、男子生徒だけでなく、女子にも絡みつき、愛撫しつつ着衣をはぎ取ってゆく。戸惑いの声や、形ばかりの悲鳴が上がり、脱ぎ捨てられた制服や下着が宙を舞う。

「フフッ、可愛いペニスじゃないか、ンッ、あまり洗っていないな、匂うぞ！　まあいい、私の口で綺麗に舐め清めてやろう……」

「ごっ、ゴメンっ！　あぁぁ、そんな、いきなり口で！　きっ、気持ちいいッ！」

男の淫臭をムンムンと放つペニスを咥え込んだ口の中で、快感に反応した海綿体がビキビキと音を立てそうな勢いで硬度を増し、先端のワレメからガマン汁を溢れさせる。

そこかしこで、男子生徒達の勃起を、淫蕩さを剥き出しにした咲妃の分身達が捉え、白い指や深紅の唇、たわわなバストに包み込んで奉仕を開始していた。

「オッパイ、触っていいですか？」「オレ、あのエロいお尻撫で回したい」

献身的な愛撫を受けながら、性的好奇心を抑えきれぬ男子生徒達は遠慮がちに手を伸ばし、量感たっぷりに張り詰めたバストや、プリッと引き締まったヒップにぎこちなく触れてくる。

「好きに触っていいぞ。ほら、もっと指を動かして……はぁんっ、そうだ、その調子」

悩ましげな声を上げた咲妃の分身は、ボンデージ姿のセクシーボディをくねらせ、魅惑的なヒップを左右に振って、少年達の興奮をさらに煽り立てる。

淫蕩な分身達の愛撫は、同性である女子達にも施されていた。

「おやおや、こんなに濡らして……クリトリスまで硬くしているじゃないか、フフッ」

「あぁぁんっ！　咲妃お姉様、すっごく上手ぅ！　ダメェ、立ってられないっ！」

少女達の股間では繊細な指が蠢き、大小様々なサイズの乳房にも、唇が優しく吸いついて、思春期真っ只中の初々しい女体をわななかせていた。

「へえ、驚いた。現実世界で分身を具現化するなんて、すごい霊力じゃないの、それに、浅ましいほどに淫乱ね。あれがアンタの本性なのかしら？」

「もともとは、お前が育てていた淫夢神の力だからな……くふぅ！」

印を結んだまま答えた咲妃の顔が、快感に歪む。

「分身の感覚が、本体にも伝わっているみたいね。何百人の人達に奉仕したり、身体を愛撫されるのって、さぞや気持ちいいんでしょうね？」

目の前で繰り広げられる淫宴を眺めている金髪少女の頬も紅潮し、かすかに汗ばんで、性的興奮を示している。

「ほおら、ビクビクしてきた、遠慮なく、私の胸の谷間に出していいんだぞ」

パイズリ奉仕を仕掛けていた咲妃の分身は、妖艶な笑みを浮かべ、自らの手で爆乳を揉み上げ、挟み込んだペニスを揉み搾った。

「あぁぁっ！　出るっ、デカいオッパイに……精液出るぅうぅッ！」

人生初のパイズリ奉仕を受けていた男子が、爆乳の狭間で勃起を弾けさせる。

「くううっ、セーエキ出るッ！」「あッ、もう、我慢が……あぁあっ！」

絶頂に達した少年達の呻き声は至る所で上がり、講堂内に、青臭い精液の匂いが漂い始めた。

「んはぁ、ちゅるっ、ぷぁ、まだ出るだろう？　ほら、先っぽを舐めてやる……あむ、くちゅ、ちゅるっ、ぴちゅぴちゅぴちゅ……」

乳房に挟まれて脈動するペニスを愛おしげに吸いついばんで、牡臭い迸りを吸い取った分身は、上目遣いで少年の顔を見上げながら、射精直後の尿道口に舌を使い、小刻みなキスでついばんで、さらなる放出をねだる。

「ビクビクが止まらないじゃないか。れるっ、ぴちゅっ、ちゅるっ……すごく、濃い」

手コキ奉仕していた咲妃も、白濁液がこびりついた繊細な指で、勃起をなおも扱き上げつつ、放出を続ける亀頭に舌を這わせて、濃厚な絶頂汁を舐め取ってゆく。

「あぁぁんっ！　気持ちいいっ、もっとぉ、もっと舐めてぇ！」

射精快感に呻く少年達の声に混じって、女子生徒の上げるはしたない嬌声も、講堂内に鳴りやまず響いている。

「舐めてやるよ。私の唾の匂いが染みついて取れなくなるまで！　だからお前達も、精液の匂いを私の身体に染みつけろ！」

レズ奉仕にも積極的に応じた分身は、顔面騎乗した女子生徒の秘裂やアヌスに舌を這わせつつ、両手で二本のペニスを愛撫し、胸の谷間と太腿の狭間でも、若い欲情に猛った牡器官を挟み込んで擦り立て、奉仕する。

「すごい、こんな美人に手コキしてもらえるなんて、ううッ、また、出るッ！」

黒革の手袋に包まれた指にドップリと吐き出された濃厚なスペルマを、ペロリと舐め取って微笑んだ分身は、残りの汁を自らボンデージ姿の裸身に塗り込んだ。

「はぁぁ、陽の気が染みる……もっと、もっといっぱい欲しい。……遠慮するな、来い」

ヌチャヌチャと音を立てて、色白な肌に青臭い白濁ジェルを擦り込んでゆく美少女の淫靡さに、欲情した少年少女は理性を酔わされ、求められるがままにペニスを突き出してくる。

「ほおら、誰か私の尻を責めてみないか？」

手コキとフェラで三本のペニスを愛撫しながら、淫乱モードの分身は、ムッチリと肉感的なヒップを突き出し、左右にくねらせて誘惑する。

「オレッ！　オレがやりますっ！」「オレもっ！」「ボ、ボクだって！」

尻フェチの少年が即座に応じ、色香の塊のような尻肉にむしゃぶりついてくる。

「あぁあ、すごくエロいお尻……柔らかで、冷たくて……気持ちいいッ！　はぁう、ピチャピチャピチャピチャ……美味しい」

うっとりとした声を上げて尻を撫で揉み、夢中になって舐め回した少年は、尻の谷間に鼻先を突き挿れ、革帯に守られたアヌスの蕾にまで舌を這わせてくる。

「くぅんっ！　いきなりアナル舐めとは大胆だな。はぁう……今度は指か、はぅ……んんっ！」

「いっ、いいんですよね？　やっちゃって、いいんですよね？」

舌では飽き足らなくなった少年は、興奮した声で言いながら、濡れた革を張りつかせてよりくっきりと浮き出た菊門の中心に、人差し指をグリグリと押し込んでくる。

「いっ、いいぞ、革越しなら何をしてもいい、あんッ！」

許可を得た指先は、さらに深くアヌスの蕾に抉り込まれた。伸縮性の高い薄革は、指の第二関節辺りまでをクプッ、と呑み込み、卑猥な収縮で指先をもてなす。

「すっ、すごく締まります……これが、女の子のお尻の穴……くぅ、もう、我慢できませんっ！　んっ、んっんっんっんっんんっ！」

膝立ちになった少年は、魅惑の美尻を抱え込み、いきり勃ったペニスを革越しのすぼまりにあてがい、小刻みなストロークでアヌスを犯す。

ぬぷっ、ぐぷっ、ぎちゅっ、ぎちゅっ、ぬぷんっ！

わずか数センチながら、張り詰めた亀頭が肛門括約筋と薄革のボンデージを引き伸ばして抽送された。

「はぁぁぁ、気持ちいいいっ！　すごく締めつけてきて、もう、出ちゃいますっ！」

亀頭だけを抜き挿しするアナルストロークに高まった少年は、尻たぶに指を食い込ませて射精を開始する。

びゅくんっ！　どぷどぷどぷっ、どぷっ、びゅるるっ、ぐぴゅるるっ、ぐちゅぎちゅぶちゅるるるるっ……。

濃厚な白濁液が尻の谷間を満たし、弾力に富んだ尻たぶにまで塗りつけられた。

「何だ、もう出たのか？　若いんだからまだまだできるだろう？　ほおら、お前のザーメンでヌルヌルになっていて、さっきよりも気持ちいいぞ」

後背位の姿勢で突き出された精液まみれの尻に、一回の射精では満足できぬペニスが挟み込まれた。

「あっちの私もなかなか楽しんでいるじゃないか。それじゃあ私も頑張らせてもらうぞ。お前、来い」

精液で全身をぬめ光らせた咲妃が獲物に選んだのは、包茎気味のペニスを恥ずかしげにそそり勃たせて俯いている童顔の少年だった。

「ぼっ、ボク、初めてだから……」

「フフフッ、初々しくって可愛いじゃないか。ほら、手をどけろ……あむ、んふ、くちゅ、ちゅぽっ……恥垢が溜まりすぎだな。全部掃除してやる」

包茎ペニスを口に含んだ咲妃が、尖らせた舌先を包皮の下に潜り込ませ、刺激慣れしていない亀頭をヌロヌロと磨き上げる。

「あぁぁっ！　そんなとこまで舐めちゃ汚いですッ！」

献身的なフェラチオ愛撫を受けた少年は、恥じらいの声を上げて身を強張らせる。

「だから、私が舐めて綺麗にしてやると言っている。あむ……んふぅ……くちゅ……ほおら、皮が剥けたぞ。これからが本番だ……」

露出した亀頭を貪欲に吸いしゃぶった咲妃は、そのまま口内射精させてそれを飲み干しても、亀頭を舐め清める舌の動きを止めずに恥垢を残らず舐め取った。

「ちゅぽっ、ほおら、綺麗になったし包皮も剥けた。お前達も混じっていいぞ！」

唇をペロリと舐めた分身は、順番待ちしていた二人組の男子生徒を誘う。

「あ、あの、腋の下……いいですか？」

遠慮がちに問いかけてきた少年に、淫蕩な分身は艶然と微笑みかける。

「いいぞ。腋で挟めばいいのか？　ほおら、汗と精液でヌルヌルで、オマンコみたいだろう？　んっ、これも意外と気持ちいいな」

腋フェチであることを告白した男子達を誘い、滑らかな腋の下に亀頭を挟み込んだ巫女は、キュッ、と二の腕を締めて、圧迫度を強めてやる。

「あぁぁ、スベスベの腋マンコ、想像以上に気持ちよくって……クウウッ！」

ぬちゅ、にゅぷっ、くちゅ、むちゅるっ……。

倒錯的な快感に夢中になって、二人の少年は腰を使う。しっかりと締めつけてくる腋の下と、柔らかな横乳の二種類の快感で刺激された童貞ペニスは、一分と我慢できずに射精の脈動を開始した。

「最後は二人まとめて、口に出せ！　あふ、んむ……んふううんっ！」

腋フェチ少年達の腰を抱き寄せた分身は、切羽詰まった脈動を始めた勃起を二本まとめて含み、口腔内にビュルビュルと溢れ返る射精の共演にうっとりとした表情を浮かべて喉を鳴らす。

「もっと出してもいいんだぞ……おや、今度はお前か？　あむ、ちゅぱちゅぱちゅぱ。ほおら、前立腺も可愛がってやる。おっと、逃がさないぞ！　フフフフッ」

フェラチオ奉仕を求めてきた少年のペニスを小刻みに吸い上げ、亀頭に舌を絡めながら、精液にぬめった指をアヌスの蕾にまで潜り込ませて、禁断の快感を尻穴の奥に刻み込みながらスペルマを搾り出した。

何十人もの咲妃が上げる色っぽい喘ぎに、絶頂を告げる少年少女の声が入り交じり、粘液のこね回される音や、はしたない舌なめずりの音が色を添えた。

それはまさに、呪詛喰らい師《カースイーター》という至上の供物を饗する淫宴であった。

少年も少女も、他の異性には目もくれずに、分身した咲妃の肉体だけを延々と貪り、巧みな奉仕の技巧に酔いしれて喜悦の体液を迸らせている。

「もっと、もっとだ！　もっと気持ちよくしてやるぞ」

数十人の分身は、何百人分ものスペルマを浴びた裸身を艶めかしく濡れ光らせながら、なおも貪欲に快楽奉仕を仕掛けてゆく。

淫宴が佳境に入るにつれて、分身達の肉体に変化が起き始めていた。

「そろそろこいつをしゃぶりたいんじゃないのか？　ほら、触ってみろ」

股間を包んだ革帯の脇から、ペニス化した陰核をそそり勃たせた咲妃は、張り詰めた亀頭で少女の顔を嬲る。

「ああ、すごい、オチンチンってこんな感触なんだ。あむ、んっんっんっんんっ、くちゅるっ、あはぁ、熱くって、硬くって、エッチな味がして美味しい……」

美少女の股間で屹立した牡器官に興奮を煽られた少女は、先走りを噴きこぼす亀頭に吸いつき、激しく舌を使いながらフェラチオを開始する。

「あはぁぁ、そうだ、それでいい。舐められていると、私の中にも、陽の気が溜まってゆく」

恍惚の表情を浮かべ、意味ありげな言葉を口走った半陰陽の少女は、芸術的な美尻を振って、少女の口を犯す。

ペニスを生やしている分身は、その一人だけではなかった、十数人の咲妃が、淫麗な男性器をそそり勃たせて迫り、倒錯的な快感に男女構わず引きずり込んでゆく。

女体から生え出たペニスに男子の指や唇がむしゃぶりつき、硬度と感度を競うかのように勃起が擦りつけられ、濡れ開いた秘裂に女子が吸いつき、大量の愛液を啜り飲む。

淫乱奔放に振る舞う咲妃に導かれ、秘めていた性癖を剥き出しにされた学生達は、いかなる要求にも応じてくれる極上の肉体に欲望の全てを叩きつけ、これまでの人生で味わう最高の快楽に歓喜しながら、次々に絶頂へと舞い上がった。

「ああ、出るッ！」「ボクもッ！」「あぁぁんっ、わたし、イッちゃううっ！」

精液と愛液の媚香漂う講堂内に、絶頂の声が多重和音となって響き、恍惚の表情を浮かべる淫らな巫女の裸身に、スペルマが白く熱く粘り着いた。

「く……う……ひぅ……ンッ！　これで……さらに……くぅンンッ！」

肉体にフィードバックされる快感に小さな呻きを上げな

がら、呪詛喰らい師《カースイーター》は分身を維持し続けていた。

「ご奉仕ばかりじゃつまらないでしょう？　本体はアタシが可愛がってあげるわ」

見ているだけでは飽き足らなくなったらしい瑠那が、愛撫を仕掛けてきた。

革帯で緊縛された爆乳を小さな手が揉みこね、弛んだ股布の隙間に滑り込んだ指先が、膣口やクリトリスにイタズラを仕掛けてくる。

「まっ、待て！　今、そんなことをされたら、分身の維持が……あぁぁっ！」

「さっきから何か引っかかるのよねぇ。確かに分身能力は、淫神の力だわ。でも、生徒達のエクトプラズムも使っているし、分身達は射精も絶頂もしていない。妙だわ」

幼い外見の死霊使いは、小さな手で咲妃の極上裸身を弄り回して嬲りながら、碧眼を細め、探るような口調で尋問する。

「ふぁ、んっ、気を回しすぎだ。奉仕しろというから、従っているだけなのに」

全身を官能の汗に濡れ光らせながら、神伽の巫女は静かな口調で反論する。

「そうかしらね？　まあいいわ、こっちはこっちで楽しませてもらうから」

咲妃の極上裸身を嬲っていた金髪少女は、限界勃起していたクリトリスを小さな指先で摘み、ギチュッ！　と潰さんばかりに圧迫する。

「はぁぁあぁぁうっ！」

鮮烈な刺激に股間を貫かれた咲妃は、舞台上にペタリと這いつくばってしまう。

「立っていられないぐらい感じてしまいながらも、分身を維持しているなんて、霊力も精神力も素晴らしいわ。そんなアンタを完全屈服させてやる！」

咲妃の背後にかがみ込んだ金髪少女は、股間を守っていた革帯を、愛液に濡れ光る指で摘んで引っ張った。股間を守っていた革帯は、霊力の消耗によって弛み、軽く引いただけでズルリとずれて、性器から肛門までが丸見えになってしまう。

「綺麗なピンク色の性器とお尻の穴。思わず口づけしたくなっちゃうわね」

　あらわになった秘部に遠慮なく顔を寄せた瑠那は、二つの秘め穴に、チュッ、チュッ、と音を立ててキスする。

「んふっ、キスだけじゃ物足りないみたいね？　いいわ、もっといやらしいことしてあげる」

　お菓子を食べているのが似合いそうな、金髪少女の可憐な唇と舌、そして白い歯並びが、呪詛喰らい師《カースイーター》の秘めやかな部分を責め立てる。

　ピチャピチャと音を立てて肛門と膣口を舐め穿り、唇を吸いつかせてきつく吸引し、甘噛みまで仕掛けて柔らかな媚粘膜を緩急交えて責め立てた。

「う……あぁ、あぁぁ……ッ」

　巧みな愛撫を受け、ヒクヒクと収縮する膣口から、白濁した愛液が大量にこぼれ落ち、舞台の床に淫靡な匂いのする体液溜まりを形成してゆく。

「処女は奪わないであげるわ。だって、ヴァージンでなくなったら、神伽の力も失ってしまうんでしょう？　あなたにはアタシの猟犬として、これからも働いてもらうんだからね。ウフフッ、だから、こっちのいやらしい穴を犯してあげる」

　白く細く、氷のように冷たい指が、咲妃のアヌスにねじ込まれて奥を探る。

「ふぁ、あぁぁぁんっ！　そこは……あぁぁ、ひぅ……んんんっ！」

「ここは何？　お姉ちゃんのウンチ穴だから弄っちゃダメなのかしら？　あはぁ、ヒクヒクって動いて、アタシの指を締めつけてくるわ。淫らなアヌスね」

　愛くるしい顔に似合わぬ淫語を囁きかけながら、死霊使いの金髪少女は、小さな手指を駆使して咲妃の肛門を責め立てる。

　最初は一本だった指が二本に増え、やがて三本束ねて挿入されると、神伽の巫女の喘ぎは切羽詰まった艶めかしい響きを帯び始めた。

「こっちの方はずいぶん開発されているじゃない。処女を守るために、こっちで楽しんでいるのね。姉ちゃんの淫らなお尻の穴を、すごいオモチャで犯してあげるね♪」

　子供っぽい口調で咲妃の羞恥と屈辱感を煽った死霊使いの少女は、黒光りする極太の張り型を持ち出してきた。

　大型動物の骨を加工したと思われる責め具は、三十センチほどの長さがあり、直径五センチはありそうな先端部は、三段重ねの亀頭冠が大きく張り出した凶暴な形状をしている。緩やかに反り返った胴部分にも、粘膜壁を掻きむしって刺激するための、いくつもの突起が並んでいた。

「この張り型はね、快楽の神を崇める秘密教団の祭具として使われ、五百年以上の間、一時も休まず女を犯し続けてきたのよ。その結果、淫らな魂がこの張り型に宿った……この国で言う、つくも神みたいなモノになっているの」

　解説を加えながら、邪悪な張り型の先端がアヌスの蕾を嬲る。

「ひぁ！　あぁぁ、やぁぁ、融けるッ！　うぁ、私の……尻が……狂うッ！」

　放射状にすぼまった柔襞をコリコリと甘掻きされただけで、不浄の門が甘い淫熱に包まれて疼き、責められていない性器までもが失禁と見間違うほどの愛液を噴き出して、絶頂寸前の収縮を起こしてしまう。

「ほおら、入口を撫でられただけで、信じられないほどの快感でしょう？　これからもっと奥を虐めてあげるわ。お尻の穴で、浅ましく、淫らに狂うのよ！」

　ぬぷうっ、ずりゅううっ！　奇怪な巨根型のディルドウが、繊細な筋肉リングを割り広げ、直腸内に深々と挿入された。

「くぁ、あぁぁぁっ、イッ、入れるなぁ！　あひいいいいいいぃいいぃ～ッ！！！！！」

　講堂中に響き渡る嬌声を上げた咲妃の股間から、熱い潮が迸って床に飛沫を散らす。

「挿れただけで派手に果てたわね。それでいいのよ。それが、この淫具を受け入れた女の正しい反応。ひと擦りごとに絶頂し、わずかな捻りが新たなアクメを生む」

　興奮で紅潮した顔に、淫らな笑みを浮かべながら、金髪の小悪魔は小刻みな抽送で咲妃のアヌスを犯し、左右の捻りで、直腸壁越しに膣や子宮まで責め立てる。

　ずるううっ、ぐりいっ！　ぬぷぷぷっ……ずぷっ、ずぷっ、ずんっ！　ぐちゅぐちゅぐちゅ、ずにゅるうぅぅぅっ！　ずぷううっ、ずちゅうっ……ずぷんっ！

「うぁ、あっあっあっ、やぁぁッ、イクッ！　イッちゃうっ、くひぃぃッ！　ふわぁぁぁぁ～ッ！」

　粘液にぬめった骨の責め具が、緩急に捻りを交えたストロークで、アヌスの蕾をまくり上がらせながら出し入れされるたびに、神伽の巫女は濡れ光る裸身を悶え狂わせて、立て続けにアナルの絶頂を極めてしまう。

すっかり弛んだ革帯からこぼれ出た爆乳の先端では、勃起乳首がピクピクとしゃくり上げて止めどなく射乳を続け、床を甘い乳汁まみれにしていた。

「お尻がそんなに気持ちいいの？　こんなに美人なのに、ド変態なお姉ちゃんね。アンタはこれからも、アタシの下僕として淫神を狩るのよ。それをアタシが手に入れる。こういう形式の伝統漁があったわよね？　鵜飼い、って言ったかしら？」

咲妃の背中にのしかかった瑠那は、勝ち誇った声で言いながら、魔性のディルドウでアヌスの奥深くまで抉り抜く。

「くぁ、あひっ、アナルでイッ、イクッ、あぁぁっ、また、イクッ、イクのが、とっ、止まらないッ！　やぁぁっ、奥ッ……奥は、もう、お尻はらめぇぇぇ！」

後背位の姿勢で美尻を突き上げた神伽の巫女は、あられもない声を上げながら、アヌスを貫く魔性の責め具に肉体のみならず精神まで蹂躙され、ありとあらゆる体液を振り撒いてよがり狂った。

「そろそろとどめを刺してあげる。役立たずなお友達の前で、浅ましく堕ちて、全ての神体を吐き出しなさい！」

じゅぷううっ！　ぐりいいいいっ！　ぐりぐりぐりぐりぐりいいいいっ！

神格クラスの呪力を秘めた責め具が、根本近くまでアヌスに埋め込まれ、力任せにこね回される。内臓全体を快感の渦巻きに巻き込むかのようなハード陵辱だ。

「ひぎぃぃいっ！　くぁ、あぐううっ！　融けるっ！　はぎいいいいっ、んぁぁっ、やぁぁ、らめぇぇっ！　イクイクイクイクウウ〜ッ！」

激しく攪拌《かくはん》される腸内に、魔性の責め具から淫悦の波動が放たれ、粘膜の薄壁一枚隔てた子宮や膀胱まで絶頂痙攣を強要する。

全身の細胞が喜悦に煮えたぎり、壮絶なエクスタシーの大津波が、革帯ボンデージ姿の裸身を包み込んだ。

「くわあぁぁぁぁぁぁぁぁぁ〜ンッ」

講堂内に甲高い絶頂の声を響かせた咲妃は、自ら放った嬌声の反響に包まれ、ガックリと突っ伏して動かなくなる。

「あぁぁっ！　咲妃ちゃんが消えちまったぁ！」

咲妃が失神絶頂すると同時に、分身達は煙のように消滅し、快楽奉仕の途中で取り残された少年少女の上げる無念の声が講堂内の空気を震わせる。

「どこだ？　あっ！　居たぁ！　咲妃がいたぁぁ！」

快感の虜になった生徒達は、舞台上に突っ伏した本体に向けて押し寄せてきたが、結界に阻まれてしまう。

「この宴の続きは、アンタから奪った淫神の力を使って、アタシがやってあげるわ。さあ、カースイーターの身体に宿る神体よ、ソロモンの鐘に還《かえ》りたまえ！」

乗馬鞭をヒュンッ！　と鳴らして宣言する瑠那であったが、何も起きず、気まずい沈黙の時間だけがしばし流れた。

「……なぜ!?　魂まで堕ち果てたのに、どうして神体が出てこないの!?」

呆然とつぶやく瑠那の傍らで、咲妃の身体がゆっくりと起き上がり始めた。

「はぁぁ……こんなに派手にイキまくったのは初めてだったが、ちょっとハードすぎて味わいに欠けるな、途中から記憶が飛んでいて、余韻もあったもんじゃない」

乱れた髪を掻き上げつつ、汗ばみ紅潮した顔に、不敵な笑みを浮かべて言った神伽の巫女は、先ほどまでの狂乱が嘘だったかのように力をみなぎらせている。

「あの責めに耐えた!?　一体、どこにそんな余力があったのよ！　アンタは確かに消耗しきっていたはず、あの絶頂も絶対に演技じゃなかったわ！」

「確かに、この講堂にやってきた時点の私に、お前と対決するような余力などなかったし、絶頂しまくったのも事実だ。だが、お前は二つ、ミスを犯した」

顔の前で二本の指を立ててみせた咲妃は、言葉を続ける。

「第一のミスは、全校生徒相手に性行為を行わせたこと。確かに分身実体化は霊力を消耗するが、若者の放つ絶頂の気を吸収すれば、霊力の収支は黒字に転じる」

「そんな……それじゃあまるで、淫魔じゃないの!?」

自信に満ち、勝ち誇っていた表情を一変させ、怯え顔になった瑠那は、死霊を使役することも忘れて後ずさりしながら、上ずった声を上げる。

「今度は淫魔呼ばわりか？　私がなぜ、呪詛喰らい師《カースイーター》と呼ばれているのか教えてやろう。あらゆる呪詛と快楽を糧として、己の力に変えることができるからだ！」

そこまで言ってかすかに表情を歪めた呪詛喰らい師《カースイーター》は、アヌスに挿入されたままだった張り型をゆっくりと引き抜いた。

「んくっ、ふううっ、やっと抜けた。そうそう、この責め具にたっぷりと溜め込まれていた呪詛の力もいただいて、回復の糧にさせてもらった。礼を言うぞ」

呪力を吸い尽くされ、悪趣味な骨細工となった呪具が、瑠那の足元に放り投げられ、硬い音を立てて転がった。

「アタシの大切なコレクションを……よくも、よくもぉぉっ！　このバケモノ！」

お気に入りの玩具を奪われた子供のように、金髪少女は怒り狂う。

「とうとうバケモノ呼ばわりか。……私は、淫神が邪神に堕ちる前に、執着を鎮め、無念を祓い、無垢なる存在となった神体を癒やし奉る神伽の巫女、そう自負している」

静かだが、威厳を感じさせる口調で言いながら、呪詛喰らい師《カースイーター》にして神伽の巫女でもある少女は、怯える死霊使いに向かってゆっくりと歩み寄ってゆく。


「まだよっ！　まだアタシは負けてなんかいない！　開け！　ソロモンの鐘！」

ビュウウンッ！　ひときわ強く鞭が振り抜かれ、現代科学によって強化された最強呪具が不気味な唸りを強めた。

装置を囲っていたジャングルジム状の構造体が四方に開き、中央に設置されていた銅鐸状の物体も、組み木細工のような複雑な変形をしながら解放されてゆく。

「待て！　そんなことをすれば、コントロールができなくなるぞ！」

「うるさぁァイッ！　あっ、アンタみたいなバケモノに対抗するには、アタシだって淫神を宿してバケモノになるしかないのよッ！」

追い詰められた瑠那は駄々っ子のように絶叫し、死霊使役用の鞭を振り回す。

「自我を失い彷徨える霊達よ、我が鞭の音に従いて、集え！　集え、集ええぇっ！　情念を核として融けあい、堕せる神となってこの身に憑くがいい！」

ブオオオオオオオオオオオオンンンンンン～ッ‼

開ききったソロモンの鐘内部から、イナゴの大群が飛翔するような音を立てて、とてつもない数の低級霊が湧き出てきた。

湧き出した霊の群れは、瑠那の華奢な身体の周囲で、竜巻のように旋回している。

「なっ、何よこれ、こんなにいっぱい入ってるなんて聞いてない！　ダメェ、制御ができないっ！　きゃぁぁぁぁぁぁ～ッ!!」

死霊の渦に巻き込まれた瑠那の着衣が細かく引き裂かれ、肉付きの薄い、白く繊細な裸身が剥き出しになってゆく。

まだ発展途上のバストは、かろうじてわかる程度のささやかな膨らみを形成し始めており、ピンク色の乳首も小振りで子供っぽい。スリムな脇腹には、細い肋骨のラインがうっすらと浮き出し、小振りなヒップも、まだ女の丸みを帯びるには至っていない。

「ひゃぁぁぁんっ！　嫌ァ、気持ち悪イッ！　入ってくるっ、ダメぇぇぇ！」

泣き叫ぶ瑠那の華奢な裸身に、無数の針のようになった死霊どもが侵入し始めた。

まだ膨らみきっていない胸の先端、ツンと尖った薄紅色の乳首に何十、何百という黒針が突き立てられ、痛みと同時に強烈な快感を与えながらめり込んでゆく。

泣き叫ぶ口から突き出された舌にも容赦なく死霊の針が突き立てられ、小振りなヒップや、その狭間でヒクつく桜色のアヌス、ピッチリと閉じあわされた秘部の内側にまで、痛悦入り交じった針の雨が降り注ぎ、プツプツと音を立てて柔肉を貫いた。

『あぁぁぁあっ！　ご主人様あぁ！』

悲痛な声を上げて瑠那のもとに飛んでいこうとしたキツネの襟巻きを、咲妃は素早く手を伸ばして捕まえる。

「おい、襟巻き！　お前、機械操作はできるな？」

『襟巻きではありません！　ボクの名前はリシッツァです！』

「何でもいい、あの機械への電力供給を断て！」

暴走状態のソロモンの鐘を指さし、有無を言わせぬ口調で命じる。

『むうう、今は緊急事態故、アナタに従いましょう！　いざ、参りますッ！』

勢いよく宙を飛んだ使い魔は、舞台下の通気口に侵入していった。

「これで結界は消えるはずだが……さて、問題はあいつだな……」

大量の霊体を受け入れ、半ば失神状態に陥っている死霊使いの少女を見ながら、神伽の巫女は対処法を思案する。

ブウウウウンッ！

使い魔がきっちり仕事を果たしたようで、装置への電力供給が絶たれ、学園を細かく分断していた結界が消滅した。

「咲妃さぁぁんっ！」

「大丈夫か？　この騒ぎは一体どうなってるんだ？」

結界による隔離から解放された有佳と信司が駆け寄ってきた。

「低級霊が暴走しているんだ。さっきの淫宴で、低級霊達には私に対する執着が植えつけられてしまった。だから、私を犯そうとああやって群がってきているんだ」

舞台下で亡者のごとく蠢く生徒達を気の毒そうに見やりながら、咲妃はつぶやく。

「皆さん、落ち着きなさい！　速やかに着席してくださいっ！　落ち着きなさいって言ってるのが聞こえないのッ！　生徒会長の命令よっ！」

マイクを手にした鮎子は、ゾンビさながらのぎこちない動きで舞台に上がろうとしている生徒達に向かって怒鳴り続けている。

「咲妃さん、あっちの子も、すごいことになってますよ」

低級霊の渦に呑み込まれた瑠那の様子を怯えた表情で見守りながら、有佳が言う。

「ああ、あれは既に低級霊の集合体ではない。ただ、ひたすらに私を犯し続け、快楽を貪りたいという邪欲が凝り固まった淫神。その名を、大淫婦《だいいんぷ》と呼ぶ！」

咲妃の声を聞きつけたかのように、白目を剥いていた瑠那の目に瞳が戻ってくる。

しかし、その色は先ほどまでの碧眼ではなく、熾火《おきび》のように光る毒々しい赤光を放っていた。

「咲妃イィィィ～イ！」

死霊使いの身体に憑依した淫神は、おどろおどろしい声を上げながらゆっくりと歩み寄ってきたが、いきなりピタリと足を止めた。

その足元に広がっているのは、咲妃が大量に迸らせた乳汁と愛液だ。

「あぁぁぁ、咲妃の匂イガスルぅぅ！」

　犬のように床に這った瑠那は、神伽の巫女が迸らせた体液をピチャピチャと舐め啜り始めた。

「あれで数分は足止めできそうだな。神伽の準備をする時間は稼げそうだ」

「咲妃さん、もしかして、あんなバケモノと、エッチなことしちゃうんですか？」

　不安げな声音で、有佳が問いかけてくる。

「エッチなことじゃなく、神伽の戯と呼んで欲しいな。あの子を淫神たらしめているのは、私に対する呪詛レベルの執着心。その強い想いを鎮めてやるのは、呪詛喰らい師《カースイーター》としての私の責務だ」

　力強い口調で告げた神伽の巫女は、自信に満ちた笑みを浮かべてみせる。

「あんなにひどいことされたのに？　助けるんですか？」

「そうだ。神伽の巫女の名において、あの子を助ける！　有佳達にも、それを手伝って欲しい」

「咲妃さんに頼まれたら、断れませんよ」

　彼女に惚れ込んでいるかんなぎの少女は、表情を引き締めて頷いた。

「それ、オレにも手伝えるかな？」

　周囲を警戒しつつ、信司が問いかけてくる。

「私も当然、手伝うわよ。生徒会長として、後輩の頼みを断れるもんですか！」

　怒鳴っているだけでは埒が明かないと判断した鮎子も話に乗ってきた。

「よし、三人とも、手を出せ……」

　赤ペンを手にした咲妃は、言われるがままに差し出された三人の手の甲に、手早く呪印を描き込んでゆく。

「これは？」

「破魔の呪印、打撃を加えることで、低級霊を身体から弾き出すことができる。狙う部位は、心臓か額、それ以外は効果がない。くれぐれも怪我をさせるなよ」

　説明しつつ呪印を描き終えた退魔少女は、特に有佳に念を押す。

「私は神伽の戯に全身全霊を注がねばならない。だから、生徒達への対処はお前達に任せる。一人たりとも舞台に上がらせないでくれ。たった三人でやるにはあまりにも過酷な作業だが、やってくれるか？」

「愚問ね。私は生徒会長よ」

鮎子が真っ先に声を上げた。

「鮎ねえ、それ、答えになってないよ」

いつもの口調で鮎子にツッコミを入れた信司は、男っぽい笑みを浮かべて咲妃に向きあう。

「やっと、キミの役に立てる時が来た。今のオレは、八百万の神々とだって戦う覚悟を決めているんだ、たった数百人と戦うなんて、屁でもないぜ！」

これまでいいところなしだった少年は、真っ直ぐな目で見つめながら言葉を続ける。

「だから、キミは、神伽の巫女の任務を果たして、あの子を救ってやれ」

「ああ、任せろ！」

「わたしだって、やります！　咲妃さんのためなら、戦っちゃいます！」

有佳も負けじと声を上げて可愛らしく拳を握り締める。

「オレが打って出る。鮎ねえと雪村さんは、舞台左右の階段を死守してくれ」

「わかったわ。雪村さん、くれぐれも無理はしないでね」

「はいっ！」

「……よし、行くぞ！」

率先して舞台から飛び降りた信司は、ゾンビさながらに蠢く学生達の真っ只中に躍り込んだ。

「はっ、ふんッ！　しッ、ハッ、りゃぁぁぁ～ッ!!」

幼少の頃から習ってきた日本拳法の技を駆使して、信司は暴れ回った。

信司の拳が命中すると同時に、身体から青白い煙のようなものを吹き出しながら、少年少女達は昏倒してゆく。

「来ないでくださいッ！　えいっ、えいっ、こっちに来ちゃダメですうぅッ！」

格闘技の修業を積んでいる信司にも勝るパワフルな突き押しで、有佳も学生達を昏倒させてゆく。時折、勢い余って、相手を数メートルほど吹き飛ばしたりもしているが、今のところ、たいした怪我人は出ていないようだ。

信司と鮎子は互いの死角をカバーしあいながらめまぐるしく動き回り、少年少女に取り憑いた下級霊を次々に弾き出してゆく。

「友のため、戦う敵も、クラスメイト……おっと、字余りか……ッ！」

汗ばんだ顔に苦笑を浮かべて言いながら、信司は立て続けに男子生徒を倒している。

「この状況で川柳詠むなんて、あなたもずいぶん肝が据わってるわね！」

涎を垂らして詰め寄ってきた女子達の身体から低級霊を弾き出した鮎子は、呆れた声を出す。

「知ってるか？　笑いやユーモアは、悪しき霊を遠ざけるんだぜ……っと！」

「今、必要なのはユーモアよりも、正義の拳よ……ッ！」

幼馴染みの少年と少女は、見事な連携で着実に低級霊を弾き出してゆく。

「あちらは任せておいて大丈夫そうだな。では、こちらも気合いを入れるぞ！」

「はァァァァ、咲妃ィィ〜ィィィィ〜」

床に飛び散っていた体液をあらかた舐め取った淫神は、おどろおどろしい低音の声を上げ、華奢な裸身をくねらせながら這い寄ってくる。

「自ら招いたこととはいえ、不憫《ふびん》な……。ウズメ流神伽の戯、参るッ！」

両手に赤ペンを持った神伽の巫女は、瑠那のロリータボディに、凄まじい速度で呪印を描き込んでゆく。呪印の効力は、『性感増幅』。

平らな胸、脇腹、腹部、内腿……流れるような足捌《さば》きで背後に回り込み、尻、背中、うなじ……超加速によって霞んで見えるほどの速度で手を動かしながら、呪印術を得意とする退魔少女は、深紅の刻印を無数に描き込む。

瑠那に憑依した淫神の力によって、呪印はほんの数秒で掻き消されてしまうが、その効果はジワジワと累積していった。

「はぁぁ、あはぁぁんっ！　熱い……熱イイイッ！　身体ガムズムズするよぉ！」

「その疼きとお前に取り憑いた呪詛、私が全て喰らって鎮めてやる！」

低くくぐもった淫神の声と、瑠那本来の甲高く可愛らしい声を交互に出して身悶える金髪少女を抱き締め、繊細にして濃厚な愛撫を仕掛ける。

「んふっ、ちゅっ、ちゅっ、はぷ……あむ……ぴちゅぴちゅぴちゅ……」

小皿を伏せたようなささやかなサイズのバストに口づけし、淡いピンク色の乳先を舌先で優しく弾き上げてやると、淫神に憑依されたスリムな裸身が喜悦にわななないた。

「ふぁ、あふぅ……んっ、あぁぁぁんっ！　咲妃ィィィ」

淫神と一体化した金髪の死霊使いは、小柄な裸身を歓喜と欲情にくねらせる。

(呪印の効果は出ている。何とかなりそうだ……)

瑠那の愛撫の手が届かぬように、巧みに身体の位置をコントロールしながら、咲妃はキスと指の技巧を中心とした愛撫で、未成熟な身体に奉仕した。

左右の乳首を摘んで揉み上げてやりながら、肋骨の輪郭を浮き出させた薄い脇腹を甘噛みしつつ舐め下り、まだ子供っぽさの残る下腹部に顔を埋める。

「ひゃぁうんっ！　んぁ、あぁぁんっ！　咲妃……お姉ちゃぁぁん……！」

ツルリと無毛の、慎ましやかな秘裂に舌を使うと、瑠那は子供っぽい中に色香を交えた声を上げてすすり泣きながら、小さなヒップをせり上げてくる。

「この部分は瑠那の意識が支配しているようだな、ならば……あふ、あむ、ちゅっ、れるっ、れるっ、ぴちゃぴちゃぴちゃ……」

何度も舌を這わせているうちに、小さなワレメがパックリと開花する。薄い花弁はまだ蕾のままのように可愛らしく繊細で、鮮やかなピンク色に充血した蜜の源泉は、柔らかそうな粘膜を閉じあわせて初々しい蜜の匂いを立ちのぼらせている。

「可愛らしいワレメだな。たっぷり舐めて、お前に憑いた淫神ともども蕩けさせてやる」

膣口に唇を密着させた咲妃は、サラリと滑らかな愛液に濡れた膣口を吸い上げ、きつくすぼまった粘膜穴に舌を挿入して掻き回す。

「あはぁぁんっ！　いっ、いいッ、お姉ちゃん、気持ちいよぉ」

甘えるような声を上げた瑠那の細い裸身は、腰を支点にへし折れんばかりに仰け反って痙攣した。華奢な下半身が、繊細な骨盤の輪郭を浮き出させてせり上がり、濡れ光る秘裂と可愛らしいアヌスの蕾が、薄紅色に充血してヒクヒクと収縮していた。

その背中から、ヴワァァアッ！　と音を立てて、黒い煙状のエクトプラズムが噴出し、空中でうねりながら、黒々とした触手の姿に変化してゆく。

「淫神め、逆襲するつもりだな……」

濃厚なクンニ奉仕を続けながら、神伽の巫女は大蛇のような肉縄を睨みつける。

直径およそ十センチ、表面を黒い獣毛に覆われたタコの触腕のような肉縄には、吸盤の代わりに分厚い唇が並んで、パクパクと開閉し続けていた。

不気味な触腕は、瑠那を抱き締めて愛撫を続ける咲妃の身体に、ズルズルと這いずってまとわりついてくると、唇状の吸盤を、ブチュッ！　と音を立てて吸いつかせた。

「んくっ、くううっ、この唇……舌まであるのか。あはぁぅ、尻の中にまで……ッ！」

唇状の吸盤が、乳首やへそ、秘部やアナルに吸いつき、ブチュブチュと下品な吸い音を立てて、甘く滋養に富んだ巫女の体液を求めてくる。溢れ出した愛液が貪欲に吸い取られ、体液の分泌が少ないアナルには、舌状の器官が挿入されて直腸壁をヌロヌロと舐め回し、妖しい愉悦で内臓をわななかせた。

「ふぁ、んんっ……なっ、なんのっ！」

全身を吸い舐められる快感に震えながらも、呪詛喰らい師《カースイーター》は瑠那の秘裂に舌を這わせ、小さく尖ったクリトリスを優しく吸い上げて、未開の肉体に女悦を刻み込んでゆく。

「ひぁ、はぁぁんっ、あっあっあっ、ひゃぁぅ……そこ、いいいッ！」

最も敏感な肉芽を丹念に舐められた金髪少女は、華奢なヒップを跳ね上がらせ、小さな膣口からうっすらと白濁した蜜液を、ピュッ、ピュッ、と噴き出してよがり悶える。

「んく、ちゅるっ、コクンッ……ここも可愛がってやる」

ここが勝機とばかりに、指先に瑠那の愛液をまぶした咲妃は、可愛らしくヒクついているアヌスの蕾にソフトタッチの愛撫を加えた。

「ひぁ、あぁぁんっ！　そこ、汚いッ！　ダメェエェ！」

一番恥ずかしい部分を指の腹で揉み撫でられ、爪先でコリコリと甘掻きされた金髪少女は、官能の最中にもかかわらず理性を取り戻し、恥じらいの声を上げながらも腰をせり上げてくる。

「私が舐めて綺麗にしてやる……んふ、ちゅっ、ぴちゃぴちゃぴちゃぴちゃ……」

心と身体の裏腹な反応に微笑んだ神伽の巫女は、恥ずかしげに収縮するアヌスに口づけし、小皺の一本一本を舐め清めるように舌先を這わせた。

「きゃふぅんっ！　お尻の穴舐められるの、くすぐったくて、気持ちいいのぉ、あぁぁんっ、恥ずかしいのに、もっと、もっとぉ、もっとペロペロッてしてぇ！」

アナル舐めに歓喜する少女の身体から生え出た触手は、咲妃の全身に絡みついて蠢き、反撃を仕掛けてきた。触手に生えた柔らかな毛が柔肌をくすぐり、唇吸盤から伸びた舌が、ありとあらゆる性感帯を舐め回して、巫女の柔肌を貪る。

キュムンッ！　キュルルッ、レルレルレロレロレロレロッ！

秘部に吸いついた吸盤の一つが、クリトリスの包皮を巧みに剥き上げ、吸引を交えながら舐め転がす。

「ふぁ、んんっ！　ひぁ、あ、そこっ、そんなに吸ったら……出てしまうッ！」

淫神の愛撫に反応した淫ノ根が、意に反して実体化し、先汁を滴らせながらズルリと伸び上がって、美少女の股間にそそり勃った。

甘い疼きに包まれてヒクついている肉柱に、涎を垂らした唇吸盤がズルズルと迫ってくる。

「まずいっ！　ここを責められたら……ええいっ！　許せよ、挿れるぞ！」

身体をズリ上げた咲妃は、舐め解された瑠那のアヌスに亀頭をあてがい、一気に突き挿れて緊急避難を果たす。

「ひぁぁぁ！　いっ、ヒッ、お尻ッ！　きゃはあぁぁぁぁぁーんっ！」

いまだに異物を挿入されたことのないすぼまりに、熱く猛った肉柱を受け入れた少女は、華奢な裸身を反らして甘い悲鳴を上げる。

依り代となっている女体に、他の神格の侵入を許してしまった淫神は、淫ノ根の力に対抗すべく、咲妃の身体を締め上げようと群がってきた。

「そうはさせない！　木霊よ、私に力を！」

咲妃はその身に宿したもう一つの神格を呼び出し、これに対抗する。

ビキッ、ピシピシピシイィッ！　舞台の床から伸び出てきた樹の根状触手が、淫神の触腕とせめぎあい、絡みついて動きを封じた。

「瑠那、しばらく辛抱しろ。このまま……内側から淫神を攻略する！」

金髪少女の身体をきつく抱き締めた呪詛喰らい師《カースイーター》は、ペニスをキュウキュウと締めつけてくるヴァージンアヌスの感触に耐えながら、腋の下や首筋に舌を這わせ、強張った腹部を撫でくすぐって、緊張を解してゆく。愛撫の効果は直に現れ、きつく引き絞られていた肛門括約筋がわずかに弛み、緊張していた裸身が弛緩し始めた。

「ふぁ、お尻の中、だんだん気持ちよくなってきて……変な感じ……あぁぁ、ダメェ、何か……熱いのが……はぁぁぁぁん、咲妃お姉ちゃぁぁん」

快感に目覚め始めたアヌスから沸き起こる灼熱の悦波に、金髪少女の未熟な裸身が薄桃色に上気して身悶える。

咲妃を嬲っていた時の小悪魔的な邪悪さは消し飛び、高慢な死霊使いは、未知の快感によがり泣く一人の少女となって、初体験するアナルセックスに陶酔している。

「もっと気持ちよくしてやる。うっ、動くぞ……ンッ、くぅぅんっ！」

まだまだきついヴァージンアヌスを気遣いながら、神伽の巫女はゆっくりと腰を使う。

亀頭が抜け落ちる寸前まで腰を引き、摩擦快感に強張ったアヌスが弛むのを待ってから、再び没入させてゆく。

「くはぁぁんっ！　奥ッ！　そんなに奥は、らめぇぇ！」

結腸部まで勃起を挿入されてグリグリと刺激された瑠那は、舌をもつれさせて叫びながら、咲妃の身体にすがりついてくる。

「奥を突かれると、身体中に甘く響くだろう？　ほおら、恐がらずに受け入れるんだ」

生まれて初めて体験する内臓性感に困惑する金髪少女に口づけを仕掛けつつ、咲妃は小刻みに腰を使って射精欲求を高めてゆく。

「あああぁん、お腹の中、全部気持ちいいのぉ、咲妃お姉ちゃんのオチンチンがいっぱいになってて、あはぁぁ、そこっ、そこが気持ちいいッ！」

夢見るような声を上げた金髪少女の括約筋が断続的に痙攣しながら引き絞られ、根本まで挿入した勃起をキュウキュウと締めつけてくる。

「んっ、くふぅ……瑠那の中に、射精していいかな？」

「出してぇ、アタシの中に、白くて温かいオチンチンエキス、ドクドクって、してぇ」

狭いアヌス内部をいっぱいに満たした淫ノ根の感触に陶酔した金髪少女は、可愛らしくも色っぽい声で腸内射精をねだる。

「んっ、んふぅ……。出すぞ……神の力、受け取れ！」

アナル快感に震える裸身を抱き締めた神伽の巫女は、神格のパワーを秘めた精液を小悪魔少女の腸内に解き放った。

「ひぁ、熱ッ！　あぁぁっ、イクッ、イッちゃウッ、瑠那、イッちゃうよおおおっ！　ひゃはぁぁぁぁぁ〜ンッ‼」

瑠那の上げる絶頂の声が、講堂内で繰り広げられた淫闘を締めくくった。

三日後……。

私立槐宝学園の春学祭は、何事もなかったかのように開催された。

退魔機関の特殊対策班が総出で事後処理に当たってくれたおかげで、生徒達の誰一人として、あの事件が現実であったことを覚えている者はいないようだ。

ただ、四人を除いては……。

都市伝説研究部に所属する三人の少年少女と、監視者を自認する生徒会長は、神妙な面持ちで部室に集まっていた。

「みんな、あの事件のことはこれっぽっちも覚えていないようね。まあ、私自身、いまだに半信半疑なんだけど。あれって、幻覚ガスを使ったテロだったんじゃないの？」

オカルト懐疑論者である、生徒会長の鮎子が言う。

「鮎ねえは、まだそんなこと言ってるのか？　あれは断じて幻覚ガスなんかじゃない。正真正銘の怪奇現象事件だったんだ！　まあ、それも万事解決ってことで、喜んでいいんだよ……な？」

いつも通りの口調で発言する信司。死霊に取り憑かれた生徒達の大半をほぼ単独で倒したことで、彼もすっかり自信を取り戻したようだ。

「そのとおりだ。表向きは何もなかった。それでよしとしようじゃないか」

ちょっとイタズラっぽい笑みを浮かべた咲妃は、穏やかな表情で告げる。

咲妃は、二人には内緒のうちに呪印を描き込んで、軽い精神操作を施していた。鮎子には事件に対する現実感希薄化の呪印を、信司には記憶反芻《はんすう》による自己嫌悪を抑制する呪印を刻印して、くよくよと思い悩まぬように処置ずみだ。

(関係がギクシャクしたり、余計な気を遣わせたりするのは嫌だからな。学園生活は楽しいものでなければ……)

呪詛喰らい師《カースイーター》は、平穏で、笑いに満ちた学園生活を願う。

「そういえば、あの瑠那とかいう子は、どうなっちゃったんでしょう？」

有佳は、失神状態のまま、退魔機関の連中に連行されていった瑠那・イリュージアのことを話題にする。

「瑠那はしばらくの期間身柄を拘束されて、尋問を受けることになるだろうな。幸い、死傷者は出なかったことだし、レメゲトン派のメンバーなどの背後関係も特にないようだから、能力を制限する呪具を装着されて、監視処分付きで釈放という辺りで落ち着くんじゃないかと、私は思う」

咲妃は、想定される処分について包み隠さず説明した。

「そうなんですか……咲妃さんや、学園のみんなにあんなにひどいことしたのに、意外と軽い処分なんですね？」

瑠那のことをいまだに恨んでいる有佳は、釈然としない様子だ。

「突発的に顕現した淫神も封印できたし、世界に十個しか存在しない、ソロモンの鐘の実動レプリカも私の所属する機関で押収することができた。収支で例えるなら、結構な黒字なんだ。……さて、こんなところで辛気臭く話し込んでいても仕方がない。学園祭を大いに楽しもうじゃないか！」

外から聞こえてくる音楽と喧噪に期待を募らせながら、咲妃は立ち上がった。

「賛成です。みんなで一緒に模擬店巡りしましょう」

素早く気分を切り替えた有佳は、愛くるしい笑みを浮かべ、飼い主に甘える子猫のように、咲妃の身体に擦り寄ってくる。

「こんなところで悪かったな。これでも愛着のある我が部室なんだぜ。まあ、確かに腹が減ってきたな、常磐城さんのクラスがやっているメイド喫茶で何か食おうぜ！」

　信司が、ちょっとスケべったらしい笑みを浮かべながら立ち上がる。

「信司、頼むから、そのスケべったらしい顔で女子達を見つめないでよ⁉」

「わかってるよ鮎ねえ」

「鮎ねえって呼ぶんじゃないの！　さあ、行くわよ」

　事件をきっかけとして、さらに結束を強めた四人は、学園祭で賑わう校内へと繰り出していった。

封の六　小悪魔、再び

初夏の日差しが差し込むホームルーム前の教室は、少年少女の賑やかな話し声が響き、そこかしこで笑いが弾けて、学校ならではの楽しげな喧噪に満ちている。

「咲妃さん、もうすぐ夏休みですね」

窓から吹き込んで来る朝の夏風に目を細めながら、クラス委員長を務める女子生徒、雪村有佳は隣にいる級友に話しかけた。

「そうだな。夏休みになったら、一緒に海に行こうか？」

そう言って、艶やかなロングヘアの黒髪を掻き上げ微笑んだのは、帰国子女という触れ込みで転入してきた少女、常磐城咲妃。

彼女は、呪詛喰らい師《カースイーター》の異名を持つ退魔少女だ。

有佳に憑依し、狂おしい射精欲求に悩ませていた男根型の淫神、「淫根」を咲妃が祓ったのがきっかけで、二人は女同士でありながら、恋人の関係となっていた。

「海、いいですね。久しぶりに泳ぎに行きたいです」

有佳は、小動物を思わせる愛くるしい顔に、柔和な笑みを浮かべて頷く。

「もしも時間が取れるようなら、泊まりがけで、たっぷりと愛しあおう……」

有佳の耳元に唇を寄せた咲妃は、色っぽくかすれた声で囁きかける。

「ひゅぁ……！」

咲妃にぞっこん惚れ込んでいて、放課後には一日と空けずに悦楽の行為に耽溺している少女は、たちまちのうちに耳まで真っ赤になって恥じらう。

「はーい、朝のホームルーム始めますよ。皆さん着席してくださいね～」

間延びした声を上げながら、担任の女教師が教室に入ってきた。

「今日は、皆さんに新しいクラスメイトを紹介しようと思います。海外からの留学生さんで、可愛らしい女の子ですよ～」

夏休み突入直前のサプライズに、教室内がざわめいた。

「どうぞ、入ってきてくださいな」

「ハイ。失礼します」

担任の呼びかけに可愛らしい声で応じ、留学生が入ってきた。

窓から差し込む夏の陽光に金髪がきらめき、手にしたカバンにくくりつけられた、キツネの襟巻きが、歩みにあわせてフワリと揺れる。

「ムッ⁉」

「ひゃうっ⁉　あ、あの子はッ⁉」

教室に入ってきた女子生徒を見た咲妃と有佳は、ほぼ同時に声を上げていた。

「え〜、今日から皆さんと一緒に学ぶことになった、ロシアからの留学生、瑠那・イリューージアさんです。瑠那さん、簡単でいいですから、自己紹介をお願いします」

「瑠那・イリュージアと申します。ロシアとニホンのハーフですが、海外生活が長くて、ニホンのことはよくわかりません。ふつつか者ですが、よろしくお願いします」

幼く見える年齢の割に、しっかりとした口調で挨拶をすませ、天使のごとき微笑みを浮かべたのは、春学祭を淫辱の宴に変えた、死霊使いの少女であった。


事件の記憶を消されているクラスメイト達の間からは、「うぉぉ、カワイイっ！」とか、「マジでお人形さんみたい……欲しい……」などという声が上がる。

「瑠那さんは、飛び級で入学してこられましたので、皆さんよりも年下なんですよ。色々と手助けしてあげてくださいね……」

「咲妃さん、これって、一体？」

「私も本部からは何も聞かされていないぞ。まあ、こういうことを画策するような酔狂な連中には、少なからず心当たりがあるが……」

クラスの連中に愛想笑いを振り撒いている金髪娘を見つめながら、有佳と咲妃は声を潜めて囁き交わす。

「咲妃お姉ちゃん！　お久しぶりです」

天使の笑みでクラス中を魅了し終えた金髪娘は、入室した時から目を付けていた咲妃の席に駆け寄り、飼い主と再会した子犬のように抱きついてくる。

「ああ、久しぶりだな。瑠那……後で事情を説明してもらうぞ」

砂糖菓子のような甘い香りのする、柔らかく軽い身体を反射的に抱擁した咲妃は、声を潜めて囁きかけた。

「あの子、とっきーと知りあいなの？」

「ひょっとして、帰国子女繋がりとか？　いいなぁ〜、アタシも繋がりたいなぁ〜」

好奇心を含んだクラス中の視線が、愛くるしい見かけの少女と戯れている、もう一人の転入生に集中する。

「咲妃お姉ちゃんとは、海外の学校で一緒のクラスでした。ね、お姉ちゃん？」

抱きついたまま、可愛らしく小首を傾げて声をかけてくる瑠那の目には、話の口裏をあわせてくれることを期待する光が宿っている。

「ん？　ああ、そんなこともあったかもしれないな……」

「もぉ、お姉ちゃんったら、恥ずかしがらないでよぉ。いつもこうやって抱っこして可愛がってくれたじゃないの、んふ、柔らかくて気持ちいい」

つれない返事をする咲妃に、金髪少女はなおも馴れ馴れしくまとわりつき、たわわなバストに頰を擦り寄せて甘えてくる。

「……瑠那さん、もうすぐ授業が始まりますから、着席してくださいませんか⁉」

クラス委員長を務めている有佳は、穏やかな中に、ちょっと恐い響きを帯びた口調で金髪娘をたしなめた。

「有佳のいうとおりだぞ。積もる話は後でゆっくりと聞いてやるから、今はとりあえず、自分の席に着け」

「仕方ないわね。んふッ」

呪詛喰らい師《カースイーター》の爆乳に、名残惜しげにもう一度頰ずりした金髪の転入生は、キツネの襟巻きを巻きつけたカバンを手に、指定された席に向かう。

「ふぅ……」

小さなため息をつく咲妃の横顔と、クラス中に愛想笑いを振り撒く金髪の小悪魔を交互に見つつ、有佳は何か言いたげな表情を浮かべていた。

休み時間になると同時に、咲妃と有佳は、瑠那を屋上に連れ出した。

金髪の転入生の腰では、アクセサリーとしては大きすぎるキツネのマフラーがフワリ、フワリと揺れている。

「瑠那・イリュージアさん、あなたがどうしてこの学園にやって来たのか、きっちり説明してください！」

普段の穏やかな様子とは打って変わった厳しい口調で、尋問の口火を切ったのは、有佳であった。

「そんなに喧嘩腰にならないでよ。アタシだって、低級霊の暴走から助けてもらった恩は感じているし、自分のしたことについては大反省してるのよ」

教室でクラスメイトの質問に答えていた時の、はにかんだ表情を脱ぎ捨て、本来の勝ち気な口調になった金髪少女は、有佳の剣幕に怖ける様子もなく言い返す。

「当たり前です！　咲妃さんや学園のみんなにあんなひどいことして！　わたしはまだ、怒っているんですからね！」

咲妃を心から愛している委員長は、拳を握り締め、肩を怒らせて瑠那に詰め寄る。

「ちょ、ちょっとぉ、何するつもり？」

勝ち気な金髪娘の声に、かすかな恐怖の響きが混じる。

有佳は小柄で優しげな顔立ちをした少女ではあるが、淫神の依代となっていた影響で、常人の限界をはるかに超える怪力を発揮することができる、「かんなぎ」と呼ばれる存在になっているのだ。単純な力比べなら、倍以上の体重があるレスリング選手でさえ、片手で易々とねじ伏せてしまうだろう。

「わたしが何をするかは、あなた次第です。もしかして、復讐のために、捕まっていたところから逃げ出してきたんじゃないんですか？」

「ちっ、違うわよ、退魔機関の隔離施設でずうっと尋問されてたのよ！　素直に全部答えて、態度が協力的だったから。保護観察処分だって言われてここに来たの」

屋上のフェンス際に追い詰められた瑠那の言葉にも、かんなぎの少女の猜疑心《さいぎしん》は揺らがなかった。

「あなたが素直で協力的？　悪いですけれど、全然信用できません。それに、保護観察になったとしても、どうして、よりによって咲妃さんのところに来るんですか？　厚かましいにもほどがありますよ！」

さらにズイッ、と距離を詰められ、後退したロシア娘の背中に、屋上の硬いフェンスが触れる。

「るっ、瑠那様に危害を加えることは、こっ、このボクが許しませんっ！」

いきなり、かすかに震えた変声期前の男子のような声が有佳にかけられた。

声を発しているのは、瑠那の腰にぶら下げられた、キツネのマフラーであった。

それは、金髪の繰霊術者に付き従っている使い魔で、名前はリシッツァ。

ただの毛皮マフラーのようにも見えるが、飛行能力を持っており、人間との会話はもちろんのこと、簡単な機械操作もこなせる器用な使い魔だ。

「キツネさんは黙っててください。ギュウウウウウッ、って、結んじゃいますよ」

「ヒィィ……ッ！」

恐い響きが混じった声で、有佳はリシッツァを震え上がらせる。

動物好きな彼女ではあったが、春学祭の淫宴では、陵辱試練の進行役として、数々の屈辱的な行為を咲妃に命じた使い魔に対しては、頑《かたく》なな態度で接していた。

「咲妃お姉ちゃん、この人、恐いッ！」

怯えた上げた金髪少女は、立ちふさがった有佳の腋をスルリとすり抜け、咲妃の腕にすがりつく。

「あっ、こらっ！　まだ話は終わってませんよ！」

「お願い、助けて……ロシアレメゲトン派は壊滅しちゃったし、身寄りなんて誰もいなくて、アタシ、どこにも行く当てがないんです。命の恩人の、咲妃お姉ちゃんだけが唯一の頼りなんです！」

かつて敵対した退魔少女の顔を見上げ、肩を震わせ声を搾り出す瑠那の碧眼から、透明な涙の粒が頬を伝い落ちる。

「うッ……そっ、そんな、泣かなくたって……いいじゃないですか。ずるいですよ」

涙をいっぱいにたたえた青い瞳で見つめられると、性根の優しい有佳は怒気の行き場を失って、逆にたじろいでしまう。

「もう、悪いことはしないって約束するから、どうかお側《そば》に置いてください。咲妃お姉ちゃん、お願いしますッ！」

ここぞとばかりにしおらしい声を上げた瑠那は、咲妃の胸にすがりつく。

「わかったから、もう泣くんじゃない。私は、お前を助けたのは正しい判断だったと信じているし、こうして頼ってきてくれたことも嬉しく思っているぞ」

静かな口調で告げた呪詛喰らい師《カースイーター》は、柔らかな金髪頭を

優しく撫でてやる。

「それじゃあ、お姉ちゃんのお側にいてもいいの⁉」

つい数秒前まで泣きじゃくっていた少女は、パッ！　と顔を上げて問いかける。

「ああ、構わない。槐宝学園にようこそ、瑠那」

「ありがとう、お姉ちゃん、大好きぃ♪」

再び咲妃に抱きついた金髪娘は、豊かな胸に頬ずりしながら甘えた声を上げる。

「ちょ、ちょっと咲妃さんそれでいいんですか⁉　恨んだり、怒ったりしていないんですか？　どう見ても、心から反省しているようには見えないんですけれど……」

爆乳に顔を埋めて甘えている瑠那に、嫉妬と疑念を込めた視線を浴びせながら、淫神の依り代であった少女は、同性の恋人に問いかけた。

「ああ。瑠那に対する感情のわだかまりはない。だから、有佳ももう許してやれ」

「そんなにあっさり言いきってしまわれると、何だか、わたしが嫉妬深くて意地悪い人みたいじゃないですか⁉」

今度は有佳が泣きそうな声になる。


「そんなに拗ねるな。ほら、有佳も、おいで」

苦笑を浮かべた咲妃は、左手で瑠那の髪を撫でながら、恋人関係にある級友の小柄だがメリハリの利いた肢体を右手で抱き寄せた。

「ふぁ⁉　ずるいです……咲妃さん」

驚きの声を上げながらも、淫ノ根の依り代であった少女は、強張っていた表情を和らげて、愛する人の胸に身を委ねる。

「二人とも、よく聞いてくれ」

有佳と瑠那、二人の少女の頭を爆乳に受け止めながら、神伽の巫女は穏やかな口調で語り始めた。

「恨みや怒り、憎悪や恐怖、それに拒絶といった感情は、神伽の戯を執り行なう上で、邪魔にしかならない。私は、そういう負の感情を極力抱かず、全てを許し受け入れられるよう、鍛練を積んできた」

優しく、それでいて力強い口調で告げた咲妃は、少女達の髪をそっと撫でながら言葉を続ける。

「だから、瑠那を許す。有佳を愛する気持ちも、何があっても揺るがない。私の愛は無限だぞ、二人とも、好きなだけ甘えるがいい！」

咲妃の腕の中で、有佳と瑠那の身体が、ピクンッ！　と反応する。

「あ、そうそう。瑠那、一つだけ約束してくれるか？」

「はっ、ハイ、何、お姉ちゃん？」

すっかり涙を引っ込めた金髪少女は、真面目な口調で告げた咲妃の顔を愛くるしい表情で見上げて問いかける。

「必要以上に可愛い子ぶる必要はないが、私が見ていないところでも、有佳やクラスのみんなと仲よくするんだ。見たところ、能力封印の呪具は装着していないようだが、低級霊の収集と使役も禁ずる。約束できるな？」

「うぅ、この恐い人は苦手だけど、咲妃お姉ちゃんがそう願うのなら仲よくする。低級霊も操らないって約束する」

至近距離で、爆乳の温かく柔らかな感触に陶酔している有佳を横目でジロリ、と睨みつつ、金髪の少女繰霊師、瑠那・イリュージアは素直に答える。

「それでいい。有佳も、怒りを治めてくれるな？」

「ええ。瑠那さんが悪いことをしないと誓うのなら、わたしも……仲よくしたいです」


まだ釈然としない様子ではあったが、有佳も頷いた。

「では、瑠那の件はこれでおしまいだ。授業が始まるぞ、急いで教室に戻ろう！」

快活な口調でその場を締めくくった呪詛喰らい師《カースイーター》は、まだ抱擁され足りない様子の二少女を先導して、颯爽と歩いていった。


瑠那の転入から、何事もなく数日がすぎた。

一学期の授業も、あとわずかとなった日の昼休み、昼食を終えたクラスの連中は、仲のいい者同士集まって、夏休みの計画を色々と話しあっている。

その愛くるしさで、今や学園中のアイドルとなっている金髪少女、瑠那・イリュージアは、当然のことながら咲妃達のグループに加わっていた。

「瑠那さん、そんなにくっついたら、咲妃さんが暑がりますよ」

咲妃の身体にぴったりと寄り添い、爆乳に頬ずりしている金髪の留学生を羨ましげに見ながら、有佳がやんわりとたしなめる。

「だって、お姉ちゃんのことが大好きなんだもの」

親猫に甘える子猫のように甘えた表情になった瑠那は、たわわなバストにさらに強く顔を擦り寄せた。

その温かく心地いい弾力と、全てを委ねたくなる量感を、有佳も嫌と言う程知っている魅惑の乳球が、遠慮のない頬ずりに連動してムニュムニュと揺れたわむ。

「ちょ、ちょっと、ふしだらな行為は遠慮してくださいッ！ここは学校なんですよ！」

上ずった声で注意する有佳の顔は、耳まで紅潮していた。

「何だったら、有佳も隣に来ていいんだぞ」

甘える少女の金髪を撫でてやりながら、咲妃はもう片方の乳房を強調するように持ち上げ、イタズラっぽい笑みを浮かべて恋人を誘う。

「わっ、わたしは……人目もありますから、うぅ……」

人前で甘えることを自制している有佳は、困り顔になって切なげに身をくねらせた。

「にゅふふっ、とっきー、モテモテで羨ましいですなぁ」

クラスでは宴会部長と呼ばれている女子生徒が、冷やかしの声をかけて来る。

咲妃の転入歓迎会で幹事を務めて以来、彼女も仲よしグループの一員として、話の輪に加わっていた。

「両手に花とはこのことだな。宴会部長も一度、甘えてみるか？」

「そんなこと言うと、本気で甘えちゃうぞぉ！　すりすり……ああ、とっきーのオッパイ、すっごいいい匂いがして柔らかぁい、お姉様ぁ、可愛がってぇ〜」

咲妃に抱きついた女子生徒は、瑠那の真似をして爆乳に顔を擦りつけ、うっとりとした声を上げた。

「ちょ、ちょっと、やめてくださいっ！」

さらに顔を赤らめた有佳が、間に割って入ってくる。

「おおっとぉ、とっきーの嫁に怒られちまったぜぃ！　そういえば、とっきーって、最近、急に美人になったよね？なんていうか、超エロカッコイイって感じ？」

委員長の手を逃れて素早く飛び退いた宴会部長が、あながち冗談でもなさげな表情で咲妃の顔を見つめながら言う。

「ンッ!?　そっ、そうか？　気のせいだと思うぞ……」

キリリと凛り々りしい眉をピクッ、と動かした咲妃の声は、わずかに強張っている。

「いやいや、クラスの男子連中の中にも、『最近、常磐城って可愛ぐねが？』って言ってる奴が増えてるよ」

方言混じりに言った宴会部長の言葉に、咲妃だけでなく有佳の顔も、ギクリ、と引きつる。春学祭で、瑠那が仕掛けた淫宴の結果、クラスのほぼ全員が、咲妃の母乳を口にしているのだ。

精神操作系の呪印術を極めた退魔少女が、自らの肉体に刻印している印象希薄化の呪印だけでは、彼女の真の姿を隠蔽しきれぬほど濃密な縁が形成されてしまったらしい。

（むう……。個別に対応して、印象希薄化の呪印を強化した方がよさそうだな）

心配そうに見つめてくる有佳とアイコンタクトを交わす呪印使いの少女を、この事態を招いた元凶である金髪の小悪魔は、きょとんとした表情で見つめている。

「常磐城さん、ちょっといいかな？」

宴会部長とその他数名の女子がトイレに立ち、人が少なくなったのを見計らって、都市伝説研究部の部長、岩倉信司が声をかけてきた。

彼は、咲妃がこの学園にやって来るきっかけを作った人物であり、その後も色々と淫神絡みの冒険を共にしている。

「何だ、信司か。おや、今日は新しい愛人を紹介しに来たのかな？」

都市伝説マニアの少年の背後に隠れるように立っている女子生徒を見つけた咲妃は、ニヤリ、とイタズラっぽい笑みを浮かべて問いかける。

「ちっ、違うよッ！　断じて違うッ！　妙な誤解を招くようなことは言わないでくれないか？　今日は、この人の悩みについての真面目な相談なんだから」

煽り耐性の弱い少年は、それなりに男前な顔を引きつらせながら話を切り出した。

「ああ、構わないぞ。どういう相談事かな？」

軽い口調で応じながら、呪詛喰らい師《カーススイーター》は、信司が連れてきたボーイッシュな外見の女子生徒を観察する。

（む……霊気に乱れがあるな。心身ともにずいぶん消耗してしまっている……荒淫による疲労にも似ているが……少し違うようだな）

軽い霊視を終えた咲妃の眉が小さく顰められた。

「オレにはあまり詳しく話してくれないんだが、どうも、オカルト関係の悩みらしい」

咲妃の爆乳に頬を密着させたまま、興味津々の視線を送ってくる瑠那のことを気にしつつ、都市伝説マニアの少年は言う。

「ふむ……込み入った話のようだから、二人きりで話せる場所に行こうか？」

席を立った咲妃は、信司が連れてきた女子生徒を促して教室を出て行く。

「アタシもちょっと、お話し聞いて来ちゃおうかな」

立ち上がり、後を追おうとした瑠那の動きがピタリ、と止まる。

そっと伸ばされた有佳の指が、スカートの裾を摘つまんで、好奇心旺盛な金髪娘の動きを封じていた。

「放してくれないかしら？」

「瑠那さんは、わたし達と一緒にお話してましょう、ね？」

不機嫌そうな声を上げる瑠那に、柔和な笑みを浮かべて話しかける有佳であったが、スカートの裾を軽く摘んでいるように見える指先には、万力のような力が込められていて、振りほどくことはできそうにない。

「なっ、なんでよぉ⁉ アンタだって、話の内容が気になってるんじゃないの？」

やや声を潜め、トゲのある口調で文句を言う瑠那。

「気になりますけど、話す必要があることなら、後で咲妃さんが教えてくれるはずですから、盗み聞きなんてことはしません」

「いい子ぶって……。アンタにナイショで、あの子とエッチなことするかもしれないじゃない。それでもいいの？」

強靭な指先に捕らえられたスカートを懸命に引っ張りつつ、金髪娘は喰い下がる。

「ええ。構いません」

「いっ、イインですの⁉」

あっさりと言い放った有佳の返答に、瑠那は目を丸く見開いてしまう。

「それが咲妃さんの……神伽の巫女のお仕事ですから」

驚き冷めやらぬ金髪少女に、有佳は穏やかな口調で語りかける。

「咲妃さんは、すごく強くて、優しい人です。望めばいくらでも甘えさせてくれます。きっと、瑠那さんも、いっぱい愛してもらえるでしょう」

　少しだけ嫉妬の混じった視線で瑠那を見つめつつ、咲妃を心から愛している少女は、言葉を紡ぎ出す。

「でも、甘えすぎてしまったり、自分の価値観で手助けしようとすれば、咲妃さんのお邪魔になったり、足かせになってしまうんじゃないかって、そう、思うんです」

「そりゃ、アナタは馬鹿力しか取り柄がないから……アタシは違うわ！」

　瑠那の憎まれ口を交えた反論にも、有佳の表情は変わらなかった。

「自分の無力は重々承知しています。だからわたしは、咲妃さんがお仕事を忘れて安らげる場所にいて、戻ってきたあの人が抱き寄せてくれるのを待っていようって、そう、決めたんです……」

　穏やかでありながら、しっかりとした決意を秘めた、有佳の独白であった。

「……そういう態度の方が、咲妃お姉ちゃんは喜ぶの？」

　少しだけしおらしさを増した声で、金髪娘は問いかけてくる。

「そうですね、少なくとも、嫌われはしませんよ。それって、すごく大切なことじゃないですか？　大好きな人の邪魔になっていない、迷惑をかけていない。それだけで、結構幸せを感じられるものなんですよ」

　同性愛の片想いを打ち明けた親友に嫌われ、その絶望感から淫神の依り代となってしまった過去を持つ有佳の言葉に、死霊使いの小悪魔娘も心動かされたらしく、無言のまま耳を傾けている。

「瑠那さんに、わたしと同じ考え方を強要するつもりはありませんけれど、ほんの少しだけ距離を置いて、あの人のお仕事を邪魔しないようにしてくださると嬉しいです」

「うぅ……。わかった。今回は大人しくする。アタシだって、咲妃お姉ちゃんのお邪魔にはなりたくないもの。嫌われるなんて、絶対にイヤだもの！」

　金髪娘は、子供っぽく頬をプウッと膨らませて愚痴りながらも着席する。

「わかってくれて嬉しいです。さあ、咲妃さんが戻ってくるまで、お話ししましょう」

　スカートの裾をようやく放した有佳は、満足そうな笑みを浮かべる。

しかし、瑠那のカバンにくくりつけてあったキツネの襟巻きが、いつの間にか姿を消していることに、かんなぎの少女は気付いていなかった。

「ここなら盗み聞きされる心配はない。……じゃあ、話を聞かせてもらおうかな」

屋上にやって来た咲妃は、沈鬱な表情を浮かべている少女に告白を促した。

「あの……岩倉君から聞いたんだけど、常磐城さんって、霊能者なんだって？」

（……あのムッツリスケベ、余計なことをしゃべったようだな）

信司に対して胸の内で愚痴りながらも、咲妃は頷いてみせる。

「まあ、軽い除霊や催眠術なんかもできたりする。で、どういう相談なんだ？」

「そのことなんだけど、やっぱりいいよ。もう終わったことだし、嫌な記憶は早く忘れたいから。……呼び出しちゃって、ゴメン」

怖じ気づいたのか、女子生徒は告白をためらった。

「心配するな、私を信じて、全て包み隠さず話してくれ」

立ち去ろうとする少女の手を握って声をかけながら、咲妃は指先に刻印しておいた「従順」の呪印を素早く転写する。呪印は即座に効果を現わし、緊張に強張っていた少女の身体から力が抜け、表情が弛緩した。

「さあ、話してくれ」

「……私は、部活の朝練に行くために、ちょっと早めの電車に乗ってたんだ」

促された少女は、起伏に乏しい口調で告白を始めた。

彼女は、自宅から通学している、いわゆる「家組」の生徒で、地下鉄で学園に通っているのだという。

「電車が発車して、すぐだったと思うけど、いきなり、金縛りに遭って、全然動けなくなっちゃったんだ」

夢見るような表情を浮かべた女子生徒は、抑揚のない口調で続ける。

「そうしたら、車内にいた男の人達が、寄ってたかって痴漢してきて……最初は恐くて、恥ずかしくて、でも、すぐに気持ちよくなってきて、何度も……イッちゃって、最後は気絶してしまって……」

頬を染め、身体を小さく震わせながら、ボーイッシュな少女は声を搾り出す。

「何をされたのか、思い出せる限りでいいから、詳しく教えてくれないか？」

「最初は……胸と太腿を触られて……それから……下着越しにアソコを……」

従順の呪印を転写された少女は、恥ずかしい質問をされても、ためらうことなく答える。彼女の赤裸々な告白は、色事に慣れている咲妃でさえ、身体が熱く火照り疼いてしまうほど淫靡なものであった。

数分間かけて、痴漢体験を語り終えた少女は、辱悦の記憶に小さく喘ぎながら、汗ばんだ身体を屋上のフェンスにもたれかからせた。

「なるほど。それで、気がついたら駅に着いていた？」

咲妃の問いに、半催眠状態の級友は、コクリと頷く。

「でも、ちょっとおかしいんだ」

荒くなっていた呼吸を鎮めたスポーツ少女は、額に浮いた冷や汗を手の甲で拭いながらつぶやいた。

「おかしい、と、言うと、具体的には？」

「何時間も痴漢されてたと思ったのに、スマホの時計見たら、十五分ぐらいしか経ってなくて……だけど、あれは決して夢じゃない。だって……身体中に、指の感触が残ってて、下着にも、染みが……うぅ……ッ！」

唇を噛み、涙目になって身を震わせる女子生徒の身体を、咲妃は優しく抱擁し、髪を撫でてやる。

「安心しろ。もう、大丈夫だから。……それで、ペニスの挿入は、されたのか？」

抱き締めた級友の耳元に、最も肝心な質問を投げかけた。

「いっぱい弄られたり、恥ずかしい言葉で責められたりはしたけれど、みんな、服を着たままで、色んなところを指で触るだけ」

「それは不幸中の幸いだったな。もう一つだけ質問だ。男達以外に、何か妙なものを見たり、変な音を聞いたりしなかったか？」

「音が……地下鉄のゴーッていう音が、痴漢されている間中、全然聞こえなかった気がする」

「ふむ……少し、残留神気を探らせてもらうぞ」

催眠状態に陥っている彼女の背後に回り、背が高くスリムな肢体を抱擁した呪詛喰らい師《カースイーター》は、制服のシャツ越しに貧乳気味のバストを揉みしだき、スカートの下に滑り込ませた指先を、下着の内側に滑り込ませて股間を弄る。

「ふぁ……あんッ！」

敏感な部分を同性の繊細な指に愛撫されたボーイッシュな少女は、頬を紅潮させ、表情を甘く蕩けさせて色っぽい声を上げた。屋上の金網フェンスを握り締めた指に力が込められ、喘ぐ唇の端から喜悦の涎が溢れ出て頬を伝う。

痴漢体験を告白しているうちに、濡れ疼いてしまった秘部を優しく弄られる快感に、伸びやかな美脚がガクガクと震えた。

「胸と性器の周辺に、かなり濃密な神気の残滓が感じられるな……。淫神が関与しているのは間違いないか」

少女の肉体に染みついた淫神のオーラを確認した呪詛喰らい師《カースイーター》は、小さくつぶやく。

「淫神の正体を探りたいところだが、痴漢どもの雑念が混じりすぎていて、無理だな……。とりあえず、お前を悩ませる恥辱の呪詛、全て私が祓ってやろう！」

力強く宣言した咲妃は、太腿に付けているホルダーから赤のサインペンを引き抜くと、少女のトラウマを消し去るべく、スレンダーボディに呪印を描き込み始めた。

翌日の早朝。

始発駅で発車時刻待ちをしている地下鉄車内に、常磐城咲妃の姿があった。

通勤ラッシュが始まるまで、間がある時間帯故、座席はがら空きだったが、槐宝学園の制服に身を包んだ呪詛喰らい師《カースイーター》は、吊革に掴まって立っている。

（一時的に依り代にした男どもを操って、女を辱め、喜悦の気を吸う淫神か。おそらく、時空結界生成の能力まで持っているとなると、かなりの難物だな）

信司が連れてきた少女の供述に従い、先頭から二両目の車両に乗った咲妃は、質問から得た情報を整理しつつ、発車の時を待つ。

咲妃以外の乗客は、たくましい体格をした、二十代前半の大柄な男性、高級そうなスーツに身を包んだ銀縁メガネの男性、ギターケースを持ったパンク風ファッションの若者、職業不詳のジャンパー姿の初老男など、男ばかり四人。

発車待ちの間に、車両のドアに女性にのみ有効な接近忌避の呪印を描き込んでおいたので、この客車に乗っている女性客は、咲妃一人きりだった。

発車のベルが鳴り、ドアが閉まる。

「解ッ！」

発車と同時に、呪印使いの少女は、爆乳に刻印していた「印象希薄化」の呪印を解除した。それまで、咲妃の存在に気付いていなかった男達の視線が、制服姿の美少女に集中する。

（さて……準備は万端。痴漢を操る淫神は、最高の餌である私に、どんな趣向で喰いついてくるかな？）

これから、人外の力を借りた痴漢どもを相手にしようというのに、呪詛喰らい師《カースイーター》の口元には不敵な笑みが浮かんでいる。

闇に包まれたトンネル内を走ること数十秒、次の駅との中間地点辺りにさしかかった時に、変化が起きた。

最初の異常は、音の消失だった。

地下鉄特有の、ゴーッという走行音が唐突に消え、車内を静寂が満たす。


次に、足元から悪寒にも似た感触が這い上がってきて、身体の自由が奪われた。

（身体が重い……。だが、金縛りの呪術としては、それほど強力なものではないな）

呪詛喰らい師《カースイーター》は、全身を包み込んでくるような金縛りの感触を冷静に分析している。身悶えはできるが、激しい抵抗はできず、喘ぎや小さな拒否の声は出せても、悲鳴や怒声は上げられない。

そんな、絶妙な力加減の呪縛に包まれた少女の周囲で、乗客の男達が動き出す。

「地下鉄に、意馬心猿《いばしんえん》の群る朝……。痴漢達、早速のお出ましとは、よほど女に餓えていると見える」

金縛りにも動じることなく一句詠み、不敵な笑みを浮かべた咲妃の周囲を、下卑た笑みを浮かべた痴漢どもが取り囲んだ。背後に、ひときわ体格のいいマッチョ男が立ち、左右の床に、銀縁メガネのスーツ男とパンクファッションの若者が座り込む。

「今日の獲物は、とびきりの美人ちゃんだなぁ」

吊革を掴んだまま身動きできぬ咲妃の正面に着座した中

年男は、凛とした美貌の少女を視線で犯しながら、酒とタバコの臭気が交じった息を吐きかけてきた。

「……」

金縛りに遭った少女は、無言のまま、蔑《さげす》みの視線で中年男を睨みつける。

「動けないのに全然怯えていないのは、たいした度胸だね。でも、助けは来ないよ」

淫神の加護を受けている痴漢は、ニヤリ、と好色そうな笑みを浮かべた。

「オヤジさんのいうとおりだ。オレ達が満足するまで弄りまくってイかせてやるよ！　うほぉ、このデカパイの弾力、たまんねぇ！」

背の高いマッチョ男は、制服の胸元を突き上げた爆乳を鷲掴みにして揉みこねながら、野卑な歓喜の声を上げた。

「ンッ！　くふうぅっ！」

荒々しくこね回された乳房から、信じられないほど深く強い悦波が湧き起こって、咲妃に艶めかしい呻きを漏らさせる。

（この快感……淫神の技巧が、男の手に付与されているのか？）

男の手指が、量感たっぷりな果肉にめり込んで蠢くたびに、人の愛撫ではあり得ない快感の波紋が乳房の奥底にまで染み通ってきて、ただでさえ豊かなバストが弾力を増して張り詰めてゆく。

重力に逆らうかのように、ドーム状の突出を際立たせた乳球の先端では、勃起し始めた乳首が、シャツの布地をツン！　と突き上げて、絶好の攻撃目標を見せつけてしまっていた。

「おおっ！　制服の下に、ボンデージコス着てるのか⁉　超クールじゃん！」

床に座り込んだパンクファッションの男が、深紅の革帯に緊縛された咲妃の美脚を撫で回して感嘆の声を上げる。

「お褒めにあずかり光栄だ。……お前の鼻ピアスは、全然クールじゃないいな」

内腿を執拗に撫で回されるくすぐったい感触に身じろぎしながらも、呪詛喰らい師《カースイーター》は勝ち気な口調でパンク男を挑発する。

「超美人でナイスバディなのに、きっつい性格してるなぁ。

でも、今の状況考えてしゃべった方がいいぜ……ほおら、パンティーに指が届いちまうぞ」

　滑らかな腿を這い上がったパンク男の指は、スカートの中に侵入し、腿の付け根に到達して卑猥にざわめいた。

「ん？　……おいおいマジかよ！　こいつ、パンティー穿いてねぇ！」

　くすぐったげに身を捩る咲妃の股間を弄った男は、素《す》っ頓狂《とんきょう》な声を上げる。

「おいおい、大胆な娘だな。こんな格好は、校則違反じゃないのかね？」

　制服のスカート越しに尻を撫で回していた銀縁メガネが、非難がましい口調で問いかけてくる。

「ンッ……痴漢に、校則うんぬんについて説教されたくないな」

　制服の下に、ボンデージコスのみを身にまとった少女は、あくまでも勝ち気な態度を崩さずに言い返した。

「なかなか言うじゃないか。こういう気の強い女の子を虐めてよがり泣かせるのが堪らないんだよ！」

　サディスティックな笑みを浮かべたメガネ男は、制服のスカートをずり下げた。

　深紅の革帯ボンデージに彩られた、魅惑的な下半身が男どもの視線にさらされる。

「ほおお、こいつは本格的なボンデージじゃないか。ずいぶん高級品だな……こんなにエロい格好して電車に乗っているのは、ご主人様に命令されたからなのかな？」

　咲妃の退魔装束を、ＳＭプレイの一環だと思い込んだメガネ男は、革帯を深々と咥え込んだ美尻を執拗に揉みこねながら問いかけてくる。

「ンッ……フフッ、まあ、そんなところかな……くふうぅンッ」

　尻から伝わる人外の愉悦に呻いてしまいながら、神伽の巫女は、挑発的な言動で痴漢どもを昂らせた。

「おいおいマジかよ！　こんな美人女子校生にエロ命令出すご主人様が羨ましいなぁ、今日はご主人様の代わりに、オレ達がメチャメチャにイかせまくってやるよ！」

　咲妃の言葉を鵜呑みにしたパンク男は、腿の狭間に滑り込ませた手で、薄皮一枚だけに守られた秘部を狙ってくる。

「おいおい、そうガッつくんじゃないよ。時間はたっぷりあるんだから、じっくりと楽しもうじゃないか。……お嬢ちゃん、実にいいプロポーションをしているね」

性急すぎる男どもをやんわりとなだめたリーダー格の中年男は、両手を伸ばし、制服のボタンを器用な手つきで外し始める。

ボタンが全部外れると、既に鼻息を荒げているマッチョの手でシャツの胸元が大きく掻き開かれ、スカートも半脱ぎ状態にずり下げられた。

「こいつは想像以上に色っぽい身体だな、ＳＭ衣装もすごく似合っているよ」

革帯緊縛された極上の半裸身に感嘆の声を上げた中年男は、制服半脱ぎ状態で身動きできぬ少女のボディラインを撫で上げてきた。

骨張った指が、形よく張り出した安産体型の骨盤をなぞり、細くくびれたウエストを撫でくすぐり、肋骨の数を数えるかのように、脇腹をじっくりと揉み上げてくる。

「ひぅ！　くぁ、あっ、ふぁンッ、はぁぁ……うっ！」

柔肌の内側にまで染み通ってくるような快感に、切なげに眉を寄せ、甘く湿った喘ぎを漏らす咲妃。

色白できめ細かな肌が桜色に上気し、甘く香しい汗を噴き出して、ボンデージ姿の半裸身を艶めかしく濡れ光らせた。

（この中年男の指……とてつもなく濃厚な淫神の気が宿っている。ひょっとして、こいつが依り代か？）

わずかに細められた退魔少女の目には、ボンデージコス姿の肢体を弄る中年男の手が、薄紫色のオーラに包まれて輝いているように見えている。

同様のオーラの光は、はだけられたシャツ越しに乳房を揉みしだいているマッチョや、左右の腿から尻の辺りを執拗に撫で回しているパンクとメガネの手にも宿っていたが、中年男ほどの強い光は放っていない。

「これまで弄ってきた中で、間違いなく最高の尻だ。こんなに大きくていやらしい尻なら、学校の男子達が放っておかないだろう？」

感極まった調子の声を上げたメガネ男が、プリッと張り詰めた尻たぶをくすぐるようにしながら撫で回す。左右の張り出しもさることながら、後方への突出も顕著な美尻の表面を、興奮で汗ばんだ男の手指が這い回り、量感たっぷりな尻たぶを好き放題に揉み嬲り、極上の触り心地を堪能している。

「ンッ……くふぅ……んッ」

撫で回された尻肉から、ゾクゾクするような悦波が湧き起こって、呪詛喰らい師《カースイーター》は色っぽい呻き声を上げてボンデージ緊縛された肢体をくねらせてしまう。

「どこを弄っても、感度が抜群じゃないか。このけしからん肉体を武器にして、学校中の男子生徒達を手当たり次第に喰いまくっているに違いない」

銀縁メガネをかけた男は、勝手な妄想を口走りながら、ムッチリと肉感的に盛り上がった少女の尻肉を揉みしだき、革帯を咥え込んだ尻たぶの狭間に指を滑らせる。

「さすが尻フェチの先生。じゃあ、オレは前の方を焦らしながら弄らせてもらいますよ」

太腿を撫で回していたパンクの指が、革帯一枚に守られた股間部分に触れてきた。

「このスベスベ具合、剃ってるんじゃなくって、完全脱毛？　それとも、生まれつきツルツルの天然パイパンなのか？　ああ、いい手触りだなぁ」

革帯の両側にムッチリとはみ出した土手肉を執拗に撫で回しながら、パンク男は恥ずかしい尋問を仕掛けてくる。

「ご想像にお任せする……ひゃうっ！　うぁ、んんっ！」

メリハリの利いたしなやかな肢体を好き放題に嬲られる快感に耐えながら、咲妃は痴漢達の様子を観察していた。

（こんなセクシーボディを弄り回しているのに、ペニスは勃起していないのか？）

極上の反応と触り心地を伝えてくる少女の肉体に興奮しながらも、男どもの股間には勃起の盛り上がりが見られない。痴漢の手指に神格のテクニックを貸し与えている淫神は、嬲られる女体が放つ喜悦の波動を、純粋な状態で吸引したいようだ。

（淫神の力が宿っているのは、どうやら手だけのようだな。だから、舐めたり、ペニスを擦りつけてきたりしないのか……陽の気を好まぬ淫神……ならば、このまま続けて、淫神本体との結縁を行なう機会を待つのが得策）

そう判断した神伽の巫女は、痴漢どもが与えてくる辱悦に身を委ねる。

「まさに餅肌、指にしっとりと吸いついてくるよ。いい身体してるねぇ、お嬢ちゃん」

若々しい張りに満ちた十代の素肌を堪能した中年男の指は、マッチョ男に荒々しく揉みしだかれている爆乳に向かってヌルヌルと滑り上がってくる。

あくまでも優しく、羽毛で撫でているような、微妙な距離を保ちながら、淫神の神気をまといつかせた指が、引き締まった裸身を這う。

「く……うっ……はぁぁぁう……ンッ！」

快感神経がチリチリと燃えくすぶるような悦波の塊が、指の動きに連動して脇腹をせり上がり、勝ち気な少女の顔を切なげに歪めさせた。

吊革を掴んだままの状態で固着した少女の汗ばんだ腋下に到達した中年男の指は、滑らかで敏感な肌を、ねちっこい指使いで撫でくすぐる。

「ひゃふぅっ！　んっ、ひくうっ……きゅふううんッ！」

「くすぐったいかね？　でも、それがどんどん気持ちよくなってくるはずだよ」

少女の敏感な反応に気をよくした痴漢のリーダーは、指先をサワサワと蠢かせて、腋の下の敏感肌に搔痒《そうよう》快感を送り込んでくる。

「オレ達のテクは、そこらの男どもとは桁が違うぜ。乱れまくってイッちまいな！」

爆乳を独り占めしているマッチョ男は、大きな手でも握りきれぬボリュームの肉果をこね回し、革帯の表面に浮き出た乳首のポッチを指先で掻きくすぐる。

ボンデージの下で、敏感な突起はさらに感度を増して勃起度を増し、男の指にピンッ、ピンッ、とハードに弾かれて喜悦の波紋を連続して発生させた。

「ひっ、あ、ぁぁ……そこ……そんなに強く弾くなっ！　くっ、ヒッ、はぁぁんッ！」

半裸に剥かれたカースイーターは、革帯緊縛された肢体をビクビクと震わせ、色っぽく潤んだ喘ぎを漏らして、女悦に蕩けた美貌を仰け反らせてしまう。

汗ばんだ半裸身から、甘く香しい淫臭がフワリ、と香り立ち、興奮を煽った。

「ああ、いい匂いだ、たまんねぇ！　涎が出てるじゃねぇか、舐めてやるよ」

仰け反った咲妃の爆乳をさらに強く握り締めながら、マッチョ男は頬を伝う喜悦の涎に向かって舌を伸ばす。

「こらッ！　舐めるんじゃない！　オヤシロ様がご機嫌を損ねるじゃないか！」

リーダー格の中年男が、すごい剣幕で叱りつけた。

「すっ、すいません、つい……」

怒声を浴びせられた男は、筋肉質の巨体を、ビクッ！と強張らせて謝る。

「オヤシロ様……だと!?」

「お嬢ちゃんは気にしなくていい。何も考えずに、気持ちよくなってればいいんだ。ほら、ここ、感じるだろ？」

先ほどの怒声とは一転して猫なで声になった中年男は、咲妃の腋の下を絶妙の力加減で刺激して、淫神の力を借りた愛撫を仕掛けてくる。

「ひぁ！　あっ、くふぅんんんっ！」

乳房の快感をも上回る悦波に両脇を襲われた神伽の巫女は、自由にならぬ身体を左右に捩らせてよがり悶えた。

「実にいい反応をする娘だね。どれ、そろそろイかせてあげようかね？」

満足げな笑みを浮かべた男は、爆乳を緊縛している薄皮の表面に、あからさまなポッチを浮き出させたバストの先端を、左右同時に摘んで揉み転がした。

摘んだ指の間で、これ以上ないほどに充血した乳頭が楕円形にひしゃげ、左右の捻りにあわせて、お椀型の乳球全体がプリンのように震えわななく。

「ふわぁ！　あっ、ヒッ、いっ……やっ、きついっ、んきゅううう……ンッ！」

敏感な突起を強烈な快感の矢に貫かれたボンデージボディが電気ショックを受けたかのように跳ね上がり、吊革をきつく掴んだまま左右に身を捩らせる。

マッチョ男の荒々しい愛撫と比べると、中年男の指の動きは小さなものであったが、とてつもない快感を発生させて、性感豊かな神伽の巫女は、たちまちのうちに絶頂の瀬戸際まで追い込まれてしまう。

「こんなに大きいのに垂れていないなんて、さすがに若いオッパイは違うな。直に弄って、もっといっぱい気持ちよくしてあげるよ。フヒヒヒッ！」

卑猥な含み笑いを漏らした中年男は、乳首を覆っている革帯をずらそうとするが、過剰なまでに張り詰めた乳肌に密着した薄皮は、ビクとも動かない。

「……まあいい、このままでも十分にお嬢ちゃんをアクメさせられるからね。みんな、サポートよろしく」

痴漢仲間達に声をかけたリーダーは、革帯越しの乳首責めを再開する。

「了解っス！　じゃあ、オレは内腿サワサワくすぐり攻撃しちゃうよぉ！」

パンクの指先が、汗ばんだ内腿から股間までをいやらしい指使いで撫で回す。

尻の谷間に侵入してきたメガネ男の指は、薄皮越しにアナルの蕾を触診で探り当てて、グリグリと掘り返すように責め立てていた。

「エロい顔して喘ぎやがって……お口の中も弄ってやるよ！」

熱い喘ぎを漏らす唇にまで、マッチョ男の太い指が這わされ、口腔内にも侵入してきて、喜悦の涎に濡れた舌を摘まんで荒々しく弄ぶ。

「ふぁ、あふぅ……ンッ、くちゅ……くちゅるっ……」

神の技巧に翻弄された呪詛喰らい師《カースイーター》は、塩辛い指に口腔内を掻き回され、柔らかな舌を摘み嬲られて、恍惚の表情を浮かべる。

「ホント、堪んねぇ身体だな。オレ達なしじゃいられないようにしてやるよ！」

咲妃が見せる、艶めかしい反応に昂った痴漢どもは、淫神の技巧を付加された指で全身の性感帯を弄り回した。

「ひぐっ、いっ、ヒッ、はぁぁ……んはぁ……ンッ！」

少女の身体は、津波のように押し寄せる悦波に抗えず、切れ切れのすすり泣きを漏らして快感の沸点へと追い込まれてゆく。

「最初は、このでっかいオッパイをイかせてあげるよ」

中年男の指は、痛いほどに勃起した乳首を張り詰めた乳肉の内側に押し込みながら、卑猥な屈伸を開始した。

それはまるで、たわわな乳房を女性器に見立てたピストン運動だ。

強引に押し込まれた勃起乳頭が乳肉深くにまで埋め込まれると、乳房の芯を痛悦感の稲妻が貫き、荒々しい乳辱ストロークに連動して、爆乳がタプタプと揺れ弾む。

ギチュ、ギシュッ、ギチッ……革帯ボンデージの軋む音

を立てながら、乳首と乳肉が指ピストンで犯され、甘く裏返った少女の喘ぎ声が、地下鉄車内に響いた。

「そおら、これでイッちまいな！」

ぎちゅううっ！　ぐりいいいいっ！

ひときわ深く押し込まれた勃起乳首が、乳肉の奥底で激しいヴァイブレーションに責め立てられ、高まりきっていた快感曲線を、一気に沸点にまで押し上げる。

「あひいっ！　いっ！　くはぁぁぁ……ふぁ、あぁぁぁぁぁ～んっ！」

咲妃は乳房への愛撫だけで、最初の絶頂へと舞い上がっていた。

マッチョ男の腕の中で、メリハリの利いたボンデージボディが跳ね上がり、女悦の頂点に火照った柔肌が、甘い淫臭を放つ汗を噴き出してグッショリと濡れ光る。

「さすがはオヤジさん！　オッパイ責めだけでイかせちまったぜ」

爆乳絶頂の余韻にビクビクと震えている咲妃の内腿を撫で回し、爪を立ててくすぐって責め立てながら、パンク男が感嘆の声を上げげた。

「オヤシロ様が授けてくださった力のおかげだよ……おお！　この娘、すごいね。こんなに濃い絶頂の気は初めてだよ！」

顔を仰け反らせてエクスタシーに震える咲妃の爆乳に指を喰い込ませたまま、中年男は驚きの声を上げげた。

「オレにもわかりますよ。この女の身体から、熱いのがどんどん指に流れ込んでくる」

咲妃の身体を抱きかかえて支えているマッチョ男も、心地よさげに目を閉じて、手指から流れ込んでくるエクスタシーの波動に酔いしれている。

少女が放つ絶頂の波動は、男達の手を通じて、どこかにいる淫神の本体へと送り込まれているようだ。咲妃のエクスタシー痙攣は、数分間にわたって続いた。

「どうだい？　人生最高の絶頂だっただろう？」

マッチョの腕の中で、グッタリと弛緩して喘いでいるボンデージ少女に、痴漢のリーダーは勝ち誇った声をかけてくる。

(乳首責めだけで、これほど深くイかされるのは、これが初めての経験だな……)

言い様のない悔しさを感じながらも、神伽の巫女の口元には、してやったりという笑みが浮かんでいる。

(淫神との結縁は一応、成功した。だが、神の本体が顕現しない限り、神伽の戯は行えない。あまり気乗りはしないが、さらに多く、絶頂の気を送らないとダメか……)

「ハァハァハァハァ……もっと……」

色っぽい喘ぎの合間に、咲妃は小さくかすれた声を搾り出す。

「ん？　何だって？　よく聞こえなかったな」

「もっと……気持ちよく、してくれないか……身体が、熱く疼いて堪らないんだ」

神伽の巫女は、汗ばみ紅潮した美貌に淫靡な表情を浮かべ、男の淫情を沸き立たせる甘く潤んだ声で、愛撫の続行をおねだりした。

「もちろんだよ。何十回でもイかせてあげるよ！　オジサン達の愛撫はすごいだろう？」

「今日だけじゃないぜ。これから毎日、可愛がってやるから、今日と同じ時間に地下鉄に乗るんだぞ、いいな!?」

呪詛喰らい師《カースイーター》の極上ボディの虜になった痴漢達は、汗ばんだ柔肌への愛撫を再開する。

「きゃっ！　何するのよ！　放しなさいッ！」

喘ぎ始めた呪詛喰らい師《カースイーター》の耳に、甲高い少女の叫び声が飛び込んできた。

「おい、見ろよ！　こんなところに、女の子が隠れていたぞ！　うひょぉ！　金髪じゃん。すっげぇ可愛いねぇ」

一休みしていたパンクが、少し離れた座席の陰に身を潜ませていた小柄な身体を脇に抱きかかえて引っ張り出す。

「瑠那!?　なぜ、付いてきた？」

パンクに抱きかかえられて力なくもがいているのは、死霊使いの金髪娘、瑠那・イリュージアであった。

「ふぁ、だっ、だって、リシッツァが盗み聞きしてきた話を聞いてたら、気になって仕方がなかったんだもん！　ひゃんッ！　……こらぁ！　お尻触るなぁッ！」

咲妃と同じく、軽い金縛り状態に陥っている少女は、パンク男に抱きかかえられた小柄で華奢な身体をくねらせて声を上げる。

「同じ制服ってことは、お嬢ちゃんのお知りあいかい？もしかして、この子がご主人様なのかな？」

咲妃の尻を執拗に愛撫しながら、妄想好きらしいメガネ男が、淫らな期待に満ちた笑みを浮かべて問いかけてくる。

「ああ、そのとおりだ。その子が、私にこんな格好をさせて痴漢列車に送り込んだご主人様だ……外見は子供でも、中身は小悪魔だぞ」

色っぽい口調で告げた咲妃は、瑠那に目配せしてみせる。

「そっ、そうよ！　アタシの牝奴隷が、下劣な痴漢どもにいやらしく責められて乱れ狂うのを見たくって、隠れていたのよ！」

咲妃の意思を察した死霊使いの少女は、口裏をあわせ、勝ち気な口調で言い放った。

「すげぇ、年上の爆乳美少女を牝奴隷にする金髪ロリッ子小悪魔なんて、最高にインモラルでエロエロじゃん！　ご主人様と牝奴隷、二人まとめて可愛がってやるよ」

「ふやぁ、可愛がるのはお姉ちゃん……じゃなかった、牝奴隷だけにしなさいっ！　ダメだって言ってるでしょ！　ああやぁ……やめなさいよッ！　あひっ、ひゃんっ！　あぁぁんッ！　やだぁぁぁ～ッ！」

甲高い声で抗う瑠那の華奢な肢体を、興奮したパンク男の指が無遠慮に這い回る。

ほとんど隆起していない薄い胸板が、制服のシャツ越しにグニグニと揉まれ、スカートをまくり上げた手が、まだまだ子供っぽさを残した尻を鷲掴みにしてこね回した。

「ちっちゃくて可愛いねぇ。オレ、ロリ属性ないと思ってたけど、今日から目覚めるわ。ああ、この子の身体、ミルクキャラメルみたいな、甘くていい匂いがする」

「目覚めなくっていいわよッ！　きゃふっ！　そこッ、らめぇぇ……！」

座席に腰を下ろし、瑠那の小柄な身体を膝に抱き上げたパンクは、金髪の匂いを嗅ぎながら、ショーツ越しに秘裂を弄り、はだけさせたシャツの内側に手を滑り込ませて、小粒ながらもツンと尖り勃った乳首を直に摘んで弄り回す。

「ひぁ！　やぁぁ、どうしてこんなに感じてヒッ、いっ、んきゅうぅぅぅンッ！」

「ちっちゃい乳首もコリコリになってるし、可愛いオマンコがもう濡れてきた、ひょっとして、イッちゃうのかな？　我慢せずにイッっちゃっていいよ、子猫ちゃん♪」

あからさまな濡れ染みのできた股布部分を指先で緩急交

えて穿りながら、パンク男は猫なで声で言葉責めを仕掛ける。

「ひぐっ！　イッ、ヒッ、やんっ！　あ、あぁぁ……ふぁ……あぁぁぁ……やはぁぁん……ッ！」

淫神の力を秘めた愛撫を受けた金髪娘は、男の腕の中で、ビクッ、ビクンッ、と華奢な肢体を跳ねさせ、早くも陥落寸前のようだ。

「おい、その子は関係ないだろう？　やめさせろ！」

「あとちょっとでイクから、ロリ小悪魔なご主人様がイクとこ、そこで見ててよ」

咲妃の制止の声を無視して、パンク男は金髪少女の未成熟なワレメをショーツ越しになぞり上げ、肉唇の奥に隠れたクリトリスを摘んで小刻みに震わせる。

「ひゃあぁぁんッ！　やっ、あっ、きゅふぁぁ～ンッ!!」

甲高く引きつった声を上げ、男の膝の上で、キュウッ、と身を丸めた瑠那の小さな身体が、屈辱的な絶頂の震えに包まれた。

「おほぉ。イッたイッた……んん……そっちの牝奴隷ちゃんほど、気が濃くないなぁ……でも、金髪ロリッ子がアクメする顔が、超エロ可愛いからＯＫっス！」

「はぁはぁはぁ……もう、嫌ァ……放してぇ」

調子に乗ったパンク男は、泣き顔になって哀願する金髪少女の小さく未成熟な身体をなおも弄り回し、敏感な反応を楽しんでいる。

「待ってくれ！　瑠那の……ご主人様の代わりに、私が責めを受ける。どんなことでもする！　……だから、ご主人様の見ている前で、もっと私を辱めてくれ！」

精いっぱいの媚態を見せつけながら、ボンデージ姿の美少女は申し出た。

「おほぉぉ！　ご主人様を守るために身を捧げて奉仕するＳＭ牝奴隷……すげえ燃えるシチュだぜ！　オヤジさん、どうします？」

ショーツの内部に侵入した指に、秘裂とアヌスを弄られて悶え泣いている瑠那の痴態を眺めつつ、マッチョが中年男に指示を求める。

「この爆乳娘がイッた時に出す気は、他の女どもとは桁違いだ。オヤシロ様は、この黒髪の娘の気をもっと欲しがってらっしゃる。その金髪娘にかかずってる暇はないよ」

「ええっ、この金髪ロリッ子も、なかなかいい感じっスよ。オレが担当しますから、このままやらせてくださいよ」

　中年男の決定に、パンク男は反論する。

「ダメだよ。二人の気が混じりあって濁ったら、オヤシロ様がお怒りになる」

　チッ、と未練がましく舌打ちしたパンク男は、二度目の絶頂寸前まで追い込んでいた瑠那の身体を座席に寝かせ、咲妃のところに戻って来た。

「爆乳姉ちゃん、お願い聞いてやったんだから、さっきよりサービスしてくれるんだろうな？」

「ああ。この革帯もずらして、乳首や股間も直に触らせてやるぞ……解ッ！」

　悩ましげな表情を浮かべながら言った神伽の巫女は、深紅の革帯ボンデージ型退魔装束の封印を解除した。

「そいつは嬉しいぜ。では、早速……おお、革バンドが緩んでるぞ」

　パンク男は、乳首を守り続けていた革帯に指先を引っかけてずり下げる。

　散々揉みこねられて紅潮し、汗に濡れて張り詰めた乳球の側面を深紅の革帯が滑り、隠されていた勃起乳頭が、ピンッ！　と跳ねながらあらわになった。

「出たぞ……すげえエロい乳首してるじゃねえの」

　薄紅色に充血して勃起を際立たせた乳頭と、ふっくらと盛り上がった乳輪の艶姿に、痴漢どもがゴクリと生唾を飲み込み、どよめいた。

「下も……ずらすぞ」

　興奮に震えるメガネ男の指が、股間と尻に喰い込んでいた革帯を引っ張り、秘められていた部分が剥き出しになる。

「オマンコがもっとよく見えるように、大股開きでシートに座らせよう」

　中年男の指示で、吊革を掴んだまま金縛りになっていた呪詛喰らい師《カースイーター》の身体は、座席に移された。M字開脚で座らされた少女の股間は、秘裂はもちろんのこと、最も恥ずかしいアヌスの蕾までもが丸見えの状態だ。

「そおれ、ナイスバディ美少女のオマンコご開帳〜♪」

　男達の指で肉厚で無毛の大陰唇が左右にパックリと割り開かれ、薄紅色に充血した膣前庭をあらわにされた。

「おおおっ！　白人女みたいなフレッシュピンクのオマン

コだぁ！　もう、濡れ濡れじゃねえか。くううっ、すげぇエロいラブジュースの匂いがするぜぇ！」

マッチョ男は、荒い鼻息を秘部に吐きかけながら、下卑たヤジを飛ばす。

「美しい……これほどまでに完璧な形状をした女性器は、今まで見たことがない」

高級スーツ姿のメガネ男は、レンズの奥で、興奮に血走った目を見開いて咲妃の陰部を観察しながら、感嘆の声を上げた。

「来た来た！　先生のエロソムリエ解説が始まったぜ」

パンク男がニヤニヤしながら告げる。

「薄く繊細な小陰唇は、完全に左右対称で、色素沈着もない。恥垢の付着もまったく見られず、膣口の粘膜組織も咲き誇る前のバラの蕾のように清らかで美しい」

痴漢仲間の冷やかしにも動じることなく、先生と呼ばれたメガネ男は、まるで解剖所見でも述べるかのような口調で詩的な表現を交えたエロ解説を続ける。

「しかし、アヌスは、それにも増して芸術的な美しさだ！　慎ましやかにすぼまり、閉じあわされた菊座の形、色素沈着のほとんどない薄紅色のたたずまい……これぞ美の神の造形による究極のアヌス……あぁ、素晴らしい！」

歯の浮くような賛美の言葉を並べ立てたメガネ男は、最も恥ずかしい秘め穴に、淫神の技巧を宿した指を這わせてくる。

「く……ンッ、ふぁ……んくうぅ……ッ！」

指紋のざらつきが繊細な小皺を掻きくすぐり、敏感に反応した肛門括約筋が、キュッ、キュッ、と制御不能の収縮を起こす。

「愛液の分泌量が増えたね。どうやらアヌスが弱点らしい。ああ、肛門括約筋のプルプルした指触りと、この恥ずかしげな収縮運動が堪らないよ！」

「ヒヒヒッ、先生はアナルフェチだからな。徹底的に穿られるぜ。さて、ケツ穴弄りは先生に任せるとして、オレはこっちをたーっぷりと可愛がってやるよ」

パンク男は、アナル責めに連動してヒクついている秘裂に指を這わせる。

剥き身のゆで玉子のように、ツルリと滑らかな大陰唇を撫で、バラの花弁のような小陰唇をなぞり上げ、性器全体を手のひらで包み込んで激しく揉み上げて摩擦する。

「ひぁ、あっ、ンッ、あ……ひゃうっ！　ンッ、あんッ！　そっ、そんなに揉むんじゃ……あぁぁンッ！」

湧き出した愛液がこね回される、クチュクチュという恥ずかしい粘着音と、少女の上げる上ずった喘ぎ声が入り交じり、車内に淫らなハーモニーを響かせた。

「このままイかせてしまおう。ボクは、アヌスをもっと愛してあげるよ」

「了解っス！　プニプニオマンコの感触、たまんねぇ！」

性器を嬲る手指の動きと、蜜鳴りの音が激しさを増し、鋭敏なアナルの蕾に、先生と呼ばれた男の中指がゆっくりと潜り込んでくる。

「はぁうんっ！　あひッ、イッ、あっ、くふうぅんッ！」

肛門括約筋の締めつけを楽しみながら、根本まで挿入された指は、滑らかで弾力に富んだ直腸粘膜を撫で回し、関節を屈伸させて、排泄快感と表裏一体になった妖しい愉悦でボンデージ緊縛のダイナミックな裸身を悶えさせた。

「ああ、括約筋の締まり、内部の熱さと潤い、直腸壁の弾力。どれを取っても、最高だよ！　これは、神の創りたもうた究極のアナルだ！」

恥ずかしいセリフを芝居がかった口調で叫んだ「先生」は、根本までアヌスに咥え込ませた指を左右に捻り、放射状の小皺が淫靡に捩れる様をウットリと見つめている。

「マン汁の量がまた増えたぜ。ケツマンコがすげえ感じるみたいですよ、先生」

性器を揉み責めていたパンク男が、クチュクチュという蜜鳴りの音をリズミカルに立てながら興奮した声を上げる。

「ああ。もう一本、行くよ。アヌスの粘膜壁越しに、ヴァギナを掻いてあげよう」

二本目の指が、きついアヌスをこじ開けて侵入し、小刻みなピストンを開始した。

「ひゃふううんっ！　なかっ、かっ、掻かれてるッ！　んっ、くぁ、あ、あ、はぁぁぁぁうんっ！」

軽く曲げられた指が直腸壁を甘掻きして、薄壁一枚隔てた膣をも刺激する。外性器をパンク男の指にムニュムニュとこね回され、熱く潤んだ膣壁をアヌス越しに責められた咲妃は、シートにM字開脚で座らされた屈辱的な姿勢のまま背筋を仰け反らせる。

「そおら、イッちまいなっ！」

ヴァギナを揉み嬲る手のひらと、アヌスを掘り返す指の動きが一気に加速した。

「ひあぁぁんっ！　イクッ、イク……んきゅうぅぅぅぅぅ～ンンッ!!」

高く裏返った絶頂の叫びが、淫蜜の香気に満たされた車内の空気を震わせ、M字開脚状態のボンデージボディがビクンッ！　ビクンッ！　と断続的に跳ねる。

膣口から噴き出た愛液は、秘部を覆った男の手をネットリと濡らし、ヌチャヌチャという卑猥な摩擦音を静寂に支配された地下鉄車内に響かせた。

「ハァハァハァハァ……あ、はぁぁ……ッ」

「いいイキっぷり！　さあて、いよいよオマンコの奥まで弄っちゃうよぉ」

絶頂の余韻冷めやらず喘ぐ咲妃の股間に指をあてがったパンク男は、愛液の源泉である膣口奥深くに挿入しようと、ヌチュッ、と、力を込めてくる。

「ん？　な、なんだぁ!?　指がすっげぇ力で押し返されるぞ!?」

パンク男は、焦れた口調で言いながら、膣口を弄る指先に力を込めるが、挿入拒絶の結界に守られた入口は、不躾な指の侵入を断固として許さない。

「そこはダメだって、オヤシロ様がおっしゃってるよ」

淫神と最も強くリンクしている中年男が、パンク男を制した。

「そろそろ、ワシの指でイかせてやろうかね。こっちの穴の方が、感じるんだろう？」

最も強い神気を宿した中年男の節くれ立った指が、絶頂の余韻にむず痒く疼くアヌスにあてがわれ、ヌプッ、と侵入してきた。

「ヒイイイイいんっ！　あっ、ふぁ！　お尻ッ！　燃える……ンンンッ！」

アナル好きな「先生」の愛撫をさらに上回る超快感に尻穴を貫かれた咲妃は、挿入された指をきつく締めつけながら、連続絶頂の崖っぷちまで追い込まれてしまう。

「そおら、ちょっと荒っぽくイクぞぉ！」

尻穴に挿入した二本指をグイッ！　と引き上げた中年男は、アクメに震える少女の身体を車両の床に這わせ、ムッチリと肉付きのいい逆ハート形の美尻が悶えるのを観賞しつつ、さらに指をねじ込み、激しいピストンで呪詛喰らい師《カースイーター》の半裸身を揺すり立てた。

「あぁぁんっ！　あッ、ヒッ、はぁぁうんっ！　そこぉ、そんなに擦ったら……また、イくっ、やぁぁっ、イクッ！　くわぁぁうんっ！」

時空結界に包まれた地下鉄車内に、悩ましげに裏返った恥悦の声が響く。

神伽の巫女は、床の上に四つんばいになり、尻を高々と突き上げた体位で、中年男の指にアヌスを犯されて悶え狂わされた。

徹底的に責め立てられて解きほぐされたアヌスには、骨張った指が四本も挿入され、直腸壁を隅々まで掻きくすぐって、背徳の快感を送り込んでくる。

「どうだい？　先生の指テクにも負けてないだろう？　この、奥の方のこの辺り、コリコリされると効くだろう？　おおっ！　効いてる効いてる♪」

軽く曲げられた指先が、直腸壁越しに子宮口を掻きくすぐって、深く強いポルチオ性感を発生させ、神伽の巫女の意識を女悦で真っ白に染め上げた。

「ふあぁぁッ！　イッ、イクッイクイクウウウ〜ッ!!」

何度目ともわからぬ絶頂の声を上げながら、咲妃はアナルエクスタシーの大波に呑み込まれる。一方通行の結界に守られた膣口から、白濁した愛液が噴出して床に弾けた。

「いいイキっぷりだねぇ。濃い精気を吸えて、オヤシロ様もお喜びだ」

肉悦に打ち震える少女の尻穴からアナルの愛液に濡れそぼった指を抜いた中年男は、痴漢達を守護している淫神への感謝を口にする。

「マジで、オヤシロ様には感謝してるっス。痴漢はやり放題だし、ギターテクは信じられないほど上がったし、いいことずくめっスよ」

パンク男は、ギターに見立てた咲妃の背中から尻のラインを、弦を爪弾くように愛撫しながら相づちを打った。

「ふぁ、あ、はぁぁぁん……」

脊椎を駆け抜ける掻痒混じりの悦波に、汗ばんだ美貌を蕩けさせた咲妃は、さらに濃厚な愛撫をおねだりするかのように、ボリュームたっぷりの尻をくねらせる。

（……もう少しで、淫神が顕現するはず……それまで、意識を保たないと……）

絶頂のたびに飛んでしまいそうになる意識を必死に繋ぎ止めながら、神伽の巫女は淫神本体の出現を待っている。

淫神の餓えが満たされてゆくに従い、男達の手にまとわりついた薄紫色のオーラは、加速度的に濃さを増していた。

それに伴って、愛撫の快感もさらに強烈になっていて、快感に対する耐性がずば抜けている呪詛喰らい師《カースイーター》でさえ、理性を失って肉欲に溺れてしまいそうだ。

「お？　なっ、何だ？　手が……熱いッ！　焼けるッ、焼けちまうッ！」

咲妃の尻を撫で回しながら、次の手管を考えていた中年男が、いきなり苦しみ始めた。

「熱いッ！　熱いぃぃぃッ！　オヤシロ様、何怒ってるんすかぁ!?」

他の痴漢連中も、紫色の光に包まれた手を激しく振ったり、着衣に擦りつけたりして、パニック状態に陥っている。

パシイイインッ！　ビシッ、ビシャンッ！　パシイッ、パアアンンッ！

鋭い打撃音のような音が、車内に連続して響き渡った。

「神鳴り……ようやく顕現するか!?」

床に突っ伏していた咲妃が上体を起こした瞬間。

ピシャアァァァァァァーンッ!!

まるで落雷のような音を立てて、地下鉄の車内に光の柱が出現した。

濃密な神気に当てられた痴漢達は、瞬時に意識を失って昏倒する。

彼らよりもはるかに霊気に強いはずの瑠那でさえ、失神状態に陥ってしまうほどの、圧倒的な神気であった。

光の柱が消えると、そこには異様な姿をした淫神が顕現していた。

「こいつは……。石像が神格を宿したもの……古代の豊穣神か？」

神伽の巫女は、絶頂に痺れた裸身を起こし、床に正座して淫神と向きあう。

陽炎のように揺らぐ青紫色のオーラに包まれた淫神は、黒光りする石像のような姿をしていた。高さは二メートル弱。それ自体が人のペニスを模した像の全身には、渦巻き状の紋様が刻印されており、先端が人の手の形状をした、紫色のオーラ状の触手が八本、タコの足のように伸び出て宙でくねっている。

「ようやく見舞えました。古き神よ。我が身にて、伽をさせていただきます」

連続絶頂で思うように力の入らぬ身体を引きずるようにして、神伽の巫女は異形の神ににじり寄ってゆく。石のように硬く、冷たいのに、蛇のように柔軟な感触を伝えてくる神気の触手が、退魔装束姿の肢体に絡みついて愛撫を仕掛けてきた。

身体のそこかしこが撫で回され、揉まれ、あらわになった勃起乳首をグリグリと転がされる。股間に滑り込んできた神の手が、濡れそぼった秘裂を弄り、痛いほどに勃起したクリトリスを絶妙の力加減で摘み揉んできた。

「ふぁ、はぁぁぅンッ！　いきなりそんなっ！　ひぁ、イッ……イク……んんッ」

先ほどまで受けていた痴漢行為をはるかに上回る快感に、神伽の巫女は艶めかしく裏返った声を車内に響かせて、抗いようのない絶頂へと舞い上がる。

「ああ、神よ……何卒、伽を……」

エクスタシーの痙攣を起こしながらも、神伽の巫女は男根型の石像に抱きつき、メリハリの利いたボンデージ裸身を情熱的に擦りつけた。

たわわな乳球が、冷たい石柱に押しつけられてひしゃげ、熱く火照った汗まみれの素肌が、黒光りする表面に密着して、ヌチュヌチュという淫音を立てる。

ゴゴゴッ……ゴリッ！

全身を駆使した懇願が功を奏したのか、咲妃の股間と同じ高さに位置していた渦巻き紋様の中央が盛り上がり、石でできた男根が伸び出てきた。

長さ、太さともにたくましく、亀頭冠の張り出しも勇壮な石男根は、咲妃の身体を愛撫している腕と同じく、紫色のオーラに包まれて脈動している。

「あはぁぁ……神伽の戯、参ります」

嬉しげな声を上げた神伽の巫女は、蛇のように鎌首をもたげた石男根を、淫靡に収縮するアヌスの蕾にあてがい、ゆっくりと腰を沈めていった。

ぐぷっ……ぬぷぷぅっ！　ずぷううううっ！

「んぁ……硬い……それに、熱い……はうんっ……んんんんッ！」

　石の亀頭がアヌスの蕾を割り開いて侵入してきただけで、既に軽いエクスタシーを覚えてしまいながら、神伽の巫女は大きく息を吐き出し、さらに奥へと男根を迎え入れる。痴漢達の執拗な指愛撫で蕩けた直腸粘膜を、雄々しく張り出した石の亀頭冠で拡張し、掻き擦りつつ、淫神の男根は根本まで呑み込まれた。

「ふぁ、くうンンンンッ！」

　後ろの門をピッチリと満たした石ペニスの感触に甘い喘ぎを漏らしつつ、神伽の巫女は量感たっぷりの尻を振りたくって奉仕を開始する。肛門括約筋を締めつけながら、豊かな尻を上下させると、淫神のオーラと共に堪らぬ充足感が尻穴を満たし、恍惚の声が止められない。

「ふぁ、あっ、ああ、見える……感じる……神の……記憶が！　くううっ……んんッ！」

　神気と同調した呪詛喰らい師《カースイーター》の意識に、淫神の記憶が、断片的に流れ込んできた。

　はるか太古の森の中、全裸の女が、石像の股間からそそり勃つ男根を膣奥深くまで咥え込み、歓喜の声を上げて尻をくねらせている。

　黒髪を長く伸ばした、野性的な美貌の女であった。色白で豊満な裸身には、赤い染料を使って、渦巻き状の紋様を主体としたボディペイントが施されている。

　彼女は古代の巫女、シャーマン的な立場の者なのだろう。女悦に陶酔した表情で石男根を貪る女の周囲には、木彫りの仮面を着けた男達が群がり、官能の汗に濡れ光った女の裸身を寄ってたかって愛撫していた。石男根を貪る上下動のたびに、プルプルと揺れ弾む乳房が揉みこねられ、硬くしこり勃った乳首が摘み嬲られる。

　ムッチリと張り詰めた尻に添えられた手は、女の上下動をサポートしながら、尻肉を揉み立て、アヌスの蕾に指を深々と挿入して、さらなる快感を送り込んでいた。

　ひときわ甲高い声を上げた女の身体が弓なりに仰け反り、エクスタシーの痙攣に包まれる。沸き返った男達は、女悦の極みに舞い上がって波打つ裸身を受け止め、汗まみれになった柔肌を撫で回して、愉悦に色を添えた。

　それは、狩猟採集民族が豊穣を祈願する、原始的でエロチックな儀式であった。

ほんの数十秒のうちに、そんな光景が、咲妃の脳内に数えきれぬほどの回数、展開される。神伽の巫女としての修練を受けていない者ならば、瞬時に精神崩壊してしまうほどの、圧倒的な情報の洪水であった。

（古代の儀式によって神格を得て、その存在の原初から淫神として顕現した神……これは、手強いな……）

絶え間ない絶頂感に翻弄されながら、神伽の巫女は思う。

やがて、記憶の洪水は終わり、祀る者を失ってうち捨てられた淫神の激しい飢餓感が、濁流のように咲妃の意識に流れ込んできた。

数千年ぶりに極上の供物にありついた淫神は、八本の手と、石の剛直を駆使して、神伽の巫女の肉体から女悦の波動を搾り尽くそうとしている。

乳房が極上の指使いで揉みこねられ、勃起乳首を摘んでクリクリと転がされる。

挿入を拒む結界が張られた秘裂の周囲を光る指が這い回り、陰唇を摘みなぞり、勃起したクリトリスの包皮を根本まで剥き上げて、緩急つけて扱き嬲る。

石柱に絡みついた美脚が、爪先から腿の付け根まで、丹念な指使いでくすぐられ、喘ぐ唇やうなじ、紅潮した耳にまで、優しく、それでいて深く執拗な愛撫が施された。

「くはぁぅ……ンッ……私とて神伽の巫女を名乗る者！　古代の豊穣神を餓えさせている肉欲の呪詛、残らず喰らい、鎮めてみせよう！」

数千年の時を経て、豊穣神を鎮め奉る淫らにして神聖なる儀式が再現された。

超絶の愛撫に身を委ねながらも、神伽の巫女は腰をグラインドさせ、直腸壁を妖しくざわめかせて、神の男根に精液の放出をねだる。

ビクッ、ビクビクンッ！　ドクンッ！　尻穴の奥で、石男根が脈動した。

無機物であるはずの石男根が、咲妃のアヌス内部に射精しようとしているのだ。

「そっ、そうだ！　溜め込まれた全ての呪詛を、くぁ、んんんっ！　わっ、私の中に……きゅふうんッ……吐き出しませいッ！」

超絶の快感に耐えながら、神伽の巫女は淫らな尻振りの速度を上げる。

ぬちっぬちっ、ぬちゅっぬちゅっ、くちゅるっ……。

石男根にピッチリと密着した直腸粘膜が、生々しい注挿音を立ててまくれ返り、腹膜の奥まで突き上げてくる衝撃で、汗まみれのボンデージ裸身がくねり、痙攣する。

深紅の革帯ボンデージに包まれた、色白な裸身の痙攣は、黒光りする石像にも伝わり、その振動は、咲妃のアヌスを貫いた石男根の根本に収束されてゆく。

ビクンッ、びくびくびくんっ！　どくどくどっぷうううっ！　どぷううっ、びゅうっ、びゅうっ、びゅるっ、どぷっ、どぴゅるるっ、どくどくどくどくどくんっ！

尻穴の奥で、淫神の射精が始まった。

絶頂に震える直腸内に怒濤の勢いで放出されているのは、いつとも知れぬ古代の儀式によって溜め込まれた膨大な淫気が、精液状の粘液に変じたものだった。

肛門を深々と抉った石男根が力強く脈動するたびに、冷たく、粘りの強い淫神の精液が、神伽の巫女の腸内にぶちまけられ、新たな絶頂の波紋を生む。

「はぁぁぁぁぁッ！　出て……る……あ、イクッ……私も……んはぁぁぁぁぁンッ！」

尻穴の奥に、灼熱の神液が迸るのに連動して、しなやかな女体が熱い絶頂潮噴きを石像に浴びせかけながら、歓喜の痙攣に包まれた。長々と射精を続けているうちに、石像型淫神の黒光りする石肌が次第に透き通り、その姿が薄れてゆく。

数分後、ほとんど輪郭だけを残して靄状となった豊穣神は、膝立ちの姿勢で天を仰いだまま、法悦の表情を浮かべている咲妃の体内に吸い込まれ、完全に消失した。

「神体、招迎……」

古代の淫神を体内に封じ終えた咲妃は、精根尽き果てた様子で、床の上にグッタリと倒れ込んだ。

「……咲妃お姉ちゃん！　しっかりして！」

金縛りが解け、失神から目覚めた瑠那が駆け寄ってくる。

「瑠那、すまないが、服を着るのを手伝ってくれ。時空結界は、あと数分で解ける。私のこの姿を一般人が見たら、どんな聖人君子でも痴漢に変貌してしまうからな……」

神伽の巫女は、爆乳だけでなく、性器や肛門もあらわな姿で床に突っ伏したまま、冗談めかした口調で言った。

その日の午後、学食にて……。

「んふぅ、咲妃お姉ちゃぁぁん」

咲妃の爆乳に顔を埋めた金髪少女は、思いっきり甘えた声を上げて頬ずりする。

「瑠那さん、昨日わたしが言ったこと、もう忘れてしまったんですか?」

咲妃に甘えている瑠那に、有佳が尖った声をかけた。

「忘れていないわ。有佳は、咲妃お姉ちゃんが帰る場所だから、アタシは、咲妃お姉ちゃんが癒やしを欲しい時に、いつでも抱っこしてモフモフできる可愛いマスコットになると決めたの」

「そっ、それはダメですっ!」

「えー、なんでよぉ！　ご主人様よりはいいでしょ？　ね、お姉ちゃん？」

顔を上げ、意味ありげな笑み浮かべて問いかける瑠那。

「そうだな。私も瑠那の牝奴隷にはなりたくない」

ニヤリ、と、こちらも意味ありげな笑みを浮かべて答えた咲妃に、嫉妬の矢のような有佳の視線が突き刺さる。

「何のことだかわかりませんけれど、咲妃さん、このままでいいんですか？」

「ん？　まあ、いいんじゃないか。二人とも、心から愛しているぞ！　さあ、間もなく授業が始まる。共に勉学に励もうじゃないか」

まったく解決にならないひと言で、二人の少女を赤面させた呪詛喰らい師《カースイーター》は、颯爽とした足どりで、教室に向かって歩き出した。

封の七　淫尾

オフィス街にそびえ立つビルの窓を輝かせていた夕日の残照が、ゆっくりと弱まってゆく。時刻は午後七時少し前。お盆休み中で、夏期休業している会社が多いせいで、夕闇迫るオフィス街は閑散としていた。

「よし、都市伝説の検証開始だ！　人面犬を追いかける狼男型獣人の存在と正体を、オレ達が暴こうじゃないか！」

都市伝説研究部の部長である男子生徒、岩倉信司は、やる気満々で宣言する。

「はいはい。さっさと調査して、寮の門限までにきちんと帰るわよ」

冷めた口調で言ったのは、私立槐宝学園で生徒会長を務める稲神鮎子。

生真面目そうな、優等生タイプの外見をしたスレンダー体型の美少女で、眉の上で真っ直ぐに切りそろえた髪と、クールな印象を与える銀縁メガネがトレードマークだ。

信司とは幼馴染みの間柄で、一日興味を持ったら、周囲のことなど眼中になくなって独走してしまいがちな彼のことを、いつも気遣っている。

「何だよ鮎ねえ、情熱に水を差さないでくれよ」

「鮎ねえって呼ぶんじゃないッ！　第一、何なの、その戦場カメラマンみたいな格好は？　一緒にいるだけで、かなり恥ずかしいんだけど……」

信司のいでたちを呆れ顔で見つつ、生真面目な生徒会長は頬を染める。

「検証のために必要な機材を効率よく身に着けているだけだ。何も変じゃないよ」

胸を張って言った都市伝説マニアの少年は、制服のシャツの上から、ポケットのいっぱい付いた、メッシュ地のカメラマンベストを着用していた。

ベストのポケットには、複数のビデオカメラやフィルム式カメラ、その他諸々、警察の科学捜査班が使うような機材が収容されており、さらに、頑丈そうな中型のバックパックまで背負っている。

「確かに、今まで見た中で、最も重装備だな。幽霊バス調査の時は、カメラ数台持っただけの軽装だったじゃないか。

あの程度で十分だと思うぞ」

呪詛喰らい師《カースイーター》の異名を持つ本職の退魔少女、常磐城咲妃の指摘に、信司の顔がギクリ、と強張る。

「あ、あの一件で、装備不足を痛感したんだ。だから今回は念には念を……」

やや硬い口調でつぶやいた少年の脳裏には、幽霊バス調査で体験した淫妖な情景が、走馬燈のように甦っている。

咲妃と二人だけで幽霊バスの調査に向かった彼は、バス型の淫神内部で行なわれた淫靡で奇っ怪な神伽の戯を、一部始終、目撃してしまったのだ。

本格的な陵辱こそ受けなかったものの、死霊と化した少年達に嬲られ、木の根型触手に身体を弄られる咲妃の姿を、金縛り状態に陥っていた信司は、なすすべもなく見つめるしかなかった。さらに、信司自身も神伽の儀式に強制的に参加させられ、咲妃の足コキ責めを受けて射精させられてしまったのである。

その時の焦燥と無力感は、少年の心に今もトラウマとなって残っている。

「……とっ、とにかく、オレの格好のことはもういいだろう？　さあ、最終打ちあわせをするから、みんな集まってくれ」

恥悦の記憶に反応して、股間の牡器官が意に反した充血を開始してしまったのを取り繕うかのように、都市伝説マニアの少年は同行者達を呼び集める。

今回の検証に参加しているのは、信司を含めると五人。

信司、咲妃、もう一人の女子部員である雪村有佳、監視員名目で参加している稲神鮎子、そして……。

「つまらない場所……ねえ、咲妃お姉ちゃん、もっと楽しいところに行こうよぉ」

しっかりと握った咲妃の手を、幼子のように揺さぶりながら、小柄な金髪少女、瑠那・イリュージアが甘えた声を上げた。

愛くるしい外見と、思いっきり猫を被った純真無垢な仕草や物腰で学生達の心を捉えた小悪魔少女は、今や学園のアイドル的存在となっている。

「しつこいようだけど、なんでその子まで一緒にいるんだ？　子供だけど、元テロリスト……名付けるなら、テロロリじゃないか！」

疑念を捨てきれぬ目で金髪の小悪魔を見据えながら、信司は先に問いかけた。

事件解決の後、咲妃が施した呪印によって、淫宴の詳細部分についての記憶は封じられていたが、瑠那が一騒動起こしたという事実までは消去しきれず、少年の脳裏にはっきりと残っている。

「アンタ、ホントにしつこいわね！　アタシはもう改心して、咲妃お姉ちゃんの仲間になったの！　それから、変なニックネーム付けないで！」

勝ち気で高飛車な声で、瑠那は言い返す。

「あのなぁ、お前がやったことは明らかな犯罪行為なんだよ！　本当なら、お気楽に学生なんかやっていられない重罪なんだぞ！」

瑠那を睨みつける信司の目には、義憤の炎が燃えていた。

「あうぅ……お姉ちゃん、このお兄ちゃん恐いよぉ」

お子様モードになった金髪の小悪魔は、怯えた声を上げて咲妃の背後に隠れる。

「春先の、遺恨引きずる、夏休み。うむぅ、全然エロくない一句だな……」

いつもの調子で詠んだ呪詛喰《カースイーター》らい師は、句の出来に不満げな様子だ。

「……部長、そんなに目くじら立てないでください。咲妃さんが、あの時のことはもう許しているんです。だから、わたし達も、ね？」

もう一人の女子部員である有佳が、穏やかな口調で信司をなだめた。

咲妃にぞっこん惚れ込んでいる有佳にとっても、最愛の恋人に仕掛けた淫辱行為のことを棚に上げ、奔放に甘える金髪娘を快く思わない気持ちはいまだに強い。

しかし、あの淫宴で最も辛く苦しい思いをしたはずの咲妃が、過去の遺恨を水に流し、瑠那を受け入れている以上、咲妃の恋人である有佳としても、その決断に従い、わだかまりを捨てようと、自分に言い聞かせていた。

「はぁぁ、わかったよ。じゃあ、人狼調査の最終打ちあわせを始めるぞ」

大きなため息をついた少年は、リュックからクリアファイルを取り出して開いた。

「最近、このオフィス街で、人面犬を追いかける狼男型の獣人が何度か目撃されている。これが、獣人の主な目撃地点と時刻だ」

クリアファイルには、ネット掲示板から集めてきた目撃談のプリントアウトや、目撃場所が×でマーキングされたオフィス街の地図などが整然と整理されている。

「人面犬を追いかける獣人ねぇ。コスプレした犬と飼い主の悪ふざけじゃないの？」

オカルト否定論者の鮎子が、胡散臭げに眉を顰めながらつぶやいた。

「そうですね。今時、人面犬や狼男なんて、時代錯誤もいいところです。荒唐無稽すぎるとボクも思います」

咲妃や有佳、瑠那とも違う、変声期前の少年の声が、鮎子の意見に同調する。

「オカルトの塊みたいなお前にだけは、断じて言われたくない！」

信司が指を突きつけたのは、瑠那の首に巻かれたキツネの襟巻きであった。

「失礼な！　ボクはオカルトなんかじゃありません。レメゲトン派の英知を極めた瑠那様によって生み出された、れっきとした使い魔ですよ」

キツネの襟巻きは、こまっしゃくれた口調で反論する。

しゃべる襟巻きの名前はリシッツァ。瑠那が従えている使い魔の一種だ。

学園では、ただのキツネの襟巻きとして振る舞っているが、咲妃達の前では、時折、こうやって会話に首を突っ込んでくるのだ。

「だから、それがオカルトって言うんじゃないか⁉　お前が存在しているってことは、獣人や人面犬だって絶対に存在してるさ！」

「信司、マフラーとの漫才はもういいから、説明を早くすませてくれないか？」

キツネの襟巻きと口論している少年に、咲妃が呆れ気味の声をかける。

「あ、ああ、そうだな。目撃時刻は、午後七時から九時の間、さらに分析した結果、満月の夜に集中している。まあ、狼男が絡んでいるなら、納得の状況だな」

月齢カレンダーと比較表示した表を見せながら、解説好きな少年は熱弁を振るう。

「今夜は満月！　盆休みで人が少なくなったオフィス街を、獣人が我が物顔で徘徊するはずだ！　その姿を撮影し、可能ならば捕獲しようと思っている！」

「ふむ、それで、そんなに重装備なのだな？」

「ちょ、ちょっと、捕獲なんて聞いてないわよ！　写真撮影するだけじゃないの？」

「……捕獲はやめておいた方がいいと思うんですけど」

信司の重装備に頷く咲妃以外は、一様に呆れ顔を浮かべている。

「まあ、捕獲するかどうかは、獣人と遭遇してから決めるさ。調査は、オフィス街の北と南の端から、二チームに分けて行なう。相互連絡を密にして、獣人を発見次第、急行するんだ。では、出発ッ！」

前もって決めておいた通り、咲妃と有佳、そして瑠那のトリオと、信司と鮎子のペアに別れて調査を開始する。

「……ねえ、このチーム分けに根拠はあるの？」

信司と一緒に歩き始めてすぐに、鮎子が問いかけてきた。

「あるさ。オレ達は物理的な捕獲手段を駆使する体力系チーム、常磐城さんのチームは呪術系だ」

「ずいぶん偏ったチーム分けね。もっとバランスよく人員配分できたんじゃないの？」

当然の指摘に、都市伝説マニアの少年はちょっと困った表情を浮かべる。

「それはそうなんだが、あのテロロリは常磐城さんにべったりだし、そうなると、雪村さんだけを引き離すのはかわいそうだろう？」

「そうね」

有佳と咲妃が女同士でありながら、恋人関係にあることを知っている鮎子は頷く。

「だから、これが現状では唯一にしてベターな選択肢だったってわけさ」

「結局、消去法で私なのね。言っておきますけど、私は獣人の捕獲作戦なんて協力しないわよ！」

メガネのレンズ越しに信司を睨んだ生徒会長は、少しトゲのある声で告げる。

「ええっ！　そいつは困るよ。一人では、捕獲用のネットを広げられないんだ」

「ネットって、そんなモノまで用意してるの？　……嫌です！　いくら人目が少ないからって、こんなオフィス街の真ん中で、猟の真似事なんてしたくありません！」

呆れ顔で放たれた鮎子の文句を、信司は半分も聞いていなかった。

「むっ……あの手の痕は……ああ、何だ、窓の内側についてるのか。おや、壁についてるあの傷、獣の爪痕っぽい気がするぞ……」

都市伝説マニアの視線は、ビルの壁面や窓、屋上に向けられ、首から下げたビデオカメラを望遠モードにして、獣人の痕跡を探し求めている。

「もう……ホントに猪突猛進なバカなんだから……全然成長してないじゃない」

思い込んだら周囲のことが見えなくなる幼馴染みの行動に、呆れ顔になりながらも、少年のそれなりに男前な横顔に熱い視線を注いでしまう鮎子である。

（協調性もデリカシーも皆無なバカだけど、何かに没頭してる時にはホントにいい表情するのよね……）

恋心を秘めた少女の視線にも気付くことなく、信司は薄闇に包まれ始めたビル街の調査を続け、小さな公園のベンチで小休止した。

「はぁ、喉渇いたな。そこのコンビニで、何か飲み物買ってくるよ」

これと言った収穫も得られぬまま、残暑厳しいオフィス街を一時間近く歩き回った信司は、コンビニに向かって駆けてゆく。

「はぁぁ～、何か、すっごい気疲れしちゃった……」

ベンチに深く腰掛けた鮎子は、大きなため息をつき、グッタリとうなだれる。

（なんでこんなにギクシャクしちゃうんだろう？　昔はもっと軽い気持ちで話せたのに……最近、意識しすぎなのかしらね？）

学園では、規律正しい生徒会長として、暴走気味な信司を叱りつけ、部活では監視者として、やっぱり口やかましく説教し、せっかく二人きりになれたと思ったら、ろくに会話もせず、胡散臭い獣人探しで暑い市街地を無駄にうろつくばかり。

恋する乙女としては、悔恨の情しか残らない関係が続いている。

「常磐城咲妃さん……。あの子みたいに、もっとオープンな性格になれたらいいのかな？　でも、そう簡単には、人は変われないわよね」

足元に落ちる自分の影と、ビルの谷間で、いつの間にか白々と輝いている満月を交互に見ながら、自嘲気味なつぶやきを漏らす。

「そこのお嬢さん……恋に悩んでいらっしゃいますね？」

いきなり声をかけられ、ビクッ！　と身を強張らせて顔を上げた鮎子の前に、女性が一人立っていた。

（すごい美人の外人さん。……それに、あの格好、モデルさんかしら？）

鮎子に声をかけてきたのは、褐色の肌と、青みがかった銀色のロングヘアがエキゾチックさを感じさせる外国人女性だった。

インドか中近東辺りの血が混じっているのだろう。目鼻立ちがくっきりとした顔立ちで、肉感的な厚めの唇には、妖艶としか表現しようのない微笑が浮かんでいる。

鮎子を真っ直ぐに見つめている瞳の色は、黄色みを帯びた金色で、月の光を反射して妖しい輝きを放っていた。

かなり大型の獣の一枚革を使った、銀灰色に艶光る毛皮のロングコートを着用しており、大きくはだけられたコートの下から覗くグラマラスな肉体には、黒いエナメル仕上げの革製ビスチェと、大胆なV字型革パンツを着用している。身長の半分以上の長さを占めていそうな美脚を包んでいるのは、黒革のロングブーツだ。

顔立ちも、いでたちも違うのに、どこか、常磐城咲妃と似た第一印象を感じさせる、妖艶な美女であった。

「あ、あの、何かご用でしょうか？」

ファッション雑誌から抜け出てきたかのような女のいでたちと、全身からムンムンと放たれる過剰な色香に戸惑ってしまいながら、鮎子は問いかける。

「失礼。アナタの身体に、恋に悩んでいるオーラの揺らぎが見えたものですから、つい、声をかけてしまいました」

褐色肌の美女は、鼻にかかった色っぽい声音で、鮎子の悩みを的確に指摘した。

「えっ、オーラの揺らぎ、ですか？」

「ええ。アナタは、意中の男性に自分の恋心を上手く伝えられずにいるようですね？　その悩みが解消できるように、このお守りを差し上げましょう」

コートのポケットから女が取り出して差し出してきたのは、動物の尻尾で作られたアクセサリーだった。長さは二十センチほど、女がまとっているコートと同じような毛色をしており、これと言った装飾は施されていない。

「白魔術の力が込められたお守りで、『恋情の尾』というものです」

聞く者の官能をくすぐるような声で、毛皮コートの女は説明する。

「そんな、いただくことなんてできません」

「遠慮はいらないわ。こうして出会ったのも、何かの縁。……縁は大切にしないといけなくってよ」

金色に光る女の瞳にじっと見つめられた鮎子は、無意識のうちに尻尾型アクセサリーを受け取ってしまっていた。

「それは、誰にも見せてはいけない。誰にも見せないで、二十一日間、肌身離さず持っていれば、秘められた想いは必ず叶うでしょう。では、失礼」

妖艶な笑みを浮かべて告げた女は、クルリと背を向けて立ち去ってゆく。


「お待たせッ！」

女の姿が見えなくなるのとほぼ同時に、レジ袋を下げた信司が戻ってきた。

「あ、ああ、お帰りなさい」

『恋情の尾』を慌ててポケットにしまい込んだ鮎子は、ぎこちない笑みを浮かべつつ、片想いしている少年が手渡してきたドリンクのペットボトルを受け取った。


結局、何も見つけられぬまま、獣人調査はタイムリミットを迎えてお開きとなった。

「……本当に効くのかしら、これ？」

シャワーを浴び、パジャマに着替えた鮎子は、占い師を名乗る美女がくれた尻尾型のお守りを、ベッドの上で検分している。尻尾を握った指をゆっくりと滑らせると、しなやかで柔らかな毛皮の下に、硬い骨の連なりが感じられた。

「本物の動物の尻尾なのね？　まあ、ダメもとで信じてみましょうか」

枕の下に恋情の尾を隠した少女は、メガネを外し、横たわって目を閉じる。

どのくらいの時間、眠っていたのだろう？

しゅる……しゅるっ……しゅるっ……。

布が擦れるかすかな音が、少女の眠りを覚ましていた。

「何……かしら？」

まだ半分眠りの中に意識を置きながら、鮎子はサイドテーブルに置いてあったメガネをかけ、周囲を見回す。

「え？　これは、あの尻尾……!?　やだ、私、まだ夢見てるのかしら？」

女占い師を名乗った美女からもらった、尻尾型のお守りが、シーツの上で命あるもののようにくねり、蠢いていた。

そっと手を伸ばして触れようとした瞬間、恋情の尾は、急にスピードを上げて少女の身体に突進してくる。

鮎子が反応する間もなく、パジャマの下に潜り込んだ尻尾は、ショーツの内部にまで侵入し、尻の谷間を擦り上がって、尾骨の末端にピタリと張りついた。

「キャッ!?　はぁぁぁ……ンッ！」

小さな悲鳴を上げた少女の背筋を、電気ショックにも似た快感が貫く。

尻尾が張りついた尾骨から生じて、脊柱を駆け上ってきた熱く狂おしい悦波は、半覚醒状態だった鮎子の意識を、今まで感じたことのない強烈な欲情の炎で燃え上がらせた。

パジャマ姿のスレンダーボディが熱く火照り疼き、ささやかなバストの頂点で、乳首が固く尖り勃ってゆく。秘裂の奥が淫熱を帯びて妖しく蠢き、ショーツの股間にジュワッ、と恥液の濡れ染みが広がった。

「きゅふうぅんッ、あ……あぁぁ……ダメぇぇッ！」

子犬が甘えるような声を上げてベッドの上に膝立ちになった鮎子は、むず痒く疼く股間を両手で押さえ、マグマのように噴き上がってくる淫情に抗う。

しかし、圧迫された秘部から発生した肉の疼きは、少女の理性を吹き飛ばし、発情をさらに強める結果となった。

「しん……じ……信司と……ッ！」

淫情の炎に煮えたぎる鮎子の脳裏に浮かぶのは、ぎこちない恋心を抱いている幼馴染みの姿。彼に愛されたい、抱かれて、全身を貪るように愛撫されたい……そんな想いが溢れ返り、押さえた両手の下で、秘裂がさらに熱く潤む。

「信司……今、行くわ……抱いて……愛してあげる！」

うわごとのように漏らした少女は、ベランダへと続くアルミサッシを開けた。

生温さの残る夜風が髪をなびかせ、欲情で汗ばんだ美貌を心地よく撫でる。

メガネのレンズ越し、熱く潤んだ瞳が見上げたのは、中天で白く、大きく照り輝く満月。まばゆいばかりに降り注ぐ月の光を浴びた肢体が、淡い黄色の燐光を放つ神格のオーラに包まれ、小振りな尻で揺れる銀色の尻尾が、急激に伸びてゆく。

「フハァァァ～ンッ!!」

艶めかしい遠吠えのような声を上げながらベランダの手すりを蹴った鮎子は、何のためらいもなく、空中へと身を躍らせた。

人の身体能力では絶対に不可能な大跳躍で宙を舞う少女が見つめているのは、道路を隔てた先にある、三階建てのビル屋上。

屋上にある、広告看板の枠上にフワリ、と降り立った鮎子の尻で、一メートル近い長さに伸びた尻尾が、月光を反射して艶めかしい銀色に輝きながら左右に打ち振られた。

「んふうぅ……すごく、いい気持ち……」

恍惚の表情を浮かべた鮎子は、形のいい顎を仰け反らせながら、夏の夜気をいっぱいに吸い込む。雑多な臭気の入り交じった空気中から、少女の鼻は愛おしい少年の体臭を正確に嗅ぎ分けていた。

「信司の匂い……こっちね!? すぐに行くから！」

看板の枠を裸足の足で蹴った鮎子は、さらに大きく、高く宙を飛翔する。

早鐘のように鼓動する胸の内を満たしているのは、高揚と激しく狂おしい欲情。

獣人化した鮎子が目指しているのは、二キロほど離れたところにある男子学生寮であった。二分足らずで目的の場所に到着した尻尾娘は、ベランダに降り立つ。

窓の向こうにはブラインドが下ろされ、明かりも消えて、信司は既に眠りについているようだ。サッシ窓には、防犯用のクレセント錠がかけられていた。

強い光を宿した視線に見つめられた錠が、ゆっくりと動き始める。

（ああ、念力まで使えるんだわ、私。もうすぐ、もうすぐ……信司と……）

熱い視線に込められた念力で錠を解除した鮎子は、アルミサッシをゆっくりと引き開けて、室内への侵入を果たす。

鮎子の部屋と、まったく同じ造りのワンルームの個室内には、思春期真っ只中の男子の体臭が満ちていた。ベッドの上には、Tシャツとトランクスだけの格好で、大の字になって爆睡している少年の姿。

「信司……ッ‼」

無防備で眠る愛おしい人の姿を目にした瞬間、胸の奥で欲情が弾けた。

銀色の尻尾を左右に振り立てながら、ベッドに這い上がった少女は、だらしない寝顔をさらしている信司を至近距離で見つめる。

「信司……起きて。気持ちいいこと、しましょ」

吐息がかかる距離にまで顔を寄せ、普段からは想像もできない色っぽい声をかけた。

「ふぇ？　あ、鮎ねえ？　んぐ……んむむむむぅ！」

ようやく目を覚まし、寝ぼけた声を上げる少年の口を、鮎子は貪るようなキスで塞ぐ。まだ事態が理解できず、まともな反応が返せない少年の口腔内に舌をヌルリと挿入して激しく掻き回しながら、大量の唾液を注ぎ込んだ。

「んぐ！　ごくっ、ごくっ……んく……う……あ、あゆ……ねぇ……」

大量の唾液を飲まされ、緊張していた信司の身体から力が抜け、困惑の表情を浮かべて強張っていた顔が弛緩するのを確認し、尻尾娘は唾液の糸を引きながら口を放す。

「動けないでしょ？　これで私の思うがまま……大丈夫、気持ちよくするから……」

金縛りに陥って動けぬ少年に馬乗りになった鮎子は、淫蕩な笑みを浮かべる。

鮎子の理性はわずかに残っており、感情や記憶も明瞭なのに、身体の奥底から湧き起こってくる欲情の炎が、羞恥心や自制心を焼き尽くし、生真面目な生徒会長を、発情した牝獣に変貌させているのだ。

「信司だって、私とエッチなことしたくて、こんなになってるんでしょう？」

脱力した身体の中で唯一力をみなぎらせ、トランクスの布地を突き上げている牡器官をメガネのレンズ越しにウットリと見つめながら、淫神の依り代となった少女は、着衣に爪先を滑らせる。黄色いオーラをまとった指先がTシャツとトランクスを真っ二つに切り裂き、筋肉質に引き締まった少年の裸身があらわにした。

「はぁぁ、信司の裸……大好きぃ！」

汗ばんだ胸板に頬ずりした少女は、思春期真っ只中の男子の体臭を堪能しつつ、小さな乳首を舌先でチロチロと舐めくすぐって刺激する。

「う……くふぅ……ンンッ！」

抑えきれぬ快感の呻きを上げる少年の胸板で、小さな乳頭は刺激に反応してピンッ、と尖り勃ち、小刻みに閃く鮎子の舌に弾かれてむず痒い悦波を発生させた。

（……これは、夢じゃない⁉　鮎ねえ、何かに取り憑かれている？　ダメだ！　こんなの……何とかして、咲妃に……このことを知らせなきゃ……）

乳首への刺激で、寝ぼけていた頭を完全に覚醒された信司は、金縛りに陥っている肉体で、必死の抵抗を試みる。

彼の脳裏に浮かんでいるのは、猥談好きで飄々としてはいるが、いざという時は頼りになる爆乳退魔少女、常磐城咲妃の姿。

「ウッ、あ、鮎ねぇ、な、ダメ……だよ……正気に、戻ってくれ！」

「ちゅぷ……んふっ、私は正気よ。信司のこと大好きだから、いっぱい愛してあげる……ねえ、私とエッチ、したいでしょう？」

乳首へのキスを続けながら、腹筋の凹凸を浮き上がらせた少年の腹部をゆっくりと撫で降ろした鮎子の指は、既に勃起状態の牡器官をそっと握り込む。

「くぁ！　んおぁふぅっ！」

少年の股間で甘い悦波が弾け、幼馴染みの白い指に握られた牡槍が、充血度合いをさらに強めてビクビクンッ！　と元気いっぱいにしゃくり上げた。

「信司のオチンチン、すごく熱いわ、うふっ、ビクビクしてる。私に触られて気持ちいいのね？　もっと気持ちよくしてあげるから、よく見せてね……」

身体をずり下げた尻尾少女は、そそり勃った肉柱を至近距離で観賞する。

「はぁぁ、あゆ……ねえ。見ないで……」

恥ずかしげに呻く幼馴染みのペニスは、幼少の頃に偶然見かけた、小指サイズの肉突起とは比べものにならぬほど立派に成長し、威圧感さえ漂わせる見事な牡槍となって屹立していた。

「変な形……でも、すごくエッチな匂いがする。ああ、堪らないわ」

滑らかな指先でペニスの輪郭を撫で回しながら、生まれて初めて目にする生の勃起からムンムンと立ちのぼる牡臭に、獣人娘はうっとりとした表情を浮かべる。

尻尾に憑依された鮎子の嗅覚は、犬並みの鋭敏さになっていて、勃起の発する熱く湿った男の淫臭を嗅いでいるだけで、頭の芯が痺れるほどの欲情を湧き起こらせた。

「信司のオチンチン、私だけのものよ……誰にも渡さないんだから！」

下腹の奥底から込み上げてくる衝動に突き動かされるがまま、指の腹で根本から先端まで何度も撫で回し、愛おしげに頬ずりすると、猛った牡槍はビクビクと敏感な反応を見せ、少年の上げる喘ぎ声も次第に切羽詰まってゆく。

「うぁ、そんな、やめ……はぁぁう！　あ、あぁ、そこは……感じ……すぎるッ！」

熟れ始めたトマトのように充血した亀頭を集中的に撫で回され、全身の感覚が収束してしまっている肉茎を熱い吐息でくすぐられた少年は、金縛り状態の腰をギクシャクと跳ねさせる。先端の切れ込みに、水飴のように濃厚な男の愛液が盛り上がり、鈴口を愛でる白い指にヌルヌルと塗り広げられて、亀頭全体を濡れ光らせた。

「んはぁぁ……すごく熱くて、硬い……もう、ヌルヌルよ。あむ、んふ、ちゅぷ……」

先汁にまみれて張り詰めた亀頭に、ためらいもなく口づけすると、牡槍の放つ淫臭と灼熱感が一層強く感じられ、鮎子の秘裂も熱い潤みを吐き出して疼き昂ってしまう。

「くぁ……だっ、ダメだよっ、鮎ねえ……んんんっ！」

「ダメじゃないでしょ？　気持ちいいんでしょ？　ヌルヌルのお汁が、いっぱい出ているわよ。オチンチンビクビクってして、どんどん硬くなってるじゃない」

女王様ぶった口調で言葉責めしながら、塩辛い粘液を溢れ出させる切れ込みを、舌先で何度も舐め上げ、止めどなく分泌される男の愛液を残らず奪い取ってゆく。

「ここも舐めてあげる……あふ、塩辛い……ちゅぷ、れるっ、チュウッ……」

亀頭冠を舌先でなぞり、過剰勃起で引きつった裏筋を柔らかな唇でついばみ、横咥えにした肉柱を、根本から先端まで何度も往復して存分に吸いしゃぶる。

鮎子にとって、ペニスを愛撫するのは初めての経験だが、雑誌やコミック、ネットや、クラスメイトとの猥談などから得た淫らな知識を総動員し、指と舌、そして唇や前歯まで駆使して、愛しい肉柱に快感を送り込んだ。

生まれて初めてのフェラチオ快感に、信司のペニスは暴発寸前まで追い込まれる。

「あぁぁ、そんなに激しく舐めたら……出るッ、出ちまうよぉ！」

「あんッ、まだ、ダメよ……まだ射精はさせてあげない。今度は、こっち……」

今にも弾けてしまいそうに震える亀頭から名残惜しげに口を離した少女は、硬くそそり勃った肉柱の根本に攻撃目標を変更した。

「ここ、急所だから優しく責めてあげる。チュッ、ぴちゅ……ちゅっ、ちゅぷっ……」

護身術において、男の最大の急所として教えられてきた鋭敏な肉クルミにそっと口づけし、薄皮に包まれた睾丸の曲面に沿って、ネットリと舌を這わせる。

「うぁ！　はぁぁ……ンッ、あぁ、どうして……こんなに……ひっ！　くあぁぁぁ！」

「んふ、ここ、舐められるのが気持ちいいんでしょう？　こんなのは、どうかしら？」

戸惑いながらも感じている信司の様子に満足そうな笑みを浮かべた尻尾娘は、刺激に反応して硬く引き締まった陰嚢全体を口腔内にヌポッ、と吸い込んだ。

「ふぁ、あひっ、おあぁぁうッ！」

急所である肉袋を吸い上げられる異様な快感に、情けない声を上げる少年の痴態をメガネのレンズ越しに観賞しながら、鮎子は薄皮の袋に収まった二個の肉玉を交互に舌先で舐め転がし、小刻みな吸引を仕掛けて弄ぶ。口腔内を満たした男の急所は、汗と性臭が入り交じった濃密な味と香りで少女の淫情を燃え上がらせ、子宮を震わせた。

射精寸前で寸止めを喰わされたペニスは、とどめの愛撫を要求するかのようにしゃくり上げ、ピタピタと恥ずかしい音を立てて引き締まった下腹を打っていた。

「んはぁぁ、そろそろ、射精させてあげようか？　嫌だって言っても却下よ！」

唾液でトロトロになった肉クルミから唇を離した少女は、艶めかしい響きを帯びた声をかけながら、お預けを喰らって暴発寸前の肉柱をネットリと舐め上げる。

「ひぃうっ！」

仰け反る少年の敏感反応に、ニヤリ、と淫蕩な笑みを浮かべた依り代の少女は、銀色の尻尾を生やした尻を左右にくねらせながら、射精寸前のペニスに舌を絡ませ、唇を吸いつかせ、張り詰めた肉茎や亀頭を前歯で甘噛みして技巧の限りを尽くした。

「くぁぁぁ……でっ、出るううっ！」

引きつった屈服の声を上げた少年のペニスがひときわ硬く張り詰め、制御不能の脈動に包まれる。鮎子のフェラチオ奉仕に屈したペニスが、屈服の証に、欲望の煮詰め汁を噴き出そうとしているのだ。

「あはぁぁ、出してぇ……。あむっ、んふぅぅぅ……んんんんッ！」

歓喜の喘ぎと共に、膨れあがった亀頭を口に含んだ瞬間、若い勃起が弾けた。

どくんっ、びくびくびくんっ！　びゅううっ、どぴゅううっ、びゅくっ、びゅくんっ、ずびゅるるるるる〜ッ！

口腔内に熱く激しく噴き上がるスペルマの感触に、口内射精を初めて体験したメガネっ娘の目が丸く見開かれる。

「んふぅぅぅ……んく、んく、じゅるっ……ゴクッ……ふぁ、んくっ、くちゅ……」

頭の芯まで突き抜ける青臭い精液臭に顔を顰めつつ、鮎子は愛しい幼馴染みの絶頂粘液を、喉を鳴らして飲み込んでゆく。

口の中で力強く脈動するペニスの感触が幸福感を煽り、食道や舌に粘り着く精液の苦く塩辛い味や生臭くぬめった感触でさえ、心地いいものに感じられた。

「はぁぁ、信司のセーエキ、美味しい……ねえ、今度は私にも、してぇ」

射精を終えた勃起から口を放し、精液臭い吐息を吐き出した鮎子は、着ていたパジャマと下着を素早く脱いで、スレンダーな裸身をさらけ出す。

「あ、鮎ねえの……裸……」

女らしく成長した幼馴染みの裸身を目にして、信司の喉がゴクリ、と鳴った。

日頃、護身術の鍛練を欠かさぬ鮎子の肢体は、女らしいまろやかさを感じさせながらも、しなやかに鍛えられた筋肉のラインを浮き出させて引き締まっている。

バストはやや貧乳気味だが形はよく、ツンと上を向いたやや大きめの乳首は淡いカフェオレ色で、きめ細かく健康的な裸身の色っぽいアクセントになっていた。

腹部や下腹には一片の贅肉もなく、恥丘の盛り上がりの控えめな股間では、柔らかそうな恥毛がささやかに萌え勃っている。スレンダー体型の割に、太腿はムッチリと肉感的で、ヒップラインは小振りながら形よく持ち上がった、なかなかの美尻だ。

尻の谷間のすぐ上では、長く伸び出た銀色の尻尾が、ゆっくりと左右に揺れくねっていて、今の鮎子が人外の存在に憑依されていることを示している。

全裸になりながらも、トレードマークであるメガネだけは外さないのが、尻尾少女の倒錯的な色香を増していた。


「ほらぁ、信司も舐めてぇ、私もお返ししてあげるから」

呆然と見つめる信司の身体に覆い被さってきた鮎子は、シックスナインの体勢になると、濡れ疼く秘裂を幼馴染みの口元に擦りつけた。

マシュマロのように柔らかで、つきたての餅のように熱く潤った柔肉のワレメが、興奮の喘ぎを抑えきれぬ少年の顔にムニュムニュと押し当てられ、恥毛がくすぐる。

(これが、女の子の……鮎ねえの匂い⁉)

男の本能を燃え上がらせる甘酸っぱく蠱惑的な性臭を胸いっぱいに吸い込んだ信司は、異様な興奮に理性を吹き飛ばされ、夢中になってクンニ奉仕を開始してしまう。

「んぷぅ……はぁう、ぴちゅ、ぴちゅ、んふ……くちゅ、ちゅぷっ……」

射精の快感で理性を飛ばされた若者は、口元に押しつけられた柔らかな肉裂をぎこちない舌使いで舐めしゃぶった。充血度を増して、大陰唇の狭間から顔を覗かせたラヴィアと舌が絡みあい、愛液の源泉である膣口に、舌先がヌルリと挿入されて、蜜孔の入口を掻き回す。

「ひゃふぅんっ！　そこぉ……もっと、もっと舐めてぇ、奥まで舌、いれてぇ」

　ざらついた舌が敏感な媚粘膜を舐めくすぐる甘く痺れるような快感に、尻尾娘のスレンダーな裸身が仰け反った。女悦に表情を蕩けさせた少女は、幼馴染みである少年の口元に、濡れ開いた性器をさらに強く擦りつけて、クンニ奉仕の続行をねだる。

　密着した秘裂に鼻から下を塞がれて息を詰まらせてしまいながらも、少年は情熱的な舌使いで鮎子のおねだりに応じていた。

「んむうぅ！　あふ、んぷ、くちゅくちゅくちゅ、んく……んあぁ、ちゅるっ……ぴちゃぴちゃぴちゃ……」

　舌なめずりの音に連動して秘裂を駆け抜けるむず痒い悦波が少女の淫情をさらに燃え上がらせ、アヌスの蕾に吹きかけられる熱い鼻息でさえ、恥悦と興奮を煽る。

「あぁ、気持ちいい……。信司は、女の子のここ舐めるの、初めてよね？　ねえ、私の味、どう、美味しい？　美味しいわよね!?」

　精液と唾液にぬめったペニスに指を絡め、お返しの手コキ愛撫を仕掛けながら、鮎子は女王様じみた口調で尋問を開始する。

「んぁ、初めてだよ……ああ、熱くって、柔らかくって……エッチな味がする」

　夢見るような口調で答えた信司は、舌を目いっぱい伸ばして膣口を掻き回し、柔らかな陰唇全体を口に含んで、夢中になって吸いしゃぶった。

「んきゅううんっ！　いっ、いいわぁ、もっといっぱい舐めていいわよ」

　銀色の尻尾を左右に振りたくり、無心に奉仕する信司の顔を撫でくすぐりながら、淫神に憑かれた少女は、顔面騎乗の体勢でまろやかな美尻をくねらせる。

「私もお返しに、信司のオチンチン、もっと愛してあげるわッ！」

　発情した女の本性をさらけ出した鮎子は、先走りをきらめかせる亀頭に餓えた獣のように喰らいつき、本格的なフェラ責めを開始した。

　射精の余韻で敏感な亀頭にクルクルと円を描いて舌が這い回り、強張った肉茎に絡んだ指が、小刻みな上下動で海綿体を扱き上げて、射精中枢に快感を蓄積してゆく。

互いの性器を貪りあう舌なめずりの音に、少年と少女の上げる快楽の呻きが混じり、室内をセックスの匂いが満たしてゆく。

「あ、あ、アッ！　ダメだッ！　また、出そう……んんっ、出るウウウッ！」

先に屈したのは、執拗な手コキと亀頭舐めを受けていた信司の方であった。

「ああんっ、今度は顔に……信司の熱いドロドロのセーエキかけてぇ」

射精が始まると同時に口を離した鮎子は、色っぽい声を上げながら、勢いよく迸る白濁の噴流を顔面で受け止める。

びゅぷるうううっ！　びゅうううっ、びゅるるるる～ッ！　びしゃぁ、びしゃぁ、びしゃびしゃびちゃぁ！

噴水のように噴き上がる粘りけの強い粘液が、メガネのレンズにドロリとこびりつき、恍惚の表情を浮かべて喘ぐ美貌を汚してゆく。

「んはぁぁぁ……くちゅ……美味しい……今度は、こっちに出してェ……」

濃厚な精液臭を肺いっぱいに吸い込み、唇まで垂れ落ちてきた幼馴染みのスペルマを、目いっぱい伸ばした舌先で舐め取って味わった尻尾娘は、騎乗位の姿勢を取り、二度射精しても萎えぬ牡器官を、濡れそぼった秘裂にあてがった。

「あ、あぁぁ、それは……ダメ、だ、鮎ねぇ……」

さすがに、膣への挿入には抵抗があるのか、信司は弱々しい声を上げて抗う。

「却下よ……信司のセーエキ、私のオマンコで、全部搾り出してあげる」

勃起に指を添えた少女は、気が遠くなりそうな歓喜と欲情に身を震わせながら、処女孔に亀頭を咥え込むと、一気に挿入を果たそうとする。

「待て！　塩焼きッ！」

鮎子が嫌っているニックネームを鋭い声で叫びながら、開け放たれた窓から少女が飛び込んできた。

「あ、さっ、咲妃!?　助けてくれ、鮎ねぇが……取り憑かれて……ううッ！」

騎乗位で幼馴染みの少女に組み敷かれたまま、信司が情けない声を上げる。

「トキワギ……咲妃イイイイ〜ッ！」

新たな侵入者をメガネのレンズ越しに睨み据えながら、尻尾を生やした鮎子は獣じみた声で絶叫した。

「強烈な神気の放射を感じた瑠那から連絡を受けて、オーラの痕跡を追って来てみれば、ずいぶん楽しそうな状況になっているじゃないか。マゾ気質の信司には、堪らない逆レイプ体験だろう？」

冗談めかした口調で言いながらも、強い光を宿した咲妃の目は、一分の隙もない視線で、獣人化した尻尾娘を見据えている。

「神格情報検索……分類名、『来姦《らいかん》』。抑圧された恋情を核として、複数の動物霊によって構成された複合型亜神。想い人のもとを訪れ、性行為によって、その精気を根こそぎ吸い尽くすことにより、淫神としての完成を見る……」

脳内に記憶された膨大な情報から、鮎子に憑依した淫神の正体を探り当てた呪詛喰らい師《カースイーター》は、色香と凛々しさの調和する美貌を引き締めた。

「ただの逆レイプなら、このまま最後まで見届けてやらないでもないが、精気を吸い尽くすのは看過できないな」

蒸し暑い室内に充満した精液と愛液の匂いを嗅ぎながら、革帯ボンデージの退魔装束のみをまとった少女は、銀色の尻尾を振り立てた獣人娘と対峙する。

「人の恋路を邪魔するのは本意ではないが、嬉し恥ずかしの初体験は、次の機会、互いの合意の上にしてもらうぞ」

「シャガァァァァ〜ッ!!」

赤ペン片手に、信司に近づこうとした咲妃を、髪と尻尾を逆立たせた鮎子が、獣じみた声を上げて威嚇した。常人なら、浴びただけで卒倒してしまいそうな強烈な殺気が、ボンデージ姿の半裸身をビリビリと痺れさせる。

「愛しい者に私を近づかせたくないか？　信司に対する執着心が、獣の凶暴さとリンクしているようだな。信司を眠らせている余裕はないか。仕方がない、このまま神伽の戯を始めるぞ。ウズメ流……参るッ！」

凛とした声を上げた咲妃の姿が、一瞬掻き消え、鮎子のすぐ鼻先に出現した。

「ギギッ!?」

敵意剥き出しのメガネ少女が反応する隙も与えず、素早く間合いを詰めた呪詛喰らい師《カースイーター》は汗と精液に濡れたスレンダーな裸身に抱きついた。

「縮地術、成功！　寝技に付き合ってもらうぞ」

体術と呪印術を組みあわせた俊足移動の技術、縮地で一気に間合いを詰めた神伽の巫女は、鮎子の胴に太腿を絡めて密着度を強めながら、自ら仰向けに床へと倒れ込む。ブラジリアン柔術の寝技を思わせる、見事な引き込み技であった。

尻尾娘の体重を受け止めた爆乳が柔らかくひしゃげ、逆ハート形に張り出した量感たっぷりの尻肉が、床に倒れ込む際の衝撃の大半を吸収する。

「んっ、ちゅるっ……」

両腕を封じられたままもがく鮎子にキスを仕掛けた咲妃は、シロップのように甘い唾液を口腔内に送り込み、唇や舌を噛み切られる前に素早く口を放した。

荒ぶる淫神を鎮める効能を持つ神伽の巫女の唾液は、即座に効果を見せる。

「ぎるるるるッ！　……あ、はぁぁぁ……何？　私……どうして？」

怒り狂った野獣のように血走っていた鮎子の目がわずかに穏やかさを取り戻し、声音にも少女らしい柔らかさと理性の響きが戻った。

「結縁と沈静、成功……ここからは私のルールで行かせてもらうぞ！」

胴に絡めた太腿はそのままで、きつく抱きついていた両腕を解放した咲妃は、甘い発情臭を放っている尻尾少女の首筋から肩口に優しく舌を這わせながら、汗ばんだ背中を撫で回して行為を開始する。

「ふぁ、あんッ、や、やぁぁ……私……信司と……信司としたいのぉ」

首筋を舐め上げられる心地よさに甘い鼻息を漏らしながら、淫情に酔わされた少女は、愛しい少年との性行為をねだって身悶える。

「悪いが、その申し出は却下だ。この尻尾型淫神を祓ったら、次の機会に、二人っきりで思いっきり今夜の続きをするといい」

背筋を撫で下ろした咲妃の指は、銀色の尻尾をそっと握り締め、ペニスを扱き上げるような上下動で愛撫した。

「ひぁ、そこぉ、尻尾……らめぇぇぇ！」

脊髄が甘い脱力感に包まれて蕩けてしまいそうな快感に襲われた尻尾娘は、裏返った嬌声を上げて、スリムな裸身を震わせる。

「やはりここが弱点だったな。恐れずに、私に身を委ねて快感に身を委ねろ」

神伽の巫女は、鮎子の耳たぶを甘噛みしながら、尻尾を扱き上げる手の速度を上げる。摩擦愛撫を受けた尻尾は、ケンカをしている猫の尾のようにピンッ！　と垂直にそそり勃ち、銀色の獣毛を総毛立たせて太さを増した。

「ひゃあぁぁううぅんっ！　尻尾ぉ！　しっぽ、気持ちいいのぉぉ」

よがり泣き悶えるメガネ少女の美貧乳先端で勃起度を強めた乳首が、咲妃の爆乳にクリクリと擦りつけられ、神伽の巫女にも快感の呻きを漏らさせる。

「このまま……行けるか？」

咲妃がわずかに気を緩めた瞬間、尻尾娘の身体を包んでいたオーラが、急激に強さを増した。

「常磐城さんには……咲妃にだけは、キサマダケニハ！　邪魔はさせなイイ〜ッ‼」

快感に蕩けかけていた鮎子の顔に、凶暴な獣の表情が浮かぶ。

「なにっ⁉」

神伽の巫女の腕を振りほどいて上体を起こした鮎子は、仰向けになっても型崩れしない半球型の爆乳をガッチリと鷲掴みにする。

「信司ヲ誘惑スル、コノ……オッパイが、憎イイイッ！」

爆乳を握り締めた鮎子の指に容赦のない力が込められ、柔肉の半球に爪がギチギチと喰い込んでくる。

「つあぁぁぁぁぁあぁぁウッ！」

歯を剥き出し、目を血走らせた尻尾少女は、苦悶の声を漏らす退魔少女の乳房を荒々しく捩り上げ、握り潰さんばかりに指をめり込ませて責め立てる。

(退魔装束から発している神気の加護がなかったら、乳房をズタズタに引き裂かれかねない力……獣欲と性欲は紙一重、完全に鎮めるのは不可能か……)

「グルウゥゥ！　握り潰せないなら、こんなオッパイ、喰い千切ッテやるッ！」

激痛に苛まれながらも、次の一手を模索している咲妃の乳房に、鮎子は歯を剥き出して喰らいついてきた。

ぎちっ、ぎちっ、ぎちぎちぎちゅっ、ごりっ！

白い歯の間で、柔らかく弾力に富んだ乳肉が容赦なく噛み責められ、今にも喰い千切られてしまいそうな肉の軋みを上げる。色白な柔肉に紅色の歯形が刻印され、大量の唾液が乳肌の曲面を流れ伝った。

「くぁ！　アッ、つぁ……くあぁぁぁぁ～ンッ！」

餓えた獣に喰らいつかれているかのような激痛に仰け反り悶える咲妃の乳房を、獣人化した少女はなおも激しく噛み責める。

しかし、革帯ボンデージの退魔装束が、メリハリに富んだ肢体の表面に加護の結界を形成しており、柔らかな肉果は間一髪のところで喰い千切られるのを免れていた。

「ハァハァハァハァ……千切れない！　どうして？　こんなに柔らかいのにッ！」

肉を喰い千切ることを諦めた鮎子が怨嗟《えんさ》の声を上げながら口を離す。

唾液と脂汗に濡れ光る爆乳には、薄紅色の歯形が痛々しく刻まれていた。


「く……うぅ……お前が私に抱く嫉妬は、信司を想う心の裏返し。この身体、気がすむまで責めさせてやってもいいが、それは因果を強めることにしかならない」

怒りや憎悪の感情の欠片も宿っていない澄みきった目で獣人娘を見上げながら告げた神伽の巫女は、予備動作もなく、フワリ、と腰を捻り、のしかかっていた鮎子の身体を横倒しにする。ほんの数秒、二人の裸身が床の上で絡みあい、やがて固着した。

「捕まえた……今度は逃がさないぞ」

ニヤリ、と笑みを浮かべた咲妃は鮎子の腿を抱き、秘裂同士を交差させた、いわゆる『松葉崩し』の体位を取っていた。神伽の巫女の股間を覆っていた革帯はずらされ、剥き出しになった性器同士が、火照った粘膜をピッチリと密着させ、睦みあっている。

「ふぁ、あぁぁ、熱いのが……吸いついて……動いてるッ！　ひぁ、はぁぁぁ」

密着した秘裂から浸透してくる神伽の波動に獣欲を鎮められた尻尾娘は、妖しくも心地いい女陰同士のディープキスに酔いしれる。

「ウズメ流神伽の戯で、荒ぶる恋情の呪詛、喰らい鎮めてやる！」

神伽の巫女は小刻みに腰を揺すり、貝あわせの律動を開始した。

くちゅくちゅくちゅ……ぷちゅ、くちゃっ、ぬちゅぬちゅぬちっ、くちゅくちゅっ！

既に濡れそぼっていた肉花が、恥ずかしい蜜鳴りの音を立てて激しく擦れあう。

「ふやぁぁぁぁ！　融けるぅ、融けちゃうううっ！」

「塩焼き……いや、鮎子、よく聞いて欲しい！」

性器全体が愛液に変じてしまうかのような妖しい摩擦快感によがり泣くメガネ少女に、咲妃も快感に震える声で語りかける。

「んっ……くふっ、私は確かに、信司のことが好きではあるが、あいつを独占する気はないし、性的な関係を結ぼうとも思っていない。まあ、いわば、友達……だな。二人の恋路を邪魔する気はないよ。ふぁううっ、これは、効くな……漏れそうだ」

女同士にしか許されぬ粘膜摩擦の陶悦感に、神伽の巫女の美貌も歪む。

咲妃の巧みな腰使いに対抗するかのように、鮎子の尻も野性的なパワーを発揮して激しくしゃくり上げ、貝あわせの快感を貪っていた。

少女二人の甘く切なげな喘ぎに連動して、濡れた陰唇同士が前後左右に擦れあい、楕円を描いて睦みあう。混ぜあわされ、泡立てられた愛液が糸を引いて床に滴り落ち、甘酸っぱい匂いが室内の空気を媚薬に変えた。

女陰を押しつけあった二人の尻は、次第に床から浮き上がり、下半身全体のグラインドを交えて、レズ性交の極致とも言える性器密着摩擦の快感を共有する。

「やはぁぁぁんっ！　イッちゃううっ、イッちゃうううウンッ！」

裏返った声を上げて仰け反った鮎子の尻で、銀色の尻尾がピンッ！　と硬直し、絶頂寸前の痙攣を起こした。

「んっ、はんっ！　くふううんっ、いっ、いつでも……イッていいぞ！」

わななく太腿をしっかりと抱き寄せた咲妃は、さらに深く性器を密着させながら、とどめの腰振りを仕掛ける。

くちゅくちゅくちゅくちゅくちゅくちゅくちゅぷちゅ、じゅぷじゅぷじゅぷじゅぷるっ！

泡立った蜜にまみれた密着ヴァギナで、しこり勃ったクリトリス同士が互いに包皮を剥きあって激しく擦れ戯れ、溜まりに溜まった女悦の堤防を決壊させた。

「イクぅうッ！　イクッ、あっ、やっ、やはぁぁんっ！　イクイクイクイクウウンッ！　ふうううわぁぁぁぁぁぁぁぁぁあああああああ～ンッ‼」

甘いアクメの絶叫で室内の空気を震わせながら、淫神に憑かれた少女はエクスタシーの高みへと舞い上がる。

「今だッ！　来姦よ、我が身に……還らせたまえッ！　イッ……くううんッ！」

絶頂収縮する鮎子のヴァギナから迸る灼熱した喜悦水の感触に震えながら、神伽の巫女も女悦を極め、熱い愛液をスプラッシュさせた。

絶頂に震えるメガネ少女の尻からスルリと離れた獣の尾が、貝あわせの淫戯に興じている咲妃の尾骨にピタリと吸着した。

「神体……招迎ッ！　はぁぁぁぁぁぁぁンッ！」

淫尾《いんび》に宿っていた神格の気が、悩ましげに眉を寄せて震える神伽の巫女の背筋に吸い込まれてゆく。全ての神気を吸い取られ、ただの尻尾型アクセサリーと化した淫尾が、官能の汗にぬめ光る美尻から、ポロリと外れて床に落ちた。

「ハァハァハァ……何とか終わった。さて、後始末が大変だな……」

失神した鮎子から離れた呪詛喰《カースイーター》らい師は、ずれていた退魔装束を直して性器を隠しながら、まだ金縛りの解けていない信司のところに歩み寄った。

「……ご、ゴメン」

全裸でベッドに横たわったまま、恥ずかしげな声で詫びる少年の腹には、暴発したペニスから迸ったスペルマがコッテリと粘り着いていた。

「私と塩焼きのレズシーンを見て射精してしまったか？　なかなかの絶倫だな。……さて、申し訳ないが、今回は私の一存で、全ての記憶を封じさせてもらうぞ」

気だるげな口調で告げた呪詛喰《カースイーター》らい師は、赤ペンを手にして信司に歩み寄った。

翌朝……。

女子寮からほど近いところにあるファミレスに、信司からの電話で、急遽呼び出された都市伝説研究部のメンバー達の姿があった。

ドリンクバーで調達してきたソフトドリンクの飲み比べを仲睦まじくやっている咲妃と有佳の隣で、ちゃっかりついて来た瑠那は、朝っぱらからパフェをパクついている。

「……で、信司、こんなに朝早くから、一体、何の用なの？　アナタの呼び出しってことは、都市伝説絡みなんでしょうけれど」

鮎子は、ホットコーヒーを一口飲んでから、不機嫌そうな声で問いかけた。

（かなりお疲れの様子ではあるが、記憶封印は完璧なようだな……）

呪印使いの少女は、生徒会長の様子を横目で見ながら、安堵の吐息を漏らす。

淫神の依り代となった者、「かんなぎ」には、呪印術が通じないことがままあるのだ。

「ネット掲示板の速報によると、昨日の深夜、女子寮の近所で、長い尻尾のある女性型の獣人が空を飛んでるのが目撃されたらしいんだ。昨日のリベンジで、早速今夜、調査をしたいと思うけど、みんなの都合は？」

「また獣人絡みのネタか……。信司、お前は疲れているんじゃないか？」

イタズラっぽい笑みを浮かべて問いかける咲妃の口調は、昨夜の奮戦の余韻が抜けきっておらず、いつもよりも気だるげで色っぽい。

「ん？　ああ、そういえば何となく身体が怠い気がするけど、大丈夫、調査に支障はない！　逆に足腰は軽い感じだからな」

逆レイプで精気を残らず吸われそうになったとは思えぬほど元気な声を上げ、都市伝説マニアの少年は胸を張る。

「さすがだな。三発ぐらい、たいしたことがないか……ふあぁ～」

苦笑した呪詛喰らい師《カースイーター》は、湧き上がってきた生あくびを噛み殺す。

「三発って何だよ？　訳わからないな。……とにかく、今夜は女獣人を何としても見つけるぞ！　当然、鮎ねえも来るよな？」

　怪訝そうな顔になった信司は、咲妃以上に眠そうな様子の鮎子にも声をかける。

「昨日みたいな格好で女子寮の近所をうろついたら、確実に不審者として通報されるから、調査は却下します！」

　自分が女獣人の正体であることをすっかり忘れ去っている生徒会長は、疲労と眠気で緩みがちになる表情筋をキリッ！　と引き締め、生真面目な口調で言い放つ。

「えーっ、なんで鮎ねえに調査活動を却下されなきゃいけないんだよ⁉　オブザーバーのくせに横暴だぞ！」

　ムキになった少年は、テーブルに身を乗り出し、鮎子に詰め寄った。興奮で顔を上気させた信司とメガネ少女が、吐息のかかりそうな距離で見つめあう。

「ふひゃっ！　かっ、顔、近すぎるわよッ！」

　素っ頓狂な声を上げて信司の身体を突き放した鮎子は、耳まで真っ赤になっている。

「なっ、何だよ、鮎ねえらしくない乙女チックなリアクションだな」

　そう言っている信司の顔も、赤らんでいた。


「らしくないとは何よ！　私だって女なんですからね、人並みの恥じらいぐらい……あっ、あるわよ！」

　いつになくドギマギした様子で言い返す鮎子の身体は、自分でも不思議なぐらい火照り疼いてしまっていた。

「恥じらいて、されど疼きし乙女の身……」

　一句詠んだ咲妃は、ドリンクの入ったグラスを手に取った。ストローを咥えてすぼめられた唇と、嚥下《えんげ》のたびにコクコクと動く白い喉が、今朝はいつも以上に艶めかしい。

「疼きませんッ！　まったくアナタは、どうして朝からそういうことばかり言うの⁉」

「私は朝だけじゃなく、年中無休二十四時間エロいぞ」

　誇らしげに言って胸を張った咲妃の爆乳が、その存在を誇示するかのように揺れ弾み、その場にいた全員の視線を釘付けにした。

「……いい揺れっぷり。神伽の巫女の肉体、すごく美味しそうだわ」

　ファミレスから少し離れたビルの屋上から、咲妃の乳揺れを見つめながら、褐色肌の美女がつぶやいた。

昨夜、鮎子に尻尾型のアクセサリーを手渡した、妖艶な美貌の女性が、黒革のビザールファッションもあらわな艶姿でたたずんでいる。

「ねえ、アナタもそう思うでしょう？　ヴォルフ」

野性美と肉感的なエロスを併せ持った女は、彼女の背後に立つ巨大な影に語りかけた。

「御意。しかし、カースイーターの邪魔立てで、淫神、来姦を捕食できなかったのは、はなはだ無念ではございますが……」

渋い男性の声で答えたのは、身長二メートルはありそうな狼男型の獣人であった。全身を銀色の体毛に覆われた、筋骨たくましい肉体をしており、耳まで口の裂けた野獣の面相をしてはいるが、その瞳は意外と穏やかで、知性の輝きさえ宿っている。

「確かに、パワーアップし損ねたわね。でも、カースイーターの能力の一端を見られただけでも価値があったわよ。……常磐城咲妃、欲しいわ……。次の手を考えなきゃ」

褐色肌の美女は、ふっくらと肉厚な唇を淫靡な笑みで歪めながらつぶやいた。

封の八　淫蕩なる来訪者

そこは、暗黒に支配された部屋であった。

淫靡な臭気に満ちた、濃密な闇の中、獲物を狙う深海魚の発光器官を思わせる光を放っているのは、使用目的も定かでない機器のインジケーター類。

わずかなヴァイブ音と地虫が鳴くようなモーターの唸りに、少女の押し殺した呻きとすすり泣きが混じる。

「あぁぁぁ、お許しを……もう、もう出せませんッ……ひぁ、くあぁぁぁぁぁぁッ！」

苦しげな中にも艶めかしい響きが混じった声を上げ、闇の中に輪郭だけを浮き出させた少女の裸身が弓なりに反り返って、絶頂の痙攣に包まれる。

インジケーターのかすかな光に浮き上がった華奢な肉体には、チューブ状のものが何本も絡みつき、低いヴァイブレーション音を立てて肉体を嬲っていた。

ずじゅるっ、じゅるっ、ずずっ、じゅぷるるるっ……。

少女の下腹に繋がったチューブが、はしたない吸引音を立てながら、絶頂と同時に彼女が迸らせたものを吸い取ってゆく。

「あッ、アッ、あぁぁンッ！　出てるううッ、止まらないッ、ふぁぁぁぁ……」

吸引を受ける少女の声には、あからさまな喜悦の響きが宿っていた。

「ほおら、まだまだいっぱい出せるじゃないの。嘘はいけないわよ……」

絶頂痙攣している少女に、闇の奥から声がかけられた。

聞く者の鼓膜を甘く揺さぶり、老若男女を問わず妖しい官能を呼び起こすような、淫蕩な響きの女の声である。

「あと少しで、淫神降誕に使う秘薬、反ネクトルが完成するわ。だから、もう少し頑張っていただくわね」

色香を煮詰めたような声で告げた女の指が、手元のコントローラーを操作すると、闇を震わせていたヴァイブレーション音が一気に強まった。

「ヒイイイッ！　あぁぁぁんっ！」

「きゃはぁぁぁうううんっ！　らめぇぇぇ〜ッ！」

先ほどの少女とは明らかに異なる、幾人もの嬌声が、淫臭立ち込める室内に響く。

出力の上昇に伴って明るさを増したインジケーターの光が、室内の様子をうっすらと照らし出した。

広さも定かでない空間では、十人を超える少女達が、身体に何本ものチューブを吸いつかされ、振動する機械の無慈悲で執拗な愛撫を受けて悶え、喘いでいる。

床の上に仰向けになっている者、後背位の姿勢で尻を突き上げ、狂ったように腰を振る者、何らかの淫らな実験台にされているらしい女体の群れが、様々な体位、姿勢で機械の責めを受けていた。中には、ＳＭ緊縛さながらのＭ字開脚姿勢で天井から逆さ吊りにされている者までいる。

様々な太さのチューブは、悶え狂う少女達のヴァギナとアヌス、さらには尿道にまで挿入され、先端に装着されたヴァイブレーターで性感帯を根こそぎ揺さぶって、湧き出す体液を採集していた。

そして、女体内部を責めているものよりもはるかに太いチューブがもう一本、少女達の股間に吸いつき、ジュルジュルという吸引音を立て続けている。

「ひぁぁうんっ！　もう、もう……射精、させないでぇ！あぁぁぁあんっ！」

引きつった声を漏らした裸身が弓なりに仰け反り、淡い光の中にシルエットを浮き上がらせた肉柱が、制御不能の脈動に包まれる。

薄青い燐光を放つ軟質チューブに深々と咥え込まれ、白濁の絶頂エキスをドクドクと射出しているのは、女性には本来存在しないはずの器官であった。

硬く張り詰めた海綿体の先端では、包皮を剥け返らせて露出した見事な亀頭が、鈴口から濃厚な白濁液を大量噴出しながら暴れ狂っている。

至る所で絶頂を告げる叫びが上がり、少女の勃起が純白の精液をびゅるるっ、びゅるるっ、と噴出しながら、随悦の胴震いを競いあう。

ドクッ、どくっ、びゅくんっ、びゅううっ、びゅるううっ、どぴゅるるるるるっ！

本来ならば、クリトリスの存在している場所から雄々しく伸び上がり、力強くしゃくり上げるペニスの脈動にあわせて、チューブに緊縛された少女達の裸身が射精エクスタシーの快感に跳ね悶える。

「そう、それでいいの。射精するのって気持ちいいでしょう？　フタナリペニスの奥から、白いドロドロのザーメンをもっといっぱい搾り出しなさい、アタシの可愛いアンドロギュヌス達……クククククッ、フフフフフッ」

絶頂するペニス少女達を金色の瞳で見つめながら、妖艶な声の女は楽しげな含み笑いを漏らす。飾り気のないオフィスチェアからはみ出さんばかりに豊満な美尻を委ね、スラリと長い脚を組んだ女の肌は、闇に融け込むような褐色。インジケーターの照り返しにきらめくロングヘアは、青みを帯びた銀色をしていた。

私立槐宝学園の校内は、夏休み中だというのに、多数の生徒達で賑わっている。

空調の効いた教室内では、夏期休暇中の補習授業が行なわれており、夏休み中も練習を欠かさぬ運動部員達の声が、グラウンドや体育館に響いていた。

学食も、規模やメニューを限定しながら営業し、思春期の少年少女が食欲を満たしつつ語らい、騒いでいる。

「……咲妃さんは、瑠那さんに甘すぎると思います！」

学食のテーブルに、咲妃と二人きりで着いた有佳は、珍しく愚痴っていた。

夏休み寸前に転入してきた瑠那が、補習授業を受けているので、それが終わるのを待っているのだ。

「まあ、そう言うな。あの子は色々と訳ありなんだ。私が受け入れてやるのが、現状ではベターな解決策なんだよ。わかってやってくれ」

呪詛喰らい師《カーススイーター》の異名を持つ退魔少女は、穏やかな口調で同性の恋人をなだめる。

「それは……そうかもしれませんけど……咲妃さんとなかなか二人きりになれないのは、はっきり言って辛いです」

恥ずかしげに頬を染めたかんなぎの少女は、可愛らしさの中にも秋波を込めた視線を投げかけながらつぶやいた。

金髪の留学生がクラスに転入してきて以来、有佳は咲妃と二人っきりで愛しあう法悦の時間をなかなか見出せずにいるのだ。

日課となっていた放課後の快楽行為も、瑠那の出現以来、ずいぶん長い間ご無沙汰になっていて、欲求不満気味である。

有佳は決して淫乱な性格ではないし、十代の少女らしからぬ強い自制心の持ち主であったが、一度覚えてしまった蜜悦の味は、そうそう我慢できるものでもない。

「淫夢の中だけでは、欲求が満たされないか？」

「そっ、それとこれとは、別ですよ……やっぱり、現実がいいです」

色っぽい口調で投げかけられた問いに、有佳はさらに頬を染めながら言い返す。

体内に封じた淫夢神の力を制御できるようになった咲妃は、学生寮で眠る有佳の夢に侵入して、誰にも邪魔されることなく淫悦の行為に耽るようになっていた。

淫夢の中で得られる快感は、現実と寸分違わぬリアルなもので、夢ならではの非現実的なプレイや状況も楽しめるのだが、それだけでは有佳の心は満たされないらしい。

「それなら、まだ少し時間があるから、トイレに行こうか？」

魅惑的な笑みを浮かべた恋人の申し出を、身体を疼かせている少女が断れるはずもなかった。


「んっ、ふぁ、さっ、咲妃さん……ッ」

首筋を這う舌の心地よさに、有佳は熱い喜悦の喘ぎを漏らす。

「人払いの呪印は施してあるが、声は抑えた方がいいぞ」

可愛らしい喘ぎを漏らす少女に注意を促しながらも、呪詛喰らい師《カースイーター》の指は、有佳のショーツをずり下げ、熱く潤んだ秘裂に侵入して、淫靡な屈伸運動を続けている。

ここは、二人にとって思い出深い女子トイレ。ペニス型の淫神、淫ノ根に憑かれていた有佳の疼きを、咲妃が最初に鎮めてやった場所である。

入口に描き込んだ呪印の効果で、他人の侵入を排除した二人は、女同士の蜜戯に耽っていた。体位もあの時と同じで、ショーツを膝までずり下げて便座に腰掛けた有佳の身体を咲妃が抱擁して愛撫するというスタイルだ。

「やはり、直接触れあう方がいいな……ンッ、ふぁ！」

紅潮した耳たぶを甘噛みしながら、咲妃も鼻にかかった喘ぎを漏らす。

有佳の指も、緊縛を緩めた革帯ボンデージの隙間から挿入され、神伽の巫女の秘部を控えめな指使いで愛撫していた。有佳の愛撫はまだ拙《つたな》いが、咲妃に対する愛情が、快感を何倍にも増幅させている。

「あふ……ンッ、ちゅっ、ちゅっ、クチュ……ちゅぷ、んふ……くちゅるっ……」

互いの性器にむず痒い疼きを送り込みながら、貪るようなディープキスを交わす。

柔らかな唇が融合してしまいそうなほどに押しつけあい、甘い唾液を満たした口腔内で、一時も休むことなく舌が絡みあう。時折、細い喉がコクコクと動いて、悦びの味がする恋人の唾液を飲み込んでゆく。

「有佳、一緒に……イクぞ」

かすかに震える声で言った咲妃は、蜜に濡れた指先を、硬くしこり勃った有佳のクリトリスにあてがった。

「きゃふうっ……は、はい……咲妃さん、大好きぃ……」

可愛らしい声を上げて首をすくめたかんなぎの少女も、革帯に圧迫されていた神伽の巫女の肉芽を、指の腹で押し込みつつ、小刻みに震わせて刺激する。

最も敏感な突起から発生した痺れるような悦波が恥骨を灼熱させ、きつく抱きあった身体を一気にエクスタシーへと舞い上がらせた。

「んんふううっ、んっ、んんんん〜ッ！」

再びディープキスを交わし、愛しい者の放つ絶頂の叫びを喉の奥に呑み込みながら、二人は快感の頂点を同時に極めた。

「咲妃お姉ちゃんお待たせェ♪　……むうぅ……お姉ちゃんの身体から、他の女のエッチな匂いがする！」

補習を終えて学食にやってきた瑠那は、咲妃に抱きつくと同時に顔を上げて不満げな声を上げた。

「ああ。さっき、有佳と久々に親交を深めていたんだ」

羞恥心のピントが常人とかなりずれている呪詛喰らい師《カース・イーター》は、あっさりと白状する。

「ちょ、ちょっと、咲妃さんっ！　恥ずかしいから、言わないでくださいッ！」

顔を真っ赤にして声を上げる有佳であったが、その表情や声音には、勝ち誇った響きがわずかに混じっている。

「怪力女だけズルイ……アタシはキスもろくすっぽしてもらえないのに……」

有佳をジロリと睨んだ金髪娘は、子供っぽく頬を膨らませて愚痴る。

「瑠那、有佳と私がこういう関係だということは、お前だって知っているだろう？」

「知ってるけど。でも、不愉快。すっごく不愉快ッ！」

わかってはいても、心情的に許せぬらしく、瑠那は唇を尖らせた。

「瑠那さんに不愉快がられる筋合いなんてありませんよ」

視線もあわせずに言い放った有佳の口調は穏やかではぁったが、言葉の奥には隠しきれないトゲが込められている。

「アタシの感情についてどうこう言う筋合いだって、アンタにはないでしょ⁉」

「あら、瑠那さん、焼餅は可愛くないですよ？」

死霊使いの金髪娘と、かんなぎの少女は、険悪な表情で睨みあった。

「……よし、これから一緒に遊園地に行こう！」

二人のギスギスしたやりとりを黙って聞いていた咲妃が、唐突に提案する。

「えっ、遊園地、ですか？」

「ああ。夏休みに入ったら、行ってみたいと思っていたんだ。今からだったら、午後の割引プランで安く入場できるぞ。さあ、出発だ！」

快活なひと声で、瑠那と有佳の間に立ち込める険悪な空気を振り払った呪詛喰らい師《カースイーター》は、颯爽とした足どりで学食を出て行く。

相互に恋敵認定している二人の少女は、睨みあいを一旦中断して、咲妃の後を追うしかなかった。

「さあ、思いっきり遊ぶぞ！　目標は全アトラクション制覇だ！」

家族連れやカップルで賑わう園内を楽しげに見回しながら、咲妃は宣言する。

「咲妃さん、はしゃぎすぎですよ」

「任務以外で遊園地に来るのは、これが初めてだからな。はしゃぎたくもなるさ」

槐宝学園から、地下鉄と電車を乗り継いでやってきたのは、この地域では最大級の広さと設備を誇る巨大遊園地。

夕刻になって、夏の日差しも幾分和らいだ園内には、男女や子供達の上げる歓声が木霊している。

呪詛喰らい師《カースイーター》の異名を持つ退魔少女は、宣言通り、片っ端からアトラクションに挑んでゆく。最初はギスギスしていた有佳と瑠那も、遊園地特有の開放的で楽しげな空気で気持ちが解れたのか、咲妃の左右に陣取って、歓声を上げ始めていた。

特に瑠那は、年相応の子供に戻って、各種アトラクションを満喫している。

「よし、次はいよいよ、あれに乗るぞ！」

咲妃が指さしたのは、この遊園地最強の絶叫マシンである、垂直落下式トリプルコークスクリューコースター、その名も「ウロボロス」。

ちょっと背伸びして、身長制限をクリアした瑠那と、逃げ腰になる有佳を引っ張った呪詛喰らい師《カースイーター》は、リフト状の吊り下げ構造になっている車両に乗り込んだ。

ドシュウウウウウッ!!　白い蒸気を噴出しながら射出されたコースターは、一気に急上昇し、最上段に達するやいなや、垂直に落下しながら激しく回転する。

「ひきゃぁぁぁあぁぁぁ〜ッ!!」

「ヒッ……うぁ……はきゅううんッ！」

引きつった悲鳴を上げる有佳と、悶絶寸前の金髪娘とは対照的に、咲妃は恐怖の表情すら浮かべていない。

「ううむ、イマイチ加速と捻りが足りないな……これでは失神できないぞ」

垂直落下しながら錐もみ回転するコースターの最前列席で腕組みした呪詛喰らい師《カースイーター》は、強烈な遠心力と落下の風圧に黒髪を掻き乱されてしまいながらも、落ち着き払った様子でつぶやいている。

絶叫マシンから降りた一行は、カフェで小休止した。

「ふぁ、まだ膝がガクガクしてます」

「アタシは全然、平気だったわよ」

有佳の発した弱気なひと言に、負けず嫌いな瑠那が即座に喰いついてくる。

「それじゃあ、瑠那さんだけもう一回乗ってきますか？」

穏やかな口調の陰に挑発を秘めて、かんなぎの少女は言い返す。

「アタシがあれに乗っている間に、アンタが咲妃お姉ちゃんとエッチなことするかもしれないから、今回は遠慮しておくわ」

「しっ、しませんよ、そんなこと……」

サファイア色の碧眼を細めながら反撃する金髪娘に、有佳は動揺を隠せない。

「学園のトイレで咲妃お姉ちゃんにクチュクチュしてもらってたくせに」

「クチュクチュって……そっ、そんな、はぁぁう……」

恋敵の年上少女を赤面させて一矢報いた金髪の小悪魔は、してやったりと言いたげな笑みを浮かべると、目の前の大盛りパフェをぱくつき始めた。

「やれやれ、また小競りあい再開か、お前達も飽きないな」

苦笑する咲妃の背筋を、ゾクリ！　と、寒気にも似た感触が駆け抜ける。

「むっ、この気配は……この近くで何者かが霊気を収束している！」

緊張しつつ立ち上がった退魔少女の鼻腔に、クチナシの花に似た甘く蠱惑的な香りがフワリ、と忍び込んできた。

「これは……『反ネクトル』の匂い⁉　まさか、こんなところで誰かが淫神の強制降誕を？　二人とも、ここにいろ！　方角は……こっちか⁉」

「えっ！　ちょっと咲妃さん、どうしたんですか⁉」

有佳と瑠那に言いつけて立ち上がった呪詛喰らい師《カースイーター》は、有佳の不安げな問いにも答えず、媚香の発生源に向かって足早に駆けてゆく。

（反ネクトル……亜神クラスの存在を強制的に淫神化させる禁断の秘薬。あんなモノを人が大勢いる場所で使うなど、正気の沙汰ではない！）

鋭さを増した視線の先にあるのは、ヒーローショーが行なわれている野外ステージ。数百人は収容できそうな会場は、子供達でほぼ満員状態だ。

（神気が高まっている……まずい、このままでは顕現してしまうぞ！）

野外ステージに咲妃が到着する寸前、高まりきった神気が弾けた。

パシイイインッ！　ピシャアァァァンッ！

落雷にも似た鋭い音が空気を震わせ、ヒーローと怪人が戦っていたステージが、薄緑色に輝くエクトプラズムの霧に包まれる。

急激に広がった霧は、観客席をも呑み込み、さらに拡大してゆく。

ヒーローショーの演出と勘違いして歓声を上げていた来場者達が、濃密な霊気に当てられ、次々に意識を失って倒れ伏した。ようやく事態の異常さに気付いて立ち上がった観客達も、パニックに陥る間もなく昏倒してしまう。

「間に合わなかったか！　しかし、これ以上の被害は出させないッ！」

内腿のペンホルダーからありったけの赤ペンを引き抜いて握り込んだ呪印使いの少女は、拳を強く握り締める。

ビシッ！　と小さな音を立てて割れた赤ペンから噴き出たインクは、咲妃の手のひらから湧き出るエクトプラズムと混じりあって赤い霧状に変化し、野外ステージ全体を取り囲む巨大な呪印を描き出してゆく。

「五行結界陣《ごぎょうけっかいじん》……成功ッ！」

会場の外にまで溢れ出ようとした霧は、咲妃が張った見えない壁に行く手を阻まれて後退を開始した。

「咲妃お姉ちゃん、ひょっとしてこれ、封神解放の儀式じゃないの？」

息せききって駆け寄ってきた瑠那が問いかけてくる。

「瑠那、来てしまったのか……。そのとおりだ。何者かが、この地で淫神を解放したらしい……お前は、もう少し後方に下がっていろ。神体顕現《しんたいけんげん》、来るぞッ！」

瑠那の身体を後方に押しやった呪詛喰らい師《カースイーター》が緊張した表情を浮かべると同時に、神体の顕現が始まった。

舞台上に収束した霧は、渦巻きながら密度を高め、小柄な人の姿に凝り固まってゆく。

青緑色のオーラに包まれたその姿は、神主が着るような古風な衣装をまとった幼い子供のように見える。愛くるしい顔に似合わぬ淫蕩な笑みを浮かべた淫神は、地上数十センチの高さをフワフワと浮遊していた。

「……神格照合……ワラシ神。幼い子供達に淫らな感情を起こさせ、未熟な絶頂の波動を好んで吸う淫神……」

顕現した淫神の正体を看破した咲妃の美貌が強張る。

「狙いは、この遊園地に集った子供達の精気か……。だが、まだ顕現したばかりで、神体が安定していない今ならば……。こいつを借りるぞ！」

素早く周囲を見回した神伽の巫女は、クレープショップの店先に置いてあった粉砂糖入りのボトルを手に取ると、実体化しつつある淫神に向かって走り出す。

　倒れた子供達の顔を覗き込み、獲物を物色している淫神に駆け寄った咲妃は、制服の胸元を大きく引きはだけ、ブラをずり下げた。

　深紅の革ベルトに緊縛されたHカップオーバーサイズの美爆乳が、プリュンッ！　と大きく揺れ弾みながらまろび出る。

「略式だが、これで行けるはず……」

　革帯もずらし、あらわになった爆乳の表面に粉砂糖を振りかけた神伽の巫女は、乳肌を白く飾った砂糖の皮膜に爪の先を滑らせ、複雑な紋様を描き出してゆく。

「近《こち》の方、来臨されませ……我が胸乳の甘露にておもてなしいたします」

　粉砂糖で白くデコレーションされた爆乳に紋様を描き終えた神伽の巫女は両手を広げ、慈愛に満ちた笑みを浮かべてワラシ神を誘う。

「……カン……ロ？　欲シヤ……」

　甲高く舌足らずな子供の声を上げた淫神は、宙を滑るようにして近づいてきた。

　鞭を打ち鳴らすような、鋭い神鳴りの音を立てながら咲妃の懐に滑り寄ったワラシ神は、粉砂糖による化粧を施された爆乳にむしゃぶりつく。

「ふぁ……あ、そう……ご賞味を……はぁあんッ！」

　淫神は、喜悦の表情を浮かべて仰け反る少女の乳肌に描かれた模様に沿って舌を這わせ、粉砂糖を残らず舐め取り、淡雪のような砂糖に包まれてツンと尖った乳頭に幼い唇をチュパッ！　と音を立てて吸いつかせた。

「ンフンフンフ……イシイヤ……イシイヤ……」

　美味を意味する古風な言葉を連呼しながら、子供型の淫神はさらに勃起を際立たせた乳頭を、頬をすぼめて夢中になって吸い上げる。

「はぁぁう……んんっ！　神体、招来ッ！」

　砂糖まみれの乳首を舐め転がされ、甘噛み混じりに吸引される快感で絶頂してしまいそうになりながらも、神伽の巫女はワラシ神の身体を抱き締め、まだ完全に顕現しきっていない神体を身体の内へと迎え入れた。衣冠束帯《いかんそくたい》姿の子供の姿をした淫神が、メリハリの利いた肉体にスウッ、と沈み込んで消え失せる。

「ハァハァ……どうにか、受け入れられたか」

爆乳を剥き出しにしたまま、咲妃はペタリと路面にへたり込んで肩を喘がせる。

「咲妃さんッ！　大丈夫なんですか？」

瑠那と共に離れたところで様子を見守っていた有佳が駆け寄ってきた。

「ああ。大丈夫だ」

神伽を終えた退魔少女は、余韻で紅潮した顔に笑みを浮かべてみせる。

「あんな方法で封印しちゃうなんて、お姉ちゃんはヤッパリすごい術者だわ」

足元をふらつかせている咲妃を支え、死霊使いの金髪少女は感嘆の声を上げる。

「稚児神は、淫神であると同時に、甘いものに目がないんだ。だから、粉砂糖でとっさに呪印を描いて、私の体内へと誘導した。……おい、そこの物陰に隠れている奴、そろそろ出てきたらどうだ⁉」

金髪少女の髪を優しく撫でてやりながら告げた呪詛喰らい師《カースイーター》は、一転して厳しい口調で、野外ステージの舞台袖に向かって呼びかける。

「ああんっ、見つかっちゃった♪　まさか、神伽の巫女がこんなところにいたなんてネ。これは、予想外のハプニングだわ」

鼻にかかった色っぽい声で言いながら姿を現わしたのは、毛皮のロングコートを肩から羽織った、銀髪、褐色肌の妖艶な顔立ちをした美女。

前をはだけたコートの狭間からは、エナメル光沢を放つ黒革のビザール風の下着と、同素材の編み上げロングブーツとロンググローブに包まれたダイナミックな半裸身が覗き見えている。

「ヒッ⁉」

女の姿を見て、誰よりも早く、激しく反応したのは瑠那であった。

まるで怯えた子犬のように、咲妃の背後に身を隠し、全身を震わせている。

「瑠那ちゃん、お久しぶりねぇ。何をそんなに怯えているのかしら？」

肉厚な唇に好色そうな笑みを浮かべた女は、官能的な響きを帯びた声で、怯える金髪少女に声をかける。

「そっ、そんな……ゼムリヤお姉ちゃん⁉　アナタは死んだはずよっ！」

咲妃の背後から顔だけを覗かせ、瑠那は恐怖に引きつった声を上げた。

「ひどいわねぇ。この通り、ちゃんと生きているわよ。瑠那ちゃんこそ、あの危機的な状況から無事に逃げ出せたみたいね、安心したわ」

毛皮コートの前を大きくはだけ、露出度過剰な肉体と、スラリと長く伸びた脚を見せつけた褐色肌の美女は、金髪娘に手を差し伸べる。

「さあ、いらっしゃい、可愛い子猫ちゃん。ゼムリヤお姉ちゃんが、久しぶりに、た～っぷりと可愛がって、あ、げ、る♪」

「嫌ッ！　咲妃お姉ちゃん、助けて！」

瑠那は、咲妃の身体にきつくすがりついて半ばパニック状態に陥っている。

勝ち気な死霊使いの小悪魔少女とは思えぬ、心の底からの畏怖が、小刻みに震える小柄な身体から伝わってきた。

「ゼムリヤとかいったな。瑠那とは旧知の間柄のようだが、お前もロシアレメゲトン派の残党なのか？」

怯える少女の身体を撫でてやりながら、呪詛喰らい師《カースイーター》はゼムリヤと呼ばれた美女に、いつもよりも硬い声音で質問を投げかける。

「ええ。以前はロシアレメゲトン派に属していたわ。でも、今のわたしは、九未知会《ナインアンノウンズ》の一員なのよ。すごいでしょ？」

「なっ！　アンノウンズだと⁉」

咲妃の視線が険しさを増し、周囲の空気が冷たく張り詰めるような、悽愴な気が全身から放たれた。

「あぁ、すごいわ。魂の底まで射貫くようなその視線と、身体の芯にビンビン感じちゃう強烈な気、堪らないわぁ、もう濡れて来ちゃった」

咲妃にも勝るサイズの褐色爆乳に指を喰い込ませて揉みしだきながら、毛皮コート姿の妖艶美女は、マゾっぽい表情を浮かべて喘ぐ。

「でも、そんなに喧嘩腰になっちゃイヤよ。戦う気なんてまったくないんだから」

オイルでも塗り込んだかのような淫靡な光沢を放つ褐色の乳房を、淫らな指の動きでこね回し続けながら、ゼムリヤは熱く湿った媚びを含む声で告げる。

「お前がこれ以上の狼藉をしでかさない限り、私にも戦う意思はない」

一触即発の場面にもかかわらず喘いでいる淫蕩な女術者を強い視線で射貫きながら、呪詛喰らい師《カースイーター》も返事を返す。

「それを聞いて安心したわ。カースイーター……ホント、想像以上に美味しそうな身体。ファックバトルなら、いつでもどこでもOKよ。何なら、今ここでする？　神伽の巫女のテクニックで、アタシのエロエロな身体を思いっきり可愛がってェ」

ウットリと目を細めて咲妃を見つめながら言ったゼムリヤは、肉感的な唇を舌で舐め回しつつ、毛皮のロングコートに包まれた色気過剰な褐色ボディをくねらせる。

「なっ、何なんですか、あの人……ひょっとして、変態さんですか？」

やりとりを緊張の面持ちで見守っていた有佳が、半ば呆れ気味な声を漏らす。


「残念だが、私にはお前と戯れる気はまったくない」

言動や仕草の全てが過剰な色香を放つ淫妖女に、はっきりと言い放つ咲妃。

「あら、残念。アナタにだったら、捕まえられて尋問陵辱されてもいいいって思っていたのだけれど……。今日のところは大人しく引き下がっておくわ」

本当に残念そうな表情になった褐色美女は、乳揉みをやめて数歩、後退する。

「お互いにそれが最良の選択だろうな。さっさと立ち去るがいい」

「ええ。帰ったら、アナタに尋問陵辱されるのを想像して、たっぷりオナニーするわ、じゃあねェ♪」

卑猥な捨て台詞を残したゼムリヤの猥褻ボディが、舞台袖の暗がりにスウッ、と融け込み、気配が完全に消えた。

「ふぅ……。去ってくれたか」

安堵のため息を漏らした咲妃は、まるで腫れ物にでも触るかのような慎重な手つきで、ずれていた革帯を直し、はだけていたシャツのボタンを留める。退魔機関に連絡を入れて事後処理を一任した神伽の巫女は、瑠那と有佳を伴って自宅マンションへと帰還した。

帰路の間も、瑠那はひと言も口を利かず、咲妃の身体にすがりついて震えていた。

「とりあえず、今夜は二人ともここに泊まっていくといい。念のために、呪符による防御結界を張っておくとしよう」

デスクの引き出しから、新しい赤ペンを取り出して内腿のホルダーに補充した呪印使いの少女は、護符のサイズに切りそろえられた和紙の束に、呪印を描き込み始めた。

「……ねえ、咲妃さん」

呪符作成の作業を黙々と続けている退魔少女に、有佳が遠慮がちな声をかける。

「ん、何だ？」

「さっき、九未知会《ナインアンノウンズ》とかいう名前を聞いた時、すごく恐い顔をしましたよね？」

「そんなに険しい表情になっていたか？　私もまだまだ修行が足りないな」

流れるようなペン捌きで呪符を描き上げながら、退魔少女はおどけた口調で応じる。

「ええ。今まで見たことがない、恐い表情でした。差し支えがなければ、アンノウンズってどんな組織なのか、教えてくれませんか？」

「……アタシも、知りたい」

テーブルに置かれたジュースのストローを咥えてチビチビ飲みつつ、瑠那も蚊の鳴くような小さな声でつぶやいた。ゼムリヤと再会したショックが大きいのか、普段は勝ち気な金髪娘は、借りてきた猫のように大人しくなっている。

「瑠那も初耳だったのか？　いいだろう。二人とも、事件の関係者である以上、多少の情報は得ておくべきだな」

呪印を描き込みながら、咲妃は語り始めた。

「九未知会《ナインアンノウンズ》、通称、アンノウンズは、ごく最近になってその存在が確認された組織で、その規模、活動内容、構成人員など、全てが不明の術者集団だ」

「悪い人達なんですか？」

不安げな表情で有佳が問いかける。

「一般人を巻き込んだ大規模な呪術儀式を行なう厄介な連中ではあるが、今までのところ、儀式で死者を出したことはない。不特定多数から、少しずつ精気を調達する技術に長けた術者集団のようだ」

描き上げた呪符をチェックしつつ、咲妃は話を続ける。

「それに、彼らの活動を妨害したり、攻撃を仕掛けたりしない限り、戦闘状態に突入したという事例はまだない。だが、一旦交戦状況に陥った場合、アンノウンズのメンバーと戦った者達は手酷い反撃を受けて、撤退を余儀なくされている」

「強いんですね。あのゼムリヤという人と、戦いにならなくてよかったです」

有佳は、安堵の表情を浮かべながら言った。

「ああ、そうだな。アンノウンズのメンバーは、敵対した相手であっても命を奪わず、重傷程度で見逃すほどの余裕と度量を兼ね備えた強者揃いだという噂だ。……よし、これで呪符は完成した」

咲妃は、室内の要所に描き上げたばかりの呪符を貼りつけてゆく。ノリや粘着材など塗布していないにもかかわらず、呪符は壁やガラスにピタリと貼りついた。

「瑠那、もう安心していいぞ」

防御結界を構築し終えた咲妃は、借りてきた猫のように大人しくなってしまった金髪娘に声をかけた。

「もしよければ、あの、ゼムリヤという女について教えてくれ」

瑠那の隣に腰を下ろした呪詛喰らい師《カースイーター》は、小柄な身体を膝の上に抱き上げ、柔らかな金髪を撫でてやりながら質問する。

「あの女の名前は、ゼムリヤ・イリュージア……」

咲妃の膝の上に抱かれて安心したのか、死霊使いの少女は静かに語り始めた。

「イリュージア、だと!?」

瑠那と同じ名字を耳にして、呪詛喰らい師《カースイーター》の眉が小さく顰められる。

「そう。ロシアレメゲトン派では最高の繰霊術者で、アタシの名付け親。それから……えっと、あの……説明しにくいけど……うぅ……言いたくない」

よほど嫌な記憶を思い出したのか、金髪少女は今にも嘔吐しそうな表情になって小柄な身体を強張らせる。

「話したくないことは、無理に言わなくてもいい。一つだけ確認させてくれ。お前は、あの女とは、もう関わりたくないんだな？」

「嫌ッ！　絶対に……お願い、咲妃お姉ちゃん、あの女から……ゼムリヤからアタシを守ってください。恐い……恐いよぉ……」

演技とは思えぬ声を上げた少女は、保護者代わりの退魔少女にすがりついて、華奢な肩を震わせる。

「守ってやるさ。たとえ、相手がアンノウンズであろうとも……」

力強く答えた咲妃の目が、強い決意の光を放った。

「瑠那、精神的にかなり参っているようだな。少し眠っておいた方がいい」

金髪少女の額を人差し指で軽く突き、鎮静と催眠の呪印を転写して眠らせた呪印使いは、安らかな寝息を立てる華奢な身体をソファーに寝かせて立ち上がった。

「さて、そろそろ夕飯の準備にかかろうかな。幸い、食材の買い置きはたっぷりあるから、私の手料理を振る舞ってやろう」

軽い口調で言いながら、キッチンに向かっていた咲妃の身体に、突然、異変が生じる。

「あ……何だ？　身体の力が抜けて……封じたワラシ神の影響か？」

尻肉のボリュームが急になくなり、支えを失った制服のスカートが、足元にハラリと落ちる。シャツの胸元をはち切れさせんばかりに盛り上げていた爆乳も、空気を抜かれた風船のように縮み始めた。

変化はさらに加速し、スラリと高かった身長も頭一つ分ほど小さくなった。肉体のボリュームが失われたせいで、緩みを生じた革帯ボンデージの退魔装束が肩や尻からずれ落ちて垂れ下がる。わずか数秒で、常磐城咲妃のメリハリに富んだ肉体は、華奢で平坦な肢体の、幼い少女に変貌していた。

「ひゃっ！　さっ、咲妃さん、その姿……」

容貌が急変した恋人を、有佳が呆然と見つめる。

「ああ、見事に若返ってしまったようだな。急場しのぎの方法でワラシ神を封じたせいで、その影響が身体に出ているんだろう」

姿見の鏡に映った自分の姿に目をやりながら漏らした咲妃のつぶやきは、いつもよりキーが高く、子供っぽい響きを帯びている。

「大丈夫なんですか？　元に戻れますよね？」

「体調に異常はないし、こうなる想定もしていたことだから、心配はいらない。それにしても、見事なまでにペッタンコになってしまったな……超ロリボディではないか」

涙目になって問いかけてくる有佳に軽い口調で答えた咲妃は、巨大な姿見の前で身体を捻りながら、女らしい凹凸を失ってしまった肉体を複雑な表情で観察し、ブカブカになってしまった制服越しに身体を撫で回して変化を確認している。

「そんなに悠長なこと言ってて大丈夫なんですか？」

「今のところは大事ない。しかし、このままの状況が長引けば、身体に封じた他の神体の維持が難しくなるかもしれないな」

若返った神伽の巫女は、すっかり平らになってしまった胸の前で腕組みし、小首を傾げる。

「かっ、可愛い……ッ！」

ロリ化した咲妃の可憐で可愛らしい姿に、有佳は不謹慎にもときめいてしまう。

「元の姿に戻る方法もわかっている。正式な神伽の戯を行なって、ワラシ神の神体を完全に鎮めればいいんだ。有佳、すまないが、手伝ってくれ」

神伽の巫女は、今では身長差が逆転してしまった有佳の顔を見上げながら、子供っぽい声で言った。

「はっ、はいッ！　何でもお手伝いします」

「じゃあ、こっちの部屋で……いつものように愛してくれればいい」

寝室に移った咲妃は、おもむろに着衣を脱ぎ始め、すっかりユルユルになってしまった革帯ボンデージの退魔装束も取り去って、全裸の姿をさらす。

「あぁ、咲妃さん、子供の頃からすごくお綺麗だったんですね……」

子供から少女へと開花する寸前の、透明感溢れる儚げな裸身に、レズ属性持ちの有佳はウットリと見とれてしまう。

凛々しく引き締まった顔立ちは、目元や鼻筋の辺りがわずかに子供っぽさを増した程度で、いつもの咲妃とほとんど変わらないのに、首から下は、メリハリの利いた極上プロポーションとはまったく別人の、見事なまでのロリボディと化している。

肉付きの薄い肩から腕のラインは、きつく抱擁すれば折れてしまいそうに細く、過剰なまでに豊かだったバストは、少年のように平らな胸板に変化してしまっていた。

隆起のない胸の上で、ツンと尖った乳首も小振りで、脇腹に浮き出た肋骨のラインは、ガラス細工のように繊細だ。

平らな腹部から脇腹を経て腰骨へと続く裸身の輪郭は、尻のボリュームが圧倒的に不足しているせいで、ウエストのくびれも未形成であった。

丸みを帯びた下腹から秘部へと視線を転じると、未成熟な秘裂はピッチリと閉じあわされた単なる肉のワレメでしかなく、愛撫することもためらわれてしまう。

「あの、本当に、その身体で神伽できるんですか？」

あまりにも華奢で未成熟なロリータボディを前に、有佳は戸惑いの表情を浮かべる。

「私がこの姿になった原因である淫神は、未熟な絶頂の波動を好む。だから、この身体で連続して果てて、精気を吸収させてやれば鎮められるのだ」

口調はいつものまま、キーの高い子供声で言った神伽の巫女は、ベッドに上がると、視線だけで恋人の少女を誘う。


「何だか、すごくイケナイことしてる気分ですけど、頑張ります！　咲妃さん……どんな姿になっても大好きです」

慌てて着衣を脱ぎ捨ててベッドに上がり、蜂蜜入りのミルクのような甘い匂いのするロリ裸身に愛おしげに頬ずりした有佳は、罪悪感混じりの異様な興奮に身体を火照らせつつ、愛撫を開始した。

しかし……。

「ひうっ！　ふひぃぃイイッ！　くっ、くすぐったいっ！　キャハハハハァアァッ！」

いつもなら甘い喘ぎで反応してくれるはずの愛撫を受けたロリータ少女は、身を捩って笑い転げてしまう。

「ごめんなさい、くすぐったかったですか？　じゃあ、ここを……こうして……」

「ひゃははぅうぅぅっ！　そこはもっとダメぇぇ！　ちょっ、ちょっとタイムッ！　……はぁはぁはぁ……ひぐっ、くすぐったすぎて、笑い死にしてしまいそうだ」

華奢な裸身をくすぐったさの余韻でピクピクと痙攣させながら言った咲妃は、笑いすぎて目尻に噴き出た涙の雫を手の甲で拭う。

「身体が若返っただけでなく、性感まで初期化されたか……ううむ、くすぐりを、醸して育つ、女悦かな……。など
と悠長に詠んでいられないか」

いつもの癖で一句詠んだ後、ロリ化した呪詛喰らい師《カースイーター》は、
困り顔を浮かべる。

「どうしましょう？　わたしでは、お役に立てないんでしょうか？」

「そんなことないぞ。有佳……くひゃぁぁうんっ！」

哀しげな声を出した有佳の顔を、反射的に胸に抱き締めた咲妃は、甘い鼻息に未成熟な乳首をくすぐられただけで素っ頓狂な声を上げて身体を跳ねさせてしまう。

「ひうっ……く……この身体、敏感すぎる。最初はキスから……かな。有佳、お願いできるか？　下の方は……自分でやってみる」

「はい、咲妃さん……んふ、ちゅっ……」

柔和な笑みを浮かべた有佳は、身体には触れぬように注意しつつ、唇だけを優しく触れさせ、軽くついばむだけのささやかなキスを仕掛ける。

優しく柔らかで、慈愛に満ちた口づけを受けながら、咲妃は腿の狭間にそっと指先を挿し入れ、固く閉じた秘肉の門を愛撫し始めた。

「ヒッ！　んっ、ひくっ！　ん、む……ふひゃう……んふぅぅぅん……」

どこを触っても、強烈なくすぐったさが湧き起こって小振りな尻が勝手に跳ね上がってしまうため、爆弾処理でもしているかのような、恐る恐るの自慰行為である。

「こっ、これなら？　きゃふんっ！　つぁ、あふうぅぅ……ンッ、く……ひぁ……んひゅぅ……ッ！」

未成熟な秘裂は、指を添えて、左右に軽く開いただけで、粘膜組織が引きつるような疼痛を含んだ違和感に襲われる。

何度かソフトタッチの開閉を繰り返し、緊張がわずかに緩んだところで、まだ浅い柔肉の谷間に中指を咥え込ませ、膣前庭を遠慮がちに探る。

(ああ、私のここ、昔はこんなに慎ましやかだったのだな。指一本でもきついぐらいだ)

子供に戻ってしまった自分の身体を倒錯的な気分で愛でながら、退魔少女は思う。

腫れ物に触るかのようなタッチで撫でる指先に触れてく

る小陰唇の感触も、蕾の内部で形を成し始めた花弁を思わせる、ささやかな柔突起でしかなく、感度が高すぎて、快感よりもくすぐったさや痛みの方が先立ってしまう。

「ンッ……はぁ、あはぁぁ……ウッ」

しかし、力加減を調節しながら何度も触れているうちに、指に撫でられた場所から、むず痒さを伴った熱い波が生じ、身体の奥に何かが少しずつ蓄積されてゆく感触があった。

しかし、湧き起こる快感は微々たるもので、目指している女悦の頂点ははるか先に霞んでしまっている。

「ここでは……ダメ……では、こっちなら……」

まだ肉感の少ない腿を大きく開いた神伽の巫女は、ボリューム不足な尻の谷間にも指先を滑り込ませ、不浄の門を探る。

「ひぁ！　あ、くふぅンッ！」

敏感な小皺を引き結んだアヌスの蕾を指の腹で捉え、押し込みながら円を描いて揉みこねると、脊椎が蕩けてしまいそうな深く妖しい快感が菊座の奥で渦巻いた。

挿入阻止の結界に守られ、膣奥の快感を知らぬヴァギナよりも、淫神を鎮め、神体を受け入れる門として開発された尻穴の方が、はるかに快感を得やすいようだ。

(尻で、こんなにも感じてしまうのか……。我ながら、因果な肉体だな)

過剰に敏感になってしまったロリータボディの中で、ようやく確実な快感を得られる急所を探り当てた咲妃は、悦波と共に込み上げて来た恥じらいに頬を染めつつ、アヌスを愛でる指先に技巧を込める。

「咲妃さん、気持ちよさそうな顔してますよ……ああ、咲妃さぁん」

メリハリの乏しい華奢な裸身を仰け反らせ、小振りなヒップをせり上げてアナルオナニーに耽る恋人の隣に添い寝した有佳は、感極まった声を上げてキスを仕掛けてきた。

「は、はぁぁ……こっ、これなら……ンッ、あふ、ちゅっ……ふぁ……あんッ」

絶頂の予兆を感じ取った退魔少女は、優しいキスと、髪を撫でる指のサポートを受けながら、恥悦のエクスタシーに向かって疾走してゆく。

グミキャンディのような、プルプルした弾力を感じさせる肛門括約筋を撫で回していた指先は、わずかな緩みを逃さず、第二関節の辺りまですぼまりに挿入して細やかな振動を送り込んだ。

「あ、あッ……ひはぁぁ……ウンッ！」

しなやかな筋肉リングが断続的に収縮して挿入された指を噛みしめると、甘い快感の波紋が湧き起こって、蓄積されていた快感が、一気に沸点に到達する。

「ふぁ、あっ、いく……イッ、イクんんんう……ッ！」

華奢な裸身が、押し寄せてくるアナルエクスタシーの大波に備えて強張った。

ブリッジでもするかのように突っ張った華奢な内腿に腱の筋が浮き出し、骨盤の輪郭もあらわな下半身が、肉付きの薄い尻に筋肉のえくぼを浮き出させて緊張する。

未熟なエクスタシーにきつく収縮したアヌスが、細い指をキュンキュンと痛いほどに締めつけた。

「んんッ、イクッ……んきゅうう……」

しかし、重力の感覚が失せるような絶頂の波は、未成熟な肉体を呑み込む寸前で、忽然と消失してしまう。

「ふあぁぁ、なっ、なぜ？　なぜ、イケ……ない⁉」

ゴールの寸前で肩すかしを喰らったロリ化巫女は、珍しく苛ついた声を上げてしまう。

「はぁはぁはぁ……くぅぅ。自慰では絶頂できないか。高まった精気が、体内のワラシ神に全て吸われてしまっているようだな」

不完全燃焼に終わったアナルオナニーの余韻に薄い胸を喘がせながら、咲妃は困り顔で分析する。

「咲妃さん？」

「有佳、やはりお前に果てさせてもらう必要があるようだ。優しく、触ってくれ」

ベッドにうつ伏せになったロリ化巫女は、可愛らしいヒップをせり上げ、絶頂寸前で中断されたアヌスへの愛撫をねだった。

「いいんですか？」

「ああ。くすぐったさが快感に変化するまで我慢する……。悪いが、私がイクまで、どんなに身悶えしても容赦なく愛し続けて欲しい」

恥じらいと期待が半々の笑みを浮かべて告げた少女は、否応なく襲って来るであろう身を捩るような掻痒感に備えて、小さな手でシーツをキュッ、と握り締める。

「はい、では、行きます……」

かんなぎの少女の手が、ヒップの谷間にそっと滑り込み、初々しいピンク色のすぼまりを、繊細な指使いで愛でながら、薄く慎ましやかな恥丘をもう片方の手で包み込んで、優しくマッサージする。

「ふひゃうっ！　んんッ、あはぁぁ、うひゅうぅ……きゃふぅ！　くふうぅぅ〜んっ！」

快感よりもはるかに強烈なくすぐったさに襲われ、うつ伏せになった華奢な裸身がギクギクッ、と緊張して、普段よりも幼くなってしまった美貌が苦しげに歪む。

「もう少し、力を抜いてください……そう、ンッ、きついですね」

優しい声をかけながら、有佳は放射状の小皺の中心に、唾液でぬめらせた指先をゆっくりと沈み込ませてゆく。

「はぁぁぁ……あ、アァアンッ……そっ、そう、奥ッ、奥の方が、かっ、感じるッ！」

キーの高い子供の声で快感の叫びを上げた呪詛喰らい師《カースイーター》は、すっかり幼くなってしまった尻をクイッ、クイッ、とせり上げて、より深い挿入をねだる。

「咲妃さんのお尻の中、すごく熱くなってますよ。優しくしますから、いっぱい気持ちよくなってくださいね。こんな感じで、どうですか？」

根本まで挿入された有佳の指が、狭い肉穴内部で緩やかな抽挿を開始すると、咲妃の喘ぎには切なげなすすり泣きが混じり始めた。

アヌスを穿られる快感にわななく太腿の狭間では、未成熟な秘裂がわずかに開花し、鮮やかなピンク色の媚粘膜を覗かせている。薄紅色に上気したワレメの奥、ささやかな窪みにしか見えない膣口がヒクつき、透明な愛液の雫がきらめきながら溢れ出てきた。

「ああ、濡れてきましたよ、咲妃さん」

「ひぐっ、きゅふうぅ、ふぁぁ、舐めて……有佳の舌で、優しく舐めてぇ……」

すすり泣きながら発せられたロリ少女の淫らなおねだりに応えて、興奮した鼻息が秘部をくすぐり、熱い唾液に濡れた舌先が敏感なワレメを一気に舐め上げた。

「キャフウンッ！」

強烈なくすぐったさに全身を鳥肌立たせながらも、同時に、頭の中が白く染まるような悦波に襲われたロリータボディが痙攣する。

「もっと、もっとぉ……」

　恋人の指をアヌスに咥え込んだ小尻をくねらせ、華奢な美脚をさらに大きく開いた少女退魔士は、さらに濃厚なクンニ奉仕をおねだりする。

「ちょっとハードに行きますよ。イクまで逃がしませんからね」

　責めモードになったかんなぎの少女は、アヌスへの指抽挿を続けながら、高く掲げられた未熟な秘裂にむしゃぶりつく。

「ぴちゃぴちゃぴちゃぴちゃぴちゃ、ちゅぱちゅぱちゅぱ……れるっ、ちゅるるっ！」

　まだボリューム不足な性器全体を吸い上げ、吸引によって強制的に開花、充血させられたワレメを、柔らかな舌を閃かせて貪るように舐め回す。

　小さな膣口に舌先が潜り込み、甘酸っぱく初々しい味のする愛液を掻き回し、チュルチュルと恥ずかしい吸い音を立てて吸飲すると、身体全体がガクガクと震えてしまう。

「ひはぁぁぁっ！　有佳ぁ、ゆかぁぁぁ〜！」

　狂乱状態で泣き悶えるロリ化咲妃の痴態が、かんなぎの少女を激しく昂らせた。

「とどめ、刺してあげます　あむ、ちゅっ、ちゅぱっ、ちゅくちゅくちゅくちゅく」

　アヌスに挿入した指に、薄い肉壁《にくへき》越しにうねり狂うヴァギナの反応を感じた有佳は、唾液と愛液のミックスジュースに濡れ光るワレメから、ツン、と突き出した小さな肉芽に舌先を羽毛で掃くようなソフトタッチで踊らせる。

「ひぎいいいっ！　いっ、ヒッ、ふわぁぁ、イクッ、イクイクイクんんん〜ッ！」

　小さな手で、シーツを破らんばかりに握り締めたロリータ呪詛喰らい師《カースイーター》は、小柄な裸身をビクビクと震わせ、待ちに待った絶頂の大波に呑み込まれた。

　華奢な骨格の輪郭が目立つスリムな裸身が歓喜の痙攣に包まれて仰け反り、白く照り輝くような柔肌が、甘い汗粒を噴き出しながら、パアアッと紅潮する。

「ふわ？　なっ、何か、出てるッ!?　咲妃さんのお尻に吸われてますうぅッ！」

有佳が甘く裏返った声を上げた。

アヌスに挿入したままの指先から、歓喜の奔流が吸い取られ、絶頂にわななく咲妃の体内へと迸ってゆくのだ。

それはまるで、指先から射精しているかのような、異様な快感であった。

「わっ、わたしも……イッ、イキますうっ！　やっ、ひゅぁ、やはあぁぁぁ～んッ！」

汗ばんだ小尻にすがりついた有佳の肉体もエクスタシーの痙攣を起こす。

「ハァハァハァハァ……く、う……どうやら……効いたようだな」

虚脱状態から立ち直った咲妃は、まだ絶頂の痺れが残る身体を点検しながらつぶやいた。絶頂前と比べると、裸身の輪郭はわずかながら女らしさを増してはいるが、胸は相変わらず平板なままである。

「有佳もイッたのか？　ん？　おい、有佳、どうした？」

「何だか力が抜けちゃって。でも、もう大丈夫です」

グッタリと横たわっていた少女は、身体を起こして微笑んでみせる。

「待て、ずいぶん精気を吸われているじゃないか。少し休んだ方がいい」

有佳の身体を霊視した神伽の巫女は、霊気の大幅な減少を感知して表情を曇らせる。絶頂を迎えた咲妃の肉体はわずかずつ成長していたが、有佳の身体からも大量の生命エネルギーが奪われていたのだ。

「わたしなら、まだ大丈夫です。さあ、今度は何をして欲しいですか？」

気丈な笑みを浮かべたかんなぎの少女は、まだまだ年下にしか見えぬ恋人の身体を抱擁し、膨らみ始めた乳房を優しく揉んだ。

「ふぁ、んんっ、そっ、そうは言うが、並の絶頂数回分の消耗度だぞ。今夜は、あと一回が限度だ」

まだ芯の残る微乳をソフトタッチで刺激される心地よさに呻いてしまいながら、神伽の巫女は恋人である有佳を気遣う。

「咲妃お姉ちゃん……」

寝室入口から少女の声がかけられた。

「瑠那、もう目が覚めたのか？」

「アタシも……咲妃お姉ちゃんと……したいヨ……」

自分よりも年下の姿になった呪詛喰らい師《カースイーター》を青い目で見つめながら、金髪少女は切なげな声を上げる。

「そうか……。有佳と瑠那、二人の気を同調させれば、精気の消耗度を大幅に減らせるぞ！　やってみる価値はぁりそうだな」

「そんな、わたしは……嫌です！　瑠那さんと二人で同調なんて、気持ちが受け入れてくれないし、それだけは無理ですよ」

愛する咲妃を独占したいという思いを捨てきれぬ少女は、半分泣きそうな声を出す。

「わかってくれ、有佳。お前一人に、これ以上精気を失わせるわけには行かないんだ」

「有佳……お姉ちゃん、意地張らないで」

むくれる少女に、瑠那がいつもとは打って変わった優しげな声をかけてきた。

「有佳お姉ちゃんが、咲妃お姉ちゃんの嫁だってことは、わかってるわ」

「ちょ、ちょっと、嫁って、そんな……あうぅぅ～」

瑠那にいきなり嫁認定された有佳は、照れ、戸惑ってしまう。

「あら？　嫁って、一番大事な人のことじゃないの？　まあ、この際、言葉の本当の意味はどうでもいいの」

可愛らしく小首を傾げた金髪少女は言葉を続ける。

「アタシは二番じゃなくても、三番じゃなくてもいい。百番でも、千番でもいいから。モノじゃなく、人間として、咲妃お姉ちゃんに大事にしてもらえたら、それでいいの」

「瑠那さん……」

常人の想像も付かぬ過酷な人生を送ってきたらしい少女の独白に、有佳は心打たれたらしく、しばらくの間、唇を噛んで俯いていた。

「わたし、忘れちゃってました。咲妃さんの愛は無限だってこと……無限の一欠片もまた、無限ですよね？　一緒に、咲妃さんを愛しましょう……」

何かが吹っきれたような微笑みを浮かべた有佳は、瑠那に歩み寄って抱擁すると、優しいキスを仕掛ける。

「ふぁ……有佳……お姉ちゃん。んふ……ちゅっ、ちゅっ、ちゅっ、ちゅるっ……」

恋敵からのいきなりのキスに戸惑いの声を上げた金髪少女であったが、すぐにお返しのキスで応えた。恋敵だった二人の唇が、互いをついばみあう。

「んふ……ちゅぱっ。二人の同調、できそうですね……」

「うん。始めるぞ。同調の呪印を描き込むからこっちに来てくれ」

脱ぎ捨てられていた退魔装束から、赤ペンを引き抜いた咲妃は二人を手招きした。

ベッドルームに、舌なめずりの音と、少女の甘い喘ぎ声が響く。

「ふぁ、ンッ、くちゅ、くちゅ、くちゅ、ちゅぱ……」

ベッドに横たわった咲妃は、若返ってしまった裸身に、二人がかりの濃厚な口唇奉仕を受けていた。

秘裂に顔を埋めた瑠那は、子犬がミルクを舐めるような、ピチャピチャという音を立てて秘裂を舐めしゃぶりながら、小さな手を咲妃の薄い尻たぶに添えて左右に割り開き、時折、敏感なアヌスの蕾にも愛おしげに舌を這わせている。

有佳は、まだ平坂な胸に口づけし、透明感のあるピンク色の乳首を優しく吸いしゃぶりながら、反対側の乳首を摘んで揉み転がしていた。

「はぁぁんっ、二人とも、優しくって……きっ、気持ちいぞ……ひぁ、あ、あ、そこぉ、もっと、舐めて……そう、ああ、融ける……はぁぁんっ！」

子供っぽくも艶めかしい声を上げ、咲妃のロリータボディが快感に打ち震える。

性感帯の感度確認のために、全身隅々まで丹念に舐められた華奢な裸身は、二人が塗り込んだ唾液に艶めかしく濡れ光り、色白できめ細かな素肌は桜色に上気していて、背徳的なエロスを放っていた。

「咲妃お姉ちゃん……フフッ、今はアタシよりも子供だから、お姉ちゃんって言うと何だか変な感じ。このちっちゃなクリット、いっぱい舐めてあげるわね」

小悪魔モードに突入した瑠那は、まるでオシッコを漏らしたかと思われるほど大量に分泌される愛液を残らず吸い取りながら、ツンと尖ったクリトリスを舐め弾き、強弱をつけて吸い上げて痺れるような快感を送り込む。

「ひいっ！　るっ、瑠那ぁ、それ、きっ、きついっ！」

「瑠那さん、もっと優しくしないと、咲妃さんが痛がってますよ」

有佳に注意された金髪少女は、素直に従い、敏感すぎる肉芽への愛撫をソフトなものに変化させる。

「はぁはぁはぁはぁ、有佳ぁ、瑠那……そっ、そのまま続けて……」

ジンジンと疼く陰核の周囲を、円を描くように舐められながら、左右の乳首を交互に吸われ、指の腹で優しく撫で転がされた咲妃は、子供っぽい顔立ちに悩ましげな表情を浮かべて甘えた声を上げた。

恥骨の裏側を熱く、むず痒く疼かせて、大量の愛液が溢れ出し、豆粒のような勃起乳頭の先端からは、ごく少量の母乳が分泌されて、真珠色の雫を浮き出させる。

愛液は瑠那によって残らず舐め取られ、ロリータバストから滲み出る母乳は、有佳が優しく吸い取ってゆく。咲妃の未成熟な裸身を夢中になって愛撫している二人の額では、同調の呪印がほの赤い燐光を放っていた。

呪印使いの少女の説明によると、二人の霊気を共振、増幅させ、数十倍にまで高める高等技術らしい。確かに、咲妃が果てる時に有佳と瑠那も大量の精気を吸い取られているのだが、虚脱感や脱力感はかなり低く抑えられている。

「ちゅぱ、んふ、咲妃さんのミルク、美味しいです。いっぱい感じてくださいね」

「ふぁ、はぁぁ、イッ、いいぞ、もっと……吸って……んはぁぁぁ」

熱く満足げな喘ぎを漏らす呪詛喰らい師《カースイーター》の乳首が優しく吸い上げられ、繊細な手指が緩急交えて揉みこねを仕掛ける。有佳に負けじと、秘裂を舐める瑠那の舌使いも激しさを増し、未成熟なワレメの奥にまで侵入して、愛液の源泉を掻き回す。

献身的な愛撫によって、未成熟な肉体は、女悦の頂点へと至る緩やかな螺旋階段を確実に上昇していった。

「ふぁ、あっあっあっ、イッ、イキそうだ……あ、あ、あ、イクッ、イクウうう……んきゅうぅぅぅ～ンッ！」

透き通った声を上げた咲妃のロリ裸身が、二人の少女に支えられた状態で弓なりに仰け反る。まるで芸術作品のようなエロチックな体勢で喜悦の頂点を彷徨っていた身体から力が抜けると、有佳と瑠那は示しあわせていたかのよう

にディープキスを仕掛け、シロップのように甘いロリータ少女の唾液を吸った。

「ずいぶん、成長してきましたね」

「オッパイの大きさ、もう負けちゃった……」

数度の絶頂を経て、手のひらでスッポリ覆い隠せそうな美乳に育った咲妃のバストと、自分の貧乳を見比べながら、瑠那が無念のつぶやきを漏らす。

「もっといっぱいイかせてあげましょう」

急激に親密度を増した少女達は、アイコンタクトを交わしつつ、女らしく成長してきた呪詛喰らい師《カースイーター》の裸身を舐め下ろしてゆく。

「咲妃お姉ちゃん、いっぱい舐めてイカせてあげるね」

「好きなだけイッていいんですよ」

左右に開脚を強いられた腿の間に、二人が同時にむしゃぶりついてきた。

二枚の舌が勃起クリトリスを交互に舐め弾き、愛液を溢れさせる秘裂に同時挿入されて激しく掻き回す。

「ひぐうっ！　おっ、お前達……息が合いすぎだぞ！　ふぁ、そこぉ、あっ、アッ、んんんんん〜ッ！」

これまで対立していた恋敵同士とは思えぬ絶妙のコンビネーションで、瑠那と有佳はロリ化巫女を悶え泣かせる。

サラサラのシロップ状だった愛液も、二人がかりのクンニ奉仕を受けているうちに、次第に蜂蜜のようなぬめりを帯びてきて、女体が成熟し始めていることを示していた。

「はぁあぁっ！　イクッ、イクッ、また……イクうううううう〜ンッ！」

咲妃が上げる絶頂の叫びは、夜明けまで何十回もベッドルームに響き渡った。


「ふぅ〜。ワラシ神もようやく落ち着いたか……。身体もすっかり元通りだが、絶頂し過ぎて足腰が頼りないな」

ベッドで抱きあって眠りに落ちている有佳と瑠那を横目で見ながら、革帯ボンデージの退魔装束を拾い上げた咲妃は、姿見の鏡の前に移動し、精神を統一する。

「縛ッ！」

鋭いかけ声と同時に、生き物のように裸身に絡みついた革帯は、メリハリに富んだ肢体を、ギュチッ！　と革の軋む音を立てながら緊縛した。

「ンッ……くふうう、若返る前よりも、ちょっと大きくなったかな？　さて、ボリュームたっぷりの朝食で、あの二人の奮闘に報いるとしよう」

たわわな肉感を取り戻した乳房と尻肉が、革帯ボンデージの退魔装束に巻き締められてミッチリと張り詰める感触に眉を寄せた呪詛喰《カースイーター》らい師は、その格好のまま、キッチンで調理を開始した。


その日の午後。

今日もまた、咲妃と有佳は、瑠那の補習授業が終わるのを学食で待っていた。

「お待たせしましたァ♪　……んふ……今日はエッチな匂いがしてないわね」

咲妃の身体に抱きつき、爆乳に顔を埋めた金髪娘は、顔を上げて指摘してくる。

「そっ、そんなに頻繁に、学校でエッチなことはしないですよ！」

頬を染めて言い返す有佳であったが、その声に、以前のような刺々しさはない。

「じゃあ、これから咲妃お姉ちゃんの家で、三人でしちゃう？」

蠱惑的な笑みを浮かべて発せられた瑠那の誘いに、有佳は恥じらいながらも頷いた。

「二人ともタフだな。まあいい、たっぷりと、昨日のお返しをしてやろう」

嬉し恥ずかしそうな二少女を連れて、呪詛喰《カースイーター》らい師は歩き出す。

「楽しみ。これからは、夢の中だけじゃなくって、現実セカイでもいっぱい可愛がってもらえそう……フフフッ♪」

咲妃の腕にすがりついて歩を進めながら、金髪の小悪魔がつぶやいた。

「ちょっと、夢の中って……咲妃さん、まさか、淫夢神の力を使って瑠那ちゃんとも愛しあっていたんですか？」

「ん？　ああ。覚えた技能は使わないと錆《さび》つくからな。ほら、さっさと行くぞ！」

有佳の詰問を飄々とした物言いで受け流した咲妃は、さらに足を速めて、快楽の宴が待つ自宅マンションへと向かうのだった。

封の九　濡妖

「この建物、屋内プールだったのだな」

　体育館に隣接して完成した立派な建物を見上げながら、咲妃はつぶやいた。

「ええ。一年ほど前から工事していましたけど、ようやく完成したんですね。咲妃さんと一緒に初泳ぎができるなんて、幸せです」

　咲妃とお揃いで新調した水着バッグを胸に抱いた有佳が、頬を染めつつ微笑む。

「アタシ、泳ぐの初めて。咲妃お姉ちゃん、泳ぎ方教えてくださいね♪」

　学園では常に猫を被っている金髪の小悪魔、瑠那・イリユージアが甘えた声を出して擦り寄ってくる。

「わっ、わたしもあまり泳ぎは得意じゃないんです」

　ライバルに負けじと、有佳も可愛らしく媚びた視線を投げかけてきた。

「いいとも、スポーツ万能な私が、手取り足取り教えてやるぞ」

　自信満々で告げた呪詛喰らい師《カースイーター》は、屋内プールに向かって悠然と歩を進めた。

「あら、プール開き授業に当選したのは、あなた達のクラスもだったのね」

　入口前で、白衣姿の男性と話していた生徒会長、稲神鮎子が声をかけてきた。

「おはよう、鮎子。当選って、くじ引きでもしたのか？」

　快活な口調で挨拶を返した咲妃は、小首を傾げて問いかける。

「言いませんでしたっけ？　各クラスの委員長が集まる会議の時に、会長の提案で、新プールでの順番割り当てのくじ引きをしたんです。それで、わたしが見事に、当選のくじを引き当てました」

　生徒会書記とクラス委員長を兼任している有佳は、小さくガッツポーズしてみせる。

「そいつは有佳に感謝しなければならないな。……そういえば、我がクラスのムッツリスケべな男子達は、プールの授業に来ないのか？」

「男子と女子は、基本的に別授業ですよ。今日は、グラウンドでサッカーの試合をする予定になっています」

説明を受けた咲妃の顔に、イタズラっぽい笑みが浮かぶ。

「ふむ。女子達の初々しくも艶めかしい水着姿に欲情するチャンスを逃すとは、不憫なことだな」

「本当にアナタは相変わらずねぇ」

猥談好きな下級生の発言に苦笑を浮かべる鮎子であったが、咲妃の言動に慣れてきたのか、以前ほど目くじらを立てて注意してくるようなことはなくなっている。

「もしかして、鮎子も生徒会長特権でプール開きに参加するのか？」

「そんな職権濫用しないわよ。私はちょっと、気になることがあったものだから」

鮎子は、小さく首を振る。

「気になること？」

「プールの水、何だか妙な匂いがするのよねぇ。アルコールっぽいというか、お酒みたいな甘い感じの……今もかすかに感じられるのだけれども、あなた達はどう？」

銀縁メガネがトレードマークの生徒会長は、クンクンと鼻を鳴らしながら、怪訝そうな表情を浮かべる。

「私は何も感じないが……プールの水が匂うのかな？」

大きく息を吸い込んだ咲妃は、念のために、周囲の霊気も探りながら告げる。

「ええ、多分……。わざわざ技師さんを呼んで水質検査もしてもらったのだけれど、まったく異常なしという結果が出たわ。私の取り越し苦労だったみたいね」

責任感の強い生徒会長は、フッ、と小さなため息をついて微笑む。

「異常なしでよかったじゃないですか」

「ええ。だけど、何だか最近、妙に鼻が利くようになってしまって、ちょっとした匂いが気になっちゃうのよね。授業前に変なこと言っちゃってゴメンなさい。プール開き、楽しんでね」

有佳の言葉に頷いた鮎子は、白衣姿の男性と共に去っていった。

(嗅覚の異常な鋭敏化……。動物霊型の淫神に憑依された影響だろうな。鮎子も、かんなぎの力に目覚めてしまったようだが、今回は消毒薬に反応してしまったのかな？)

去ってゆく生徒会長の後ろ姿を見つめながら、神伽の巫女は思う。

神格存在の依り代となったことのある人間は、憑依していた神格が去っても、その力の名残として、人知を超えた能力を授かることがある。

そうした者や、授かった力のことを、退魔士達は「かんなぎ」と呼称していた。

「咲妃さん、早く水着に着替えないと、授業が始まっちゃいますよ」

念のため、周囲の霊気を探っていた咲妃に、有佳が声をかけてきた。

「咲妃お姉ちゃん、早く行こ♪」

特に異常を感知できなかった神伽の巫女は、有佳と瑠那に手を引かれながら、真新しい施設内に足を踏み入れる。

掲示板の隣に設置された説明文パネルによると、雨水を溜め、最新型の水質浄化バイオフィルターを使って再利用するシステムが導入されており、水温調節はもちろんのこと、二重底になったプールの底を上げ下げすることで、水を無駄にすることなく水深を自在に調整する機能なども備えたハイテクプールらしい。

「こんなものを造るなんて、うちの学校、資金に余裕があるんだな」

想像以上に立派な施設内を見回しながら、咲妃は感想を漏らす。

「全国から生徒が集まる、文武両道の名門校ですからね」

明るく清潔な更衣室内では、女子生徒達が笑いさざめきながら、水着に着替えていた。咲妃達のクラスと、その隣のクラスの女子、あわせて四十名余りが、記念すべき一回目のプール授業を受けるのだ。

少女達の若々しい肉体から香り立つ体臭と、おのおのの身体に振りかけた甘いコロンの匂いが混じりあい、室内はむせ返りそうな甘い芳香に満たされている。

「そういえば咲妃さん、いつの頃からか、会長のことを、塩焼きじゃなくって、鮎子って呼ぶようになりましたよね？」

制服のシャツのボタンを一つ一つ丁寧に外しながら、有佳が問いかけてくる。

「うん。まあ、その方が、人前で呼びやすいからな」

答えながら、咲妃は制服を素早く脱ぎ終え、革帯ボンデージ姿のダイナミックな肢体を恥ずかしげもなくさらけ出した。

限りなく薄い深紅の革帯と、金色の金属リングを組みあわせたSMチックな退魔装束は、メリハリの利いた肉体の要所を緊縛し、たわわなバストを巻き締めて、爆乳の谷間をさらに際立たせている。

極薄の革帯は、バストにも負けぬボリュームを誇る尻の谷間にも深々と喰い込んでいて、呪詛喰らい師《カースイーター》の瑞々しい肢体を過剰なまでにエロチックに飾り立てていた。

「咲妃さん、下着、着けてないんですか？」

咲妃の肉体美に目を奪われ、頬を染めてしまいながら、有佳が驚きの声を上げる。

「この格好自体が下着みたいなものだからな。それに、印象希薄化の呪印も、今日はいつもより強めに施してきた。ほら、誰も私の姿に注目していないだろう？」

ボンデージ姿の退魔少女は、賑やかな更衣室内を見回しながら指摘する。

「そういえば……誰も騒ぎませんね。複雑な気分です」

咲妃との仲睦まじさを冷やかされて、クラスでは、「とっきーの嫁」と呼ばれることも多くなっている少女は、安堵と残念が半々の表情で頷いた。

至る所で「アンタ、またオッパイ大きくなったんじゃない？」だの、「揉ませろ！」だの言いながらけたたましい笑い声を響かせてふざけあっている少女達は、SMチックな姿でたたずむ級友の姿がまったく見えていないようだ。

「私の真の姿を認識するのは、ほんのわずかな人数でいい。……解ッ！」

ニヤリとイタズラっぽい笑み浮かべた咲妃は、喉元の飾り金具に手を当て、鋭い声を発する。全身を緊縛していた深紅の革帯がシュルシュルと解けてゆき、たちまちのうちに一糸もまとわぬ極上裸身があらわになった。

「咲妃さん……やっぱりすごく綺麗です」

拘束を解かれたことで、さらにサイズと張りを増したようにも見える爆乳の先端では、思わずむしゃぶりつきたくなるようなフレッシュピンクの乳頭が、ツンと尖り勃って自己主張している。無毛の股間と、肉感的な太腿の狭間によって構成された魅惑の三角地帯は、ピッチリと閉じあわさった秘裂がわずかに垣間見れて、有佳の胸を甘く切なく高鳴らせた。

「ところで、あの連中は、乳首に何を貼っているんだ？」

女子生徒達がふざけあいながら、バストトップに円形のシールを貼っているのを目にして、咲妃は首を傾げる。

「乳首保護用のシールですよ。水着や、ノーブラで薄着になる時には必須のアイテムなんですけど、ひょっとして、咲妃さん持ってないんですか？」

「隠さなきゃいけないほど恥ずかしい乳首はしていないからな」

いささか露出狂気味なところがある退魔少女は、たわわなバストをプルンッ、と揺らして胸を張りながら宣言する。

「いっ、いえ、そういうことじゃなくって、マナーですから。わたしが持ってますから、使ってください」

頬を染めた有佳は、化粧ポーチから円形の保護パッドを取り出し、手渡した。

「貼り方がわからない、有佳、貼ってくれないか？」

あからさまな誘惑の視線で恋人を見つめながら、咲妃は爆乳を突き出す。

「でっ、でも……またみんなに冷やかされちゃいますよ」

「心配いらない。私の側にいれば、有佳にも印象希薄化の呪印効果が働く」

声を潜めて囁きかけながら、イタズラ好きな退魔少女は、尻込みする恋人の顔が、剥き出しのバストに触れそうになる距離にまで抱き寄せた。

「ふぁ、さっ、咲妃さん……」

たわわな乳肉の発する体温と、甘く蠱惑的な香りに頬を染めた有佳は、飼い主に甘える子猫のように、爆乳に頬を擦り寄せる。

「有佳ばっかりずるいッ！　アタシもスリスリする！」

まだ生育途上の身体を見られるのが恥ずかしいのか、部屋の隅で隠れるようにして水着に着替えていた瑠那も、反対側のバストに顔を埋めてくる。

「あー、ちょっと待て。これ以上激しい行為に及ぶと、呪印の効果では隠蔽しきれないぞ。まあ、私はそれでも構わないが……」

「すっ、すみません。つい……。じゃあ、わたしはこっち側に貼りますから、瑠那さんはそっちをお願いします」

爆乳の先端におずおずと手を伸ばした有佳は、思わず吸いつきたくなるようなローズピンクの乳頭をシールで覆い、その上からそっと指先を押しつけて密着させた。

「こっ、これでいいですよ……はぁぁ……ッ」

シール越しに感じられる乳首の生硬い弾力と、指をふんわりと押し返してくるバストの量感に、恋する少女は熱く切なげな吐息を漏らしてしまう。

「ありがとう……。それじゃあ、有佳と瑠那の分は、私がお返しに貼ってやろう」

バストトップだけを円形のシールで隠した全裸の美少女は、魅惑の笑みを浮かべて言った。

「ううぅ……おっ、お願いします……」

咲妃にぞっこん惚れ込んでいる有佳は、その申し出を拒むことができなかった。

「これは、想像していた以上に立派なプールだな」

「そうですね。すごく本格的です」

施設内を見回しながらつぶやく咲妃に、有佳も同意する。

50メートルのコースを8レーン備えたプールは、国際標準規格で造られており、授業や部活での使用に加えて、本格的な競技会などにも使えるように、音響、放送設備や、数百人が観戦できる観客席も備えられていた。

「うっひょおおっ！　豪華なプールで初泳ぎだぁ！」

「プールサイドもすごく広い。ビーチボール、持ってくればよかったね」

「デッキチェアとサンオイルも必要でしょ！」

透明なポリカーボネイトでできた、開閉式の天井から降り注ぐ晩夏の陽光の下、濃紺とスカイブルーのツートンカラー水着姿になったクラスメイト達が、賑やかにはしゃいでいる。

「咲妃さん、やっぱりスタイル抜群ですね。改めて惚れ直しちゃいます」

咲妃が着用しているのも、彼女らと同じ学校指定の競泳水着なのだが、過剰にメリハリの利いたボディラインがくっきりと浮き出しており、他の女子達が着用している水着とは別物のような艶やかさを放って、有佳を魅了する。

鋭角にカットされた股間から伸び出た脚はスラリと長く、ムッチリと張り詰めた太腿は、量感たっぷりな美尻へと段差なく繋がっていた。

ヒップの豊かさと対照的に、ウエストは見事にくびれ、贅肉の欠片も付いていない腹部には、程よく鍛えられた腹直筋の縦筋とへその窪みがエロチックに浮き出ている。

見事なお椀型の美爆乳は、競泳水着の胸元をはち切れさせんばかりに張り詰めさせており、魅惑的な乳肉の谷間に、視線を強烈に誘引していた。

どこのビーチにいても、注目の的にならずにはいられない極上プロポーションだが、彼女の姿を正確に認識しているのは、この場では有佳と瑠那の二人だけだ。

他の女子生徒達には、印象希薄化の呪印が効力を発揮していて、とりたてて注目する程でもない一女子生徒という認識しか抱かぬように精神操作されている。

「咲妃お姉ちゃん、ちょっと聞いていい？　なんでアタシだけ、こんな水着なの？」

周囲ではしゃぐ生徒達を見回していた瑠那が、不満げな声を上げる。

飛び級で入学してきた金髪少女の小柄で華奢な肢体は、白いスクール水着に包まれていた。起伏の乏しい胸に縫いつけられた白布の名札には、「るな」と平仮名でマジック書きされている。

「仕方がないだろう？　瑠那のちっちゃな身体に合う学校指定の水着が、それしかなかったんだから」

「でも、何だかカッコ悪い。変なところに切れ込み開いているし、この水着、不良品じゃないの？」

腹部に開いた水抜きのスリットを摘んで引っ張り開けながら、白色スク水姿の金髪少女は不審げに眉を寄せる。

開いた水抜きスリットの隙間から、白い燐光を発しているようにも見える純白の肌と、クリッと丸いへその窪みが垣間見えていた。

「それは、今では貴重な旧型スク水ならではのデザインなんですよ。心配いりません、それでいいんです。お似合いですよ、瑠那さん。ホントに可愛いです」

有佳に声をかけられても、瑠那の仏頂面はそのままであった。

「んむぅ……アタシは、咲妃お姉ちゃんに可愛いって言って欲しいなぁ」

「可愛いぞ、瑠那。フェティッシュな魅力に溢れている」

「よくわからないけど、咲妃お姉ちゃんが可愛いと思ってくれるならいいわ」

微妙な表現で褒められたスク水少女は、はにかんだ笑みを浮かべつつ、澄んだ水をたたえたプールに向かって爪先立ちで歩いていく。

「うおぉぉぉ！　瑠那っち！　そいつは伝説の旧型スク水、しかも、超レアモノの白ではないかぁ!?」

咲妃の呪印効力の圏外に出た瑠那のいでたちをようやく認知したクラスメイト達が、スク水姿の金髪少女に群がってきた。

「きゃはぁ！　超ロリ可愛いッ！　男子が見たら、絶対盗撮するよねぇ」

「そうそう。そして、夜のオカズにハァハァハァって……キャハハハハハッ！」

おしとやかな留学生という猫かぶりの役を演じきって、恥ずかしげな作り笑いを浮かべる瑠那を取り囲んだ女子達は、きわどい冗談を飛ばしながら騒ぎ立てている。

「アタシ、そんなに可愛いですか？　うふっ♪」

天使の笑みを浮かべたスク水金髪少女が、ロリータボディをくねらせてポーズを決めると、取り巻いた少女達から黄色い歓声が上がる。

「あのキャラ作りは見事ですね」

「いいじゃないか。あれで結構、本人も楽しんでいるみたいだぞ」

スク水ロリッ子になりきって、クラスメイト達を手玉に取っている金髪の小悪魔を見ながら、咲妃と有佳は囁き交わす。

「はーい、全員、こっちに来て整列ッ！」

入室してきた女性体育教師が、ピッ！　とホイッスルを吹き、瑠那のスク水姿で盛り上がっていた生徒達を呼び集めた。

今回の特別授業を担当する彼女は、水泳部の顧問も務めており、水泳の国際大会で、幾度も入賞経験のあるスポーツエリートだ。

彫りが深く凛々しい顔立ちは小麦色に日焼けしており、思い切って刈り込んだ超ショートカットの髪のせいで、ラテン系の美青年にも見える。

タオル地のパーカーを羽織った競泳水着姿の肢体は、女性にしては肩幅が広く、日頃の鍛錬によって筋肉質に引き締まっていた。顔と同じ小麦色に日焼けして、スラリと長く伸びた美脚は、スポーティーな中にも成熟した女性ならではの肉感と色香を放つ。

年齢は三十代に突入しているという噂だが、まだまだ若々しいプロポーションを保っていて、生徒達のみならず教師達にもファンの多い美人体育教師だ。

「ほおら、大人気だったじゃないか、よかったな、瑠那」

級友達から解放されて戻ってきた金髪スク水少女に、咲妃が声をかける。

「お姉ちゃん、印象希薄化の呪印、アタシの身体にも描いて欲しい……」

うわべだけの愛想を振り撒くのに疲れたらしい小悪魔少女は、ボソリとつぶやいた。

「今日は、記念すべきプール開きの授業ということだけれども……まあ、みんな好きに泳いじゃっていいよ」

入念な準備運動の後、気さくな口調で発せられた教師の言葉に、少女達は歓声を上げて次々にプールに飛び込んでゆく。

「よし、私達も行こうか」

有佳と瑠那を誘ってプールに向かっていた呪詛喰らい師《カースイーター》の背筋を、ゾクリ！　と悪寒が走り抜けた。

「これは……淫神の神気ッ!?　みんな、早く水から離れろッ！　危険だッ！」

鋭い声で呼びかけながら、無意識のうちに内腿に手を伸ばす咲妃であったが、いつもならそこに装着しているペンホルダーは、革帯ボンデージの退魔装束ごと、更衣室に置いてきてしまっている。

ドプウウウンッ！

何かが爆発したような音を立てて、プールの中央が大きく盛り上がり、巨大な水柱となって立ち上がった。直径、高さとも、十メートル近い水柱は、そのままの形状を保ったまま、ゆっくりと回転を始める。

「えっ？　なっ、何？　きゃあアァァァァッ!!」

「やだっ！　引き込まれるっ、助けてぇ！　ぷぁ、あ、んぶううっ！」

何が起きたのかわからず、呆然としていた女子達を次々に巻き込みながら、旋回する水柱は、プールサイドにいる咲妃めがけて迫ってきた。

「二人とも、私から離れろッ！」

有佳と瑠那に向かって叫んだ咲妃は、二人が逃げるのと反対方向にしなやかな肢体を跳躍させる。

ドジャアァァァァァーンッ!!

津波のように押し寄せてきた水塊に押し流された咲妃の身体は、そのまま壁に叩きつけられた。

「くぅ……有佳、瑠那、大丈夫か？」

受け身を取って衝撃を緩和した咲妃は、少し離れたところにへたり込んでいた恋人達に呼びかける。

「はっ、はいッ！」

「アタシも大丈夫……まさか、あれも淫神なの？」

ずぶ濡れになりながらも、有佳と瑠那は無事であった。

「ああ。水の精霊が変異した曲ツ神、『水蠱《すいこ》』だな。しかし、なぜ、そんな神格が、いきなりこんな場所に!?　鮎子が感じていたのは、こいつの霊臭だったのか!?」

生き物のようにうねるプールの水を警戒しつつ、咲妃は、もっと本気で調べればよかった、と、己の自信過剰に唇を噛む。

大波が引いた後のプールサイドには、意識を失った少女達と教師が、浜辺に打上げられた魚の群れのように折り重なって横たわっていた。

「彼女らも、命に別状はないようだな。だが、この現象、どう見ても不可解だ」

神気の探知能力に優れた神伽の巫女に予兆を感づかれもせず、プールの水にいきなり神格が宿ることなど、万に一つもあり得ない。

「まさか……、またあの女、ゼムリヤの仕業か？」

咲妃の脳裏に、淫蕩極まりない褐色美女の顔が浮かぶ。

（遊園地での一件で、奴は亜神を顕現させる秘薬、『反ネクトル』を使用していた。あれを使えば、プールの水に神格を宿らせることも不可能ではないはず……）

疑念を抱く呪詛喰らい師《カースイーター》の目の前で、神格を宿したプールの水は、新たな行動を起こす。スライムのように蠢く水のあちこちから、透明な触手が何十本も伸び出て、咲妃達に襲いかかってきた。

「きゃんっ！　来ないでくださいっ！　ひゃあぁう！」

可愛らしく裏返った悲鳴を上げる有佳の手足が拘束され、身動きを封じられる。

「キャワァァッッ！　はっ、放しなさいよぉ！」

胴に巻きついた水触手によって、旧型スク水姿のロリータボディが宙に浮いた。

「有佳ッ、瑠那ッ！」

駆け寄ろうとした咲妃の全身も、透明なゼリー状の水縄によって緊縛されてしまう。

たわわなバストが競泳水着越しにギチギチと締め上げられ、ヒップの谷間や股間に、水の触手が容赦なく喰い込んできた。

「くうぅッ！　……この淫神、やはり神気に餓えている……未完成体だな」

神伽の巫女は、身体に巻きついた水触手から伝わる感触から、淫神の状態を察知する。遊園地に現われたワラシ神と同じく、プールの水に宿った神格も、神気が不足した不完全体の状態であった。

（私の肉体に取り込むには、結縁もできていないし、神気が拡散しすぎている。何とか神気を収束させて、神伽できる姿になっていただかねば……）

強靭なゼリー塊のような感触の透明触手に緊縛されながらも、神伽の巫女は冷静に対処法を模索している。

そんな彼女の極上ボディを、餓えた淫神の触手が嬲る。

シュルシュルシュルシュルルルルッ！

涼やかな水鳴りの音を立てながら、競泳水着の股間に密着した水触手の表面に、小さな渦巻きがいくつも生じた。

等間隔に渦を並べたその様子は、まるで吸盤を密生させたタコの触腕を思わせる。

タコの吸盤の代わりに、旋回する渦を連ねた水縄は、競泳水着の股間に深く喰い込んできた。布地を浸透してきた粘水の渦巻きは、最も敏感な突起を包み込み、激しい旋回運動で嬲り抜く。

「はぁぁぁぁぁウンッ！」

渦巻く水流に捉えられた陰核から発した鮮烈な悦波に色っぽい声を上げた咲妃は、競泳水着に包まれたしなやかな肢体を弓なりに仰け反らせつつ、プールサイドに倒れ込む。

「咲妃さんッ⁉　これ以上ひどいことはさせませんッ！　ンンンンンンッ！」

顔を真っ赤にした有佳が水着姿の肢体に力を込めると、華奢な手足に絡みついていた水触手が、パチュン！　ビシャァンッ！　と水しぶきを散らして引きちぎられた。

ペニス型の淫神、淫ノ根に憑依されていた彼女は、淫神が咲妃の肉体に封じられたのちも、神の依り代である「かんなぎ」として、凄まじい怪力を発揮することができるのだ。

「今、助けます、咲妃さんッ！」

触手の緊縛から逃れたかんなぎの少女は、仰向けに倒れて悶えている恋人のところに駆け寄ってゆくが、新たに這い寄ってきた触手にあっさりと捕らえられた。

「やぁあっ！　放してくださいッ！」

抵抗しようとした有佳は、なすすべもなく囚われていた瑠那と背中合わせの姿勢で縛り上げられてしまう。

「あぁぁ、これじゃあ暴れられないです……」

かんなぎの少女は、困惑の声を上げて抵抗を中断した。

身体を縛める水触手を強引に引きちぎろうとすれば、背中合わせに縛られた瑠那が無事ではすまない。

「瑠那さんの術で、何とかならないんですか？」

「むっ、無理よォ！　リシッツァは教室に置いて来ちゃったし、この場所に満ちた神気が強すぎて、低級霊なんて呼べないわ！」

背中合わせで縛られた恋のライバルに呼びかけられた金髪の繰霊術師は、悔しげな表情を浮かべて叫び返した。

「このおおお！　神様だからって、時と場合をわきまえずに出てこないでよぉ！　さっさと咲妃お姉ちゃんに封印されちゃぇえっ！　んぐぅ!?」

甲高い声で叫ぶ瑠那の口に猿ぐつわ状の水触手が噛まされ、声を封じられる。

邪魔者を排除した水型淫神は、極上の精気を放つ神伽の巫女を愛で始めた。

水着の内部に這い込んできた触手によって、乳首に貼られていた保護シールがピリピリと剥がされ、濃紺の生地を尖らせた乳頭のポッチにも、渦巻く水が吸いついて嬲りを仕掛けてくる。

左乳房に刻印していた、印象希薄化の呪印も、あっさりと洗い落とされ、呪詛喰らい師《カースイーター》の過剰なまでにエロチックな肢体が、欺瞞《ぎまん》のヴェールを剥がされた。

「ひぁ、はぁぁぁぁぁうんっ！」

仰け反る咲妃の股間で、陰核を取り巻く水の渦は、さらに激しさを増し、敏感な突起を水着の股布越しにねじ切らんばかりに玩弄する。

「あぁぁ、そんなに捻ったら、淫ノ根が……ッ！」

限界を超えた勃起を強要されたクリトリスは、さらに体積を増し、グングンと伸び上がりながらペニス化を開始してしまう。

「あぁぁっ！　出て……来るッ！　くぁ、はあぁぁぁぁ～ンッ！」

艶めかしい声をプール内に響かせた咲妃の肢体が、硬直し、痙攣する。

濡れて密着した競泳水着の股間に、見事な男性器の輪郭をくっきりと浮き出させて疼き猛った淫ノ根は、弓なりに反り返った肉茎の充血を際立たせて顕現した。

少女の勃起を引きずり出した水触手は、それ以上の追撃を仕掛けず、あっさりと股間から撤退する。

「ハァハァハァハァ……」

陰核がペニス化する際に発生した超絶快感の余波に喘ぎながら、呪詛喰らい師《カースイーター》は淫神の意図を悟っていた。

（淫ノ根が射精する精液に含まれる陽の神気を欲しているのか？　ならば、望むままに与えてやるしかないが……）

この後の淫辱を覚悟した神伽の巫女の美貌に不安の表情がよぎる。

有佳との性行為においても、咲妃は淫ノ根のペニスを実体化したことがなかった。

理由はただ一つ。快感が大きすぎて、理性を維持できなくなる危険が伴うからだ。

淫夢神の能力を使った、夢の中での快楽行為で、ある程度の鍛練は積んでいたが、現実世界でペニスを愛撫される快感に耐え抜く自信は、彼女にはまだない。

「ん……ゴホッ、ゴホッ……」

プールサイドに倒れ伏していたクラスメイト達が、咳き込みながら、ゆっくりと身を起こした。

「皆さん、気がついたんですね？　早くここから逃げてください ッ！」

有佳の叫びに、水着姿の少女達は、濡れた髪から水滴を滴らせながら振り向く。

「……逃げる？　これから楽しくなるのに、どうして逃げなきゃイケナイの？」

「そうだよ、これからとっきーをいっぱい気持ちよくしてあげるんだから、とっきーの嫁はそこでおとなしく見ててね」

いつもよりも賑やかさに乏しい声で告げた女子生徒達は、競泳水着の股間に勃起の輪郭を浮き出させた呪詛喰らい師《カースイーター》に向かって歩み寄ってくる。

「操られている⁉　咲妃さん逃げてくださいッ！」

「取り乱すな、有佳。こういう展開も想定ずみ。これが私の……神伽の巫女の仕事だ。全てを受け入れ、喰らい、浄化してこの身に取り込む！」

今にも泣き出しそうな表情を浮かべる恋人に、力強い声で呼びかけた咲妃は、近づいてくる級友達を落ち着き払った眼差しで見つめる。

（神格で勝る淫ノ根との正面対決を避け、操られた女子達に私を嬲らせるつもりだな……春学祭の淫宴、再びといった趣だが）

自我は保ったまま、理性の枷だけが緩められた状態で淫神に操られた女子達は、羞恥心やモラルをかなぐり捨て、獲物を貪るピラニアの群れのように、印象希薄化の呪印が解けてしまった咲妃の極上ボディに手を伸ばしてきた。

「あはぁ、とっきーのオチンチン、カレシのよりもおっきいかも……」

「すごいオッパイ。とっきーって、隠れ巨乳だったんだね。うわぁ、プルンプルンで、いい触り心地♪」

股間で存在を際立たせた勃起と、量感溢れる爆乳が、集中的に弄られる。

「ふぁぁ！　アッ、そっ、そんなに強く握るなッ！　んきゅうううううンッ！」

感度抜群のフタナリペニスは、薄いナイロン布越しに肉茎を掴んで弄り回される刺激に反応してビクビクとしゃくり上げながら、充血をさらに強めてゆく。

「硬い……熱さが伝わってくるよ。きゃはっ、ビクビクしてるぅ♪」

硬質ゴムのように生硬く充血した肉茎が、根本から先端まで何度も撫で擦られ、濃紺の布地を突き破らんばかりに張り詰めさせた亀頭の先端が、執拗に嬲られる。

布地に浮き出た鈴口のワレメを、指の腹で擦られ、爪の先で甘掻きして責められているうちに、水飴のように濃厚な先走りが布地を染み透ってジワリ、と滲み出してくる。

「ひぁ！　うぁ……はぁぁんっ！　くっ……あ、はうっ！　く……う……んうぅぅぅんっ！」

水着越しの亀頭責めに美貌を歪め、切れ切れに呻く咲妃の艶姿は、操られた少女達を激しく昂らせた。

「もう、ガマン汁出てきたよ。チンポの先っぽ弄られるの、気持ちいいんだ？」

「とっきーの身体って、ホントにエロエロだよねぇ……知らなかったなぁ」

卑猥な笑みを浮かべ、興奮で顔を紅潮させた水着少女達は、クラスメイトの勃起を好き放題に弄り回す。ペニス弄りにあぶれた女子達は、仰向けになってもほとんど形の崩れないお椀型の爆乳に群がっていた。

「とっきーの乳首、すごく勃起してるよ……ちょっと味見してみようかな？」

揉みくちゃにされているたわわな肉果の先端で、濃紺の水着生地をツンと尖らせた乳頭に唇が吸いつく。反対側の乳首にも、別の女子生徒が吸いつき、チュウチュウとはしたない吸い音を立て始めた。

「ふぁ！　あッ！　くふうぅぅぅんっ！」

吸いついた唇がすぼめられ、生温かくざらついた舌先が、布越しに先端を甘噛み混じりに舐め回すと、刺激に反応した乳首は、ジンジンと疼きながら勃起を強めてしまう。

「ちゅぱ……はぁぁ、プリプリしてるぅ」

少女達の唇が離れると、勃起した乳頭が、唾液の濡れ染みのできた水着を突き破らんばかりに尖り勃っていた。

「これで、もっとエロエロになったね。いっぱいモミモミしてあげる」

勃起乳首の輪郭をあからさまに浮き出させたボリューム満点の柔肉が、休む間もなくこね回され、股布に先汁の濡れ染みを形成した少女の勃起が、ぎこちないながらも執拗な手コキ責めにさらされる。

「ひうぅぅぅんっ！　アッ、くぁ、そんなに激しくッ！　ふはぁぁあぁぁぁウンッ！」

クラスメイト達の愛撫を受けた神伽の巫女は、快感に翻弄されながらも、頑なに絶頂に抗い続けていた。

（まだだッ！　まだ、神気が練り上げられていない……もっと、もっと耐えて、精液に神気を練り込まねば……）

神の餓えと渇きを癒す流派、ウズメ流を極めた退魔少女は、理性をも焼き尽くしてしまいそうな快感の劫火に炙られながら、体内で神気を練り上げてゆく。

「あー、下手すぎて見ていられない。手本を見せてあげるから、交代しなさい」

教え子達を押し退けて割り込んできたのは、淫神に操られた女体育教師であった。

小麦色に日焼けしたスポーティー美女の手指が、水着越しの勃起を握り締める。

「くぁ！　はぁぁぁうんっ！」

クラスメイト達の拙い愛撫とは桁違いに深く鋭い快感に勃起の芯を貫かれ、神伽の巫女は切羽詰まった声を上げて競泳水着姿の肢体を硬直させた。

「すごく硬い……サイズも、亀頭の生育具合も申し分なし。こんなに立派で虐めがいのあるチンポは久しぶりだわ」

根本から先端までじっくりと指を這わせ、今にもはち切れてしまいそうに充血した海綿体の硬度と感度を確認した女教師の指は、下腹にめり込んだ肉柱に沿って、緩急交えた摩擦運動を開始する。

「せっ、先生ッ!?　ふあぁ！　くふううぅんっ！　んっんっんっ……あぁぁぁンッ」

前後に滑る指の動きに連動して、咲妃の喉奥から、甘く裏返った快感の声が搾り出される。巧みな摩擦快感にビクビクと反応した美少女のペニスは、大量の先走りを溢れさせ、競泳水着の股間にできた濡れ染みを急激に拡大させた。

「ほおら、カウパーが溢れてきた。この立派な亀頭も、たっぷりと虐めてあげるわ」

親指の腹が敏感な裏筋から鈴口に至る縦筋を絶妙の力加減で擦り上げ、反対側の手指が亀頭全体をくすぐるように舞い踊る。

「ヒイイィッ！　あ、あぁぁッ！　そこぉ、そこはッ、くひゅううぅぅッ！」

敏感な亀頭をゾクゾクするような掻痒快感に包み込まれたフタナリ美少女は、しなやかな肢体を弓なりに仰け反らせてよがり悶えてしまう。

「すっごぉい！　先生、どこでそんな超エロエロなテク覚えたんですか?」

年季の入った亀頭責めのテクニックを見せつけられた女子達が、興奮に頬を染め、興味津々の様子で質問する。

「フフフッ、学生時代、水泳部の合宿で、男子達相手にね……。部員内で本番禁止の取り決めがあったから、手と口だけで抜きまくってやったのよ。何人も同時に相手したこともあったなぁ」

赤裸々な告白をしながら、淫神に操られた女教師は、教え子の股間で震えるフタナリペニスを熟練のテクニックで責め立てる。

「あなた達も覚えておいて損はないわよ。こうやって、根本を締めつけながら亀頭を擦ると、イキそうになってもなかなか出せないから、エッチの主導権を握れるのよ」

女教師は解説を交えながら、勃起の根本を強く圧迫して暴発を阻止しつつ、亀頭を包み込む手首にスナップを利かせ、敏感な先端部を磨り潰さんばかりの勢いで刺激する。

「はあぁぁぁぁぁぁぁぁぁ〜うっ!　あっあっあっ、くはぁぁぁぁぁぁッ!」

ハードな亀頭責めの快感に射精中枢を直撃されながらも、放出を封じられた咲妃は、出すに出せぬ生殺しの絶頂感に悶え狂う。

「すごく脈動してる。指の輪っかが振りきられてしまいそうだわ。でも、まだまだ出させてあげない。もっともっと痺れさせてあげる!」

興奮した声を上げた女教師は、射精封じされたペニスをさらに激しく責め立てた。

「このままじゃ、水着に擦れて痛いでしょう?　ローション代わりよ」

先走りで濡れてはいるが、まだまだ潤滑不足な競泳水着の股間に、女教師の熱い唾液がトロトロと垂らされる。

「ふぁ、はぁぁん……」

淫熱を帯びた湿り気に、敏感な亀頭を包み込まれたフタナリ美少女は、悩ましげな声を上げ、競泳水着に包まれたダイナミックな肢体をわななかせた。

「これでいいわ……亀頭責めのテク、たっぷり味わってもらうわよ」

ペニス責めに慣れている女教師は、時折、唾液を追加しながら、射精封じした勃起の先端部だけを徹底的に責め立てた。濡れた水着生地を使い、亀頭の表面を磨き上げるようにこね回し、鉤形に曲げた指先で、鈴口の敏感なワレメを掘り返すように刺激する。

「ひぁ、あぐうううっ！　あひぃッ、くぁ、あ、アッ、んあぁ……きゃふうぅっ！」

屈服し、射精をおねだりしてしまおうか、という気持ちを抑え込み、神伽の巫女は、イクにイけない焦らし責めに耐え続けた。

やがて、射精欲求に張り詰めたペニスの脈動は指の力では押さえきれぬほどに力強さを増し、揉み嬲られている亀頭のワレメから溢れる先汁にも、白濁した精液が混じり始める。

「先生、そろそろ出させてあげようよ。とっきーの射精するところ、見てみたい」

亀頭責めに夢中になっている女教師に、女子生徒が淫らな期待に震える声をかける。

「そうね……私の中の声も、精液が欲しいって言ってるわ。常磐城さん、いいわよ、射精しなさい。出して、セーエキ……出しなさいッ！」

肉茎の根本を縛めていた指が離れ、亀頭を圧迫責めしていた指先が水着の布越しに鈴口をグリグリと抉って、とどめの快感を送り込む。

「ひあぁぁぁぁぁンッ！　出るッ、出る……くふうううぅうううう～ンッ!!」

全身の筋肉が股間の逸物に向かって絞り込まれ、恥骨の裏側に蓄積されていた狂おしい圧力が一気に解放された。気が遠くなりそうな歓喜を伴った脈動によって搾り出された灼熱の奔流が、勃起の芯を貫き、とてつもない解放感と共に噴出する。

びゅくんっ、びくびくびくんっ！　びゅくびゅくびゅくどくんっ！　どぴゅううっ、びゅうっどぴゅるるるっ！

今にも破れてしまいそうに張り詰めたナイロン生地を貫いて、濃厚な真珠色をした射精液が噴水のような勢いで迸った。

水着生地で初速が弱められているはずなのに、噴き出したスペルマは、射精痙攣に揺れ弾む爆乳にまで飛び散り、濃紺の競泳水着を張り詰めさせた乳球の曲面を白く塗り込めてゆく。

「んぁ、あぁぁ、出るッ！　まだ……出るッ、あっあっはぁぁぁぁうぅぅぅンッ！」

「すごい、こんなにいっぱい出るなんて、あぁ、ステキ……もっともっと射精しなさい！」

女教師は、力強い脈動と共に射精を続けるペニスをきつく握って、絶頂痙攣する肉胴の芯を流れてゆくスペルマのプリプリした感触を堪能している。

「とっきーのセーエキ、ヌルヌルで、すっごくいやらしい匂いがする……」

「自分が出したチンポ汁、身体中に塗り込んであげるね」

クラスメイトの射精シーンを、固唾を呑んで見つめていた少女達は、競泳水着をドロリと汚した純白の絶頂粘液を指先ですくい取り、競泳水着に包まれた極上ボディに塗り込んでくる。

ぬちゅ、ぐちゅ、にちゅ……くちゅるっ……じゅるっ、くちゃっ、ぐちゅるっ。

粘液の鳴る音を立てながら、メリハリの利いた肢体を白濁まみれの指が這い回った。

「ふぁっ！　胸っ！　うぁ、あぁぁんっ！」

たわわなバストが、数人がかりで揉みくちゃにされ、水着生地をぬめ光らせるほど大量のスペルマを擦り込まれる。

色白できめ細かな素肌が剥き出しになった腋の下や腕、開脚を強いられた美脚の太腿にもスペルマが塗りつけられ、油を塗ったようにヌラヌラと照り光らせた。

「ほおら、最後はお顔にもお化粧してあげる」

日焼けした美貌に淫蕩な笑みを浮かべた女教師は、手のひらいっぱいに盛り上げたゼリー状のスペルマを、半ば放心状態で喘ぐ咲妃の顔に垂らし、化粧でもするかのように塗り広げた。

「んぷ……う……はぁぁ……んむ……ンッ！　くちゅ、ちゅぱ……んふ、んくっ」

生暖かいぬめりを顔に塗りつけられる感触に喘ぐ少女の口に、精液の残滓をまとわりつかせた指がねじ込まれ、ゼリー状の悦汁が舌にまで塗り込まれる。

「自分が出した精液の味はどう？」

「ちゅぷ……はぁぁ、なかなかの美味だな……あふ、んんんッ……ちゅるっ……」

付着していたスペルマを残らず舐め取った咲妃は、精液

まみれの顔に淫らな笑みを浮かべ、女教師の手に舌先を這わせて、残りの精液も味わった。

「その淫乱さ、ステキよ。フフフッ、あんなにいっぱい出したのに、チンポはまだまだ硬くて元気いっぱいじゃない。まだまだ射精できそうね」

大量射精の余韻にヒクついている勃起を水着越しに愛おしげに撫でながら、淫神に操られた女は楽しげな含み笑いを漏らす。

「さあ、今度はあなた達の番よ。たっぷりシコシコしてあげなさい」

「はーい！　さあ、とっきー、もっともっといっぱい射精させちゃうよぉ」

手コキ達人の教えを受けた少女達の指が、ハイエナの群れのように射精直後のペニスに群がってくる。

「ひぁ！　まっ、待てッ！　まだ、脈動が……ひゃはぁぁぁぁンッ！」

喜悦の響きを帯びた咲妃の悲鳴が、プール内に響いた。

「うぁ、あぁぁぁっ！　また、出るッ！　出る……くふんんんんん〜ッ!!」

競泳水着から伸び出た美脚をピンッ！　と突っ張らせ、スペルマまみれの全身を緊張させた咲妃は、幾度目ともわからぬ射精エクスタシーの大波に呑み込まれた。

水着の股間に浮き出たペニスが激しくしゃくり上げ、真珠色の絶頂エキスを勢いよく噴き上げる。

「すごおぃ。もう六回目なのに、こんなにいっぱいセーエキ出てるぅ」

「違うよぉ。これで七回目だよ……とっきー、マジで絶倫すぎるんですけど」

濡れた声を上げてはしゃぎながら、水着姿の少女達は、精液にぬめった指で、過剰に放出された体液をこね回し、震えの止まらぬフタナリペニスを嬲った。

「うぁ、あぁぁ、イッ、イクッ……ひあぁぁ、まっ、まだ、出るッ！　きゅうぅんっ！　止まらない……ッ！」

神伽の巫女は、息も絶え絶えの喘ぎを漏らしてメリハリの利いた極上ボディをくねらせつつ、股間の強張りをしゃくり上げて、制御不能の射出に悶え泣く。

競泳水着の内側も外側も、大量に迸らせたスペルマでドロドロになっていて、ゼリー状の絶頂汁が、グチュグチュと卑猥な粘音を立てていた。

「あはぁ、こんなに出しちゃって、とっきー、喉渇いたでしょ？　おチンポミルク、飲ませてあげるね♪」

むせ返るようなフタナリザーメン臭に欲情した女子生徒達が、母猫の母乳を吸う子猫のように呪詛喰らい師《カースイーター》の身体に群がってくる。

「んちゅ……じゅちゅるるっ……んふ……くちゅっ」

「くううんッ⁉」

競泳水着をドロドロに濡らした白濁液を吸い込んだ女子は、喘ぐ咲妃の唇にディープキスを仕掛け、唾液と混ざって量を増した精液を口移しで流し込んでくる。

「んく……ゴクンッ……くちゅくちゅくちゅるッ」

自ら迸らせた絶頂汁を、はしたなく喉を鳴らして飲み込んだ神伽の巫女は、積極的に舌を絡め、同性同士のディープキスに耽溺してしまう。

「仕上げは私が飲ませてあげるわ。口を開けてなさい」

有佳と瑠那の嫉妬に満ちた視線を浴びながらも、クラスメイトの女子達全員と濃厚なザーメンキスを交わした呪詛喰らい師《カースイーター》に、射精の止まらぬペニスから直に精液を吸い取った美人教師がむしゃぶりついてくる。

「あふ……くちゅ……んはぁぁ……」

言われた通りに上を向いて開かれた咲妃の口に、女教師は口内いっぱいに溜め込んだ搾りたてザーメンをトロトロと垂らす。

「あぁ、すごく濃くって、美味しいチンポ汁だったわ。本当なら、全部飲みたかったけど……」

口に含んでいた真珠色の美少女ザーメンを残らず垂らした体育教師は、唇をヌロッ、と舐めながら微笑む。

ジュル……ズチュルルルル……ッ。

満を持して、淫神の水触手が這い寄ってきた。

「う……くぅ……」

精液がたっぷりと染み込んだ水着生地の表面を水触手が這い回り、濃密な神気を含んだ精液を吸収し、ヌロヌロと蠢いて舐め取ってゆく。

白く照り輝くような太腿も精液のぬめりがなくなるまで拭き清められ、喰い込んだ水着からこぼれ出た尻肉や、水着の内に秘められた柔肌も、隅々まで貪るように吸いしゃぶられた。

「ひうんっ！　くぁ！　はぁぁぁ……あんッ！」

連続絶頂に熱く火照った裸身を、冷たくぬめった感触に這いずられ、陶酔の表情で仰け反らせた咲妃の美貌にも透明な触手が吸いついて、生乾きの精液を吸う。

「そろそろあの子達にも、とっきーのセーエキ分けてあげようよ」

「賛成〜♪」

手コキ実習と、ザーメンキスを堪能した少女達は、水触手に緊縛された有佳と瑠那を新たな玩具に選んだ。

「でも、瑠那っちはまだロリッ子だから、ハードなのはNGでしょ？」

「せっかく旧型スク水着てるんだから、ここに突っ込むのがいいんじゃない？」

無造作に歩み寄った女子生徒の一人が、旧型スク水の特徴である水抜きスリットを摘んで引っ張りながら提案する。

「あー、それってエロいかも。よし、やっちゃおう！」

「んむううっ！　んぐううっ、ぐむぐむうぐうぅぅぅ〜ンッ!!」

水触手の猿ぐつわを噛まされた金髪娘は、威嚇のうなり声を上げつつ抵抗するが、操られた少女達はまったく動じない。

「とっきー、瑠那っちの水着の中にもドクドクって射精させてあげるねぇ♪」

女子生徒達は、射精の余韻で足腰が立たない咲妃の身体を抱え上げ、瑠那達のところまで運んでくる。

「ほおら、とっきーの生チンポ、出ちゃうよぉ」

水着の股布部分が大きくずらされ、何度放出しても萎えない絶倫ペニスが強引に引きずり出された。

「わぁ……すごい……綺麗なピンク色で、セーエキの匂いムンムンで、エロエロだね」

「あぁ〜、めっちゃ勃起してる、ホントに綺麗な色して、エッチな形。しゃぶりたくなっちゃう……」

あらわになったフタナリ勃起を目にした少女達が、熱く濡れた声を上げて切なげに身を捩る。

度重なる射精で限界を超えた充血を強いられた淫ノ根は、鮮やかなバラ色に充血し、自ら迸らせた精液に艶めかしく濡れ光ってピクピクとしゃくり上げている。

左右に張り出した亀頭は、胴部分よりも濃く艶やかな紅色に照り輝き、先端の敏感なワレメに、純白の精液を真珠粒のように盛り上げていた。

「ほおら、瑠那っちのスク水の中に、挿入～っ♪」

ぬちゅ……ずりゅううっ！

瑠那が着た白色旧型スク水の水抜きスリットに、精液の残滓にぬめ光る勃起が突き入れられた。

「ふぁ！　瑠那っ！　あぁぁぁンッ！」

純白のナイロン生地と、プリッ、と張りのある滑らかなロリータ肌に挟まれ擦られたフタナリペニスは、ビクビクンッ！　と嬉しげな胴震いを起こしてしまう。

「ヒグウウウンッ！　んむふうぅぅぅんっ！」

腹部に押し当てられる熱く猛った牡器官の感触に、猿ぐつわを噛まされたスク水金髪少女は色白な顔を朱に染め、複雑な表情を浮かべて呻く。

学園祭の淫宴で、淫神「大淫婦」に憑依された際、瑠那はアヌスに咲妃の勃起を受け入れた経験があったが、それ以来、久々に体験するペニスは、まだ幼さの残る肉体に、妖しい昂りを起こさせているようだ。

「くふぅぅ……ンッ、瑠那……これも、淫神と結縁するための行為だ。少しの間、我慢してくれ」

剥き出しの勃起に伝わってくる滑らかな肌の感触に声を上ずらせながら、神伽の巫女は話しかける。

「んむ……んんん……」

声を出せぬ瑠那は、目だけで頷いた。

「とっきーは腰が抜けてて動けないみたいだから、私達が手伝ってあげるね」

脱力した咲妃の身体を寄ってたかって抱え上げた少女達は、御輿でも扱うように、競泳水着姿の肉体を上下させ始めた。

ぬちゅ、ぐちゅっ、くちゅくちゅくちゅずちゅるるっ！

白色のナイロン生地と、スベスベの純白肌に挟まれた敏感な肉柱が、激しい抽挿で旧型スク水を犯す。

「はぁぁうっ、ナイロン生地に擦れて……ヒッ！　あんッ！　んはぁぁぁう！」

「キュムフフンッ！　クウゥン！　ングフムウゥゥッ！」

想像以上に強烈な刺激に襲われ、呪詛喰らい師《カースイーター》と金髪の小悪魔少女は競いあうかのように艶めかしい声を上げる。

瑠那の胴に巻きついた水触手が、勃起とスク水ボディとの密着度を高めていて、ストロークの快感を何倍にも増幅しているのだ。

まだ膨らみ始めたばかりの瑠那の貧乳を熱く猛った肉柱が嬲り、肋骨の凹凸が射精の余韻に疼く亀頭をコリコリと刺激する。スク水の内側で尖り勃った小さな乳頭が、先汁にまみれた亀頭に擦れ、鈴口にヌプヌプと咥え込まれて、双方の快感を煽り立てた。

亀頭の裏側には、濡れたスク水生地が痺れるような摩擦快感と共に擦りつけられ、敏感な亀頭粘膜を荒々しく磨き上げて、射精欲求を急激に高めてゆく。

「んふうぅ、んっ、ふぁ……きゅふうぅぅぅぅうムッ」

猿ぐつわの隙間から、すすり泣くような声を漏らした瑠那の身体が小刻みにくねる。

「瑠那ちゃんも感じてるんだ。ロリッ子なのにエッチなんだね？　常磐城さん、そろそろ射精してあげなさい」

勃起の付け根にある急所を、女教師の指がコリコリと揉みほぐして、耐えに耐えたスペルマの堤防を決壊させた。

「ふわぁぁぁっ！　出るッ……るっ、瑠那ぁ、すまないッ！　はうぅぅ〜ンッ！」

「んふうぅぅンッ！」

ヌルヌルになったスクール水着の内側で、制御不能の脈動が始まった。

どぷううんっ、びゅぷううっ、びゅるうっ、ぶちゅっ、ぐちゅるるっ、どぷどぷどぴゅうううぅぅ〜ッ!!

「んむうぅぅぅんっ！　ンッ、んふうぅぅ……」

鼻にかかった呻き声を上げ、恍惚と困惑の入り交じった表情を浮かべる瑠那のスク水内部に、灼熱のスペルマが洪水のように溢れ返る。

ペニスを突き挿れられてまくれ上がった水抜き穴から、ゼリー状の白濁液がドプドプとこぼれ出し、純白の水着を、さらに艶めかしく白く汚して滴り落ちてゆく。

フタナリペニスの射精は一分以上にわたって続き、瑠那の水着内部をスペルマまみれにしてようやく終息した。

ぬちゅ……ぐじゅるるっ。

旧型スク水のスリットから、大量射精を終えた美少女の勃起が引きずり出される。

「今度は雪村さんの番だよ。このセーエキドロドロチンポにフェラしてあげて」

瑠那と咲妃の行為が行なわれている間、目を閉じ、身体を強張らせて耐えていた有佳の鼻先に、スペルマの雫を滴らせる勃起が突きつけられた。

「そっ、そんな……そんなこと……皆さんが見ているのに……恥ずかしいです」

耳まで朱に染め、消え入りそうな声を出して恥じらいながらも、クラス委員長を務める少女は、鼻先でヒクついている淫靡な肉柱を喰い入るように見つめてしまう。

（咲妃さんの……わたしのモノだったオチンチン……）

淫夢の中でしか、愛撫することを許されなかった恋人の勃起は、ムッとするような熱気と淫臭を放ちながら、奉仕を待ち望んでいるかのように見えた。

「雪村さんがやらないなら、私達がチュパチュパって、しゃぶっちゃうわよ」

「だッ、ダメェ！　やります、やりますから……咲妃さん、ゴメンなさい……」

必死の声を上げた有佳は、目の前に突きつけられた勃起越しに、神伽の巫女の顔を見上げる。

「有佳、すまないが、頼む……これも神伽のためなんだ」

困惑の表情を浮かべる同性の恋人に微笑みかけた咲妃は、恥ずかしげに目を伏せた。

「はい……んっ、チュッ……あふ、ぴちゅっ、れるっ」

覚悟を決めた少女は、かつては自分の股間にそそり勃っていたペニス型の神に口づけし、おずおずと舌を這わせる。

「ひゃうんっ！　ンッ、あ、あ、あぁぁ……ッ！」

想像していた以上の鮮烈な快感に小さな悲鳴を上げた呪詛喰らい師《カースイーター》は、無意識のうちに腰を引いて逃れようとしたが、彼女の周囲に群がった女子生徒の壁が、後退を阻む。

「ほらぁ、口開けて、もっと舌を突き出してしゃぶらないとみんなに見えないわよ。おフェラも、私が見本見せてあげようか？」

ペニス嬲りの達人振りを見せつけた女教師が、よく通る声で有佳を挑発する。

「ダメェ！　わたしが……やりますから。はぷ、んふぅ、ちゅぱちゅぱちゅぱ……はぁう……くちゅ……あぁ……んふ……チュルルッ」

最初は恥じらっていた有佳であったが、異様な状況と、咲妃のペニスの淫靡な味や感触に興奮したのか、次第に積極的なフェラチオ奉仕で少女の勃起を舐めしゃぶり始めた。

恥じらいに震える唇から突き出されたバラ色の舌が亀頭に絡みつき、カリのくびれにこびりついた白濁液を愛おしげに舐め取ってゆく。

「くぁぁ……ッ！　ゆっ、有佳ぁ……あ、いっ、いいぞ……もっと……」

無意識のうちに尻が動いて、ペニスに献身的な愛撫を施している恋人の口を突き上げ、掻き回してしまう。

「んふうぅ。はぁぁ、咲妃さん……好きぃ、大好きです……あふ、んむ……ちゅぷ……くちゅくちゅくちゅ……ふぁ、ちゅううっ！」

イラマチオを受けながらも、唾液と先走りにぬめった亀頭を愛おしげに吸い、生々しい舌なめずりの音を立てて舐めしゃぶる委員長の痴態を、水着姿の少女達は羨ましげな表情を浮かべ、息を呑んで見つめている。

「んぶううっ……ぷはぁぁ！　ハァハァハァ、ゆっ、有佳ばかりずるいッ！　アタシも……アタシもするッ！　咲妃お姉ちゃんのオチンチン、舐めたいよぉ！」

ようやく猿ぐつわから解放された瑠那が声を上げた。

「瑠那ちゃんったら、ロリロリッ娘なのに、とっきーのチンポにフェラしたいんだぁ」

「それって、超興奮する。ねえ、先生、やらせようよ」

女教師が頷くと同時に、触手の緊縛がわずかに緩んだ。

「あはぁぁ、お姉ちゃんのオチンチン……あむ、チュパチュパチュパチュパ……」

「んぁ、瑠那さん、ずるいです……わたしも……」

温かく柔らかな唇が、熱く火照って張り詰めた亀頭に交互に吸いつき、競うように舐め回す。

片方が亀頭冠や鈴口に舌を這わせている間、もう片方は硬く張り詰めた肉茎を横咥えにして甘噛み混じりに舐め回し、先端に到達すると、左右から柔らかな舌を差し伸べて、亀頭部を挟み撃ちにして吸いしゃぶる。

「はぁぁんっ！　二人とも……きっ、気持ちいいぞ。融けてしまいそうだ……アッ、ひっ、そこ……そこを、もっと……ひゃはぁぅんっ！」

積極的に奉仕に応じた咲妃は、柔らかな二枚の舌に勃起をヌロヌロと愛撫される快感に美貌を蕩けさせ、唇の端から涎まで垂らしてよがり悶えてしまう。

瑠那と有佳の、甘い鼻息と、止めどなく続く舌なめずりの音に、咲妃の上げる悩ましげな喘ぎが入り交じってプールサイドに響いた。

二人がかりの献身的なフェラ奉仕を受けた敏感ペニスは、たちまちのうちに絶頂へと舞い上がってゆく。

「ひあぁぁぁんっ！　出るッ！　出るぞっ！　ふあぁ、きゅふうううううんっ！」

「あぁぁんっ！　咲妃さんの、精液、飲ませてください」

「お姉ちゃん、アタシのお口にちょうだい！」

先を争って亀頭を咥えようとする有佳と瑠那の目の前で、激しくしゃくり上げたフタナリ勃起が白濁の噴火を起こす。

どぷううっ！　びゅるうっ、びちゃぁ、どぷっ、どぷっ、ぐちゅるっ、どぷどぷどぷずぴゅるるるる〜ッ！

激しくしゃくり上げる肉槍の穂先から迸った絶頂粘液は、二人の少女の顔と、水着姿の肢体をドロドロに汚し抜いた。

「ふぁ、あ……熱くって……すごいです」

「んきゅうぅぅんっ！　お姉ちゃんの……ドロドロザーメン。ちゅるっ、じゅるるるっ、んは……ちゅるるっ！」

スペルマまみれにされながらも恍惚の表情を浮かべている有佳と瑠那の身体に、先端が吸盤状になった水触手が群がってくる。

「やぁぁ、舐めちゃ、ダメですぅ！」

「きゃはあぁうっ、中に入って来ちゃ、ダメェェ！」

有佳や瑠那の顔面に飛び散った白濁を残らず吸い取り、水着の内側にまで這い込んだ水触手は、精液に含まれる濃密な神気を吸収して、さらに力を増してゆく。

「満ちたわ……」

「あと……少しで……完全になれる」

うわごとのようにつぶやいた水着姿の女教師と少女達は、プールサイドに整列する。

「今度は一体……何が始まるの？」

怪訝そうにつぶやいた瑠那の疑問に答えるかのように、少女達は切なげな表情を浮かべて身悶えを始めた。

「ふぁ、ダメェ、オシッコ、漏れちゃうッ……」

「はあぁぁあぁンッ！　出るっ！　出るうぅぅぅんッ！」

女の子座り、膝立ち、尻を高々と突き上げて前のめり、仰向けで尻をせり上げた体勢……様々な体位で悶える少女達の股間から、体内で彼女らを操っていた水神の分身が抜け出て迸る。それは、総勢四十人余りの水着少女達による着衣放尿であった。

シャァァァァ～ッ、パシャパシャパシャァァァァ～。

水着生地を貫いて迸り、透明なアーチを描いた神水は、プールの水面に波紋と飛沫を散らしながら注ぎ込まれる。

ゴポッ！　と音を立てて、プールを満たしていた水の中央が盛り上がった。

憑依していた肉体から得た情報をもとに、不定形の水がうねりながら何かの形を成してゆく。筒状だった水柱にくびれが生じ、滑らかなラインで構成されたエロチックな凹凸が表面に浮き出してくる。

「ようやく、形を成したか……結縁、成功だな」

連続射精の余韻に喘ぎつつ立ち上がった咲妃の口元には、小さな笑みが浮かんでいた。

さざ波の揺れるプールの中央に形成されたのは、ゼリー状に固着した水によって形成された、透明な女体。乳房のボリューム、尻の豊かさ、ウエストのくびれは、咲妃と瓜二つで、ガラスの彫像のような凛々しい顔立ちも、どこかしら呪詛喰らい師《カースイーター》に似ている。


水面を滑るように近づいてきた淫神は、プールサイドに立った神伽の巫女の身体を真正面から抱き締めた。

「あはぁぁ……」

冷たく柔らかな透明美女の抱擁を受けた競泳水着ボディが、ブルッ、と快感のわななきを起こす。

ゼリー状の水でできた爆乳と、競泳水着に包まれた爆乳が互いに押しつけられあって柔らかくひしゃげ、ガラスのように透き通った指が、紅色に充血したペニスを逆手に握って、水でできた秘裂へと誘った。

「くふうぅぅん……伽をさせていただきます」

甘い鼻息を漏らした神伽の巫女は、引かれるがままに腰を突き出して、猛った肉槍の穂先を透明美女の股間に密着させる。

ニュムルッ……プジュルルッ！

まるでわらび餅のような、冷たくプルプルした感触の膣口が、熱く疼く亀頭を柔らかく咥え込み、淫靡な収縮を起こして、さらに深い挿入をねだった。

「ひうっ、んっ……挿れます……くふうぅぅンンンッ！」

美貌を蕩けさせながら告げた神伽の巫女は、しなやかな肢体を反らし、量感豊かなヒップを斜め上に突き上げる。

じゅぷ……ずちゅぷちゅるっ！

淫靡な挿入音を室内に響かせながら、透明美女のヴァギナに、熱く猛った美少女のペニスが深々と突き挿れられた。

「……!!」

挿入の瞬間、透明な美貌に歓喜の表情を浮かべた水女体は、咲妃の尻を鷲掴みにして引き寄せながら、ゼリー状の水で形成された裸身をクンッ！　と仰け反らせた。

「あ、はぁぁぁッ、締めつけと震えが……きっ、きついっ！　んきゅううんっ！」

水でできているとは思えぬ、異様にリアルな膣壁が敏感な勃起を締めつけ、淫靡な震えを送り込んできて、咲妃の美貌を挿入快感に歪ませる。

「はぁぅ……う……ンッ、神伽の戯……参るッ！」

射精の余韻に疼く肉芯をきつく締めつけられ、小刻みな振動によって快感神経を根こそぎ掻き鳴らされる感触に意識を飛ばされてしまいそうになりながらも、神伽の巫女はまろやかな尻を振りたくって、交合の動きを開始した。

ぬちゅ、ぷちゅっ、じゅぷっ、じゅぷっ、ぱちゅんっ！


淫神の肉体をプルプルと波打たせながら、咲妃はダイナミックな腰使いでゼリー状の膣を突き上げ、掻き回して、かりそめの肉体に女悦を送り込む。

透き通った肉体越しに、激しい抽挿を繰り返すペニスの動きが見て取れるのが、堪らなくエロチックだ。

押し寄せる快感に美貌を歪めながらも、神伽の巫女は、亀頭にまとわりつくゼリー状の肉襞をまくれ返らせながら抜け落ちる寸前まで腰を引き、膣奥に待ち構える弾力たっぷりの子宮に向かって一気に突き挿れる。

「ふぁ、んっ、くっ、うっ、あはぁう……んっ、んっ、ンッ、くふうぅぅんっ！」

腰砕けになりそうな身体に鞭打ちながらピストン運動を繰り返しているうちに、制御不能の射精欲求が、恥骨の裏側をむず痒く灼熱させて込み上げてくる。

「はっ、放ちますッ！　あぁぁぁぁッ……出る……んんんんん〜ッ！」

魂まで精液と一緒に放出してしまいそうな快感に痙攣しながら、神伽の巫女は限界まで神気を練り込んだ絶頂汁を、神の膣内に解き放つ。

どくどくどくどぷううううっ！　びゅううううううっ！　びゅううっ、びゅるるるるるる〜ッ!!

淫神の胎内に射出された大量の精液は、透明美女の肉体を構成する水と混じりあい、白い燐光を放ちながら渦巻き始めた。

「いっ、いまこそ……神体よ、宿りませ……ンンンッ！」

渦巻く白濁液を核として、プールの水全体に拡散していた神気が収束を開始する。

透明美女の身体から放たれる光は、目も開けていられぬほどの強さになり、やがて、一点に収束した。

人間の肉体に例えるなら、ちょうど子宮のある辺りに、太陽を思わせるまばゆい光を放つ、ビー玉ぐらいのサイズの球体が浮いている。

「呪精受体の儀……成功ッ！　しっ……神体、招迎ッ！」

透明美女に挿入したまま、射精の余韻にヒクついていた勃起の先端に、輝く球体が触れた。

「はあぁぁぁうんっ！　入って……来るッ！」

鈴口をジワリ、と押し広げた球状の神体が、射精経路を逆行して侵入してくる灼熱の感触に、競泳水着に包まれた美裸身がわななく。

神体が完全に取り込まれると同時に、水触手と透明美女の身体がただの水に戻って崩れ落ち、床に飛沫を散らした。

支えを失った咲妃の身体も、プールサイドにグッタリとへたり込む。

「く……ハァハァハァ……瑠那、後始末の手伝いを頼む」

肩を上下させて喘ぎながら、神伽の巫女は死霊使いの金髪少女に声をかける。

「はいッ！　任せて！　我が呼びかけに応えて、寄る辺《べ》なき御魂《みたま》よ、来たれ！」

スク水姿の繰霊術師が呼び寄せた低級霊が、倒れ伏していた女子達の肉体に憑依してゆく。

「命令するわ！　ここの掃除をしたら、シャワールームで身体を洗って、制服に着替えなさい。大至急よ！」

高飛車な口調で瑠那に命じられた水着姿の少女達は、ゆっくりと立ち上がり、ゾンビのような緩慢な動きで命令を実行し始めた。

「咲妃さん、私に何かお手伝いすることは？」

「シャワールームまで抱いていってくれないか？　腰が抜

けて歩けそうにない」

「そんなこと、お安いご用です」

　クスッ、と微笑んだかんなぎの少女は、咲妃の身体を軽々と抱き上げて歩いていく。

「我放つ、精に宿りしかみの種……はぁ、疲れた……」

　お姫様抱っこで運ばれながら一句詠んだ巫女は、かんなぎの少女の胸に頬を擦り寄せて目を閉じた。


　翌朝。

　何事もなく授業を終えた咲妃達は、都市伝説研究部の部室へと向かっていた。

　結局、瑠那の繰霊術と咲妃の呪印術によって証拠を隠滅し、記憶を操作したことで、プール開き授業で起きた淫靡な事件は闇に葬られた。

「ねえ、咲妃お姉ちゃん。昨日の淫神、ゼムリヤの仕業だと思う？」

　部室へ向かう道すがら、瑠那が不安げな口調で問いかけてくる。

「そうだな。そう考えるのが、一番しっくり来る。確たる証拠はないが……」

　カースイーターの異名を持つ退魔少女は、憂鬱そうな顔で頷く。

「恐い……ゼムリヤは、手段を選ばないのよ……」

「大丈夫だ。私が守ってやる！　瑠那には指一本触れさせないさ」

　怯える金髪少女の肩を抱いて、自信に満ちた声をかけながら、呪詛喰らい師《カースイーター》は都市伝説研究部のドアを引き開ける。

　部室には、信司と鮎子が既に待っていた。

「昨日のプール開き授業、どうだった？」

　着席した咲妃に、鮎子が尋ねてくる。

「ん？　ああ、なかなかスリリングで楽しかったぞ」

　ニヤリ、と微笑む咲妃を、有佳と瑠那は複雑な表情を浮かべて見つめている。

「スリリング？　そういえば、今日、私も水泳の授業を受けたんだけど、今度は、何だか青臭いというか、どこかで嗅いだことのある匂いがしたのよね」

　鮎子の発したなにげないひと言に、有佳の顔がギクッ！と強張る。

「会長、それって、どんな？」

「何だか、嗅いでいると胸の奥がドキドキしてくるような、そんな、不思議な匂い……」

恐る恐る発せられた有佳の問いに、わずかに頬を染めた鮎子は、妙に色っぽい声でつぶやく。

「そっ、そうか？　それも、きっと気のせいだと思うぞ……そう。絶対に気のせいだ」

いつになく慌てた口調で否定する咲妃を、一人蚊帳の外に置かれた信司は不思議そうに見つめていた。

封の十　操神乱交

放課後、都市伝説研究部の狭く雑然とした部室には、いつものメンバーが集まって雑談に興じていた。

以前は、主催者である岩倉信司一人だけの、寂しく胡散臭い部だったが、奔放な性格の転入生、常磐城咲妃と、そのクラスメイトである雪村有佳が入部し、夏休み直前に、金髪の留学生、瑠那・イリュージアが加入して、今や、四人の部員と、一人のオブザーバーが参加する、それなりの規模の部へと急成長している。

しかし、部員が増えても活動内容が激変するわけでもなく、日々、ネット上に流れる怪奇現象の噂話や映像を話のネタにして雑談に耽るのが恒例となっていた。

今日も、長机にはジュースのペットボトルとスナック菓子が並べられ、都市伝説関係の噂話についてああだこうだと意見を言いあうだけの時間がすぎている。

「……城塞公園の痴女だと？」

信司の切り出した話を聞いた咲妃は、胡散臭げに眉を顰めつつ問い返す。

「ああ。深夜の公園で、大勢の男達と乱交しているすごい美女の姿を見たという話が、ネットに流れているんだ」

「まさか、都市伝説の実地調査とかいう名目で、卑猥な現場を盗撮しに行くつもりじゃないでしょうね？」

都市伝説マニアの少年を、隣に座った女子生徒が鋭い口調で詰問する。

銀縁メガネと、眉の上で真っ直ぐに切りそろえた前髪が、いかにも真面目そうな印象を与える女子生徒の名は、稲神鮎子。槐宝学園の生徒会長を務めており、信司とは幼馴染みの関係ということもあって、口やかましい姉のような態度で彼に接している。

「断じてそんなつもりはない！　オレは真面目に、この街に流布する都市伝説の解明に取り組んでいるんだ！」

「ご立派な心がけだな。……しかし、痴女のどこが都市伝説なんだ？　深夜の公園で乱交なんて、ごくありきたりの光景ではないか？」

長机を挟んで信司の正面に着席した咲妃は、サラリと言い放つ。

「いや、ありきたりの光景なんかじゃないだろ！　……それに、噂によると、目撃者の記憶が一部、消されているらしいんだよ」

即座にツッコミを入れた信司は、わずかに声を潜めながら話の核心に触れる。

「記憶が消されている？」

咲妃の眉が、ピクッ、と小さく跳ね上がった。彼女は、呪印術という精神操作系呪術の使い手であり、記憶操作はお手の物なのだ。

「ああ。乱交の現場に遭遇したという記憶は残っているのに、具体的な場所に関する情報だけが、スッポリと抜け落ちているらしいんだ」

信司は、真面目な表情になって話を続ける。

「なるほど。身体の疼きを抑えきれなくなった私が、夜な夜な公園に出かけていって、不特定多数の男と痴戯に耽った挙げ句、呪印術で証拠を隠蔽している……という推理も成り立つな」

呪印使いの少女は、まるで他人事のようにつぶやく。

「信司は、咲妃お姉ちゃんのことを疑っているのね？」

咲妃の爆乳に頬ずりして甘えていた瑠那が、碧い瞳で少年を睨みながら言った。

「いっ、いや、そういうわけじゃないが……目撃証言にある痴女の姿が、常盤城さんに似ていたんで、ちょっと気になっただけなんだ。気分を害したなら謝るよ」

瑠那に頬ずりされて、ムニュムニュと揺れたわむ爆乳に視線を引き寄せられてしまいながら、都市伝説マニアの少年は慌てた口調で取り繕う。

「私は別に、気分は害していないから安心しろ。で、その痴女というのは、どんな格好をしているんだ？」

甘えてくる飼い猫をあやすように、瑠那の金髪を撫でてやりながら、呪印使いの少女は興味深げに問いかける。

「ほぼ全裸で、天女の羽衣みたいな、ほとんどシースルー状態の薄布を身体に巻きつけていて、髪は黒のロングヘア。……すごいナイスバディの美女だという噂だ」

「ふうん、その説明だけ聞いていると、咲妃お姉ちゃんにそっくりね。もしかして、アタシや有佳にナイショで、エッチな夜遊び、しちゃってるとか……？」

瑠那までもが、疑わしげな視線を投げかけてきた。

「美女や美少女相手ならともかく、男相手に乱交なんてするわけないだろう」

猥談好きな退魔少女は、微妙な表現で疑惑を否定する。

「あっ、あのぉ、咲妃さん、否定するにしても、もう少し言い方を考えた方がいいと思いますけど……」

咲妃と同性の恋人関係にあるかんなぎの少女にたしなめられた咲妃は、ニヤリ、と不敵な笑みを浮かべながら手を伸ばし、有佳の髪を撫でる。

「それならいいんだ。夜の城塞公園にはしばらく近づかない方がいい。最近では、噂を聞きつけたスケべな連中が、痴女目当てで夜の公園をうろついていて、色々とトラブルが起きているらしいからな」

「痴女求め、盛男が群れ騒ぐ……か」

いつもの調子で一句詠んだ咲妃は、テーブルに置いてあったスナック菓子を繊細な指先でつまみ上げ、口に運んだ。

「信司、痴女の話は、それでおしまいなのか？」

「公園の痴女と関連があるかどうかは定かでないが、公園の近くの路上で、何人かのホームレス男性が原因不明の衰弱状態に陥って倒れているところを発見されて、病院に搬送されたというニュースも報じられている」

信司は、パソコン画面に謎の連続衰弱事件の記事を表示してみせた。

「こんな事件が起きていたんですか？　恐いですね……」

不安げな口調で有佳が言う。

「まあ、そんなわけで、余計なトラブルに巻き込まれたくないから、オレも今回だけは実地検証は控えようと思う」

「ふむ、軽率な行動の多いお前にしては、珍しく賢明な判断だな」

「当然ね。そういう不健全な場には出向かないのが一番の安全策よ」

いつになく慎重な信司の決断に、咲妃と鮎子が揃って頷いた。

「それって、ニホンのことわざにある、『クンニ、アナルに近寄らず』って奴ね？」

真面目な顔で、瑠那が口を挟んでくる。

「ブフウウッ！　ゴホゴホゴホオッ！」

信司は、飲みかけていたジュースを喉に詰まらせて咳き込んだ。

「そっ、それを言うなら、『君子危うきに近寄らず』よッ！　どうやったらそんな卑猥な間違いするのよ⁉」

耳まで真っ赤になった鮎子が、声を上ずらせて訂正する。

「エヘッ、ちょっと間違えちゃいましタ♪」

チロッ、と舌を出して照れ笑いしてみせる金髪少女の顔には、してやったり、と言いたげな笑みが浮かんでいる。

天使のように愛くるしい外見と人なつっこさで、今や学園のアイドル的な存在になっている瑠那だが、その本性は、小悪魔的な性格の死霊使いなのだ。

「常磐城さん、瑠那ちゃんに卑猥なことわざ教えたのは、アナタね？」

「いや、教えた覚えはないが、なかなか上手いことを言うな、と感心して聞いていた」

鮎子にエロ汚染源と決めつけられた猥談好きな美少女は、とぼけた口調で答える。

「感心するんじゃありませんッ！　まったく、この部活、どんどん猥談比率が増している気がするわ」

部のお目付役を自認している生真面目な生徒会長は、ずれたメガネの位置を直しつつ、眉根を寄せながら愚痴る。

「では、いっそのこと、猥談同好会に活動内容を変更してはどうだろう？」

「「却下です‼」」

咲妃の提案を、信司、鮎子、そして有佳が、声をハモらせて退ける傍らで、小悪魔少女の瑠那だけが、「賛成ッ♪」と可愛らしい声を上げていた。


その日の夜。

深夜の城塞公園を、制服姿の常磐城咲妃が一人で歩いていた。

(部室ではああ言ったが、やはり気になる。超自然的な存在が絡んでいるのか、ただの痴女かぐらいは確認しておいて損はないだろう)

帰宅後、独自に痴女の噂を検索した咲妃は、実際に数人の男性が衰弱状態で入院したという事実を確認し、カルテのデータも入手して閲覧している。

その中には、過度の性行為による消耗という診断を下された例もあって、痴女の噂が単なるデマでないことを裏付けていた。

「淫水蝶の一件以来の訪問だが……特に強い霊気の乱れは感じないな」

　カースイーターの異名を持つ退魔少女は、周囲の霊気を探りつつ、公園の奥へと歩を進めてゆく。

　秋口にさしかかって、肌寒さを増してきた夜風が、艶やかな黒髪を柔らかくなびかせ、深紅の革帯に緊縛された美脚を舐めくすぐりながら吹き抜けた。

　途中、噂の痴女目当てらしい若者達の集団とすれ違ったが、咲妃の身体に施された印象希薄化の呪印効果によって、彼女の存在に気付いた者は誰もいない。

　何も見つけられぬまま、呪詛喰らい師《カースイーター》は公園の敷地の端まで到達する。

「噂は、やはり噂でしかなかったか……」

　踵を返して戻ろうとした少女の背筋を、ゾクリ、と悪寒が駆け抜けた。

「この神気は⁉　間違いない、淫神……それも、かなり強力な完全体だ！」

　夜風に混じる淫靡な神気を感知したカースイーターは、闇の奥へと疾走してゆく。

「いたッ！　既に顕現している」

　咲妃の視線が捉えたのは、闇に包まれた木立の中、白々と照り輝くような色白な裸身をさらけ出して緩やかに回転する様に舞っている女の姿であった。

　目鼻立ちのくっきりとした妖艶な顔立ちをしており、漆黒の髪は、腰骨の位置に届くほど長い。メリハリの利いたほぼ全裸の身体には、茜色をしたリボンのような薄布が巻かれて、長く垂れた端を夜風になびかせている。

　ほぼシースルーの布帯越しに、ツンと尖り勃った卑猥な乳首と、ささやかに恥毛を萌え立たせた秘部が透けていて、幻想的な色香を放っていた。

（あの姿でうろついていれば、スケベ男どもが入れ喰い状態だろうな……）

　エロスの塊のような裸女を見つめていた少女の鼻腔に、甘酸っぱい花のような香りが忍び入ってくる。わずかに嗅いだだけで、全身の細胞が欲情に沸き立ち、淫欲が止めどなく溢れ出してくるような媚薬神気であった。

　大きく息を吸い込んだ神伽の巫女は、夜風に融け込んだ媚香を体内に取り込み、五感のみならず、第六感まで駆使して気の持ち主の正体を探る。

「……神気該当。分類名、『疼女《うずめ》』。女悦を知らず果てた女性霊の集合体。皮肉だな。私が極めたウズメ流の名を冠せられた淫神か」

淫神の正体を看破した咲妃は、ほの白い裸身を夜風にさらして舞う淫女神に向かって歩み寄ってゆく。

「……あら、アナタ、女なのに、ワタシの姿が見えているのね？」

近づいてくる呪詛喰らい師《カースイーター》を目に留めた淫神が、甘く色っぽい声をかけてきた。

「ああ、神伽の巫女だからな。その身を疼かせる淫欲を鎮めたいのならば、私の伽を受けてもらえまいか？」

「残念。ワタシ、女と交わるより、男に荒っぽく犯されるのが大好きなのよねぇ」

申し出は、あっさりと断られた。

「でも、アナタのその身体は魅力的だわ、ワタシと同じぐらい美しいし、すごく美味しそう」

淫神、疼女は自分に負けず劣らず色っぽい咲妃の肢体を眺めながら、欲情丸出しの表情を浮かべて舌なめずりする。

「そうだろう？　私の肉体は、神の餓えと渇きを慰めるために練り上げられている。お望みとあらば、ペニスを実体化させて、男のように犯してやることも可能だぞ」

「あら、それは楽しみだわ。でも、この身体、快感が薄いの……どんなに激しく愛されても、全然イケないのよ」

切なげな声を上げた淫神は、薄布に包まれた豊かなバストに指を深々と喰い込ませて揉みこね、濡れ開いた秘裂を薄布越しに激しく摩擦するが、疼女の妖艶な美貌は、肉欲を満たされぬ飢餓感に歪むだけだ。

「疼女の肉体はそういう構造になっているらしい。どんなに愛撫されても肉欲は満たされず、それが呪詛となって、快楽への餓えがさらに強まってゆく」

淫神のことを熟知している神伽の巫女は、静かな口調で説明する。

「ワタシ以上に、この身体のことをよく知っているのね？　疼きを鎮める方法を知っているなら、教えて！」

豊満な肉体を愛撫し続けながら、悦びを知らぬ淫神は切なげに訴える。

「変則的な伽になるが、この身体を使ってみるか？　私の

肉体に憑依して肉悦を満喫すれば、御前の疼きも癒される
だろう……」

淫神を封じる使命を最優先する退魔少女は、あまり気乗りのしない様子で提案した。

「えっ！　そんなことができるの!?　それって、すごくステキだわ。挿れてェ！　アナタのエロい身体の中にズッポリ入らせてぇ♪」

「ずいぶん軽い淫神だな。神格化して間がないのか？」

古き年月を経た御魂とはとても思えぬ疼女の軽薄な口調に、神伽の巫女はかすかな違和感を覚える。

「そんなことどうでもいいじゃないの！　ワタシを満足させてくれたら、大人しく封じられるって約束するから。……ねえ、早くしてヨォ」

「仕方がないな……何にせよ、神伽は遂行しなければならない。解ッ！」

小さなため息をついた咲妃は、革帯ボンデージの退魔装束を解除する。

全身を縛めていた退魔装束がシュルシュルと音を立てて解け、メリハリ抜群の肉体に施されていた革帯の結界が消失する。

「さあ、準備はできたぞ……入って……!?」

「いっきまぁぁぁぁ～スッ!!」

咲妃が言いきらないうちに、喜色満面の笑みを浮かべた疼女が飛び込んできた。

半透明になった裸女の姿が、メリハリの利いた肉体に重なり、その内側にスウッ、と融け込む。

「くぅ！　せっかちな奴……んんッ！」

苦笑しながらも、淫神をその身に受け入れた神伽の巫女は、疼女を苦しめていた肉の疼きに共感して、艶めかしい呻きを漏らしてしまう。

神伽のために練り上げられた極上の肢体がたちまちのうちに欲情に包まれ、全身がしっとりと汗ばんでゆく。

爆乳の先端で乳首がジンジンとむず痒く疼き、下腹の奥が熱く潤んで妖しく蠢いた。

(これほどの疼きを溜め込んでいたか……不憫な……)

『ああ、アナタの中、すごく居心地がいいわ。温かくて、柔らかで……ンフッ、感度も抜群みたいね？』

咲妃に憑依した淫神、疼女の嬉しげで色っぽい声が、頭

の中に直接響く。

(お気に召して何よりだ。この身体、そこらの女どもとは出来が違うぞ)

『わあ、楽しみだわ、ちょっとお試しさせてね♪』

自信に満ちた声を返した咲妃の手が勝手に動き、制服越しにたわわなバストを揉みこね、スカートの上から尻や股間を撫で回す。

「ンッ、こら、こんなところで……ひぅッ!」

いつも以上に敏感になった爆乳や、奥の方に淫熱を宿した秘部を愛でる指の感触に、呪詛喰らい師《カースイーター》は鼻にかかった呻きを漏らしてしまう。

『あはぁ、身体の奥から快感がどんどん込み上げてくるわぁ。これが生身の感覚なのね。本格的なエッチが楽しみ♪こっちよ、こっちにいい場所があるの』

疼女の意識が、進むべき方向を示してきた。

神伽の巫女は、促されるがままに闇の中を歩き出す。

(肉体の制御権は、私と疼女、五分五分と言ったところか……。この先に何があるかはわからないが、神伽の戯さえ成功すれば、一時の恥辱など、どうと言うことはない)

幼い頃から神伽の巫女として育てられ、精神修練を積んできた退魔少女は、憑依した淫神に肉体のコントロールを奪われている異様な状況でも平常心を保っている。

淫神を宿した少女がやって来たのは、公園にほど近いコンビニであった。

外から見たところ、店内に客の姿は見えず、レジには店番の店員すらいない。

軽やかな電子音と共に自動ドアが開き、咲妃は店内に足を踏み入れる。

(ここで何をするのかな?)

『決まってるでしょ? 気持ちいいことよ。ウフフッ♪』

頭の中に響く含み笑いを聞きながら、神伽の巫女はゆっくりと店内を見回した。

レジのすぐ前にある季節商品の棚に、ローションや卵形のローター、ペニスを模した電動バイブなどのアダルトグッズが、ズラリと陳列されている。

「これは……ひょっとして、謀られたかかな?」

コンビニにあるまじき商品群を目にした咲妃は、小さなつぶやきを漏らす。

『ゴメンねぇ。いっぱい気持ちよくしてあげるから、それでチャラってことでヨロシク♪』

頭の中に、疼女の軽薄な声が響く。

（気持ちよくなるのは大歓迎だが、問題は、その方法と、参加者だな……）

この後の展開に、大いなる不安を感じてしまう咲妃であったが、運動機能の半分は淫神の支配下にあり、逃亡や抵抗はできそうにない。

「いらっしゃいませぇ♪」

疼女以上に色っぽい声を上げつつ、店奥の事務所から、毛皮のコートをまとった褐色肌の美女が姿を現わした。

「こいつは驚いた！　お前、この店でアルバイトしているのか？　ゼムリヤ……」

淫神に憑依された呪詛喰らい師《カースイーター》は、半ば自由を奪われた喉奥から声を振り絞る。

「そうなのよぉ、九未知会《ナインアンノウンズ》のお給料は安くって……。って、違うわよッ！」

意外なほどのノリのよさで、死霊使いの淫蕩美女は一人ボケツッコミを返した。

「クククッ、いいセルフボケツッコミだった。タイミング、リアクション時の表情と身体の動き、発声、全てにおいて百点満点だな」

呪詛喰らい師《カースイーター》は、罠に落ちた危機的な状況にもかかわらず、楽しげな含み笑いを漏らしながら評点する。

「アリガト♪　アナタの肝っ玉もたいしたものよ。アタシが関与していること、お見通しだったんでしょう？」

レジカウンターに腰掛け、ロングブーツに包まれた美脚を組んだゼムリヤは、獲物を目の前にした牝豹のような笑みを浮かべて問いかける。

「まあ、な。十中八九、罠とわかっていても、淫神が関与している限り、応じざるを得ないのが、神伽の巫女の辛いところだ……」

「ご立派な心がけね。でも、アタシの罠は、かかったら出られない快楽地獄の入口よ。……アナタに憑依したその子は、アタシの一番のお気に入りなの。淫乱で、貪欲で、男どもに陵辱されるのが何よりも大好きな、最高の淫神」

厚めの唇に邪悪な笑みを浮かべながら、褐色肌の淫蕩美女は解説を続ける。

「でも、神気が強すぎて、完全に憑依できる器を見つけられなかったのだけれど、さすがはカースイーターだわ。疼女ちゃんを易々と受け入れてくれたわね」

「当然だ！　と言いたいが、私の受け入れキャパシティぎりぎりだな。ここまで育った淫神を、神伽の戯無しで丸ごと憑依させるのは初めての経験だ」

飄々とした口調で告げる咲妃であったが、その声には危機感が込められている。

「本当にアナタは優秀だわ。だから、アタシのペットにして、あ、げ、る♪」

ゼムリヤは、肉感的な唇を舐め回しながら、妖艶さと邪悪さの入り交じった笑みを浮かべた。

「育成ゲームでいうところの、成長アイテム扱いするつもりだろう？　お断りだな」

咲妃の拒絶を受けて、褐色肌の繰霊術者はさらに笑みを深くして頷く。

「さすがに察していたようね。そのとおり。未完成の淫神をアナタに預けたら、完全体にして取り込んでくれる。あとは、その身体から神体を引っ張り出せば、淫神の超絶パワーはアタシのモノになるわ」

ウットリと目を細めて告げたゼムリヤは、前をはだけた毛皮コートから覗く爆乳を自ら揉み立てながら、熱く欲情した声を上げる。

「かつて、瑠那にも言った忠告をお前にもしてやろう。すぎたる力は身を滅ぼすぞ」

「望んで得た力に滅ぼされるなら、それもまた、人生、よ。さて、雑談はこのくらいにして、そろそろ始めましょうか、神伽の巫女を嬲りまくる乱交パーティーを、ね♪」

ゼムリヤがパチンッ！　と指を鳴らすと、入口の自動ドアが開き、ヒゲと髪が伸び放題で、薄汚れた服を着たホームレス風の男性が四人入ってきた。

「疼女ちゃんのお相手を、適当に見つくろってみたのよ。いかがかしら？」

「百歩譲ったとしても、私の趣味ではないな……」

憂鬱げなため息をつく咲妃の周囲を、汗と垢の悪臭を放つ男達が取り囲む。

「デカパイだし、顔もべっぴんさんだなぁ。その制服、槐宝学園だろ？」

うっすらと頭の禿げ上がった中年男が、咲妃の全身を値踏みするように見ながら声をかけてきた。

「名門校の女子が噂の痴女だったのか！　興奮しすぎてチンポ弾けそうだ！」

垢じみた顔をした小太りの男が、ボロボロの作業ズボンに包まれた股間を押さえてふざけた口調で言うと、仲間の男達が引きつった笑い声を上げる。

一番後ろに控えている、骨張った顔つきで背の高いホームレスは、黄色く濁った目をギラつかせて、咲妃の爆乳を見つめ続けていた。

『よかったわね。この身体、大人気じゃないの』

頭の中に楽しげな疼女の声が響いたが、肉体の持ち主である退魔少女は、何も言い返さず、男どもを観察している。

彼らは、意識はしっかりしているようだが、ゼムリヤが憑依させた低級霊によって、軽いマインドコントロールを施されて統率されているようだ。

(神伽の戯は、いかなる状況でも成功させねばならない……だが、こんな男どもに神の器であるこの身体を穢されるのは、正直言って気乗りしないな……)

心のざわめきを鎮めた呪詛喰らい師《カースイーター》は、フウッ、と大きく息を吐き出した。

「人間の男を責め役に使うとは、私もずいぶん舐められたものだな。ウズメ流の技巧をもってすれば、こんな連中、五分と持たずに悶絶昇天させてやるぞ」

技巧に絶大な自信を持つ呪詛喰らい師《カースイーター》は、ニヤリ、と不敵な笑みを浮かべる。

「それは、アナタが反撃できた場合のお話でしょう？　残念ながら、今夜は一方的に責められていただくわ。それも、チンポじゃなくって、ここにある玩具で、ね」

腰掛けていたカウンターから身軽に降りたゼムリヤは、陳列棚に並ぶアダルトグッズの数々を指し示しながら、淫蕩な笑みを浮かべる。

「道具責めか……しかし、その程度で私を堕とせると思わない方がいいぞ」

人並み外れた快楽耐性を持っている少女は、勝ち気な態度を崩さない。

「どうかしらね？　疼女ちゃんに憑依されたアナタの身体は、包皮を剥かれたクリトリス並みに敏感になっているはずよ。それに、身体の自由も、だんだん効かなくなってきているんじゃないの？」

「そんなことはないぞ……むッ⁉」

反論しようとした呪詛喰らい師《カースイーター》は、いつの間にか、手足のコントロールが完全に奪われていることを知って小さく呻いてしまう。

腕を上げようとしても、脳から発せられた信号がことごとくブロックされ、足を動かそうとしても、金縛りに遭ったかのように微動だにしない。

「疼女ちゃんでも、さすがにアナタの全身をコントロールすることはできないけれど、とりあえず両腕と両脚だけ操れれば十分よ」

『そういうこと。この身体で思いっきり気持ちよくなってイキまくるまでは、追い出されたくないもの。それじゃあ、乱交パーティー、始めちゃうわよ』

淫神にコントロールされた手が動き、着衣を脱ぎ始める。

スカートのサイドジッパーをゆっくりとずり下げた制服美少女は、男達に背を向けて身体をくねらせながら、下半身を包んでいた布地をスルリと脱ぎ落とした。

飾り気のない白いショーツを丸く張り詰めさせた、ボリュームたっぷりな美尻があらわになると、薄汚れた観客は押し殺した呻きを漏らす。

「ウフフッ、まずは、オジサマ達へのサービスとウォーミングアップを兼ねて、現役女子学生のオナニーショーをご覧にいれますわ」

ゼムリヤの声に、男どもがどよめき、店内に下品な拍手と口笛の音が響く。

「フッ……この程度の辱めで、私が恥じらい取り乱すとでも思ったか？」

淫蕩な笑みを浮かべた褐色美女を横目で睨みながらも、手足を操られた咲妃の肉体は、カウンターに上がってM字開脚の姿勢を取り、シャツのボタンをゆっくりと外し始める。三つ目の辺りまでボタンが外され、はだけた胸元から、爆乳の谷間が垣間見えると、その場にいた全員がゴクリ、と生唾を飲み込んだ。

『強気なこと言ってるけど、身体が火照ってきているし、心臓もドキドキしてるわよ。不安半分、羞恥と欲情半分って感じね。ほおら、ブラ外し成功ッ♪』

呪詛喰らい師《カースイーター》に憑依した淫神は、片手で巧妙に乳首を隠しながら、爆乳を覆っていたブラを抜き取り、頭上でクルクルと振り回して男どもを挑発する。

(胸が涼しい……そうか、退魔装束は既に脱ぎ去っていたんだったな……)

常に素肌に密着している革帯ボンデージの感触がないことに、不安にも似た寂しさを覚えてしまう呪詛喰らい師《カースイーター》であった。

「もったいぶらずに乳首見せろよ！」

焦れた声を上げた小太り男に向かって、脱いだブラを投げ与えた疼女は、ゼムリヤから手渡されたローションボトルのキャップを外した。

『ワタシの疼きを祓ってくれるんでしょう？　だったら、もっと色っぽい声を出して感じてちょうだいよ。ほおら、ヌルヌルのローションがイクわよぉ♪』

肉体を操る疼女は、シャツに包まれた爆乳を強調するようにしなやかな肢体を反らせると、喉元から胸にかけて、ボトルの中身を満遍なく搾り出した。

「ひぁ！　くっ、んんっ！」

冷たく、無味無臭だが若者のスペルマのように濃厚なローションは、白い喉をぬめらせ、制服のシャツを濡らし、ダイナミックに張り出したノーブラバストの谷間をトロトロと伝い流れてゆく。

ローションが染み込んで、爆乳に貼りついた布越しに、色白な乳肌と薄紅色の乳首が透けて見えると、男達の不躾な視線はそこに集中してくる。

『鼓動が速くなったわ。男達にスケスケオッパイ見られて感じちゃってるのね？　もっと感じてぇ、ほらぁぁ』

咲妃と感覚を共有する淫神は、シャツ越しに透けている乳輪を指先でヌルヌルと撫で回す。布越しに円を描いて撫でくすぐられた乳頭は、艶めかしいピンク色を強めながら、小指の先ほどのサイズに尖り勃って、濡れたシャツ生地を突き上げた。

ピンッ！　と尖り勃った乳首が、布越しにきつく摘ままれて、クリクリと揉み転がされる。

「ハウッ！　くうぅ……ひぁ、あんッ！」

乳先に送り込まれた鮮烈な刺激に、恥ずかしい声を漏らして身を捩ろうとする咲妃であったが、疼女の完全な支配下に置かれた指は、勃起乳首を捕らえて放さない。

『ああ、やっぱりこの身体、最高ッ！　乳首がビンビン感じるわぁ♪』

快感に餓えた淫神は、蜂蜜のように甘く蕩けた淫声を頭の中に響かせ、充血を際立たせた敏感突起を布越しに摘んで揉み上げ、おちょぼ口のような窪みがエロチックな先端部を爪の先で小刻みに弾くように甘掻きして刺激する。

「はぁぁ、あひんッ！　く……ふぁ、くうんんんっ」

濡れシャツをまとった神伽の少女は鼻にかかった喘ぎを漏らしつつ、紅潮した美貌を仰け反らせてしまう。濡れシャツをピッチリと貼りつかせた爆乳の丸みがさらに強調され、自辱の指に弄ばれている乳首が布地を突き破らんばかりに突き出して、レーザー光線のように降り注ぐ男どもの視線に炙り焼かれる。

（この快感……乳首だけで、こんなにッ⁉）

ただでさえ敏感な乳首を、自らの技巧を盗んだ淫神に執拗に愛撫されて、咲妃の肉体は欲情を強いられ、さらに感度を増して疼き火照ってゆく。

「乳首オナニーはそのくらいにして、大サービスでオマンコも見せてあげなさい」

咲妃の喘ぎに甘く悩ましげな響きが混じり始めたのを聞き逃さず、毛皮を着た淫女は新たな指示を下す。

『もう……ゼムリヤったら、いちいちウルサイわねぇ。少しはワタシの自由にさせて欲しいのに……エロの好みに情緒がなくって、ストレス溜まりまくっちゃうわ！』

本人に聞こえぬのをいいことに、咲妃の頭の中で愚痴った疼女は、疼く乳首への愛撫を渋々中断し、ショーツの内側にローションのボトルを突っ込んでくる。

ぶじゅるっ……ぐじゅるるるっ！　粘音を立てながら、残っていた中身が下着の内側に搾り出された。

「んひぅ……ふぁ……」

股間にヌルヌルと吐き出される粘液が、火照ったワレメを冷やしながら、膣前庭にまで侵入してくる感触に、咲妃の紅潮した美貌が歪む。

ブジュルッ！　とはしたない音を立てて、ショーツ内部にローションが搾り尽くされ、空になったボトルが無造作に投げ捨てられた。

股布の内側に注ぎ込まれたローションの濡れ染みが、まるでお漏らしでもしたかのように広がり、股ぐりの部分から、透明なぬめりがトロトロと溢れ出して、ムッチリと量感豊かな尻の谷間まで濡らしてゆく。

「おやぁ、お嬢ちゃん、ひょっとして、パイパンなのか？　下のお毛々が透けて見えないぞ」

「最近の女子学生はマン毛剃ってるのか？　オマンコのワレメがクッキリだぜ！」

濡れて貼りついたショーツ越しに、恥毛の色が透けて見えないことに気付いた男どもは、興奮した声を上げながら、レジカウンターにかぶりつきで顔を寄せてくる。

「くうう、みっ、見る……なっ！」

威嚇の声を上げようとする咲妃であったが、声帯の機能も一部掌握されているらしく、いつもの凛とした力強い声を出すことができない。

操られた両手が動き、本格的な自慰行為が開始された。

「んはぁ、あっ、ひぅ……はぁはぁはぁ、んくうぅ……」

甘く湿った鼻息を店内に響かせながら、ローションまみれの少女は、肌に貼りついたシャツの上から爆乳を揉みこね、もう片方の手で、濡れたショーツ越しに恥丘を包み込むように掴んで指を小刻みに屈伸させる。

ぬちゅ、くちゅ、くちゅ、ちゅぷっ、くちゅるっ、ぶちゅっ、ぐちゅぐちゅぐちゅっ……。

卑猥な指の動きでこね回された粘液が絶え間ない淫音を立て、秘部に貼りついた下着越しに浮き出た秘裂の輪郭が、男どもの視線を強烈に引き寄せた。

『アハァンッ！　これよっ！　この快感が欲しかったのよぉ。オッパイも、オマンコも、さっ、最高に……感じるわッ！　もっとぉ！　もっと感じたいッ！』

快感同調した淫神は、咲妃の頭の中に艶めかしい声を響かせながら、ローションまみれの爆乳を荒々しくこね回し、どんどん淫熱を増してゆく秘裂を濡れショーツ越しに擦り立てて、濡れた股布を柔肉のワレメに深々と喰い込ませる。

「ふぁ、あっ、あっ、アッ、んんっんんっ……やっ、やめ……あひッ！　みっ、見るんじゃ……ふぁ、んむうぅ……くッ、アッ、そこッ、深い……ッ！　ひぐうぅうんッ！」

「口では嫌がりながら、すげえ激しいオナニーするお嬢ちゃんだな、オマンコを弄るぁの指の使い方、くううっ！　たまんねえぜ！」

甘く震える拒絶の声を上げながらも、貪欲な指使いで自辱の行為を続ける美少女の痴態に、男どもの欲情もさらに燃え上がる。深夜のコンビニ店内に、少女の色っぽい喘ぎ声と、ローションのこね回される卑猥な音が延々と響いた。

「ずいぶんいい声が出るようになったわね。直接、オマンコ弄ってあげなさい！」

淫女の命令に、今度は喜々として従った疼女は、ショーツの内部に指を潜り込ませ、ローションと愛液にぬめった柔肉のワレメに指をヌプッ！　と沈み込ませた。

「ひぁぁッ！　そっ、そこ……そこは……やっ、指はッ！　はぁぁぁぁぁうんんッ！」

「く」の字形に曲げられた指が膣口を抉り、挿入阻止の結界手前まで到達すると、咲妃の身体はひときわ激しく反応し、背筋を伸び上がらせて硬直する。

（疼女さえ満足させれば、後は何とでもなる。今は……望むままに快感を……与えて……くううっ！）

淫蕩な憑依者を一刻も早く満足させようと、神伽の巫女は自己陵辱の快感に身を委ねる。膣口の奥に侵入できないことを悟っている疼女の指先は、処女膣の入口周辺を徹底的に責め立てていた。

『すっ、すごいわ！　こんなに気持ちいいなんてぇ♪　ここね？　ここがイイのね？』

すっかり夢中になった疼女は、指先の小刻みな屈伸運動で敏感な入口を集中的に犯す。

ぬちゅっ、くちゅっ、ぷちゅるっ、ぷちゅっ、ぴちゅるっ、くちゅくちゅくちゅくちゅるるっ！

小刻みなピストンで、濡れ孔周辺の敏感な粘膜組織を掻き回され、爪の先で尿道口をカリカリと甘掻きして刺激されると、疼女の淫欲を転写された肉体は、切羽詰まった痙攣を始めてしまう。

「ひゃはうんっ！　やっ、うぁ、あひッ、そこッ、そんなに……きゅふうぅんんんんっ！」

繊細にして執拗に蠢く自分の指で膣口を穿られ、鈍痛を感じるほどに勃起してしまったクリトリスを絶妙の力加減で摘み揉まれて、呪詛喰らい師《カースイーター》は艶めかしく恥ずかしいよがり声で、コンビニ店内の空気を震わせる。

膣奥で分泌された大量の愛液が、膣壁を灼熱しながら流れ下ってくる感触に、少女の顔が強張る。

（あ、あぁぁ……漏れ……るっ！）

ジュワッ……くちゅるっ、ぷちゅ、ちゅぷっ、くちゅくちゅくちゅ、ぬちゅっ……。

膣口をくじる指を熱く濡らして、処女の愛液が溢れ出し、艶めかしい恥音がひときわ高まる。

『ほおら、自分の指に犯される感想はいかが？　あぁぁん、こんなに敏感なオマンコしているなんて、羨ましすぎるわ、あひッ！　ここ、すごいッ！』

咲妃の脳内に淫声を響かせながら、肉悦に酔いしれた淫神は、感度抜群の濡れ肉を摩擦し、摘み、爪の先で甘掻きして、自辱の快感を堪能している。

濡れた股布の内部で奔放に蠢く繊指が、柔らかな秘裂を割り開き、揉み嬲り、愛液とローションの混合物を泡立たせながら掻き回す様子を、カウンターにかぶりつくように身を乗り出した男達は、固唾を呑んで見つめていた。

ローションまみれでこね回される股間から、甘酸っぱい愛液の媚香が、湯気が立ちそうな熱気をはらんで立ちのぼり、レジカウンター周囲の空気を媚薬に変える。

「すげぇ、こんなにエロいオナニー、ＡＶでもストリップでも見たことがない！」

ヒゲと髪が伸び放題の初老のホームレスが、興奮で渇ききった喉奥からかすれた声を上げながら、咲妃の股間に顔を近づけてきた。

「そっ、そんなに近くで見るなぁ……あひぅッ！」

『そんなこと言いながら、見られて感じちゃってるじゃない。もっと見せてアゲル！』

咲妃の肉体に憑依した淫神は、手首のスナップを利かせて秘部をこね嬲りながら、ローションに濡れて貼りついたシャツを脱皮でもするかのように半脱ぎにして、たわわなバストを剥き出しにする。欲情で張り詰めた乳球は、若々しい乳肌を桜色に上気させ、薄紅色の乳輪と勃起乳頭を突き出させて、込み上げてくる肉悦にプルプルと揺れ弾む。

剥き出しの爆乳を揺らしながら、膣口オナニーはクライマックスに向かってゆく。

（だっ、ダメだ……イク……ッ！　イッてしまうっ！）

『イクッ、イクのね!?　イッてぇ、アクメしてぇぇ！』

恥骨の裏側辺りに蓄積されていた快感が、臨界寸前に達したことに気付いた疼女は、秘部を責める指の動きを加速する。クチュクチュという蜜鳴りの音が、切羽詰まった少女の喘ぎと混じりあい、淫らなハーモニーとなって深夜のコンビニ店内に反響した。

『ほおら、イッ、イキなさいいいいっ！』

濡れたショーツ内部で秘裂を嬲る指先は、きつく摘んだ勃起クリトリスを小刻みに扱き上げて、とどめの快感を送り込んでくる。

「ひゃぁぁぁうんっ！　アッ、ひぃぅうんっ！」

カウンターの向こう側に転げ落ちそうなほど仰け反った姿勢で、ダイナミックに張り出したヒップが突き出され、断続的に跳ね上がる。

なおも責めの蠢きを止めぬ指に超絶の快感を送り込まれた膣壁が制御不能の収縮を起こし、女悦の頂点に向かって舞い上がってゆく。

「アッあっ、あッ、はぁぁぁう……イッ……イクっ！　いくうぅぅうんッ！　きゅふうぅぅぅぅんンンン～ンッ!!」

神々しささえ感じる澄んだ声で絶頂を告げた呪詛喰らい師《カースイーター》は、卑猥な収縮を開始した秘裂をなおもこね回しながら、エクスタシーの痙攣を起こす。

膣奥から噴き出した熱い愛液が、ローションまみれの指をドップリと濡らし、ショーツの股布に新たな濡れ染みを作ってカウンターにまで滴り落ちた。

「槐宝の女子生徒がマジでイキやがった！」

目の前で、極上美少女がローションオナニーして絶頂する痴態を見せつけられた男達の目は、餓えた肉食獣のようにギラついている。

「はぁはぁはぁはぁ……あ、あひぅっ……あぁ……」

エクスタシーの余韻に喘ぐ少女の股間から、ヌチャッ、と音を立てて指が抜かれた。

「おっ、おい！　そろそろオレ等にも……んぐ……ぅ……」

焦れたように言いながら身を乗り出してきた小太りホームレスの口に、ローション混じりの愛液に濡れた、咲妃の細指が突っ込まれた。

「んむ、ちゅぱ、ちゅぱ、ぴちゅ……ううう、美少女のマン汁、うめぇぇぇぇ～！」

目を白黒させながらも、男は挿入された美少女の指に舌を絡ませ、恥蜜の味と淫靡な香りに酔いしれる。

「お待たせしましたわね。さあ、オジサマ達、好きな責め具でこの子を虐めてやってくださいな」

ピンク、紫、青に黒、色とりどりの責め具を先を争って手に取った男達は、一斉にスイッチを入れた。

ブブブブウゥ～ンンッ、ヴウィィィィィインッ、ビビビビィィィィ～ッ。

何種類もの蜂やアブの羽鳴りのような振動音が、淫臭漂うコンビニの空気を震わせる。

「く……まっ、待て……今それは……ひあぁぁぁんっ！」

絶頂の震えが収まらぬ声で言った咲妃の勃起乳頭に、激しく振動するローターが容赦なく押しつけられた。

ビビビビビィィィィィィィ～ンンンッ!!

濡れショーツを貼りつかせた股間にも、いくつも束ねたローターが押し当てられ、まだ絶頂収縮の続いている柔肉のワレメを、激しい振動で嬲り抜く。

「ふあぁぁぁんっ！　いっ、ヒッ、あひぃぃぃんッ！」

欲情の炎を灯された肉体は、無機質な機械の振動にも敏感に反応し、想像以上の悦波を発生させて、勝ち気な少女に恥ずかしい悲鳴を上げさせた。

（こっ、こんな機械に……こんな連中に、いいように嬲られるなんて……）

込み上げてくる屈辱感に、ローションまみれにされた極上ボディが震える。

『あはぁんっ！　そんなこと言いながら、オマンコ痙攣させていっぱい感じちゃってるじゃないの。もっと感じてぇ♪』

（うっ、うるさいッ！　くぁ、あぁぁッ……ダメだ……そこぉ……！）

やせ我慢も通じぬ疼女の指摘に、呪詛喰らい師《カースイーター》のプライドも崩壊寸前だ。

「このパンティー、邪魔だな。脱がせちまうぞ！　オマンコ直で拝ませてもらうぜ」

急いた口調で言ったホームレスの一人が、ぐしょ濡れになったショーツに手をかけて、一気に剥き下ろした。

「やっ、やめ……んぁぁぁんッ！」

ムッチリと肉感的な太腿を、ローションと愛液にぬめった下着が滑り、何かを掴むかのように、キュッ、と爪先を丸めたまま震えている足先から抜き取られる。

「おおお……すげぇ、白人のオマンコみたいな綺麗なピンク色で、お上品な形してやがるぜ！」

「なんてエロい身体したお嬢ちゃんだ、どこもかしこも完璧じゃねえか！」

あらわになった神伽の巫女のヴァギナに感嘆の声を上げる男達を尻目に、ショーツを脱がした男は、淫蜜をたっぷりと含んだ下着を口いっぱいに頬張って、グチャグチャと噛みしめて、極上美少女の甘酸っぱい愛液を味わっている。

「オマンコにブチ込みさえしなきゃ、何したっていいんだったな？」

小刻みに振動するローターが、透明感のある薄紅色の花弁を割り開き、膣前庭に押しつけられた。

「あひいいっ！　アッァアッァアッ！」

甲高く悩ましげな声を上げて腰を跳ねさせる咲妃の太腿が左右から抱え込まれ、さらなる開脚を強要された。

ボリュームたっぷりな尻肉が左右に開かれ、薄紅色の小皺を引き結んだ清浄なアヌスが、男どもの不潔な視線にさらされる。

「オマンコに負けず劣らず美味そうなケツ穴だな。物欲しげにヒクヒクしてやがる。そんなに欲しいなら、これをブチ込んでやるよ！」

ローションと唾液にぬめったすぼまりに、大小の球体を連ねた責め具の先端が、ヌププッ、と潜り込んでくる。

「ひぐっ！　やっ、尻ッ、尻はぁ……はぁぁぁうんっ！」

ぬぷっ、くぷっ、ぬぷっ、ぬぷっ……数珠繋ぎになったアナルパールは、可憐な肛門括約筋を連続して押し広げながら、次々に直腸内にめり込んできた。

反射的に収縮した直腸粘膜が、数珠球状の異物をコリコリと締めつける感触が、悪寒にも似た悦波に変じて尻奥から湧き上がってくる。

「ひぁぁんっ！　尻が、ひぁ！　はっ、果てるッ！　きゅふんんんん〜ッ！」

オナニー絶頂の余韻が残る身体を、新たなエクスタシーが貫いて、咲妃は美尻に咥え込んだ責め具を締め上げながら、ダイナミックな裸身を痙攣させた。

立て続けの絶頂を堪能しているのか、疼女の能天気な声は聞こえなくなっている。

「この女、ケツの穴でイッてやがるぜ。名門学校の生徒のくせに、すげえ淫乱だな」

アナルパールの抽挿を押し留めるほどの絶頂収縮を起こしているアヌスを至近距離から覗き込みながら、ホームレス男が狂喜の笑みを浮かべる。

「オマンコもイッてるぞ。いい匂いのするマン汁で、グチョグチョで、美味ぇぇ！」

獣臭を放つ男達は、膣口に押し当てた卵形ローターに絡みついた濃厚な淫蜜を、恍惚の表情で舐めしゃぶって、美少女の恥液の味に興奮の鼻息を漏らす。

「もっと、もっとイッちまいな、淫乱お嬢ちゃん」

「イキすぎて小便漏らしたら、全部飲んでやるよ！」

「オレ、お嬢ちゃんのウンコだったら喰えるぜ！」

責めごたえ十分な極上ボディの生々しい反応に、女日照り続きのホームレス達は激しく昂り、鬱屈《うっくつ》した欲望を叩きつけた。

「オジサマ方、この立派なオッパイをお忘れなんじゃありませんか？」

ゼムリヤが、新たな責め具を持ち出してくる。

「何だそれ？　搾乳機か？」

吸盤付きのポンプのような器具を手渡された背の高い男は、咲妃の勃起乳首と責め具を交互に見比べながら、怪訝そうな声を出す。

「ええ、使ってご覧なさい。きっと、驚きますわよ」

「まさかとは思うが、出るのか？　ゴクッ……」

淫らな期待に喉を鳴らした男は、薄紅色の勃起乳頭に搾乳機を被せ、ポンプを握って乳首を強烈に吸引する。

プシュウッ、シュポッ、シュポッ、キュプッ……。

ポンプ音が連続し、半透明の吸引カップ越しに、エロチックに突き出した乳頭が倍以上の長さに吸い伸ばされるのが透けて見えている。

「くぁ！　あぁぁぁぁンッ！」

「乳首がビンビンになってるぞ。そおら、もっと、もっと吸ってやる！」

最初から、咲妃の爆乳に異様な視線を注いで執着していた大柄なホームレスは、サディスティックな笑みを浮かべつつ、搾乳機のポンプを握り締める。

過剰な吸引に対する安全弁が、ピーッ、ピーッと笛のような甲高い音を立て、次第に切羽詰まってゆく咲妃の喘ぎに色を添えた。

「ひぎいっ！　あっ、でッ。出るッ……あぁぁ、出ちゃうっ！　やはあぁぁンッ！」

容赦のない吸引を受け、爆乳を震わせて甘い悲鳴を上げる少女の乳先から、純白の乳汁が、プシイッ！　プチュウッ！　と迸る。

「出たぁ！　このお嬢ちゃん、母乳が出たぞ！　どこまでエロい身体してやがるんだ⁉　あぁぁ、もう、辛抱堪らんッ！　すっ、吸ってやる、吸ってやるぞぉ！」

搾乳ポンプを力任せに引き剥がした男は、痛々しいまでに勃起して乳汁を滴らせている乳先にむしゃぶりつき、頬をすぼめて吸飲する。

「んじゅううっ！　ずちゅるるるる〜ッ‼　んぐっ、んくんくんくゴクンッ！」

「はぁぁんっ！　あっ、ヒッ、つあぁぁっ！　かっ、噛むなぁ……ひゃふうぅぅッ！」

爆乳を鷲掴みにして揉み搾られながら、射乳中の勃起乳頭を思いっきり吸い嬲られる搾乳快感に、咲妃は恥悦の叫びを上げてよがり悶えてしまう。

「こっちのオッパイもミルク噴かせてやるよっ！」

反対側の乳首にも搾乳機が吸いつき、慌ただしいポンプ操作で苦悦に満ちた射乳を強要させられた。

「つっ、次ッ、次はおれっちの番ッ！　こっちのミルクは、おれっちのだッ！」

「くぁ、あひぃんっ！　きゅふうぅぅ……んんんんッ！」

餓えた獣のようになった男達は、左右の乳房を握り潰さんばかりに搾り上げ、ピュルピュルと迸る美少女の母乳を喉を鳴らして啜り飲んだ。

「ふううっ、美味かったぜ。ミルクのお礼に、もっといっぱい感じさせてやるよ」

滋味豊かな乳汁を思う存分吸った男達は、ハードな責めを再開する。

大量搾乳されて、一時的にかれ果てた左乳頭には搾乳機が吸いつき、反対側の乳首には、振動を最強にしたローターが、テープでしっかりと固定された。

ビビビビビビビ、ヴィンヴィヴィイイ〜ッ。

ＩＣ制御で、振動パターンをランダムに変化させるローターの震えが乳首の芯をわななかせ、母乳を吸い尽くされて鈍痛を発している乳腺を灼熱させる。

「ひぃいいんっ！　出るッ！　また、出るッ……うあぁぁぁぁぁンッ！」

ぷちゅううっ！　ぷっしゃぁぁっ！

貼りつけられたローターの周囲から、白く甘い乳汁の残滓が噴き出し、張り詰めた爆乳を濡れ光らせて滴ってゆく。

「まだそんなに出るのか？　今度はこっちのポッチを可愛がってやるよ！」

サディスティックな笑みを浮かべた男達は、それぞれがお気に入りのローターを手にして、女体最大の急所に集中攻撃を仕掛けてきた。

美の女神が全身全霊を注いで造形したかのような秘裂の上端、薄皮のヴェールを脱いで、プックリと尖り勃ったピンクパールのようなクリトリスを、四つのローターが挟み込み、ギチギチとせめぎあいながら責め立てる。

「ひぎいいいっ！　いっ、あっ、やっ、壊れルッ！　そこぉ、あひいいっ！　潰れるっ！　ひゃあぁぁ〜ンッ！」

ずりぃぃぃっ！　ずりゅんっ！　びくんっ、ビクンッ！

許容量を超える快感に絶叫する咲妃の股間で、執拗に責め立てられたクリトリスは、勃起をどんどん強め、ついにはペニス化してそそり勃った。

「うぉ！　チンポだ……チンポが生えやがった！」

「……おい、こいつで可愛がってやろうぜ」

美少女の股間に屹立した、艶めかしいピンク色の勃起に魅入られた男達は、新たな責め具を持ち出してきた。

「ヒヒヒッ、このオナホ、『魔女の肉壺』って名前だぜ。チンポの生えたお嬢ちゃんにピッタリだなぁ」

透明なパッケージに張られた商品名シールを読んだ男が、卑猥な笑みを浮かべる。それは、鮮やかなピンク色をした、巨大なチクワを連想させる形状の自慰道具であった。

「う、や、やめ……ろっ……それだけは、ダメだッ！」

あまりにも敏感すぎて、恋人との性行為でも実体化させぬペニスに迫る陵辱の危機に、さすがの呪詛喰らい師《カースイーター》も怯えた声を上げてしまう。

「チンポが痛くないように準備をしなきゃな……」

ペニス愛撫の最終兵器を咲妃の膣口にピッタリと押しつけた男は、搾乳機のポンプと同じ要領でオナホールを握り締め、まるでお漏らしのように分泌される甘酸っぱい愛液をジュルジュルと卑猥な粘音を立てて吸い上げる。

「ひうぅんっ！　なっ、何を……あっ、ヒッ……」

「このオナホを、オマンコと同じにしてやるのさ。自分のマン汁ローションでチンポを虐められるのは、興奮するだろ？　行くぜ！」

溢れるほどに愛液を吸い上げたオナホールが、切なげに脈打っている肉柱の先端に被せられ、猛ったフタナリペニスをヌムヌムと呑み込んでゆく。

「気持ちよさだけなら、オナホは本物のオマンコ以上だぜ、覚悟しろよ」

「やっ、やめ……！　アヒィッ！　あはあぁぁ……ッ！」

ホールの内壁に造形された人造の柔襞が超敏感な亀頭冠をゾリゾリッ！　プルプルッ！　と掻き擦り、フタナリ少女に甘い悲鳴を上げさせる。

（ダメ……だ。ペニスを……淫ノ根を責められたら……堕ちるッ！　こんな奴らに、狂わされてしまうッ！）

陥落の危機に震える咲妃の意識も、ペニスから発生する狂おしい射精欲求によって千々に掻き乱され、かろうじて維持していた理性も、今にも弾け飛んでしまいそうだ。

「チンポ虐められてお嬢ちゃんが出す声聞いてるだけで、何回でもイケそうだぜ。もっといい声で鳴けよっ！」

ぬちゅ、ぬちゅるっ、にゅぷにゅぷぬぷるるっ……。

勃起を包み込んだ自慰具が上下に動かされるたびに、呪詛喰らい師《カースイーター》のペニスを壮絶な悦波が襲う。

「ひいあぁぁぁぁんっ！　そっ、それっ！　やっ、あっ、はっ、らめぇぇ！　そんらに動いたら……あひっ、ひぐっ、んっ、あっ、うはぁぁぁうんっ！」

舌をもつれさせてよがり悶えるフタナリ少女の痴態に興奮した男達は、交代でオナホールを握り締め、容赦のない上下動で敏感ペニスを責め立てた。

『あはぁぁんっ！　チンポッ！　チンポ気持ちいいッ！チンポがこんなに感じるなんて、初めて知ったわぁ、もっとぉ、もっとチンポシコシコってしてぇぇ！』

初体験するペニスの快感に昂った痴女の淫声が、咲妃の頭の中に響く。

淫神の声が聞こえたかのように、ペニスを扱き上げる男どもの手に力が込められた。

「くぁ、あひいっ！　あっあっあっ、んぐぅ……う、うっ、くふううっ……！」

閉じたまぶたの奥に極彩色の火花が散り、強烈な摩擦快感に包まれた肉柱がさらに硬度と体積を増して痺れ疼いて、今にも弾けてしまいそうにしゃくり上げた。

「チンポ、そんなに気持ちいいのか？　全身ガチガチに強張ってやがるぜ」

「いい腹筋だなぁ、オマンコの締まりもさぞいいだろうに、チンポ突っ込めないのが残念だ」

メリハリの利いた少女の裸身に浮き出す筋肉の凹凸に舌を這わせ、甘い淫臭を放つ汗粒を舐め取りながら、責め役のホームレス達はオナホールを上下させる。

ペニスを責め嬲る順番待ちをしている連中は、秘裂やアヌスに咥え込ませたローターの振動を変化させて、フタナリ化した女体に極限の快感を送り込む。

「このチンポ、射精できるんだろ？　そおら、ドクドクってドロドロチンポ汁出してみせてくれよ！」

オナホールに扱き嬲られている勃起の根本、陰核基部の名残のある、コリコリした海綿体組織にも、振動を最強にしたローターが押しつけられ、恥骨の裏側にたっぷりと溜め込まれていたスペルマの堤防を決壊させた。


『あひゃぁぁんっ！　チンポ、出るのね？　しゃ、射精ッ、射精するっ！　チンポミルクドクドクウウッって出るッ、あぁぁぁんっ！　射精するウウウ～ッ!!』

「ひぎいいいっ！　出るッ、出るッ、イクッ、イクイクイクイクウウウウウウウ～ンッ！　あはぁぁぁぁ、ひゃあぁぁぁぁぁぁぁぁぁ～ンッ!!」

一つの肉体に二つの意識を宿したフタナリ少女は、壮絶な快感に淫声をハモらせて絶叫しながら、怒濤の勢いで込み上げてくる射精欲求に屈服した。

どくんっ！　どくどくどくどぷうううっ、びゅくびゅくびゅううううっ、ずびゅるるるるぅぅぅぅう～ッ！

オナホールを握った男の手を振りほどいて暴れ狂ったペニスは、激しい脈動と共に、大量の白濁液を噴出させる。

愛液の甘酸っぱい匂いが立ち込めていた店内に、清浄ささえ感じさせるスペルマの芳香が混じり、ホールに咥え込まれたままのペニスの根本から、真珠色の絶頂粘液がドプドプと溢れ出て床に滴り落ちた。

「すげぇ、チンポ汁がオナホから溢れ出してきたぜ。とんでもない射精量だな、お嬢ちゃん」

「もっといっぱいドピュドピュさせてやるよっ！」

フタナリ美少女の倒錯的な射精絶頂シーンに昂った男達は、さらに激しくオナホールを上下させ、甘美な脈動を続けているペニスに連続射精を強要する。

「やはぁぁぁんっ！　らめぇぇぇぇ！　出りゅっ、で……ひゃうぅぅぅぅンッ!!」

「いいアヘ顔で射精しやがって！　こっちも最強だッ！」

ヴビイイイイインッ！　ブブウゥゥイィィ～ンッ！

乳首と秘裂にあてがわれていた何個ものローターの振動が限界にまで高められ、アヌスを犯す責め具が激しくこね回されて直腸越しにヴァギナまで掻き回す。

ローターの振動で爆乳全体が打ち震え、果肉に押し込まれた勃起乳首が、間歇泉のように純白の母乳を噴き出した。

いくつものローターを押しつけられた秘裂では、激震する責め具同士が、ガチガチとぶつかりあう音を立ててせめぎあい、挿入阻止結界に封じられた膣奥の愛液を泡立たせ、肉悦を溜め込まれた子宮と恥骨を根こそぎ揺さぶった。

『ひょあぁぁぁぁぁ～ッ！　オッパイもチンポも、オマンコもお尻も、全部イクッ！　イッてるううぅっ！　すごいッ、すごいすごいスゴイクウウウウウウ～ンッ！』

「はぁぁんっ！　もう、もう、出せなイッ！　あ、あぁぁ、らめぇぇ、また、出るッ、出るッ、らめぇぇぇ、イクイクイクイクッ！　やはあぁぁぁぁ～ンッ！」

どくんっ！　びゅるうっ、ずびゅるるっ、どぷっ、どぷっ、ぶちゅるるるっ、びゅうっ、びゅくるるるるる～ッ!!

様々な体液に濡れた裸身を、グンッ！　と反り返らせて射精絶頂する咲妃の爆乳が揺れ弾み、先端に吸いついた責め具の狭間から母乳が激しく噴出する。

ローターが密集している秘裂の奥からも、ひときわ大量の愛液が迸り、それに混じって、耐えきれずに漏らした尿水がカウンターテーブルをびしょ濡れにした。

「いいわぁ、そのイキっぷり、堪らなくエロチックよ。さあ、オジサマ達、射精していいわよ。仕上げに、精力全部使ったザーメンシャワーで汚し抜いてやりなさい！」

褐色肌の淫女に射精許可を出された男どもは、限界勃起状態の薄汚れた肉槍に指を絡め、猛然と扱き上げる。

（あはぁぁんっ！　来てきてキテェェ～！　オジサン達の臭くてドロドロのチンポ汁、アタシの依り代に……カース

イーターにドピュドピュって浴びせてぇぇぇ〜！）

　肉体に憑依した疼女のはしたないおねだりの声が、呪詛喰らい師《カースイーター》の頭の中に艶めかしく響き渡る。

　フタナリ美少女嬲りで興奮の極みに達していた男達の汚根は、たちまちのうちに切羽詰まった脈動を開始した。

「んほぉぉぉ、オレ達も出るッ、出すぞぉぉ！　ぐぉぉぉぉぉっ！　うがぁぁぁ〜ッ‼」

　今まで体験してきたものとは桁違いに強烈な絶頂感に襲われた男達は、獣の様な声を上げて悶絶しながらもペニスを扱き上げ、欲望の煮詰め汁をぶちまける。

どくううううんっ！　どくどくどくびゅるびゅるびゅるどぴゅううう〜っ！　びちゃびちゃびちゃぁぁ〜ッ！

　絶頂痙攣中の呪詛喰らい師《カースイーター》の極上裸身に、普段の何倍もの大量射精が降り注いだ。

「ぷぁ！　あぁぁぁンッ！」

　まだ射精し続けている咲妃の股間をグチャグチャに汚し、引き締まった腹部に飛び散り、ムッチリと肉感的な太腿を汚す。

　乳房の谷間にも特濃の粘液が粘り着き、恍惚の表情を浮かべた呪詛喰らい師《カースイーター》の美貌を濃厚なザーメンが穢して、粘つく糸を引いて滴り落ちた。

「んぷ、ふぁ、んむうぅぅぅ〜ンッ！　やはぁぁぁんっ！　イクッ、イクッ、イクッ、うわぁぁぁぁ、精液掛けられて、いきゅふうぅぅぅ〜ンッ‼」

　四方からブチュブチュと浴びせられるザーメンシャワーで全身をドロドロにされながら、咲妃はペニスを脈動させ、アヌスとヴァギナを制御不能の収縮に襲われて、恥辱の玩具エクスタシーを極め続けている。

『すっ！　すごいわぁ！　この身体、最高よおぉぉ〜！』

　絶頂に翻弄される巫女の頭の中に、疼女の歓喜の叫びが艶めかしく響き渡った。

「うがぁぁ！　出るのが……とっ、とまらねぇ！　あ、が……がはぁぁ……ッ！」

　射精の脈動が起きるたびに全身を駆け巡る超絶の絶頂感に、四人の男どもは白目を剥き、半開きになった口の端から涎を滴らせながら、生体エネルギーの融け込んだ濃厚なスペルマを残らず搾り出されて床に転がった。

「フフフッ、人生最高で、もしかしたら最後の射精快感、ステキだったでしょ？　さて、疼女ちゃんも満足したようだから、そろそろお持ち帰りしようかしら。……ヴォルフ、力仕事はアナタの出番よ、実体化しなさい！」

「ゼムリヤ様の御意のままに……」

褐色肌の淫女が命じると同時に、彼女のダイナミックな肢体を包んでいた毛皮のコートが、渋い男性の声で応じ、変形を開始する。

豊かな乳房の曲面を鷲掴みにするかのように配置されていたオオカミの手が、急激に肉感を強め、コート全体が空気でも吹き込まれたかのように膨らんでゆく。

モコモコと毛皮を波打たせるコートの内部で、骨太な骨格が形成され、その上を分厚い筋肉が覆ってゆく。

長く太い尻尾が、バサッ！　と音を立てて打ち振られ、褐色美女の背後で仁王立ちになった巨体の頭頂部で、三角形の耳がピン！　と尖り立った。鋭く光る銀青色の瞳が周囲を見回すその下で、鋭い牙を剥き出した巨大な口がグルグルという獣の唸りを漏らす。

十秒足らずのうちに、毛皮のコートは、身の丈二メートルを超える巨大な狼男に変貌していた。


「疼女ちゃん、その女の中から出ておいで。帰るわよ」

ローションと精液でドロドロに汚され、レジカウンターにグッタリと横たわっていた咲妃が、ゼムリヤの呼びかけに応えてゆっくりと身を起こす。

「ウフフッ……嫌、よ♪　この素晴らしい身体からは、二度と出たくないわ」

生乾きの精液がこびりついた凄艶な美貌に、妖艶な笑みを浮かべ、淫神は褐色美女の命令を拒絶した。

「なんですってぇ⁉　冗談も程々にしておきなさいよ！」

「冗談なんかじゃないわ。この身体の中、すっごく居心地がいいのよ。それに、咲妃と一緒の方が、もっともっと気持ちいいことに巡り会えそうじゃない？」

咲妃の口を借りた淫神は、無邪気な口調で言いながら、数歩、後退する。

「だから……ゼムリヤを裏切って、カースイーターの仲間になっちゃう。ゴメンね♪」

「そんなこと、許すわけがないでしょ！　アナタはアタシの所有物なんだからね！」

怒りの声を上げて詰め寄ろうとしたゼムリヤの足が、ピタリ、と止まる。

顔を俯かせた呪詛喰らい師《カースイーター》の全身から、淫蕩な女術者をたじろがせるような、強烈な覇気が放たれていた。

「ゼムリヤ……悪いな、疼女は、もう引っ込んでしまったみたいだ」

伏せていた顔をゆっくりと上げた咲妃は、彼女本来の凛とした口調で褐色美女に語りかける。

「ふざけるんじゃないわよ！　あの子は、アタシ一番のお気に入りコレクションだったのよ！　返しなさいッ、カースイーター!!」

ヒステリックに叫ぶゼムリヤの目を、呪詛喰らい師《カースイーター》の鋭く力強い視線が射貫く。

「瑠那のことも、そうやって所有物扱いしたのか？　あの子の心に、今も消えぬ怯えを植えつけるようなことをしたのか!?」

咲妃の声には、静かな怒りが込められていた。

「そんなこと、今は関係ないでしょ！　話をすり替えないで、疼女を返しなさい！」

ゼムリヤの反論も聞こえぬかのように、神伽の巫女は言葉を紡ぎ出す。

「私は訊かねばならない、お前が瑠那にしたことを……それを全て知らねば、私はあの子にかけられた呪詛を全て喰らってやることができないのだから……」

感情を抑えた口調の奥に、威圧的な響きを秘めて語りかけながら、呪詛喰らい師《カースイーター》は褐色肌の死霊使いに向かってゆっくりと歩み寄ってゆく。陵辱痕も生々しい裸身からは、咲妃の普段見せている、飄々とした雰囲気とはまったく別人のような、圧倒的な気迫が溢れ出ていた。

「あんなにイキまくって、射精までしたのになんて気の量なの!?　だっ、誰が捕まるものですか!?　ヴォルフ、緊急退避するわよッ！」

「御意ッ！」

上ずった声でゼムリヤが命じると、背後に控えていた人狼が、巨大な口を全開にした。

「VWOOOOOOOOOO～NNNN！」

凄まじい咆吼が、空気をビリビリと震わせる。

ビシャアアアッ！　バシャバシャバシャパアア～ンッ!!

天井の照明と店内全てのガラスが微塵《みじん》に砕け、保冷ケースに陳列されていたドリンクが次々に破裂した。

「これは……『破壊の咆吼』か!?　くぅ……ッ!!」

呪詛喰らい師《カースイーター》は、とっさに結界を張って、自らの身と、倒れている男達を守る。

暗闇に閉ざされた店内には、霧状化したドリンクが濃霧のように立ち込め、数センチ先も見えなくなった。

やがて、霧が晴れ、ジュース類の甘酸っぱい芳香の立ち込めた店内に、ゼムリヤと狼男の姿はなかった。

「……とっくに逃げ去った後か。破壊の咆吼も、人体を粉砕する周波数を巧みに避けて放たれたようだな。器用なオオカミだ」

大地震の後のような惨状をさらしたコンビニの店内で、傷一つ負わずに倒れている男達を見回しながら、咲妃は携帯電話を手に取り、退魔機関に事後処理を依頼した。


『……ねぇェ〜、少しでいいから快感エネルギーちょうだいよぉ♪』

教室で授業を受けている咲妃の頭の中に、疼女の能天気な声が響く。

(今は授業中だ。放課後まで我慢しろ！)

『ちょっとだけでいいから。オナニーで一回イッてくれるだけでいいからさぁ』

(さすがの私も、授業中にそんなことできるわけがないだろう！　これ以上頭の中で騒ぐようなら、封印を強めて肉体感覚を遮断するぞ！)

『わかったわよぉ。放課後を期待してるわ♪』

疼女の意識は、精神の奥底へと沈み込んでいった。

(やれやれ、厄介な淫神を宿してしまったな。これも神伽の巫女の宿命と割りきるしかないか……)

封じられた肉体の奥底から呼びかけてくる淫神の淫蕩さに苦笑を浮かべた咲妃は、一転して厳しい表情になる。

(だが、ゼムリヤは……あの女だけはこのまま放置しておくわけにはいかないな。荒事は望まないが、決着を着けさせてもらう……)

呪詛喰らい師《カースイーター》は、淫蕩なる女術者と対決する決意を固めていた。

封の十一　淫人魔宴

「……これは？」

　机の上に置かれた、リボン巻きの紙箱を怪訝そうに見ながら、信司は正面に着席した咲妃に問いかけた。

「私からのプレゼントだ。有佳と瑠那には、もう渡してあるから、お前と鮎子も遠慮なく受け取ってくれ」

「そうか？　じゃあ、ありがたくもらうことにするよ」

「ありがとう。常磐城さん。開けてもいいかしら？」

　都市伝説研究部の部長を務める少年と、彼の幼馴染みである生徒会長は、いきなりのプレゼントに少し戸惑いながらも、いそいそとリボンを解いて箱を開けた。

「これは……オープンフィンガーグローブ？」

「私のも、色違いだけど、信司のと同じものだわ」

　箱の中から出てきたのは、総合格闘技などで用いられるオープンフィンガーグローブであった。パンチなどの打撃技と、関節を取ったり、掴んで投げたりする技術を併用できるタイプの防具である。

「私が丹精込めて、低級霊排除の呪印を刻み込んだ品だ」

　呪印使いの少女は、自信たっぷりに解説する。

「なるほど……。しかしなぜ、これを今の時期にプレゼントしてくれるんだ？」

「まあ、保険というか、お守りみたいなものだ。特に深い意味はない」

　当然の質問に、咲妃はサラリと答えた。

「お守りか……そうだな。いざという時のために、肌身離さず持っておくことにするよ。ありがとう」

「肌身離さず持っておくのはいいが、オナニーには使うんじゃないぞ」

　猥談好きな美少女は、ニヤリ、とイタズラっぽい笑みを浮かべる。

「使わないって！　なんでキミはそういうエロいオチを付けたがるんだ？」

「……ねえ、常磐城さん、つまり……そういう状況が想定されるってことなの？」

　赤面する信司を横目で睨みつつ、勘の鋭い鮎子が少し不安げな声をかけて来る。

「鮎子は心配性だな。春学祭の時のようなことは、もう起きないさ」

咲妃の発言を耳にした瑠那が、ピクッ、と身をすくめる。

彼女こそ、春学祭の淫宴事件首謀者なのだ。

「咲妃お姉ちゃん、ゴメンナサイ……」

「何を謝っているんだ？　もう、瑠那は許されている。気に病むことはないんだぞ」

豊かな胸に抱き寄せられ、金髪頭を優しく撫でられた少女は、涙目になっていた碧眼を幸せそうに細め、温かく柔らかな保護者の爆乳に頬ずりする。

「グムッ！　とっ、ところで、雪村さん達は何をもらったんだ？　まさか、オレ達と同じものじゃないよな？」

瑠那に頬ずりされてムニュムニュと歪む、咲妃の爆乳に見とれていた信司は、鮎子の鋭い肘打ちを脇腹に喰らって呻きながら話題を変える。

「わたしは、このブレスレットです。両手分ですよ」

嬉しそうに突き出された有佳の両手首には、幅二センチほどもある銀色のブレスレットが装着されていた。

「そういえば、瑠那さんは何をもらったんですか？」

「言えないモノよ。フフフッ♪」

有佳に問いかけられた金髪少女は、小悪魔の笑みを浮かべて質問を受け流す。

「そんなこと言われたら、余計に気になっちゃうじゃないですか！」

「有佳……瑠那には……を、プレゼントした」

少しむくれている恋人の耳元に唇を寄せた咲妃は、瑠那にプレゼントしたものを密かに教えてやる。

「そっ……そんなものを!?　わたしだって欲しいです、咲妃さんのパ……ひゃうっ！　わたしったら、何を……」

とんでもないことを口走りそうになった有佳は、顔を真っ赤にして慌てて口を噤《つぐ》む。

「もぉ、お姉ちゃん、バラしちゃだめじゃない。ナイショにしておいてよぉ！」

秘密をバラされた金髪少女は、子供っぽく唇を尖らせる。

「繰霊師である瑠那に、低級霊排除の効力を持った呪物をプレゼントするわけにもいかないからな」

「だからって、それはないですよ、咲妃さんッ！　わたしにも下さい！」

嫉妬剥き出しの声を上げて、有佳は詰め寄る。

「なあ、テロロリは、一体何をもらったんだ？」

「私に聞くんじゃないわよッ！」

きょとんとした表情で問いかけた信司の脇腹に、再び鮎子の肘が打ち込まれた。

「……あれがゼムリヤが拠点にしているホテルか？」

茜色の夕日に照らされてそそり建つ高級ホテルを見上げながら、呪詛喰らい師《カースイーター》は体内に宿した淫神、疼女に問いかけた。ホテルへと続く専用道路は金網のフェンスで封鎖されており、『改装中につき、通行止め』と書かれた看板が立てられている。

『ええ、そうよ。あのホテル全体が、アノ女の実験場になってるの。低級霊の収集はもちろんのこと、快楽調教、触手陵辱に媚薬を使った乱交、何でもありの魔窟なのよ。あぁ、恐い恐い……』

頭の中に、疼女の色っぽく能天気な声が響く。

「お前、明らかに楽しそうだぞ」

『エヘッ、バレちゃった？　アナタが快楽責めされた時の快感を想像していたら、ムラムラしてきちゃった♪』

肉悦に餓えた御魂は、依り代である咲妃の肉体をも疼かせる媚薬神気を発しながら、悪びれもせずに告げる。

底知れぬ淫欲を秘めた淫神、疼女をその肉体に取り込んだ神伽の巫女は、快楽を与えることを交換条件に、情報を引き出していた。

「自分の欲望に正直なのはいいが、私の邪魔だけはするんじゃないぞ」

『わかってるわよぉ。でも、マジな話、あそこに行くのは危険よ。ゼムリヤは、咲妃の身体にご執心だから、色々と罠を張って待ち受けているはず。それでも行くの？』

一転して真面目な口調になって、疼女は念を押してくる。

「行くさ」

『ねえ、咲妃、保険、ホントにあれでいいの？　あんなド素人に、ありったけの霊力注いだ呪物なんか持たせたって、まともな戦力にならないわよ』

(いいんだ。あいつらは、誰よりも頼りになる、かけがえのない仲間だからな)

呪具の制作で消耗した霊力が、まだほとんど回復していない呪印使いは、疼女の問いに自信を持って答える。

『まあ、ワタシは快感が得られればそれでいいんだし……しばらく引っ込んでいるわ』

疼女の神体は、咲妃の精神の深みへと沈み込み、気配を絶った。

「さて、行くか。ゼムリヤ、お前との因縁、全て喰らい、祓ってやる！」

凛とした声で告げた退魔少女は、金網フェンスを身軽に乗り越え、ホテルへと続く道を歩み始めた。


(早く来い、小娘……)

男は、部下達と共に、ホテルのロビーに潜んで獲物の到着を待っていた。

彼らは、とある裏社会の組織が運営に一枚噛んでいる民間軍事会社ＰＭＣに所属する傭兵で、拉致、誘拐のエキスパート集団だ。これまで数々の汚れ仕事をこなしてきた彼らは、カースイーター捕獲を命じられ、万全の布陣で待機していた。

『ターゲット接近。服装、学生服。同行者、手荷物なし。外見の特徴、グラマラスな体型に黒髪ロング。時速五キロで歩道を直進中、間もなくホテルの敷地に入ります』

林の奥に潜んで、標的の動向を監視していた部下からの通信が入る。

「来るぞ。ロビー中央に到達と同時に確保する！」

隊長の命令を受けた部下達は、「了解」を意味するハンドシグナルを返すと、配置場所で気配を絶ち、ターゲットの到着に備えた。

プロテクター付きガスマスクで顔を覆い、黒いタクティカルスーツに身を包んだ男達が携えているのは、非致死性兵器コンポジットと呼ばれる最新装備だ。三十メートル以上の射程を誇る、ショットガンタイプの電気麻痺弾発射銃を核に、捕獲用ネット発射装置や催涙スプレー、接近戦用のスタンガンなど、相手を殺傷せずに無力化する機能の数々が、やや大型の自動小銃サイズに集約されている。

(小娘一人確保するには過剰なほどの人員と装備だが、相手は、カースイーターと呼ばれる名うての退魔士と聞く。万全の態勢で挑ませてもらうぞ！)

不可避の罠が仕掛けられたホテル入口の自動ドアが開き、

標的が入ってきた。

部下の情報にあった通り、長く艶やかな髪と、制服越しにもはっきりとわかる極上のプロポーションが目を引く美少女だ。特に警戒する様子もなく、制服姿の少女はロビー中央まで颯爽たる足どりで歩んでくる。

「確保ッ！」

部隊を指揮する男は命令しようとしたが、声が出せない。それどころか、全身が硬直していて、瞬きも、呼吸さえできない有様だ。

部下達も同じ状況に陥っているらしく、誰一人として行動を起こそうとせず、待機場所で硬直している。

（金縛り……だと!?）

長い傭兵歴で一度も感じたことのない戦慄が、男の背筋を駆け抜ける。

ソファーの陰にうずくまったまま身動きできなくなっている指揮官のところに、少女が歩み寄ってきた。

ピシイイッ！　パシイインッ！　パンパンパシィンッ！

少女の歩みにあわせて、まるで歌舞伎の効果音のような鋭い打音がロビーの空気を震わせる。咲妃の身体から放たれる濃密な神気が、神鳴りと呼ばれる空気の共振現象を起こしているのだ。

「ふむ、傭兵か？　ご大層な格好をしているな」

男を見下ろして立った呪詛喰らい師《カースイーター》は、傭兵隊長が被っていたガスマスクを脱がせて素顔を剥き出しにする。

「絵に描いたような悪党面だな。悪いが、三日ほど眠っていてもらうぞ」

言いながら、赤ペンを手にした少女は、男の額に手早く呪印を描き込んで昏倒させる。金縛りに遭った傭兵部隊全員が眠りに落ちるのに、一分とかからなかった。

ロビーにいた部隊を制圧した呪詛喰らい師《カースイーター》は、階段を使って上階へと向かう。

（ゼムリヤも、無駄なことをするものだな。それとも、彼女が協力関係を結んでいるという、裏社会の連中が出しゃばったのか？）

痋女から得た情報によると、ゼムリヤは、裏社会の連中と積極的に取引を行ない、彼らのネットワークや人脈を活用して暗躍しているらしい。

「魔窟にて、罠を噛み裂く、呪詛喰らい……さて、次なる余興は何かな？」

一句詠み、口元に不敵な笑みを浮かべた退魔少女は、何の邪魔も受けずにホテルの最上階近くにまで到達していた。

そのフロアは、パーティーや会議、イベントなどを行なうための、小ホールがいくつかあるスペースになっている。

「ンァァ、アッ……ハァァァァンッ！」

「ダメェ、もう、もう、ガマン、できない……ッ」

一番手前の部屋から、甘く押し殺した女性の喘ぎ声が漏れ聞こえてきた。

「ようやく次の仕掛けか。もったいぶりすぎだな」

咲妃は、特に警戒する様子もなく、ドアを開けて室内を覗き込む。

「ふむ、今度はこういう趣向で来たか……」

全裸にされた八人の少女が、壁面に設置された金属製の拘束台に縛りつけられて切なげに喘ぎ、身悶えていた。

白人、黒人、アジア系、アラブ系、人種も様々な美少女達の股間からは、見事な牡器官が痛々しいほどに勃起し、射精欲求にヒクついている。

「反ネクトルの原料である両性具有者の精液を採集するために、淫ノ根の劣化コピーを植えつけられた女達か……ゼムリヤめ、手荒なことをする」

痛ましげな視線を、フタナリ少女達に投げかけながら歩み寄った咲妃は、細面のエキゾチックな美貌を切なげに歪め、涎を垂らして喘いでいたアラブ系美少女のペニスに、そっと手を触れさせる。

「ンムウゥゥンッ！　シャ、射精ッ！　オネガイデス、チンポ虐メテクダサイ……」

射精欲求が限界に達している少女は、汗まみれのスレンダーボディをくねらせ、なりふり構わぬ様子でペニスへの愛撫をねだってくる。

「亜神レベルにもほど遠い擬似男根だが、射精封じの呪詛がかけられているせいで、疼きが限界寸前だな」

今にも弾け飛んでしまいそうに勃起を際立たせた少女達のペニスを触診した呪詛喰らい師《カースイーター》は思案顔になる。

込み上げる射精欲求を解放できぬまま、かなりの時間焦らされていたらしい少女達の肉体と精神は、猶予を許さぬ状態にまで追い込まれているようだ。

「時間が惜しい、お前達を苦しめている邪淫の呪詛、まとめて喰らってやろう！」

凛とした声を響かせた咲妃は、制服を脱ぎ捨て、革帯ボンデージ風の退魔装束をまとったダイナミックな肢体をさらけ出す。

「我が肉体に宿りし淫夢神の神体よ、力を貸したまえ……分身、召還ッ！」

頭上にかざした両掌から、光る霧状のエクトプラズムが大量に噴出し、室内を満たす。濃密な霊霧の中から、革帯ボンデージの退魔装束姿の分身が次々に姿を現わし、射精を哀願しながら悶える少女達の前に立った。

「あぁ、オネガイ、射精……射精させてェェ」

「任せろ。お前達を疼かせているこの妖根の呪詛、私が喰らい、祓ってやる！」

声をハモらせて言った分身達は、拘束された少女達の足元に跪き、爆乳の谷間に少女の勃起を挟み込んで、パイズリ奉仕を開始する。

「ハァァアンッ！　キモチ、イイデスゥ！」

咲妃の爆乳にも勝る見事なバストを歓喜に弾ませながら、北欧系の美少女が蕩けた声を上げる。

「ンヲンッ！　もっとォ！　チンポ……虐メテェ！」

色白な乳房の谷間に、チョコレート色の勃起を挟み込まれ、濃厚なパイズリフェラを受けながら、黒人美少女が筋肉質に引き締まった貧乳ボディを痙攣させた。

拘束された八人の少女に歓喜の喘ぎを漏らさせながら、呪詛喰らい師《カースイーター》の分身達は、全身を駆使してフタナリペニスに愛撫の技巧を注ぎ込む。

「くんッ……その調子だ……溜め込まれた疼きの全てをペニスに収束させろ！」

力強く告げる咲妃であったが、その声には艶めかしい響きが込められ、分身の奉仕を見守る眼差しは、淫熱に潤んでいる。

擬似男根には、入念な射精封じの呪術がかけられていて、解呪にはウズメ流の技巧を限界まで駆使する必要があった。そのため、咲妃と分身達との感覚リンクはほぼ限界まで高められており、フタナリペニスに奉仕する感触がフィードバックされて、本体である神伽の巫女の肉体も欲情させてしまう。

（ああ……みんなの勃起、こんなに張り詰めて……我慢汁が、すごく、濃い。……ンッ、ここを舐められるのが気持ちいいんだな？　肉柱の震えが激しくなった……）

それは、間接的とは思えぬほどリアルで魅惑的なフェラチオ奉仕の快感であった。

汗ばみ、張りを増した乳房には、柔肉に挟まれて揉み扱かれる八本のペニスの熱と強張り、切なげな脈動が伝わり、口腔内に八人分の亀頭の感触と味が広がっている。

口腔内に満たされた、トロリと温かな唾液を攪拌しながら抽挿されるフタナリ肉柱の硬く力強い舌触りに喉粘膜が火照り疼き、張り詰めた亀頭に奉仕する分身達の淫らな舌使いに連動して、無意識のうちに舌が動いてしまう。

大量に分泌された唾液を、ゴクリ、と音を立てて呑み込むと、まるで大量の先走りを飲まされたかのような気がして、喉粘膜が喜悦に震えた。

（思いのほか、封印が強固だ……もっと強く、激しく……濃厚な愛撫を仕掛けなくては！）

主従が逆転したかのような倒錯的な快感に、艶めかしい表情を浮かべた神伽の巫女は、強固な封印術を解除するため、分身達に熱を込めた奉仕を命じた。

「はぁう、あむ、ちゅぱちゅぱちゅぱ、ぴちゃぴちゃぴちゃ……んふ、ちゅるるっ」

水飴のように濃厚な先走りを溢れさせる鈴口をネットリと舌が這い、張り詰めた亀頭に甘噛みを仕掛ける。引きつった裏筋を小刻みに舐め弾いていた舌先は、滴る我慢汁を舐め上げた勢いのまま、敏感な噴出口にねじ込まれ、ペニスの内部を掻き回した。火傷しそうに熱く、硬く充血した淫肉のシャフトに絡んだ指は、緩急を交えた絶妙の力加減で手淫奉仕を仕掛け、射精封じの呪詛によって煮詰められた特濃精液を搾り出そうと、技巧の限りを尽くして奮戦する。

「んあぁぁぁん！　そこぉ、もっとぉ、先っぽのチンポ孔に、舌ッ、奥までねじ込んでェ！　奥に固まってるドロドロのチンポ汁、全部掻き出してクダサイイィ！」

甘酸っぱい愛液の淫臭が立ち込めた室内に、生々しい舌なめずりの音と手コキ、パイズリ奉仕の粘音が響き、少女達の切羽詰まったすすり泣きと、猥語を交えた喘ぎ声が色を添えた。

フェラチオ奉仕が佳境に達すると、破呪の気を注ぎ込まれた少女達のペニスは、射精封じの呪詛を緩められ、切羽詰まった脈動を起こし始める。

「あはぁぁう！　出ちゃうっ！　出るうぅッ、しゃ、射精しますッ！　ドロドロのチンポ汁ドピュドピュって出ちゃいますウゥゥゥッ！」

快楽調教によって仕込まれたらしい卑猥なセリフを響かせながら、フタナリ少女達は待ちに待った射精絶頂へと舞い上がる。

「出すがいい！　全て受け止めてやるッ！」

声をハモらせて叫んだ分身達の唇に、制御不能の快感脈動を開始した亀頭が吸い込まれ、きつく吸い上げられた。

「アヲオォォォォォンッ！　出るッ！　ザーメンミルク……出ルウうウンッ！」

少女達の上げる快楽の絶叫が室内の空気をビリビリと震わせ、呪詛を解かれた肉柱の芯を、限界まで濃縮された欲望の煮詰め汁が渦巻きながらせり上がってくる。

びくびくびゅぷううっ！　どぷううっ、びゅるるるっ、びゅるるるぅっ、どぷどぷどぷううっ！

焦らしに焦らされた射精欲求を解放されたフタナリ少女達は、精いっぱい腰を突き出し、白目を剥いて、強烈すぎる射精の快感に意識を持って行かれた。

八本の勃起を、揃って根本まで呑み込んだ分身の喉が、射精の脈動にあわせて、ゴクリ、ゴクリ、と艶めかしく動き、濃厚な放出液を残らず呑み込んでゆく。

「んっ……んふうぅぅ……んんッ！」

喉の奥で力強く脈動するペニスと、そこから射出される灼熱したスペルマの濃厚な味を八人分同時に送り込まれた呪詛喰らい師《カースイーター》は、異様なエクスタシーに襲われて足元をふらつかせてしまう。

呪詛祓いを終えた分身は、一人、また一人と、白く輝く霧状のエクトプラズムに戻って、咲妃の肉体へと帰還した。

「はぁはぁはぁ……とりあえずは、無事、成功だな……」

少女達を悩ませていた股間の妖根が消え失せていることを確認し、微笑みを浮かべた咲妃の身体を、突如、異変が襲う。

ジャラララッ！　ジャララララッ！

金属の鳴る音を立てて、体内から、オーロラのように妖しく輝く鎖が伸び出て、メリハリの利いた肉体を緊縛してゆく。鎖が伸び出ているのは、うなじ、腋の下、腰の後ろ側などの、俗に言う「霊門」と呼ばれる部位であった。

「くはぁう……んんんんっ……な、何だ？　これは？」

肉体の内側から湧き出してくる鎖に自由を奪われ、床に倒れ込んだ呪詛喰らい師《カースイーター》は、さすがに驚愕《きょうがく》の表情を浮かべて身悶える。

「カースイーター捕獲作戦、大成功～♪」

能天気でありながら、妖艶な響きも感じさせる声を上げ、淫蕩な女術者、ゼムリヤが姿を現わした。いつも身にまとっている毛皮コートは既に使い魔の人狼ヴォルフに姿を変え、褐色美女に付き従って護衛任務をこなしている。

「アナタの身体に絡みついているのは、『アルス・ノウァの縛鎖』っていう、最強クラスの捕縛用呪物よ。縛められた者の肉体と霊体、双方を緊縛するの」

自慢げな声を上げたゼムリヤは、体内から湧き出た鎖に緊縛されて自由を奪われた退魔少女に微笑みかける。

「あの女達の身体に、こんなモノが仕掛けられているとは、意外だったたな……」

身動きを封じられてもなお、呪詛喰らい師《カースイーター》は飄々とした口調でつぶやいた。

「気付かなかったでしょう？　八人の肉体に分割して仕掛けられた呪詛が、一つにあわさった時に発動する仕掛けなの。本来は、術者の命令に従わないほど強大化した悪魔（シェッディム）を捕獲するために、生け贄に仕込む超高等呪術で、レメゲトン派の究極奥義なのよ」

勝ち誇った声で解説した繰霊術者は、緊縛された咲妃の顔を覗き込んでくる。

「ご大層な術だな。だが、淫神が絡んでいれば、たとえ罠とわかっていても伽をするのが神伽の巫女の責務……。これも想定のうちだ」

囚われの呪詛喰らい師《カースイーター》は、妖艶な褐色美女を睨みながら、勝ち気に言い返す。

「フフフフッ、その強気な態度がいつまで続くか楽しみだわ。ヴォルフ、運びなさい」

「御意！」

主の命令に渋い声で応じた人狼は、鎖に緊縛された退魔少女の身体を軽々と抱き上げ、運んでゆく。

咲妃が連れてこられたのは、最上階にある展望レストランであった。

結婚式やコンサート、ディナーショーなどのイベントも開けるように、立派な舞台と音響設備を備えている。

人狼に抱えられた咲妃は、舞台の上へと運ばれ、身体を縛める鎖に、天井からぶら下がったフックを引っかけられ、片足を高々と上げたバレリーナのようなスタイルで宙吊りにされた。

吊るされた咲妃の周囲には、リモコン式のビデオカメラを設置したスタンドが何本も並べられ、あらゆる角度から捉えた少女の肢体を、後方の大型スクリーンに映し出せるようになっている。

舞台の正面に並べられたテーブルには、仮面で鼻から上を隠した十数人の男達が豪華な食事を摂りつつ談笑しており、その後方では、彼らのボディガードらしい屈強な男達が数十人、微動だにせずに待機していた。

「胡散臭い連中を集めて、九未知会《ナインアンノウンズ》主催のお食事会か？」

どう見てもまっとうな企業や団体の重鎮とは思えぬ剣呑な雰囲気を発している男どもを見回しつつ、縛鎖に縛められた少女はゼムリヤに問いかける。

「紹介するわ。アタシに協力してくださっている、裏社会の重鎮の方々よ。実験素材の調達から、術式用の土地の確保まで、合法、非合法両面で絶大なご支持をしていただいているわ。このホテルも、オジサマ達のご協力で借り受けたモノなの」

「悪党揃いだな。これまで虐げてきた人々の呪詛が全身に染みついているぞ」

嗜虐と色欲の入り交じった視線を仮面越しに投げかけてくる男どもを見据えながら、拘束された少女は吐き捨てるように告げる。

「なかなか的を射た評価だわ。そう、このオジサマ方は、真の悪人なのよ」

色っぽい含み笑いを漏らしたゼムリヤは、舞台に立っていたマイクスタンドから、ワイヤレスマイクを抜き出して手に取った。

「皆様、お待たせしました。ようやく今夜のメインディッシュが届きましたわ。まずはご挨拶代わりに、カースイーターの秘められた部分をご覧に入れましょう」

褐色美女の目配せを受けた人狼ヴォルフが、咲妃の豊満なバストを守る革帯ボンデージに鋭い爪の生えた指先を引っかけ、無造作にずり降ろした。

過剰なまでに張り詰めた色白な爆乳が、薄紅色の乳首と乳輪の残像を描きながら、プリュリュンッと弾み出る。

若々しくきめ細かな乳球の先端では、尖りの強い乳首と、ふっくらと丸く盛り上がった乳輪が、男どもの卑猥な視線に挑むかのようにツンと天を向いていた。

「ええ乳しとるやないけ、後で、たーっぷりと揉んだり吸ったりさせてもらうでぇ！」

脂ぎった禿げ頭を照り光らせながら、ヤクザの組長風の男が下卑た関西弁で野次ると、取り巻きの連中が追従の笑い声を上げた。

「オッパイの次は、オマンコをご覧いただきます♪」

革帯の退魔装束を脇にずらされ、秘部をあらわにされても、神伽の巫女の不敵な表情は揺るがなかった。

「おおお！　色艶、形ともにパーフェクトだ！　こんなに美しい女性器は見たことがない……まさに芸術品だな」

ロマンスグレーの髪をオールバックにした初老の男が、舞台に詰め寄るようにして秘裂を覗き込みながら、感嘆の声を漏らす。

「オマンコに負けないぐらい尻穴も美しいじゃないか。一晩中匂いを嗅いで恥じらわせながら舐めしゃぶっていたくなる極上ケツマンコだ。本当に美味そうだ、ああ、無性に腹が減ってきたぞ！」

肉塊のように太った男が、ブヒブヒと鼻を鳴らして言いながら、テーブルに置かれた料理を手づかみで貪り喰う。

「美しいでしょう？　この肉体は、淫神に奉仕し、その力の核を取り込むために練り上げられたもの。その中でも、口と肛門は、淫神を受け入れる聖なる門として使われているんですのよ」

色っぽい声で解説しながら、褐色肌の淫女は、剥き出しになった咲妃のアヌスに、革手袋に包まれた細くたおやかな指先を這わせて弄ぶ。

「ひぅ……く……う……ンッ！」

鋭敏なすぼまりを、冷たくしっとりと湿った革手袋に撫でられる感触に、呪詛喰らい師《カースイーター》の喉奥から抑えきれぬ呻きが漏れる。

「ここから入った淫神は、身体の中の、どこでも好きなところに宿ることができるんですのよ。だから、常に清浄を維持されていて、そして、極めて敏感……」

「くぁ、はぁぁう……ひぁ、んんんぅぅッ！」

淫女の指先が、喘ぐ唇と薄紅色のアヌスにあてがわれ、小皺を引き結んだ筋肉の蕾をやわやわとこね回すと、囚われの退魔巫女は、湧き起こる快感に身を捩らせて感じ悶えてしまう。

「気持ちいいのね？　可愛らしいお尻の穴が、アタシの指をキュウキュウ締めつけてるわよ。もう少し奥の方も弄ってあげましょうか」

第二関節の辺りまで肛門に挿入した指先をさらに深くめり込ませて左右に捻りを加えながら、褐色肌の美女は、厚めの唇を淫蕩に笑み歪ませる。

「下拵えはこのくらいでいいわね」

アヌスから指がゆっくりと引き抜かれた。

「神をも魅了する肉体の持ち主であるアナタが、はしたなく喘ぎながらウンチを漏らす姿を、皆さんに見ていただきましょうね」


「なっ、何だと⁉」

聞き捨てならぬひと言を告げたゼムリヤがパチンッ、と指を鳴らすと、人狼が責め具の乗った台を押してきた。台の上には、透明なローションを満杯にした大型バケツと、数本の極太浣腸器が並んでいる。

「並の快楽責めじゃぁ、アナタは堕ちないでしょう？　徹底的に羞恥を与えて、プライドを粉微塵に打ち砕いてから、じっくりと調教して、ア、ゲ、ル♪」

妖艶な美貌にサディスティックな笑みを浮かべた褐色美女は、マイクを手にすると、観客席に呼びかける。

「凄腕の傭兵を軽々とあしらうカースイーターの強さは、先ほどご覧いただけましたでしょう？　この、強く気丈な美少女に浣腸責めをして悶え泣かせる権利、おいくらで買っていただけます？」

「百万ッ！　百万円出そう！」「百五十ッ！」「こっちは二百出すぞ！」

淫辱行為のオークションが始まると、裏社会の男どもは口々に入札価格を叫び、あっという間に入札額が跳ね上がってゆく。

「ははだ不愉快だが、私もずいぶんな高値が付くものだな」

卑猥なオークションで盛り上がっている悪党どもを冷めた目で眺めながら、囚われの退魔少女は気丈さを失っていない口調で吐き捨てる。

「おめでとうございます。アナタが権利ゲットですわ♪」

最高金額を付けた銀髪オールバックの男がステージ上に招かれ、鎖を引かれて前のめりの体位を取らされた咲妃の背後に立った。

「本当に美しいアヌスとオマンコだな。チンポを打ち込んでやれないのが残念だ」

ムッチリと肉の乗った尻の谷間に顔を寄せ、呪詛喰らい師《カースイーター》の股間を、荒い鼻息がくすぐるほどの距離で観察しながら言った男は、ゼムリヤから受け取った極太浣腸器のノズルで、清浄感のあるピンク色をした尻穴を弄ぶ。

「可愛いケツ穴がヒクヒク動いているぞ。恥ずかしいのかな？　クククククッ。もっと辱めてやるぞ！」

冷たく硬いガラスの筒先が敏感な蕾の小皺を一本一本なぞるように撫でくすぐってくる感触に、薄紅色の美肛門は、キュッ、キュッ、と卑猥な収縮を起こして、責め役の男を楽しませた。

「ンッ……く……ふぁぅ……」

囚われの呪詛喰らい師《カースイーター》は、わずかに頬を染め、切れ切れの喘ぎを漏らしながらも、表情を崩さず辱めに耐えている。

「そおれ、ズッポリと行くぞ！」

ローションに濡れ光る小皺の中心に、冷たいノズルがねじ込まれ、陵辱粘液の注入が開始された。

「くぁ！　んきゅううぅ……ンッ！」

人肌程度に温められた大量のローションが、直腸内にニュルニュルと注ぎ込まれてくる不快な感触に、革帯ボンデージ姿の若々しい肢体が緊張する。

ピストンが深く押し込まれ、粘性の強いローションは直腸内を満杯にして、さらに奥へ、奥へと送り込まれてきた。

「う……あ……くはぁぁ……ぐ……んんんッ！」

過剰に注ぎ込まれた粘液が消化管を張り詰めさせながら結腸部にまで侵入してくる鈍痛に、呪詛喰らい師《カースイーター》の勝ち気な美貌が歪む。

「クククッ、苦しいかね？　しかし、まだ半分しか入っていないぞ」

　サディスティックで好色な笑みを浮かべた男は、浣腸器のピストンを深々と押し込み、特製のローションを残らず尻穴内部に注入した。

「もう一本注入させてくれ！　金額は、さっきの五割増しでいい！」

「それなら、こっちは二倍出すぞ！」「ワシは三倍出すでぇ！」

　凛々しい顔立ちを苦悶に歪める美少女の痴態に興奮した男どもは、仲間割れを起こしかねない殺伐とした気を漂わせて、浣腸オークションに熱狂する。

「予想以上の人気ね……これ以上激昂させるのは、色々とマズイわね」

　結局、ゼムリヤの提案で、その場にいた男達全員が金を出しあい、咲妃の尻穴に特殊ローションを注入する権利を獲得することとなった。

　それは、少女の腸内に数リットルの浣腸液が注ぎ込まれることを意味している。

　裏社会で数々の悪事に手を染め、司法機関もなかなか手を出せぬ大物犯罪者どもが、極太浣腸器を手に喜々として少女に迫る様は、ある意味滑稽ですらあった。

「私にはこういう趣味はないはずなのだが、妙に興奮する。癖になりそうだよ」

　銀髪オールバックの紳士が、ぎこちない手つきでピストンを押し込んだ。

「ワシが注ぎ込んだ浣腸液が、どんなに臭い糞になって出てくるのか楽しみだ」

　臭いフェチの肥満男が、ニヤニヤ笑いながら浣腸液を注入する。

「ウッ……フフッ……きっと……失望すると思うぞ……く……んんんッ！」

「生意気な小娘め、オレの会社の傭兵達をコケにした罰を受けてもらうぞ！」

　傭兵達の親玉らしいひげ面男は、白く肉感的なヒップを平手打ちしながら、力一杯ローションを注ぎ込んだ。

「くぁ、あ、くふぅぅぅ……んッ！」

　赤い手形を刻印された尻に汗粒を吹き出させ、重く張り詰め始めた下腹の鈍痛に呻く呪詛喰らい師《カースイーター》のアヌスに、悪党どもの歪んだ欲望がさらに注入される。

「ホントにいい身体したお嬢ちゃんだな。うちの会社がやってる裏ポルノサイトで有料配信したら、数億ぐらい一日で稼げるぜ」

病的に痩せた男が、慣れた手つきで浣腸液を小出しに注入して、咲妃の苦悶する様子を存分に楽しんだ。

十数人の男達は、恥辱を煽る言葉を囚われの退魔少女に投げかけながら、可憐なアヌスの奥に恥辱の粘液を送り込んでくる。

「……そおら、ワシでラストや！　ネエちゃん、よう辛抱したなぁ」

関西弁のヤクザ幹部が、どんなに辱められても慎ましやかなたたずまいを崩さず引き絞られた薄紅色の蕾に浣腸器の先端をねじ込み、汗ばんだヒップを舐め回しながら、特殊ローションをジワジワと注ぎ込む。

「んくぅぅ、あ、はぁぁう……ひぐううぅっ！　はぁう……んっ、あぐうぅぅんッ！」

勝ち気な美貌を脂汗に光らせて苦悶する咲妃の肛門に、鈴付きのアナルプラグがねじ込まれ、革製のバンドでしっかりと固定された。

大量の浣腸液を注ぎ込まれた呪詛喰らい師《カースイーター》の下腹は、妊娠中期の妊婦のようにポッコリと膨れあがり、革帯ボンデージされた肢体に禁忌のエロスを加味している。

「浣腸が効いてくるまで、お話ししましょうか？」

連続浣腸を受けても、泣き言一つ漏らさずに恥辱に耐えている咲妃に、ゼムリヤが妖しい声をかけて来る。

「カースイーターに、亜神や人間による陵辱、特に中出しは御法度。消耗した気を補充させるだけですものね。でも、精気や霊気をまったく含んでいないモノで責めれば、体力や神気の回復もできないでしょう？」

黒革のロンググローブに包まれた指先で、咲妃の汗ばんだ尻肌や、妊婦のように張り出した下腹部を撫で回しながら、褐色肌の淫女は語りかけた。

「くぁ……あぁぁう……うッ！　く……うんんんッ！」

ぐぎゅるるるっ……。額に汗を浮かべて呻く咲妃の下腹が、はしたない音を立てる。

「腸の蠕動《ぜんどう》が始まったようね？　その特殊ローションは、アナタの腸内で水分を吸収されると、ゼリー状に固まるのよ。当然、ウンチがしたくて堪らなくなる成分も入っているし、固まる過程で、大量のガスを発生させるの。ステキでしょう？」

「ぐ……ぅ……卑劣で、悪趣味だな……んくぅ、ウッ……はぐうぅぅんッ！」

ぎゅごろろろろっ……ぐぎゅるるるるるぅっ！　張り詰めた下腹が、ひときわ大きく恥音を奏で、メリハリに富んだ緊縛ボディに、ドッ！　と脂汗が噴き出す。

（あぁぁ……この感触……久しく忘れていた……便意とは、これほどまでに抗いがたく、これほどまでに苦しいものだったのか？）

神伽の巫女となって以来、彼女を悩ませたことのない生理現象を久々に味わった退魔少女は、込み上げてくる排泄欲求と、腹腔の奥でうねる凝固ローションの異物感に、汗まみれの緊縛ボディを強張らせる。

「今のアナタは、カースイーターでも、神伽の巫女でもないわ。ウンチがしたくて堪らないだけの小娘なのよ」

呪縛の鎖に縛められた少女の下腹を、黒手袋に包まれた淫女の指がジワリ、と圧迫してくる。腹膜を張り詰めさせた膨張感と鈍痛が一気に高まり、耐えようとする意思に関係なく、高まりすぎた圧力が肛門目指して殺到してくる。

「ぐぁぁうッ！」

ブピッ！　プスウウッ、ブピルルルッ！

くぐもった声を上げた少女の尻から、誰にも聞かせたくないガス噴出音が響く。

妊婦のように膨れあがった下腹に、黒く細い指がめり込むたびに、恥辱のガスが揉み出され、アナルプラグを咥え込まされた尻穴が高く、低く恥音を奏でさせられた。

「ええ屁の音やなぁ。ケータイの着メロにしたいでぇ！」

ヤクザ男が言うと、裏社会の男達は下品で無慈悲な笑い声を上げる。

「はぁぁぁう……ぐむ……んんんッ！」

放屁音を搾り出されるたびに、汗びっしょりになったボンデージ肢体がガクガクと痙攣し、冷たい汗に濡れた美貌も、押し寄せる排泄欲求に歪んで、凛々しさを失ってゆく。

「ひと言、『ウンチさせてください』って叫べば、アナルプラグをすぐに抜いてあげるわ。やせ我慢せずに、言っちゃいなさい」

「フッ、誰が言うものか！　お前には……死んでも屈しないッ！」

　刃物のようなきらめきを宿した瞳で、サディスティックな褐色美女を睨みつけた呪詛喰らい師《カースイーター》は、震える声で言い返す。

「いいわぁ、その反抗的な目で睨まれただけで、ゾクゾクしてオシッコ漏れちゃいそうよ。でも、アタシがお漏らしする前に、アナタがウンチ漏らすのよ！」

　繰霊術にも使用する乗馬鞭を手にしたゼムリヤは、咲妃の尻たぶを無造作に打ち据えた。ピシイッ！　ヒュンッ！　パシイイィッ！　ビシイイィッ！　パシイインッ！　鋭い打擲音が響き、衝撃に震える美尻から、霧状になった汗粒が飛散する。

「ふぁ！　はぁぁぁぁぁンッ！」

　縛鎖に緊縛された呪詛喰らい師《カースイーター》に艶めかしい悲鳴を上げさせたのは、痛みではなく、壮絶な快感であった。鞭打たれた衝撃が、快感神経を根こそぎ掻き鳴らし、排泄衝動に疼く内臓にまでビリビリと伝わってくる。

「いい声だぁ！　もっと、もっと打て！」

　客席からの声に淫蕩な微笑みで応えたゼムリヤは、連続して鞭を振るう。

　ヒュンッ！　ビシインッ！　パンッ、パシンッ、ピシャアァァアンッ！

「ひあぁぅんっ！　きゅふうぅんッ！　あひいいんっ！　ヒッ、アッ、ひぎいっ！」

　汗に濡れ光る色白な豊臀に、紅色の鞭痕が刻印されるたびに、アナルプラグを飾った鈴がチリチリと鳴り、呪詛喰らい師《カースイーター》の苦鳴に色を添えた。

　ブビュッ！　プピイイィッ！　ブビビッ！

　鞭打たれる衝撃で全身の筋肉が収縮するたびに、暴発を封じられた尻穴から甲高い放屁音が上がり、見守る男どもに下卑た歓声を上げさせる。

（熱い……ッ！　尻が……燃える……身体中が、煮えたぎって……あぁぁ……ッ！）

　まるで、炙り焼きにされているかのような灼熱感に包まれた尻から発した妖しい波紋は、排泄欲求に強張り悶える全身を火照らせ、苦痛が快感へと変わるマゾ快感への分岐点へと、神伽の巫女の肉体を疾走させてゆく。

「いかがかしら？　快感の耐性はあっても、こういう責めは効くでしょう？　身体が敏感な分、余計に苦しいわよねッ!?　あら、気持ちよさそうな声が出始めたんじゃなくって？　ほおら、もっと色っぽい声をお出しなさい！」

咲妃の上げる声に、艶めかしい響きが混じり始めたのを指摘しつつ、淫蕩なる女術者は鞭打ち責めに熱中してゆく。

黒革のビスチェとロングブーツ、ロンググローブをまとった褐色ボディは、噴き出た汗にぬめ光り、鞭痕だらけの尻を凝視する瞳には熱い欲情の炎が燃え盛っていた。

「いいわぁ。アナタのお尻、打ちごたえ満点よ……でも、とどめはここよっ！」

下から薙ぎ上げられた乗馬鞭が狙ったのは、鮮やかなサーモンピンクに色付いた秘裂であった。

パシイイイイインッ！　鋭い音を立てて、最も敏感なワレメに鞭が打ち込まれる。

「ひぎいっ！　ヒッ！　イッ、くはあぁぁぁぁぁぁぁぁぁ～ンッ!!」

鞭打たれた性器から発した衝撃は、少女の意識を一気に被虐絶頂の領域へと飛翔させ、限界に達していた括約筋を完全に弛緩させてしまう。

プシイイイッ！　シャパアァァァァァァ～ッ!!

緩みきった尿口から、熱い尿水が放物線を描いて排泄され、床に飛沫を散らす。

「オマンコ鞭打たれて、オシッコ漏らしながらイッちゃうなんて、すっかりマゾ快感に目覚めたみたいね？」

「ハァハァハァハァ……余分な圧力が減って、これで、少し楽になった」

内臓を搾り上げるような苦痛を伴って押し寄せる排泄欲求に顔を歪めながらも、咲妃は減らず口を叩くだけの気丈さを失っていない。

「さすがね……。アナタの忍耐力に敬意を表して、一つ、賭けをしない？」

「賭け、だと？」

「ええ。アナタの腸と同化している亜神に、少しだけエネルギーを与えてあげるわ。活性化した亜神が、ウンチを全て吸収、浄化すれば、アナタの勝ちよ」

妖しい笑みを浮かべたゼムリヤが、パチンッ、と指を鳴らすと、大型のグラスに入った白濁液が運ばれてきた。

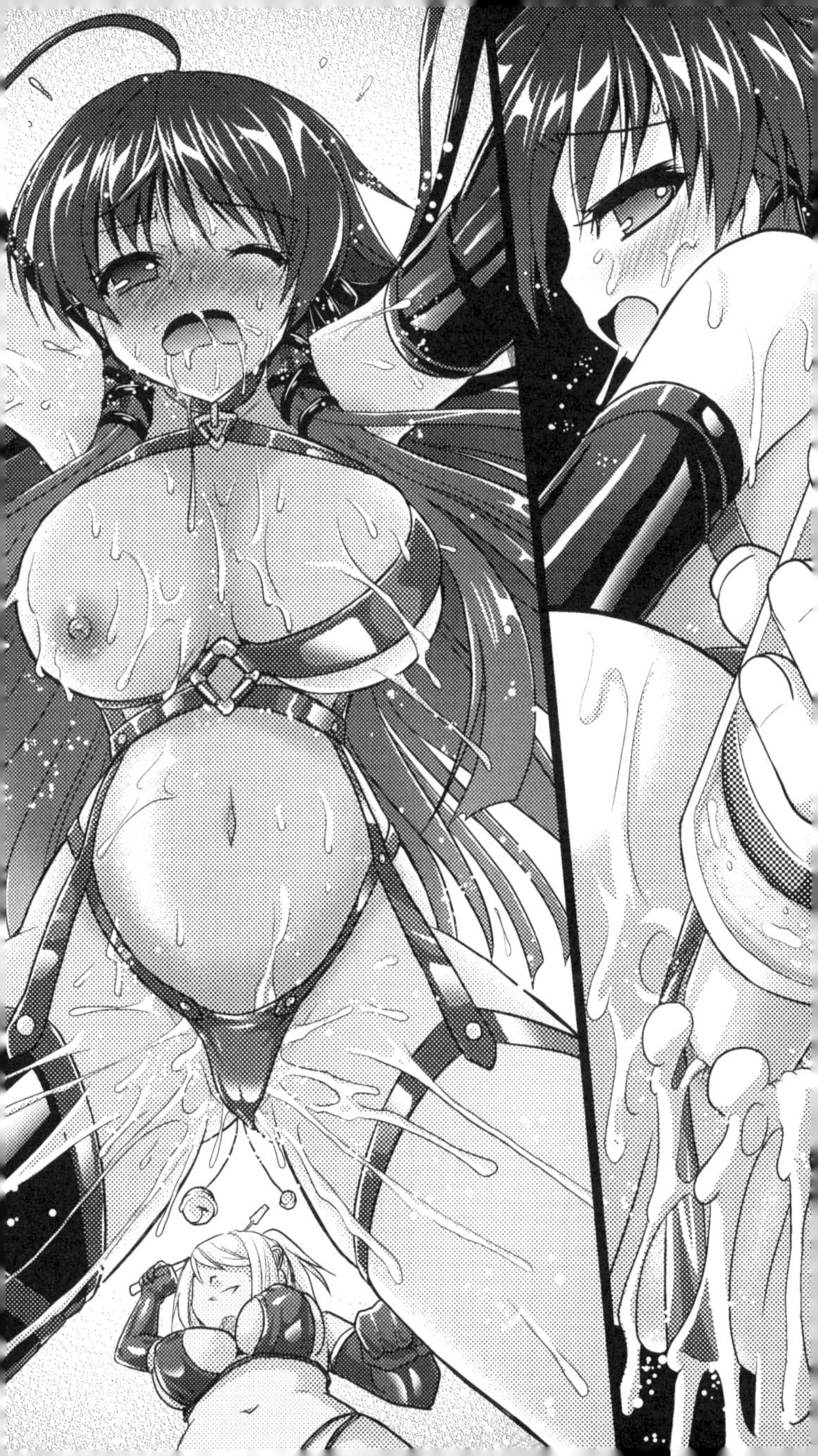

「オジサマ方のボディガードの皆さんに、元気いっぱいの精液を提供していただいたわ」

「やはりそういう趣向か……くぅ……んぐうぅぅッ！」

ぐぎゅろろっ、ぎゅるるるぅっ……下腹が恥音を立てる。

「ほらほらぁ、我慢しすぎてお腹と心が壊れちゃう前に、アタシからのスペシャルサービスドリンク、飲んでちょうだいよぉ♪」

艶めかしい声を出しながら、吊るされた咲妃の身体に擦り寄ってきた褐色淫女は、グラスに満たされた欲望の煮詰め汁を強引に飲ませようとする。

「んぐ……ぐ……んぷぅぅ……ッ」

むせ返るような性臭に顔を顰める呪詛喰らい師《カースイーター》の口にグラスの縁があてがわれ、煮こごりのような塊混じりの汚液がドロリと流し込まれてきた。

(後悔させてやる！　この精気、排便抑制だけに使うとは限らないぞ！)

「んぐ……ウッ。ゴホッ……ごくっ……ん、んくっ……くちゅ、んはぁ……」

逆襲への一縷の望みを見出した咲妃は、汚辱感に耐えつつ口を開き、牡臭く苦いスペルマを受け止め、吐き気を堪えて呑み込む。

「そうよ、いい子ね。もっと舌を突き出して受け止めないと、大事なザーメンドリンクがこぼれちゃうわよ」

咲妃の色白な裸身を背後から抱き締めた褐色淫女は、猫なで声を出しながら、グラスの傾きや距離を調整し、恥辱の飲精行為を行なっている咲妃を焦らし、弄ぶ。

数十人分が吐き出した大量の白濁液が、粘ついた糸を引きながら、差し伸べられた舌にドロドロと垂れ落ち、気丈な退魔美少女の身も心も汚してゆく。

「く……あはあぅ……んむ……くちゅ、くちゅ……んくっ……あ、はぁ……ゴホッ……うっ、くうう……じゅるっ、くちゅくちゅくちゅ……ゴクンッ……」

ゼムリヤの気まぐれなグラスの動きに渋々付き合いながら、囚われの退魔少女は、むせ返りそうな牡臭さを放つ濃厚精液を舐め取り、啜り込む。

「あんっ！　こぼしちゃダメじゃないの。ほおら、ちゃんと舐め取りなさい」

「んぷ……くちゅ、はぁう、くふぅ……ぴちゅ、ちゅぷ…

「……うぁ……んむぅぅ」

剥き出しにされた爆乳にまで滴り落ちたスペルマを、黒手袋に包まれた指ですくい上げた褐色美女は、ゼリー状の塊を咲妃の舌に塗り込み、精液の溜まった口腔内をグチュグチュと音を立てて掻き回す。

「あんなに一杯あったのに、ほとんど飲んじゃったわね。最後の一口、よおく味わって飲み込みなさい」

グラスに残っていた最後の粘塊が咲妃の口に流し込まれ、髪を掴まれて強引に上を向かされた白い喉がゴクリと鳴ると、精液を提供した護衛の男達がざわめいた。

「んく……はぁぁ……こっ、これで……少しは……クッ！　なっ、はぐううぅっ！」

ぐぎゅろろろろっ！　ぐるるるるるるるぅぅぅぅッ!!

精液臭い吐息を吐き出し、腸内の亜神を活性化させようとした咲妃の下腹がひときわ激しい音を立て、排便欲求が狂おしいほどに強まった。

「あらぁ、精液に混ぜた、反ネクトルがお口に合わなかったかしらぁ？」

ゼムリヤが、邪悪な笑み混じりに声を上げる。

「なっ、何だと……お前……くぁ、あはぁぁぁうんッ！」

新たに噴き出た脂汗にエロチックな裸身をぬめ光らせ、咲妃は苦悶する。

ぐぎゅるるっ、ぶぴいいいっ！　ボフッ、ぷすううぅっ、ぎゅろろろっ！

内臓を搾り上げられるような苦痛が耐えがたいほどに強まり、鈴付きアナルプラグと革ベルトで栓をされた尻穴が、込み上げてくる排泄物の圧力を抑えきれず、今にも噴火しそうにヒクついて、鈴音と放屁音を奏でていた。

「アナタの内臓に同化した神体にとっては、反ネクトルは毒薬と同じ。一刻も早く排泄しようとするでしょうね？」

ゼムリヤのいうとおりであった。精液に混ぜられた反ネクトルに拒絶反応を起こした亜神は、排泄欲求を解消するどころか、逆に激しい蠕動を起こして異物を一刻も早くひり出そうとしているのだ。

「ゼム……リヤ……ウッ！　ぐぁ、ぐううううッ！」

妊婦のようなボテ腹から恥音を響かせ、全身汗まみれになって苦悶する緊縛美少女の痴態を観賞しながら、褐色淫女はサディスティックな笑みを浮かべている。

「わずかな希望を打ち砕かれたのが悔しい？　それじゃぁ、ウンチを出して、もっと恥辱にまみれなさい！」

　アナルプラグがズルリと引き抜かれ、腸奥から込み上げてくるモノを必死に押し留めようと引き絞られる肛門の様子を、カメラがアップで捉えてスクリーンに投射する。

　苦悶する咲妃の尻の下には、間もなくひり出されようとしているモノを受け止めるように。透明な大型アクリルボウルが用意された。

「あひっ、ダメェ……いっ、今、抜いたら、くぅぅぅ、あ、あがぁぁっ！」

　ブホッ！　ブバッ！　ブピュウウウッ！　ブピイイイイイイイィィッ！

　出口めがけてジワジワと進軍してくるゼリー状の固体よりも先に、大量に発生していた気体が押し出され、誰にも聞かせたくない恥辱のガス噴出音が、静まりかえった宴会場内に連続して響いた。

「出るッ……あぁぁぁ、出る……んぐうぅ」

　背筋ばかりか、後頭部の辺りまでが凍りつくような羞恥に震えながら、ボンデージコス姿で縛鎖に吊るされた美少女は、怒濤の排泄欲求に屈服する。

　ブビイイイイッ！　ブスッ、ブチュッ、ずぶぶぶっ！

　ズルルルロロロロロォォォォ～ッ！

　火山が噴火するかのようにグウッ、と盛り上がり、括約筋を緩めて開いてしまったアヌスから、ゼリー状に固形化した半透明の極太擬似大便が、卑猥な排泄音を伴って大量にひり出された。

「おおおっ！　出た出たぁ！　見事なまでの一本グソだ」

「色が透明なのは気に入らんが、お嬢ちゃんの排便顔がエロいから、許してやろう」

　ついに屈服した呪詛喰らい師《カースイーター》の尻と、屈辱の排泄に歪む美貌を至近距離から観賞しながら、裏社会の重鎮どもは大いに盛り上がっている。

「あはぁぁぁ、見る……なッ、やはぁぁん、出……んきゅふうぅぅうンッ！」

　苦痛の塊と化していた固形化ローションが尻穴を押し広げてズルズルと排泄されてゆく、気が遠くなりそうな解放感に、恥辱で紅潮した美貌がだらしなく蕩ける。

　ずびゅるるるるっ！　ぶほっ、ずろろろっ、じゅぷるるるっ……ぐきゅるるるっ……ぶぱっ！　どぷッ。

（あぁぁ、気持ち……いいッ！　奥から込み上げて来て、内側から、こじ開けられて……出てるッ！　いっぱい……出て……あ、あぁぁ、ダメだ……イクぅうッ！）

狂おしいほどに感度を増している腸壁と肛門は、ゼリー状の排泄物に擦られる刺激を、壮絶な快感に変換して、咲妃の肉体を排泄絶頂へと追い込んだ。

乳房と下半身をさらけ出したボンデージ緊縛ボディが甘い汗に濡れ光って仰け反り、アヌスの崩壊を止められずに排泄を続けながら女悦の痙攣に包まれる。

「くはぁぅんっ！　イッ……イクッ。あぁぁっ！　イクイクイク……んんんん〜ッ！」

脂汗にまみれた美貌を、だらしなく歪めた呪詛喰らい師《カースイーター》は、固形化ローションをズルズルとひり出しながら、底なし沼のようなエクスタシーに意識を呑み込まれてゆく。

「ずいぶん深く絶頂しちゃったわねぇ。普段は、腸と融合した亜神が、排泄物を残らず浄化吸収してくれるから、ウンチなんてするのは久しぶりでしょう？」

ガックリとうなだれて喘いでいる咲妃の耳元に囁きかけた褐色美女は、なおも排泄を続けている尻の谷間に指を滑らせ、目いっぱい広がってヒクついている肛門の縁を指先で掻きくすぐってイタズラする。

ほのかな腸液臭混じりの湯気を立ちのぼらせる恥辱の排泄物は、アクリル樹脂製の大型ボウルに受け止められ、男どもに披露された。

「何だ、糞の匂いは、ほとんどしないんだな」

臭いフェチらしい太った男は、アクリルボウルに顔を突っ込んでブヒブヒと鼻を鳴らしながら、残念そうに言う。

「神伽の巫女は、不浄を嫌う神体に伽するために、食香と呼ばれる特殊な香料を食事と共に摂取していて、体内を常に清浄にしているんですのよ」

神伽の巫女について調べ上げているらしいゼムリヤが解説する。

「つまらんなぁ。こういう気の強そうな美少女が、羞恥にすすり泣きながら、鼻が曲りそうに臭いのをぶちまけるのが堪らんのじゃないか！」

「いいご趣味ですこと。それじゃあ、リクエストに応えちゃいましょうか？」

褐色美女は、サディスティックに微笑む。

「咲妃ちゃん、アナタの出したローションウンチ、食べなさい……」

目の前に、まだ熱気を帯びたゼリー化ローションを満したアクリルボウルが置かれた。

「くうっ！　嫌だッ！　断固拒否するッ！」

呪詛喰らい師《カースイーター》は、妖しい淫臭をムンムンと立ちのぼらせる容器から必死に顔を背けて拒絶する。

「上のお口から食べられないなら、下のお口から挿れちゃおうかしらね？」

サディズムの極致のような声で告げたゼムリヤが、パチンッ！　と指を鳴らすと、新たな責め具が運ばれてきた。

点滴台のような車輪付き支持具に吊された透明なバケツに、白濁した粘液がドップリと満たされており、バケツの底からは、ポンプ付きのチューブが伸びている。

「アナタが浄化しちゃったフタナリ美少女達から搾り取った、混じりっけなしの、反ネクトル精液よ。コレを今から、お尻の穴に注入してア、ゲ、ル♪」

「なっ、……そんなモノを!?　やっ、くあぁぁぁンッ！」

先ほど、恥辱の排便をさせられたばかりの肛門に、注入ノズル付きのアナルプラグがねじ込まれる。

「今回は、お一方三回までポンプ操作サービスさせていただきますわ。カースイーターのお尻に、た〜っぷりと注入してやってくださいな♪」

浣腸行為の興奮冷めやらぬ男どもは、先を争って舞台に上がってくる。

「覚悟しろよ、お嬢ちゃん。腹がパンクする寸前まで注ぎ込んでやるからな！」

サディスティックな本性を剥き出しにした裏社会の男達は、凶喜の表情でポンプを握り締めた。

シュコッ、シュコッ、シュコッ……。

無慈悲なポンプ音が上がるたびに、呪詛喰らい師《カースイーター》の腸内に、生ぬるい陵辱ジェルが、ドプッ、ドプッ、と注入されてゆく。

「くぁ！　はぐうぅぅッ！　ンッ、あぁぁぁンッ！」

「おー、入る入る！　チューブが透明やから、入っていくのが丸見えやな！」

ヤクザ男が、関西弁で言いながら、楽しげにポンプを操作する。透明なチューブに繋がったアナルプラグには、逆流防止弁が付いているので、注ぎ込まれた濃厚精液は、一滴も漏らさず呪詛喰らい師《カースイーター》の腸内に溜め込まれる。

ぐぎゅるるっ……ぎゅぐろろろっ！

反ネクトルに反発した腸が妖しく蠕動し、異物を排泄しようとするが、それも叶わず、狂おしい便意だけがどんどん強まってゆく。

「あふぅぅぅ……くぅぅぅんッ！」

脂汗にぬめ光るボンデージ裸身をくねらせ、肉感的な尻と太腿を緊張させて便意に耐える呪詛喰らい師《カースイーター》の腹部は、容赦のない注入で、刻一刻と膨らまされてゆく。

「フフフッ。いっぱい入るわねぇ。これは、想像以上の大量排便ショーになりそうで楽しみだわ」

ゼムリヤは、褐色の美貌に、淫辱の化身のような笑みを浮かべ、ザーメン浣腸責めに悶えるカースイーターを言葉責めで辱める。

十数分後、数リットルはあろうかと思われた白濁液は、全て咲妃の腸内に注ぎ込まれてしまう。

「くぁ！　んぐむうぅぅぅぅぅ〜ンッ！」

妊婦の様に腹を張り詰めさせ、苦悶の汗に全身をぬめ光らせて悶えるカースイーター。

精液に混ぜられたわずかな反ネクトルだけでも強い拒絶反応を示した腸管は、高濃度の邪精液を注がれて激しく蠕動し、理性を侵食するほどの便意を湧き起こらせていた。

腹腔内で大蛇が暴れている様な感触が絶え間なく襲ってきて、全身を悪寒が包み込み、粘ついた汗がドッ！　と噴き出てくる。

アナルプラグを咥え込まされた肛門括約筋がビリビリと震え、今にも決壊寸前の有様だ。

「腸に宿った神体が弱り切っているから、今度は、さっきみたいに綺麗な透明ゼリーウンチじゃすまないわよ。臭いザーメンウンチ、ブリブリってひり出しちゃいなさい」

邪悪な笑みを浮かべて顔を寄せてきたゼムリヤは、苦しげに歪んだ美貌を濡らす苦悶の汗を、ヌロッ、と舐め取り、膨らんだ腹を撫で回して、カースイーターの恥辱を煽る。

「もう堪らんッ！　この娘の口でいいから、犯させろ！」

興奮した男が、勃起をさらけ出しながら叫ぶ。

「そうやで！　ワシもチンポが暴発寸前や！　マンコがア

カンのやったら、お口でもええで！」

「そうねぇ。いいウンチを出してもらうために、少しは栄養摂らせてあげましょうか？　咲妃ちゃん、オジサマ達のチンポ汁、飲ませてア、ゲ、ル♪」

嗜虐の微笑みを浮かべて言ったゼムリヤは、責め具を満載したワゴンから、何やら妖しげな器具を持ち出してきた。

「おチンポが咥えやすいように、これ、つけてあげるわ」

「何を!?　あぐむぅぅぅンッ！」

狂おしい便意に悶える呪詛喰らい師《カースイーター》の口に、開口具が装着される。

「さあ、これで、噛み切られる心配もございませんわ。オジサマ達のたくましいチンポで、カースイーターの口マンコ、存分にお楽しみくださいな♪」

目の前にズラリと並んだ勃起の群れに、口枷を付けられた神伽の巫女は嫌悪の表情を浮かべて呻いてしまう。

何か妖しげな薬でも服用しているのか、もう、老人と呼んでいい年齢の男どものペニスは、若者顔負けに怒張して欲望の解放を待ち望んでいる。

「オレ等の目の前でクソ漏らしてアクメしたんだ。チンポしゃぶりぐらいどうってことねえだろ？」

赤黒い勃起が、咲妃の口内に遠慮なく突き挿れられイラマチオ陵辱の宴が開催された。

「くふぅぅぅ！　んぶむぅぅぅッ！　ゴホッ、ゴホッ！」

苦しげに咳き込む美少女の喉粘膜を、凶暴に張り出したカリ首でゴリゴリと掻き擦りながら、ストロークされる。

「ムフゥ！　こいつは想像以上に気持ちいい喉マンコだ！　オッ、おおお！　その苦しげな舌使い、いいぞぉ！」

熱く猛った怒張を締めつけ、苦しげに震える喉粘膜の蠢きに昂った男は、苦しげに顔を歪める咲妃の髪を鷲掴みにして固定し、荒々しく腰を使った。

「あぐうぅぅ……んふ……ゴホッ！　ぐ……んぐうぅぅ」

苦しげに眉を潜めながらも、囚われの巫女は、男の荒々しい口腔陵辱に耐えている。

(屈辱の極みだが、こっちに集中していた方が、排泄欲求を少しでも忘れられる……)

並みの女性とは比べものにならぬほどタフな肉体を持つ退魔少女は、込み上げる排泄欲求が、イラマチオの苦悶によってわずかに和らぐのを感じていた。

「お嬢ちゃん、イクぜ！　ザーメン飲むところをみんなに見せてやるよ！　ウッ！　出すぞっ！」

唾液でドロドロになった怒張をズルリと喉奥から引きずり出した男は、開口具で開かれたままの美少女の口内を狙って、欲望の煮詰め汁を解き放った。

びゅくんっ！　びゅっ、びゅるっ！　ずぴゅるるっ！　びゅろっ、びちゃっ、びちゃっ、どぴゅるっ！

呪詛喰らい師《カースイーター》の口内に、カビ臭く薄い老人の精液が吐き出される。

「く……くうぅぅんッ！　んく……ごくっ、ごくっ、ごくっ……ゴホッ、ぐむぅぅぅん！」

苦しげに呻きつつ、加齢臭のする濁汁を飲み下す美少女の様子を、その場にいる全員が下卑た笑みを浮かべて見つめる。

「次はワシや！　ワシのチンポ、すごいやろ？　真珠入りで、女をヒィヒィいわす男の武器やで！」

女泣かせの淫具に改造されたヤクザのペニスが迫る。

「はぅ……んぐぅっ！　ぐむぅぅぅんっ！」

肉胴部分に埋め込まれた真珠球の凹凸が舌をコリコリと擦り、喉粘膜に硬質な感触を残して抽挿される。

込み上げる激しい便意に尻をくねらせてしまいながらも、呪詛喰らい師《カースイーター》は舌を蠢かせ、喉奥まで突き挿れられてくる亀頭を刺激して射精を促した。

「ええ舌使いやないか！　姉ちゃん、ワシの女になれや！　チンポ汁、その綺麗なお顔に出したるでぇ！」

びゅくんっ！　びちゃぁぁっ！　びちゃびちゃぶじゅるっ！　ぎゅぷっ！　ずちゅぶちゅどびゅるるっ！

口から引き抜いた精液の初弾でカースイーターの美貌を汚したヤクザ男は、射精中の真珠ペニスを再び喉奥までねじ込み、激しいイラマチオを繰り出す。

「ごふぅうっ　おごッ！　ぐ……ゲホッ、ゲホォッ！」

「おほぉ！　喉マンコの具合もいいやないけ！　飲めッ！　ワシのチンポ汁、全部飲めッ！」

暴力的な本性を剥き出しにしたヤクザ男は、白濁混じりの唾液を噴き出す美少女の口を真珠入りペニスで容赦なく犯し抜いた。

「組長さん、興奮しすぎて壊しちゃダメよぉ。カースイーターは、アタシとペット契約交渉中なんですからね」

喉陵辱に苦しむ咲妃の姿をサディスティックに潤んだ目で見つめながら、ゼムリヤがやんわりと釘を刺す。

「加減ならわかっとるわい！　ワシを誰やと思っとる⁉　この勝ち気な姉ちゃんがこんなもんでへバるかいな！　それそらぁ！　もっとイクでぇ！」

とどめのハードイラマチオで喉奥を犯したヤクザ男は、存分に射精を終えた真珠入り巨根をズルリと引き抜く。

「はー、久しぶりに思いっきり喉マンコ犯したったわ」

呪詛喰らい師《カースイーター》の顔に亀頭を擦りつけながら、関西弁の男は凶暴な笑みを浮かべる。

「ブヒッ！　咲妃ちゃんのザーメンゲロの匂いも嗅ぎたいな。苦しかったらゲロゲロしてもいいぞ、ブヒヒッ！」

臭いフェチ男が、太短い勃起を口にねじ込み、重たげに腰を揺すり始めた。

気の強そうな凛々しい美貌のナイスバディ少女が苦悶する様子に興奮した男どもは、責めモード全開でイラマチオ責めを繰り出し、大量のザーメンを口内に注ぎ込んだ。

（くぅっ！　精液を飲み過ぎて、余計に便意が……）

男どもの醜悪なペニスを立て続けに喉奥まで突き挿れられ、苦く粘ついた精液を強引に飲まされた呪詛喰らい師《カースイーター》は、さらに強まった狂おしい便意に悶え続ける。

「……全員、フェラ抜き完了ね。フフッ、栄養補給、少しはできたでしょ？　さあて、そろそろウンチタイムね♪」

精液と唾液でドロドロになった口枷が外され、アナルプラグもゆっくりと抜かれてゆく様子を、数台のビデオカメラと、邪悪な期待に満ちた男どもが見つめている。

「ブヒヒッ！　どんな匂いのクソが出るか楽しみだ」

臭いフェチの太った男が豚のように鼻を鳴らす。

ぬぷっ……じゅぽんっ！

「ふぁ！　あはあぁぁぁぁぁ～ンンッ‼」

悲痛な声を上げる美少女の肛門が、苦しげにヒクヒクと震えながらも、キュンッ！　と引きすぼめられ、元の慎ましやかなたたずまいを取り戻した。

「……ん？　なんだ？　クソが出てこないぞ！」

期待していた大量噴出が起きぬことに、デブ男が不満げな声を上げる。

「くむぅぅぅンッ！　んくぅぅぅッ！」

汗と顔射ザーメンに濡れ光る美貌を歪めて、恥辱の排泄欲求に抗うカースイーター。

「あらあら、まだ耐えるの？　そういうのって、この国の言葉で、『やせ我慢』って言うのかしらね？」

きつく引きすぼめられ、放出を堪えている可憐な肛門に向かって、ゼムリヤの指先が迫って来る。

コリッ！　カリカリカリッ！　グリッ！　グリグリッ！

ロンググローブに包まれた爪先が、薄紅色の蕾を甘掻きして責め立て、すぼまりの中心を抉って、強情な肛門に屈服を促してきた。

「くぁ！　やっ、指ッ、挿れるなっ！　ひんッ！　あ、アァッ！　あぐぅぅぅぅンンッ！」

「ほらほらぁ、このキツキツアヌスの奥に溜め込んでる、クッサイザーメンウンチ、出しちゃいなさい！」

脂汗にぬめ光るボンデージ裸身をギクギクッ！　と緊張させるカースイーターの尻穴を、褐色淫女の指が容赦なく掘り返す。

ブピッ！　ズビュルッ！　ブチュルッ！

恥音を立てて噴き出た少量の粗相が、アナルを穿る指を汚し、あからさまな排泄物の臭気が、うっすらと漂う。

「やだぁ、カースイーターのウンチで指が汚れちゃった！　ほら、嗅いでみなさい」

芝居がかった声を上げたゼムリヤは、屈服を拒む呪詛喰らい師《カースイーター》の鼻先に、汚物に濡れた指を突きつけてくる。

「んぷうぅっっ！　くうぅぅんっ！　やっ、そんなもの近づけるんじゃ、ないっ！」

自分の便臭を嗅がされた美少女は顔を逸らし、羞恥に震える声で抗う。

「そんなものって、アナタが出したウンチよ。早くお漏らしして、楽になっちゃいなさい。そして堕ちるのよ！　カースイーター！」

邪淫の笑みを浮かべた褐色美女は、ピンヒールを履いた足の先を肛門にねじ込む様にして責め立てる。

「くあぁぁぁ！　あぐむうぅぅぅンッ！」

グリンッ！　ギチュッ！　グピュルッ！

先ほどよりも量の多い排泄物が、靴先をトロリと濡らす。

「そんなにウンチしたくないの？　なら、この靴に付いたのを舐めて、アタシのペットになると誓えば、許してあげてもいいわよ」

「く……んぐぅぅ……」

狂おしい排泄欲求とプライドの板挟みに逡巡する呪詛喰らい師《カースイーター》。

「それとも、このまま無様にウンチ漏らしながらイッちゃうところを、みんなに見られて、ネット中継までされちゃってもいいのかしら？」

「こっ、断るッ！」

ゼムリヤの提案を、囚われの巫女は強い口調で拒絶する。

「……そう……なら、いいわ。最大の恥辱の中で、お漏らしさせて、ア、ゲ、ルッ！」

ヒクヒクと蠢く咲妃の肛門にマイクを突きつけたゼムリヤは、浣腸液で妊婦のように膨らんだ腹に、鋭いボディブローを打ち込んできた。

ズムンッ！

「おぐぅッ！　あ、出……ちゃ……んぐぅぅぅンッ！」

ブバッ！　ブチュルルルッ！　ブリリリリィィィッ！

ブジュブジュズバフッ！　ブリビチャビチャァァッ！

恥音を立てて、腸内に注がれた大量の精液が軟便化して勢いよく排泄された。

「やはぁぁんっ！　出るッ！　出りゅぅぅぅンッ‼」

恥悦にすすり泣く神伽の巫女の肛門を押し開き、ドロリと白濁したザーメン塊がひり出され、生々しい臭気をムワッ！　と立ちのぼらせた。

「あはぁぁ、さっきオジサマ達が飲ませたチンポ汁も、ちゃあんとウンチになって出てきてるみたいねぇ」

わざとらしく鼻を摘まみ、不快げに顔を顰めてみせながら、ゼムリヤは言葉責めで羞恥を煽る。

「おぉぉ！　さっきのよりも好みの匂いだぁ！　ブヒッ！　ブヒヒッ！」

飛沫を浴びそうなほど近くに顔を寄せた臭いフェチ男は、美少女の恥辱の排泄行為を喜々として鑑賞している。

「うあぁぁぁ、とっ、止まらないッ！　アッ、あっ、あぁぁぁンッ！」

ぶじゅろろっ、ズビュロロロッ、ドブドブズリュンッ！

可憐な肛門を裏返らせ、想像を絶する量の排泄物が噴出する。

「反ネクトルの効果、すごいわね。アナタの腸に宿った神体が属性反転して、神気もウンチに変えて排泄してるのよ」

ゼムリヤが残酷な解説の声を投げかけてくる。

「なっ、なんだと⁉　そんな……はぁぁンッ！」

なおもゲル状の粗相を噴き出しながら、汗とザーメンにまみれた美貌を引きつらせる神伽の巫女。

「このまま出し続けたら、アナタの神気、根こそぎウンチに変換されちゃうわね。フフフフッ！」

（まずいッ！　この状況は……あぁぁ、排便の快感がどんどん強まって……意識が飲まれてしまう！）

危機感に震えながらも、肛門括約筋は制御不能のヒクつきを繰り返し、妖しい爽快感を伴う排泄を続けてしまう。

「止めたければ、今のアナタの無様な様子を、カメラに向かって解説しなさい」

ハッ！　と顔を上げると、苦悶と羞恥に歪む美貌を真正面から撮影しているビデオカメラのレンズが、視界に飛び込んでくる。

（どこまでも辱めるつもりなのか？　だが、このままでは……くウッ！）

「オラァ！　はよ言えや！　美少女スカトロビデオのクライマックスシーンやないか！」


関西弁男が監督気取りで急かしてくる。

危機感に煽られ、排泄快感で意識をグチャグチャに掻き乱された呪詛喰らい師《カースイーター》は、恥辱の提案を受け入れてしまう。

「……くぁ……わっ、私は今……ウッ、ウンチ……漏らしている……ドロドロのザーメン便が、肛門をズルズルと擦りながら、イッ、いっぱい出て……るっ、アハァンッ！」

恥辱に強張り、震える声で恥ずかしい解説をした美少女の顔が、悩ましげに蕩ける。

ゾクゾクする様な排泄快感が、肛門から生じて背筋を駆け上り、頭の天辺まで到達したのだ。羞恥心が蕩け、妖しい快感一色に意識が塗りつぶされてゆく。

「匂いはいかが？　よーく嗅いで、皆さんにもわかるように、具体的に説明しなさいな！」

「くうぅんっ！　スゥゥ〜ッ！　くふぅ！　……生臭くって、むせ返りそうな悪臭だ。生乾きのザーメンに、酸味を混ぜたような……んぷっ！」

興奮に声を上ずらせるゼムリヤのリクエストに応えた呪詛喰らい師《カースイーター》は、むせ返るような便臭を嗅いで嗚咽する。

「自分の出したウンチの匂いで吐きそうになってるの？

REC

最後に、自分の力で、クッサイザーメンウンチの残り全部、ひり出しながらイッちゃいなさい！」

　呪文のように語りかけてくる褐色淫女の声に操られるかのように、下腹の筋肉が引き絞られ、直腸が蠕動して、腸内の異物を搾り出す。

　ブバッ！　ブビュルルルッ！　ズビュビュロロロロッ！

　ひときわ大きな恥音を立ててひり出された排泄物は、尻の下に置かれたアクリルボウルを飛び越えるほどの汚辱の放物線を描き、生々しい便臭を振り撒きながら、数十センチ先の床にビシャリ！　と叩きつけられる。

「はぁぁぁぁンッ！　イクッ……ウッ、ウンチ出しながら、イッちゃうっ！　イキュウゥゥゥ〜ンンンッ!!」

　ズパンッ！　ブリュブリュブリュルルルル〜ッ!!

　排便絶頂に舞い上がった呪詛喰らい師《カースイーター》の尻から、さらに勢いよく汚物が噴き出て宙を舞った。

「ウホホホッ！　えらい派手にぶちまけよったなぁ。ワシの知っとる女優でも、こんなに出す女はおらへんぞ！」

「ええ。普通の人間には絶対に無理ですわね。ほらぁ、お尻の穴掘り返してあげるから、もうひと頑張りしてみなさいよ！」

　ヤクザ男に追従した褐色淫女は、排泄絶頂の余韻にヒクついているアヌスの蕾に指をねじ込み、ズポズポと容赦のないピストンを仕掛けながら、下腹を鷲掴みにして揉み責めてくる。

「ぐぁ！　あぐうぅぅぅんっ！　出ないっ！　もう、出ないいいぃいッ！　はぁぁぁぁんっ！」

　ブビッ！　ブッブッブッブッ！

　ゼムリヤの激しい指の動きで直腸内に送り込まれた空気が、切れ切れの放屁音を奏で、カースイーターを恥辱で炙り灼く。

「……く……う……んは……ハァハァハァ……」

　むせ返るような臭気に包まれた会場内で、羞恥の極みを体験させられた囚われの巫女は息も絶え絶えに喘いでいる。

　呼吸をするたびに、自分が漏らしたモノの臭気を嗅がされ、グッタリと脱力したボンデージ裸身が恥辱に震えた。

「おい、そろそろ、その女を犯させてくれてもいいだろう？口マンコだけじゃガマンできん！」

「そうだ。今日は、いつものフタナリ美少女達も出てこないし、ケツ穴になら突っ込んでもいいんだろ？」

欲情した男達が騒ぎ始めた。

「そうですわねぇ、ここから先は、トップの皆様だけ別室で楽しんでいただきますわ。護衛の方達はここでお待ちくださいな。では、こちらへどうぞ」

裏社会の重鎮達だけが招かれたのは、舞台裏にある、普段は楽団控え室として使われている広い部屋であった。

分厚い防音ドアを閉めたゼムリヤは、人狼に命じて、脱糞絶頂を強いられてグッタリとうなだれた咲妃の身体を部屋の真ん中に横たえさせる。

「輪姦なら、舞台の上でやったらええやないけ！」

関西弁の男が、何の飾りも観客もいない殺風景な室内を見回して不満げな声を上げる。

「いいえ、これからアナタ達が変貌する姿を見たら、護衛の方達が怖じ気づいてしまいますわ。それじゃあ興が削がれるでしょう？」

褐色肌の淫女は、妖艶な笑みを浮かべて告げる。

「キミは一体、何を言いたいのかね？」

オールバックの初老男が、険のある声でゼムリヤに問いかけた。

「フフフフッ、すぐにわかりますわ」

ヒュンッ！　と風を切って乗馬鞭が振られると同時に、室内に異様な気が満ちた。

「グウウウッ！　身体が……熱いッ！」

「うぉ、チンポが……燃えるッ！」

「なっ、何や、身体が……膨れてきたでぇ!?」

急激に肥大した肉体と男根の圧力に耐えきれず、男達が身にまとった高級スーツの生地が爆ぜ割れる。

「く……ううぅ、この、邪悪な神気は!?」

全身が総毛立つような、邪悪に歪んだ神気を感知した神伽の巫女は、弱々しい声を上げながら身を起こそうとするが、体内から伸び出たアルス・ノウァの縛鎖がいまだに身体を縛めており、自由に動けない。

「このオジサマ方の身体には、邪悪な欲望を喰らって成長する亜神をこっそりと植えつけておいたのよ。定例会のたびに、反ネクトルを豪華な食事に混ぜて摂取させたおかげで、すごく早く育ってくれたわ」

苦しげに呻きながら、奇怪な変貌を遂げてゆく裏社会の重鎮達を楽しげに見やりながら、レメゲトン派の異端者は解説する。

「手荒な育成法だな。そんなことをすれば、依り代の肉体だけでなく、精神まで亜神に喰われてしまうぞ」

「いいじゃないの。元からド悪党なんだから、さっさと人間なんか辞めて、邪悪な欲望に見あったモノになった方が本人達も幸せよ」

二人が会話しているわずかな時間で、男達の変貌は完了しようとしていた。

全身が剛毛に包まれた者、軟体のように融け崩れた者、顔立ちや体格はそのままに、倍近いサイズにまで巨大化した者、その姿は様々だが、唯一共通しているのは、全員が、複数のペニス型触手を生やしていることであった。

形状こそ長大なペニスのようだが、それは、この世のものではない異様な特徴をいくつも備えている。

亀頭冠の周囲には、目玉のような器官が形成され、挿入した女体内部を観賞しつつ責められるようになっている。白濁した粘液を絶え間なく滴らせる鈴口のワレメからは、蛇の舌を思わせる赤黒い味覚器官がチロチロと出入りを繰り返し、味覚を堪能すると同時に、ピンポイントの急所責めに対応していた。

「あの姿を見ながら犯されるのは興ざめでしょうから、目隠ししてあげるわ」

「くっ、余計なお世話だッ！」

弱々しく抗う咲妃の視界を、分厚い目隠しが封じる。

「視覚を封じられると、皮膚感覚が敏感になるし、恐怖もひとしおでしょう？」

「恐怖か……私には無縁な感情だな」

静かにつぶやく咲妃の周囲で、魔物のごとき姿になった男どもがゾワゾワと蠢く気配がする。

「アタシはね、アナタが泣き叫ぶところが見たいのよ。犯されてイキまくりながら、もうやめてくれ、許してくれって哀願して欲しいの。そうなって初めて、アナタはアタシのペットとなる資格を得る」

粘り着くような口調で言いながら、ゼムリヤは咲妃の裸身に指を這わせる。

目隠しに覆われた美貌を撫で、精液の残滓をこびりつかせた唇をなぞり、爆乳を揉み上げ、勃起乳首を摘んで巧みな指使いで転がした。

「んッ、くっ……傲慢だな……そして、私が一番嫌悪している唾棄すべき思想だ！」

　敏感な部分を弄られる快感に反応してしまいながらも、囚われの呪詛喰らい師《カースイーター》は鋭く言い放つ。

「そうよぉ、アタシは七つの大罪全てを犯した大悪女なの。そろそろ、肉体の乗っ取りが完了するわね。悪いオジサマ達が変貌したエロエロな亜神に、たっぷり可愛がってもらって快楽地獄に堕ちなさい」

「カッ、神伽ノオォォォ……巫女オオオオオッ！」

　咲妃の肉体が放つ神気を感知した亜神の群れが、身動き取れぬ女体に殺到し、四方八方から伸びた触手が裸身に絡みついてくる。

「ひぁ、はあぁぁぁうっ！　んぐうぅぅんっ！　んッ、んむうぅぅぅんッ！」

　甘い悲鳴を上げる少女の口に、極太の勃起触手がねじ込まれ、乳首の勃起を際立たせた爆乳に異形の舌が這い、涎を滴らせる唇が裸身のそこかしこに吸いついた。

　亀頭が形成された舌が薄紅色に充血したアヌスに抉り込まれ、一気に伸びて、S字結腸の鋭敏な肉リングをこじ開ける。

「グフフフッ、マダ、ザーメン糞が奥に残ってイルゾ！　ズジュルルッ、ジュロロッ　美味イ、美味イゾォ」

　鈴口から舌を繰り出し、腸奥に残留していた反ネクトルの残滓を残らず舐め取った男根触手は、長大な肉縄を駆使したストロークで消化管全体を犯し抜く。

「美味いッ！　ナンテ美味いケツマンコナンダァ！」

「ひぁ、ふっ、太くなって……はぐうぅぅんっ！　太すぎるッ！　ひはぁぁぁンッ！」

　悲鳴を上げ仰け反る咲妃の尻穴内部で、急激に太さと長さを増した舌ペニスは、ざらついた味蕾で直腸粘膜を舐め味わい、激しい抽挿で緊縛裸身を揺り動かす。

「ここまで太くて立派なペニスで突かれると、オマンコもアナルも関係ないわね」

　羨ましげな口調でゼムリヤが言ったとおりだった、容赦のない突き込みを受けるたびに、柔肉の薄壁一枚隔てただけの膣壁にも甘美な衝撃が伝わり、凶暴に張り出した亀頭冠が子宮口を裏側からゾリゾリと掻き責めて、抗いようのない女悦の大波を発生させる。

「ええ乳やぁ、ワシのもんやぁ！」

不気味なビブラートのかかった声で言った関西弁男の口が、ヒルの口のような巨大な円形に広がり、粘液に濡れ光る爆乳をスッポリと呑み込む。

「くぁ、あはあぁぁぁぁぁん……ッ！」

乳球全体を包み込む快感に仰け反った少女の乳肌を、亜神の口腔粘膜に密生した猫舌状の突起が削り取らんばかりのハードさで、ゾリッ、ジョリッ、と摩擦音を立てて責め嬲る。特に激しい舐め転がしを仕掛けられた勃起乳首は、小さなペニスのようにビクビクと脈動しながら、大量の母乳を噴出させた。

ぷちゅうっ！　ぴゅるっ、ぴゅるっ、ぷしいいいっ！

「ひゃはぁぁうんっ！　あひッ、乳首が……融けるッ！」

爆乳の芯を熱くむず痒く貫いて射出される母乳の快感に、目隠し美少女の声も甘く潤んだ響きを帯びてゆく。

「んぐふぅ！　出たぁ！　んじゅっ、じゅるっ、じゅるっ、じゅるるるっ、ずちゅるる～っ！」

甘く滋味豊かな味に鼻を鳴らした亜神は、乳房を吸い千切らんばかりに吸飲しながら、止めどなく噴出する巫女の母乳を堪能した。

（あぁ、身体中……嬲られて……イクッ！　イクのが……止められなイッ！）

絶頂の痙攣が止まらぬ裸身に、亜神の先走り汁や唾液が塗りたくられ、ありとあらゆる性感帯が同時に貪られる。乳首を突き転がし、ヘソ穴を掘り返し、腋の下や耳穴までしゃぶられ、全身に吹き出す官能の汗粒も残らず舐め取られてしまう。

「アァァ、巫女のマン汁、美味いッ、ウマイゾォ！」

充血して濡れ開いた秘裂には何本もの舌が這い、挿入を拒む結界の向こうから止めどなく溢れ出てくる処女蜜を、先を争って舐めしゃぶっている。

「ひぐぅうんっ！　んむうんっ、んんぅ、はむ……んふ、ぴちゃぴちゃぴちゃ……」

全身愛撫の快感に理性を飛ばされた咲妃は、口元に突きつけられた奇怪な男根に自ら舌を這わせ、甘噛みを仕掛けて奉仕し始めた。

（あぁ、亜神のペニス……舐めているだけで、舌が蕩けそうだ。わっ、私は……何をしている⁉　ダメ……だ、流されたら……んッ！　気持ち……いい……）

かすかに甦りそうになった理性も、フェラ奉仕する舌先に伝わってくる神の悦波によって掻き消され、頭の芯までドロドロとした快楽の渦に飲み込まれてゆく。

無意識のうちにウズメ流の愛撫技巧を駆使して亀頭を舐め、喉奥まで呑み込んだ勃起を、激しく頭を振って吸い扱いて、異形の亜神に射精をおねだりしてしまう。

「ぐほぉ！　フェラ、上手いゾ！　モット舐めロォ！」

熱く蕩けた柔らかな舌先に鈴口を掘り返され、絶妙の力加減で亀頭冠を甘噛みされたペニス触手は、今にも弾けてしまいそうに脈動しながらも、一滴の精液も射精することなく、少女の唾液を逆に吸い込み、ペニスの快感だけを送り込んでくる。

「そう、その調子よ。ありとあらゆる体液を吸い取ってやりなさい！」

ヒュンッ！　とゼムリヤの鞭が鳴ると、全身を貪る舌とペニスの蠢きが激しさを増した。

左右の乳首が、吸い千切らんばかりの強さで吸引され、爆乳に巻きついた触手がギチギチと絞め上げて、ハードな搾乳を施される。

「ひぁぁぁんッ！　そっ、そんなに吸うなぁ！　出るッ、イクッ、んはぁぁっ、出るうふぅぅぅ～んッ！」

射乳エクスタシーに震える呪詛喰らい師《カースイーター》の股間では、甘酸っぱい淫蜜を滴らせている秘裂に何本もの舌触手が殺到し、湧き出す喜悦汁を先を争って舐めしゃぶる。

「ひゃはぁぁうんっ！　そこはっ！　そこッ、熱いッ！　ひっ、イッ、やはぁんっ！　あひいいいい～んッ！」

敏感な膣前庭に蠢く舌がもたらす超絶快感は、甘美な衝撃で子宮の奥の奥まで貫いて、鉄壁の処女を守り抜いている巫女の肉体を立て続けの絶頂へと押し上げた。

「ケツマンコ……舐めサセロォ！」

散々犯し抜かれても初々しいたたずまいの崩れないアヌスの蕾に、何本もの舌がねじ込まれ、腸管奥深くまで競いあうようにズルズルと這い込んでゆく。

「ふわぁぁぁぁんっ！　中ッ！　中が……ひぃぃぃんッ！　イクッ、腸で……腸が……あはぁぁぁんっ！　イッ……くふうぅぅぅぅ～ンッ‼」

奥の奥まで侵入してきた味覚器官に、腸壁の柔突起をヌロヌロと舐め転がされて、内臓全体がエクスタシーの痙攣を起こす。

「きゅふうぅぅんっ！　出て……るっ、あぁぁ、舌が、お尻の穴……出入りして……くぅぅんんんッ！」

　ざらついた熱い軟体が尻穴をまくれ返らせてズルズルと激しく出し入れされる感触は、浣腸責めで再認識させられた排泄の快感を呼び起こし、妖しい悦波で目隠し美少女の裸身を終わりのないアナルエクスタシーにわななかせた。

「ピチャピチャピチャピチャ……んぐぉ!?　ホォオ、チンポガ生エテキタ。美味ソウなフタナリチンポだ！　フェラシテヤロウ！」

　執拗なクリトリス舐めに反応してペニス化してしまった敏感な肉茎も、亜神と化した男の口に吸い込まれ、剛毛が密生した魔舌による執拗な嬲りを受ける。

「くひゃぁぁんっ！　そっ、そこは……おっ、男なのに……そんなに激しくッ！　あひいんっ！　らめエェェッ！　あ、アッ、あ、あはぁぁ……ンッ」

　快感神経を直接しゃぶり回されているような超絶のフェラ責めを仕掛けられ、咲妃の上げる声も呂律が回らなくなってゆく。

「ギュフフフ、男ダカラ、感ジル所ガワカル……ココト、ココ……ソシテ、ココダ！」

　じょりっ、ぞりっ、ずりずりずりっ！　ずじゅるるるるっ、くちゅくちゅ、ぞりゅるるるるっ！

　ペニスに絡んだ舌が、人間には絶対に不可能な動きで、美少女の勃起に点在する急所を全て責め立てた。

「やはあぁぁぁんっ！　出るッ、射……精……ッ!!」

びゅくんっ！　びゅくびゅくびゅるうっ、どぷっ、どぷっ、どぷどぷどぷどぷうっ！　どぴゅうううううっ！

　白目を剥いて悶絶した呪詛喰らい師《カースイーター》のペニスが制御不能の脈動を起こし、亜神の口腔内に熱いスペルマの奔流をぶちまける。

「ングッ！　ジュルルッ！　ジュロロッ、ゴクゴクゴクンッ！　ズチュウッ！　ズジュロロロロロ～ッ！」

「ひぎぃぃぃぃぃ～ンンッ!!」

　凄まじい吸引で、射精速度を上回る量の精液を吸飲された神伽の巫女は、断末魔のような声を上げ、メリハリの利いた裸身を仰け反らせて痙攣する。

一気に大量の精液を吸い取られたフタナリペニスは、たちまちのうちに萎縮し、クリトリスに戻ってしまいながらも、ヒクヒクと射精の脈動を続けていた。

「そうよぉ、いいわぁ、どんどん体液吸い出してやりなさい。徹底的に餓えさせれば、いかに神伽の巫女といえども、必ず堕ちるわ！」

黒革ビスチェ越しに褐色の爆乳を揉みこね、乗馬鞭の柄で自らの秘部を刺激しながら、九未知会《ナインアンノウンズ》に所属する淫女は勝利を確信した声を上げる。

「ブヒュヒュヒュ、今度ハ、オレ様ノ番ダァ！」

飲精を終え、満足げなゲップを漏らしながら咲妃のペニスから離れた男の代わりに、好色な笑みを浮かべて這いずってきたのは、臭いフェチの男が変じた亜神であった。

肉団子のような体格や顔立ちはほとんど変化がないのに、鼻だけがまるで象のように長く伸びてブヒブヒと下品な呼吸音を立てている。

「う……あ……ぁぁ……」

仰向けになって弱々しく呻いていた神伽の巫女を引き起こし、尻を突き出した後背位の姿勢を取らせた亜神は、象の鼻を思わせる臭覚器官を、少女の可憐な薄紅色のアヌスに深々と突き挿れた。

「ひゃぁぁんっ！　ひっ、イッ……くふぅぅぅぅんッ！　あっ、ひぁ……あんッ」

「ブヒュヒュヒュ、イク……ゾオオオオッ！」

尻穴内部でくねる象鼻の感触に、絶頂寸前まで追い込まれて震える美尻を抱え込んだ臭いフェチ亜神は、肺いっぱいに吸い込んだ息を、一気に吹き込んだ。

ブフオォォッ！　腸内に大量の空気が吹き込まれ、膨らまされた下腹が鈍痛を発しながら、妊婦のようにポッコリと膨らみ張り詰める。

「ぐぁ、あぁぁぁぁッ！」

「お嬢ちゃんノケツマンコのニオイ、たーっぷり楽シマセテもらうゾォ！」

悲鳴を上げて悶え狂う少女の太腿をきつく抱いて動きを封じた亜神は、欲望のままに変じた肉体を存分に駆使して、恥辱の責めを開始した。

ズッ、ズヒュウッ、クン、クン、ブヒッ、ブヒブヒュッ、ブシュシュシュゥゥッ……。

限界まで吹き込まれた息をゆっくりと吸い込み、臭いフェチの亜神は、神伽の巫女の内臓臭を心ゆくまで堪能する。

「んあぁぁ、嗅ぐ、なぁぁ、ひぐうぅ……お腹、膨らんで……響いて……イッ、イク……んんんっ！」

腸内でブヒブヒと鼻を鳴らす音が腹膜に響き、気が遠くなりそうな恥辱と、子宮が蕩けそうな妖しい快感をも湧き起こらせて、咲妃をエクスタシーへと送り込む。

「さすがハ神伽の巫女、尻穴ノ奥マデ、いい匂いガ充満してイルナ。ブヒヒヒィィ！」

少女の内臓を嗅ぎ回っていた象鼻が、荒い呼吸を続けつつ抽挿を開始した。

じゅぷっ、ぶひゅっ、ずぷちゅっ、ぶぴゅるるっ、ぶぽっ、ずちゅるるるっ！

ピストン運動のたびに、吹き込まれた空気がはしたない放屁音を立てて尻穴から漏れ出し、神伽の巫女のしなやかな肢体を恥悦にわななかせる。

「あひっ！　すっ、吸うなぁぁ！　くぁ、ひぐうっ、イクッ、また、イッ、イク……んうぅぅぅぅんっ！」

象鼻ペニスがまろやかな尻肉の狭間に根本まで埋まるたびに、卑猥に突き出した男の唇が、濡れ開いた秘裂に吸いつき、ジュルジュルとはしたない音を立てて淫蜜を吸い上げて、絶え間のない絶頂感を送り込んでいた。

「オレにも、ヤラセロ！」

横合いから割り込んできた亜神は、小指が変じた細いペニス型触手を慎ましやかにすぼまった、美少女の尿道口にねじ込んできた。

「つあぁぁぁぁンッ！　そっ、そこは……入らないッ！　ひぎいぃぃぃぃッ！」

「入ラナイ所ニ強引ニねじ込ムのガ、オレの趣味ダ！」

少女の苦悶を無視して、尿道を拡張しながら挿入された小指ペニスは、膀胱内にまで侵入し、激しいストロークで尿管を犯し、溜まっていた尿水を吸い取ってゆく。尻穴と尿道、二つの排泄経路を辱められてすすり泣く呪詛喰らい師《カースイーター》の全身に、他の男達の股間から伸び出たペニス型触手がまとわりつき、荒々しく貪った。

「コッチノ穴モ、犯シテヤル！」

「はぁぁんっ！　胸ッ、母乳がぁ……くわあぁぁぁぁ！

ひゃあぁぁうんっ！」

止めどなく母乳を噴出する乳首に栓をするようにめり込んだ細触手は、たちまちのうちに少年のペニスほどのサイズにまで育ち、激しいピストンで乳腺を犯す。

淫神の力か、はたまた神伽の巫女の能力か、過剰な太さの異物を先端に突き挿れられた爆乳は、今にもはち切れそうに拡張され、突き揺らされながらも、容赦のない乳辱に耐え続けている。

「くはぁぁんっ！　胸の中ッ！　掻き回されて……吸われて……やはぁぁぁンッ‼」

乳房の芯をゴリゴリと犯される異常な刺激は、灼熱の快感に変じて咲妃の裸身を苦悶の汗で艶めかしく濡れ光らせ、痙攣させた。

「モウ一回、チンポ汁出セ！　今度ハ、オレガ全部飲ンデヤル！　ピチャピチャピチャ……」

「きゃはあぁぅんっ！　そこは、もう、らめぇぇぇぇ！」

既にペニス化を解除されているクリトリスにも、何本もの男根や舌が擦りつけられ、再度の勃起とスペルマの噴出をねだってくる。

「そろそろ体液も尽きそうね。とどめはアタシが刺してあげるわ。オジサマ達、退きなさい！」

亜神達を押し退け、彼らの巨根に負けない特大サイズのディルドウを腰に装着したゼムリヤは、力なく投げ出された咲妃の美脚をヴォルフに掴ませてV字形に掲げさせた。

「体液を吸われすぎて、脱水症状寸前みたいね？　少し水分補給させてあげるわ。ただし、お尻から、浣腸ローションをねッ！」

凶暴な笑みを浮かべて激しく腰を突き出した褐色淫女は、慎ましやかな紅色のアヌスを、漆黒の極太ディルドウで深々と貫いた。

「くはぁぁんっ！　あ、やはぁぁぁんっ！」

目隠しで視界を封じられ、鎖によって緊縛された極上裸身が、尻穴を突き上げられる衝撃に仰け反り、乳汁にぬめ光る爆乳を震わせて女悦の痙攣を起こす。

「いい声よ、素晴らしくいやらしくて、聞いてるだけでイッちゃいそうなぐらい艶めかしくて……ああ、堪らないわぁ。だから、ケツマンコに中出ししてあげるッ！」

どぴゅううっ！　びゅるっ、どぷううっ！　どぷっ！

どくんどくんっ！　ぶびゅるるる～っ！

　アヌスを深々と抉った極太ディルドウの先端から、熱い粘液が射出される。

「あぁぁっ！　熱いッ！　だっ、出すなぁ……くぁ、あひい……イク……んッ！」

　散々犯されて敏感になっている直腸壁に染み渡る熱い陵辱粘液の感触に、咲妃は悩ましげな声を上げ、緊縛裸身を悶えさせた。

「アナタの締まりのいいアヌスを犯しながら、反ネクトル入りローションを少しずつ注ぎ込んであげるわ」

　淫蕩な声で告げたゼムリヤは、黒革ビザールルック姿の野生美溢れる褐色ボディを躍動させて、呪詛喰らい師《カースイーター》を本格的に犯し始める。

　ぬぷっ、ずぷぷぷっ……ずちゅ、ぬちゅ、ぐちゅ、ぐちゅっ、ぶちゅるっ！

　注入された特殊ローションの鳴る卑猥な音を立てながら、並の男顔負けのダイナミックな腰使いでアヌスを責め立て、断続的に淫液を射出して、亜神に体液を吸い尽くされて餓え乾いた腸内をドップリと満たしてゆく。

「んぁ、はぐううっ！　あ、はぅっ！　んっ、んっ、出て……ひうぅぅンッ！　くはぁぅんっ！」

　亜神のペニスに負けず劣らずのサイズを持った人造巨根に直腸壁を掻きむしられた呪詛喰らい師《カースイーター》は、彼女に恥辱を与え続けた怨敵の腰使いに甘い声を上げて反応してしまう。

　パワフルな突き込みにあわせて、白くまろやかなヒップが、クンッ、クンッ、とせり上げられ、愛撫を受けていない秘裂が淫猥な収縮を起こして、白濁した愛液でゼムリヤの黒革ビザールを甘酸っぱく濡らした。

「すごいお尻ね。あんなに犯しまくられていたのに、締めつけが全然緩んでいないわ。ほおら、追加のローション、出るわよッ！」

　ずぴゅううっ、どぷどぷどぷうっ、ずぴゅるるっ、ぶじゅるるうっ！　ぴゅううっ、どぴゅるるっ！

　手動式ポンプを握り締めたゼムリヤは、わななく尻穴内部に、恥辱を促す粘液をさらに流し込む。極太ディルドウからは、細長いチューブが伸びており、その端は、大量の浣腸ローションが入ったポリタンクに繋がっていた。

「ひゃあぁぁんっ！　イク……ッ、イクイクイクイクウウウウウンッ！」

灼熱のローションを注がれ、便意が変じた甘く狂おしいマゾ快感の大波に内臓全てを揺り動かされた呪詛喰らい師《カースイーター》は、甘く透き通った絶頂ヴォイスを響かせて、女悦の極みに舞い上がる。

「ああ、アタシに犯されてイッてるのね、カースイーター。アヌスがキュンキュン収縮してるわ。ああ、アタシもイッちゃいそう、あはぁ、イク……わぁぁ♪」

グラインドを強めながら、陶酔した声を上げた淫女はエクスタシーに舞い上がって、褐色のビザールボディを弓なりに仰け反らせながら、呪詛喰らい師《カースイーター》の尻穴奥に、絶頂射精代わりのローションを大量に迸らせた。

「フフッ、ローションウンチが、ディルドウをグイグイ押し返してくるわ。注入するのも、もう限界みたいね。さあ、盛大にひり出しながら、またイッちゃいなさいっ！」

じゅぽっ！　ずぶちゅるるっ！

「くぁ、あぐううっ！　んッ……くううぅんんッ！」

排泄欲求が限界に達していたアヌスに栓をしていた極太ディルドウが引き抜かれても、咲妃は数十秒の間、込み上げてくる便意に抗っていた。

「本気で感じていたのは確かだけれど、心はまだ堕ちきっていないわね。たいした精神力だわ。オジサマ達、もっともっと辱めて、心を折ってやりなさい！」

ゼムリヤが咲妃を犯している間、お預けを喰わされていた亜神達が、触手ペニスを振り勃てて殺到してきた。

「糞ダァ！　美少女の糞、喰わセロオオ！　んぶちゅっ！　ずじゅるるっ、ずじゅるるるッ！　モグモグモグ」

「ふぁぁ！　あっ、くっ、喰うなぁ！　ひぎいいっ、イクイクイクううぅウンッ！」

きつく引き絞られて震えるアヌスに吸いつかれ、はしたない音を立てて吸引された神伽の巫女は、異様な恥悦に震える声を上げながら、肛門括約筋の堤防を決壊させた。

ブホッ！　ズブルルルッ！　グブブッ、ブジュブジュブジュルルルッ！

くぐもった放屁音と共に大量にひり出される擬似大便を、先を争って貪った亜神達は、恥辱の排泄物を欠片も残さず吸い取られたアヌスや、苦しげな喘ぎを漏らす口に異形の男根をねじ込み、爆乳を吸い搾って責め立てる。

「あひいいぃいいぃいんっ！　もう、もう……らめぇぇ、もう、出ない……あはぁぁぁんっ！　イクウウうう～んんッ！」

「イケぇ！　もっト！　モッとぉ！　イキまくっテ、堕ちテしまえぇ！」

甲高い絶頂の叫びを響かせながら、艶めかしくくねる裸身には、長く伸びた舌やペニス状触手が絡みつき、魔性の快感を送り込んで、少女の身体のみならず精神まで陵辱し尽くそうと蠢く。

「最後に、オジサマ達のステキな姿を見ながら、中にも外にもザーメン浴びちゃいなさい！」

目隠しが取られ、あらわになった呪詛喰らい師《カースイーター》の目は、焦点を失って見開かれ、勝ち気な光は微塵も宿っていない。

「あ……くぁ……はぁぁぁう……ッ！」

半開きで喘ぐ朱唇から漏れ出てくるのは、意思を感じられぬ弱々しい呻き声のみ……。

「堕ちたわね？　カースイーターはアタシのペットになったわぁ！　キャハハハハハハァ～ッ！」

勝利宣言するゼムリヤの哄笑《こうしょう》にタイミングをあわせたかのように、異形の男達の射精が始まる。

びゅくんっ！　ビュクビュクビュクズビュロロロロッ！　ドビュドビュソビュズビュロロロロロロォォォ～ッ!!

肛門、尿道、左右の乳首、口、さらに、耳穴や臍穴、ありとあらゆる穴に熱い白濁が注ぎ込まれ、全身をドロドロに汚してザーメンシャワーが降り注ぐ。

「イクっ！　イギュッ！　ギュフウゥゥゥ～ンンッ！」

全身の穴という穴を犯されながら、神伽の巫女は魂さえも消し飛ばすような絶頂へと舞い上がった。

「いいっ、いいわぁ。アタシも……イク……わぁぁ」

バキバキバキイインッ！　ドオオンッ！　ボボボボボッ！　ボボッ！　ボボウンッ！

全ての性感帯を犯されてイキ狂うカースイーターの痴態を観賞しながら絶頂していたゼムリヤの耳に、破壊音と怒号、さらに連続した銃声までもが飛び込んでくる。

「まさか、退魔機関の襲撃!?　ヴォルフ、行くわよ！」

「御意ッ！」

獣人を引き連れた淫女は、陵辱の宴が続く控え室を出て、展望レストランに向かう。

レストラン内では、待機させていた護衛連中が残らず床

に倒れ、打ち破られた入口ドアの前に、ロビーで昏倒したまま放置していた傭兵連中が武器を構えて立っていた。

「傭兵達の裏切り……ではないみたいね。出てきなさい、瑠那ちゃん♪」

呼びかけに応じ、傭兵達の背後から、小柄な金髪少女が姿を現わした。

「咲妃お姉ちゃんが、このオジサン達を無傷で残しておいてくれたから、いい捨て駒として使えたわ」

死霊使いの少女は、小悪魔の笑みを浮かべ、手にした乗馬鞭を振る。

非致死性武器の一斉射撃で、裏社会の護衛連中を残らず排除した傭兵達の身体から、黒い煙のような低級霊が抜け出て、鞭に吸い込まれた。

バタバタと倒れ伏した男達の向こうに、岩倉信司、雪村有佳、稲神鮎子の三人の姿。いずれも、槐宝学園の制服に身を包んでおり、鮎子と信司は、咲妃からプレゼントされたオープンフィンガーグローブを装着していた。

「ああっ！　あなたはいつかのインチキ占い師ね！」

ゼムリヤの顔に見覚えがあった鮎子が、ビザールファッションに身を包んだ女を指さしながら声を上げる。

「あら、インチキだなんて心外だわ。アタシがプレゼントしたのは、正真正銘の呪物だったのよ」

「呪物ですって？　特に何も起きなかったけど？」

尻尾型の淫神、淫尾に憑依された記憶を消されているメガネ少女は、胡散臭げに眉を顰めつつ言い返した。

「おっと、与太話はそれまでだ。常磐城さんを返してもらうぞ！」

少女達を守るように一歩前に踏み出した信司が、喧嘩腰で告げる。

「ずいぶんと強気ねぇ。もしかしてアナタ達、退魔機関の人だったのかしら？」

「違うな……オレ達は……」

闘志に燃える瞳で、褐色肌の淫女を睨み据えながら、岩倉信司は静かな口調で言葉を紡ぎ出した。

「オレ達は……都市伝説研究部だッ‼」

力強いが、場にそぐわない宣言に、ゼムリヤがプッ！と吹き出した。

「はぁ……⁉　学校の部活ごときが、レメゲトン派にその人ありと言われた天才であるアタシに挑むですって⁉　これはお笑いだわ、オホホホホホホッ！」

　淫蕩な繰霊術者は、しなやかに引き締まった身を反らし、黒革のビスチェに包まれた爆乳を揺れ弾ませて。甲高い笑い声を上げる。

「笑っていられるのも今のうちよ。ゼムリヤッ！」

ずいっ！　と一歩前に進み出た瑠那が、乗馬鞭を突きつけて声を荒らげた。

「あらあら瑠那ちゃん、声とお膝が震えていますよぉ、恐いんですかぁ？」

「ウルサイッ！　アタシはもう、アンタのペットじゃないのよ！」

　ゼムリヤに揶揄された金髪少女は、小さな身体の奥底から湧き起こってくる震えを抑え込みながら言い放つ。

「逃げて野生化したペットは連れ戻して、再調教しなきゃいけないわね」

　笑うのをやめたゼムリヤの声に、ゾクリとするような残酷で妖艶な響きが混じる。

「おっ、覚えておきなさい。野生化したペットが、横暴な元飼い主に逆襲して喰い殺すことだってあるのよ」

　顔を紅潮させて叫んだ瑠那は、全身に闘気をみなぎらせ、かつての飼い主と対峙した。

「ヴォルフ、アタシはこの子とちょっと遊ぶから、他の連中はアナタに任せるわ。でも、あまり痛めつけちゃダメよ、カースイーターが堕ちるところを、この子達に見せつけてやるんだから」

「御意！　容易《たやす》きこと！」

　渋い声で応じた狼男の巨体が前に出てくると、威圧された信司達は無意識のうちに数歩、後ずさりしてしまう。

「着ぐるみじゃ、ないですよね？」

「違うわ……こんな不条理なこと認めたくないけど、こいつは本物の狼男よ。匂いでわかるの」

　かんなぎの力で霊の臭気を捉えた鮎子は、メガネのレンズ越しに人狼を睨みつけながら硬い声で答える。

「あなた方に一つ、提案がございます。降伏してはいただけませせぬか？」

　ヴォルフが渋い声で、意外な提案をする。

「凶暴そうな見かけの割に、平和主義者なんだな。だが、オレ達の大切な仲間を返してもらわない限り、いかなる交渉にも応じる気はない」

ファイティングポーズを崩さぬまま、信司はキッパリと言い放った。

「それは残念です」

小さなため息をついた人狼の目に、ギラリ、と凶暴な光が宿る。

「どんなに手加減しても、我が力は、貴殿等の肉体を容易く破壊してしまう。しかし、それではゼムリヤ様の命令に反することになります故、いかがしたものか……」

静かな恫喝に、顔を強張らせる信司達から少し離れた場所では、繰霊術者同士の戦いがいよいよ始まろうとしていた。

「「我が呼びかけに応じ、寄る辺なき霊よ集え！　集いて、廻れ。……廻りて、我が敵を討つ鬼弾となれ！」」

鞭を振る手の動きも、唱える呪言も、完璧にシンクロさせて対峙する瑠那とゼムリヤの周囲に、直径十センチほどの黒い渦巻きのようなものが無数に出現する。

双方が呼び出した黒き渦の数は、ほぼ互角。

「いいわぁ、瑠那ちゃん、『鬼弾』をそんなにいっぱい召還できるようになったのね」

「アタシだって、淫神、大淫婦の依り代になったことのある者……かんなぎなのよ！」

金髪少女は、極度の精神集中で汗ばんだ顔に、ニヤリ、と不敵な笑みを浮かべる。

「それに、咲妃お姉ちゃんが力をくれた！」

そう言った瑠那は、制服のスカートをまくり上げ、下着を露出する。

「アンタにしては、おしゃれなパンティーね？　勝負下着って奴かしら？」

少女の未成熟な下半身を包んだ、黒いレースの縁取り付きショーツを見たゼムリヤは、興味なさげに問いかける。

「ええ、そうよ！　ゼムリヤ……。アンタに無理やり教え込まれた繰霊術で、アタシはアンタを越えて、イリュージアの名をアタシだけのものにしてやるわ！」

「その生意気さ、ますますステキよ。再調教のし甲斐があるわッ!!」

ゼムリヤと瑠那、二人の鞭が同時に打ち振られた。

ビキビキビキビキバキバキバキバキイイイイイインッ‼

ガラス玉同士が衝突して砕けるような音を立てて、互いに放った鬼弾が激突する。

その大半は互いの威力を相殺しあって消滅したが、そのうちの一発がゼムリヤの身体に到達し、黒革のビザールファッションに包まれたダイナミックな肢体の正面で弾けた。

「あら、一発当たっちゃったわね。でも、アタシのビスチェに張られた結界は、霊的、物理的ともに、すごい防御力を持たせてあるのよ。重機関銃の弾丸も弾き返すわ」

「咲妃お姉ちゃんから教えてもらった言葉があるの。『雨だれ、石を穿《うが》つ』。一発で効かないなら、何百発だって打ち込んでやるわ！」

余裕の笑みを浮かべる褐色美女の顔を睨みつけた瑠那は、新たな鬼弾を大量に呼び出して放つ。ゼムリヤもそれに対抗し、二人の間には、常時百発を超える破壊の旋風が、耳障りな炸裂音を響かせてぶつかりあっていた。

「すげぇ……あれが術者同士の戦いなのか」

「信司、よそ見しないで！」

鮎子が鋭い声で叱咤する。

「さて、私どもも始めましょうか？　最後にもう一度だけ質問させていただきます。降伏の意思はありませんな？」

「ああ、どんなに力の差があっても、守るべき者のために戦わなきゃいけない時がある。それが、今だ！　行くぜッ‼」

信司は、背後に隠していた非致死性武器コンポジットを構え、ヴォルフの顔めがけて連射した。

ボボボボボボッ‼　低くくぐもった音を立て、六発の麻痺弾が発射される。

「そのような攻撃、効きませぬ」

顔面をガードした太い腕と分厚い胸板に全弾が命中したが、身体を覆う剛毛にあっさりと弾かれた。

「えええいっ！」

弾幕に気を取られた一瞬の隙を突いて、低い体勢で飛び込んできた有佳が、上半身と比べると華奢な狼男の両脚を膝タックルで抱え込む。

「グムッ⁉　無益なことを……」

奇襲を受けたヴォルフは、自分よりもはるかに軽く小柄な少女を振りほどこうとするが、かんなぎの少女は、持てる限りの力で獣人の両脚にすがりつき、動きを封じつつ床へと押し倒した。

「放しませんッ！　絶対にッ！」

「うぐおッ！　この力はッ⁉」

思い切り抱き締められたヴォルフの膝関節が、ギシリ！　と嫌な軋みを上げ、余裕満々だった獣の顔を苦痛に歪めさせる。

虎やライオンでさえ数秒で圧殺してしまうほどの、人知を超えた怪力が、有佳の両腕に込められていた。さらに、その両手首に装着された銀色のブレスレット表面では、深紅の呪印が妖しい光を放っている。

咲妃が大量の霊力を込めてブレスレットに刻み込んだ呪印の効力は、「不動」。

効力はほんの十数秒ほどだが、捕らえた相手の動きを完全に止めることができる。

「余裕見せすぎよッ！　ハアァァァァァァッ！」

天井すれすれの高さにまで跳び上がった鮎子の正拳が、倒れたまま動けぬヴォルフの喉元に容赦なく抉り込まれる。

共に、かんなぎの力を得た少女二人による、見事なコンビネーション攻撃であった。

「ゴフウウッ！」

低く呻いて痙攣した巨体から、黒い霧のようなものがフワリ、と立ちのぼって宙に融けた。

「ぐふぅ……なっ、何ッ⁉　取り込んだ霊気が……ッ‼」

「まだまだぁぁ！　でやあぁぁぁぁぁぁぁぁぁ〜ッ‼」

人狼の腹に馬乗りになった信司は、ハーフフィンガーグローブに包まれた両手を躍動させて、硬い体毛に覆われた巨体に、息もつかせぬ連打を叩き込む。

ズドドドドドドドドドドドドドドドドオォォォ〜ンッ！

咲妃にプレゼントされた、破魔の呪印を描き込まれたグローブが重い打撃音を響かせて獣人の肉を打つ。無我夢中で放つ少年の一撃ごとに、ヴォルフが体内に溜め込んでいた低級霊が叩き出されて拡散していった。

「私も行くわよぉ！　たぁぁぁぁぁぁぁぁ〜ッ‼」

信司と同じ流派を学んだ鮎子も、防御もできぬ狼男の顔面に鋭く正確な打撃を容赦なく打ち込んで援護した。

「グォ……パワー……ガ……抜ケ……身体ガ……維持、デキナイ……ッ！」

ボフォンッ！　大きな風船が爆ぜるような音と共に、ひときわ大量の黒煙がヴォルフの身体から叩き出され、厚みを失った人狼の身体が大きく波打つ。

全ての低級霊を体外に叩き出された使い魔は、強制的に毛皮のコートへと戻され、床に広がって動かなくなった。

「ハァハァハァハァハァ……かっ、勝った……ッ!?」

激しく肩を喘がせながら、大金星をあげた信司は、半ば放心状態でつぶやく。

「そんな……ロシア軍の精鋭部隊数百人を蹴散らした、あのヴォルフが!?」

瑠那と鬼弾の撃ちあいを続けていたゼムリヤが、絶大な信頼を置いていた獣人の敗北に驚愕の表情を浮かべる。

怒濤の勢いで繰り出されていた攻撃に、一瞬の空白ができた。

「隙だらけよ、ゼムリヤッ!!」

勝機と見た瑠那は、翻る金髪の残像を残しながら、小柄な身体を活かして褐色美女の懐に飛び込む。いっぱいに広げられた小さな手のひらで渦巻いているのは、ひときわ濃い霊気を練り込んだ、超高密度の鬼弾。

「くらえぇぇぇ～ッ！」

強大なパワーを秘めた霊体爆弾が、革ビスチェに包まれた褐色の爆乳に押しつけられ、そこで全てのパワーを解放した。

バキイイイイイイイインッ!!

盤石かと思われたゼムリヤの防御結界が砕け散り、爆発の余波が肉体を直撃する。

「ひぎゃぁぁぁぁ～ッ!!」

絶叫を残し、激しく回転しながら吹き飛ばされたゼムリヤの身体が、十メートル以上離れた壁に逆立ち状態で叩きつけられ、ズルズルと崩れ落ちた。

「ぐ……あ……アァァ……ッ」

最上級の防弾チョッキよりもはるかに防御力が高いと豪語していた黒革のビスチェはボロボロになって弾け飛び、胴体部分は裸身が剝き出しの状態になった死霊使いは、床に這いつくばったまま苦悶する。

「ハァハァハァ……アタシの勝ちね。イリュージアの名、いただくわよ！」

トラウマの元凶に勝利した瑠那は、紅潮した顔を汗びっしょりにして肩を喘がせながら、言葉の追い打ちをかける。

「まだ……よ。まだ、アタシは負けて……ないわッ！」

鬼気迫る形相で立ち上がったゼムリヤの周囲を、白い光の壁が包み込む。

「これは、結界？　一体誰が？」

「さすがは私のかけがえのない友人達だ。完璧なチームワークだったな……」

凛とした声を響かせながら歩み寄ってきたのは、陥落寸前の状態に陥っていたはずの呪詛喰らい師《カースイーター》であった。

「く……う……そっ、そんなバカな……アルス・ノウァの縛鎖は⁉」

「見ての通り、克服した。引きちぎることが不可能なら、身体の中に引き戻せばいい、そう思って色々とやってみたら、見事に成功したぞ」

「そんなことをするためには、膨大な量の神気を取り込まなきゃいけないはずよ。まさか……⁉」

「そう、その、まさかだ。私の精神と同化していた疼女が、力を貸してくれた。亜神と化した男どもを誘惑し、体内への射精をおねだりして、濃密な神気をたっぷりと喰わせてもらったぞ」

満足げな笑みを浮かべる咲妃の背後、全開となったドアの向こうには、肉体と融合した亜神を吸い取られ、人間の姿に戻った裏社会の重鎮達が、息も絶え絶えの様子で折り重なって横たわっている。

「不可能よッ！　ほんの数分で、そこまでできるはずないわッ！」

淫女ゼムリヤは、脂汗に濡れ光る褐色の美貌を引きつらせて叫ぶ。

「お前が部屋を出ていた時間はほんの数分間だっただろうが、私にとっては、数時間の余裕を作ることができた。策を練り、実行するには十分な時間だ」

「まさか、これは、時空結界ッ⁉」

周囲を包む光の壁を見回しながら、ゼムリヤはさらに驚愕の表情を強める。

よく見れば、半透明の結界壁を隔ててすぐ目の前に立っている瑠那は、まるでビデオの一時停止でもしたかのように、ピクリとも動いていない。

「そのとおり。我が身に封じた古代神の力だ。一か八か使ってみたが、大成功だったようだな。これでしばらくの間、お前と私の二人きりの楽しい時間を過ごせるぞ」

淫神の力を駆使した呪詛喰らい師《カースイーター》は、ニヤリ、と凶暴な笑みを浮かべてみせる。

「カースイーター、アタシの想像以上のバケモノだったみたいね」

予想外の事態の連続で、鉄壁の策を打ち破られたゼムリヤは、半ば放心したような表情で声を震わせた。

「バケモノ呼ばわりはひどいな。私は神伽の巫女。神を慰め、癒し、未来永劫に安んじる依り代……常磐城となるべく練り上げられた者、そして、カースイーターだ！」

芝居がかった口調で言った咲妃は、わずかに眉を顰めつつ言葉を続ける。

「……実のところ、私は少しだけ怒っている。数々の辱めを受けただけでなく、亜神の神気を注いでもらうために、卑猥で屈辱的なセリフや行為を強要されたからな」

そう言った退魔少女の頬は紅潮し、瞳は熱く潤んで、凄絶なまでに色っぽい。

「肉体の消耗も、取り込んだ神気で癒すことができたが、亜神とは言え、十数体を一気に封じたおかげで、神気過剰で身体が疼いてしまっている。この怒りと疼き、お前に喰らい、鎮めてもらおうと思うのだが、どうだろう？」

極上ボディを革帯ボンデージに包み、乗馬鞭を手に立つ咲妃の姿は、まるでSMの女神が降臨したかのような艶美さで、淫蕩な褐色美女を威圧した。

「あ、あぁ……アタシ、アナタにメチャメチャに虐められるのね。はぁぁ……負けるのが、こんなにゾクゾクするなんて、イッちゃいそうだわぁ」

今にも絶頂しそうな表情になったゼムリヤは、息を喘がせる。

「やれやれ、お前にとってはお仕置きもご褒美になってしまいそうだな」

苦笑しつつ、咲妃は右手を振った。

ブシャンッ！　ビュルルルンッ！

少し離れたステージ上に放置されていたポリバケツから、ローションの塊がスライムのように這い出し、咲妃の足元までやって来る。

「これは、学園のプールにお前が放った水蠢の力だ」

ヒュンッ！　と音を立てて鞭が振られると、特製のローションは、まるで生きているかのように跳び上がり、床にへたり込んだまま動けぬゼムリヤの下半身に粘り着いた。

「ヒイイッ！　まさか……!?」

「そう、そのまさか、だ！　お前は、『まさか！』が多すぎるな。ククク」

ズチュルルウッ！　ヌプズチュルルルンッ！

ボロボロになった黒革ビザールの内部に這い込んだローションスライムは、褐色美女のアヌスを探り当て、怒濤の勢いで侵入を開始する。

「ピギャァァァアッ！　はおっ、オッ、オアァァア！　お尻ッ！　ケツマンコに入って……ホオオオオンッ！　中でッ、中で、ギュルギュル回ってるウウウウウッ!!」

解説じみた猥語を口走りながら、ゼムリヤは一気に妊娠中期のように膨らんだボテ腹を押さえ、艶めかしい声を上げて身悶える。

「その程度で音を上げるんじゃないぞ。私は、少なくとも数時間はその苦しみに耐えたのだからな。それともお前、悦んでいるのか？　とんだ淫乱女だなッ！」

サディスティックな気分になった呪詛喰らい師《カースイーター》は、仰向けに蹴り倒したゼムリヤの股間をグリグリと踏みつけながら、褐色の爆乳に乗馬鞭を振り下ろした。

ピシャアンッ！　パァァンッ！　パンッ、パンッ、パシイインッ！

鋭い音と共に、弾力過剰なチョコレートプリン色の乳球が、右に、左に打ち揺らされ、乳肌とほとんど色の変わらぬ薄茶色の乳輪と勃起乳首が残像を描く。

「ウヒャァァアンッ！　オッパイ弾けルッ！　オマンコ踏み潰されるぅぅンッ！　お尻ッ、ケツマンコの中ッ、浣腸ギュルギュルで爆発するウゥゥゥ～ンッ!!」

苦悶と悦楽の入り交じった卑猥な絶叫を上げ、淫蕩な女術者は、拷問と紙一重のマゾ快感に悶え狂う。

「やれやれ、想像を絶する淫乱マゾだな。そろそろローションが固まり始めたかな？　ゼリー状のプルプルに、腸内を掻き回される感触は堪らないだろう？」

「ヒグオッ！　すっ、すご……イッ、中で回ってるぅ……ケツマンコ、狂うッ、アッ、ひぁ、アクメッ！　ケツマンコアクメ、来るうううううううンンンン～ッ！」

責め役の咲妃が思わず頬を染めてしまうような破廉恥な叫びを上げながら、褐色淫女は悶絶絶頂して痙攣する。

「ああもういいッ！　これ以上やっても悦ばせるだけのようだな！」

呆れ顔になった呪詛喰らい師《カースイーター》は、ローションを操っていた淫神の力を解除した。

「ひゃぐふうぅぅぅ！　出るッ、出る出る出るううッ！　ウンチッ、ローションウンチ……ブリブリって、出りゅうふうぅぅぅぅ～ンッ!!」

ボフウウウッ！　ブジュブブブウッ！　ズビュブビュブビュブジュウウウウッ！

はしたない噴出音と共に、凝固した特製ローションがビザールウエアの残骸内にぶちまけられた。

「お仕置き終了……ふうぅ。ぎりぎりの状況だったが、結果オーライかな？」

大きくため息をついた咲妃は、時空結界を解除する。

「ああっ！　咲妃お姉ちゃんっ！」

いきなり目の前に現れた咲妃の姿に、瑠那は目を丸くして驚いている。

「咲妃さん！　ですよね？　大丈夫、なんですよね？」

駆け寄ってきた有佳も、同性の恋人を包むピリピリした雰囲気に違和感を感じて立ち止まってしまう。

（まだ、取り込んだ神気が有り余ってしまっているな……さて、どうしたものか？）

思案しつつ、革帯ボンデージ姿の美少女は、助けに来てくれた友人達に歩み寄り、微笑みかけた。

「みんな、よくここがわかったな。助けに来てくれて、心から感謝しているぞ」

「ああ。鮎ねえが、何だかテレパシーじみた能力を発揮しちゃって、ここまでみんなを連れてきてくれたんだ」

色香の塊のような咲妃の肢体に目を奪われたまま、信司が少し虚ろな声で答える。

「テレパシーじゃないわよ。何だか……常磐城さんの匂いがわかったの」

咲妃に見とれている幼馴染みの脇腹を小突きつつ、鮎子が訂正する。

「へえ、私の匂いか？　……エロい匂いだったかな？」

「ばっ、バカね！　緊急事態だったから、そんなこと考えてなかったわよ！　でも、無事でよかったわ。本当に」

咲妃に色っぽい口調で問いかけられた生真面目な少女は頬を紅潮させて言い返し、銀縁メガネ越しの瞳に涙を浮かべて微笑む。

「ところで、ゼムリヤなんだけど、何だかさっきよりもボロボロになってない？」

アへ顔を浮かべたまま失神している淫女を怪訝そうに見やりながら、金髪少女は小首を傾げる。

「ああ、ちょっとお仕置きしてやったんだ」

「お仕置き、ですか？」

明らかに絶頂失神している褐色美女と、イタズラっぽい笑みを浮かべた咲妃の顔を交互に見ながら、有佳がポツリとつぶやいた。

「で、この後始末はどうするんだ？　警察呼ぶのか？」

信司は、武装した男達が失神してゴロゴロと転がっているレストラン内を見回しながら、厄介そうに問いかける。

「既に退魔機関に連絡は入れてあるから、処理部隊が間もなく到着するはずだ。この女は、退魔機関が拘束して、コッテリと尋問するだろう」

咲妃は、放心状態のゼムリヤを横目で見ながら告げる。

「……ゼムリヤ様は、渡しませせぬぞッ！」

「何ッ⁉」

気絶した褐色淫女を横から掻《か》っ攫《さら》ったのは、もう動く力も残っていないと思われた毛皮コート型の使い魔、ヴォルフであった。ゼムリヤの身体を包み込んだオオカミの毛皮は、そのまま窓ガラスを突き破って宙に飛び出す。

「く……⁉」

窓辺に駆け寄り、外を見た咲妃の顔が緊張に強張った。

特撮ヒーロー物に出てきそうな、黒い甲冑風の装甲スーツに身を包んだ女性が、グッタリと弛緩したゼムリヤを抱きかかえて宙に浮いていた。

目元はバイザーに覆われて見えないが、その下に露出している異様なまでに色白な肌と、深紅の唇が、黒ずくめの甲冑姿に倒錯的な色香を加えている。

その両側には、ソフト帽を目深に被り、白いスーツ姿の男装の麗人と、尼僧の姿をした、儚げな美貌の女性。

彼女らは、シャボン玉の泡のように複雑に色を変える球状の結界内に立っていた。

「ゼムリヤ……ブサイク。……訂正、ブザマ……」

黒い甲冑姿の女が、感情の起伏を感じさせぬ声を出す。

「うっ、ウルサいッ！　ロボ女ッ！」

女の腕に抱きかかえられたゼムリヤが言い返すが、その声は弱々しい。

「お初にお目にかかる。とりあえず自己紹介をしておこうか。私はミュスカ」

白スーツ姿の麗人が名乗って軽く会釈すると、咲妃の眉がピクッ、と跳ね上がった。

「まさか、『妖銀貨《ようぎんか》のミュスカ』か⁉」

「そう呼ぶ者も多いな。最近では悪名として通っているようだが……」

咲妃の問いに、耳当たりのいいアルトヴォイスで答えた女は、グリーンの瞳を持つ目を細め、精悍な美貌に苦笑を浮かべる。

「なるほど、お前のような武闘派も九未知会《ナインアンノウンズ》に参加しているのか……」

呪詛喰らい師《カースイーター》と、妖銀貨の異名を持つ女は、しばし無言で見つめあう。


「ミュスカさんは、ほんまにどこに行っても有名ですなぁ。あ、申し遅れました。わたくし、阿絡尼《あらくに》と申します。よしなに……」

尼僧姿の儚げな美貌の女性が、京訛り風の口調で告げて深々と頭を下げた。

「あ、どっ、どうも……」

咲妃の背後に立っていた有佳が、阿絡尼の柔和な口調につられてお辞儀する。

「ワタシは、プロダクトネーム、BABEL《バベル》」

黒い装甲スーツに身を包んだ女性が、機械音声のような無機質な声で名乗った。

「お前達も、九未知会《ナインアンノウンズ》のメンバーなのか？」

咲妃の問いに、三人が無言で頷いた。

「我らの任務はゼムリヤの回収。目的は果たした。そろそろおいとまさせていただこう。カースイーターよ、縁があったらまた会おう」

「撤退、リョウカイ！　ゼムリヤ、帰ッタラ、オ仕置キ」

「ちょ、ちょっと、お仕置きなら、さっき思いっきりされたわよぉ！」

「お仕置きは、何度されてもいいものですよ。ゼムリヤさん、縛られるの、お好きやないですか。わたくしが、たっぷり縛って差し上げますよ」

柔らかな口調で言った阿絡尼の声に、ゾクリとするほどサディスティックな響きが混じる。

「あひぃぃ……ッ！」

シャボン玉のような浮遊力場に包まれた女達の声と姿が急速に遠ざかり、闇に融け込んだ。

「事終えて、憂い残せし、アンノウンズ。……できれば、これ以上関わりあいたくない連中だな」

物憂げにつぶやく咲妃の耳に、近づいてくるヘリのローター音が飛び込んできた。

間もなく、夜明け間近の空に、漆黒に塗られた三機の大型ヘリが姿を現わす。

「来たな。神伽の巫女直属の事後処理部隊、『ヤタガラス』の精鋭達だ」

「おい、あれって、ブラックホーク……軍用ヘリだぞ！退魔機関って、実はすごい組織だったんだな」

やたらと雑学に詳しい信司が、シルエットから機体名を言い当てて、興奮した声を上げた。

「よし、後始末はあの連中に任せて、みんなで朝食を食べに行こう！」

ホテル上空でホバリングしているヘリから、黒ずくめの一団が次々にラペリング降下し始めたのを見ながら、咲妃が能天気な提案をする。

「えっ、でも、あの人達への説明は？　咲妃さん、お疲れじゃないんですか？」

「心配無用、彼らはプロだ、現場を見れば何をすべきか一目でわかる。それに、疲れているからこそ食事するんだ。みんなも腹が減っただろう？　いつものファミレスで私がおごってやろう」

「咲妃お姉ちゃん、パフェも食べてイイ？」

ゼムリヤに勝利し、積年のトラウマから解放された瑠那が、晴れやかな表情で声をかけて来る。

「ああ、いいぞ。好きなものを好きなだけ食べるがいい」

「アリガト、お姉ちゃん、大好きぃ！」

子供っぽい声を上げた金髪少女は、咲妃に飛びつき、豊かなバストに顔を埋める。

「あっ、ずるいです瑠那さん、わたしだってまだ抱きついてないのに！」

「よおし、有佳も抱いてやろう」

ニヤリ、と微笑んだ呪詛喰らい師《カースイーター》は、恋人関係にある少女を胸元に抱き寄せる。

「きゃうっ！　いっ、今じゃなくっていいです。あんッ！　あふ……咲妃さぁん」

恥じらい、戸惑っていた有佳であったが、温かく柔らかな生乳の感触に酔いしれて、表情を蕩けさせる。

「あなた達、相変わらずねぇ。っていうか、常磐城さん、その前に服着なさいッ！　信司も見とれてるんじゃないわよッ！」

「べっ、別に見とれてなんていないぞ！　グハァう！　鮎ねえ……パンチ入った」

鳩尾に拳をめり込まされた少年が、堪らず膝をつく。

「確か制服は、下の階で脱ぎ捨てたから……こっちだ！」

革帯ボンデージ姿のナイスボディを恥ずかしげもなくさらけ出した少女は、颯爽と歩んでゆく。

呪詛喰らい師《カースイーター》と愛すべき仲間達を、昇ったばかりの朝日が白く照り輝かせた。

そこは、白く輝く砂丘が見渡す限り続く、広大な砂漠であった。日差しはさほど強くなく、心地よい風が吹き抜けてゆく頭上には、白い雲塊が緩やかに流れてゆく青空が広がっている。

四方を見回しても茫漠たる砂の連なりしか目に入らぬ不毛の大地に、白い円卓がポツリと設置されており、卓の周囲に並べられたイスに腰掛けた、人影が三つ。

円卓の上には、人数分の茶器の他に、色鮮やかな京菓子が盛られた小皿が置かれており、ここが砂漠の真ん中であるということを別にすれば、午後のティータイムらしい和やかな雰囲気を醸し出していた。

「いつ見ても、ホントに何もないところねぇ。こんな殺風景なところでお茶しなくてもいいんじゃないの？」

茶菓子をモグモグと噛みつつ、砂漠を見回して声を上げたのは、褐色の肌と豊かに波打つ銀髪が、エキゾチックな色香を放つ美女であった。

メリハリの利いた野性味溢れる肢体を、露出度の高い黒革のビザールファッションに包んだ彼女の名は、ゼムリヤ・イリュージア。謎の術者集団、九未知会《ナインアンノウンズ》の一員を名乗る淫蕩な性格の繰霊術師である。

「ゼムリヤさんは風情がありまへんなぁ。こんな場所やからこそ、緑茶やお菓子の色が、より映えるんですよ」

茶器に急須から緑茶を注ぎながら、穏やかな京訛りの口調で告げたのは、尼僧姿の女性。見た目の年齢は、二十代後半から三十前後であろうか、伏し目がちにしている切れ長の目と、神秘的な笑みをたたえた深紅の唇が、白と黒の地味ないでたちに成熟した女性の落ち着いた艶やかさを与えている。

彼女は、僧名を阿絡尼という。

「この砂漠に似つかわしくないという、ゼムリヤの意見には同意するが、こういうミスマッチな場所での茶会こそ、我々のようなイレギュラーな存在には似つかわしいのではないかな?」

男物の白スーツに身を包んだ男装の麗人が、皮肉っぽい口調でつぶやいて湯飲みを傾けた。

ラフなショートカットにした銀灰色の髪と、常に苦笑を浮かべているような口元が特徴的な、スラブ系の美女であった。白いスーツの下に着用しているのは、鮮やかなエーゲブルーのワイシャツで、純白の無地ネクタイで首元を引き締めている。

「あら、ミュスカがアタシに賛同してくれるなんて珍しいわね。もしかして、アタシとファックしてくれる気になった? 退魔戦士にその人有りと恐れられた妖銀貨のミュスカとファック……あはぁん、想像しただけで溢れてきちゃう♪ ねえ、阿絡尼が見てても構わないからこのテーブルの上で荒々しく犯してぇ」

褐色美女、ゼムリヤに淫蕩極まりない響きの声で問われた男装の麗人、ミュスカは、口元に浮かべた苦笑を深くしながら首を横に振る。

「いや、遠慮しておこう。さて、私はそろそろ出発する。我が盟主殿に仰せつかった大事な用があるので、な」

妖銀貨の異名を持つ白スーツ姿の美女は、流麗な動作で立ち上がり、円卓に置いていた白いソフト帽を目深に被った。立ち姿勢になると、手足が長くスレンダー体型のプロポーションが際立つ。スーツ越しに浮き出たバストの膨らみは控えめだが、太腿からヒップへと至るボディラインは、ミッチリと肉が詰まったアスリート体型だ。

「あら、どこへ行かれますの？」

「カースイーターに届け物をする。先方にとっては、ありがた迷惑なプレゼントだろうが、是非とも受け取ってもらわねばならん……」

阿絡尼の問いにシニカルな口調で答えたミュスカは、ポケットから取り出した大振りな銀貨をテーブルにそっと置いた。

直径四センチ、厚さも五ミリ近くある、古代ローマ帝国銀貨の表面には、魔法陣を思わせる複雑な記号が墨描きされており、その中央に「鼠」という漢字が、米粒ほどのサイズの字で書き込まれている。

「なっ、カースイーターですってぇ！　ちょっと待ちなさい、その任務、アタシも行くわ！」

呪詛喰らい師《カースイーター》の名を聞き、意気込んで立ち上がろうとしたゼムリヤの身体が、ギクリ、と強張る。

「う……いつの間に縛ったのよぉ！　阿絡尼、解きなさいよぉ！」

褐色のビザールボディをくねらせて声を上げるゼムリヤの身体は、真珠のような光沢を放つ細く強靭な糸の束でイスに縛りつけられていた。

「あきません。ゼムリヤさんは、謹慎中でしょう？」

褐色美女を縛めた糸束は、静かな口調で言って微笑む尼僧の、白くたおやかな指先から繰り出されていた。

「お仕置きなら、十分に受けて反省してるわよ！　あはぁんッ！　糸が食い込んできて、身体が疼いちゃう、オッパイ、もっと強く縛ってぇ♪」

キリキリと鳴りながら、褐色の柔肌に食い込んでくる妖糸の感触に、淫蕩な女繰霊術師の声が艶めかしく裏返り、金色の瞳が欲情の炎を灯して熱く潤む。

「ゼムリヤ・イリュージアよ。その多淫な性欲を抑えきれず、盟主殿の禁を破って呪詛喰らい師《カースイーター》に陵辱行為を仕掛けた挙げ句、返り討ちにあって手持ちの淫神を取られたお前に、今回の仕事は任せられない」

緊縛されてよがり悶えるゼムリヤを冷たく見下ろしながら、男装の麗人は容赦のない口調で言い放つ。

「ううう、全部ホントのことだから反論できないけど、あれは、九未知会《ナインアンノウンズ》のためにやったことなのよ！」

「何をいけしゃあしゃあと言い訳してはるんですか。ゼムリヤさん、もうちいっと、きついお仕置きが必要なようですなぁ」

それまで穏やかであった阿絡尼の声に、サディスティックな響きが混じり、指先から繰り出された妖糸が、キュンッ！　と鋭い糸鳴りの音を立てて引き絞られる。

黒革のビスチェからこぼれ落ちそうなゼムリヤの褐色巨乳に、白く照り輝く糸がギチギチと食い込み、淫女の顔を苦悦に歪めさせた。

「あひいいッ！　しっ、締まるううッ！　オッパイが締め潰されちゃうッ！　ふはぁぁぁぁ〜ンッ！」

ゼムリヤの上げた悲鳴は、恐怖と淫らな期待が半々に入り交じったものであった。

「阿絡尼、あまりやりすぎるなよ。性格と素行に問題があるとは言え、その女も、我らと同じ九未知会《ナインアンノウンズ》の一員なのだ。欠けることは、盟主殿が許さないだろう」

「承知しております。心置きなく行ってらっしゃいませ、ミュスカさん」

ミュスカにたしなめられた尼僧は、瞳の奥で揺らめき始めていた狂気の炎を鎮め、静かに頭を下げる。

「ああ、行ってくる」

妖銀貨の異名を持つ麗人は、卓上のコインを拾い上げると、二人に背を向けて砂漠を歩み去ってゆく。

一陣の風が砂埃を噴き上げ、白いスーツに包まれたスレンダーな肢体を覆い隠した。

封の十二　呪鼠

私立槐宝学園は、市の中心部から少し離れた、緩やかな丘陵地帯に位置する文武両道の名門校だ。

全国各地から生徒を募っており、学生寮や各種施設が充実した恵まれた環境で、少年少女達は勉学やスポーツ、趣味にいそしみ、青春を謳歌している。

放課後の騒がしさが治まった静かな校舎内を、三人の女子生徒が並んで歩いている。

「咲妃さん、最近、お仕事が忙しいですね」

愛くるしい小動物を連想させる顔立ちの少女、雪村有佳が、真ん中を颯爽と歩む級友に声をかけた。

「ああ、この街の神気が活性化しているせいで、亜神の顕現が多くなっているからな」

耳当たりのいいアルトヴォイスで答えたのは、スラリと背が高く過剰なまでにメリハリの利いた肢体を学園の制服に包んだ黒髪ロングヘアの美少女、常磐城咲妃。

夏服のスカートから露出した美脚には、所々に金色の飾り金具をあしらった赤い革帯が巻きついて異彩を放っている。同様の革帯は、半袖のシャツからあらわになった腕から手首、第一ボタンを外したシャツの間から覗く首元まで、ほぼ全身を緊縛しており、凛々しい顔立ちの美少女に、倒錯的な色香を与えていた。

本来なら、校則違反に問われる過激ないでたちであるにもかかわらず、すれ違う教職員や生徒達は、咲妃にまったく注意を払わない。

（今日も、事もなし……。「印象希薄化」の呪印も、効果は持続している。多くの亜神を一気に取り込んだことによる霊気の乱れも、心配するほどではないようだな）

周囲の無反応を確認しつつ、常磐城咲妃は安堵の笑みを浮かべている。彼女は、精神操作系呪術である呪印術の使い手で、その身に描き込んだ印象希薄化の呪印によって、周囲の人間に彼女の容姿やいでたちに興味を持たせぬように処置しているのだ。

咲妃の本当の姿を知っているのは、この学園内では、わずかに四人のみ。

「ねえ、咲妃お姉ちゃん、アタシやゼムリヤが低級霊をいっぱい操ったから、それが原因で亜神が発生しているんじゃないの？」

咲妃の腕にじゃれつくようにして歩きながら、小柄な金髪少女が不安げな声を上げる。

「心配しなくていい、亜神の発生は、瑠那達とは無関係の出来事だ」

優しい笑みを浮かべた咲妃は、まだ子供にしか見えぬ少女の金髪頭を撫でてやる。

「ホントに？」

「ああ、愛する瑠那に、決して嘘はつかないぞ」

「うん。お姉ちゃん、アタシも大好きぃ♪」

満面の笑みを浮かべた金髪少女、瑠那・イリュージアは、咲妃に抱きつき、豊かなバストに頬ずりして甘える。

呪詛喰《カースイーター》らい師は、金髪少女の小柄な身体を抱きかかえたまま歩を進めてゆく。

夏休み直前に転校生としてやってきた瑠那は、ロシアレメゲトン派の繰霊術を使う術者であり、かつては咲妃に対して淫辱の罠を仕掛けてきたこともある、いわく付きの人物である。しかし、今は改心し、身元引受人となった咲妃のことをお姉ちゃんと呼んで慕っていた。

「あふぅ……お姉ちゃんのオッパイ、温かくて、柔らかくて、気持ちいい」

「フフッ、私も、瑠那の頬ずりは気持ちいいぞ」

夢見心地の声を上げる瑠那に、咲妃もまんざらでもなさそうな表情を浮かべて告げる。

金髪少女の頬にこね回された呪詛喰《カースイーター》らい師の爆乳が、制服越しにもはっきりとわかる柔軟さとボリュームを誇示して揺れたわむ。

「ちょ、ちょっと、瑠那さん、学園内でそういうことするのは、モラルに反していますよ！」

咲妃にぞっこん惚れ込んでいる有佳が、いつまでも頬ずりを止めようとしない金髪少女を、嫉妬混じりの声でたしなめる。

「このくらいいいじゃない。自分は、隠れてもっとエッチなことしているくせに……」

「えっ!?　そっ、それは……はうぅ……言わない約束じゃないですか！」

純情な有佳は、瑠那の小悪魔じみたひと言に耳まで真っ赤になって恥じらい、うろたえてしまう。

かつて、ペニス型の淫神に憑依されていた有佳は、咲妃によって救われた後も、彼女と同性の恋人関係にあり、学校でも時折、人目を忍んでは濃厚な蜜戯に耽っている仲なのだ。瑠那とは、咲妃を取りあうライバルであり、共通の恋人を仲立ちとした友人でもあるという、微妙な関係を保っている。

「二人ともじゃれ合いはそこまでだ。部室に到着したぞ」

抱きかかえていた瑠那の身体を降ろした呪詛喰らい師《カースイーター》は、彼女が所属している都市伝説研究部にあてがわれた小教室の引き戸を勢いよく開ける。

室内には、デスクに並んで腰掛け、額を寄せあうようにしている男子と女子の姿があった。

男子の方は、都市伝説研究部の部長を務める岩倉信司、女子の方は、部の運営オブザーバー名目で参加している生徒会長、稲神鮎子。二人は幼馴染みの間柄だ。

密着寸前の状態で座っていた二人は、扉の開く音を聞いて慌てて距離を開ける。

「やあ、お二人さん、お待たせ！　おっと、いい雰囲気のところをお邪魔してしまった、かな？」

快活な口調で言った咲妃は、少しうろたえ気味の信司と鮎子の正面に位置する場所に着席する。

「いっ、いや、鮎ねえに勉強見てもらってたんだ。ちょうどいい頃合いだったよ」

机の上に広げられた教科書とノートをいそいそと片付けながら、信司が言う。

「そっ、そうなのよ。信司ったら、この前やった中間テストで赤点取っちゃって、追試受けさせられるっていうから、勉強見てあげていたの」

揃って声を上ずらせる二人の初々しい反応に、咲妃は優しい笑みを浮かべる。

「追試とは残念だが、学園一の才媛である鮎子に教えてもらえば、信司も多少はマシな点が取れるだろう」

「私は別に、才媛なんかじゃないわよ。信司だって、都市伝説の研究に掛ける時間と情熱の半分でも勉強に振り向ければ、赤点なんて取らないのに、まったく……」

学年トップの成績を維持し続けている生徒会長の鮎子は、メガネの位置を直しつつ、呆れ気味のため息をつく。

「まっ、まあ、オレの追試の件はもういいじゃないか。早速だが、今日検証する都市伝説は、この街の海岸沿いで頻繁に目撃されている、超巨大ネズミについてだ」

信司は、強引に話題を変える。

「ネズミ、だと？」

呪詛喰らい師《カースイーター》の眉が、ピクッ、と小さく動いた。

「ああ。まず、この写真を見てくれ。海釣りに来ていた人が、不法投棄されたゴミを漁っている巨大ネズミを撮影した貴重な画像だ」

咲妃の微妙な反応に気付かなかった信司は、パソコン画面に巨大ネズミの写真を表示する。

「周囲に落ちているジュースの空き缶やゴミのサイズと比較すると、このネズミの大きさがわかるだろう？　尻尾まで入れたら、軽く一メートル以上はあるぞ」

「ウッ！　ゴメン、私、ネズミは苦手なの。画像を見ただけで鳥肌が……」

画面から慌てて目を逸らす鮎子。

「ネズミさんは、よく見ると可愛い顔していますけれど、さすがにこんなに大きくなると恐いですね……」

動物好きな有佳も、さすがにここまで常識外れなサイズは守備範囲外らしく、画像を見る顔が引きつっている。

「合成画像でないとしたら、確かにとんでもない大きさだな。で、この写真が撮られたのは、どこなんだ？」

かすかに目を細めて、巨大ネズミの写真を見ながら、咲妃が問いかける。

「海沿いに建ち並んだ工場街の排水口周辺らしい。あの辺は、人が楽々立って歩けるぐらいの大きな排水トンネルが何本も海に向かって開いているんだ。その奥に、巨大ネズミの巣があるに違いない！　今夜にでも、現地に出向いて調査してみようと思う」

「却下よ！　調査の許可はできないわ！」

やる気満々の少年に、幼馴染みの生徒会長がきつい口調でダメ出しする。

「なんでだよ⁉」

「だって、信司は排水トンネルの中にまで入るつもりなんでしょう？　それって、工場施設への不法侵入に問われることもあるのよ。生徒会長として、そんな違法行為は許可できません」

「鮎ねえは相変わらず堅苦しいなぁ。トンネルがダメなら、周辺調査だけでも付き合ってくれよ」

諦めきれない様子の信司は、なおも食い下がる。

「悪いけど、私は無理よ。生徒会役員会の資料をまとめなきゃいけないもの」

「わたしも、書記係として会長のお手伝いしなきゃいけませんから、無理ですね」

生徒会役員である鮎子と有佳が、揃って言う。

「残念だが、今日は私も別件で用事があるから、調査に同行はできないぞ」

「アタシは、咲妃お姉ちゃんと一緒じゃなきゃ、どこにも行かない」

咲妃と瑠那も、つれない返事をした。

「何だかみんな、今回は乗り気じゃないんだな」

女性陣に拒絶された少年は、寂しげにうなだれる。

「当然でしょ⁉　女の子を下水道の調査に誘うなんて、信司はデリカシーがなさすぎるのよ！」

メガネのレンズ越しに幼馴染みを睨みつけ、鮎子は説教口調で言い放つ。

「それに、信司は明日、追試があるでしょう？　落第点取らないように、しっかり勉強しておきなさい！　いいわね、絶対に、一人で検証に行っちゃダメよ。これは生徒会長命令です！」

「わかったよ。今夜は寮で一人寂しく勉強するさ」

鮎子に釘を刺された信司は、不満げな表情を浮かべながらも頷いた。


海岸線に沿って広がる工場地帯は、複雑に入り組んだパイプや煙突、巨大な工場施設が夜間照明に照らし出され、ＳＦ映画のワンシーンのような威容を闇の中に浮かび上がらせている。そんな景色には目もくれず、防波堤の外側に並べられた、消波ブロックの上を軽やかに跳びわたってゆく人影が一つ。

都市伝説研究部の部長、岩倉信司であった。

（女子連中には全キャンくらっちまったけど、やっぱりガマンできない。こういう都市伝説の検証には、旬ってものがあるからな……）

背中には、大振りなリュックを背負っており、カーゴパンツと長袖シャツという動きやすい服装をしている。

手には、以前に咲妃からプレゼントされた、パッド付きのフィンガーレスグローブを装着し、足元は海釣り用のゴムブーツで固めて、下水への侵入準備は万全だ。

延々と続く消波ブロックに打ち寄せ砕ける波音とともに、磯の香りをたっぷりと含んだ潮風が吹いてきて、信司の前髪をそよがせた。いつもなら、夜釣りに訪れた釣り人達の姿をちらほらと見ることができるはずなのだが、今夜は不思議なことに、人影はまったく見られない。

「この辺、だな……」

防波堤から突き出た、形ばかりの侵入防止柵を回り込んだ少年は、途絶えた消波ブロック伝いに波打ち際まで降り、排水トンネルの前に立つ。壁のようにそびえ立ったコンクリートの堤防基部に、差し渡し三メートル余りのトンネル出口が、ポッカリと口を開けていた。引き潮の頃合いを見計らってやってきたので、トンネル内に海水は流れ込んでおらず、簡単に侵入できそうだ。

「よし、調査開始だ」

表情を引き締めた信司は、リュックから取り出した樹脂製ヘルメットを被り、その上から高照度のヘッドランプを装着する。手に携えているのは、簡易防水カバーを被せた、夜間撮影機能付きのビデオカメラだ。

カーゴパンツのポケットには、ビデオが作動不良に陥った時のことを考慮して、フィルム式のカメラもしっかりと用意している。

ヘッドランプのスイッチを入れ、録画状態にしたビデオを構えた信司は、ＲＰＧに出てくる迷宮の入口を思わせるトンネルの内部へと足を踏み入れていった。

排水トンネル内は、むせ返りそうな磯の香りが立ち込め、湿度と温度も高い、お世辞にも快適とは言いがたい環境だ。

足元には、わずかな量の工場廃水が流れてはいるが、トンネルの左右壁面沿いには一段高くなった保守点検用通路があるので、足を濡らさずに進むことができた。

トンネルの奥に進むにつれて、磯の香りに混じって、濃厚な獣臭が鼻腔に届いてくる。

（これは、初っぱなから当たりを引いたかな？　大ネズミの巣……発見か!?）

期待に胸を高鳴らせながら歩を進めた信司は、生暖かい空気の壁のようなものをスルリと潜り抜けた。

「う……ッ！」

軽い目眩のようなものを感じた次の瞬間、いきなり視界が開ける。

「えっ？　何だ、ここは？　大ネズミの……巣！」

そこは、数本の排水トンネルの合流点らしい、十メートル四方はありそうな空間であった。

コンクリート打ちっ放しの壁面に沿って、流木や粗大ゴミがうずたかく積み上げられ、その周囲で、通常サイズのネズミが何百匹も群れ騒いでいる。

キィキィ、チィチィという耳障りな鳴き声が空間に反響し、侵入者を見つめるネズミの目が、ヘッドランプの光を反射してルビー色に輝いた。

「……ンッ、あ、あ、あぁぁ……くふぅぅ……ッ！」

ネズミの大群を目にして呆然と立ちすくむ信司の耳に、女性の艶めかしい喘ぎ声が、甘い反響を伴って飛び込んでくる。

「あ……あれは⁉」

声のした方に顔を向けた信司の眼前、ランプの光に浮かび上がったのは、悪夢のような光景であった。

ネズミの大群に囲まれた空間の中央で、人間と変わらぬ大きさの巨大ネズミが三匹、革帯ボンデージ姿の女性を仰向けに組み敷き、色白な半裸身を嬲っている。

コンクリート床の上で身悶える女の上半身に左右からのしかかったネズミは、仰向けになっても形の崩れない爆乳を荒々しく責め立て、もう一匹の大ネズミは、M字開脚を強要した股間に鼻先を突っ込み、革帯ボンデージに守られた秘部の周辺を嗅ぎ回りながら、内腿や腿の付け根、ムッチリと肉感的な尻たぶにせわしなく舌を這わせていた。

「く、はぁぅ、んっ、あ、あ、ひぁぅ、んぁ、あんッ！」

焦げ茶色の柔毛に覆われた巨大ネズミの身体から突き出した、くすんだピンク色をした無毛の手指が、たわわなバストを好き放題に揉みこね、太腿や尻、革帯に守られた股間を獣の舌が這い回って、組み敷かれた女性に絶え間ない恥悦の喘ぎを漏らさせている。

見覚えのある革帯ボンデージと、羞恥と快感の板挟みに歪む凛々しい美貌は、間違いなく常盤城咲妃であった。

「と、常盤城さんッ⁉」

「く……しっ、信司⁉　結界を抜けてきたのか⁉」

少年が上げた声と、自分を照らし出すヘッドランプの光に気付いて顔を上げた咲妃が、驚きの声を上げる。

（結界だって？　とっ、とにかく助けなきゃ⁉）

我に返って動こうとした信司であったが、一歩足を踏み出したところで身体が動かなくなり、声を発することもできなくなってしまう。

（金縛り⁉　また、オレは何もできないのか⁉）

「く……う、こっ、これは神伽の戯……信司、何もするな！　なっ、何が起きても……動じるな。ひぁ！　つぁぁ、はぁぁぅんッ！」

眩しげに目を細め、頬を羞恥に紅潮させながらも凛とした声を上げた咲妃の半裸身が、グンッ！　と仰け反る。

細く骨張った大ネズミの指が、爆乳の先端を守っていた革帯ボンデージをずらし、弾み出た乳首にむしゃぶりついてきたのだ。

視線を逸らすこともできぬ信司の目の前で、少女の乳首が獣に吸い嬲られた。細く平たいネズミの舌先が、ピチャピチャという舌なめずりの音を響かせながら乳先でせわしなく閃き、艶めかしいピンク色の勃起乳頭を獣の唾液で濡れ光らせてゆく。

細い指で握り締められ、揉まれる爆乳が突出を際立たせ、乳首を頂点とした円錐状に張り詰める。

「ふぁ！　あはぁぁうんっ！　かっ、噛む……なぁ！」

あらわになった両乳首を、齧歯類特有の大きく発達した前歯でコリコリと甘噛みされた神伽の巫女は、引きつった声を上げてボンデージボディをわななかせた。

過剰な刺激に襲われた乳首は、ヘッドランプの光をヌラリと照り返して小指の先ほどにまでしこり勃ち、今にも齧り取られそうな勢いで、大ネズミに吸いしゃぶられる。

ぴちゃぴちゃぴちゃぴちゃ、ちゅぱちゅぱちゅぱ、コリコリコリコリコリッ！

硬い前歯と、小刻みに閃く生温かい舌の波状攻撃を受けた乳首と乳輪は、今にも爆ぜてしまいそうに充血し、細長い指を食い込まされて揉み立てられた色白な乳球は、食べ頃の白桃のように紅潮していた。

「ふぁ、あ……あぁぁ、でっ、出るッ！　んきゅうぅぅぅぅンッ！　はぁぁぁぁん」

ぷしぃっ！　ぴゅっ、ぷしゅっ、ぷちゅるるっ！

切羽詰まった声を上げた咲妃の乳先から、純白の乳汁が迸り、大ネズミの鼻先を熱く甘く濡らした。

キイイッ、キキキキキッ！

迸る甘露の味と芳香に興奮した声を上げた大ネズミは、さらに激しく乳先にむしゃぶりつき、細く骨張った指で乳肉を揉みしだいて、異種の牝乳に容赦のない搾乳を仕掛ける。くすんだピンク色をした骨張った指が、量感たっぷりの乳肉に深々と沈み込み、母乳の源泉である乳腺葉を圧迫して、甘い体液のさらなる分泌を促す。

「ふわぁ！　あっ、アッあッ、ひぁぁう……いっ、ヒッ……きゅふぅぅぅぅンッ」

ジュルジュル、ジュパジュパという遠慮のない吸い音と、艶めかしく切なげな響きを増した咲妃の喘ぎ声が、コンクリート壁に反響した。

かつて、母乳を好む淫神「淫水蝶」によって開発された咲妃の乳腺は、性的快感の高まりに連動して、大量の母乳を分泌してしまうのだ。

(常磐城さんが……母乳を出した⁉)

想像を絶する事態の連続で、金縛り状態で動けぬ少年の頭はパニック寸前だ。

乳首を咥え込んで吸う大ネズミの口から、飲みきれぬ母乳がこぼれ落ち、たわわなバストの曲面を白くきらめかせながら流れ伝ってゆく。

「う……く……」

大ネズミに陵辱される少女を目の前にして、無力感に苛まれ呻く信司であったが、その股間では、淫靡な悪夢のごとき光景に反応してしまった若いペニスが、意に反してギチギチと海綿体を張り詰めさせて勃起を始めていた。

「ギュギギッ、良キ匂イノスル乳汁ジャ。我ガ同胞ニ、存分ニ飲マセテヤレ」

耳障りな響きの男の声が、ネズミの巣に響き渡る。

(だっ、誰だ⁉　誰か、他に人がいるのか？)

金縛り状態の少年は、わずかに動く視線を慌ただしく動かして、声の主を捜す。

巣穴の突き当たり、一段高くなった場所に、流木や粗大ゴミを積み上げて作られた玉座のようなものがあった。

そこに、ひときわ大きく、でっぷりと太った巨大ネズミがどっかりと腰を下ろし、嬲られる咲妃の痴態をじっと見つめている。

（デカい！　身体の大きさだけで二メートル以上あるんじゃないのか？　あれが、大ネズミ達のボス……まさか、あいつがしゃべったのか？）

もはやネズミとは思えぬその巨体の貫禄に圧倒されながら、都市伝説マニアの少年は思う。

「……ソコナ牡、コノ牝ノ同胞カ？」

モゾリ、と身じろぎしたボスネズミが、金属的で耳障りな声で問いかけてきた。

（ネズミが……しゃべった⁉　あいつが淫神……⁉）

声に出せぬ信司の思いを読み取ったかのように、巨大ネズミの王が人間のような仕草で頷いた。

「左様。我ガ名ハ呪鼠《じゅそ》……人ニ虐ゲラレし数十万のネズミの霊ガ集いて神格ヲ宿セシ者ナリ。ソコナ女、神伽ノ巫女ト名乗リテ、我ニ伽ヲ申し出テキた。ヨッテ、露払イトシテ、我ノ同胞ドモノ無聊《ぶりょう》ヲ慰メさせテおル」

呪鼠と名乗ったネズミ型の淫神は、でっぷりと太った身体を揺らしながら、威風堂々の口調で宣言する。

「呪鼠様ぁ、やっ、約束通り、こ奴らの相手をすれば、御前様に伽を……はううんっ！　んはぁぁんッ」

左右の乳首を容赦なく吸いしゃぶられ、荒々しく搾乳される快感に悶えながらも、咲妃は艶めかしく震える声で神伽を申し出る。

「神名ニ懸ケテ約定は違エヌ。ソレ、モット乳ヲ出シテ、我ガ同胞ヲ悦バセヨ！　我ニ伽スルノハソノ後ジャ！」

巨大ネズミ型の淫神は、ジュジュジュジュッ！　とくぐもった鳴き声を上げた。

その声を合図として、周囲で見物していた何百という小ネズミ達が、咲妃の肉体に一斉に群がる。

「ふぁ！　ンンンンッ‼」

白い裸身が、押し寄せる小動物の群れに呑み込まれて見えなくなるのを、身動き一つできぬ信司は呆然と見つめることしかできなかった。

大ネズミの搾乳責めに翻弄されながら、常磐城咲妃は、かすかな焦りを覚えていた。

（こ奴らは、呪鼠の神気を受けて巨大化しただけの、ただの獣。一刻も早く、こんな戯れ事を切り上げ、淫神に神伽を仕掛けなければ……）

そう思ってはみるものの、吸引された乳首の芯を、乳汁が駆け抜け迸るむず痒い快感が、爆乳のみならず、全身を熱く火照り疼かせてしまう。

（あぁ、身体中が……舐められて……弄られて……舌のざらつきが……肌を……くううっ！）

全身を包み込んでせわしなく動き回る小ネズミ達の獣毛が、搾乳快感によって鋭敏化した柔肌をサワサワとくすぐり、身体中に這わされる小さな舌の感触が性感をさらに上昇させてゆく。

食欲混じりの獣欲に突き動かされた小動物どもの愛撫は、全身くまなく施されていた。

特に発汗量の多い部分には、より多数のネズミ達が群がり、甘い発情臭を放つ汗粒を舐め取って、チィチィと甲高い歓喜の声を上げている。

「きゅふんんっ！　腋ッ……ひぁ、あんッ！　ふぁ……くぅ……んはぁぁぁう！」

腋の下を何枚もの舌が這うくすぐったさに堪りかねて腋を締めようとしても、左右から母乳を吸いしゃぶっている大ネズミ達が手首をガッチリと掴んで、動きを封じられてしまう。搾乳を受け続けている乳房の谷間には、母乳の甘い匂いに引き寄せられた小ネズミどもが先を争って潜り込んできて、乳球の曲面を伝い流れてくる甘露をピチャピチャと舐め取っている。

腹筋の凹凸をうっすらと浮かばせた腹部にも、何匹ものネズミが乗って、引き締まった素肌を甘噛みし、へその窪みに鼻先を突っ込んで、小さな舌を閃かせる。

（あぁ……ッ！　こんなところまで……かっ、感じるなんて……奥まで……舐められて……はぁぁぁ）

へそ穴の奥にまで差し込まれ、せわしなく這い回る小さな舌がもたらすくすぐったい感触は、内臓や腹膜までわななかせ、挿入阻止の結界に守られた無垢の膣壁を妖しく収縮させる。

「ひぅ！　んっ、あひっ、くふぁ、はぁんっ！」

敏感に反応して波打つ腹の上から振り落とされまいとする小ネズミ達が、柔肌に爪を突き立てる鋭い痛みでさえ、今の咲妃にとってはマゾ的な快感の電流と化して、肉体の火照りと疼きを強めていた。

小ネズミの群れは、ありとあらゆる種類の刺激を女体に与える生きた責め具と化して、神伽の巫女をよがり悶えさせる。

熱した蜂蜜をたっぷりと含ませたスポンジのように充血した膣粘膜が、狂おしいほどに蠢き捩れて、女悦の証である甘酸っぱい蜜液をジュワッ、と分泌させた。

（くっ、んんっ！　漏れ……るッ！）

いまだに何者の侵入も許したことのない膣道を灼熱させて、熱い愛液が下り落ちてくる感触に、呪詛喰らい師《カースイーター》の美貌が歪む。無意識のうちに腰が浮き上がり、淫熱を帯びて潤んだ秘部がせり上げられて、革帯を食い込ませた股間を強調してしまう。

キュキキキキッ！

股間や内腿部分を執拗に舐め嬲っていた大ネズミが匂いの変化を嗅ぎつけた。

チッチッチッチッ！

興奮した大ネズミは小刻みに舌打ちするような鳴き声を上げながら、秘裂を隠した革帯に指を掛けて、グイグイと引っ張り上げる。

「くぁ、ひぅ……あっ、ふぁあんッ！」

疼き始めている性器をエロチックな退魔装束に圧迫され、咲妃の声が甘く裏返る。

革帯越しに散々舐め回され、揉み弄られて充血を強要された大陰唇が、細く引き絞られた革帯をパックリと咥え込み、膣前庭にまでギチギチと食い込んで、秘裂の疼きをさらに加速した。

「はぁあぁ、引っ張るなぁ……あ、あ、あぁぁ……ッ！」

せり上げられた咲妃の下半身が、ビクッ、ビクビクンッ、と敏感な痙攣を起こす。

桜色に上気した、ツルリと滑らかな大陰唇を割り開いて食い込んだ革帯の脇から、愛液がきらめき溢れてくるのが、信司の目にもはっきりと見て取れた。

「う……やめ……ろ……こんなの、ひどすぎ……るッ！」

咲妃の痴態をこれ以上見まいとする信司であったが、目を閉じたり視線を逸らすことができない。

「ギュフフッ、お主、モット近ウ寄レ、ソノ牝ガ辱メラレ、淫ラニ堕チル姿ヲ、間近デ見テヤルガイイ」

信司の困惑に嗜虐心を煽られた淫神が、邪悪な響きを帯びた声で命じる。

「う、こ、こと……断るッ！　く……うぅぅ……ッ！」

抗おうとする意思を裏切って身体が勝手に動き、ネズミの群れに陵辱されている咲妃の傍らまで歩み寄ってしまう。なすすべもない少年は、M字開脚を強要された咲妃の股間を覗き込むような位置に膝を突いた。

ヘッドランプの明かりが、革帯緊縛された極上の肢体を白く照り輝かせ、強まった光に驚いた小ネズミ達が一斉に鳴き騒ぐ。

「呪鼠様、こっ、このようなお戯れなどせず、何とぞ、御身に私の伽をお受けくださいませ！」

左右の乳首を大ネズミに吸いしゃぶられ、全身を小ネズミどもに嬲られながらも、咲妃は甘くかすれた声で、神伽の戯を願い出る。

「マダジャ！　マダ、我ノ同胞ハ満タサレテオラヌ！　モット恥ジラエ！　乱レヨ！　我ラト同ジ、畜生道ニマデ堕チヨ！　ジュジュジュジュギッ！」

チチチチィッ！

王の命を受けた大ネズミは、意外なほどの腕力を見せて股間の革帯をさらに引き上げ、咲妃の下半身を高く吊り上げてゆく。

「くぁ、あぁぁぁ……ッ！」

ネズミの唾液に濡れて密着した薄皮越しに、プックリとしこり勃ったクリトリスのポッチまでも浮き出させて、肉感的な下半身がブリッジでもするかのような体勢で宙吊りになる。M字開脚状態で、かろうじて接地している両脚の爪先と、強張った太腿が、強烈すぎる刺激にわななき震えた。

チチチッ、チュイイッ！

争奪戦にあぶれて順番待ちをしていた小ネズミ達が、小さな身体を伸び上がらせて、浮き上がった尻たぶや汗ばんだ背中を舐め回し、緊張した美脚を這い上って太腿にしがみつく。熱く火照った咲妃の裸身に群がった小ネズミ達は、小刻みに腰を振り始めた。股間から突き出た、プリッ、と生硬いネズミのペニスが、汗と獣の唾液にぬめった柔肌のそこかしこに擦りつけられる。

「ひぁぁう、んっ、身体中……ヒッ、んはぁぁんッ」

艶めかしくかすれた声を上げる咲妃の全身で、小動物達の自慰行為はさらにヒートアップしてゆく。

発情したネズミどもには、女体に快感を与えて悦ばせようなどという思惑など微塵もない。ただひたすらに、込み上げてくる己の欲望を解消するためだけに、神伽の巫女の極上裸身を嗅ぎ、溢れ出す体液を舐め回し、スベスベの柔肌に小さな尖りのような怒張を擦りつけて獣の精液をぶちまけるだけだ。

「ひぅ……んっ、やっ、んっ、はぁぁンッ！」

感度を増した全身を、淫熱を帯びた小動物のペニスで嬲られた咲妃は、焦げ茶色の毛皮に覆い尽くされた半宙吊りの肢体を艶めかしくくねらせてよがり悶える。

きめ細かな素肌は、身体の内側から込み上げてくる淫熱と、ネズミどもの体温で汗に濡れまみれ、それが潤滑油代わりとなって、擦りつけられる何十もの小ペニスに快感を与えていた。

チュチュチュチュチュチュチュチュッ！

摩擦快感に感極まった小ネズミどもが、一斉に耳障りな声を上げて身を震わせた。

びゅくんっ！　ぴゅくぴゅくぶぴゅるっ！　ぴゅっ、ぴゅるっ、ぷちゅるっ、びゅびゅびゅびゅ、びゅるっ！

何十、何百もの牡突起が制御不能の脈動を起こし、獣臭く熱い子種汁で呪詛喰らい師《カースイーター》の素肌を穢し抜いてゆく。

「くはぁぁんっ！　あっ、ふぁ、んあぁぁぁ……ンッ！」

全身に感じる無数の脈動と、吐き出される獣液の熱さが、妖しい快感となって咲妃のボンデージ裸身を包み込む。獣のエクスタシーに身体を震わせていた小ネズミどもが離れると、呪詛喰らい師《カースイーター》の色白な肌には、小さな精液の塊が無数にこびりついていた。

（く……獣の匂いが……身体中……汚されて……）

有佳や瑠那にいつも愛でられている素肌を汚す獣液の悪臭に、神伽の巫女の美貌が強張る。

キキキキキキッ！

神伽の巫女を押さえ込んで抵抗を封じていた三匹の大ネズミは、汚し抜かれた女の痴態をあざ笑うかのような声を上げて立ち上がり、人間サイズの巨体を伸び上がらせた。

その股間には、小ネズミどもの小突起などとは比べものにならないサイズのペニスが真っ赤に充血して屹立している。

それは、肉色をしたキュウリを思わせる形状をした、筋肉の棒であった。先端に開いた射出口からは、うっすらと白濁した獣臭い粘液がピュルピュルと噴き出し、赤く充血し節くれ立った表面を伝い流れてゆく。

「我ノ命ジャ、ソノ邪魔ナ物ヲ緩メ、我ガ側近ノ摩羅ヲ受ケ入レヨ！」

「く……仰せのままに……解ッ！」

美貌を羞恥に歪めて一瞬躊躇した咲妃であったが、淫神の要求するがままに、革帯ボンデージの退魔装束を緩める。

両脇に回った二匹の大ネズミに、咲妃の無抵抗な身体はM字開脚スタイルで抱え上げられた。手を伸ばし、すっかり緩みきった革帯をずらした大ネズミは、ムッチリと肉厚な大陰唇に指を掛けて左右にパックリと割り開く。

艶めかしいローズピンクの媚粘膜が垣間見せて濡れ開いてしまった秘裂と、そのすぐ下で繊細な小皺を恥ずかしげに引きすぼめたアヌスの蕾が、ヘッドランプの光に白々と照らされながら開帳された。

「あ、あぁぁ……ッ。しっ、信司ッ、案ずるな……この程度、どうと言うことはない。だから、何も考えず、心を空にしていてくれ」

獣の腕に抱えられ、性器を割り開かれた恥辱的な体勢のまま、少年に呼びかける咲妃であったが、その顔は紅潮し、声は羞恥の震えを隠しきれていない。

「神伽ノ巫女ヨ、同族ノ男ニ見ラレナガラ、獣ニ犯サレルノハ口惜シイデアロウ？」

人の心を読める淫神は、粘つくような口調で問いかけてくる。

「こっ、このような辱め……慣れておりまする」

「気丈ナコトヨ。我ニモ、汝ノ本心ハ読メヌガ、恥ジラッテオルコトハ判ルゾ。……モ少シ辱メテ、性根ヲサラケ出サセテヤロウ。ジジッ！　ジュイッ、チイイッ！」

呪鼠は、配下の大ネズミに新たな命令を下す。

「な、何を？」

少し不安げな面持ちで問いかける咲妃の背後から、仰向けに寝転がった三匹目の大ネズミが、ヌッ、と顔を覗かせると、開帳された性器にむしゃぶりついた。

「ピチュピチュピチュ、ピチャピチャピチャピチャッ！」

それは、美少女の性器に対する、獣によるクンニ責めであった。せわしなく動く舌が、割り開かれた秘裂全体を這い回り、薄紅色に充血した小陰唇の狭間に入り込み、ヌロヌロと蠢いてめくり上げ、柔らかな媚肉の花弁を執拗にこね回すように舐めしゃぶる。

「ひぁ！　やっ、アッ、あんッ！」

　バラの花弁のように美しい陰唇を蹂躙した獣の舌は、蜜液の分泌が止められぬ膣口の周囲をクルクルと旋回して焦らし抜き、愛液と唾液を混ぜあわせ泡立たせてゆく。

「ひゃあうっ！　ヒッ、あっ、やっ、くふうぅぅぅ……ヒッ、うっ、くふうんっ！　ひぁ！　はぁぁううんんっ！」

　ピチャピチャという舐め音と、咲妃の上げる切れ切れの喘ぎが共鳴しあって、淫らなハーモニーをコンクリートの空間に響かせた。

　クンニ責めを仕掛けている大ネズミは、左右の小陰唇を交互に舐め弾き、包皮に覆われたクリトリスを、ヒクヒクと動く鼻先でこね回し、硬いヒゲや荒い鼻息でくすぐって、異種の女体に絶え間のない悶えを強要する。

　くちゅ、ぴちゅ、くちゅるるッ！

　性器の外周部を攻略したネズミの舌は、満を持して、白濁した愛液を滲ませた膣口にヌルリと潜り込んできた。

「ひゃあぁぁうんっ！　あっ、やっ、ひぃぃんッ！」

　敏感な粘膜組織をヌロヌロと舐め這う舌の感触に、咲妃の美尻が跳ね上がり、膣壁の収縮によって絞り出された白濁した淫蜜が、ピュッ、プシッ、と噴き出して大ネズミの毛皮を濡らす。

　愛液の味と匂いに獣欲を煽られた獣は、さらに深く鼻先を押し込み、奥まで舌を挿入しようとするが、処女膜を守る結界によって押し返された。

　何度か膣口への侵入を試して失敗した大ネズミは、そのすぐ上にある敏感な排尿穴に攻撃目標を変更する。

　ぴちゅ、ちゅぴちゅぴちゅぴちゅぴちゅぴっ……チュクチュクチュクチュクッ！

「きひいいいっ！　そっ！　そこはぁ！　アッ、ひっ、ふぁ……きゅあぁぁんッ！」

　細長い舌先を激しく抜き挿しして尿道を責め立てられた呪詛喰らい師《カースイーター》の下腹部が、ギクギクッ！　と緊張し、膣口とアヌスの蕾が妖しく収縮する。

（くうぅ……こんなに奥まで……舌がッ！　あ、あぁぁ、入るッ！　膀胱にまで、入ってくるッ！）

鋭い尿意に襲われた退魔少女は、M字開脚で抱えられたボンデージ裸身を伸び上がらせ、歯を食いしばって尿道責めの魔辱に耐えている。

細く長い齧歯類の舌は、排尿経路を逆行して長さ数センチの尿道を踏破し、膀胱内にまで侵入して、溜め込まれた尿水を味わい、攪拌していた。

「う……あぁぁ、くはぁぁぁ……ッ！」

狂おしいほどの尿意が下腹の奥で膨れあがり、腹筋がギチギチと引き絞られて、今にも失禁してしまいそうになるのだが、尿道を犯す獣の舌が栓の役割を果たしていて、漏らすに漏らせぬ少女の煩悶をさらに煽る。

「ソロソロ小便ヲ出シタカロウ？　男ニ見ラレナガラ、存分ニ迸ラセルガヨイ！　キュキキッ！」

王に命じられた大ネズミは、尿意に悶える咲妃にとどめの責めを繰り出す。

ぷちゃぷちゃぷちゃぷちゃぷちゃッ！　チュクチュクチュクチュクチュクッ！

膣口とは違い、何の防御措置もない尿道口の奥深くまで舌を潜り込ませた大ネズミは、はしたない音を立てて、繊細な粘膜管を責め立て、過剰な摩擦に屈した尿道括約筋が緩みきるのを待って舌を一気に引き抜いた。

「ふぁ、あぁぁぁ、あっ、やっ、でっ、出るッ……くぁ、きひいっ！　出ちゃ……んはぁぁぁ〜んッ！」

獣の舌による執拗な尿道責めに屈服した退魔少女は、すすり泣き混じりの悩ましげな声を響かせて、膀胱を決壊させた。

プシュウッ！　プシャァァッ！　シャッ、シャッ、シャァァァ〜ッ、シャパァァッ！

制御不能の勢いで、失禁の尿水が迸り、大ネズミの毛皮をグッショリと濡らして床へと滴り落ちてゆく。

美少女が失禁した小水の甘く香ばしい匂いが、湿った熱気を含んで、ムワッ、と香り立った。

キキキキッ！　ジジジジッ！

興奮した大ネズミは、恥辱に震えながらも放出を止められぬ巫女の股間にむしゃぶりついて、迸る甘露水を美味そうに啜り飲んだ。

「あはぁぁ、ンッ、ひぁ！　あ、はぁぁんッ！　出るッ！

ふぁ……あんッ、んはぁぁぁ……ッ」

放尿中の尿口に細長い舌を挿入して激しく掻き回され、きつく吸い上げられて、さらなる失禁を強要された咲妃の顔が、妖しい快感に蕩ける。

（あ、あぁ……尿道が敏感になっていて、漏らしただけで……イッてしまう……イク……ッ！）

意識が飛んでしまいそうな排尿快感に翻弄されながら、神伽の巫女は敏感すぎる己の肉体を、疎《うと》ましく思ってしまう。ゼムリヤの仕掛けてきた陵辱の宴で、多くの亜神を一気に取り込んだ後遺症なのか、一旦欲情の炎を灯された肉体は、際限なく感度を増し、快感が理性を侵食してしまうのだ。

「あぁぁ、出るッ……まだ、出るッ……ふぁぁ、止まらないッ！　すっ、吸うなぁ！　あはぁぁぁぁンッ！」

まるで、膀胱が第二の子宮に変じてしまったかのように甘く切なく疼き、尿道括約筋が制御不能の収縮を起こして、甘い淫臭を放つ喜悦水を断続的に射出し、艶めかしい喘ぎ声が止められない。

「ソロソロ、我ガ腹心ドモノ摩羅ヲソノ身ニ受ケヨ」

長々と続く放尿を終えた咲妃が、切れ切れの喘ぎを漏らして身体を弛緩させるのを待ち、呪鼠が口を開いた。

「ハァハァハァハァ……わ、私の女陰には、挿入拒絶の強固な結界が施されております。私の意思でも、これは解除できませぬ故、後ろの穴にて……伽したく存じます」

汗ばみ紅潮した美貌を失禁絶頂の余韻に蕩けさせたまま、咲妃はかすれた声で述べる。

「左様カ、ナラバ、ソ奴ラノ相手ハ、尻ノ穴デシテモラオウデハナイカ」

何やら相談するかのように、短く鳴き交わしていた大ネズミの一頭が、呪詛喰らい師《カースイーター》の身体を床に這わせ、後背位の体勢にさせる。

「く……う……」

眉根を寄せて呻く咲妃の肛門に、肉キュウリのような形状をした大ネズミのペニスが、背後からあてがわれた。

「はぁぁ、ンッ……あぁ」

恥ずかしげに目を伏せ、身体をモジつかせる少女の尻で、熱く猛った獣のペニスに嬲られたアヌスの蕾が、ヒクヒクと物欲しげに収縮する。

ちゅく、ちゅく、ぷちゅ、ちゅぷっ……。

緊張と弛緩を繰り返す薄紅菊のようなすぼまりに押しつけられた亀頭をしゃぶる淫らな粘着音が、獣臭と尿臭に満ちた空間に、異様なほどはっきりと響く。

その音は、陵辱者であるネズミどもだけでなく、金縛りのまま、照明役として使われている信司の耳にも届いてしまっているはずだ。

(欲しがっている⁉ あぁ、身体が勝手に……獣に犯されるのを悦んでいる。こんなところを、信司に……親友に見られている⁉)

卑猥な反応を見せつける自分の肉体を、男子では唯一の親友である信司が見ているかと思うと、胸の奥から羞恥と困惑、そして、言い様のない哀しみの感情が込み上げてきてしまう。

神伽の巫女となるための修業によって、衆人の前で辱められても動じない精神力を養ってきたはずなのに、心が激しくざわめいてしまうのを抑えきれない。

(ダメだ……まだ、神伽の戯も仕掛けていないというのに。取り乱すんじゃない！ しっかりしろ、私ッ！)

自分を叱咤する咲妃の尻穴を、熱く猛った獣の肉槍がグリッ！ と強烈に圧迫し、込み上げてくる悦波が思考を中断させた。

「んぁ！ はぁぅ……くふぅ……んんッ！」

視線を逸らすこともできない信司の目の前で、毒々しい紅色にいきり勃った獣根が、可憐なすぼまりの中心にゆっくりとねじ込まれてゆく。

「くふぅ……はあぁぁ……く、う、んんんん〜ッ‼」

桃色菊のような小皺の連なりが、ヒクヒクと蠢く獣のペニスによって押し広げられ、こじ開けられると、咲妃は羞恥と戸惑いの入り交じった表情を浮かべ、獣の交尾姿勢で床に這った極上裸身を弓なりに仰け反らせた。

(あぁ……尻の感度も、危険なほどに上がっている……このままでは、神伽の前に……堕ちてしまう……)

押し広げられたアヌスから、息を呑むような快感の波紋が湧き起こり、第二の性器となってしまった直腸壁が歓喜にわないて、神伽の巫女に危機感を抱かせる。

先端をめり込ませた肉茎が、いきなりズルリ！ と伸び、一気に結腸部まで貫かれた。

「あひ……ッ!?　ひあ、奥ッ!?　はあぁぁうんっ！」

「我ラノ摩羅ハ、自在ニ律動スル。腰振リナシデモ、汝ヲ狂ワセルコトガデキルゾ」

艶めかしい悲鳴を上げてボンデージ裸身を仰け反らせる少女に、淫神が自慢げな口調で告げる。

キュキキキキッ！

アヌスの締めつけに快感の声を上げた大ネズミは、咲妃の背後から爆乳を揉みこねながら、獣毛に覆われた身体を前後に揺らし、直腸の奥深くまで挿入された肉茎を律動させて尻穴を犯し始めた。

「ふぁ！　なっ、中で……動いて……くふううっ！　あっあッ、ひはぁぁうンッ」

抽挿と、ペニスそのものの伸縮を駆使した複雑なピストン運動で、直腸内を掻き回される。腹の奥が甘く、熱く蕩けてしまうような肛辱快感に翻弄された神伽の巫女は、獣の精液に濡れ光るボンデージ裸身を捩れさせて乱れ狂ってしまう。

（しっ、信司……獣に犯されて乱れているのを、信司に……見られている！）

パワフルな腰使いで上下に揺さぶられる視線は、手を伸ばせば届きそうなところに跪いた少年の姿を捉えている。

「……きっ、キミを辱める片棒を担いでる。こっ、こんなつもりじゃ……ほっ、ホントに……ゴメンッ！」

濡れたワレメから視線を外せぬまま、少年は、悔恨の感情に震える声で詫びる。

眼前で繰り広げられる獣姦陵辱を見せつけられた信司の目からは、悔し涙が止めどなく溢れて頬を伝っており、動きを封じられた全身から吹き出す怒りと悔恨の感情がひしひしと伝わってくる。

「信司ッ、お前は悪く……ふぁ、あっあっあんッ！　くぁ、はぁぁあう、んっ、ひぁぁ……んきゅううううんっ！」

声をかけようと思ってはみるが、押し寄せる快感で意識が細切れにされていて、漏れ出すのは恥ずかしく裏返った悩ましげな喘ぎ声のみ。その声に昂った大ネズミの腰使いは荒々しさを増し、呪詛喰らい師《カースイーター》にさらなる恥悦の声を上げさせる。

「んぁ、あはぁぁんっ！　やっ、あっ、きゅふうぅぅんッ！　ひぁ、あぁぁぁ、奥ッ……くはぁぁぁう！」

アナル陵辱の快感に翻弄される咲妃の目の前に、怒張した獣のペニスが左右から突きつけられた。

「順番ガ来ルマデ待テヌラシイ。ソ奴ラハ、手ト口ヲ使ッテ果テサセヨ！」

「んぁ……ンッ、く……はぷ……ちゅぱ、くちゅ、ぴちゃ、ぴちゃ、ぴちゃ……」

恥悦に酔わされた神伽の巫女は、淫神に命じられるがまま、両手の指を二本の獣根に絡め、手淫奉仕しながらのフェラチオ行為を開始する。

白くたおやかな指が、濃厚な獣臭を放つ粘液にぬめって脈動する肉槍を握り締め、根本から先端まで、リズミカルに扱き上げて快感を送り込みつつ、柔らかな唇と舌が悪臭の塊のような先端を咥えて吸いしゃぶる。

(早くこいつらを果てさせて、呪鼠に神伽を……)

快感に翻弄される意識の片隅で、神伽の巫女は焦りを覚えている。

巨大化してはいるが、今、相手をしているのは神格も宿していないただの獣。

行為を長引かせても、何の得にもならないのだ。

一秒でも早く、この苦行を終わらせようと、咲妃は吐き気を催す悪臭に耐えながら、熱く猛った異形の男根に舌を這わせ、亀頭を小刻みに吸いついばむ。

くちゅ、くちゅ、くちゅ、くちゅ、くちゅ、くちゅっ……。

手のひらと肉茎の間で先走りがこね回される音を立てながら上下動を続けつつ、親指の腹で先端の射出口を擦り上げ、小刻みに舌を使って、大ネズミ達の身体を歓喜にわななかせた。

「マダマダ興ガ足リヌ。ソノ男ノ顔ヲ見ナガラ舐メヨ！」

咲妃の従順な奉仕に調子づいたネズミの王は、恥辱の命令を下す。

どこまでも性根の腐った、最低、最悪の淫神であった。

(徹底的に辱めるつもりなのか!? だが、ここで呪鼠の機嫌を損ねるわけにはいかぬ)

「しょ、承知いたしました……んっ、ぴちゅ、ぴちゅ、ちゅぱ……く……うぅ……はぷ、んむふぅ……ちゅぱ、ちゅぱ、ぴちゅ、くちゅ……ちゅる……んく……ッ」

苦渋の決断を下した咲妃は、閉じていた目を開き、傍らに跪いた信司に、恥辱の涙に潤んだ目を向けつつ、獣の腐肉棒に舌を這わせた。

ヘッドランプの明かりに白々と浮かび上がる獣姦陵辱の光景の中、少年と少女の視線が幾度も絡みあい、哀しみと恥辱の光にきらめいて見つめあう。

「さ、咲妃……ウッ！　くふうう……ッ！」

獣の男根に奉仕する美少女に、凄艶な流し目で見つめられた信司のペニスが興奮の極みを迎えて暴発し、熱い粘液で下着を汚した。

「う……くううぅぅ……く……ンッ！」

ドクッ、ドクッという制御不能の脈動のたびに、熱いスペルマが下着の内側にぶちまけられ、射精快感と罪悪感で少年の顔を歪めさせる。

(信司……)

射精の脈動が起きるたびに、ビクッ、ビクッ、と身を震わせながら、悔し涙を流す少年を見る咲妃の目からも、一筋の涙がこぼれ、生乾きの精液をこびりつかせた頬を伝い落ちてゆく。

「ギチュチュチュッ、オ主モ、精ヲ放ッタカ。同族ガ犯サレ果テル姿ニ欲情スルトハ、我ラト同ジ獣ヨ！」

信司が射精したことを悟った淫神は、陰湿な響きの声で、少年と少女、双方の屈辱感を煽り立てる。

「我ガ同胞ドモモ、早ウ果テサセヨ！　喉奥マデ呑ンデ吸エ！　淫ラニ尻ヲ振レ！」

「はむ、んふ、ちゅぱ、んはぁ、あっ、はんっ！　んっんっんっ、ひぁ……奥ッ、んはぁぁん……んぐむうぅぅッ！　ゴホッ！　ゴホッ、んんんん〜ッ！」

呪鼠に命じられた神伽の巫女は、獣根を喉奥まで咥え込んで吸い上げ、尻をくねらせて、アヌスを貫く肉槍を締めつけると、積極的な動きに興奮したネズミどもの動きも激しくなった。

尻穴を犯されるハードピストンのたびに、大ネズミの体毛がまろやかなヒップを撫でくすぐり、荒々しく揉みこねられている爆乳の先端からは、純白の乳汁が絶え間なく湧き出して乳肌を濡れ光らせていた。

アヌスの奥でグルグルと旋回する大ネズミのペニスは、直腸壁を激しく刺激し、薄い肉壁一枚隔てただけの膣や子宮まで熱く蕩けるような快感に包み込んでゆく。

喉を犯す獣根は、食道の奥まで容赦なく侵入し、強烈な嘔吐感をもたらすと同時に、被虐のイラマチオ性感で呪詛喰らい師《カースイーター》の目から理性の光を奪っていた。

喉奥で伸縮するペニスも、指に扱かれてビクビクと脈打つ肉槍も、次第に硬度と先走りの量を増し、切羽詰まった痙攣を交えて張り詰めてゆく。

（あぁ、熱い……こんなに脈打って……もうすぐ、射精……するのか？）

握り締めた手と、絶え間なく嗚咽する喉粘膜に伝わってくる獣根の淫熱が、わずかに残った理性に羞恥の波紋を広げ、それが倒錯的な快感に変じて、手淫奉仕の速度を上げさせた。無意識のうちにアヌスがきつく収縮し、喉粘膜が蠕動して、消化管の入口と出口を貫いた肉槍に射精を促す。

ギュチチチッ！　キィキィキィキイイッ！

呪鼠の腹心である三匹の大ネズミが、同時に声を上げ、絶頂へと舞い上がった。

どくんっ！　どくどくどくんっ！　どぷうぅっ、びゅうっ、びゅうっ、びゅるっ、どくどくどくどくどくんっ！

力強い脈動とともに獣の巨根が射精を開始し、腸内と喉奥に大量の子種汁が注ぎ込まれる。

「ぐふうぅぅんんっ！　んぐうむぅぅぅ～ンッ!!」

腹の奥に弾ける精液の灼熱感が、獣姦陵辱によって溜め込まれていた快感を一気に燃え上がらせ、エクスタシーの大波と化して襲いかかってきた。

「ごほぉおっ！　ひあぁぁぁんっ！　イクっ、イク……うぅぅぅぅぅ～ンッ!!」

びゅうううっ、どびゅるるるる～ッ！　びしゃぁ、びしゃぁ、びしゃびしゃびしゃびちゃぁ！

射精中のペニスを喉奥から吐き出し、甘く裏返った絶頂の叫びを上げる咲妃の美貌を、左右から突きつけられた肉棒から放たれた濃厚な精液がドロドロに汚し抜き、手コキで果てた大ネズミのペニスが、濁汁を吐き出しながら喘ぐ少女の口に深々と突き挿れられた。

「んぐううっ！　んっ、グッ、ゴクンッ……」

くぐもった呻きを漏らす咲妃の喉が艶めかしく動き、口内に容赦なく放たれる獣の精液を飲み込んでゆく。

人間の精液とは比べものにならぬ悪臭を放つ、灼熱の獣液が舌にこびりつき、喉粘膜に絡みながら、汚辱に震える食道を下り落ちる感触に、勝ち気な美貌が歪むが、発情し

た肉体は、意に反して汚濁を飲み込んでしまう。

　射精の脈動が起きるたびに、少女の喉と下腹が緊張と弛緩を繰り返し、ぶちまけられたスペルマに濡れ光る爆乳の先端が、純白の乳汁を断続的に射出している。

　獣達の射精は、数分間にわたって続いた。

　獣欲の煮詰め汁を存分に吐き出した大ネズミは、絶頂の余韻に震える少女の裸身を無造作に床に投げ出し、壁際に退いて毛繕いを始める。

「くぅ……ハァハァハァ……こっ、これで……御前の同胞様は全て満足したはず。今度は、呪鼠様に……」

　ようやく解放され、床に突っ伏して喘いでいた神伽の巫女は、獣の精液まみれの顔を上げて哀願する。

　獣根の抜け落ちたアヌスの蕾からは、大量に注ぎ込まれた獣の子種汁がドプッ、ブジュルッ、と恥音を立てて溢れ出し、糸を引いて床へと滴り落ちていた。

「良カロウ。約定通リ、我ト交ワロウデハナイカ。我ノ摩羅、受ケ入レラレルカナ？」

　ゴミを寄せ集めた玉座からのっそりと降りてきた淫神は、咲妃の鼻先に、先ほどの大ネズミどもとは比べものにならぬサイズの巨根を突きつけた。

「う……くぅ……」

　むせ返るような獣臭を放つ肉凶器の威容に、さすがの呪詛喰らい師《カースイーター》も、顔を引きつらせてしまう。

　ネズミの王のペニスは、長さ四十センチ以上、直径も五センチはあるだろう。まるで巨木の根のように歪な形状をしており、そこだけは人間そっくりな形状をした亀頭のサイズは、咲妃の握り拳ほどもあった。

　凶暴に反り返った勃起の根本では、ペニスを独立して律動させる筋肉が、ボディビルダーの力こぶのように盛り上がって、ビクビクと脈打っている。

「は、はい……謹んで、伽をさせていただきます……」

　恭しい態度で告げる退魔少女の身体が、床に荒々しく突き転がされ、その上にでっぷりと太った呪鼠の巨体がのしかかってきた。

「つぁ、あぁぁんっ！　呪鼠様、なっ、何を？」

　ごつい指で荒々しく秘裂を弄られた咲妃は、苦痛に顔を歪めながら問いかける。

「尻穴ハ、我ガ同胞ドモガ散々犯シタ。我ハ汝ヲ伴侶ト成シ、我ノ子ヲ孕マセル！　ヨッテ、汝ノ子壺ヲ犯ス！　キキイィッ！」
「ひぁんッ！　どうか、どうかご容赦をッ！　そこは結界が！　やっ、それだけは……なりませぬッ！」

悲痛な声を上げた咲妃は、精液まみれの美貌を引きつらせ、思うように動かせぬボンデージ裸身をくねらせて抗う。

「ナラヌ！　汝ニ産マセタ我ガ子ラデ、コノ世ヲ埋メ尽クシテヤロウ！」

抗う咲妃の両足首を掴み、百八十度近い大開脚で固定した呪鼠は、濡れ開いた秘裂に鼻先を突っ込んだ。

「くはぁぁンッ！」

「ギュフフフ……挿入阻止ノ結界、ナカナカニ堅シ……ダガ、神気ヲ込メタ我ノ歯ハ、万物ヲ噛み削ル！」

自信に満ちた口調で宣言した呪鼠は、膣口にめり込ませた前歯を小刻みに上下させた。

くちゅ、くちゅ、くちゅ、くちゅ、くちゅっ……カリッ、カリッ、カリカリカリッ！

咲妃の秘裂にめり込んだ大ネズミの鼻先が蠢くたびに、生々しい蜜鳴りの音が上がり、獣の精液にぬめ光る少女の裸身が痙攣する。

神格の力を宿したネズミの前歯が、処女膜の手前に張られていた挿入阻止の結界をジワジワと噛み破っているのだ。

「ふぁ！　あぁぁッ！　結界が……削られるッ……!?　どうか、どうかご容赦を！」

「否トハ言ワセヌ……オォ、美味ナ女蜜ジャ、内側ノ肉壁モヨウ動イテオル……」

ビクビクと跳ね上がる下半身を押さえ込み、溢れ出す愛液を残らず舐め取りながら、ネズミの王は巨大な前歯を駆使して、処女膜の手前に張られた挿入阻止の結界を齧り取ってゆく。

やがて、結界は残らず噛み破られ、最後の砦である処女の証を、ざらついた獣の舌が、ヌロヌロと舐め回した。

「ヒィィッ！　アッ、やっ、ふぁぁぁぁンッ！」

子宮の奥まで響いてくるような妖舌がもたらす魔悦に、神伽の巫女は望まぬ絶頂へと舞い上がって熱い淫蜜をしぶかせてしまう。

「コレデ良シ……。最後ノ薄膜ハ、我ガ摩羅ニテ突キ破ッテヤロウ」

絶頂の余韻に痙攣する咲妃の股間から、呪鼠が濡れ光る顔を上げた。でっぷりと太った身体をずり上げ、呪詛喰らい師《カースイーター》を組み敷いたネズミの王は、はち切れそうに怒張した獣根で秘裂を擦り嬲る。

「なりませぬ！　それだけは、嫌ッ！　嫌だッ！　わっ……私の子宮には……んぐうっ、んむううぅッ！」

半ば狂乱状態で叫ぶ咲妃の口に、ネズミの舌が深々と突き挿れられて声を封じた。

ずちゅ、ぬちゅ、ぐちゅ、ぐちゅ、ぐちゅ……。

獣臭い唾液にぬめった舌が、少女の口腔を蹂躙し、喉の奥まで犯し抜く。

それは、巨大ネズミと美少女のディープキスであった。

逃げようとする咲妃の舌を、呪鼠の長くざらついた舌が搦め捕り、巧みに蠢いてしゃぶり回し、責め嬲る。

「んぐううっ、んむうっ！　んふぅ……んむ……ゴホッ、ゴホッ！　う……ぐ、むうぅぅふぅぅぅぅんっ！」

獣の舌に喉の奥まで蹂躙されて苦悶する咲妃の身体にのしかかった呪鼠は、爆乳を鷲掴みにして揉み立てながら、巨根を挿入しようと腰をカクカクと蠢かせた。

「んきゅふうぅぅぅ〜んッ！」

挿入を焦る呪鼠の巨根が、結界の防備を失ったヴァギナのワレメを強烈に圧迫し、口を塞がれた呪詛喰らい師《カースイーター》に引きつった悲鳴を上げさせた。

呪鼠の大きすぎる亀頭が咲妃にとっては幸いしたのと、挿入を拒む少女が左右に腰を捻るせいで挿入角度が合わず、淫神の牡槍は幾度も挿入に失敗する。

「逃ガサヌ！　コチラノ穴ヲ、先ニ埋メテヤロウ！」

ぬぷっ！　ズリュウウウッ!!

焦れた声を上げた呪鼠の尻尾が、咲妃のアヌスを深々と貫いた。硬い獣毛がまばらに生えた尻尾が、肛門括約筋をこじ開け、直腸壁をゾリゾリと掻き嬲って挿入される。

「ひあぁぁぁぁぁ〜ンッ!!」

一気に結腸を抜け、大腸内部にまで侵入してきた長大な尻尾の衝撃に、仰け反り悶える呪詛喰らい師《カースイーター》。

「ドウジャ？　我ガ尻尾ノ味ハ!?　ホホォ、良ク締マル尻穴デハナイカ、ギチュチュッ、モット奥マデ行クゾ！」

先ほど受け入れた大ネズミのペニスよりも太く、長い淫神の尾が、繊細な薄桃菊のようなすぼまりを容赦なく拡張し、腹腔の奥の奥まで貫いて内臓を犯し抜く。

「ふぁ！　あぁぁぁんっ！　イクッ、イクッ、イクウゥゥゥゥ～ンッ!!　んぐむうぅぅぅ～ンッ！」

絶頂の叫びを上げる咲妃の口にむしゃぶりつき、ディープキスを仕掛けた淫神は、濡れ疼く秘裂を巨根で擦り上げ、尻穴を抉った尻尾を激しく震わせて、神伽の巫女を陵辱する。ペニスよりも自在にくねる尻尾は、先端をクネクネと蠢かせて腸壁をこね回し、長さを活かしたフルストロークで、少女の腸管を責め立てた。

（イクッ！　あぁぁぁ、また、イクッ！　ダメだ……奥まで掻き回されて……アソコも……擦られて……舌が……引き抜かれる……ッ！）

まるで触手のように蠢く極太の尻尾が腸管を奥の奥まで蹂躙し、薄い肉壁越しに子宮を捕らえてこね回す。

獣の唾液に濡れた舌が、口腔内でズルズルと蠢き、シロップのように甘い神伽の巫女の唾液を残らず吸い上げ、食道にまで侵入して喉粘膜を舐め嬲る。

充血を際立たせた陰唇と勃起クリトリスを、熱く猛った剛直に容赦なく圧迫され、ゾリッ、ゾリッと掻き擦られると、失禁でもしたかのように大量の愛液が噴き出して、異形の巨根を熱く濡らした。

興奮で逆立った呪鼠の体毛は、火照り疼く裸身をくまなくくすぐり、突き刺し、撫で上げて、欲情した女体を限界を超えて燃え上がらせてゆく。

肛門を貫いた尻尾は、圧倒的な存在感で少女の腸管を蹂躙し、神伽ですっかり開発されたアナル性感に、絶え間ない絶頂を強要していた。

「ギルルルゥ、入ラヌ……！」

尻尾によるアナル責めを続けながら、呪鼠は、巨根を膣口にねじ込もうと奮闘するが、挿入を果たせない。

「コノ体位デハ合ワヌ！　這エ！　尻ヲ突キ上ゲヨ！」

犯し抜かれた尻穴から、長い尻尾がズルリと抜ける。声も出せずに痙攣する咲妃の身体を荒々しくひっくり返したネズミ神は、まろやかな尻を突き出した姿勢で押さえ込んだ美少女に、後背位でのしかかった。

「くぁ、あぁぁ……ご容赦……を……やぁぁぁ……」

「神伽ノ巫女ヨ、我ガ子種デ、孕ムガイイ！」

今にも弾けてしまいそうに張り詰めた亀頭が、膣口に押しつけられ、子宮まで貫こうとしたその瞬間。

ジャラッ、ジャラララララララッ！

涼やかな音を立てて、虹色に光り輝く鎖が、呪詛喰らい師《カースイーター》の裸身から伸び出て、淫神の身体に絡みついた。

「ギイイッ！　ナ、コレハ、ナンゾ！」

手足や身体だけでなく、口や尻尾、そしてペニスにまで絡みついた鎖でがんじがらめになったネズミの王は、くぐもった声を上げる。

ギチチチチッ！

王の危機に駆けつけようとした三匹の大ネズミは、いつの間にか張られていた筒状の結界に封じ込められていることに気付き、激しく暴れ騒いだ。

「アルス・ノウァの縛鎖……。この鎖は、神をも縛り、無力化いたします。危急の策故、どうかお許しを」

「ギュイイイイイッ！　許サヌ……我ハ、汝ヲ孕マセテ……ジイイイイッ‼」

巨根の根本を縛めた鎖によって、秘裂を狙っていた淫神のペニスは、強引にアヌスへと誘導された。

「呪鼠様、その身に宿した神体、謹んでお受けいたします……くぁ、はぁぁぁぁ」

すぼまりを圧迫してくる亀頭の凶悪なサイズに眉を寄せながらも、咲妃は大きく息を吐き出し、尻をくねらせて、規格外に太い獣の男根を受け入れてゆく。

「うくぅ……ンッ、くぁ！　きっ、きついッ！　あ、あと少し……くうぅぅ……ッ！」

薄紅色のすぼまりを押し広げて巨大な亀頭が括約筋の輪を潜り抜けると、獣の巨根は、一気に根本近くまでズルリと呑み込まれた。

「くはぁぁぁぁンッ！」

腹腔の奥まで蹂躙され突き上げられる甘美な衝撃に、艶めかしい声を上げた神伽の巫女は、淫神を受け入れる器官として練り上げられた腸壁を自らの意思でうねらせ、肉感的な尻を「の」の字を書いて打ち振って、ネズミの王から神体を絞り出そうと躍動する。

「ギグウゥゥゥ……摩羅が、蕩ケル！　腰ガ、止マラヌ！　ジギュルルッ、ジュギギギィィィッ！」

きつく締めつけてくる肛門括約筋と、熱く濡れ蕩けた直腸粘膜の淫靡な蠢きに我を忘れた呪鼠は、獣の本性剥き出しで激しく腰を使った。

ペニスを引き抜いて、膣に挿入し直そうとしても、絡みついた鎖が身体の動きを制限していて、呪鼠の男根は、きつく咥え込み、搾り上げるように蠢く神伽の巫女のアヌスから逃れることができない。

全身を光る鎖で縛められて繋がった、巨大ネズミと美少女のアナルセックスは激しさを増してゆく。

荒々しい突き込みのたびに、輝く鎖がジャラジャラと鳴り、すすり泣きを交えた少女の喘ぎと、獣の激しい息づかいがコンクリート壁に幾重にも反響した。

激しい打ち付けのたびに、弾力たっぷりな尻肉が衝撃に波打ち、たわわなバストが母乳の雫を振り撒きながら、勃起乳首の残像を描いて重々しく揺れ弾む。

「んあぁぁぁんっ！　イクッ！　ひぐうぅぅんっ！　イクイクイクウウンッ！　おあぁぁぁんっ！　また、来るッ！　あ、あ、イク……んんんんンン〜ッ!!」

激しい突き込みに耐えきれず、前のめりに突っ伏した姿勢のまま、咲妃は立て続けに達していた。

絶頂の大波が引かぬうちに、新たな波が次々に襲いかかってきて、光る鎖で裸身を緊縛した巫女の身体を激しく痙攣させる。

「我ハ、汝ヲ……孕マセテ、我ガ同胞デ……世界ヲ……ギギギギギギィィィィッ！」

無念の声を上げたネズミの王は、咲妃の淫らな腰振りと、魔性の快感を送り込んでくるアヌスの蠢きに屈して、射精の脈動を開始した。

びゅくんっ！　びゅくびゅくびゅくうんっ！　どぷうううっ！　ぶびゅううっ、どぷどぷずびゅるる〜ッ!!

大ネズミ達とは比べものにならぬ量と勢いで、獣神の子種汁が、神伽の巫女の腸内に熱く渦巻きながらぶちまけられる。

「はぁぁんっ！　神体……招迎ッ!!」

怒濤の勢いで注ぎ込まれる灼熱の子種汁に腸壁を炙られ、ひときわ深く強烈な絶頂へと舞い上がってしまいながらも、咲妃は残る力を振り絞って呪鼠の神体を体内に封じた。力の源を失った呪鼠の肉体が、青白い光の粒子を撒き散らしながら縮み始める。

目も開けていられぬほどの光に満たされたコンクリート空間の中央で、丸々と太っていた毛むくじゃらな巨体が、まるで空気を抜かれた着ぐるみのように萎んでゆく。

結界に封じ込められて暴れ騒いでいた三匹の大ネズミも、全身から青白く光る湯気のようなものを立ちのぼらせながら、本来の大きさへと戻っていった。

「ハァハァハァハァ……」

光の奔流が消え去り、闇とともに静けさの戻ったトンネル内に、呪詛喰らい師《カースイーター》の荒い呼吸音だけが響いている。

獣の精液でぬめ光ったボンデージ裸身と、憔悴しきった美貌が、倒錯的なエロスを醸し出し、コンクリートに押しつけられてムニュリとひしゃげた爆乳が腋の下からはみ出ているのが艶めかしい。

「結界《かべ》破れ、窮鼠《きゅうそ》となりし、我が身かな……。まさか、種付けされそうになって、これほど取り乱してしまうとは、私もまだまだ未熟だな」

コンクリート床にグッタリと弛緩した身を投げ出した咲妃は、か細い声でつぶやく。

「オレ、また、何もできなかった……常磐城さん、頼む、オレの記憶を消してくれ！」

床にへたり込んだまま動かない信司が、涙混じりの声を絞り出す。

「それはあまりお勧めできないな。確か、お前は明日、追試があるのだろう？」

うつ伏せ状態のまま、咲妃は疲れた声で答えた。

「だから、何だよ!?」

少年は、苛立《いらだ》った声を上げた。

「記憶消去をしたら、これまでやった勉強の成果も失われてしまう可能性がある。お前は、鮎子の心遣いを無駄にするつもりなのか？」

「追試なんてどうなってても構わないさ！　こんな悔しい記憶なんて、全部なくなってしまえばいい！」

髪を掻きむしりながら、自暴自棄気味な口調で叫ぶ声が、トンネル内に反響する。

「信司……お前は少し自虐的すぎるところがあるな。自分を責め苛んでも、心の痛みは晴れはしないぞ」

咲妃の指摘に、信司は黙り込む。

「お前は、今回は神伽の戯に巻き込まれてしまっただけ。

そう、ただそれだけだ。お前に責任はない……いや、私や鮎子の制止を無視してここに来たのだから、少しは自業自得なところもあるかな？」

咲妃は苦笑を浮かべて告げる。

「すまないが、記憶消去は明日の放課後までお預けだ。消耗が激しすぎて、もう、意識を保っていられそうにない。後は任せたぞ、疼女……」

全ての力を使い果たして疲労の極みに達した神伽の巫女は、静かに目を閉じる。

「あ、おいっ！　大丈夫……なのか？」

うろたえる信司の目の前で、うつ伏せになっていた少女がゆっくりと身を起こした。

「よいしょ、っと。あぅぅ、犯されすぎて、腰が抜けちゃってるわね。激しい神様だったわぁ。まあ、獣だから仕方がないか……ワタシも犯されてみたかったなぁ」

姿形や声は確かに咲妃のままなのに、表情や口調、立ち居振る舞いが異様なまでに艶めかしく色っぽい。

「常盤城さん、だよな？」

信司に上ずった声で問いかけられた少女の口元に、小悪魔じみた笑みが浮かぶ。

「ウフフッ、イエスであり、ノーでもあるわね。そういえば、アナタにこうして会うのは初めてかしらね？　ワタシの名前は疼女。咲妃の身体に宿った淫神の一柱よ。ヨロシク、ね♪」

神体を分離されぬままの状態で咲妃の身体に宿っている淫神、疼女は、色っぽくウインクする。

「まさか、常盤城さんの身体を乗っ取ったのか⁉」

「そんな恐い顔しないでよ。咲妃が失神しちゃったから、代わりに後始末を手伝ってあげてるだけよ。乗っ取るなんてとんでもないわ。あー、ネズミの精液で身体中ドロドロになっちゃってる。うぷっ！　ひどい匂い……」

全身から立ちのぼる獣の悪臭に顔を顰める疼女。

「外の海で禊ぎをするから、そこに置いてある、着替え入りのバッグ持って付いてきて。何なら、洗うの手伝ってくれてもいいのよ？」

咲妃の身体を操った淫神は、挑発的なセリフを残し、トンネルから出てゆく。

「記憶消去はお預けか……こんな気持ちのまま、追試受けろっていうのか？　マジで、冗談きついぜ！　クソッ！」

自嘲のため息を漏らした都市伝説マニアの少年は、物陰に隠されていたバッグを手に、足どりも重く疼女の後を追った。


その数日後……。

「再追試って、何やってんのよ、信司ッ！」

呆れと怒りに震える鮎子の声が、都市伝説研究部の部室に響く。

「いや、オレにも色々と事情があったんだよ、多分……」

「多分っていうのはどういうことよ⁉」

幼馴染みの曖昧な口調に、生真面目な生徒会長の口調はさらに刺々しくなる。

「いや、何かすごく自己嫌悪して悩んでいたような記憶があるんだが、なんで悩んでたのか思い出せないんだ」

「はぁ？　何言ってるの、信司」

鮎子が目を丸くする。

「信司……間違いなく痴呆症ね……」

瑠那が、都市伝説マニアの少年を冷たい目で見ながら、ボソッ、とつぶやいた。

「言い訳だったら、もっと上手にしなさい。今日の部活は、都市伝説の検証を中止して、勉強会にします。反論は認めません！」

ギラリ、とメガネを光らせた生徒会長は、一方的に宣言する。

「ええっ！　それは横暴だよ。せっかく、この前話した巨大ネズミの調査について相談しようと思ってたのに！」

「却下よ！　追試を受けなくなるまで、ネズミの調査は禁止！　ほら、教科書出しなさい。勉強するわよ！」

お姉さん口調で言った鮎子は、不満顔の少年の隣に座って準備を急かす。

「ククク ッ、信司、すっかり鮎子の尻に敷かれたな」

やりとりを黙って見ていた咲妃が、含み笑い混じりに冷やかした。凛々しい顔立ちには、疲れが残ってはいるが、視線には力強さが戻り、口調も変わりない。

「笑い事じゃないよ……。まあ、鮎ねえが親身になって勉強見てくれるのは、心から感謝してるよ。今度こそ、期待に応えてみせないといけないいな」

覚悟を決めた少年は、隣に座った年上の幼馴染みに視線を送りながら微笑んだ。

「そっ、そんなお世辞言っても手は抜かないわよ！」

「ぐぁ！」

照れ隠しに放たれた鮎子の肘打ちが、信司の脇腹に食い込んだ。

「岩と鮎、身を寄せあいて、瀬に挑む……か。いいな、そういう関係」

（結局、記憶操作してもしなくても、結果は同じだったな。悩ませた分、信司には酷なことをしてしまったか？　やはり私は未熟者だ。まだまだ修業せねばならないな）

仲睦まじく勉強し始めた二人を見ながら、自省気味の苦笑を浮かべる呪詛喰らい師《カースイーター》であった。

封の十三
オレの恋人がこんなに淫乱なはずがない！

「おや、信司、今日はお前一人なのか？」

いつものように、有佳と瑠那を伴って都市伝説研究部の部室に顔を出した咲妃は、一人熱心にノートパソコンの画面を覗き込んでいる少年に声をかけた。

「ああ。鮎ねえは、生徒会長会の集会があるから、今日は出席できないんだ」

都市伝説研究部の部長をしている少年、岩倉信司は、ノートパソコンの画面を見つめたまま答える。

「生徒会長会？　何だか仰々しい名前だな」

「近隣の私立学校の生徒会長が一堂に会する集会だよ。鮎ねえは議長に任命されているんだ」

ようやく顔を上げた信司は、軽く背伸びしながら言った。

「三ヶ月に一度、各校の生徒会長が集まって、情報交換の会議を開いているんですよ」

生徒会の書記をしている有佳が、説明を補足する。

「ほぉ。鮎子も色々と忙しいんだな。で、暇人なお前は、さっきから何をやっているんだ？　エロ画像でも見ていたのか？」

「暇人なのは認めるけど、指摘されるとちょっと凹むな……。それに、断じてエロ画像なんか見てない！『恋フレンズ』っていう、オンライン型の恋愛シミュレーションゲームだよ」

「恋愛シミュレーション……ですか？」

「ああ。選択肢で進むだけのゲームとはわけが違うぞ。最新のAIを搭載したキャラとの、バリエーション豊富で超リアルな会話が売りで、毎週新しいシナリオが配信されるんだ」

「ふむ、女の口説き方をゲームで学ぶわけだな」

「そういう下心があるわけじゃなくって、ネット上で、闇の隠しシナリオがあるっていう噂が立っているから、実際にプレイして検証中なんだ」

「闇の隠しシナリオ？」

退魔少女の目がキラリ、と光る。

「具体的な内容は不明なんだが、物凄くエロい隠しキャラの出てくるシナリオがダウンロード可能になるという噂がネット上で囁かれているんだ」

「エロですか？　男子って、そういうの、好きですよね」

咲妃に寄り添うように座っていた有佳が、少し軽蔑気味の視線を信司に送りながらつぶやく。

「いっ、いや、オレは別にエロを期待しているんじゃなくって、そのシナリオをプレイしたらしい連中が昏睡状態に陥る事件が何件か起きているんだよ」

信司は、週刊誌の記事抜粋らしい画像をパソコンの画面に表示した。

『大ヒット恋愛ゲームが原因？　謎の昏睡事件続発！』という、センセーショナルな見出しで、事件のあらましが書かれている。

「なるほど、こいつは穏やかじゃないな。しかし、憶測ばかりのいい加減極まりない記事だな……」

咲妃は、率直な感想を口にする。

「開発元は、隠しシナリオの存在を完全否定しているし、昏睡事件との直接的な関連を裏付けるデータも、今のところない。それどころか、昏睡した連中のパソコンを、ゲームメーカーから依頼された情報解析のプロが徹底的に調べても、そんなシナリオをプレイした痕跡すら見つからなかったんだ」

「噂が原因の集団催眠じみたものだったのかな？」

爆乳に頬ずりして甘えている瑠那の金髪を撫でながら、あまり気のない様子で咲妃はつぶやく。

「そうだな。結局、闇シナリオの噂は、偶然起きた昏睡事件をゲームと関連づけた、悪質なネガティブキャンペーンだったという結論が出て、騒ぎは収束しつつあるんだ」

「……しかし、何らかの呪詛が、プログラムに隠されている可能性も捨てきれないな。信司、そのゲーム、ちょっと見せてくれ」

「ああ、いいぜ」

慣れた手つきでＯＳのコントロールパネルを開き、ゲームのプログラムにアクセスした咲妃は、ソースコードを表示させ、高速でスクロールさせた。

「……ソースコードの不審点……なし。画像データによるサブリミナル措置……なし。コード化された呪印……記憶に該当する形式のもの……なし……」

瞬きもせずに画面を見つめながら、咲妃は無感情な声で告げる。

「咲妃お姉ちゃん、すごい……」

瑠那が上げた感嘆の声にも反応せず、半ばトランス状態でプログラムをチェックしていた呪詛喰らい師《カースイーター》の目に、表情が戻った。

「ふぅ……。結論から言おう。このゲームそのものに、危険なものは含まれていない」

「やっぱり、ただのネガティブキャンペーンだったか？　まあいいや、ゲームそのものはなかなか面白いから、もう少し遊んでみるよ」

「しっかりハマってるじゃないですか」

有佳が少し呆れ顔で指摘する。

「いっ、いや、ほら、オレは何にでもハマりやすい性格だからさ、あははは……」

照れ笑い混じりに言い訳する信司であった。

「都市伝説の検証をしないのなら、私達は早めに帰らせてもらおうと思うのだが」

「ん？　ああ、そうだな、オレはもうちょっとここでゲームを続けてから帰るよ」

恋愛シミュレーションにのめり込んでいる少年を一人残し、咲妃達は部室を出ていった。


「ンッ……あっ、あ、あ、あぁ、くふぅ、ンッ、ひぁ、んんんっ……あはぁん……ッ」

明かりを落としたベッドルームに、咲妃の甘く悩ましげな喘ぎ声が響く。

「咲妃さん、もっと気持ちよくなってください。あぁ、咲妃さぁん」

「お姉ちゃんのオッパイ、美味しい。これだけでお腹いっぱいになっちゃいそう。んふあむ、ちゅぱちゅぱちゅぱ……ちゅるるッ！」

真ん中に横たわった咲妃のメリハリの利いた裸身に、添い寝した有佳と瑠那が優しく、そして濃厚な愛撫を施して、呪詛喰らい師《カースイーター》の異名を持つ少女に、絶え間ない悦びの声を上げさせていた。

左右の乳首を同時に吸われ、恍惚の表情を浮かべて仰け反った咲妃の股間では、二人の少女の指が競うように蠢いて、クチュクチュという蜜鳴りの音を立てている。

「ふぁ、あ、イクッ！　ひぁ……イク……ッ！」

甘く引きつった声を上げて仰け反った咲妃が、喜悦の頂点に舞い上がろうとした瞬間、ベッドのサイドテーブルに置いていた携帯電話が着信メロディを奏で始めた。

「くう……なんだ、いいところだったのに！　……はい」

エクスタシーにお預けを喰わされた咲妃は、気だるげな仕草で携帯電話を手に取る。

『信司が……信司が倒れちゃったのよ！』

受話器の向こうから聞こえてきたのは、悲痛な響きを帯びた鮎子の声であった。

「何だって⁉　……ああ、わかった。すぐに行く！」

信司が緊急搬送された病院に急行した咲妃達は、待合室で鮎子と落ちあった。

「会議が終わった後で、信司に電話したら、今、呪いの隠しシナリオをダウンロードしたって言ってたの。その直後に、何か悲鳴のような声が聞こえて、倒れる音がして……。精密検査したけど、身体に何の異常もないのに意識が戻らないのよ！」

「そんな……。まさか、あのゲームで？」

「常盤城さん、あなた、信司に、ゲームに危険なものは入っていないって断言したのよね？」

鮎子が詰め寄ってくる。

「ああ。言った……」

「じゃあ、どうして信司は倒れたの⁉　ねえ、答えてよ！　呪いのシナリオって、何なのよ⁉」

珍しく取り乱している鮎子は、感情剥き出しで食ってかかってきた。

「会長……落ち着いてください」

「……ごめんなさい。つい、取り乱しちゃって。常盤城さん、あなたの力なら、信司を目覚めさせることができるんじゃないの？　信司を助けて……お願いッ！」

有佳に取りなされて平常心を取り戻した鮎子は、呪詛喰らい師《カースイーター》の異名を持つ退魔少女にすがりつくようにして懇願する。

「わかった。淫夢神の力を使って、信司の意識に潜ってみる。しかし、その前に、人払いをしておく必要があるな……」

腿に装着したホルダーから赤ペンを抜いた咲妃は、病室の出入り口に接近忌避と印象希薄化の呪印を手早く描き込んだ。

「これでよし……ちょっと、隣に寝るぞ」

不安げな表情で見つめてくる鮎子の視線を気にしつつ、呪印使いの少女は信司に添い寝する体勢になり、緩やかに上下している少年の胸に手を置いた。

「上手くいくように、祈っていてくれ」

手のひらに伝わってくる心臓の鼓動に、自らの生体リズムを同調させた咲妃は、その身に封じた淫夢神の力を駆使して信司の意識へと侵入する。


黒い霧のようなものを突き抜けた次の瞬間、呪詛喰らい師《カースイーター》は、学校の教室のような場所に、制服姿で立っていた。

「侵入は成功……。通常の淫夢とは、少し感覚が違う。信司の意識に直接ダウンロードされたゲームデータと、私の意識が融合してしまったのか？」

周囲を見回した咲妃は、状況の把握につとめつつ、自分のいでたちに目をやる。

制服の下には、いつもと同じ革帯ボンデージの退魔装束を装着しているようだ。

「もっとエロい格好をさせられると思っていたが、外見は意外と普通だな。この先、どういう展開になるのかはわからないが……この身体、どうやら未完成の淫神らしいな」

自らの肉体を検分していた呪詛喰らい師《カースイーター》は、肉体から発する神気を感知して複雑な表情を浮かべる。

「いつもなら、私の肉体に神体を迎え入れるのだが、今回は逆に、神体に私の意識が取り込まれたか。さて、この状況から神伽の戯を行なうのは、なかなか厄介だぞ……くぅ……ンふうぅッ！」

身体の奥底から込み上げてきた疼きに、制服姿の肢体を抱き締めて呻く咲妃。

「こっ、この飢餓感は……未完成の淫神が、精気を求めているのか？　んふぅ……はぁぁんッ！　以前に封じた痴女と似ているが、根本は違うタイプか……」

悩ましげな声を上げながらも状況分析した咲妃は、制服のシャツ越しに爆乳を揉みこね、ムッチリと肉感的な太腿を擦り合わせながら、切なげな喘ぎを漏らす。

（ああ、堪らないッ！　身体がこんなに疼くのは、初めてだ！　自分の身体じゃないからなのか？　ガマン……できないッ！）

淫欲の炎で全身をジリジリと炙り灼かれているような欲情に耐えかねて、制服のスカート越しに股間を弄ってしまう。

マシュマロのような弾力で指を押し返してくる恥丘を手のひらで包み込んで押し揉み、中指を激しく屈伸させて、革帯に守られた秘裂を刺激した。

「ひぁ！　あふうぅ……身体中、敏感になっている⁉」

間接的に愛撫された性器が熱く潤み、膣道がグネグネと卑猥に蠢く感触が、腹腔の奥底から伝わってきて、咲妃の顔を切なげに歪ませた。

「ふぁ。くうぅ、ンッンッンッ……あ、くふうぅんッ！」

凛とした美貌の退魔少女は、教室の床で膝立ちになり、乳房と股間で指をせわしなく蠢かせ、甘く艶めかしい喘ぎ声を響かせて背徳的な自慰快感に身悶える。

「ダメ……だ。自分で……しても、全然治まらない……はぁぁう、あっ、あんッ！」

自慰行為によって生じた快感の波動は、渇ききった喉に一滴の水を落としたかのように瞬時に吸収され、飢餓感がより強まってしまう。

「ひぅ、ンッ、あんッ！　こっ、このままでは……疼きに呑み込まれてしまう。どうすれば……？」

鼻に掛かった呻きを漏らしながら、空しい自慰に耽る咲妃の耳に、教室のドアが開く音と、人の賑やかな話し声が飛び込んできた。

「あ、エロエロ美少女、ホントにいた！　うわぁ、もう、オナニーしてるぞ！」

「あれが噂の……すげぇ美人じゃん。オッパイもでかくって、色っぽいなぁ」

口々に言いながら、六人の少年達が入ってきた。全員が既に一糸もまとわぬ全裸で、股間では淫情の血潮を送り込まれたペニスが恥ずかしげもなくそそり勃っている。自慰に耽る咲妃を取り囲んだ少年達の顔は、全て信司のものであった。

「くぅ……ンッ、お前のスケベ顔、六個も集まると、呆れるのを通り越して不気味だぞ……しかし、こういう趣向とは……悪趣味な隠しシナリオだな」

　欲情の喘ぎを抑えた神伽の巫女は、眉を顰めて言いながら、少年達の霊的な波動を探っている。

（この少年達は、昏睡したゲーマー達の思念。いわば、生き霊の凝縮体か。私の精神と淫神が同調したせいで、最も縁の深い信司の容姿が前面に出てきているのか……。すごくやりづらいな）

「ねえ、早速だけど、セックス、しようぜ」

「もうすっかりエロエロモードじゃないか。オレにも目いっぱいエロいことしてくれるんだろ？」

　信司の顔と声で口々に言った少年達は、床に跪いた咲妃に群がり、メリハリに富んだ肢体を包む制服に手を掛けてくる。

　ビイイッ、ビリッ、ビリビリッ！

　少年達の手に引っ張られた制服は、まるで薄紙でできているかのようにあっさりと引き裂かれ、芸術的な曲面を見せつける革帯ボンデージ爆乳が、ボリュームたっぷりに揺れ弾みながらまろび出た。

「ふぁ！　あ……ますます悪趣味な……くふぅンッ！」

「わぁ、制服の下に、ＳＭみたいな格好してる！　あぁ、オッパイ柔らかいなぁ。指に吸いついてくる……これが、いわゆる餅肌ってやつなのか？」

「おいっ！　オレにも触らせてくれよ！　んぉ、すげぇ爆乳だ！　たまんねぇ！」

　四方八方から手が伸びてきて、あらわになった乳肌が好き放題に揉みこねられる。

「く……うっ、そっ、そんなに強く揉むんじゃないっ！　はぁぁんっ！　あんッ！」

　信司の顔をした少年達に寄ってたかって嬲られながら、咲妃は肉体の飢餓感がわずかに和らぐのを感じて小さな安堵の吐息を漏らす。

（男の指から、自慰とは比べものにならない濃厚な精気が流れ込んでくる。これならば……いける！）

「くぅん……ンッ、全員が信司の顔なのが気にくわないが、神伽の戯、参るッ！」

　凛とした声を上げた呪詛喰らい師《カースイーター》は、仮想空間という未知の戦場で、いつもとは勝手の違う神伽の戯を開始した。

「まずは、正攻法でいかせてもらうぞ」

先を争うように爆乳を弄んでくる少年達に囲まれながら、咲妃は、はち切れんばかりにそそり勃ったペニスに指を絡め、手淫奉仕を仕掛けた。

「んっ！　くふうぅぅ！　指、冷たくってスベスベで気持ちいっ、いいよ。もっと、もっと触って！」

ほんのりと冷たく滑らかな指に勃起を擦られた少年は、快感の呻きを漏らして、熱く強張った肉茎をヒクつかせる。

（信司の早漏もコピーされていれば、神伽も早く終わるだろうが……果たしてそう都合よくいくかな？）

数回の淫靡なストロークで摩擦快感を送り込んだ咲妃の指は、スルリと解けてお預けを喰わせ、次の勃起へと移っていく。花から花へと舞い飛ぶ蝶のように、神伽の巫女の白くたおやかな指は林立するペニスを渡り歩き、繊細にして濃厚な愛撫を施した。

「こんなに硬くして……フフッ、もうガマン汁が溢れているじゃないか。ここ、気持ちいいんだろう？　ほら、もっと擦ってやるぞ」

ウズメ流の技巧を極めた少女の手は、硬く反り返った肉茎の根本から先端までリズミカルに扱き上げ、滑らかな手のひらで亀頭を包み込んで撫で転がす。

鈴口から溢れ出る男の愛液が、ヌチュヌチュと卑猥な音を立ててこね回され、少年達の鼻に掛かった快感の呻きが、教室内に高く、低く響く。

（このまま、愛撫の主導権を取って神伽を続ければ、この肉体の疼きに惑わされずにすむはずだ……）

神伽の巫女は、積極的な愛撫を仕掛け、快感に震える少年達の身体から喜悦の波動を絞り出して吸収してゆく。

「んぉ！　手コキ、超気持ちいいッ！」

「そうだろう？　もっと気持ちよくしてやるぞ……」

性愛技巧の粋を極めた白い指先が、勃起の胴を撫で上げ、裏筋を摘んで揉み上げ、滑らかな指の腹で鈴口のワレメを強弱交えて擦り上げ、亀頭冠をくすぐり、陰嚢を包み込んで優しくこね回す。しばらくの間は、咲妃の繰り出す手淫責めに少年達が勃起をヒクつかせて喘ぎ、悶える一方的な状況が続いた。

教室の床には、手淫奉仕によって絞り出された男の愛液が糸を引いて滴り落ち、下腹にめり込みそうに充血したペニスは、呪詛喰らい師《カースイーター》の指によって塗り広げられた先汁に濡れまみれてテラテラと艶めかしく照り輝いている。

「オレ達ばかり気持ちよくなってたら悪いよね？」

愛撫されるがままになっていた少年達が、示しあわせたように動き出した。

「余計な気遣いはいい、んっ、んふぅぅぅ！」

唇が強引に奪われ、ヌルリ、と舌が入ってきた。

くちゅ、くちゅくちゅ、じゅるっ、ずちゅるるっ、ぐちゅぐちゅぐちゅるっ……。

いつもキスしている有佳や瑠那の柔らかく優しい舌とは正反対の、荒々しく硬い味覚器官が口腔内を掻き回し、戸惑う舌に絡みついてきつく吸い上げてくる。

「んくぅ！　んむふうぅぅぅンンッ!!」

(この身体、キスだけで燃え上がっている!?　まずい、これ以上愛撫されたら……！)

攻撃的なキスに翻弄されている咲妃の乳先と股間を覆っていた革帯ボンデージがあっさりとずらされ、左右の乳首と秘部が露出させられた。

「んむうぅぅ！　んきゅふうぅぅ！」

剥き出しになった性感帯に、少年達の熱い吐息が吐きかけられただけで、全身がさざ波のような痙攣に包まれる。

「咲妃の身体、どこもかしこもエロいなぁ。この乳首なんて、特にエロエロで美味しそうだ。いただきまーす。あむ、ちゅるうぅぅ〜ッ！」

剥き出しになった乳首が、左右同時にきつく吸われた。

「んぐうぅぅ！　ひうぅぅぅぅ〜ンッ！」

ディープキスで塞がれた唇の奥からくぐもった声を上げる呪詛喰らい師《カースイーター》の乳先で、刺激に反応した乳頭がムクムクと尖り勃ち、ざらついた舌に舐め転がされてさらに硬度を増してゆく。

(信司の記憶から、私の名前まで知られてしまったか？　うぁぁ！　乳首に舌が絡んでヌロヌロと舐められて……融けるッ！)

「咲妃のオマンコ、ツルッツルのパイパンなんだね。いっぱい舐めてあげるよ。あはぁ、すごくエッチな匂いがして、柔らかいなぁ。ぴちゅっ、ちゅぱちゅぱちゅぱ……」

「お尻の穴、全然臭くない、ミルクみたいないい匂いがする……こんなに綺麗な色なんだ……んふ、ちゅっ、ちゅっ、れるっ、ぴちゃぴちゃぴちゃ」

熱い舌が、前後の秘め穴を貪るように舐め始めた。

「ひゃあぁぁぁぁンッ！　なっ、舐め……ヒッ！　イッ！あ、あぁぁ……ッ‼」

キスを振りほどいて甘い悲鳴を上げた咲妃の肉体が、ギクギクギクンッ！　と喜悦の痙攣を起こす。

「何？　もっと舐めて欲しいの？　言われなくたって、いっぱい舐めてあげるよ。咲妃のお尻の穴、プルプルした舌触りで、すごく美味しい……」

ムッチリと肉感的な尻たぶを割り開いた少年は、恥ずかしげに引きすぼめられた放射状の小皺を一本一本味わうように舌先を這わせ、唇を吸いつかせて、小刻みに吸い上げてくる。

「はあぁ、こんなにエロい身体なのに、オマンコはロリっぽいツルツルなんだね。柔らかくて、濡れてて、ヒクヒク動いてる。すごくエッチだよ。あむあむあむあむんっ！」

無毛の秘裂にむしゃぶりついた少年は、ツルリと滑らかな大陰唇に唾液を塗り込み、柔らかなワレメ全体を口に含んで、鼻息も荒く貪った。

「んむうぅんっ！　ふぁ、かっ、噛むなぁ！　アヒンッ！んっんっんっ、くふううぅんっ！」

キスで口を塞がれ、秘裂と肛門を欲望剥き出しの舌使いで舐めしゃぶられた退魔少女の身体が強張り、膝がガクガクと震える。

ぴちゃぴちゃぴちゃ、ぴちゅ、ぴちゅ、ちゅぱちゅぱちゅぱ、ちゅるっ、じゅるっ、ちゅぷちゅぷちゅぷっ……。

身体の各所が吸いしゃぶられ、舐められる音が次第に湿っぽさを増し、不自然な爪先立ちの姿勢で嬲られている咲妃の足元に、唾液混じりの愛液が滴り落ちて淫らな水溜まりを形成してゆく。

「咲妃のお尻の穴、ヒクヒク動いて開いてきた。もっと奥まで欲しいんだね？」

アナルに舌を這わせていた少年が身体を起こし、唾液に濡れてヒクついているすぼまりに亀頭を押しつけてきた。

「お尻の穴に、オレのチンポ挿れて、舌じゃ届かないところ気持ちよくしてあげるよ」

ぬぷ……ずにゅううぅっ！

どうせ、この肉体は淫神のものだから、と、半ば開き直り気味にアヌスの緊張を解くと同時に、熱く猛った亀頭が、括約筋を押し開いて侵入してきた。

「んはぁぁぁ……あはぁぁんっ！」

神体の受け入れ口として、常に清浄に保たれている直腸内部を男の器官に満たされた神伽の巫女は、凛々しい美貌に恥じらいと恍惚の入り交じった表情を浮かべ、熱い吐息を漏らす。

「くううぅっ！　常磐城さんのお尻、すごい締めつけだよ。中も温かくて、チンポが蕩けそうだ！」

歓喜の声を上げた少年は荒々しく腰を使って、立位の体勢でアヌスを激しく犯す。

「ひぁ！　いきなり激しすぎる、ふぅぁ、ンッ！　くはあぁぁぁんっ！」

強烈な悦波に貫かれた咲妃の膝が崩れ、床にへたり込んでしまいそうになる。

「挿れただけで腰が抜けちゃった？　仕方がないなぁ　ほおら、抱っこしてあげるよ」

床にあぐらをかいた少年は、咲妃の腿裏に手を掛けてグイッ、と抱え上げ、後座位の姿勢で腰を使った。


「ひぁ！　あっ、ヒッ、いっ、奥ッ！　突き上げられて……くぁ、はぁぁんっ！」

熱く、硬く猛った肉杭で尻穴を掘り返される快感は、現実とまったく違わぬ甘美な衝撃で少女の身体を火照らせ、切れ切れの喘ぎを教室内に響かせた。

「常磐城さんの、髪、使うよ」

興奮した声をかけてきた少年が、艶やかなロングヘアの黒髪をペニスに巻きつけて手淫に耽りながら、紅潮した耳や細く引き締まった首筋に亀頭を擦りつけてくる。

「ひゃう！　んっ、ヒッ、アッ、あんッ！　お返し……してやるぞっ！」

耳や頬に擦りつけられるぬめった亀頭の感触や、アヌスを掻き回す牡槍の荒々しさに喘いでしまいながらも、神伽の巫女は、信司の顔をした少年達に積極的な愛撫を仕掛けてゆく。

「おっ、お前は……こういうのも好きだったな？」

反撃に転じた咲妃は、順番待ちしている少年のペニスに快感に震える美脚を伸ばし、足コキで責め立てた。

「あはぁぁ、そっ、それ……いいッ、気持ちいいいよ。もっと、タマも踏んで……くはぁぁ！」

熱く硬く猛った肉茎が、滑らかな足裏でグリグリと踏み責められ、強制的に先走りの粘液を絞り出されながら圧迫されると、マゾ快感に襲われた少年は、だらしない喘ぎを漏らして腰を突き上げ、さらにハードな足コキをねだる。

「フフフッ、信司のマゾ性格までコピーされたか。そら、これでどうだ⁉」

足指を器用に動かして亀頭を揉み嬲り、男の急所である二個の肉玉を踵で踏み転がしてやると、すすり泣くような喜悦の声を上げた少年は、機械仕掛けのように腰を跳ね上がらせた。

勝ち誇った笑みを浮かべていた咲妃の口元に、先汁まみれの亀頭が突きつけられる。

「オレ、口で……咲妃にフェラして欲しい」

上ずった声に視線を上げると、見慣れた信司の顔が、満面のスケベ笑いを浮かべて見下ろしていた。

「う……調子に乗るなッ！」

思わず口走ってしまってから、呪詛喰らい師《カースイーター》はハッ！と我に返る。

（こいつは信司の顔をしているだけで、実際はあいつではないんだ！　私の身体も、自分のものじゃない。恥じらいを捨てて、神伽のことだけを考えろ！）

自分に言い聞かせた退魔少女は、異様な恥じらいを堪えつつ、先汁の雫を盛り上がらせた亀頭の先端をパクリと咥え込み、舌を使う。

「んふ、んっ、くちゅ、ちゅぱちゅぱ……んむ、くちゅ、くちゅ……ちゅううっ」

「うぁ、常磐城さんって、フェラチオすげえ上手いんだね。あぁ、そこ、もっと舐めて……くうぅ、気持ちいいッ！」

スケベったらしい笑みを浮かべる少年の顔を見ないように目を閉じた巫女は、顔を紅潮させながらも、フェラチオ奉仕に没頭してゆく。

「はふ……んぷ……もっと、感じさせてやる」

羞恥心を振り払って責めモードに突入した咲妃は、今にも弾けてしまいそうに張り詰めた亀頭を焦らすように舐め回し、敏感な鈴口のワレメに舌先を挿入して、鮮烈な快感を送り込む。

「うぉ！　チンポの中まで舐めてくれるんだ！　アッ、アッ、あおぉぅっ！」
アシカの鳴き声みたいな声を上げた少年は、今にも射精してしまいそうなペニスをビクビクと嬉しげに痙攣させる。

（このまま、限界まで快感を溜め込ませて、一気に射精させれば、大量の精気を吸収できるはず……それで、この肉体の疼きを治めてからが本番だ！）

左右から突きつけられた二本のペニスを同時に舐め上げて、フェラチオ奉仕に没頭していた咲妃の身体が、いきなり仰向けにひっくり返された。

「はぁぁンッ！」

アナルを犯していた勃起に、直腸内をグリッ！　と抉られ、甘い悲鳴を漏らしてしまう呪詛喰らい師《カースイーター》。

「オレ、一番オイシイところをいただくよ」

「えっ⁉」

驚きに見開かれた視線の先には、秘裂に向かってくる勃起ペニスの姿。

「まっ！　待てッ！　そこだけはダメだッ！　やめろッ！　信司ッ⁉」

引きつった制止の声を上げて、呪詛喰らい師《カースイーター》は抗う。

「ダメなの？」

「ぜーったいにダメだ！　もし、挿れようとしたら、これ以上はご奉仕してやらないぞ！」

射精寸前まで追い込んでいたペニスの群れを人質にした神伽の巫女は、強い拒絶の声を上げる。

「オマンコズコズコされるの、嫌なの？」

少年は残念そうな声を上げた。

「うっ……く……信司の声と顔で、しゃべるなッ！」

不満げに唇を尖らせた表情も、少しトーンを落とした声も、鮎子や咲妃に提案を却下された時の信司そのもので、背徳的な快感と強烈な羞恥心を増幅させてしまう。

「ここまで気持ちよくしてもらって、それは困るなぁ。オマンコがダメなら、この穴にチンポ挿れてあげるよ」

新たな挿入目標に選ばれたのは、引き締まった腹部で、形よく窪んだへそ穴であった。

「えっ⁉　そっ、そこに挿れるのも、無理だッ！」

「無理じゃないよ。ここは仮想空間、何でもできるんだ。だから、おへそにだって、ほら！　チンポがズッポリ入っちゃうんだよ！」

ぐぷっ……ずむぅぅぅッ！

人体の構造を無視して突き挿れられたペニスが、へそ穴を拡張しつつ、奥深くまで貫いた。

「フフフッ、根元まで入っちゃった。動くよ！」

「くはぁぁンッ！　うぁ、あぁぁ、そんな……はぁぁう、んんっ、くふぅぅぅンッ！」

腹筋の裏側が、張り出した亀頭にゴリゴリと荒々しく擦り上げられる異様な快感が、神伽の巫女に悩ましげな呻き声を上げさせる。

「咲妃の腹筋、すごい締まりだよ。オレのチンポがギチギチって軋む音が聞こえてきそうだ」

卑猥な笑みを浮かべた少年は小刻みに腰を振って咲妃のへそ穴を犯す。贅肉の欠片もない引き締まった腹部には、腹腔内に潜り込んで抽挿されるペニスの輪郭がくっきりと浮き出ていた。

「まだまだ、こんなもんじゃないぜ！　こうやって、角度を変えて真っ直ぐに挿れると……えいッ！」

亀頭が抜ける寸前まで引かれたペニスが、角度を変えて真っ直ぐに突き込まれた。

「ひぐううっ！　奥ッ！　子宮が……突かれてる！　うぁ、んっんっんんっ、かはぁぁぁ……ッ！　イクッ、イクイクイクうううううウンッ！」

へそ穴を真っ直ぐに貫いて挿入された牡槍は、挿入を拒む子宮を外側からグリグリと突き嬲って、呪詛喰らい師《カースイーター》を妖しい絶頂に悶え泣かせる。

咲妃の絶頂によって発生した膨大な喜悦の波動は、彼女の精神に融合した完成途上の淫神に残らず吸い取られ、急激に成長させてゆく。

「ね？　おへその穴犯されるのも気持ちいいでしょ？　今度は、この爆乳にチンポ挿れちゃうよ！」

「えっ⁉」

ギクッ！　と美貌を強張らせる咲妃の爆乳先端に二本のペニスが押しつけられ、一気に突き挿れられた。

ぐちゅ、ニュプウウウッ！

硬く熱い牡槍の穂先が、乳首と乳輪を容赦なく押し込みながら、乳肉の奥深くまで挿入される。

「くぁ！　あ、あぁぁ……ッ！」

大きく目を見開いて見つめる咲妃の爆乳に、信司の顔をした少年のペニスが根本まで埋め込まれた。

(胸に……挿入、された!?)

いきなりの爆乳挿入にショックを受けた呪詛喰らい師《カースイーター》は、たわわな果肉を貫いた二本の肉柱を呆然と見つめている。

(落ち着け！　これは私の身体ではない！　だから……落ち着け私ッ！　取り乱すなッ！)

乳房の芯を貫く異様な愉悦に身を強張らせてしまいつつ、自分に言い聞かせ、乱れかけた呼吸を整える咲妃。

「エロゲとかコミックで見たニプルファック、一度やってみたかったんだぁ。ああ、フワフワのオッパイがチンポ包み込んで、気持ちいいッ！」

左右の乳房に勃起を突き挿れた少年は、声をハモらせて言いながら腰を使い始めた。

にゅぷっ、ちゅぷっ、むにゅんっ、ぷりゅんっ……ぷしゅるるっ！　ぷしっ！　ぷしっ！　ぷちゅるるっ！

「ふはぁ！　アッ、はぁぁんっ！　やっ、んはぁンッ！」

量感たっぷりな乳肉を揺れたわませて、乳房の中で勃起がストロークすると、亀頭冠に掻き出された母乳が噴き出し、仰向けで悶える裸身をトロトロと流れ下ってゆく。

「わぁ。母乳が出たね。これだけの爆乳なら、きっと出るって思ってたよ」

「ひぁ、あはぁう、んっ、あっ、アッ、アッ、あひっ、はぁん、あ、あ、あぁぁぁ、きゅふぅぅぅンッ！」

奥まで突き挿れられたペニスの先端が乳腺を掻き回し、胸骨にぶつかる衝撃が、息を呑むような悦波となって、呪詛喰らい師《カースイーター》に切れ切れの悩ましげな喘ぎを上げさせる。

「お尻とオッパイ同時に犯されるのって、すっごく気持ちいいだろ？」

肛門と左右の爆乳を貫いた少年が、声をハモらせながら問いかけてくる。

「んぁ、はぁぁうっ！　やっ、やめ……ろっ！　抜いて……抜けぇぇッ！　ひぁ、やはぁぁん！」

まるで心臓を犯そうとしているかのように、たわわなバストに抜き挿しされるペニスがもたらす快感は、ワンストロークごとに少女の理性を削り取り、欲情の炎で灼き尽くしてゆく。

「エロい顔で喘ぐんだね。そのお口に咥えて！」

「んぐむぅぅぅンッ！」

射乳快感に仰け反った呪詛喰らい師《カースイーター》の口に、いきり勃ったペニスが突き挿れられ、一気に喉奥まで到達する。

「常磐城さんの喉マンコに、オレのチンポの形が浮き出てるよ……あぁ、すごく熱くって、ゴクゴク動いてる」

夢見るような口調で言った少年は、容赦のない腰使いで美少女の喉を犯す。

「ゴフッ！　くはぁ！　んっんっんぐうぅぅぅ～ッ！」

苦しげに呻く咲妃の喉で勃起がストロークし、凛々しく整った美貌を少年の陰嚢がペチペチと叩く。

「すごいね、チンポ五本も咥え込んでるのに、オマンコはまだ空いてるんだから……ああ、母乳がここまで垂れてる」

剥き出しの秘裂を熱い吐息がくすぐる。

「ミルクと愛液の混じった咲妃ちゃんのスペシャルドリンク、飲んじゃうよ！　あむんっ！　チュバチュバッ！」

「きゅふうぅぅぅ～ンッ！」

性器を貪るように吸いしゃぶられた神伽の巫女は、勃起に蹂躙されている喉奥から絶頂の呻きを漏らしながら痙攣してしまう。

「チンポはダメでも、舌ならいいんだよね？　んふ、くちゅくちゅっ……ああ、熱くってトロトロで、美味しい」

目いっぱい伸ばした舌を膣口に挿入して掻き回した少年は、湧き出す愛液と、極上ボディを伝って股間に流れ込んできた母乳を混ぜあわせて味わい、啜り飲んでゆく。

(信司の舌……尿道にもッ！)

濡れ蕩けた膣口を這いずる舌先が、引きすぼめられた尿道口にも抉り込まれ、危険な尿意を湧き起こらせる。

「咲妃ちゃん、オシッコ、したくなったんじゃないかな？　オシッコ穴が緊張してるよ。ピチャピチャピチャ」

美少女の尿意を敏感に察した少年は、舌先を閃かせて尿道口を責め立て、放尿を促してきた。

「お？　オシッコ漏れそうなの？　じゃあ、オレも協力してやるよ……よいしょ……っと！」

へそ穴を犯し、腹膜越しに子宮を突き嬲っていた少年が、挿入角度をまた変化させ、斜め上から膀胱を突き下ろすようなピストンを繰り出してくる。

ぬちゅんっ！　じゅぷじゅぷじゅぷんっ！

いつの間にか、満タン近くまで膨らんでいた尿水袋を生硬い亀頭が突き嬲り、狂おしい尿意を湧き上がらせた。

（だっ、ダメだっ！　ガマン、できないっ！　漏れるっ）

「きゅむふうぅぅぅぅ～ンッ！」

　ペニスに塞がれた口から恥悦の呻きを搾り出しつつ、呪詛喰らい師《カースイーター》は放尿を開始してしまう。

「んむぐぅぅっ！　んふぅ……ごくごくごくじゅぱじゅぱじゅぱっ！　じゅるるっ、ずちゅるうぅぅ～ッ！」

　歓喜の呻きを漏らした少年は、熱く香しい美少女の尿水を貪り飲み、失禁中の股間を吸い上げて、さらなる排泄を促してくる。

（くううっ！　身体に宿した淫神の力で、尿のコントロールを……できない!?　そうか、私の身体ではないから、神は宿っていないのか……）

　放尿を制御しようとした神伽の巫女であったが、なすすべもなく、延々と排泄する快感を味わってしまう。

「ぷはぁぁ！　美味しかったぁ！　咲妃ちゃんのオシッコ、飲んでみたかったんだよね」

　神伽の巫女の失禁を一滴残らず飲み干した少年は、満足げな声を上げて口を離し、代わりにペニスをあてがう。

（やっ！　ダメだと言ったのにッ！）

　濡れ疼く膣前庭にチリチリと熱く猛ったペニスが押しつけられるのを感じた呪詛喰らい師《カースイーター》は、激しく身を捩って抗おうとするが、信司の意図は、膣挿入ではなかった。

　ぬちゅ、ずりゅっ、くちゅくちゅくちゅずりゅっ……。

　秘裂に押しつけられた勃起が、前後に滑り始める。

　いわゆる、素股責めだ。

「オマンコに挿れられると思った？　フフフッ、咲妃ちゃんがダメと言ったことはしないよ。そのかわり、いっぱい擦って、またお漏らしさせてあげるね♪」

　秘裂にペニスをきつく押しつけたまま、素股ストロークが開始される。

　張り出した亀頭冠が、ジンジンと疼く陰唇を左右に割り開き、勃起クリトリスをプルプルと掻き擦って滑るたびに、危険な快感の電流が呪詛喰らい師《カースイーター》の肢体をわななかせる。

「咲妃ちゃんのオマンコ、ヒクヒク蠢いて、エッチなお汁がいっぱい出てるよ。あぁ、チンポが蕩けそうだぁ！」

　童貞少年とは思えぬパワフルで緩急つけた腰使いで擦り責められた秘裂の奥から、信じられないほど大量の愛液が分泌され、ピストン運動を繰り返すペニスの動きでこね回される。

(このままでは、快感に呑まれる……ッ！　挿入を……おねだりさせられてしまうッ！)

「ねえ、オマンコに挿れられるの、嫌なの？」

素股責めで愛液まみれの秘裂を擦り責めつつ、未練がましく信司が聞いてくる。

「いっ……嫌……だ……」

データ化した淫神と融合した神伽の巫女は、残る理性を総動員して拒絶の言葉を絞り出した。

「そう？　本当に嫌なんだ、残念だなぁ……」

未練がましい声で念を押しながら、信司の顔をした少年は、咲妃の膣口を亀頭でこね回す。

くちゅっ、くぷっ、ちゅぽっ、ちゅぱっ、ちゅぱっ。

張り詰めた亀頭が膣口を浅く掘り返す感触が、息を呑むような女悦の波紋となって、退魔少女をわななかせる。

「う……あ……あぁぁ……ッ！」

無意識のうちに膣粘膜が引き絞られ、入口を弄っている亀頭をチュパチュパと吸いしゃぶるような恥音を奏でてしまう。

「どうしたの、オマンコにチンポを挿れられるの嫌なんでしょ？　なのに、なんでこんなに物欲しげなのかな？」

(私は……何をやっているんだ!?　……身体が勝手に!?)

仮想世界とは言え、生まれて初めての膣ストローク快感の期待に昂る淫神の肉体が、神伽の使命に燃える意識を裏切ろうとしていることに、咲妃は恐怖にも似た戸惑いを覚えている。

ドクンッ！　びゅくっ、びゅくんっ！

少女の忍耐をあざ笑うかのように、膣口に押しつけられたペニスが力強く脈動した。牡器官に密着した媚粘膜が、狂おしく切ない疼きに包まれる。

「ひぐうっ！　……いっ、嫌……じゃ、ない」

しばしの葛藤の末、自分でも信じられぬセリフが、羞恥の震えを伴って紡ぎ出された。

呪詛喰らい師《カースイーター》の精神が、肉悦に餓えた淫神の肉体に流され、理性が侵食されようとしているのだ。

「じゃあ、もっとしていいんだね？　咲妃の気持ちいいオマンコ、オレのチンポで奥まで掻き回していい？」

ヴァギナに亀頭を突きつけた少年が、信司の顔と声で降伏を迫って来る。

「だが……お前は……こっちの方がお似合いだッ！」

しなやかな美脚を器用に操った呪詛喰らい師《カースイーター》は、処女膣を貫く気満々だったペニスを足裏で、『白刃取り』でもするかのように捕らえ、グリグリと圧迫しつつ足コキ責めを仕掛ける。

「うおぉぉ！　チンポ潰れるっ！　おっおっおおうっ！」

奇襲を受けた信司は、巧みな足コキ責めを受けて裸身を仰け反らせる。

(逃がさないぞ！　全員、このまま果てさせてやるっ！)

信司の記憶を前面に押し出して羞恥責めを仕掛けてくる少年達に、呪詛喰らい師《カースイーター》は全力で反撃を開始する。

「あむんっ、ちゅばちゅばちゅば、すちゅうぅぅッ！」

口を犯す勃起を思い切り吸い上げ、肉胴部分をヌロヌロと舐め回して刺激しつつ、左右の爆乳を自ら揉み立て、二プルファックに興じているペニスにも快感を与える。

「なっ、いきなり激しくッ！　うほぉぉぉ！」

「腹筋が……しっ、締まるッ！　チンポ、壊れるっ！」

「うあぁぁ！　肛門も、きついっ！」

子宮を責めてくる厄介なへそ穴ペニスを腹筋でギチギチと絞め上げて動きを封じ、アナルを犯していた男根も拘束した呪詛喰らい師《カースイーター》は、足コキ責めに熱を込めた。

ぐちゅぐちゅぐちゅ、ぬちぬちぬちぬちゅるっ！

足裏で、先走りのこね回される音を立てて勃起の胴を扱き立てつつ、足指を蠢かせて亀頭を刺激する。

「くぉ！　おおおうぅぅッ！」

「きっ、気持ち……よすぎるうぅっ！」

逆襲された六本のペニスがひときわ張り詰め、ビクビクと危険な脈動を起こす。

(もう少し……もう少しで、この身体を満たすだけの性器を搾り出せる！)

逆転勝利をもくろむ呪詛喰らい師《カースイーター》は、口内のペニスを吸いしゃぶり、胸を犯す二本の勃起を外側からも揉み扱き、腹筋と肛門括約筋を躍動させて怒張を絞め上げる。

さらに、足コキの動きを加速させ、先走り汁でヌチャヌチャになった亀頭を集中的に責め立てた。

「クウウッ、射精……するよ。常磐城さんッ！　精液……出すよッ！」

「ガマンできないっ！　オッパイの中に、射精するッ！」

悲鳴のような声で射精を告げる少年達のペニスが、乳房とアヌス、それにへそ穴の奥と口腔、足裏で、制御不能の脈動を開始する。

びゅくんっ！　びくびゅくどぷううっ、びゅうっ、びゅうっ、びゅるっ、どぷっ、どくどくどくどくどくんっ！　びゅるうっ、ぶちゅるるるるる〜ッ!!

全てのペニスが同時に弾け、とてつもない量の精気が融け込んだ白濁液を、神伽の巫女の体内と体外にぶちまけた。

「あひいいッ！　イクッ、イクイクイクウウ〜ンッ！」

絶頂体液の噴出を全身で受け止めた呪詛喰らい師《カースイーター》も、ひときわ深いエクスタシーに舞い上がる。

ドクンッ！　ビキイイイイインッ！

ガラスが割れるような音を立てて、咲妃と融合した淫神の神気が閃光とともに放出された。

「オオオオオオオヲヲヲヲヲヲ〜ンッ!!」

悲鳴とも歓喜ともつかぬ声を上げた少年達の姿が光に包まれて消し飛び、静けさの戻った教室内に咲妃一人が残される。


「神体……融合完了……間一髪、私の精神耐久度が勝ったか……？」

精液でドロドロに汚された制服姿で、教室の床に仰向けになった咲妃は、疲れきった声でつぶやき、ゆっくりと目を開いた。

「この肉体の感度が、現実世界の私よりもわずかに劣っていたおかげで、完全に堕ちずにすんだか……淫神よりも敏感な身体というのも、いかがなものかと思うが……」

「まったくだわ……まさか、この仮想世界で、淫神と融合できるとは思わなかったわ。さすがね、カースイーター。いい実験データが取れたわ」

自嘲気味に言った呪詛喰らい師《カースイーター》に同調したのは、少しトゲのある女の声だった。

「お前が黒幕……九未知会《ナインアンノウンズ》のメンバーだな？」

起き上がった咲妃は、黒板の前に立つ人影に声をかける。

そこに立っていたのは、白衣に身を包み、銀縁メガネを掛けた、金髪ロングヘアの女性。

見た目の年齢は二十代後半ぐらい。生真面目そうに整った、メガネがよく似合う細面の美貌が、どことなく稲神鮎子と相通じるものを感じさせる。

「そのとおり。私の名前は、ドクタークリア。九未知会《ナインアンノウンズ》のシステムエンジニア兼医療主任。仲間達は、単にドクターと呼ぶわ」

自信に満ちた口調で、白衣の金髪美女は告げた。

「ゲームの追加シナリオを装って、データ化した淫神を配信したのもお前だな？」

「ええ。そのとおりよ。現実世界で女性型の淫神を育てるためには、大量のリビドーエネルギーが必要なのは、あなたならよく知っているでしょう？」

咲妃が頷くのを見て、ドクターは言葉を続ける。

「それこそ、数千、数万人の男が精気を吸い尽くされて命を落とすほどの、ね。でも、仮想世界なら、もっと効率よく育成が可能なのよ。すごいでしょ？」

「ゲームを媒介とすれば、生物学的な消耗が伴わない分、圧倒的多数の男性から連続してリビドーエネルギーを抽出できる……そういうことだろう？」

「素晴らしい解答だわ。百点満点ね。でも、それだけじゃ淫神として最後の成長が望めないから、最後の一押しにアナタを使おうとしたけど、淫神、取られちゃったわ」

フッ！　と自嘲気味の含み笑いを漏らし、銀縁メガネ越しの目を細めるドクター。

「そこまでして淫神を育てる意味は何だ？　九未知会《ナインアンノウンズ》は、何を企んでいる？」

「それはナイショ。じゃあ、そろそろ現実世界にお帰りなさい。今回は私の負けね……その淫神は、堕ちなかったアナタへのご褒美として差し上げるわ」

ドクタークリアがパチンッ！　と指を鳴らすと、仮想世界の崩壊が始まった。教室の壁や床、机やイスが光の粒子に分解され、無へと還ってゆく。

「今度は、現実世界で会いましょう」

「縁があれば……な」

苦笑しつつ告げる咲妃の身体も白い光に包まれ、強制的に現実世界へと送り返された。

「んっ！　……無事に戻ってきたか？」

「ふぁ！　あれっ？　ここは、どこだ？」

咲妃と信司は、ほぼ同時に目覚めていた。

「うわ！　常磐城さんっ！　何してるんだよ!?」

信司が、添い寝している咲妃の姿を見つけて素っ頓狂な声を上げながら身を起こす。

「信司ッ！　よかったぁ！　心配したのよ、バカ！　信司……うぅぅぅ～」

わけがわからず呆然としている少年に、鮎子が抱きついて嗚咽の声を漏らす。

「あっ、鮎ねえまで……どっ、どうしたんだ、一体？　何があったんだ？」

「バカ！　ずっと昏睡してたのよ、覚えてないの？」

病院服姿の信司を抱き締めたまま、鮎子は涙声で問いかける。

「えっ⁉　まさか、闇の隠しシナリオのせいで？　そういえば、何だか、すごくエロい夢を見ていたような記憶が……うひぁ！」

股間の違和感に気付いた信司は、大量に夢精していることを知って顔を赤らめる。

「信司……どうしても言っておきたいことがあるから、聞いて」

うろたえている少年に、鮎子が真面目な表情と口調で声をかけた。

「そっ、その前に、トイレ行かせて……」

「いいから聞きなさいッ！」

「有佳、瑠那、行くぞ……」

苦笑した咲妃は、二人を促して病室を出る。

窓越しに室内を覗き込むと、モジモジしながら何かを言った鮎子に、信司が驚愕の表情を浮かべ、それから恥ずかしげに言葉を返して頷くのが見えた。

「偽恋夢《ゆめ》醒めて、真摯なる恋、結ばる……ようやく言えたな、鮎子。さあ、家に戻って、パーティーの再開だ！」

歓喜の表情を浮かべながら信司に抱きついた鮎子が、ぎこちないが、力のこもったキスで少年の唇を奪うのを見届けた咲妃は、口元に微笑みを浮かべ、病室に背を向けて歩き出した。

封の十四　淫虫跋扈

広大な砂漠のまっただ中に置かれた円卓を囲み、九未知会《ナインアンノウンズ》のメンバー達が午後の茶会を開いていた。卓を囲む人影は、全部で四つ。

露出度の高いビザールファッションに身を包んだ、褐色肌の淫蕩美女、ゼムリヤ。

白スーツを着こなした男装の麗人、妖銀貨のミュスカ。

尼僧姿の儚げな美貌の女性、阿絡尼。そして、四人目は、アラブの踊り子を思わせる、露出度の高い衣装をまとった細身な女性だ。優雅な仕草でティーカップを口に運ぶ彼女の目元には、まるで目隠しでもするかのように、厚い布地が幾重にも巻きつけられていて、視覚を完全に封じている。

着衣の隙間から覗く肌の色は、ゼムリヤと同じ褐色で、ふっくらと厚い唇や、高い鼻筋、細面の顔立ちは、アフリカ北東部の人種的特徴を感じさせた。

「ハシュバ、アンタがお茶会に参加するなんて、珍しいわねぇ」

褐色肌の淫蕩美女、ゼムリヤが、隣の席に座った目隠し女性に、過剰に色っぽい声をかける。

「はい。此度《こたび》は、阿絡尼様にお伝えしたいことがございまして、まかり越しました」

ハシュバと呼ばれた女性は、蚊の鳴くような小声で、古風な言い回しの言葉を返す。

「わたくしに伝えたいことというと、何でしょう?」

阿絡尼が、わずかに眉を寄せて問いかける。

「阿絡尼様、かねてよりお探しの淫魔、ようやく見つかりましてございます」

ハシュバの言葉を耳にした瞬間、それまで穏やかであった阿絡尼の表情がギクリ!　と強張る。

「それで、奴は今、どこに⁉」

「カースイーターを狙い、彼女の住まう町に、多数の眷属とともに侵入した様子」

急いた口調で話の続きを促されたハシュバは、あくまでも落ち着いたたたずまいを崩さずに告げる。

「そう、あの町に……さすがは千眼の術師殿。ご助力に感謝いたします」

席を立ち、一礼した阿絡尼は、無言で背を向けた。

「行くのか？　阿絡尼」

尼僧の背に、ミュスカが声をかける。

「ええ、決着をつけに参ります。そのために……奴に復讐する力を得るために、わたくしは九未知会《ナインアンノウンズ》に属したのですから」

「なっ、何よ？　どういうことなのか、さっぱり話が見えてこないんだけど？」

一人蚊帳の外に置かれたゼムリヤが、他のメンバー達を見回しながら問いかける。

「……数年前、あの淫魔によって受けた恥辱と絶望を晴らしに参ります。そう、これは私的な復讐。どなた様も、お手出し無用に願います」

感情を押し殺して告げ、仇敵《きゅうてき》との対決に向かう阿絡尼の姿が、砂塵の彼方に消えた。

「……上級淫魔と、その眷属どもの侵入を許しただと？　それはちょっと厄介だな」


退魔機関からの緊急連絡を受け取った常磐城咲妃は、形のいい眉を顰めてつぶやいた。

『申し訳ございません。巫女様の支援部隊、ヤタガラスに緊急警戒を命じ、退魔戦士数名を、淫魔の捕捉撃滅に向かわせました』

「迅速な対応に感謝する。淫魔の狙いは、当然、私なのだろうな？　十分に警戒するとしよう」

全裸の肢体にバスタオルを巻いただけの姿で、咲妃は電話口に答える。シャワーを浴びたばかりの髪はしっとりと濡れ、瑞々しい肌にはダイヤモンドの粒を散らしたかのように水滴がきらめいていた。

『巫女様のお手を煩わせるようなことにはならぬよう全力を尽くしますが、くれぐれもご用心を』

「了解した」

通話を終えた咲妃は、物憂げな吐息を漏らす。

「こういう事態も想定してはいたが、いざ、現実に起きてみると鬱陶しいものだな」

身体に巻いていたバスタオルを取り去って、メリハリの利いた裸身をあらわにした神伽の巫女は、革帯ボンデージの退魔装束を着用し、静かに瞑想して周囲の淫気を探る。

「むっ！　もう戦いが始まっているのか？」

かなり離れた場所で、強い気が発せられるのを探知した咲妃は、ベランダに駆け寄り、闇の奥に目を凝らす。

「いや、この気配には強い神気も混じっている!?　それもかなり禍々しい。一体誰が戦っているんだ？」

淫魔の気を凌駕《りょうが》するほどの神気が一瞬膨れあがった次の瞬間、全ての気配が途絶えた。

「結界を張ったか？　これは、確かめに行く必要がありそうだな。我が身に眠る神体、淫尾よ、力を貸してくれ！」

咲妃は、獣の力を秘めた淫神の助力を乞う。

「ンッ……はぁぁアッ！　来た……ッ！」

背筋を熱く猛々しい神気が駆け抜けた次の瞬間、若々しく張り詰めたボリュームたっぷりの美尻上部から、銀色の獣毛を輝かせた尻尾が長く伸び出て、ファサッ！　と打ち振られる。

「よおし、行くか！」

全身に力がみなぎるのを感じた呪詛喰らい師《カースイーター》は、高層マンションのベランダから一気に跳躍した。

重力さえも振り切るほどの、圧倒的なパワーが革帯ボンデージ姿の肢体を宙に舞わせ、緩やかな放物線を描きながら、数百メートルの距離を一気に飛翔する。わずか二度の跳躍で、市の中心部からわずかに離れたオフィス街に到着した。

ここは以前、都市伝説研究部の連中と一緒に、人面犬の調査に訪れた場所である。

「淫尾の力を借りての大跳躍、ちょっと癖になりそうな爽快感だな」

地面に降り立ち、尻尾を消した咲妃は、はぁッ、と熱い吐息を出して、淫情混じりに高まった胸の鼓動を鎮める。

「やはり、この一帯に妖糸を使った広域結界を張っているのか。結界様式は、五行結界陣の発展型。何とか侵入できそうだな」

目に見えぬ壁に手を触れながらつぶやく咲妃の背後に、異形の影が迫ってきた。

「ギギギ……女ダ！」

「ソレモ、極上ノ女ダ！　イイ尻ヲシテイル」

耳障りな声を上げたのは、昆虫のような姿をした数体の下級淫魔だった。

いずれも身長は二メートル近く、二足歩行はしているが、人間とは明らかに異なる異形の生物だ。

「やれやれ、結界の外側にも伏兵がいたか。不本意だが、戦うしかないかな？」

まったく恐れる様子もなく淫魔どもに向き直った呪詛喰らい師《カースイーター》が、鬱陶しげに言いつつ身構えようとした刹那《せつな》。

ヒュンッ！　ヒュンッ！　シュルルルンッ！

涼やかな風切り音を立てながら飛来した銀色の物体が、淫魔どもの身体にピタリと張りついた。

「ギギギッ？」

「あれは、銀貨？　まさか……!?」

「喰い尽くせ、妖銀貨！」

凛とした声が闇の奥から投げかけられ、淫魔の身体に張りついた銀貨が、それに呼応するかのように、ヴウゥゥンッ！　と低い唸りを上げる。

「グギャアァァ！」

耳障りな悲鳴も一瞬で途切れ、下級淫魔は、欠片一つ残さず、銀貨の中に吸い込まれて消失した。

チャリーン、チンッ、チャリーン。

静けさの戻ったオフィス街の路面に、銀貨が落ちる涼やかな音が響く。

「この術……妖銀貨のミュスカ、だな？」

「久しぶりだな、カースイーター。今のは貸しにしておく。……早速だが、返してもらおうか？」

まるで意志があるかのように、足元に転がり戻って宙に跳ね上がった銀貨を優雅な指捌きでキャッチしながら、九未知会《ナインアンノウンズ》の一員である男装の麗人は声をかけてくる。

「ずいぶん早い取り立てだな。利子は払わないぞ」

咲妃の返答に、白スーツにソフト帽姿の美女は、苦笑を浮かべた。

「この結界の内部で、阿絡尼が戦っている。敵は高等淫魔。かつて、阿絡尼を陵辱した相手だ。手出しは無用と言われたが、勝負の行く末が気になる」

「なるほど。それで？」

「厚かましい願いだが、その戦いの見極め役になって欲しい。もし、阿絡尼が、その身に宿している淫神を暴走させるようなことがあれば……」

「皆まで言うな。確かに厚かましい依頼だが、荒ぶる淫神を鎮めるのは神伽の巫女の使命。もしも暴走したら、私が全力で鎮めてやろう」

咲妃は、自信に満ちた口調で宣言する。

「感謝する……そのかわり、この結界の周囲に群れている雑魚淫魔は、私が残らず掃討してやろう」

ミュスカの口元に、凶暴な笑みが浮かぶ。

「ずいぶん楽しそうだな。雑魚の掃討は任せた。さて、それでは結界の中に入るか」

結界壁に向き直った咲妃は、前歯を指の腹でなぞると、唾液に濡れた指先で、結界壁に直径数十センチの円を描いた。まるでガラス切りで穴を開けたかのように、強靭な結界に人が潜り抜けられるサイズの穴が開く。

「それは、呪鼠の牙の力だな？　もう、そこまで応用できるのか。さすがだ……」

「まさしくそのとおりだが、ずいぶん詳しいな？」

「まあ、な……フフフッ。早くしないと、せっかく開けた穴が閉じてしまうぞ」


咲妃に疑惑の視線を向けられたミュスカは、意味ありげな含み笑いを漏らす。

「わかっている。では、行ってくる」

結界内部に侵入した呪詛喰らい師《カースイーター》は、身体の周囲に穏形結界を張り巡らせ、少し離れた物陰から、戦場となったオフィス街の様子をうかがう。

「む、あれか……この短時間に、ずいぶん派手にやったものだな」

結界の中で繰り広げられていた淫魔と阿絡尼の戦いは、既に大詰めを迎えていた。

僧衣のそこかしこが破れ、いくつかのかすり傷を負った尼僧の周囲には、数十体は超えているであろう下級淫魔の裂断死体が散らばり、生き残った十数体が、遠巻きに取り囲んでいる。

宙を睨んで立つ阿絡尼の真正面、地上十メートルほどの高さに、他の淫魔どもとは桁違いの妖気を放つ巨大なハチ型淫魔が滞空していた。

「あれが高等淫魔……昆虫型か、繁殖力、統率力ともに強い厄介なタイプだな」

宙に浮いた高等淫魔は、身長三メートル近く、巨大なスズメバチのような姿をしている。六本ある手足は、人間に近い形状をしており、黒とオレンジ色の縞模様も毒々しい巨大な尻尾の先端からは、毒針の代わりに、おぞましい形状の巨根がせわしなく出入りを繰り返していた。

「その顔、その声、そしてその技。ようやく思い出したぞ。以前に辱め、犯し抜いてやった女退魔士だな？　ずいぶん腕を上げたではないか」

昆虫そのものの奇怪な姿からは想像もできぬ明瞭な口調で、ハチ型淫魔が阿絡尼に問いかける。

「我が隊を壊滅させ、部下達を陵辱し、わたくしを絶命寸前まで辱めた恨み、今、晴らさせていただきます！」

刃物のように光る目で仇敵を睨みつけた退魔尼僧は、怨嗟に震える声で告げる。

「あの時は、お前を孕ませる前に邪魔が入ったが、今度はきっちりと種付けして、減らされた眷属どもの補充をしてやるぞ！」

阿絡尼の周囲を取り巻いていた十数体の下級淫魔が、一斉に襲いかかる。

「雑魚に用はないきに！　退きやッ‼」

怒声一喝、阿絡尼の手が大きく打ち振られた。

キュイィィンンッ！　ザンッ！　ザンッ！　斬ッ‼

ズシャァァァァ〜ッ‼

数百、数千条の妖糸が、鋭い刃と化して淫魔どもを微塵に切り刻む。

「鎧袖一触《がいしゅういっしょく》……残るはお前一匹、覚悟ッ！」

鬼気迫る表情で叫んだ阿絡尼の身体が、グラリ、と揺れて膝を突いた。

「くぁ⁉　あぁぁぁ……なっ、何が……⁉　う、あ、はぁぁぅ、あひィッ！」

さっきまでの威勢はどこへやら、路面にペタリとへたり込んだ退魔尼僧は、艶めかしい喘ぎを漏らしながら、狂おしげに身悶える。

ヴヴヴヴヴヴゥゥゥゥ〜ンッ‼

宙に浮いたハチ型淫魔の全身が、低くくぐもった音を立てて、淡い燐光を放っていた。

「クククッ、身体が疼くだろう？」

身悶える阿絡尼を見下ろした高等淫魔は、勝ち誇った声を上げる。

「孕ませるのは失敗したが、お前の身体には、オレの毒液と唾液がたっぷりと染み込んでいる。我が羽根の共振でそれを活性化させれば、どんな力も恐るるに足らず！」

ヴヴヴヴヴゥゥゥ～ンッ！

高等淫魔の放つ淫気が大幅に強まる。

「はぁぁ、アッ、くわぁぁぁ～ンッ！」

色っぽく裏返った声を上げて仰け反った阿絡尼の身体が、断続的な痙攣を起こし、足元の路面に失禁の尿水がジワリ、と濡れ染みを広げてゆく。

「ギヒヒヒヒッ、漏らしながら果てたか？　今度こそ、しっかり孕ませてやろう」

ゆっくりと着地したハチ型淫魔が、絶頂の余韻に喘ぐ阿絡尼へと迫る。

（阿絡尼の奴、淫気に当てられたのか!?　助太刀すべきか……いや、まだ……あと少し、ギリギリまで見届けさせてもらうぞ）

絶体絶命の危機に陥っている尼僧に強い視線を送りながら、咲妃は自制する。


「くうぁ……アッ、あぁぁ、こっ、こんなもので……わたくしを……我が積年の恨みを止められると思いなヤッ！」

声を引きつらせて叫んだ阿絡尼の目が、カッ！　と金色の光を放って見開かれた。

キュウウウウンッ！　キュイイィンッ！

エレキギターの弦を激しく掻き鳴らすような鋭い音が結界内に鳴り響く。結界を形成するためにオフィス街に張り巡らされた妖糸が、阿絡尼の放つ強大な神気に共振して激しく打ち震えているのだ。

「ぬ……何……だ!?　小癪《こしゃく》なァ！」

異様な神気に威圧されて立ち止まった淫魔は、身体から発する淫気をさらに強めるが、阿絡尼の発する強大な神気に瞬時に掻き消されてしまう。

「許さぬ、負けぬ……我が身を全て淫神に喰らわせても、わたくしは貴様を……断固として滅する！」

轟ッ！

尼僧の身体を青白く輝くエクトプラズムの旋風が包み込み、僧衣が細切れになって弾け飛んだ。

禿頭に剃り上げた頭部と、ムッチリと媚肉の乗った色白で肉感的な裸身が、身体の内から放たれる神々しい光に白々と浮かび上がる。

「ウヲヲヲヲヲヲ～ンッ!!」

天を仰いで叫ぶ阿絡尼の背から、肩から、脇腹から、細くたおやかな女の腕がズルリと伸び出て、繊指を艶やかにくねらせた。

八本腕になった退魔尼僧の額がパクリと縦に裂け、女陰を思わせる裂け目の奥から、金色の瞳を輝かせる第三の目がせり出してきて、ギラリ、と淫魔を睨む。

裸身から発する光がさらに強まり、阿絡尼の肉体を依り代とした荒ぶる神が、蜘蛛の巣状の光輪を背にまとって顕現した。

(蜘蛛型淫神では最上級の神格、『女弄蜘蛛《じょろうぐも》』!?)

顕現した淫神を見た咲妃の顔が緊張に強張る。

「貴様……荒ぶる神に……その身を捧げたか！」

ハチ型淫魔の声には、明らかな怯えの響きがある。

「そう。全ては復讐のため……我がひもろぎの仇敵なる淫魔……我が贄となれ！」

静かでありながら、異様なほどの威圧感を込めた声が、夜気をビリビリと震わせる。

「ギイイイイッ！　喰われて、たまるかぁ！」

攻撃を仕掛けようとした淫魔の身体が、ビクッ！　と強張る。いつの間にか張り巡らされていた妖糸が、高等淫魔の全身を幾重にも緊縛していた。

「いつの間に!?　グヲヲヲヲッ！」

「汝は既に我が掌中にあり……観念し、糧となるがいい」

淫神と融合した阿絡尼は、八本に増えた腕を淫魔に向かって差し伸べ、指先から大量の妖糸を放った。

八本の手から伸びた糸が、黄金色に輝く巨大な蜘蛛の姿を紡ぎ出してゆく。

「これが……神の力！　ヌグオオオオッ！」

暴れ狂う淫魔の力をもってしても、十重《とえ》二十重《はたえ》に絡んだ妖糸はビクともしない。まさに、蜘蛛の巣に捕らえられた獲物の末路を見るようであった。

「ホホホ、強き者、美味そうじゃ。欠片も残さず喰ろうてやろう……」

神気を帯びた妖糸で紡がれた巨大蜘蛛が、身動きできぬハチ型淫魔に襲いかかった。

ビキビキビキイイッ！　バキッ、バキッ、ボリッ、ゴリッ、バリバリイイッ！

淫魔の身体が噛み砕かれ、咀嚼《そしゃく》される耳障りな音が、深夜のオフィス街に響く。

（これは……凄まじいな）

呪詛喰らい師《カースイーター》の異名を持つ退魔少女でさえ眉を顰めてしまうほどの、凄惨《せいさん》な光景が展開された。

高等淫魔を喰い尽くした大蜘蛛の身体が金色の妖糸に分解され、八本の腕に吸い込まれる。

「ハァァァ、復讐……成せり！　……もっと、糧を、力ある者の肉を喰いたや……」

捕食の悦びに目覚めた荒ぶる淫神は、艶めかしい舌なめずりをしながら、物騒なことを口走る。

「淫神は、人の強い想いによってその存在を歪められ、人に仇なす曲ツ神となる……。さすがにこれ以上は放置しておけないいな」

穏形結界を解除した咲妃は、異形の姿となった阿絡尼の前に立った。

「わたくしは神伽の巫女。御前の猛りを鎮めに参りました。どうか、我が伽をお受けくださいませ」

神伽の巫女は、捕食される危険を顧みず、凛とした口調で口上を述べる。

「……お主は……カースイーターかえ？」

淫神が、わずかに目を細めて問いかけてきた。

（阿絡尼の精神がまだ残っている!?　ならば……）

「そうだ！　阿絡尼、久しぶりだな、私と交わってみたくないか？　この身体、好きにしていいんだぞ。神格の技巧で隅々まで愛してくれ」

たわわなバストを片手ですくい上げた神伽の巫女は、神をも魅了する肉体を色っぽくくねらせて、八本腕の美女を誘う。

（捕食の欲望を、淫欲に変換できなければ、今度は私が喰われてしまうな……）

「カースイーター……一目見た時から、可愛がって差し上げたいと想っておりました。あはぁぁ、愛して……差し上げますわぁ」

阿絡尼の意識を表面化させた淫神は、京訛りの艶めかしい声を上げ、八本の腕先から妖糸を放つ。両手を広げ、無抵抗の意志を示す神伽の巫女の身体を、阿絡尼が放った金色の妖糸が緊縛した。

「んんっ、きゅふぅ！　ンッ、くふうぅ！」

身体各所を締め上げられ、ムッチリと肉感的な尻がグイッ！　と持ち上げられ、いわゆる『マングリ返し』の体位を取らされたボンデージボディに、八本腕の全裸尼僧がのしかかってくる。

「フフッ、よき匂い……瑞々しき肌……んはぁぁ」

咲妃の美尻に顔を寄せた阿絡尼は、肉感的な尻たぶに頬ずりしつつ、若々しく張り詰めた曲面にネットリと舌を這わせて、ほの甘い肌の味に陶酔の吐息を漏らす。

「んぁ、あ……あふうぅ……ッ」

柔肌にピリピリと伝わってくる濃密な神気に、神伽の巫女も熱く悩ましげな喘ぎが漏れるのを抑えきれない。

「この美味しい身体、隅から隅まで愛でてあげますえ」

妖糸で緊縛された咲妃の肉体を、八本の腕が這い嬲った。白くたおやかな手は、エクトプラズムが変じた粘液に濡れていて、咲妃の裸身はローションでも塗りたくったかのように艶めかしく照り輝く。

「どこもかしこも、滑らかで、柔らかで……ほんによい身体。狂うほどに気持ちようしてあげます」

たわわなバストが深い指使いで揉みこねられ、革帯ボンデージをずらされてあらわになった乳首に、同性ならではの繊細で執拗な愛撫が施された。

左の乳首が絶妙の力加減で摘み揉まれ、右乳首は指の腹で執拗に撫で転がされる。

「んはぁぁ！　ヒッ、うぁ、あぁぁ、出るッ！　くあぁぁう！　出るうぅぅッ！」

人外の鮮烈な快感に反応して、たちまちのうちに勃起した乳首は、純白の乳汁をぴゅるぴゅると噴き出して、淫神の指を濡らした。

「ああ、甘く芳醇で、美味し……」

指先でも味覚を感知できるらしい淫神は、母乳を迸らせる乳首を愛おしげに撫で回し、純白の体液を残らず吸い取ってゆく。

「喘ぐお顔も可愛らしいわぁ。お口の中も愛でてあげますえ……ほおら、咥えや……」

「あふ、んぁ、ンッ……くふうぅ……くちゅくちゅくちゅちゅぱっ……」

　ほのかに冷たい指が唇を撫で、口腔内に滑り込んできて、舌を摘んで弄ぶ。

（口の中が……舌が、こんなに感じるなんて……）

　滑らかな指でヌルヌルと弄り回される味覚器官から発されるむず痒く痺れるような快感に陶酔する咲妃の口腔内で、魔性の繊指が蠢く。

「んふ、あむ……ンッ、ちゅぱ、ちゅぱ、ちゅぱ……はひゅうぅぅ！　うぁ、口……んむふうぅぅん！」

　無心に吸いしゃぶる口の中でクルリと反転した指の腹で、上あごの天井を優しく撫でられる。古代インドの性の経典、『カーマ・スートラ』にも記載がある、至上の口内愛撫技巧であった。

（甘い痺れが……頭の芯を駆け抜けて……あぁぁ、身体中、溢れてしまうッ！）

　初体験の悦波が頭の芯を貫き、呪詛喰らい師《カースイーター》の美貌がだらしなく緩む。

　緩んだのは表情筋だけではない。全身のありとあらゆる分泌器官が解放されたかのように、汗が、唾液が、母乳が、そして愛液が、ドッ！　と溢れ出して、神伽の巫女の全身を濡れ疼かせた。

「ここは、クンダリーニヨガでは『ソーマの泉』と呼ばれる秘密の性感帯。こうやって優しく撫で回されると、心地いいでしょう？」

　少女の口に挿入した指先を妖しく蠢かせながら、淫神と融合した尼僧は艶然と微笑む。

（淫神も、食い気より色気に夢中になっている。このまま……続けて……くぅ……）

　常人なら発狂しているほどの快感の嵐に翻弄されながら、咲妃は淫神の愛撫に身を委ねてゆく。

「そろそろ、ここのお汁も吸ってあげますえ」

　股間の革帯を緩められ、秘裂とアヌスの蕾にも、神気に輝く指が舞い踊る。

「ひぁ！　あ、あ、あはぁぁ、んんんっ、あんッ！　……きゅふうぅぅンッ！」

　ふっくらと盛り上がった大陰唇のワレメに潜り込んだ指先は、既に潤み始めている膣口を探り当て、小さな円を描く指使いで、敏感な入口をこね回す。

「んぁ！　ひうッ、そっ、そこは……あひんッ！　あっぁっあっ、あんッ！」

挿入阻止の結界が失われたままになっている処女口を優しく掘り返された咲妃は、困惑と快感の入り交じった表情を浮かべて美尻を跳ね上げる。

「心配せずとも、処女は破りません。入口弄りだけで、身も心も、もちろんオマンコも蕩けさせて差し上げますぇ」

ぬちゅ、くちゅ、つぷっ、ちゅくっ、ちゅぷちゅぷちゅぷくちゅくちゅくちゅるっ……。

繊細な指が、膣口の浅瀬を幾度も掘り返し、未開の処女膣に狂おしい快感を送り込んでくる。

「ふぁ！　ひんっ！　あ、あ、あはぁぁンッ！」

ぷちゅ、ぬちゅるっ、くちゅくちゅっ、ちゅぷっ、ぷぴゅるっ、ちゅぷちゅぷっ、ぷちゅるるうぅッ！

処女口を嬲る指が妖しく蠢くたびに、過剰分泌された愛液が、卑猥な蜜鳴りの音を立てて噴出する。

「あぁ、ええ匂いのする濃いお汁がこんなに……これが神伽の巫女の匂いと味。ほんに、美味し。もっと吸ってあげます」

膣口に三本の指をめり込ませた阿絡尼は、ヒクつく入口を巧みな指使いで掻き回しながら、溢れ出す甘酸っぱい愛液の芳醇な味を堪能した。

「お尻の穴も、可愛らしいですなぁ。少し撫でただけで、ヒクヒクとよう動くこと……フフフッ」

神伽の門として練り上げられた肛門を、冷たい指がサワッ、サワッ、と撫でくすぐって、敏感な蕾に物欲しげな収縮を強要する。

「お口で果てて、お乳で果てて、今度はお尻で果ててみますか？　ほおら、入口だけで、こんなに気持ちいい……」

咲妃の肉体に夢中になった淫神は、尻の谷間を覗き込みながら、薄紅色のアヌスに羽毛で掃くようなタッチで指を這わせ、敏感な蕾に人外の愉悦を送り込む。

「ふぁ、あっあっあっアッ、ひぐぅぅぅ、イクッ、イクウウッ！　きゅふうぅぅんんん～ッ！」

屈曲状態で緊縛された咲妃は、立て続けに襲いかかってくる大小のエクスタシーに緊縛ボディを痙攣させてしまう。

「この肉芽も、やわやわと可愛がってあげましょう。フフフッ、こうやって、根本の方を優しう摘まんで、こう、クリクリとこね回すと……」

「きひぃいいんッ！　あ、ひぁぁ、そこぉ！　うぁ、アッ、んひぃ！　くうぅンッ！」

秘裂の上端、狂おしいほどに勃起しているクリトリスの付け根を、包皮越しにそっと摘まれて揉み扱かれる強烈な快感で、目の前に極彩色の火花が散る。

「おや、おサネがどんどん大きくなってきましたよ。これはもしや、淫ノ根？」

体積を増してゆく淫核の反応に気付いた阿絡尼は、しこり勃った急所をサディスティックに摘み揉んで責め嬲る。

「ひぎいいっ！　それは……はぁぁう！　なっ、なりませぬ……ペニス化してしまいますッ！　あひっ！　ヒッ、あっ、ひあぁぁぁん！」

「ああ、大きくなってきた。ほおら、引っ張り出してあげますェ♪」

亀頭化が始まったクリトリス先端部を摘んだ阿絡尼は、嗜虐の笑みを浮かべながら、狂おしげに疼く淫ノ根を強引に引きずり出した。

「くわあぁぁぁ〜ンッ!!」

ずにゅううっ、ズリュリュウウウッ！　びゅくんっ！　びゅくびゅくびゅくんっ！

粘液に濡れ光る薄紅色の肉茎が激しくしゃくり上げ、鈴口のワレメから水飴のように濃い先走りを飛ばす。

「あはぁ、これは見事な逸物。硬く反り返って、熱く脈打って、さぞや美味な精気が吸えそうですなぁ……」

「んぁ！　アッ！　……ふあぁぁ、あ、あ、ひぃぃぃぃッ！　んぁぁ〜ンッ！」

白い燐光を放つ指が、敏感な肉柱を愛おしげに撫で回し、張り詰めた亀頭を摘んで、フニフニと優しく揉み上げて、フタナリ化した美少女をペニスの快感に喘がせる。

「ほおら、これ、堪りませんでしょう？」

「ひいイッ！　いっ、先ッ！　きひいいんッ！」

妖糸を筆状に密生させた指先で、敏感なカリ首から鈴口周辺をサワサワとくすぐり責められた咲妃は、今にも射精しそうにペニスを跳ねさせて悶え狂う。

「わたくしも楽しませていただきますわ」

緊縛がわずかに緩み、咲妃の身体は路面で仰向けになった姿勢を取らされた。

「いきますぇ……」

好色な笑みを浮かべた阿絡尼が、美少女の股間にそそり勃った肉柱をまたぎ、ゆっくりと尻を下降させてゆく。

「く……うぁ……あぁぁ……」

呼吸もままならぬほどの勃起快感に襲われた呪詛喰らい師《カースイーター》は、亀頭に向かって降りてくる紅色の肉裂を食い入るように見つめることしかできなかった。

「ほおら、もうすぐ入りますぇ……んふ、もう、こんなに張り詰めて。気持ちよすぎて泣きそうになっているその顔、愛くるしいわぁ」

じゅぷ……にゅぷっ……ぬちゅるッ！

はち切れそうに張り詰めた肉茎が、阿絡尼の膣に根本まで呑み込まれた。

「ふあぁぁ！　融け……るッ！」

勃起を包み込んでウネウネと捩れながら揉み絞ってくる熱い膣肉の超絶快感に、咲妃のボンデージボディがギクギクンッ！　と緊張する。

「んはぁぁぁ……心地いい……奥まで満たされて、精気が染み入ってきますわぁ」

歓喜の声を上げた阿絡尼は、八本の腕を駆使して咲妃の裸身を愛撫しながら、白く照り輝く豊臀を奔放に跳ねさせて、美少女の勃起を貪り尽くす。

ぬちっ、ぬちっ、ぬちゅうぬちゅぬちゅ、ちゅぷっ、ちゅぷっ、くちゅるっ……。

ペニス化したクリトリスが淫蜜まみれの膣肉で扱かれ、ヴァギナとアヌスの入口を巧みな指先が掘り返し、摘み揉み、緩急つけて掻き回す。

「くぁぁ！　そんなに胸、搾ったら、また、出ちゃウッ！　あはぁぁぁ〜ンッ!!」

ぷしいいっ！　ぷちゅるるるっ！

たわわなバストを根本から搾り上げられ、左右の乳首を激しく愛撫されて、噴水のように乳汁を絞り出された。

喜悦の涎を滴らせて泣き喘ぐ口にも細い指が侵入して、口腔内の性感帯を根こそぎ掻き鳴らす。

「美味し……ほんに、甘露のように美味しい精気。はぁぁぁ、もっと、もっとぉ！　もっと吸わせてぇぇ！」

咲妃の発する芳醇な精気の虜となった阿絡尼は、淫らな尻振りの速度を上げ、八本腕の裸身の発光を強めながら、

クライマックスに向かって疾走してゆく。

「ヒッあっあっアッ、やはぁぁぁぁあぁンッ！　あっ、アッ、あぁぁぁぁぁ～ンッ！」

日中は会社員達で賑わうオフィス街の公園に、少女の甘くかすれたよがり声と、グチュグチュという絶え間ない蜜鳴りの音が延々と響いた。

「あぁぁ、そんなにされたら、出るッ！　はっ、果ててしまいますッ！」

数十分の間、快感の嵐に耐え抜いた神伽の巫女は、自由に動かせぬ腰をぎこちなく跳ねさせながら、切羽詰まった声を上げる。

「出してぇ！　そなたの精……我がひもろぎの中に！　注げ、あぁぁん、射精ッ！　射精してぇぇぇ～！」

淫神と阿絡尼の入り交じった声で射精をねだりながら、八本腕の全裸尼僧は豊臀を激しく弾ませ、全ての腕を駆使してとどめの快感を送り込んでくる。

「くあぁぁぁぁぁッ！　出……るぅぅぅッ！　ひぃ、イッ、あぁぁ……きゅふぅぅぅぅぅ～ンッ‼」

肉悦の頂点を迎えたフタナリ美少女のペニスが、神の膣内で制御不能の脈動を起こす。

どくんっ！　どくどくどくんっ！　びゅうううっ、びゅるるるるるうっ！　どぴゅるるるる～ッ‼

荒ぶる神を癒やす神気に満ちた精液が、阿絡尼の膣内に大量に注ぎ込まれた。

「あはぁぁぁぁ！　何と熱く濃い……果てるぅ！　我も……わたくしも、果てるぅぅぅぅ～ンッ！」

咲妃の上で仰け反った異形の美女が、法悦の頂点へと舞い上がって痙攣する。

「御前様ぁ！　お手を……！」

射精エクスタシーに震えながら差し伸べられた咲妃の手指に、淫神の輝く指が絡みつき、愛しあう恋人同士の様にしっかりと握りあった。

「今こそ、私の……常磐城の中にッ！　んむぅぅ」

咲妃の身体に阿絡尼が覆い被さり、情熱的な口づけで舌を絡めて、人神交合の悦びを分かち合う。

「あぁぁ、お主の内に……入りたや……」

夢見るような声で告げた淫神の手が、金色の糸に変じて、繋ぎあった咲妃の手に吸い込まれてゆく。

「来られませ……もっと、お手を……」

握りあっていた腕が完全に消え去ると、神伽の巫女はすぐにまた次の手と指を絡めあわせながら、膣内への射精を続ける。

（あと……少し……）

最後に残った二本の腕と指を握りあった咲妃は、弛緩して喘ぐ尼僧の額に唇を寄せ、そこに開いていた第三の目に口づけする。数分後、唇が離れると、阿絡尼の額から、荒ぶる神の目は消えていた。

「はぁはぁはぁはぁ……どうにか、封じたか？」

人の姿に戻って失神した阿絡尼に組み敷かれた姿勢のまま、胸を喘がせる咲妃の周囲で、妖糸で紡がれた結界がゆっくりと崩壊してゆく。

「くぅ……まだ、遠くに雑魚淫魔の気配が残っている。ずいぶん数が多いようだな」

オフィス街周辺の下級淫魔は、全てミュスカが排除したようだが、市街の至る所で下級淫魔と退魔機関の小規模な戦闘が繰り広げられているようだ。

「加勢に行きたいが、今は動くのが精いっぱい……どうするか……むっ!?　な、何だ、この神気は!?」

弛緩した阿絡尼の身体を押し退け、気だるげに身を起こした咲妃の背筋が、ゾクリ！　と総毛立つ。

ゴゴゴゴゴゴ……ビシャァァァァ～ンッ！

空気を揺るがす神鳴りの音を立てて、オフィス街の上空に何かが姿を現した。

「な、何だ？　あれは……門？」

それは、周囲を浮き彫りに飾られた、石造りの巨大な門であった。

「淫神か？　あるいは魔術的な何かなのか!?」

呆然と見つめる視線の先で、空中に浮いた門が、ゆっくりと開いてゆく。

「く……ンッ！　あれは……人？」

門の内側から溢れ出したまばゆい光に目を細めた呪詛喰らい師《カースイーター》は、光の中に立つ人影を捉える。

それは、天女を思わせる古風な衣装に身を包んだ女性であった。年齢は二十歳前後だろうか？　妖艶さと神々しさの入り交じった美貌の持ち主で、プロポーションも見事なものだ。咲妃をじっと見下ろしてくる美女の瞳は、黄金の輝きを放ち、呪詛喰らい師《カースイーター》の胸を妖しく高鳴らせた。

「やっほぉ、カースイーターさん、約束通り、現実世界で再会できたわね。私のこと、覚えてる？」

「再開……訂正……再会」

女の背後から、見覚えのある白衣をまとった、金髪メガネ美女と、黒いビキニアーマー風コスチュームに身を包んだ女性が姿を現した。

「ドクタークリア⁉　それに、ＢＡＢＥＬだったか？　すると、その女も九未知会《ナインアンノウンズ》のメンバーか⁉」

「名乗るのが遅れてしまいましたね。私の名は久遠《くおん》。常磐城……久遠。九未知会《ナインアンノウンズ》の盟主です」

「常磐城……だと⁉」

静かな口調で告げられた女の名に、咲妃は愕然とする。

「私は、あなたの先代に当たる、神伽の巫女」

「そんな名前は、私の記憶にはないぞ」

咲妃の声に、常磐城久遠と名乗った女性は、妖艶でありながら、どこか寂しげな笑みを浮かべた。

「全ての記録を抹消したのです。退魔機関らしいやり口ですが、一目会えたことで縁は結べました。咲妃、あなたは我が伴侶となるべき人」

「ずいぶんいきなりで、一方的だな……」

気丈に言い返しながら、咲妃はどう対応すべきか思案し続けていた。

（消耗した今の身体では、逃げることもできそうにないな……このまま、囚われてしまうのか？）

「久遠様、淫魔の残党が、こちらに向かっております」

また一人、目元を布で覆った褐色肌の女性が久遠の背後から現れ、小声で告げる。

「そのいでたち、まさか、お前は千眼の術師、ハシュバ・ダールか⁉」

「左様にございます。咲妃様のご活躍、いつも拝見しておりました。お目もじ叶いまして嬉しゅうございます」

瞬時に記憶を検索した咲妃の問いかけに、目隠し女性は古風な言い回しで答えた。

「いつも？　そうか、史上最強の千里眼を持つ術者ならば、それも可能だろうな。九未知会《ナインアンノウンズ》は、恐るべき人材の宝庫らしい」

「ウフフフッ、すごいでしょ？　ここにいる以外にも、

九未知会《ナインアンノウンズ》は、まだまだすっごい人材を抱えているわよ」

ドクタークリアが、自慢げに胸を張る。

「閑話休題……淫魔の残党ども、間もなくこの場に集いまするが、いかが取りはからいます？」

ハシュバが再度、久遠に裁可を委ねる声をかける。

「これ以上暴れられるのも鬱陶しいわね。ＢＡＢＥＬ、やっちゃいなさい！」

咲妃をじっと見つめたまま、ひと言も発しない久遠に代わって、ドクタークリアが命令を下す。

「了解……。『黒蓮』全機射出、展開！」

シュバババババババッ！

ＢＡＢＥＬの背中から、蓮の花のような形状をした小型の飛行物体が四方八方に射出された。

「結界内ニ全目標捕縛……殲滅《せんめつ》開始……完了！」

黒鎧の女が無感情な口調で告げると同時に、四方から迫っていた淫魔の気配が残らず消失する。

「小規模だが強力な結界内に目標を捕らえ、逃亡と回避を封じた上で、結界内に封入した自律駆動型の小型兵器で生殺与奪を握る、か……？」

「ご名答！　すごいでしょ？　これが、Ｂｌａｃｋ　Ａｒｍｏｒｅｄ　Ｂａｔｔｌｅ　Ｅｒｏｔｉｃ　Ｌａｄｙ、略してＢＡＢＥＬの実力よ！　これこそ魔道と科学の完璧なる融合。私の最高傑作、名付けて魔人形！」

白衣姿の金髪美女、ドクタークリアが、得意満面に解説する。

「おやおや、またＢＡＢＥＬに美味しいところを持って行かれたな。阿絡尼……生きてはいるか？　感謝するぞ、カースイーター」

ミュスカが歩み寄ってくると、失神したままの阿絡尼を抱き上げ、宙に浮いた石門まで軽々と跳躍した。

「……で、私をどうするつもりだ？」

「そうですね……今日のところは引きましょう」

久遠の意外な返答に、咲妃は怪訝そうな表情を浮かべる。

「どういう魂胆だ？　お前は本当に、神伽の巫女なのか⁉　九未知会《ナインアンノウンズ》の目的は何だ？」

「私のことは、退魔機関の重鎮……。武御雷常次《たけみかづちじょうじ》さんにでも聞きなさい。では……また会う時まで、御機嫌よう」

宙に浮いた石門が閉じ、消え去るのと入れ違いに、昇ったばかりの朝日がビルの窓を茜色に輝かせた。

「淫夜明け、秘されし真、垣間見ゆ……。久遠の件、何か深い事情がありそうだな……久しぶりに、あの場所を訪れてみるか」

ゆっくりと身を起こした呪詛喰らい師《カースイーター》は、まばゆい陽光に目を細めながら、秘められた過去を探ることを決意していた。

封の十五　妖銀貨

頭痛がしてきそうな大音量の蝉しぐれに包まれ、延々と続く石段を登りながら、常磐城咲妃は物思いに耽っていた。

(常磐城久遠……私の記憶にも、退魔機関のデータベースにもない名前だ。本当に彼女は、先代の神伽の巫女だったのだろうか？　もし、そうだとしたら、なぜ、全ての記録から抹消されているのか？)

「なあ、まだ着かないのか？」

咲妃の背に疲れた声をかけたのは、都市伝説マニアの少年、岩倉信司であった。

背中には、待ち合わせていた駅で渡された、大振りなリュックを背負っている。

「もう少し……あと百段ほどで到着する」

「まだ、そんなにあるのか。もう二百段以上登ってるぞ。退魔機関ってのは、ずいぶん辺鄙なところにあるんだな」

二人が登っているのは、うっそうと茂る杉林に囲まれた狭い石段であった。

咲妃達が住む町から電車で三時間余り、さらにタクシーで小一時間走った山の中だ。

「ここは、退魔機関の戦闘員養成所みたいな場所だからな。俗世とは隔絶されているんだ。さあ、到着したぞ！」

石段を登りきった先には、古びた山門が建っており、その上に掲げられた木板には、『乱兵寺』という名が彫り込まれていた。

「山寺か。なんて読むのかな？」

額の汗を拭いつつ、信司が問いかけてくる。

「らんぺいじ。英語で、暴れ回るという意味らしい」

「寺なのに英語由来なのか？　しかも意味が暴れ回るって、どういう場所なんだ？」

「責任者が戯れで付けた名前だ。日が暮れるまでに家に帰りたいから、用件を早くすませてしまおう」

咲妃は足早に山門を潜る。

山門の向こうは、山の頂上を平らに均した、かなり広い敷地が広がっており、その向こうに鉄筋コンクリート造りの建物や、寺の本堂らしい建造物が建ち並んでいる。

「巫女殿、お待ちしておりました」

「巫女様が来られました！」

敷地で拳法の型稽古《けいこ》のような運動をしていた数名の少女達が、咲妃のところに駆け寄ってきた。

いずれも美少女、全員が白のジャージ姿で、体育会系部活の合宿所のような雰囲気だ。

「みんな、久しぶりだな。土産のお菓子をたっぷりと持ってきてやったぞ」

信司が背負っていたリュックを渡され、中身を覗き込んだ少女達は、ぎっしり詰め込まれた大量のお菓子を目にして歓声を上げる。

「オレ達よりも年下の女の子ばかり……。まさか、この子達が退魔士なのか？」

「退魔士の卵、といったところだな。……早速だが、常次殿はどこに？」

信司の疑問に答えた咲妃は、お菓子の品定めをしていた退魔士候補に問いかける。

「道場で瞑想していらっしゃいます」

「そうか、案内はいい。行くぞ、信司！」

はしゃいでいる美少女達の姿に見とれている信司に目配せした呪詛喰らい師《カースイーター》は、石畳の道を颯爽と歩んでゆく。敷地の一番奥、うっそうと茂る木立に囲まれた薄暗い一角に、目指す道場はあった。

建物の規模としてはさほど大きくないはずなのだが、開け放たれた扉の内部は、墨汁を流したような濃密な闇に満たされており、奥の様子がうかがえない。

「師父殿、常磐城咲妃、参りました！」

よく通る声で闇の奥に呼びかける呪詛喰らい師《カースイーター》であったが、応答はなかった。

「いつもの悪ふざけですか？　入りますよ！」

フウッ、とため息をついた咲妃は、意を決したように闇の奥へと踏み込んでゆく。背後で見守っていた信司も、警戒しつつ戸口を潜った。

「真っ暗だな……それに、方向感覚が変だ」

「これも一種の結界なのだ。師父殿、この闇、そろそろ晴らしていただけませんか？」

少し急いた口調で呼びかけた咲妃が、数歩進んだところで、スウッ、と暗闇が晴れ、それと同時に、少女の背後から差し伸べられた二本の腕が、制服に包まれたバストを。

むぎゅっ！　と鷲掴みにする。

「ふぁ!?　師父殿！　また、そんなお戯れを……ひぁう！　くふぅん……ッ！」

「久しぶりじゃな、咲妃ちゃん。相変わらず、ボリューム、弾力ともに極上のオッパイしておるのぉ」

　身を捩り、妙に色っぽい呻きを漏らす神伽の巫女の背に密着するかのように、作務衣姿の小柄な老人がすがりついて胸を揉んでいた。

　見た目の年齢は七十代後半から八十代、身長は百六十センチに満たず、白髪頭の髪は、伸び放題、乱れ放題で、年齢の割に脂ぎって見える細面の顔には、スケべったらしい笑みが浮かんでいる。

「ずいぶん敏感ではないか？　身体も熱いぞ……オッパイが気持ちえぇのかなぁ？」

　少女の紅潮した耳元に卑猥な声音で囁きかけながら、セクハラ老人は骨張った指をワキワキと蠢かせ、若々しく張り詰めた爆乳を円を描いてこね上げる。

「きゅふぅンッ、……常次殿、いい加減にしてください！　あふぅ……はぁぁう！」

「何を今更。これがワシ流の挨拶だっちゅうことは、よう知っとるやろうが？」

「おっ、おい、爺さん、セクハラはやめろよ！」

　悩ましげに身悶える咲妃の痴態に見とれていた信司は、我に返ると、老人の襟首を掴もうと手を伸ばした。

「おおっと、危ない！」

　おどけた口調で言った老人は、クルリと身を翻して飛び退き、勢い余った信司の手は、咲妃のたわわなバストを真正面から鷲掴みにしてしまう。

「うぁ！　ごっ、ゴメンッ！」

　堪らない弾力の肉球に手のひらを張りつかせたまま、上ずった声で詫びる信司。

「くふぅ……さっ、先に手を離してから謝れ！」

　頬を赤らめて身を捩った呪詛喰らい師《カースイーター》は、揉みこねられて乱れた制服の胸元を直し、呼吸を整える。

（まだ、阿絡尼を封じた時の神気で、身体が敏感になっているようだな。胸の鼓動がなかなか治まらない……常次殿にも見抜かれたか？）

　揉みこねられた乳房の疼きに眉を顰める咲妃を、セクハラ老人はしばし無言で見つめた後、人なつっこい笑みを浮かべた。

「ほほほッ、挨拶終了じゃ。まあ、何もないところだが、上がれや」


一騒動あったものの、二人はだだっ広い板床の中央にあぐらをかいた老人の前に、並んで座した。

「ワシは武御雷常次。一応、ここの責任者やらしてもらっとる。兄ちゃんは、むっつりスケベで都市伝説マニアの岩倉信司君だな？　咲妃ちゃんの報告書にしょっちゅう名前が出てくるぞ」

今更のように自己紹介した作務衣姿の老人は、ニヤニヤ笑いを浮かべながら信司に声をかける。

「えっ⁉　オレは確かに岩倉信司ですけれど……むっつりスケベですか？　あははは」

強張った笑みを浮かべて答えた少年は、隣で笑いを堪えている咲妃を横目でジロリと睨む。

「早速ですが、お聞きしたいことがあります。淫魔侵入事件の夜。常磐城久遠と名乗る女性と出会ったことは、常次殿も知っておいで でしょう？」

改まった口調で、咲妃が話を切り出した。

「うむ、報告書で読んだ。あいつの……久遠のオッパイも、なかなか見事だっただろう？　ああ、もう一回、あいつの乳も揉みたいなぁ」

「常次殿、オッパイからは、そろそろ離れていただけませんか？　真剣な話なんです」

「何じゃ、ずいぶん堅物になったなぁ。まあ、仕方がない。包み隠さず話してやろう。……あれは、今から五十年以上前の話だ……」

渋々といった様子で、老人は話し始めた。

「稀代の天才退魔士であった久遠は、神伽の巫女として活動していた。最も、咲妃ちゃんと違って、籠の鳥みたいな扱われ方だったが……」

「籠の鳥、ですか？」

「うむ。俗世間とは一切接触を持たず、常に護衛に守られていて、神伽の任務の時だけ出動する。今にして思えば、もっと自由にさせてやりたかったな」

客である咲妃が淹れた茶を啜りながら、老人はしみじみとした口調で語る。

「久遠は、そんな環境に不平一つ漏らさず、巫女の責務を務めていた。優しく、賢く、強く、何よりも最高のボインちゃんだった。あの感触、今も忘れられん」

オッパイフェチの老人は、既に死語となっている言い回しで、久遠の巨乳を懐かしむ。

「またオッパイですか……」

呆れ顔でため息をつく呪詛喰らい師《カースイーター》。

「そんなこんなで、幾柱もの淫神を神伽によって鎮め、その身に封じた久遠は、ついに、次の階梯へと至った」

「次の階梯というと？」

「……神産みの巫女」

重々しい口調で、常次は咲妃の問いに答える。

「神産み⁉」

「その名の通り、取り込んだ亜神、淫神の神体を、別の人間を依り代として転移させる力を持つ者」

作務衣姿の老人は、先ほどまでの冗談めかした口調を一変させ、真面目な表情になって押し殺した声で告げた。

「そんな力を、人が持つことが可能なのですか？」

「前代未聞だが、久遠は確かにその力を得た。そんな彼女を狙って、幾多の魔道組織、淫魔が襲来し、退魔機関も総力を結集して挑んだ。そして……悲劇が起きた」

常次の沈黙に、空気が重く張り詰める。

「悲劇、とは？」

むっつりと押し黙ってしまった老人に、咲妃が話の続きを促す。

「……久遠の護衛であり、恋人でもあった退魔戦士が、戦いの最中、彼女から与えられた神格の力を暴走させ、敵味方を含め、大勢を巻き込んで命を落とした」

常次がギリッ、と無念そうに歯ぎしりする音が、静まりかえった本堂の中に耳障りに響く。

「自ら与えた力のせいで、愛する者達の命を失った哀しみと絶望、そして己への怒りで、久遠は自らに呪詛をかけて、奈落に落ちた」

老人は語り終えると、フウッ、と大きな吐息を漏らして顔を伏せた。

「奈落というのは、あの石門のことですね？」

わずかに身を乗り出して咲妃が問う。

「そう。あれは『哀女ノ岩戸《あめのいわと》』。自己幽閉型の強靱極まりない結界よ。あの石門から、久遠は一歩も出られず、外部への力の行使もできないはずだ」

「それは変ですね。妖銀貨達、九未知会《ナインアンノウンズ》の連中は、自在に出入りしているようでしたが？」

「あくまでも、呪詛の対象は久遠唯一人。特定の条件を満たせば、第三者は出入り自由なんだよ」

「それもある意味、残酷な話ですね……」

久遠の憂い顔を思い出しつつ、咲妃はつぶやく。

「久遠が九未知会《ナインアンノウンズ》の盟主だというなら、アンノウンズどものこれまでの活動にも納得がいく。自らにかけた呪詛の強大さ故、岩戸から出られぬ久遠に、亜神や淫神を供給し、封印を解く力を与えようとしていたのだろうよ」

「なるほど……。ところで、彼女は、私のことを伴侶と呼びました。亡き恋人の後釜にでも据えるつもりなのでしょうか？」

「いや。誰にも、あいつの代わりはできん」

乱れ放題の白髪頭を振って、常次は即答する。

「おそらく、新たな神伽の巫女である咲妃ちゃんの急成長を知って、外から岩戸の呪詛を解除させる二段構えの策を取ることにしたのだ」

俯き加減だった顔を上げた常次は、孫娘ほども年の離れた神伽の巫女の目を真っ直ぐに見つめながら言葉を続ける。

「ここ数ヶ月で、咲妃ちゃんは急激に力を増した。だが、全盛期の久遠の力にはまだまだ及ばぬ」

「それは、初対面で痛感しました。しかし、私は、神伽の巫女。久遠が救いを求めているのならば、全力で神伽の戯を執り行うだけです！」

きっぱりと言い放った咲妃の顔を、信司は呆然と、そして、常次は頼もしげな笑みを浮かべて見つめる。

「いいねぇ、惚れちまいそうだ。咲妃ちゃん、ワシのカノジョにならんか？」

「お断りします！」

セクハラ老人の申し出を、即答で拒絶する。

「あちゃぁ！　また振られたか」

軽妙な口調に戻った常次は、白髪頭をボリボリと掻きながら苦笑を浮かべる。

「護衛も本当に付けんでいいんだな？」

「ええ。これは戦いにあらず。神伽ですから。……あ、一応、善後策を考えてありますので、計画書をお渡ししておきます」

咲妃は、ケースに入ったメモリーカードを常次の前に置いた。

「さすがは咲妃ちゃん。ならばこれ以上とやかく言うまい。久遠に関する詳しい情報は、パソコン通信で送ってやる」

「パソコン通信って……やっぱり古いな、爺さん」

それまで黙って話を聞いていた信司が、場の空気が和らいだのを察して、ポツリとつぶやく。

「余計なお世話じゃ、むっつりスケベ！」

「自分だってオッパイフェチじゃないか!?」

「巨乳愛好家と呼べ！」

「ククク、思った以上に二人は馬が合うようだな。お前を連れてきて正解だったよ。信司……」

常次と信司のやりとりを聞いていた咲妃が、含み笑いを漏らす。その表情には、先ほど見せた凛然たる覚悟の名残は見られず、いつも通りの飄々とした物腰に戻っていた。


常次との会談を終えた二人は、帰りの電車内にいた。

「……なぁ。あんなに重い話、オレなんかに聞かせちまってよかったのか？　極秘事項なんだろ？」

対面式のシートに座った信司が、沈黙に耐えきれずに口を開いた。

「ああ。いいんだ。私の置かれている状況を、友人に知っておいて欲しかったからな」

「話を聞くのは、雪村さんや鮎ねえじゃなく、本当にオレでよかったのか？」

「あのセクハラ老人のところに、女子連中を連れて行くわけにはいかないだろう？　確実に揉まれるぞ」

「そっ、そうだな……」

制服越しにもボリュームを誇示している咲妃の爆乳にチラチラと視線を走らせつつ、信司は頷く。

「つまり、オレは消去法で選ばれたってわけか……で、オレ達に何かできること、ないのか？」

「一つだけあるぞ。私を信じてくれることだ」

「それだけかよ!?　そりゃ、オレは無力かもしれないけど、あんな話を聞いたら、もっと何か……」

意気込む信司の膝頭に、咲妃の手がそっと置かれた。

「お前達と築き上げた絆が、私にとって最強の切り札になる。……そんな気がする」

「絆が？」

至近距離で見つめてくる少女の美貌と、腿に伝わる手のひらの温もりに胸ときめかせてしまいつつ、少年は上ずった声で聞き返す。

「信司、お前の名字、岩倉（岩藏）とは、神が最初に降り立つ大岩の暗喩でもある。まさに、私はお前と出会ったことで、槐宝学園にやって来て、かけがえのない友人を得た。その縁と絆を信じたい」

いつになく真剣な口調で、呪詛喰らい師《カースイーター》は親友の少年に語りかける。

「あ、あの……オレ……常磐城さんのことも！」

信司が意を決して何か言いかけた瞬間、列車がホームに到着した。

「さあ、我が町に帰ってきたぞ。今日は付き合わせてしまってすまなかったな」

さっさと席を立った呪詛喰らい師《カースイーター》は、軽やかな足どりでホームに降り立つ。

「ちょっと待ってくれよ。なあ、今日、あの爺さんに聞いた話、鮎ねえにも教えていいんだよな？」

咲妃の背中を追いながら、信司は呼びかける。

「ああ。好きにしろ。腕枕でもしてやって、寝物語にでも聞かせてやるといい」

鮎子の告白を受け入れた二人の仲が、急激に進展していることを知っている咲妃は、イタズラっぽい笑みを浮かべた。

「なっ、何を言ってるんだキミはぁ！」

「フフフッ、じゃあな。また明日、学校で会おう」

面白いほど取り乱す信司と駅前で別れ、咲妃は家路についた。

飲み屋やクラブが建ち並んだ繁華街の近所までやってきたところで、咲妃の足元に、チャリーンッと涼やかな音を立てて銀貨が跳ね転がってきた。

「妖銀貨のミュスカ……私を捕らえに来たか？」

立ち止まった呪詛喰らい師《カースイーター》の前に、スレンダーボディを白スーツに包み、ソフト帽を目深に被った男装の麗人が立ちはだかる。

「いや、今日はお前とゲームをやりに来た」

「ゲームだと？」

怪訝そうに問いかける咲妃。

「そう。賞品は、妖銀貨の力の源……私がネメシスと呼んでいる淫神だ。どうだ、受けるか？」

「条件次第だが、本気か⁉」

白スーツ姿の麗人は、苦笑を浮かべて頷いた。

「私としても、長年連れ添った妖銀貨の力をあっさりと手放す気はない。そこで、趣向を用意した」

ミュスカは、呪詛喰らい師《カースイーター》に目配せして歩き出す。

「そういえば、阿絡尼から奪った神体の力、使いこなせるようになったかな？」

並んで歩きながら、ミュスカが問いかけてくる。

「まったくダメだ。あの神体は、阿絡尼の潜在能力と強く結びついていたからな。おそらく、私にはごく一部の能力しか使えないだろう」

咲妃は正直に答えた。

「そうだろうな。阿絡尼の力は、彼女の素養を鑑みて、我が盟主が与えしもの。他者には制御できなくて当然だ」

「やはりそうか。久遠は神産みの巫女としての力を失ってはいないのだな？」

核心に迫る問いかけに、ミュスカは無言で頷く。

「だが、私の力は盟主殿に与えられたものではない。少し昔話をしてやろう」

「今日は昔話をよく聞かされる日だな」

苦笑を浮かべる呪詛喰らい師《カースイーター》とともに、風俗店が建ち並ぶ一角に足を踏み入れた妖銀貨は、よどみなく歩を進めながら語り始めた。

「かつて、東ヨーロッパの某国で大きな内戦があった。宗教と民族の対立が招いた、泥沼の内戦だ」

けばけばしいネオンの照り返しで、白スーツを極彩色に染めながら、男装の麗人は言葉を続ける。

「私はまだ幼い少女だったが、愛する人々を守るため、液体金属状の淫神、ネメシスの依り代となって、迫り来る敵の大部隊と戦い、これを殲滅した」

ミュスカの美貌に浮かぶ苦笑が深くなる。

「……だが、淫神は、さらなる破壊と殺戮を欲していて、私は暴走状態に陥った。そんな私を止めてくれたのは、妖銀貨の解放を知って退魔機関から派遣されてきたエージェントだったのだ」

そこまで一気に話した男装の麗人は、フウッ、と大きく息を吐き出した。

「私は修練の結果、融合した淫神の一部を、銀貨に変化させて体外に取り出すことに成功し、殺戮衝動の呪縛から逃れ、フリーの退魔戦士となった」

「妖銀貨の名前は、屈指の戦闘エージェントとして、退魔機関では伝説的な存在になっているな」

ミュスカの隣を歩みながら、咲妃は応じる。

「しかし、戦うたびに業は溜まり、衝動は際限なく強まってゆく。抑え込むのも、そろそろ限界なのだ……おっと、到着してしまったな」

「ここは、ストリップ劇場？」

ミュスカが足を止めた建物に掲げられた電飾看板を見上げ、制服姿の美少女は険しい表情を浮かべる。

「そうだ。ここでゲームに挑んでもらう」

「ろくでもないゲームのようだな」

「そうでもないぞ。誰も死なず、傷つかず。興奮と快楽に満ちたひとときを過ごせるだろう」

意味ありげな笑みを浮かべた妖銀貨は、ストリップ劇場のドアを開けて咲妃を誘う。

「興奮と快楽？　確かに私の得意分野ではあるが、何か裏がありそうだな？」

「不正や罠は一切なしだ。純粋にお前の魅力を試してもらう。さあ、入れ」

淡いピンク色にライトアップされた劇場内には、既に客が入っていた。

塾帰りらしい少年三人組、様々な年齢層の、スーツ姿の男性が十人余り、思い思いの服装の若者が数人、あわせて二十人近い人数が、私語一つせず宙に目を据えて客席に座っている。

「この男達の体内には、一人一枚ずつ、妖銀貨を憑依させてある。それを取り出す手段は、彼らを絶頂に導いて射精させることだ」

「そんなことだろうと思った。ご奉仕か？　それとも、輪姦されろということかな？」

様々な年齢層の客達を見ながら、呪詛喰らい師《カースイーター》はうんざりした口調で問いかける。

「いいや。男どもには指一本触れさせないし、お前が彼らに奉仕することもない。自慰行為を見せつけ、彼らを興奮の極致に導いて果てさせればいい」

「自慰行為だと⁉」

「ああ。彼ら全員が射精する前に、お前が十回果てたら私の勝ち。こんな条件で、最強クラスの戦闘力を秘めた淫神、妖銀貨を手に入れられるのだ。大サービスだと思って欲しいな」

「やってやるさ！　これも、変則的な神伽の戯。恥じらうことなど何もない！」

　きっぱりと言い放つ咲妃であったが、その頬は紅潮し、瞳には迷いの色がある。

（まだ、身体が本調子ではない……欲情してしまったら、抑えきれないぞ）

　阿絡尼に憑依していた強力な淫神を封じてまだ数日。神伽の時に注ぎ込まれた濃密な淫気の影響で、肉体の感度は著しく上がってしまっている。

常次に胸を揉まれた時も、ろくに抵抗できぬほどに感じ、乱れてしまったのだ。

「では、舞台に上がって、始めてもらおうか。おっと、その前に、印象希薄化の呪印は解除して、真の姿と色香で、男どもに媚びるんだ」

「わかっているさ！　解ッ！」

　呪印を解除した咲妃が、直径三メートルほどの円形ステージに上がると、ミュスカがパチンッ！　と指を鳴らした。

　かけられていた催眠暗示が解けたのか、それまで無表情だった観客達が急にざわめき出す。

「あれ、槐宝の制服だぞ！　本物の女子校生か？」

「すげぇ美人だな。オッパイもでかいぞ……」

「槐宝の女子は結構まめにチェックしてたけど、あんな美少女がいたなんて、見落としてたぜ！」

　男どもの囁き交わす声と、欲望剥き出しの視線が、微弱な電流のように全身をピリピリと刺激して、それだけで身体が火照り疼いてしまう。

（妖銀貨に憑依されても、理性や感情は残っているようだが、全員、あからさまに欲情しているな）

男達の股間は、着衣越しにもはっきりとわかるほどに勃起しており、目は興奮で血走っている。

「妖銀貨が憑依すると、身体能力が強化される副作用として、極度の興奮状態に陥る。これはお前にとって有利なのではないかな？」

舞台脇に立ったミュスカが声をかけてくる。

「興奮しすぎて、襲いかかってこないだろうな？」

「安心しろ。お前がおねだりするか、私が命じない限り、身体には指一本触れぬように暗示をかけてある」

「私の命令にも従うのか？　お前達、遠慮せずに、もっと前に出てきていいんだぞ」

咲妃が声をかけると、男達は我先にと席を立ち、円形舞台の周囲に群がってきた。俗に言う、「かぶりつき」の状態である。

「なるほど……面白い」

ニヤリ、と笑みを浮かべ、勝ち気な口調で言いながらも、呪詛喰らい師《カースイーター》は、胸の奥からジワジワと込み上げてくる羞恥心に戸惑っている。

（こういう状況で欲望剥き出しの視線を浴びるのが、これほどまでに恥ずかしいとは……。印象希薄化の呪印に頼りすぎたか？）

呪印の効果で、普段は他人の視線を気にせずに過ごしているだけに、不特定多数の人々からあからさまな欲望の眼差しを浴びせられる状況には慣れていないのだ。

「おい姉ちゃん、早く脱げよ！」

「もったいぶらずにオッパイとオマンコ見せろ！」

舞台上で固まっている咲妃に焦れた男達が、野卑な声を上げた。

「焦るなッ！　私にも心の準備が……」

「早く始めないと、そいつらに憑依させた妖銀貨が暴走するかもしれないぞ」

柄にもなく恥じらう神伽の巫女に、ミュスカが追い打ちの声をかけてくる。

「わかってる！　お前達……わっ、私の色香で弾けさせてやるぞ！」

舞台の上で膝立ちになった咲妃は、恥じらいと色香の入り交じった視線を観客達に投げかけながら、シャツのボタンを一つずつ外してゆく。

シャツの前が大きくはだけられ、深紅の革帯ボンデージに緊縛された半裸身があらわになると、その場にいたほぼ全員が、ゴクリ、と喉を鳴らす。

「うほぉ、清楚な学生服の下にSMコス着てるなんて、実はとんでもない淫乱美少女なのか!?」

「学生のくせに、すげぇ格好してるじゃねえか。いいぞ、もっとエロエロに身体をくねらせながら、脱げよ！」

舞台上に身を乗り出したサラリーマン連中がはやし立て、口笛と拍手が鳴り響く。

（この男達、完全に操られているわけではない。普段抑圧されている性衝動が、妖銀貨の影響で解放されているのか……スケベ男どもめ！）

「もったいぶらずにスカートも脱げよ！　こっちにケツ向けてくねらせながら、だぞ！」

「く……わかった……脱いでやるさ」

言われた通りの体勢と挑発的な動きで、まろやかなヒップラインを、脱ぎ落とされたスカートがスルリと滑って膝元にわだかまると、声にならぬどよめきが沸き起こる。

ムッチリと肉感的な太腿から段差なしに続く美尻の谷間には深紅の革帯が深々と食い込み、フェティッシュな色香をムンムンと匂い立たせている。

尻の豊かさとは対照的に、ウエストは細く引き締まり、へその窪みもエロチックな腹部には、程よく鍛えられた腹筋の輪郭が浮き出して、尻に負けぬボリュームを誇示する爆乳に向かって、完璧なくびれを描いていた。

（下品なヤジ混じりにはやし立てられるのも不快だが、黙って凝視されると、さらに恥ずかしい……）

神伽のために磨き上げられた極上肢体をさらけ出した美少女は、頬の火照りを感じつつ、視線の集中砲火に耐える。

「素晴らしい、これは芸術的な肉体だ……三十年振りにチンポがはち切れそうないい女に出会えたよ」

客達の中では最年長と思われる白髪の老人が、低くくぐもった声で、咲妃のボンデージ裸身を賛美した。

（こんな恥ずかしい座興、早く終わらせるに限るな……。まずは、あの男子達を果てさせる！）

欲情した男連中を素早く見回した咲妃は、ハーフパンツの股間を膨らませて身じろぎしている少年三人組を、最初のターゲットに選んだ。

「キミ達、もっとお側においで……女の人の裸、直に見るのは初めてだろう？」

自分よりも年若い思春期の男子達に優しい声をかけると、三人組は恥ずかしげに俯きながらも、舞台の最前列へとやってきた。

「お姉さん、超いい匂いがする……」

まだ声変わりしていない少年が、子犬のように鼻を鳴らしながらつぶやく。

「オッパイ、すごく大きい……」

隣にいた少年も、股間の膨らみを小さな手で隠すようにしながら、ボンデージに強調された爆乳を凝視してくる。

「フフッ、そうか……もっとよく見ろ。ほら」

革帯に緊縛された爆乳に手を添えた神伽の巫女は、たわわなバストをやんわりと揉みこねてみせる。

むにゅっ、ふにゅっ、ふにゅっ……。

黒いラバーグローブに包まれた繊指が、片手では握りきれぬサイズの肉果にめり込み、緩やかに円を描いて、乳辱の動きを繰り返す。

「すごい、オッパイって、柔らかいんだね」

目の前で柔らかく揉み歪められる爆乳に、思春期の性的好奇心に煽られた視線を絡みつかせた少年は、痛いほどに猛ったペニスをハーフパンツ越しにぎこちなく弄っている。

「いいぞいいぞぉ。もっと乳を揉め！　もっとエロエロに悶えろよ！」

他の男達も、たわわな胸を揉みこねるボンデージ美少女の痴態を見ながら、猛った牡槍を着衣越しに慰め始めた。

「ああ、見せてやるとも。だからお前達も、遠慮せずに……

……ンッ……ひぅ……くふんんッ！」

想像していたよりもはるかに強い悦波が乳肉の奥底にまで響き、呪詛喰らい師《カースイーター》に悩ましげな呻き声を漏らさせる。

（身体が敏感になっている。これは、なりふり構っていられないな。毒を喰らわば皿まで……もっと破廉恥に振る舞ってやる！）

「んくぅ……ふぁ、あんッ。私ばかり恥ずかしいのは不公平だぞ。お前達のペニスも、見せろ……」

艶めかしい響き混じりに命令された少年達は、戸惑った表情で顔を見合わせ、モジモジと身じろぎしつつ、ズボンと下着を一気にズリ下げて、発育途上の男性器を剥き出しにした。

（……意外と可愛い形なんだな……）

この年代の男子達の勃起を初めて目にした呪詛喰らい師《カースイーター》は、口元に小さな笑みを浮かべる。

いずれも仮性包茎気味で、亀頭の発達もまだ不十分な幼根だが、下腹にめり込まんばかりに充血して伸び上がり、今にも弾けてしまいそうにいきり勃っていた。

あまり綺麗に洗っていないのか、雨に濡れた革製品のような恥垢臭が、生育途上のペニスから漂ってくる。

「オナニーしてくれたら、私の乳首を見せてやるぞ」

込み上げる悦波と羞恥心を抑え込んだ神伽の巫女は、共犯者を誘うような心境で、淫らな誘惑を仕掛ける。

「えっ⁉　う……うん……」

初めて生で見る、女の人のオッパイに視線を釘付けにされながら、少年達は勃起を握り込み、まだ覚えたての自慰行為を開始した。

「ンッ、く……ンッンッンッ……」

押し殺した呻きを上げながらの遠慮がちな上下動のたびに、初々しいピンク色の亀頭が包皮を剥け返らせて顔を覗かせ、先端のワレメに、男の子の愛液がキラリと光る。

（あの子達、私の身体を見ただけで、こんなに興奮しているのか……妙な気分だ）

誘惑者の悦びが、背筋をゾクリ！　と駆け抜け、羞恥の感情が興奮へと変質してゆく。

「その調子だぞ。約束通り、私も見せてやる……」

少年達の視線を釘付けにしている爆乳の奥で、胸の鼓動が速まるのを感じながら、革帯ボンデージ姿の美少女は乳首をかろうじて隠していた深紅の革帯をゆっくりとずらしてゆく。男子達は、白い乳球の丸みを滑ってゆく革帯の淫靡な動きを瞬きもせずに見つめながら、未熟な勃起をヒクヒクとしゃくり上げている。

ずれた革帯が乳房の曲面を一気に滑り降りると、既に勃起状態の乳首がピンク色の残像を描いて、プリュンッ！　と跳ね出てきた。

「すげぇエロ乳首だぁ！　自分でしゃぶってみせてくれよ、そのデカパイならできるんだろ？」

まだらに染めた金髪を、ヤマアラシのように尖り立たせた若者が、卑猥なリクエストを叫ぶ。

「く……ガマンせずに、いつでも出していいんだぞ。お姉さんに、キミ達の射精、見せてくれ」

下品な要求を無視して、咲妃はあらわになった乳首の周囲を指先でなぞり、双房の肉果を、むにっ！　と揉み寄せて、少年達に自慢の乳首を見せつける。

「ハァハァハァハァ……オッパイ……乳首……」

ネットで目にするエロ画像とは桁違いの迫力と生々しさで迫ってくる美少女の爆乳を凝視しつつ、三人の男子は夢中になって肉茎を弄り、稚拙な手淫行為を加速してゆく。

（これは、いつもの神伽の戯とは勝手が違う。ウズメ流の技巧で少し愛撫してやれば、この子達は数秒で絶頂させられるのに……）

目の前でぎこちなく扱き立てられる成熟途上のペニスを見ながら、咲妃は歯がゆさを感じている。

「もっと激しく擦るんだ。私も……ひぅッ！」

少年達に誘惑の声をかけながら、乳輪ともどもプックリと盛り上がった乳首のシルエットをなぞるように円を描いて指先を滑らせると、メリハリの利いたボンデージボディが、爆乳の奥にまで浸透してくるむず痒い悦波にわななないた。

「んくぅぅ、あ、はぁぁ……ひぁ……んんんッ！」

抑えきれぬ甘い喘ぎが喉奥から漏れ、勝ち気な美貌が色っぽく歪む。

「いいぞいいぞぉ。超色っぽいぞぉ！」

「感じてる顔もエロエロだ……」

咲妃が乱れるほどに、男どもの視線も熱を帯び、それが少女の肉体と精神を燃え上がらせる。

（そうか……これが、神をも歪ませる人の淫情……その一端を今、私は身をもって体感しているんだな）

淫神を封じるためだけに肉体を練り上げてきた退魔少女は、ストリップ劇場の小さな舞台上で、淫神を産み出す根源となる力の歪みを感じつつ、自慰行為を続ける。

「くふぅ……ンッ、あ、ひぁ、あんッ！」

硬く尖り勃って疼く乳首を摘んでクリクリと揉み転がすと、無意識のうちに美尻がくねり、太腿が切なげに擦り合わされて、甘く蠱惑的な淫臭が極上ボディから香り立つ。

「おっ、お姉さん。すごくエッチで……綺麗だよ。ハァハァハァハァ……」

　まだ幼さの残る顔を紅潮させた三人組は、片手ですっぽりと握り込めるサイズの肉突起を稚拙な技巧で擦り立てて、興奮の頂点へと駆け上ってゆく。

　包皮と亀頭の間で、男の子の愛液がこね回されるクチュクチュという淫音が高まり、華奢な膝がガクガクと切羽詰まった震えを始めた。

「イッて……ほら、乳首、舐めてみせてあげるから、んっ……ぴちゅ、れるっ……」

　揉みこねによって張り詰めた爆乳を持ち上げた呪詛喰らい師《カースイーター》は、痛いほどに尖り勃った乳先に舌を伸ばし、チロチロと舐めくすぐる。

「はふぅぅンッ！　あふ、あむ、ちゅぱ、くちゅ、れるっ……ちゅぱちゅぱちゅぱ、ぴちゃぴちゃぴちゃ……」

　ゾクゾクするような掻痒快感に鼻を鳴らしつつ、勃起乳首を左右交互に舐め、吸い上げた神伽の巫女は、色っぽい流し目で少年達の絶頂をねだる。

「うぉ！　マジで舐めてるぜ、おい！　すげぇ、エロいなぁ、おい……」

　先ほど、乳首舐めをリクエストした若者が興奮した声を上げるのを聞きながら、ボンデージ美少女は自分の乳首に控えめな舌技を駆使する。

「お姉さん……すごい……んんんッ！」

　年上美少女の乳辱オナニーを凝視し、小振りな勃起を猛然と扱き上げた三人組は、ほぼ同時に絶頂を迎えた。

「ふぁ、あっあっアッ！　出るッ、でるよぉぉ！」

　甲高く裏返った叫びと同時に、クルミサイズの陰嚢がキュウッ、と収縮する。

　びゅくっ、びゅくびゅくんっ！　びゅるううううっ、びゅぷるるるるっ、びゅくるんっ！

　まだ成熟途上の肉突起が下腹を叩いてしゃくり上げ、濃度が不均一なスペルマを断続的に射出する。

「んふぅ！　んんんんッ！」

　わずかに顔を背け、身を仰け反らせた咲妃に向かって撃ち出された絶頂エキスは、たわわなバストの曲面にこってりと粘り着き、刈りたての若草のような初々しい精臭を立ちのぼらせた。

　甘美な放出は、それだけで終わりではなかった。

「あ、あ、あぁぁッ！　やぁぁぁんっ！　まだ、出るぅ、何か、出ちゃううウッ！」

まるで女の子のように甲高い声を上げた少年達のペニスがひときわ激しく跳ね回り、銀色の奔流を噴き上げた。

ビキュルルルルッ！　ズビュルルルゥゥゥゥ～ッ！

未成熟な精巣内に憑依し、興奮を煽っていた妖銀貨が、射精の脈動とともに尿道を熱く走り抜けて射出されているのだ。

「やっと……出てきたか？　くぅ、はふうぅ」

ビチャンッ！　パチュンッ！　パシンッ！

精液よりもずっと重々しい粘着音を立てながら、少女の爆乳に水銀状の淫神がぶちまけられる。

少年達の体温で温められた液体金属は、爆乳の曲面に沿って薄膜状に広がり、芸術的な半球状の肉果を完全に覆い尽くす。

「まずは……二人。……う？　ひぁうぅぅッ!?　身体の中に……はっ、入ってくるッ！　くあぁうんん～ッ！」

液体金属の射出を終えて昏倒した少年達の様子を確認していた咲妃は、銀メッキされた爆乳を押さえて身悶える。

神伽の巫女を新たな依り代と認識した淫神が、体内への侵入を開始したのだ。

ピリピリとむず痒く痺れるような快感を与えつつ、汗腺や乳腺から侵入した妖銀貨は、血流に乗って全身に回り、肉体を過剰に活性化させてゆく。

乳首の勃起がさらに際立ち、全身が汗ばんで、スポットライトの光を受けてヌメヌメとオイルを塗り込んだように照り輝く。

「あはぁぁ、暑い……身体が……きゅふうぅぅんんッ！」

舞台の上で、深紅の革帯ボンデージ緊縛された極上ボディが艶めかしく乱れ、くねり悶えた。

肉感的なヒップが上下左右に振られ、尻に負けず劣らず肉感的な乳房が喘ぎにあわせて重々しく揺れ弾む。色白な肌がほのかな桜色に染まり、甘く香しい汗粒を噴き出して、視覚のみならず嗅覚でも男達の淫欲を昂らせた。

「ガキにチンポ汁ぶっかけられただけで派手にイッてやがる。淫乱マゾ美少女なんだな。たまんねぇ！」

客の一人が嘲笑混じりの声を上げる。どうやら、水銀状の淫神は男達には見えていないようだ。

「絶頂、一回目……」

ミュスカが、わずかにかすれた声をかけてくる。

眼前で繰り広げられるオナニーショーに、男装の麗人も興奮しているのか、色白な頬は赤みを帯び、エメラルド色の瞳は熱く濡れているように見えた。

（まだ、三人分しか受け入れていないのに、こんなに欲情してしまうのか？　長引けば、不利……）

ただでさえ感度の増している肉体が、恐ろしいほどに欲情してゆくことに危機感を抱く咲妃。

「ガキどもと違って、オレ達はオッパイだけじゃ満足しねえぞ！　そろそろオマンコ見せろよ！」

「はぁはぁはぁ……くぅ……う、んんんッ！」

焦燥感とともに、ゾクゾクするような興奮を覚えてしまいつつ、男達に背を向けてうずくまった呪詛喰《カースイーター》らい師は、尻の谷間に食い込んだ革帯に震える指を引っかけ、ゆっくりとずらしてゆく。

騒いでいた男達が、シン、と静まりかえり、秘部を覆う薄皮が剥き上げられてゆくのを見守った。

（あぁ、神伽とはいえ……こんな恥辱……くぅ、全員が、見ている……）


股間に集中する視線を痛いほどに感じつつ、愛液と汗にぬめった革帯をヌルリ、ヌルリと滑らせる。

ぬぷ……くちゅッ……小さな粘音を立てた革帯が股の付け根に引っかかり、恥ずかしげに引きすぼめられた肛門と、濡れ開いた秘裂が剥き出しになると、男どもにどよめきが起きた。

「今まで見たことがないぐらい綺麗なピンク色だ……ヒクヒクしてる」

「美味そうだな。現役女子高生の超美マンコとアナル、一晩中でもしゃぶり回してやりたいぜ！」

「あぁ、そっ、そんなに……見るなぁ……」

狂おしいほどに感度を増した粘膜組織に、男達の下品なヤジがビリビリと響いて、無意識のうちに尻がくねってしまう。

「オマンコ、もう濡れ濡れじゃないか。弄り回して、もっとグチョグチョにしてみせてくれよ」

男の声が見えない舌となって膣粘膜を舐め上げ、欲望に猛った視線が不可視の指のように膣口とアヌスを弄り回す。

「んぁ……あ……きゅふうぅぅん……ッ」

レーザー光線のように集中してくる視線を避けるかのように伸ばされた右手が秘裂を覆うと、指先に、火傷しそうに熱く、ヌルリと湿った膣前庭の感触が触れてきた。

「はふ……う、ひゃぁぁんッ!!」

火照り疼く濡れ肉のワレメに、そっとあてがった指を少し動かしただけで、落雷を受けたような衝撃に美尻が跳ね上がってしまう。

「おや？　二度目の絶頂かな？」

妖銀貨の声に反論もできず、咲妃はボンデージ裸身を小刻みに痙攣させている。

(ダメだ！　ここを弄ったら、感じすぎて理性が飛ぶ)

敏感すぎる秘裂から慌てて手を離した神伽の巫女は、アヌスの蕾へと恐る恐る指を伸ばした。

「こっ、こっちなら……ひぅ！　んっ、う……んぁぁ、くうぅぅ、ふうぅぅむんっ！　は、ぁ……あぁぁん……ッ」

細やかな小皺を引き結んだすぼまりをそっと撫で、指の腹で押し揉むと、背筋を鋭い快感電流が走り抜け、恥ずかしい声が漏れてしまうが、幸いにして理性が飛ぶほど強烈ではない。

「おいおい、いきなりアナルオナニーか？　こいつは筋金入りの変態マゾ娘だな」

五十代後半のでっぷりと太った男が、嘲りの声を上げると、他の客達も次々にはやし立てた。

「マジでクソの出る穴とは思えない綺麗さだな。思いっきり吸ってみたいぜ」

「こっち向いて、肛門ヒクヒクさせてくれよぉ！」

投げかけられる声に羞恥と興奮を煽られつつ、咲妃は慎重な指使いでアヌスの感度を確認する。

(神伽で鍛えられた尻穴は、快感に何とか耐えられるか？　ならば……恥じらいを捨てて、一気に男どもを昂らせ、果てさせてやる！)

「ふぁ、そっ、そうだ……変態女の尻に、お前達の精液、たっぷりとかけてくれ」

悩ましげな喘ぎ混じりに呼びかけた咲妃は太腿に巻かれたペンホルダーから、呪印刻印用の赤ペンを抜き出し、細いペン軸をアヌスにあてがうと、ゆっくりと挿入してゆく。

くぷ……きゅむっ、ぬぷ……ぬぷぷぷ……ッ。

桃色菊の蕾のようなすぼまりを押し広げて、深紅のペン軸が潜り込むのを、男達は息を呑んで見つめていた。

「ひょおお！　ペンまで使うのか⁉　淫乱だなぁ」

「そのペン、後で買うよ！　売ってくれ！」

下品なヤジを聞きながら、肛門に挿入したペン軸を摘み、緩やかなピストン運動を開始した。

硬質な異物の感触が括約筋を擦り、直腸壁を舐めるように動くたびに、むず痒い悦波が尻穴から湧き起こる。

「ひぅ！　んっ、んっ、んっ……あ、あんッ、くふぅ……はぅ！　くうぅぅん……ッ」

射精中枢をビンビンと刺激するような悩ましげな喘ぎを漏らしつつ、神伽の巫女はアナルオナニーに没頭した。

（技巧の宿った指よりも、ペンの方が快感が穏やかだ。それに、男達も興奮している。一石二鳥……だな）

まだ、いくらかの計算高さが自分の心に残っていることに安堵しつつ、恥悦を堪えてペンを抽挿する。

「はぁぁ、あんッ！　はっ、はやくっ！　私のいやらしい尻に……熱い精液、かけて……ぶちまけてくれ……」

神伽の門として練り上げられた秘め穴を、深紅のペン軸で犯しながら、咲妃は後背位の体勢で突き出した美尻を打ち振って、卑猥なおねだりで男達の自慰を煽る。

「一本じゃ足りないだろ？　もう一本挿れろよ！　いや、まとめて全部イッちまえ！」

スーツ姿の中年男が、赤黒いイチモツを扱き上げながら声を荒らげた。

「いっ、いいぞ。だから、全部挿れたら、私がイクと同時に、あひっ、ンッ、みんなで射精してくれ……はぅ、きゅふうぅぅん！」

ジワジワと高まってくる拡張快感に耐えながら、一本、もう一本と、ホルダーから抜き出した赤ペンを尻穴に挿入し、ついに装備していた五本を全て呑み込んだ。

大きく広がった肛門括約筋が深紅のペン軸を締めつけ、ギチッ、ギュリッ、と軋み音を立てる。

「あひッ、ンッ、あ、あはぁぁ、きつい……ッ！」

五本の赤ペンを肛門に咥え込んだ尻を高々と掲げて震わせ、舞台の床板に爪を立てて、呪詛喰らい師《カースイーター》は押し寄せてくる絶頂の波に抗う。

薄壁一枚隔てた膣にも、拡張快感は伝わり、手を触れてもいないヴァギナが物欲しげに収縮して、白濁した濃厚な愛液を滴らせる。

「キヒヒヒッ、ピンクのオマンコからマン汁ダラダラ垂れ流しやがって。エロい匂いがムンムン香ってくるぞ」

吐息がかかるほどの距離まで顔を突き出した若者が、細長い勃起を扱きつつ、興奮でかすれた声をかけてくる。

「くぅぅ、全部挿れたから……早く……早くぅ～」

屈辱感に耐え、精いっぱいの媚を含んだ声でおねだりしながら、咲妃は赤ペンの寄せ植えで飾り立てた美尻をクイッ、クイッとせり上げた。

「お嬢ちゃんがイッたらって約束だろ？　ほら、最高にエロエロなケツマンコアクメを見せてくれよ！」

「あはあんっ！　イクッ、イクからぁ、見てぇ、私が絶頂するとこ、見てぇぇぇぇ～！　アッ、ヒッ、イクイクイクイクウウウゥゥゥ～ンッ!!」

もはや誘惑なのか、本気で叫んでいるのか自分でもわからぬまま、呪詛喰らい師《カースイーター》は思いっきり秘部をせり上げて、込み上げるエクスタシーに身を委ねる。

プシイイッ！　プチャァァァ～ッ！

絶頂収縮する秘裂の奥から、愛液とともに透明な潮が噴出し、至近距離で見つめていた男どもの顔を熱く濡らした。

「くううっ、たまんねぇイキッぷりだぜ、チンポ、もう限界！　出るッ！」

「ぶっかけてやるよ。そおら、お待ちかねのザーメンシャワーだぜ！　んむぅぅっ！　出る……ぞおおっ！」

「じゃあ、私はお嬢さんのお顔にかけてあげよう。綺麗な者を汚すのも芸術だよ……あぁ、数年振りの射精だ！」

「オレ、オッパイがいい！　ああ、こんなエロい娘にチンポ汁ぶっかけできるなんて、夢みたいだぁ！」

フェティッシュな姿で射精をねだる極上美少女の痴態に興奮した客達は、円形舞台で身悶える少女を取り囲み、猛然とペニスを扱き上げて、欲望の煮詰め汁を解き放った。

びゅくんっ！　びゅくびゅくんっ！　びしゃぁ！　ぐちゅびちゅびちゃびちゃびちゃびちゃぁぁぁぁ～ッ!!

十数本の牡槍が一斉に脈動し、大量の白濁粘液が神伽の巫女に降り注ぐ。

「くぅぁぁ……イッ、イク……うぅぅぅンッ!!」

感度を増した柔肌にぶちまけられるスペルマの熱さと粘りが、立て続けの絶頂を呼ぶ。

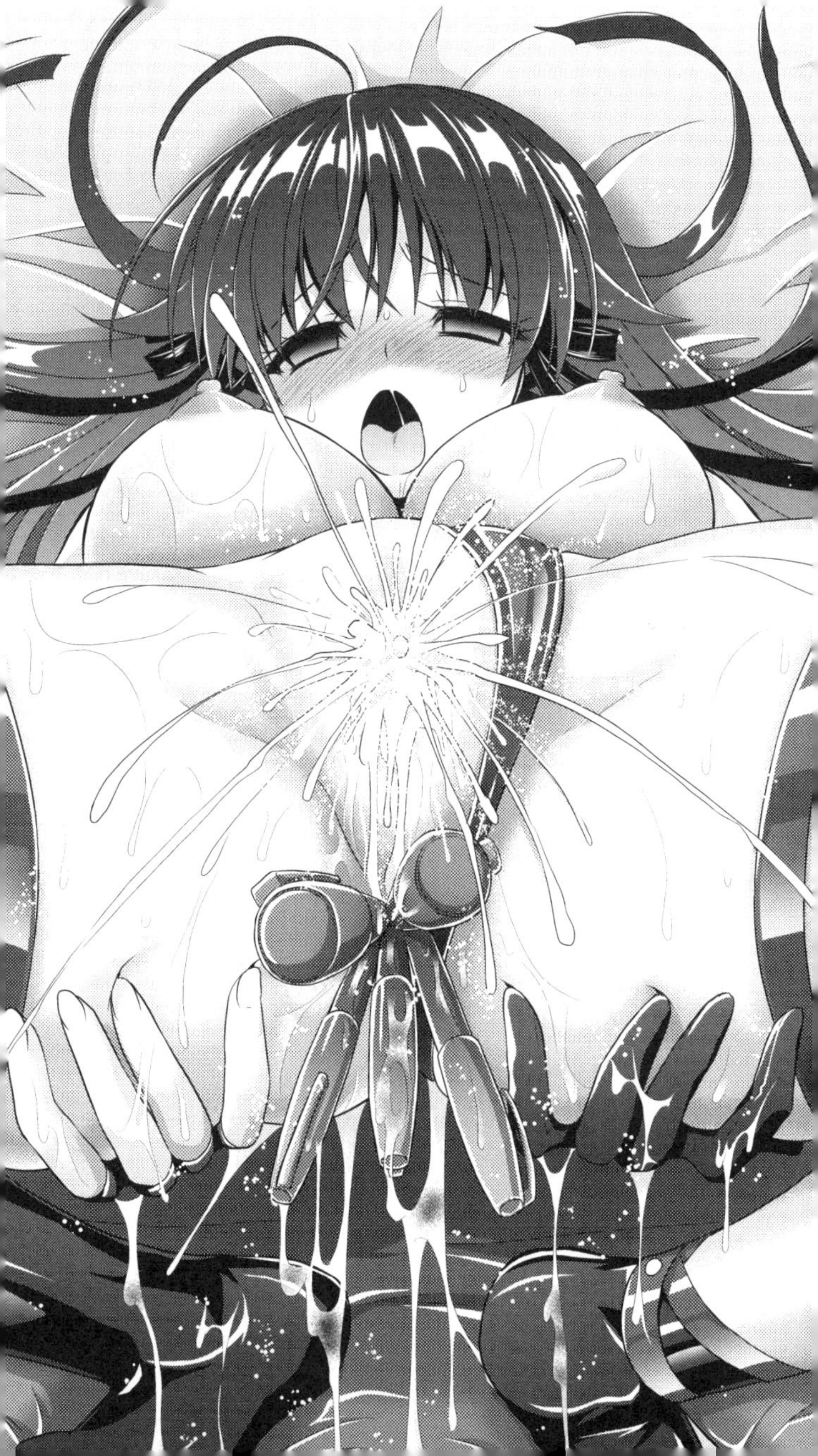

白濁まみれのボンデージボディを、グウウンッ！　と仰け反らせてアクメに舞い上がるカースイーター。絶頂収縮した肛門括約筋が、五本のサインペンを砕けんばかりに締めつけ、ギチュギチュと樹脂の軋み音を上げた。

ギュリッ！　ぬちゅるんっ！　ちゅぽぽんっ！

強烈すぎる締めつけで押し出されたサインペンが、身を乗り出した観客達に向かってロケット花火のように射出される。

興奮の極みに達した男達は、少女のアヌスに咥え込まれていたペンを奪い合い、腸液に濡れたペン軸を嗅ぎ、貪るように舐めながら射精直後も萎えぬ勃起を激しく扱き上げた。

「くおおおおっ！　また、出るぞおおお！」

「あはぁぁぁ！　射精イイイイイッ！」

ずびゅろろろろぉぉ！　びゅくびゅくびゅるうううううっ！　ビキュビキュビキュンッ！　バシャバシャバシャビチャァァ〜ッ！

射精を上回る激しさで脈動したペニスから、水銀状の液体金属が噴水のように迸り、精液に汚された少女の全身を白銀の彫像さながらに覆い尽くす。

「はぁぅ！　んきゅうぅぅ……あぁぁ、また、中に……来るんんふうぅぅ〜ンッ！」

男達の淫熱で温められた液体金属が、尻たぶを滑り、アヌスの小皺を洗いながら、肛門にズルズルと侵入してくる。

尻だけではない。膣口以外の穴という穴に水銀状の淫神は潜り込み、新たな依り代の全身へと浸透してゆく。

喘ぐ口、鼻孔、耳穴、左右の乳首、下半身では尿道口と肛門に、大量の液体金属がジュルジュルと流れ込んでくる。

精液よりもはるかに比重の重い淫神は、ほんの少しの間、侵入した臓器の内部で蠢いていたが、直に質量を失い、霊気と化して肉体に解け込んだ。

「はぁぁぁんっ！　また、イクッ、イッちゃううううっ！　んはぁぁぁぁぁッ！」

全ての神経を快感電流が駆け巡り、ノンストップでイキ狂う少女の秘裂から、射精のような勢いで愛液が迸る。

「あ……あぁぁ……」

妖銀貨を全て取り込み終えた神伽の巫女は、精液にぬめった舞台に前のめりに突っ伏して、ボンデージボディをわなかせる。

「くうぅぅ……滾《たぎ》る……血が……我が肉体に融合したネメシスが……お前の痴態と快感に沸き返っているぞ、カーススイーターァ!!」

キイイイィィィィィィィ～ンッ!!

普段のクールな物腰を一変させたミュスカが叫ぶと同時に、スペルマの臭気が満ちた劇場内に、甲高い金属音が響いた。

男装の麗人が着用していた純白のスーツが水銀状に溶け崩れ、肉体にピッチリと密着したコスチュームに変わる。

妖銀貨のスレンダーボディを包んでいるのは、メタリックな光沢を帯びたレオタードのような衣装であった。程よく筋肉質な美脚と両腕も、ロンググローブとブーツ状のコスチュームに覆われ、身体の所々に鎖状の飾りがあしらわれた、ビザール系のいでたちだ。

「クククッ、この姿になるのは何年振りかな？　ああ、この高揚感、堪らないぞ」

恍惚の表情を浮かべた妖銀貨は、獲物に迫る牝豹のように四つんばいになり、舌なめずりしながら舞台に這い上がってくる。

「くぅ……妖銀貨……このゲームは私の勝ちのはず。まさか、暴走したか!?」

舞台上で動けぬまま、咲妃は呻く。

「暴走？　違うな。これは昇華だよ！　見事なりカースイーター。私の……ネメシスの殺戮衝動を、淫欲へと変貌させてくれた！」

呪詛喰らい師《カースイーター》を仰向けに組み敷いたミュスカは、咲妃の頬に粘り着いていたスペルマの塊をヌロリ、と舐め取り、妖艶な笑みを浮かべてみせる。

「ゲームはお前の勝ちでいい。約束通りネメシスはお前にやろう。だが、その前に、淫らな衝動のままに交わって、底知れぬ絶頂の奈落に、共に沈み行こうではないか！」

コスチュームの股間を覆っていた液体金属がクパァ、と左右に割れ、薄紅色に充血して濡れそぼった秘裂があらわになる。あからさまに開花した小陰唇はふっくらと肉厚で、秘裂の周囲を飾る恥毛の色は、髪の色よりも濃いアッシュブロンドだ。

「まずは挨拶代わり、共に果てよう」

有無を言わせず咲妃の腿を抱え込み、剥き出しの秘裂同士を密着させたミュスカは、激しく腰を振り始めた。

「ひぁあぁぁ！　やっ、やめ！　そこっ、感じすぎ……きひゃぁぁぁぁぁ〜ンッ!!」

ほんの少し撫でただけでも理性が飛びそうになるほど敏感な秘裂を、ハードな貝あわせで責め立てられた咲妃は、引きつった声を上げて狂乱する。

「いい声で鳴くじゃないか。んぁぁ、お前の快感が伝わってくるぞ……こんなに強く……んんんッ！」

喜悦の呻きを漏らしたミュスカは、さらに深く、強く性器を密着させ、前後の摩擦に加えて左右へのグラインドも交えたパワフルな腰使いで、媚粘膜同士を絡みあわせる。

ぴちゅ、ぬちゅ、ちゅぷっ、ちゅぷっ、くちゅるっ……。

熱く充血して濡れ疼く女陰同士のディープキスが、艶めかしい粘着音を響かせながら延々と続く。

「ひゃあぁぁんっ！　イクウウッ、イクイクイクイクウうううう〜ンッ!!」

全身性感帯となった少女は、ひとたまりもなく女悦の頂点を極めて痙攣する。

「ハアァァァァッ！　私も……果てる……ンンンンンンンムウゥゥゥンッ!!」

ヴァギナの絶頂感を共有した妖銀貨も、筋肉質に引き締まった肢体を伸び上がらせてエクスタシーに舞い上がったが、密着した秘部のスライドは止まらない。

「まだだ！　まだ、まだアァァァァァ！」

淫情の虜となったミュスカは、精液まみれで痙攣する咲妃の裸身を両手と唇を駆使して愛撫しながら、ヴァギナの密着摩擦を続行した。

ストリップ劇場内に、卑猥な蜜鳴りの音と、悲鳴にも似たよがり声が響き、室内の空気が濃厚な淫蜜の匂いに満たされてゆく。

「ハァハァハァハァ……五十回から先は数えていないが、お前は何度果てたかな？」

たっぷり二時間以上、貝あわせで責め立て、咲妃を放心状態に陥れた妖銀貨は、ぐしょ濡れになった秘裂をなおも擦り合わせ、女同士にしか許されぬ粘膜快感を貪っている。

「もっと、もっと果てよう！　喜悦の頂点のさらに上へ、上へ、上へッ！」

　狂喜の笑みを浮かべたミュスカは、さらに激しく腰をくねらせ、暴走状態の欲望を解き放とうとする。

　煌ッ!!

　嬲られるままであった呪詛喰らい師《カースイーター》の身体が、突然、黄金色の輝きに包まれた。

「くわぁぁ！　なっ、何ッ!?」

　膣粘膜を炎で炙られたかのような衝撃を受け、貝あわせの体位を解いて飛び退こうとした妖銀貨の身体が、物凄い力で組み伏せられる。

「カースイーター……今度はお前が暴走したか!?」

「私は冷静さ……」

　先ほどまで失神寸前だった咲妃は、ニヤリ、と凛々しい笑みを浮かべた。

「身体に力がみなぎっているが、これは淫神、ネメシスを受け入れた副作用なのだろうな。ミュスカ……今度は、私が責める番だ！」

　金色の光をまとった咲妃の股間からは、ひときわ強い神気に包まれたフタナリペニスがそそり勃っている。


(身体が熱い……取り込んだ妖銀貨の影響なのか？　何かもっと、深く、強い力のような……)

　かつてないほど精神が高揚し、肉体が疼いている。まるで、自分が淫神にでも変じてしまったかのような、圧倒的な欲情が、神気とともに込み上げていた。

「くぁ！　な、何ッ!?　これほどの神気、盟主殿を凌ぐというのか!?　……くあ、んぐぅぅぅ！」

　突然の逆転劇に呆然としているミュスカの口に、金色に輝くペニスが突き挿れられた。

「ゲームは私の勝ちだな？　くふぅ……お前の中の淫神も、約束通りいただくぞ！」

　ミュスカの口を犯すイラマチオの腰使いを次第に激しくしながら、咲妃は攻撃的な口調で言い放つ。

(ミュスカの口の熱さ、舌の蠢き……堪らない！　この快感に身を委ねてしまっていいのか？　暴走……してしまうのでは？)

　かすかな疑念と不安が脳裏をよぎるが、フタナリペニスに熱く絡みつき、締めつけてくる喉粘膜の快感が理性を掻き乱し、淫らな尻振りが止められない。

「はぁあっあっアッぁあんッ！　いっ、いいぞ……もっと、もっと吸え！　きゅふうぅぅ、そっ、そうだ……ッ！」

顔面騎乗した妖銀貨の上で、精液にまみれたボンデージ裸身を躍動させ、呪詛喰らい師《カースイーター》はイラマチオ責めのアグレッシブな快感に陶酔してゆく。

「ング、ヌムウゥゥ……ンッンッンッゴホッ！　ンクンクンク……フウグムウゥゥゥ……ンッ！」

苦しげに呻くミュスカの美貌にも、マゾ的な愉悦の表情が浮かんでいる。

口腔を蹂躙し、舌を擦り嬲り、喉粘膜を掻きむしりながら抽挿される淫ノ根の感触は、妖銀貨のスレンダーボディを被虐の快感に燃え上がらせる。

「あぁ、もう溢れてしまいそうだ……出るぞッ！」

とどめのハードピストンで喉奥まで突きまくりながら、咲妃は金色の光輝に包まれた美裸身を仰け反らせ、ゾクゾクするような射精快感を解き放った。

「きゅふうぅ〜ンッ！　出るッ、はぁぁンッ！」

びゅくうううんっ！　どぴゅうううううっ！　ぶびゅううううううっ、ずびゅるううぅぅぅぅぅ〜ッ!!

美少女の股間からいきり勃った男根が雄々しく脈動し、濃密な神気を含んだ精液を大量に噴出する。

「ンフウゥゥゥゥ〜ンッ！」

イラマチオ絶頂に震えるミュスカの喉の奥で、金色のペニスはなおも脈動し、神気に輝く聖液を射出し続ける。

「んぐぅ！　ゴホッ……んっんっんっゴクッ……」

怒濤の勢いでぶちまけられるフタナリ美少女の絶頂エキスを、ミュスカは喉を鳴らして飲み込むことしかできない。

ぬちゅっ……ちゅぽっ！

十分以上にわたって大量射精を続けたペニスが、妖銀貨の口腔からゆっくりと引き抜かれた。

「まだ……まだ出るぞッ！」

ビュクビュクとしゃくり上げる神根からなおも迸る白濁液が、ミュスカの顔面を直撃し、水銀色の密着コスチュームに覆われたスレンダーボディをドロドロに汚し抜いた。

「約束通り、お前の身体を覆っている神体もいただく！」

内も外も精液まみれになって呆然としている妖銀貨の身体を抱擁した咲妃は、白濁液のたっぷりと溜まった唇にむしゃぶりつき、激しく吸い上げる。

ずじゅるるっ……じゅるるるるっ……！

ミュスカの肉体に霊体レベルで憑依していた淫神、ネメシスが液体金属に変換されて吸い取られ、コスチュームに擬態していた分も、神伽の巫女のボンデージコスチュームと融合してゆく。

「ハァハァハァ……私としたことが、ずいぶんサディスティックになってしまったな」

全ての力を奪い取られ、失神したミュスカの裸体が倒れ伏した横で、咲妃はへたり込んで激しく喘いでいる。

呪詛喰らい師《カースイーター》の肉体を包んでいた金色の光が薄れ、消えるとともに、荒々しい欲情も嘘のように治まった。

「この後始末……退魔機関に依頼しなければ……」

疲れきった様子で、脱ぎ捨てられた制服のポケットから携帯電話を取り出そうとした咲妃の身体が、突然、円柱状の結界に包み込まれる。

「なっ、この結界は、ＢＡＢＥＬか!?」

驚きの声を上げる呪詛喰らい師《カースイーター》の頭上に、黒い蓮の花のような形の機械が浮かんで回転していた。

「そのとおりよ。カースイーターさん。まさかミュスカの淫神まで取り込んじゃうなんて、すごいわね」

白衣に銀縁メガネの金髪美女、ドクタークリアが、結界越しに声をかけてきた。

九未知会《ナインアンノウンズ》の技術担当を名乗るドクターの隣には、黒いビキニ鎧に身を包んだ魔人形、ＢＡＢＥＬがたたずんでいる。

「罠、だったのか？」

今にも失神しそうな肉体を鼓舞しつつ、囚われの巫女はドクターに問いかける。

「いいえ、ミュスカの暴走までは計算通りだったけれど、その後の展開は想像以上、文句なしに合格よ。あなたを久遠の世界へご招待するわ」

「カースイーター……捕縛完了。ミュスカ……ついでニ回収……完了」

グッタリと弛緩したミュスカを抱き上げた黒鎧の美女は、結界に捕らえた咲妃とともに夜空を上昇してゆく。

上空はるか、ネオンの明かりも届かぬ高空に浮かぶ、重厚な石門に一行の姿が吸い込まれ、重々しい音を立てて扉が閉じた。

封の十六　久遠

魔人形ＢＡＢＥＬの結界に囚われ、宙に浮かぶ石門をくぐった咲妃が連行されたのは、周囲を障子戸に囲まれた白い部屋だった。広さは学校の教室ぐらい。床には白大理石のタイルが敷き詰められており、高い天井は、全体が白く発光している。部屋の中央に設置された巨大なベッド以外に、家具はまったく見当たらない。

「ようこそ、久遠の世界に」

捕縛結界から解放され、床にへたり込んだ咲妃に、ドクタークリアが声をかけてきた。

白衣をまとった金髪美女の背後には、九末知会《ナインアンノウンズ》の盟主、常磐城久遠がたたずんでいる。

咲妃に負けず劣らずのメリハリに富んだ肢体を、仙女のような薄衣に包んだ久遠は、口元に憂いを感じさせる微笑みを浮かべ、呪詛喰らい師《カースイーター》を金色の瞳に写していた。

「久遠、お前と折り入って話がしたい！」

虜囚とは思えぬ堂々とした物腰で、呪詛喰らい師《カースイーター》は会見を申し出る。

「今はまだ、その時ではありません」

先代の巫女は、静かな口調で拒絶した。

「どういう意味だ？　強引に連れてきておいて、話もしてくれないのか⁉」

眉を吊り上げ、声を荒らげる咲妃。

「あなたの身体、ミュスカに嬲られていた時、金色に光ったでしょう？　もう一度あの状態になれば、久遠とは嫌というほどお話しできるわよ」

久遠の代わりに、ドクタークリアが発言する。

「そう言われても、あの状態は初めてのことだったし、意識してできるものではない」

「そうでしょうね。わたし達にも予想外の事態だったから。でも、発動条件はわかっているわ。その条件とは、限界を超えて喜悦を極めること」

九末知会《ナインアンノウンズ》の頭脳を自認する白衣の金髪美女は、ニヤリ、と妖しい笑みを浮かべた。

「要するに、快楽責めにする、ということか？」

眉を顰める呪詛喰らい師《カースイーター》の前に、久遠が歩み寄る。

「儀式のための準備をしておきましょう。咲妃、あなたの力、封じさせてもらいます。一人の無力な少女として、肉悦に身も心も委ねなさい」

九未知会《ナインアンノウンズ》の盟主は、神伽の余韻で思うように動けぬ咲妃の頭上に両手をかざす。

「ンッ……！」

プシッ！　ピシュッ！

呻いた神産みの巫女の両手のひらから鮮血が噴き出し、呪詛喰らい師《カースイーター》の身体に滴り落ちた。

「聖痕……!?　血を媒介とした呪術か!?」

「そう……血界呪紋術。血液に神気を練り込み、浸透型の呪印を描く超高等呪術です」

バラの花のような芳香を放つ鮮血の雫は、爆乳を緊縛し、秘部を守る革帯の退魔装束に染み込み、深紅の薄皮をさらに赤く照り輝かせた。

「この程度でいいでしょう。呪紋、発動！」

久遠が凛とした声を上げると、鮮血を吸い込んだ革帯が深紅の光に包まれ、妖しく蠢き始める。

「ふぁ！　熱い……なっ、何だ？　締めつけが強まって……ひぁ！　くうぅんッ！」

ギチッ、ギチュッ、ギュリリリッ！

革帯と金属環を組みあわせた艶やかな退魔装束が、革の軋み音を上げて咲妃の肉体を締め上げる。

「あなたの力を封じると同時に、退魔装束に蓄積された淫気を活性化させ、かりそめの命を与えました。いわば、疑似淫魔のようなもの……」

「なっ、何だと!?　んんっ、はぁぁぁうッ！」

静かに告げる久遠の声を、革帯が軋むギシギシという音と、咲妃の悩ましげな呻き声が掻き消した。退魔装束が、淫らな意思を持った緊縛具に変じて装着者である退魔少女を嬲っているのだ。

乳首を包み込んだ深紅の薄皮が、まるで見えない指に摘まれているかのように左右に捩れて勃起乳首を圧迫し、下乳を保持している革帯が、弾力過剰な乳肉を大きな円を描いてこね回す。

「んくうぅ！　うあぁぁ、きつい……ッ！」

仰向けになって身悶える呪詛喰らい師《カースイーター》の股間では、収縮した革帯が秘裂と尻の谷間に食い込み、緩急交えた振動を起こして秘部全体を責め立てた。

股間を守る深紅の革が、クイッ、クイッ、と引き絞られると、剥き身のゆで卵のように滑らかな無毛の大陰唇が、女陰のワレメに革帯を深々と咥え込んで、淫靡な丸肉をプックリと際立たせる。

「はぁぁうんっ！　ひぅ……やっ、震えて……くあぁぁ、食い込んで来るッ、んぐぅぅぅ、くふぅぅぅんッ！」

自らの退魔装束に嬲られた極上の肉体が、人目もはばからず、狂おしげに、切なげに舞い乱れた。

恥骨を圧迫し、秘裂を二つ割りにしてしまいそうな食い込み責めに、まろやかなヒップがせり上げられ、ムッチリと肉感的な太腿が床を蹴る。

白く量感たっぷりな爆乳が、生クリームを詰め込んだ水風船のように重々しく揺れ弾む先端では、深紅の革に包み込まれた勃起乳首が、小指の先ほどに尖り勃って、執拗に揉み嬲られていた。

「執拗に嬲られていますね。それも、これまでの神伽であなたがその装束に溜め込んできた業」

ボンデージコスチュームの反逆に悶える咲妃の痴態を見下ろしながら、久遠は静かに告げる。

「ひぐぅぅ……アッ、あんッ……業、だと!?」

「ええ。性と生に執着する人の強き想いが積み重ねられたもの。それが淫神の本質。ドクター、後はお任せします」

「まっ、待て！　久遠ッ！」

咲妃の呼びかけを無視して、久遠は去った。

「久遠を救いたいなら、今の状況に身を任せなさい。あの人の願望が成就されない限り、救済はあり得ないのだから」

「願望とは何だ？　久遠は何を望んでいる!?」

「今はナイショ♪　質疑応答はここまでにしましょう。そのコスチュームに溜め込まれた業が全て解き放たれるまで、しばらく嬲られていなさい」

「何だと？　はうぅっ！　ふわぁぁ、締めつけが……強まって……はぁぁんッ！」

着用者を裏切った退魔装束の動きが激しくなる。

爆乳を締め上げた革帯は、たっぷりと中身の詰まった二個の肉メロンを絶え間なくこね回し、真空パック状態で包み込んだ勃起乳頭をねじ切らんばかりに責め苛む。秘裂に食い込んだ革帯は、クリトリスを圧迫しながら震え蠢き、恥骨の奥が燃え立つような鮮烈な刺激を送り込んできた。

「ふぁ、やはぁぁんっ！　イッ、イクッ！　イク……くぅんんんん～ッ！」

床の上で仰け反った緊縛ボディが、絶頂へと登り詰めようとした瞬間、革帯の蠢きがピタリと止まる。

「えっ⁉　な、なぜだッ！」

最悪のタイミングでお預けを喰わされた退魔少女は、切なげに腰をせり上げ、甘い鼻息を漏らして身悶えてしまう。

(疑似淫魔なら、絶頂の波動を吸収させれば解呪できるのに……久遠の呪詛が、それを拒んでいるのか？)

「そう簡単に、焦らし責めは終わらないわよ」

ドクターが意地悪な笑みを浮かべる。

「こんなことをして、何になる？　辱めたいだけなのか？　他に何か……ひぁ！　まっ、またッ！」

肉体が落ち着くのを待っていたかのように、革帯による淫辱が再開される。

尻の谷間に食い込んだ革帯がアヌスの蕾をネットリとした蠢きで揉み嬲り、秘裂全体がギチギチと圧迫され、緩急つけて震わされる。

深紅の革帯を咥え込み、ムニュリ、と卑猥にはみ出した無毛の大陰唇がブルブルと打ち震えるのが見えるほどのハードヴァイブレーションだ。

「ひゃあぁぁんッ！　イクッ！　うぁ、あ、やっ、止まるなッ！　アッ、んぁぁ！」

またしても極まる寸前で焦らされた咲妃は、ムッチリと肉感的な太腿を緊張させ、ボンデージの食い込みを際立たせた股間をカクカクとしゃくり上げて、寸止めの苦悦を解消しようとする。

しかし、拘束具と化したコスチュームは関節の各所を締め上げて、自慰行為さえ許してくれない。

(イケないのがこんなに辛いなんて……あぁ、脳が煮えたぎってしまいそうだ！)

神伽の戯においては、奔放に乱れることで、淫神を昂らせてきた豊かな性感が却って仇となって、囚われの巫女を悩乱させる。

ギチッ、ギュリッ、ギチギチギチュルッ！

深紅の革帯が軋みを上げて色白な裸身を締め上げ、生殺しの陵辱が飽くことなく続く。

「んくふうぅぅ！　うぁ、はぐうぅぅぅぅ〜ッ!!」

　疑似淫魔と化したボンデージは、緊縛女体を絶頂に到達する寸前まで追い込んでは焦らし抜いた。

「はぁぁんっ、やっ、もう……もう……くぁ、きゅふうぅッ！　アッ、くはぁ……はぁはぁはぁ」

　数知れぬ寸止め絶頂で着用者を嬲り抜き、淫魔ボンデージの蠢きはようやく動きを止める。

　生殺しからは解放されたものの、緊縛を弱めた革帯から、張り詰めた爆乳がこぼれ落ち、秘裂に咥え込んだままの革帯の脇からは、白濁した愛液を滴らせた痴態をさらして喘ぐばかりの状態である。

（身体が疼いて……敏感になりすぎている）

　延々と責め抜かれたその肉体は絶頂に餓えて、狂おしいほどに発情させられていた。

「八時間……。ずいぶんカルマを溜め込んでいたのねぇ。これだけ焦らされたら、並の退魔士なら、とっくに精神崩壊しているレベルだけど、さすがね……。それじゃあ、第二段階に進みましょうか。お待たせ、あなた達の出番よ♪」

　障子戸を開けて、三つの人影が入室してくる。

「ウフフフッ、お久しぶりね。アタシ達が、たーっぷり可愛がってあげるわよぉ、カースイーター♪」

　色気過剰な褐色ボディをビザールファッションに包んだ淫女、ゼムリヤが淫蕩な笑みを浮かべる。

「咲妃さんのおかげで復讐も果たし、淫神の呪縛からも解放されました。今宵はお礼に、技巧を尽くして気持ちよくして差し上げます」

　妖糸使いの退魔尼僧、阿絡尼が、京訛りの口調で言って艶然と微笑んだ。

「やれやれ、私はまだ疲れているのだがな……だが、カースイーターの甘美な肉体を味わえるというなら、参加しないわけにもいくまい」

　つい先ほど、咲妃と激しい神伽の淫戯を繰り広げたミュスカは、いささか焦燥気味の美貌に苦笑を浮かべている。

「はぅ……く……見知った顔ばかりだな。九未知会《ナインアンノウンズ》は、意外と小規模な組織なのか？」

　肉の疼きに堪えながら、呪詛喰らい師《カースイーター》は居並ぶ女達に挑発的な視線を投げかける。

「これがオールスターキャストというわけじゃないわよ。他のメンバー達は、今も世界中で活動しているわ。久遠の目的を成就させるために、ね」

「その目的とやら、そろそろ教えてくれてもいいだろう？」

んふぅ……く……ッ」

「今はまだダメよ。資格を得てから、久遠に直接聞きなさい。さあ、始めましょうか」

ドクタークリアの目配せを受けたアンノウンズ達は、ためらいもなく着衣を脱ぎ捨て、三者三様にエロチックな裸身をさらけ出した。

「もう待ちきれないわ。見てぇ、アタシの黒チンポ、もう、こんなにギンギンになってるのよぉ♪　ンあぁ……」

ビザールコスチュームの股間をはだけた淫女は、亀頭の張り出しもたくましいチョコレート色の巨根をしゃくり上げつつ喘ぐ。

黒光りする牡器官の先端は、先走りの粘液でネットリと濡れ、血管を浮き出させて張り詰めた肉茎は、鳩尾に届きそうな長大な肉凶器だ。

「ほら。わたくし達も、久遠さんのお力で、ほら、このように立派なモノが……」

「フフッ、さっきのお返しができそうだな」

着衣を脱ぎ捨てて妖艶な声を上げる阿絡尼と、含み笑いを漏らすミュスカの股間からも、淫情の血潮に猛った艶やかなピンク色の肉槍が屹立している。

「く……ンッ、淫ノ根のレプリカか？」

三本の肉槍を目にしただけで、口腔内に込み上げてきた生唾を、ゴクリ、と呑み込んでしまう咲妃。

(身体が……欲しがってしまっている……)

長時間にわたって焦らし責めされた肉体は、暴走寸前の発情状態に陥っているのだ。

「アナタもガマンの限界でしょう？　さあ、快楽の宴を始めるわよぉ♪」

ペニスをそそり勃たせた美女達が、咲妃の極上裸身に群がってきた。

「先ほどのお返しだ。咥えろ！」

「んぐぅ！　んむふぅぅぅん！」

淡いピンク色に充血したミュスカの勃起が、唇を割り開いて喉奥まで突き挿れられる。

（なっ、何だ？　ペニスが、振動している⁉）

「フフッ、妖銀貨の力は奪われたが、私の身体には力の残滓が宿っている。快感神経を直接搔き鳴らして、お前の口を性器に変えてやろう」

　ニヤリ、と精悍な笑みを浮かべた妖銀貨は、緩やかに腰を使い始めた。微細な振動に包まれたスレンダー美女の勃起が、呪詛喰らい師《カースイーター》の口腔を搔き回す。

　ぐちゅ、くちゅ、ちゅくっ、ちゅくっ、くちゅるっ……。熱い亀頭に嬲られた舌と、たくましい亀頭冠に擦られた喉粘膜が狂おしいほどに疼き、呪詛喰らい師《カースイーター》の肉体を淫欲で燃え上がらせてゆく。

「カースイーターのケツマンコ、いただきッ！」

　咲妃の太腿を抱え上げたゼムリヤは、はち切れんばかりに猛ったチョコレート色の亀頭を尻の狭間にねじ込み、アヌスの蕾を狙ってきた。

（こんな状態で、そこを犯されたら……理性が飛ぶ！　狂わされてしまうッ！）

　抵抗しようとする咲妃であったが、久遠の術式の後遺症か、まだ思うように身体が動かない。

　それどころか、欲情した肉体の奥底をゾクゾクするような悦波が駆け抜け、危機感を抱いている心を裏切って、さらに昂りを増してゆく。

「皆さん、急きはりますなぁ。では、このオッパイに挟んで……あはぁ、ほんま、ええ弾力してはりますなぁ。残り物には福がある。んふふふっ♪」

　おっとりした口調で告げた阿絡尼は、仰向けに組み敷かれた呪詛喰らい師《カースイーター》の爆乳に勃起を挟み込み、乳肉を揉みこねながら緩やかに腰を使う。

「ふむぅぅぅンッ！　くふぅぅぅんッ！　ンッ、ンッ、んふぅぅぅ！」

　熱く猛ったカリのくびれが乳肌を擦り、冷たい指が柔肉に深々とめり込んで蠢く感触だけで、咲妃は絶頂寸前まで追い込まれてしまう。

「この革帯、邪魔ねぇ。……こんなに深く食い込んで、苦しいでしょう？　楽にしてあげるわ」

「くぁ！　うあぁぁうッ！」

　股間に食い込んだ退魔装束が、ゼムリヤの手で強引にずらされ、秘部を剥き出しにされた。熱く濡れそぼった膣口と肛門が物欲しげに収縮して、陵辱者の興奮を煽る。

「ウフフフフ、もう濡れ濡れじゃないの。あぁ、綺麗なピンクの美味しそうなアヌスちゃん、アタシのとっておきのチンポ技で犯してあげる♪」

欲情に上ずった声を上げた褐色肌の淫女は、股間にそそり勃つ褐色の肉槍に手を添え、何やら呪言を唱える。

「……この身に宿りし低級霊達よ、我がペニスを依り代として、受肉せよ！　……んぁ、来たわぁ。はぁぁ、出てくるわよぉ！」

張り詰めた肉茎の表面がボコボコと波打ち、小さな人の顔がいくつも浮き出してきた。

どの顔も、酸素不足の金魚のようにパクパクと口を開閉させ、白濁した唾液にぬめった紫色の舌を突き出してせわしなくくねらせている。

（ペニスを依り代に死霊受肉とは、悪趣味な……あんなので嬲られたら……）

グロテスクな人面ペニスを見せつけられた咲妃の背筋に、悪寒とともに妖しい期待が走り抜ける。

「すごいでしょ？　これでアナタのケツマンコ、狂わせてあげるわぁ！」

ぬぷ……ぐぷぐぷっ、ぐぷっ、ずぷぷぷッ！

瘤状に浮き出た顔で肛門括約筋を掻き弾きながら、異形の妖勃起が少女の直腸に挿入された。巨根に浮き出た顔は、熱く潤んだ粘膜に吸いつき甘噛みを仕掛け、小さな舌を閃かせて、美少女の尻穴を内側から貪る。

「ヒいぃぃッ！　中、吸われて……つあぁぁっ！　かっ、噛むなぁ！　あぁぁ、噛みながら、舐めて……ひぐうぅぅぅ～ンッ!!」

直腸壁を吸いしゃぶられ、肛門括約筋の菊リングをコリコリと噛み責められた神伽の巫女は、口を犯すペニスを吐き出して悶え狂ってしまう。

「あはぁぁ、いっ、いいわぁ。これ、気持ちよすぎて、すぐにでもイッちゃいそうよぉ！　カースイーターのケツマンコ、最高ッ！」

狂喜の笑みを浮かべたゼムリヤは、褐色の尻たぶを躍動させ、容赦のない腰使いで美少女退魔士のアヌスを抉り抜いた。

「うぁ、ひぐっ！　アッ、あんッ！　壊れるッ、そんなに激しくするなぁ！　くぁぁ、すっ、吸われてるッ！　んきゅぅうンッ！」

荒々しい抽挿で、小さな口に吸いつかれた直腸粘膜が引っ張られ、内臓が引きずり出されてしまいそうな抽挿快感が呪詛喰らい師《カースイーター》を襲う。

仰け反りわななく咲妃の胸では、阿絡尼の熱く堅い肉刀が乳房を突き嬲り、勃起乳首が繊細な指使いで責め立てられている。

「ほんまにええオッパイですなぁ。はんなりと柔らかで、大きゅうて……あはぁ、オチンチンが蕩けてしまいそうですわぁ」

尼僧の頭巾と白足袋以外は全裸というフェティッシュな姿で、妖艶な熟女は丸く張り詰めた尻を揺らし、硬度の高いフタナリ勃起でたわわな果肉を犯す。

「お乳の奥も、可愛がって差し上げますえ」

勃起乳頭を弄っていた阿絡尼の指先から、何百本もの細い糸が紡ぎ出され、母乳の分泌孔である乳腺へとプツプツと潜り込んでくる。

「んんんッ!?　ひぅ、あひぃッ、やっ、あぁん」

エクトプラズムで紡がれた妖糸は、母乳の源泉にまで侵入すると、微振動に小刻みなストロークを織り交ぜて、爆乳を内部からくすぐり嬲った。

肉果の奥で渦巻いていたむず痒い圧力が急激に強まり、乳首の芯を灼熱させて一気に込み上げる。

「うくぅ、出る……ッ、ひゅあぁぁぁぁンッ！」

ぴしゅっ！　プシッ！　ぷぴゅるるるるッ！

甘い悲鳴を漏らして爆乳を仰け反らせた咲妃の勃起乳頭が、純白の乳汁を噴水のように噴き上げた。

「あはぁ、温かいお乳が出ましたわぁ。もっともっと搾り出してあげますえ♪」

顔にまで飛び散ってきた少女の乳汁を恍惚の表情で浴び、舐め取った尼僧は、さらに激しく乳房を揉みこね、内部に侵入させた妖糸を震わせる。

（あぁぁ、胸が……弾けるッ！　母乳が止まらない、全部、搾り出されてしまうッ！）

まるで小さなペニスのように脈動した乳先から、男子の射精をも凌駕するめくるめく放出快感を置き土産にして、純白の噴水が高々と噴き上がる。

「おい！　お口の動きがおろそかになっているぞ。もっと舌を動かしてみろ！」

　イラマチオの快感に酔った妖銀貨は、クールな美貌を歪めつつ、筋肉質なスレンダーボディを躍動させて、喉陵辱の速度を増してゆく。

　グチュグチュと唾液の鳴る音を立てて喉粘膜を掻き擦り、食道にまで侵入して快感神経を掻き鳴らしてくるミュスカの男根は、触覚だけでなく、味覚や嗅覚、そして聴覚までも淫悦に蝕んだ。

（ダメ……だ。抗えない……蕩ける……）

「はぅ……んぁ、ちゅぼっ……くふぅん……れるっ……ちゅぱ……ぴちゃぴちゃぴちゃ、はぁぁ、あむ、んっんっんっ」

　咲妃は、堅く反り返った勃起の根本から先端まで舌を這わせ、唾液と先走りに濡れ光る肉槍をうっとりと眺めては、再び口腔内に呑み込み、激しく頭を振りたくりながら頬をすぼめて吸い上げる。

　舌や口腔粘膜が、熱く猛ったフタナリペニスにネチネチと擦られると、気持ちよすぎて意識が飛んでしまいそうだ。

（口だけじゃない、身体の感度が……どんどん上がって。あぁ、狂ってしまうッ！）

　焦らし責めで欲情した肉体に魔性の愛撫を施されると、全身が剥き身のクリトリスになってしまったかのように鋭敏化して、ありとあらゆる刺激を快感に変換してしまう。

　搾乳の快感が爆乳のみならず、肺や心臓まで歓喜に震わせ、アヌスを貫き、直腸奥まで突き挿れられる人面ペニスの衝撃は、内臓全体をビリビリと揺さぶって頭の芯まで痺れさせる。

　三人のフタナリ美女に蹂躙された呪詛喰らい師《カースイーター》は、絶え間ない悦波に翻弄され、白目を剥いて痙攣することしかできない。

「オッパイの中も、犯して差し上げますぇ♪」

　妖艶な声を上げた阿絡尼は、乳腺内に侵入させた妖糸を小さなペニス状に編み上げると、乳房を内側から突き上げ、掻き回した。

「くふぅ！　んぐふぅぅぅむ!?　ンッ、ひぐっ、ううぅンッ！　きゅふぅぅンッ！」

　くぐもった声を上げる咲妃の爆乳が、内部からのハードピストンで縦横無尽に揺れ弾み、喉とアヌスで妖根が抽挿される。

「ダメぇ、もう限界よ。チンポ弾けそうッ！」

狂ったように腰を使っていたゼムリヤが、情けない声を上げて身を強張らせる。

「私もだ！　……阿絡尼、三人同時に出すぞ！」

「心得ました。さぁ、最初のお汁、出しますぇ」

肛門と喉、そして乳房を犯す肉茎の動きがフィニッシュに向かって加速してゆく。

（あぁあッ！　弾けるぅッ!!）

全身性感帯となった身体に許容量を超えた悦波が送り込まれ、呪詛喰らい師《カースイーター》の肉体を壮絶なエクスタシーへと飛翔させた。

「んきゅふうぅうんっ！　イッ、イク……ッ、イグふうぅぅンンンン〜ッ!!」

妖銀貨のペニスに掻き回されている喉奥から、甲高いアクメの呻きを漏らしながら、極上ボディがひときわ激しい絶頂痙攣に包まれる。

「あはぁん！　チンポ汁出るッ！　あひんっ！　どぴゅどぴゅするうううウ〜ッ!!」

「くふううっ！　出すぞ。全部飲め！」

「んはぁぁ、かけてあげますわぁ！」

びゅくんっ！　びゅくびゅくびゅるううう〜ッ！　びしゃびちゃぶちゅるるる〜ッ!!

興奮のピークに達した三本の魔根が同時に射精の脈動を開始し、呪詛喰らい師《カースイーター》の内と外、そして意識を白く染め上げる。仰け反った喉と、たわわなバストが阿絡尼の白濁で覆われ、喉と口腔にミュスカの精液が溢れ返った。

直腸内で激しく脈動するゼムリヤの巨根は、亀頭のみならず、表面に浮き出た魔顔の口からも、とてつもない勢いでスペルマを射出し、灼熱の絶頂汁で消化管内をドップリと満たす。

（イクッ！　イクウウッ！　アッ、またイクッ、あぁぁ、イクイクイクンンンッ！）

スペルマの洗礼を受けた咲妃は、口腔内に弾ける濁汁を喉を鳴らして飲み込み、アヌスを引き締めて、腸内射精中の妖ペニスを締めつける。

「あ、あぁぁ……射精、気持ち、いいいッ！　もっと、も

っと犯してあげるわぁ！」

「ゼムリヤさん、場所、替わりましょ」

「そうだな。カースイーターの身体、我ら三人で隅々まで貪り尽くしてやろう」

射精してもまったく萎えぬフタナリペニスを振りかざした美女達は、絶頂痙攣治まらぬ呪詛喰らい師《カースイーター》の身体を欲望のままに玩弄した。


数メートル四方はありそうな、巨大なベッドの中央で、

「ひぃぁぁ、あっアッ、ふぁぁぁぁ～ンッ！」

甘くかすれた少女のよがり声が、途切れることなく響いている。

ゼムリヤに後座位の体位でアヌスを貫かれた神伽の巫女は、押し寄せる悦波に翻弄されて恥悦の声を上げ続けていた。

肉悦に歪んだ美貌も、革帯ボンデージに緊縛された極上の裸身も、三人のフタナリ美女が射精した大量の白濁液でドロドロに汚し抜かれている。

囚われの身となった呪詛喰らい師《カースイーター》を待っていたのは、いつ果てるとも知れぬ陵辱の嵐であった。


一体、何百回射精を受け止め、何千回絶頂させられただろう？

この部屋は時空結界によって封鎖されているので、外部での時間経過はわずかなものなのだろうが、陵辱空間内では既に数日が経過していた。

「ほんまにええ声で鳴きはりますなぁ。その声聞いただけで、オチンチンがビリビリして、熱いお汁が込み上げて来ますわぁ」

咲妃の手コキ奉仕を受けていた阿絡尼が艶然と微笑む。

「ウズメ流の技巧、素晴らしいな。これほどの快感が得られるとは思わなかった。くぅ、そこ、もっと舌を動かして、尿道の奥まで舐めろ！」

咲妃の前髪を掴んで股間に引き寄せ、さらに献身的なフエラチオ奉仕を命じる妖銀貨。

「あふ、んふ、くちゅ、くちゅ、くちゅ……」

命じられるがままに、鈴口のワレメに舌先をねじ込んだ呪詛喰らい師《カースイーター》は、濃い精液の味がする粘膜穴を優しく掻き回し、時折吸い上げて奉仕する。

愛撫のリズムや強度を変えると、ペニスの微振動も変化

し、新たな悦波が口腔粘膜と舌を甘く痺れさせて、頭の芯まで駆け抜けてゆく。

「咲妃さん、その美しいお手々で、わたくしのオチンチン、もっと愛してくださいな」

「んぁ……ンッ、ちゅぱ……んっんっんっ……」

　ミュスカへのフェラチオ奉仕を続けながら、握り込まされた阿絡尼の勃起を扱き上げ、ウズメ流の技巧を駆使して愛撫する。桜色に上気した尼僧の男根は、ひと擦りごとに脈動し、水飴のように濃厚な先走りを迸らせて奉仕する指をぬめらせた。

「ふはぁ、お上手ですなぁ。あぁぁあぁ、そこを擦られると、心地よすぎて腰が抜けそうですわぁ」

　指の腹で鈴口から裏筋に至る敏感なエリアを緩急交えて撫でくすぐられた阿絡尼は、膝をガクガクと震わせつつ、自らの手で釣り鐘型の美乳を揉みこねて快感に酔いしれる。

　奉仕を続けながら、咲妃もまた、際限なく沸き上がってくる肉悦に浸りきっていた。

（あぁ、気持ち……いい。もっと……もっとイキたい……ッ！　犯して欲しいッ！）

　さらなる陵辱を求めて、口を犯すペニスを貪欲に吸いしゃぶり、握り込んだ勃起を扱き上げ、褐色の妖根で貫かれたアヌスを引き締め、自ら尻を振りたくって、立て続けのアクメにボンデージボディをわななかせる。

　三者三様の淫術を駆使して、数日間にわたって快楽責めされた肉体は、呪詛喰らい師《カースイーター》の強靭な理性さえも浸食し始めていた。

「あぁぁ、いいわぁ。カースイーターのケツマンコ、信じられないいくらいよく締まって、奥がうねうね動いて、チンポが蕩けそうよぉッ！」

　褐色肌の淫蕩美女、ゼムリヤが腰を突き上げる。

　卑猥な叫びを上げる死霊使いの股間からは、体液にぬめ光り、いくつもの顔を浮き出させた奇っ怪なイチモツがそそり勃ち、薄紅色のアヌスを貫いてペニスの愉悦を堪能していた。

「んきゅふうぅぅンッ！　そっ、そんなに激しくされたら、壊れるッ！　お尻……あぁんッ！　んぁ、くふうぅぅぅ〜ンッ！」

　寄せては返す絶頂の波に翻弄された呪詛喰らい師《カースイーター》は、突き上げにあわせて跳ねながら、濃厚な奉仕で三本のフタナリペニスに射精をねだる。

「あぁぁんっ！　チンポ気持ちいいッ！　また出るわぁ、フタナリチンポから、セーエキドバドバァって噴き出ちゃうッ！」

どくんっ！　どくどくどびゅるるるっ！　ぶびゅううっ、どぷりゅるるるう〜っ！

呪詛喰らい師《カースイーター》のアヌスを貫いて激しいストロークを繰り返していた人面ペニスが激しく脈動し、濃厚なスペルマを直腸内にぶちまけた。

「ひぁ、ふわあぁぁぁ……熱い……ッ!!」

大量の絶頂ジェルで腸内を満たされたボンデージ裸身を弓なりに仰け反らせながらも、咲妃の手は阿絡尼の勃起を離さず奉仕を続ける。

「わたくしも、迸りそうですわぁ。咲妃さん、お口開けなさいな。そう、いい子。アッ、あはぁん、わたしのお乳もかけてあげます……んんふぅぅッ！」

びゅぷううっ！　どぴゅるるううッ！　ぷしいっ、ぷしっ、ぷしゅうっ！　ぷちゅるるる〜ッ!!


手コキ奉仕で極まった肉茎と、自らの手で絞り上げた阿絡尼の乳房の先端が、同時に白い体液を迸らせた。

「私も出すぞ、口の中に溜めて、みんなに見せつけながら飲むんだッ！」

サディスティックな本性をさらけ出した妖銀貨は、恥辱の命令を下しながら口内に射精を開始した。

ドクッ、ドクッ、と重々しく脈動する男根の筒先から、煮崩れたパスタのように濃厚な絶頂ジェルが口腔内に搾り出され、阿絡尼の放った母乳と混じりあってゆく。

「んぐぅ！　んっ、くちゅ……んっんんっんっ」

命じられた通り、注ぎ込まれる灼熱の濁汁と母乳のミックスを口の中に溜め込んでゆく呪詛喰らい師《カースイーター》。

口腔の容量を超えて注がれた体液が唇の端からドロリと溢れ、苦しげに震える細い喉を伝い流れてゆく。

「よし、口を開けて、見せてやれ」

放出を終えたミュスカが、クールな美貌に好色な笑みを浮かべて命じた。

「う……ふぁ……。くちゅ、ぐちゅ、ぐちゅ、ぬちゅるっ、じゅるっ、じゅるっ……ンッ、く……」

　餌をねだるひな鳥のように上を向き、口を開いた咲妃は、口いっぱいに溜め込んだ白濁ミックスの中で、紅色の舌を泳がせ、絶頂汁を攪拌する。

「ミュスカさん、濃いいの、いっぱい出しはりましたなぁ。わたくしの母乳と混じって、いやらしい眺め……」

「ホント、セーエキって言うよりもチンポゼリーみたいな濃厚ザーメンと、クリームみたいな母乳ね。アタシも味見してみたいわぁ」

　悩ましげな表情を浮かべ、スペルマ母乳を味わう退魔少女の痴態を鑑賞する三人の股間では、興奮を極めた妖根が萎え知らずにそそり勃っている。

「いいぞ、飲め！」

「んく……ゴクッ……ゴクッ……んくっ、ごくっ……じゅるっ……んくっ」

　はしたない嚥下音を立てて、細い喉が動くのに連動したかのように、フタナリ妖女達の勃起がしゃくり上げる。

「私の精液と、阿絡尼の母乳の味はどうだ？」

「くちゅ、んくっ、んはぁ、……どっちも美味しい」

　口腔を満たした母乳入り精液を飲み干した咲妃は、艶めかしい声で感想を漏らし、唇にこびりついた粘液を、ヌロリ、と舐め取った。

「その顔、エロエロすぎて堪んないッ！　犯すッ！　チンポがすり切れるまで犯しまくってあげるわぁ！」

　淫欲に狂ったゼムリヤは、仰向けに組み敷いた退魔少女の胸に、黒く奇怪な怒張を挟み込む。

「今度はパイズリで射精してあげる。ああ、ザーメンでドロドロの乳マンコも気持ちいいわぁ。ほらぁ、アタシの黒チンポ、すごいでしょぉ？」

　何度射精しても萎えぬペニスを爆乳の狭間に突き挿れた淫女は、野性的に引き締まった美尻を淫猥にくねらせて、呪詛喰らい師《カースイーター》の乳肌を犯す。

　ずちゅ……ぷちゅぷちゅぷちゅっ、じゅぱっ、ぐちゅるっ、じゅぱじゅぱじゅぱッ！

　魔根に浮き出た顔が、スペルマに濡れた乳肉に吸いつき、甘噛みを仕掛けて感度を増した乳球を責め立てる。

「んぁ、はンッ！　ンッンッんむぅぅんっ！」

　左右の乳首をきつく摘んで捻り上げられながら、快感の塊となった乳球を犯された退魔少女は、再び口にねじ込まれた妖銀貨の肉槍を無意識のうちに吸い上げ、舌を絡ませて奉仕してしまう。

「待ちわびましたわ。お尻の穴に行きますぇ……あぁ、何度犯しても、こんなに締めつけて……んふぅぅぅ。ほんに心地いいこと……」

スペルマを噴きこぼすアヌスを貫いた阿絡尼は、恍惚の表情を浮かべ、豊かな尻をくねらせて後輩退魔士の直腸を犯し抜く。

「ちゅぱ、はぁぁん、アッ、あんッ！　尻……もっと……激しく……激しくしてぇぇ」

アヌスを掻き回す男根の感触に陶酔しながら、呪詛喰らい師《カースイーター》は震える声でハードな責めをねだる。

「あらあら、ほんまに可愛いわぁ。そんな顔と声でおねだりされたら、辛抱堪りませんやないの。このくらい？　もっと、もっと激しく？」

肛門を犯す阿絡尼の腰振りが勢いを増した。

「ふぁ！　きっ、気持ちいいッ！　あぁぁ、また飛ぶッ！　アッ、はぁぁ～ンッ!!」

何度目ともわからぬエクスタシーに舞い上がった咲妃の裸身が、精液にぬめ光りながら痙攣する。

「またイッたのね？　アタシも乳マンコ気持ちよすぎて、チンポ汁溢れちゃうわッ！」

射精快感の虜になっているゼムリヤが、顔付きペニスを弾けさせた。

乳房の谷間に大量の白濁ジェルが溢れ、仰け反った喉にまで飛び散って、咲妃のボンデージ裸身を白くコーティングしてゆく。

「私も出しますぇ……はふぅぅぅ～っ！」

(気持ちいぃ……あぁ、ダメだ……狂う……こんなにイッているのに、身体が疼く、餓えるッ！　もっと、もっと深くイキたいっ！)

阿絡尼の勃起が射精を開始したのを尻穴の奥に感じながら、囚われの少女は何度果てても癒やされぬ肉の昂りに身悶える。

数えきれぬ絶頂に追い上げられても、いや、エクスタシーを迎えるごとに、身体の奥底に餓えにも似た焦燥感が溜め込まれてゆくのだ。

(子宮が……餓えている？　ダメだ！　ここだけは断固、

守り抜かないと！）

膣奥で高まってゆく挿入欲求を抑え込もうとする呪詛喰らい師《カースイーター》の身体から、射精を終えた阿絡尼のペニスが、ヌルリ……糸を引いて離れた。

「んは……あんッ！」

無意識のうちに、精液まみれの口から舌が突き出され、数百回の射精を受け止めたアヌスがヒクついて、さらなる女悦を求めてしまう。

「少し休みましょう」

「そうだな。カースイーターは不眠不休でも平気なようだが、私達はさすがに消耗が激しい」

阿絡尼とミュスカは、部屋の隅に出現していたテーブルセットへと向かう。

「はぁぁ、アタシも射精しすぎて、チンポが痛いわ。一休みするから、ヴォルフ、代打でお願い」

名残惜しげに身を離した褐色肌の淫女は、忠実な人狼に淫らな指令を下す。

「かしこまりました。では、我が舌の妙技にて、しばしの間おもてなさせていただきます」

のっそりと歩み寄ってきた狼男が、濡れ疼く秘部に尖った鼻先を近づけてきた。

「おっ、お前まで⁉　やっ、あひんッ！」

閉じようとした腿を、毛むくじゃらの手がガッチリと掴み、大きく開いて固定する。

全ての力を封じられた少女は、獣人の強靱な筋力に抗えず、なされるがままに美脚を割り開かれ、無防備な秘部を獣の前にさらけ出してしまう。

「参ります……幾度果てられましても、一切容赦はいたしませぬ故、ご容赦を」

慇懃《いんぎん》な口調で告げた人狼は、巨大な舌を伸ばして秘裂への愛撫を開始する。

ぬろっ、ぬちゅ、ぴちゃぴちゃぴちゃぬちゃぬちゃくちゅぐちゅぐちゅずちゅるっ！

卑猥な舌なめずりの音を立てて、無毛の秘裂に獣の舌が舞い、湧き出す愛液を舐め取ってゆく。

「ふぁ！　あっアッあんッ！　くわぁぁンッ！」

開脚状態で固定された少女の下半身が、機械仕掛けのように連続して跳ね上がり、左右に捩れてクンニ責めから逃れようと狂奔する。

「なんたる美味……逃がしませぬ！　びちゃびちゃびちゃずじゅるるっ！」

美少女の迸らせた愛液の味に酔った獣人の舌は、恥知らずな舌なめずりの音を室内に響かせて暴れ狂う。

「うふぁぁぁ！　アッアッアッ！　ひうぅぅッ！　つぁ、あひぃぃ、やはぁぁぁぁ〜ンッ！」

熱い唾液にぬめった人狼の舌が、濡れ疼く秘裂を削り取らんばかりの激しさで舐め嬲り、薄く可憐な小陰唇を捕らえて翻弄し、マシュマロのように柔らかな大陰唇をスッポリと包み込んでこね回す。

（使い魔の獣人にまで……。力を封じられていなければ、霊力を吸い尽くして逆襲できるのに……あぁ、舌のざらつきが……イイッ！）

貪り舐められる秘裂で立て続けに弾ける絶頂の爆発に翻弄されながら、少女は屈辱と妖しい愉悦に震えている。

じゅぱ……ぬちゅっ……愛液の糸を引きながら、獣人の舌が離れた。

「あまり奥を極めるのは禁じられておりますので、次は、この肉芽を、我が舌戯にて磨き上げて差し上げます」

美少女の愛液をたっぷりと堪能した人狼は、絶頂のスイッチと化した小突起を攻撃目標に選ぶ。

「ひあぁぁんっ！　そっ、そこぉ！　そこはらめぇぇぇ！　ヒッ！　ひゃはぁんっ！　やっ、ヒッあっアッあんッ！　あひぃぃぃぃんッ！」

大きな舌は、勃起淫核を器用に包み込んで包皮を剥き上げ、あらわになった女体の急所を渦巻くような動きで舐め転がす。

堅くしこった快感突起は、ざらついた舌で磨き上げられ、なぎ倒され、基部を恥骨に押しつけながら休むことなくこね回された。

「やっ、あんッ、出るッ！　出てきちゃウッ！　ふわぁぁ！　漏れるぅ〜ッ！」

ぷしぃぃっ！　ぷしゃっ、ぷしゃぁ、しゃぱあぁぁぁぁぁぁぁ〜ッ!!

超絶刺激に堪えきれずに漏らした尿水が、剛毛に覆われた顔を熱く濡らすが、興奮した獣舌の動きはさらに激しさを増し、甘い淫臭を放つ体液を啜り飲む。

さらに、獣の舌に舐め転がされた勃起クリトリスが急速に肥大し、フタナリペニスとなって、呪詛喰らい師《カースイーター》の股間にそそり勃った。

「淫ノ根まで引きずり出すなんて、なかなかやるじゃないの、ヴォルフ。ご褒美よ。アンタのデカ野獣チンポ、カースイーターのお尻に挿れてあげなさい」

「ありがたきお言葉！　では……」

舌なめずりしながら身を起こした獣人は、失神寸前の咲妃の太腿を抱え込み、股間にそそり勃った獣根を可憐なアヌスに突きつける。

それは、人外の形状をした肉の責め具であった。

長さは三十センチを優に超え、赤黒く張り詰めた亀頭冠の張り出しは、子供の拳ほどもあって、小豆大の肉瘤が密生している。松の古木のように節くれ立った肉茎は、銀色の剛毛に覆われていて、繊細な粘膜との相性は最悪に思われた。

「う……あ……や、やめ……ろぉ……」

今は、ただの無力な少女でしかない咲妃は、これまで感じたことのない恐怖に震えながら、ベッドの上を這いずり逃げる。

「主の命にて、制止は効きませぬ。御免ッ！」

ゼムリヤだけに絶対の忠誠を誓う使い魔は、易々と捕らえた少女にのしかかり、獣のペニスで薄紅色の可憐なアヌスを一気に貫く。

ギチイイッ！　ズグリュリュリュッ！

「ひぎいいっ！　あッ、つあぁぁ～ンッ！」

何度犯されても慎ましやかなたたずまいを崩さぬすぼまりを引き裂かんばかりに拡張して、人狼の肉凶器が根本まで突き立てられた。

「素晴らしき締めつけ。まさに名器ですな。今度は抽挿にて果てさせて差し上げます」

渋い声で宣言した狼男は、獣のパワーを駆使して、パワフルに腰を使い始めた。

ズンッ！　ズブンッ！　ドスンッ！　グチュグチュグチュンッ、ピシャピシャピシャパンパンパチュンッ！

「ひぎいいいイッ！　くわぁぁぁンッ！　壊れるッ！　あはぁぁぁ～ンッ！」

フタナリ美女達の精液でドロドロになった尻たぶを打ち

鳴らして、獣毛に覆われた巨根がアヌスを崩壊させんばかりの勢いで抉り嬲る。

　獣の巨体に組み敷かれたボンデージボディが激震し、精液に艶めかしく濡れ光る爆乳が、白々と残像を描いて揺れ弾むハードピストンだ。

「はうぅぅ！　あっ、ひぐっ、はウッ！　はぐぅ！　かはぁ、うあぁぁぁンッ！」

　内臓全体を連打されているような容赦ない陵辱に、迸る喘ぎ声も苦悶の響きが強くなってしまう。

「苦しみながらも感じていらっしゃるご様子。もっと激しくいたしますよ！」

　サディスティックに牙を剥き出した狼男は獣欲に猛った肉凶器の抽挿をさらに速める。

　剛毛に覆われた狼男の下腹が、濡れ開いたヴァギナを叩き、引きずり出されたばかりのフタナリペニスを圧迫する。

（堅い毛が……入って、突き刺さってくるッ！）

　細い針のように尖り勃った獣毛は、膣の浅瀬を掻き回し、尿道口に突き立てられ、硬く反り返った美少女の勃起を押し潰さんばかりの勢いで打ちつけられる。

　愛液と尿水を小刻みに射出しながら痙攣する秘部が責め苛まれ、ブラシ状の肉茎が直腸粘膜をゴリゴリと掻きくすぐって、被虐の炎で少女のアヌスを炙り灼いた。

「ひぐうぅぅんっ！　お尻が燃えるッ、中ッ、腸が……削れるうぅぅンッ！　ふわぁぁぁぁぁ～ンッ!!」

　尻穴が摩擦熱で発火しそうな辱悦に屈した呪詛喰らい師《カースイーター》は、しなやかな裸身を弓なりに仰け反らせ、甘い悲鳴で空気を震わせて果てる。

「まだまだ、ここからが本番でございます」

　絶頂にしゃくり上げる咲妃の裸身を引き寄せたヴォルフは、勃起を深々と挿入し、動きを止めた。

「くぁぁぁ、う……な、何を!?　あ、あぁぁ、中で……っぁ！　あぁぁんっ！」

　先端部がS字結腸を潜り抜け、大腸にまで抉り込む深さにまで突き挿れられた獣根の根本が、ボール状に膨らんで、直腸内を占拠する。

　直径十センチを超える肉瘤が粘膜壁をギチギチと軋ませ、薄壁一枚隔てたヴァギナまで圧迫して、白濁した愛液をドロリと溢れ出させた。

「我が子種汁、貴殿の尻孔奥に注がせていただきます……ウヲヲヲヲヲヲ～ンッ!!」

長々と尾を引く雄叫びを上げながら、人狼ヴォルフは少女の腸内に獣のスペルマをぶちまける。

びゅくんっ、びゅくくんっ！　どぱぁぁぁあぁぁぁ～ッ！　どぶりゅるるううっ！

ゼムリヤ達の射精とは比べものにならぬ勢いで、獣の絶頂汁が腹腔内に逆巻き、暴れ狂った。

「くわぁぁぁんっ！　熱いッ！　獣のザーメンで、煮えて……イクウゥゥゥ～ンッ！」

消化管を満たし、口から溢れてしまうのではないかと不安になるほどの大量射精で内臓を洗われた咲妃は、裏返った悲鳴を響かせてよがり悶える。

「よきお声。お口も賞味させていただきます」

人狼の舌が、喘ぐ少女の口腔にズルリと挿入され、喉奥まで舐め回す。

「んふむぅぅ、ゴホッ、んふ、あふぅ……んちゅ、くちゅ、くちゅ、んぐ、ちゅぱ、ちゅぱ、んふ、ゴホッ……んぐぅ……ぐちゅ、ぐちゅ、ずちゅ……じゅぷるっ……」

ミュスカの妖根で性感を増幅された口腔を獣の舌に蹂躙された咲妃は、生臭い味覚器官に自ら舌を絡め、頬をすぼめて吸い上げた。調子に乗った狼男は、咲妃の口だけでなく、顔中に舌を這わせ、こびりついた美女の精液を残らず舐め取りながら、獣臭い唾液で美貌を汚し抜く。

なされるがままに嬲られている咲妃の腹部は、ヴォルフの大量射精でポッコリ妊婦のように膨らまされている。

「あらあら、ケツマンコにロッキング射精しながらディープキスなんて、アンタも本気モードね。アタシ達もそろそろ復帰するわよぉ」

人狼に犯される咲妃の痴態に興奮したゼムリヤ達が陵辱の宴に戻ってきた。

「かしこまりました……」

身を起こしたヴォルフは、アヌスを占拠した獣根をゆっくりと抜きにかかる。

「ひぎいいいんっ！　お尻ッ！　裂けるッ！　つあぁぁ、くわあぁぁぁぁ～ンッ!!」

ボール状に膨らんだ男根の基部がアヌスを内側からこじ開ける激痛に、狂乱する咲妃。

「もう一息故、ご辛抱を……グルルルッ！」

獣人は、異形のペニスを一気に引き抜いた。

ジュポンッ！　ぶびゅううッ！　ぶちゅるるるるっ！

ぐびゅるるるッ、ずろろろろぉぉ～ッ!!

「アッ、やっ、出ちゃウッ、漏れちゃウッ！　あ、あぁぁ、やはぁぁぁ～ンッ!!」

恥悦の泣き声を上げる呪詛喰《カースイーター》らい師のアヌスから、ゼリー状に凝り固まった獣のスペルマが大便さながらにズルズルと排泄され、ベッドシーツの上でうねる。

「あらあら、中出しザーメンウンチ大噴火ねぇ。ますます昂ってきちゃったわぁ♪」

三人のフタナリ美女と一頭の獣は、辱悦にすすり泣く神伽の巫女の身体を貪るように責め立てる。

「せっかく生やしはったんですから。ここを可愛がって差し上げましょ♪」

柔和な口調と微笑みの奥に、ゾクリとするようなサディスティックな響きを秘めた阿絡尼は、咲妃の股間でヒクついているピンクの肉柱に指を絡めてきた。

「ひぁ！　はぁぁぁンッ！」

ひんやりと冷たく滑らかな尼僧の指に敏感な勃起を愛でられた呪詛喰《カースイーター》らい師は、悩ましげな声を上げて仰け反ってしまう。

「あはぁ、ビクビク跳ねて、可愛らしいですなぁ。本物の淫ノ根、じっくりと検分させていただきます」

硬く反り返った肉柱のカーブに沿ってくすぐり昇ってきた指先が、張り詰めた亀頭を撫で回し、既にガマン汁を滲ませている先端の切れ込みに、ヌプッ、と潜り込む。

「くひぃぃぃンッ！　なっ、中に……入って来る!?」

射精経路を逆行して何かが侵入してくる壮絶な快感に、咲妃は引きつった声を上げて悶え狂う。

「わたくしの糸で、咲妃さんのオチンチンの中を探らせていただいてます。あぁ、やっぱり本物は違いますなぁ」

数十本の妖糸を編み込んだ責め縄をフタナリペニスの内部に送り込みながら、阿絡尼は妖艶な笑みを浮かべる。

美少女勃起の根元のさらに奥、神気を精液に変換する魅惑の器官にまで到達した妖糸の縄は、そこで細かくほつれ、内部をサワサワとくすぐり責めながら検分する。

「ひぎぃぃぃッ！　やはぁぁんっ！　やっ、らめぇぇ！

中ッ、中、掻き回されたら！　出ちゃ……うぅぅッ！」

ペニスの芯と、恥骨の裏側を無数の細筆で掻きくすぐられているかのような魔悦に屈したフタナリ美少女は、身も世もない絶叫を上げて射精絶頂へと舞い上がった。

「まだまだ出したらあきませんえ！」

厳しい声を上げた阿絡尼の妖糸が、ペニスの奥でギチッ！　と絡みあい、糸球を形成して射精経路を封じる。

「くわぁ！　あっあっアッ！　出……ないっ！　射精してるのに、出ないいぃぃぃぃンンッ!!」

艶やかな薄紅色に充血した淫ノ根をビクンビクンと跳ねさせながら、射精封じされた呪詛喰らい師《カースイーター》は生殺しの絶頂に泣き乱れてしまう。

「もっと奥の方……感度増幅と、射精量増大のツボに、私の神気、注入してあげますえ……」

出すに出せない絶頂に跳ね狂う淫ノ根のさらに奥、依り代である咲妃でさえ実感していなかった部位にまで届いた妖糸は、サワサワとくすぐるように蠢きながら神気を放ち、ただでさえ敏感、絶倫なフタナリ神をさらに活性化させてゆく。

「アッ！　あぁぁっ！　中で、精液が増えてルッ！　くうぅぅぅンッ！」

切羽詰まった声を上げるフタナリ美少女の勃起の根元が、急激に量を増した精液に押されて、プクッ、と膨らむ。

「ほおら、いきますえ！」

ズロロロロロロロロロ～ッ！

ペニスの内部を満たしていた糸束が、一気に引き抜かれ、それを追うように、大量のザーメンがせり上がってくる。

「出りゅうっ、出ひゃうぅぅンッ！　ふやあぁぁぁぁぁぁぁぁ～んッ！」

びゅくんっ！　びゅくびゅいうびゅろおぉぉぉぉ～ッ!!　どびゅどびゅどびゅびゅびゅるぅぅぅぅ～ンンンッ!!

甲高い声を上げ、グンッ！　と美尻をせり上げた呪詛喰らい師《カースイーター》の勃起がビクンビクンとしゃくり上げ、真珠色の濃厚ザーメンを高々と噴き上げる。

「あはぁ、思った以上に出ましたなぁ。やっぱり、本物の淫ノ根はひと味違いますわぁ」

歓喜の声を上げた阿絡尼は、噴き上がる呪詛喰らい師《カースイーター》の精液を恍惚の表情で浴び、射精中の勃起をなおも扱き立てて、絶頂エキスを大量に搾り出す。

「阿絡尼ばかりずるいわぁ！　ンハァン……カースイーターのドロドロザーメンシャワー、熱くって、ステキ」

「あぁ、これが淫ノ根の神気か……全身に沁み通るな」

九末知会《ナインアンノウンズ》のメンバー達は、迸る白濁を競いあうように裸身に浴びて、欲情をさらに加速させてゆく。

「フタナリチンポの尿道責め、アタシもやろうと思ってたのに！　まあいいわ。アタシは、これ使っちゃうから♪」

ゼムリヤが、褐色の指に摘まんでいるのは、表面に、波打つような凹凸が形成された、直径一センチ足らず、長さ二十センチほどの金属棒であった。

「ハァハァハァハァ……なっ、何だ、それは⁉」

大量射精の余韻に喘いでいた咲妃は、ギクッ、と美貌を強張らせる。

「これ、ブジーっていう責め具なのよ。男も女も、コレを尿道に入れて、快感に狂わせてあげるの……」

まだ射精脈動の止まらぬ咲妃の勃起を無造作に掴んで動きを封じた褐色淫女は、鈴口の小穴に、金属棒をゆっくりと挿入してゆく。

「つぁ！　ひぎいッ！　くひぃぃぃぃ〜ンンッ‼」

ジンジンと疼き昂り、甘美な脈動が止められぬペニスの芯に、硬質な異物感がヌプヌプと潜り込んでくる痛悦入り混じった異様な快感に、呪詛喰らい師《カースイーター》の裸身が強張る。

「どう？　チンポの中犯されるのって、堪らないでしょ？　この痛痒い違和感が、すぐに快感に変わるのよ」

二十センチ近い責め具の根元近くまで美少女ペニスの奥に挿入しながら、ゼムリヤは淫蕩な笑みを浮かべる。

「もちろん、これはただのブジーじゃないわ。何百人もの少年少女に未知の快感を与え、その絶頂感を残らず吸い取らせた呪具……アナタに耐えられるかしらね？」

ヌロッ、と舌なめずりした淫女は、責め具の根元をゆっくりと左右に捻りつつ、勃起の胴に絡めた指で、手コキ責めを仕掛ける。

「くうわぁぁぁぁンッ！　やっ、中ッ、らめぇぇぇ！　イクッ、イクッ、やはぁぁんっ！　ぬっ、抜いてぇぇ！」

繊細な粘膜管を捩れさせせる責め具から発生する妖波動と、緩急付けて勃起を扱き立てる褐色指の辱悦の相乗効果で、呪詛喰らい師《カースイーター》は射精を伴わない絶頂を延々と与えられた。

「いいっ！　いいわぁ。カースーターのチンポ、ずーっとビクビク震えて……あぁぁんっ！　堪らないわぁ」

淫欲の塊のような美貌を蕩けさせながら叫んだゼムリヤは、尿道責め具を左右に捻り、苦しげに脈動し続けるフタナリ勃起を扱き立て、張り詰めた亀頭に舌をヌロヌロと這わせて堪能する。

「出したいなら、さっきみたいに、思いっきり射精して、その勢いでプジーを押し出しなさい♪」

ビクビクと脈打つ勃起を根元から先端まで舐め上げながら、褐色肌の淫女は張り詰めた亀頭に囁きかける。

「く……んぐむぅぅぅんっ！　あ、あぁぁ、出るッ、くうぅぅンッ！　しゃ、射精ッ！」

カクンッ、カクンッ！　と腰をせり上げ、絶頂に舞い上がった神伽の巫女は、射精管内を蹂躙している責め具をザーメンの激流で押し返した。

ぬぷっ……ぬぷりゅりゅりゅっ！

甘美な脈動に包まれた美少女勃起の中から、ステンレス製のプジーが、数センチ、押し出されてくる。

「あはぁんっ！　ダメよぉ～」

意地悪な声を上げたゼムリヤは、押し出された責め具に親指の腹をあてがい、グイッ！　と押し込んでしまう。

「くわぁぁぁぁ～ンンッ！　ヒッ、やっ、あはぁぁぁぁ～ンンッ!!」

プピュルルルルルル～ッ！　プシュルルルルルッ！

悲痛な中に、あからさまな歓喜の震えの混じった悲鳴を上げる呪詛喰らい師《カースイーター》のペニスから、断続的に白濁液が噴き上がる。

プジーで塞がれた射精経路を強引にこじ開けてせり上がってきた精液が、責め具を押さえる指先を振り払わんばかりの勢いで噴き出ているのだ。

「ひぎぎぃぃんっ！　くぁ……あぐぅぅぅぅンンンッ!!」

「あらあら、すごいわねぇ。ザーメンの勢いが強すぎて、指が痛いぐらいよ。あふ、じゅるっ、ずちゅるるっ。ゴクンッ……カースイーターのチンポ汁、美味しい♪」

鈴口に挿入された責め具の周囲から、円錐状に噴き上がる美少女の精液を褐色の美貌に受け止めたゼムリヤは、熱く濃厚なぬめりを貪るように啜り込む。

「ほらほらぁ！　チンポの中、もっと掻き回してあげるわぁ！　気が変になりそうなぐらいきもちいいでしょぉ？」

「ひぎぃぃんっ！　やっ、ヒッ、はあぁぁ〜ンッ！」

射精中のペニスに挿入したプジーを激しくこね回しながら、超淫乱モードのゼムリヤは、過剰な刺激によがり悶えるカースイーターのザーメンシャワーを堪能した。

「んふぅ……このままずーっと続けていたいけど、ミュスカが焦れてるから、ちょっとだけ交代してあげるわ」

数十分にわたって内外からのペニス愛撫を楽しんだ褐色淫女は、名残惜しげにプジーを引き抜いてゆく。

「ふぁぁ……あはぁぁ……ッ！」

射精の余韻でジンジンと甘く痺れるペニスの芯をズリズリと擦りながら抜け出てゆく責め具の感触に、無意識のうちに尻をせり上げてしまう咲妃。

「抜けたわぁ。カースイーターの体温で熱々になってて、ザーメンの味が染みついて、美味しい……。この温もりが残ってるうちに、アタシのチンポに入れちゃおうっと」

プジーをヌロヌロと舐め回しながら言ったゼムリヤは、少し離れた場所に座り込むと、褐色勃起にプジーを挿入してオナニーに耽り始めた。

「阿絡尼もゼムリヤも酷なことをする……。だが、私も容赦するつもりはないぞ。妖銀貨の溜め込んだ業を祓ってくれた礼に、たっぷりと快感を与えてやろう！」

散々精液を搾り出されてもなお、勃起を際立たせたままのフタナリペニスをしゃくり上げている咲妃を組み敷いたミュスカは、自らのフタナリ勃起を淫ノ根に押しつけ、ダイナミックに腰を振り始めた。

ぬちっ、ぬちゅっ、ぐりゅっ、ぎちゅぎちゅぎちゅっ！

絶頂中のペニスに、硬く熱く猛った美女の勃起が押しつけられ、激しくせめぎあう。

フタナリ美少女と美女の、禁断の兜あわせ行為だ。

「ひぃぃんっ！　やっ、いっぱいイッたばかりで、感度が……あはぁぁんっ！」

感度が増しすぎて狂おしいほど敏感になっている亀頭に、ミュスカの亀頭がグリグリと押しつけられ、甘い余韻に震える射精経路、たくましく張り詰めた肉柱が圧迫しながら何度もなぞり上げる。

「イッ！　ヒッ、やぁぁンッ！　らめぇぇぇ、擦っちゃ、押しつけちゃ、はあぁぁぁぁんッ！」

「いいぞっ！　その声、その表情！　血が滾るッ！」

甘い悲鳴を上げて仰け反る咲妃の絶頂ペニスに、ミュスカの勃起が容赦なく擦りつけられ、さらなる喜悦の頂点へと追い上げてゆく。

「あはぁ、お前の絶頂と、苦悶を越える快感が伝わってくるぞ！　行くぞ……私の……金属精液を受けろッ！」

フタナリペニス同士の激しい摩擦で昂ったミュスカは、クールな美貌に恍惚の表情を浮かべて射精を開始した。

びゅくんっ！　びゅくびゅくびゅくどぷぅうっ！　どぷどぷどぷぅうっ！　びちゃんっ！　びちゃぁぁ！

歓喜の震えを起こすフタナリペニスから迸ったのは、水銀のような液体金属であった。

「くふぅぅぅっ！　射精が……重いッ！　イッ、まだ、イクッ……はぁぁぁうんっ！」

普通の精液よりも、深く、重い放出快感に、妖銀貨の美貌が悩ましげに歪む。

脈動するフタナリ勃起から迸った銀色の精液は、カースイーターのペニスに絡みつき、まるでメッキでもかけたかのように表面を覆い尽くしてゆく。

「フフフッ。久遠様に新たに孕ませていただいた、新生ネメシス。上手く定着したようだな。制御も完璧だ」

金属精液の射精を終え、スッキリとした表情になったミュスカは、満足げにつぶやいて微笑む。

一方、呪詛喰らい師《カースイーター》の方は……。

「くぁ！　あぁぁぁぁ、私の……包まれて……中にも入ってきて震えてるっ！　やぁぁんっ！　イクイクイクイクぅうぅンッ！」

汗と精液にぬめ光る裸身を捩り悶えさせてよがり狂っていた。

ヴヴヴヴヴウウゥゥゥゥゥゥゥ〜ンンンンッ!!

ペニスを包み込んだ金属精液が、細やかなヴァイブレーションを起こし、射精経路にまで侵入していた液体金属を共振させて、狂わんばかりの悦波を発生させているのだ。

ガチガチに張り詰めた、銀メッキペニスが下腹をバチバチと音を立てて連打して跳ね狂い、全身の筋肉が、ペニスの脈動にあわせて緊張と弛緩を繰り返す。

「ええ乱れっぷりですなぁ。もうひと乱れ、してもらいましょか？」

妖艶に微笑んだ阿絡尼は、妖糸を操って、新たな責めを繰り出してきた。

「咲妃さんの出したお汁、全部集めて、戻して差し上げますえ……」

薄い膜のように広がった妖糸が、飛び散ったゼリー状のフタナリザーメンをかき集めてゆく。

「ミュスカさん、お願いできますか？」

「ああ。心得ている……」

ニヤリ、と好色な笑みを浮かべた妖銀貨は、呪詛喰らい師《カースイーター》のペニスを覆った液体金属を操作した。

「えっ？　あ、あぁぁ、あぁぁンッ！」

困惑の声を上げる咲妃の勃起先端には、液体金属でできた、漏斗状の『注ぎ口』が形成されていた。

「そら、コイツを使え……」

さらに、液体金属を操作したミュスカは、クリーム絞り器のようなものを作り出し、そこに阿絡尼が回収した精液をたっぷりと溜め込んでゆく。

「戻してあげる、言うたでしょう？　いきますえ……ゼムリヤさん、どうぞ……」

「あはぁ！　アタシにやらせてくれるの？　それじゃあ、入れちゃうわよぉ！」

クリーム絞り器の状の器具に満たされた真珠色の精液が、ペニスの内部にチュルチュルと送り込まれてきた。

「ンフフフッ、暴れちゃダメよぉ。残らず注ぎ込んであげるんだからぁ」

淫蕩な笑みを浮かべたゼムリヤは、菓子職人よろしく、ペニスにあてがった絞り器をゆっくりと圧迫し、大量の精液を注ぎ込んでくる。

ずにゅるるるっ……ぶちゅるっ、ずびゅるるるっ！

「ひゃんっ！　あんッ、やっ、やはあぁぁぁぁんッ！　そんなっ、もっ、戻すなぁぁ！　あぁぁぁンッ！」

呪詛喰らい師《カースイーター》の声が悩ましげに裏返り、体液に濡れ光るボンデージ裸身が妖悦に痙攣する。

それは、まさに逆射精であった。

フタナリペニスの内外を包み込んだ液体金属が、ドクッ、ドクッ、と偽りの脈動を強要し、生ぬるいザーメンを吸い込んでいるのだ。

放出快感を完全に逆転させられたような、吸引絶頂にわななくフタナリ勃起の奥に、大量のザーメンが戻された。

「しばらく出せないように、栓してあげますえ……」

勃起の根元辺りまで侵入してきた妖糸が、ギュルルッ！　と糸球状に丸まって、射精経路を封じる。

「それじゃあ、最後の仕上げ、行きましょうか？」

「我らの役目は、あくまでも下拵え……」

ミュスカが、悶える咲妃の裸身を再び組み敷いてくる。

「金属精液、返してもらうぞ……」

ミュスカの手が、メッキ状態の勃起を撫で回すと、その表面を覆っていた液体金属が剥がれ、銀貨の姿に定着した。

「お前の絶頂波動、たっぷりと吸わせてもらった……」

銀貨にチュッ、とキスして微笑んだミュスカが場所を譲ると、阿絡尼とゼムリヤが割り込んできて、足腰立たぬほど消耗した呪詛喰らい師《カースイーター》を強引に立たせる。

「わたくしの糸と、ミュスカさんの液体金属で支えて差し上げます。ほら、もっと足広げて、立って……」

促されるがまま、ガニ股開きで立ったフタナリ美少女の股間に、九未知会《ナインアンノウンズ》の三美女が顔を寄せてきた。

「三人がかりで舐めてあげますえ……」

「カースイーターのチンポォ……れるっ、ぴちゃぴちゃぴちゃちゃ、ちゅぱちゅおあちゅぱちゅばぁぁぁ！」

三者三様の舌使いで、美少女勃起が舐めしゃぶられた。

限界まで張り詰めた亀頭冠が左右から甘噛み混じりに舐め弾かれ、先端の切れ込みに、先を争うように舌先が潜り込み、先端から根元まで、三つの唇と三枚の舌が何度も往復する。

「ンフフッ、あんなに出したのに、まだこんなに硬い。舌を這わせるたびに、ビクビク震えて……ぴちゅ、ヌロッ」

妖艶な笑みを浮かべた阿絡尼の舌が、根元から先端までネットリと這い上り、亀頭の輪郭を舌に覚え込ませようとしているかのように、ナメクジが這うようなスローペースで舐め回す。

「ふひゃんっ！　あ、あぁぁぁ……ッ！」

勃起とボンテージ裸身をギクギクンッ！　と強張らせる神伽の巫女の顔を上目遣いで見上げつつ、妖糸使いの尼僧は淫戯を駆使して責め立てる。

「私は舐めるのは正直、得意でないのだがな、しかし、妖銀貨の力を使えば、こんなこともできる……」

舌の表面に液体金属の皮膜を形成した妖銀貨のミュスカは、阿絡尼のネットリフェラで感度を引き出された亀頭をパクリと咥え込んだ。

ビビビビビイィィィ～ンンンッ!!

熱い口腔粘膜に包み込まれた亀頭を蜂の羽音のような振動が襲う。

「ひゃはぁぁぁぁ～ンッ！」

射精絶頂に襲われて脈動するペニスの根元を親指の腹で強く圧迫して放出を封じながら、妖銀貨は振動する舌で亀頭を舐め転がす。

「アンタ達、いい技持ってるわねぇ。アタシは思いっきり貪っちゃうわよぉ！　はぐっ！　チュバチュバッ！」

まさに貪り尽くすようなハードフェラを受けたフタナリペニスは、限界を超えた絶頂に包まれて脈動した。

「ふぁ！　あぁぁぁんっ！　解いてぇぇ、早クッ、射精っ、射精……したいっ！　ひゃはんっ！　このままじゃ弾けちゃウウウッ！　早くぅぅぅッ！」

いつもの勝ち気さをかなぐり捨て、甘い泣き声で射精をおねだりしてしまう呪詛喰らい師《カースイーター》。

「咲妃さん、出したいなら、もっといやらしい言い方でおねだりして欲しいですなぁ」

「そうよぉ、カースイーターのエロエロなセリフ、いっぱい聞きたいわぁ」

「お前の艶めかしい声は、私の性感にビリビリ響く」

九末知会《ナインアンノウンズ》の三妖女は、射精封じされて苦しげにしゃくり上げるフタナリ勃起をなおも責め立てながら、屈服のセリフを要求してきた。

「おっ、お願いだッ！　しゃっ、射精っ！　射精させてくれっ！」

悩ましげに裏返った呪詛喰らい師《カースイーター》の嬌声が、淫辱の場に響き渡った。

「まだプライドが残ってる口振りねぇ。もっと下手に出て、エロエロにおねだりして欲しいわ」

優位に立ったゼムリヤが意地悪な口調で屈服を促す。

「くうぅぅんッ！　チンポから、ドロドロのザーメン射精させてくださいッ！　もう、ガマンできないッ！」

射精欲求に屈した呪詛喰らい師《カースイーター》は、身を捩らせ、悲痛な響きの声を搾り出す。

「どうします？」

「うむ、壊してしまっては、久遠様に申し訳ないからな。そろそろ潮時か？」

限界状態でビクンビクンと悶えている淫ノ根の奥で、封印の糸球がハラリ、と解けた。

「はぁぁぁんっ！　チンポッ！　ドロドロザーメン出……りゅふうぅぅぅぅぅぅ～ンンンンッ!!」

歓喜の声を上げ、グンッ！　と腰をせり上げた美少女のフタナリ勃起が、激しい射精の脈動に包まれた。

びゅくんっ！　びゅくびゅくびゅくどびゅるるるるるる～ウウウッ!!　どびゅどびゅぢびゅずびゅろぉぉぉ～ッ！

噴水の様に高々と噴き上がった真珠色の絶頂粘液を、三人の美女達は競いあうように美貌に受け止め、舌を突き出して舐め味わい。射精中のペニスをしゃぶり回して、さらなる放出を強要する。

「ヴォルフもいらっしゃい。カースイーターのチンポ汁、舐めさせてあげるわぁ」

「光栄至極に存じます！　ガフッ！　ズパジュパジュパッ！　ジュロジュロズジュロロロロッ！」

射精中のペニスに、獣人のざらついた舌が絡みつき、ゾリゾリと扱き上げ、迸る精液を啜り飲む。

「くぁ！　あはぁぁぁぁぁんっ！　こんなっ、獣の舌ッ！あはぁんっ！　精液、獣に食べられてるぅぅッ！」

人間とは明らかに異なる獣の舌に舐め回された美少女勃起は、さらに硬度を増し、真珠色の絶頂粘液を噴き出して、獣の口元をドロドロに汚す。

「カースイーターのザーメン飲んだら、チンポがギンギンにみなぎってきたわぁ。またアナルを犯してあげる」

「私も昂っているぞ。口で奉仕してもらおうか！」

「あぁん、お二人ともせっかちですなぁ。わたくしは、オチンチン汁をまだまだ啜らせていただきますえ……」

「カースイーターの美味なる体液、次は母乳を所望いたします！　ガルルゥウッ！」

「はぁぁンッ！　また、イクッ、イクッ、いきゅふうぅぅ～ンンッ!!」

女達の上げる甘い喘ぎに、荒々しい獣の呼吸音、粘液にぬめった肉体が擦れ、打ちつけあう音が入り交じって、淫らなハーモニーを延々と響かせた。

人獣混交の陵辱が数時間にわたって展開され、まだまだ続くかと思われたその時……。

煌ッ!!

精液にまみれてよがり悶えていた咲妃の裸身が、突然、金色の光に包まれた。

「グオオオウンッッ！」

獣の悲鳴を上げたヴォルフが、フェラチオ奉仕させていた獣根を引き抜きながら跳ね退いた。

「オマンコとチンポが灼けちゃウッッ！」

「熱ッ！　これが噂の金色ですの!?」

「くぅ！　そうだ……この現象だ！」

ペニスとヴァギナに神気の直撃を受けたゼムリヤがパイズリ責めを中断して転がり逃げ、アヌスを犯していた阿絡尼と手コキ奉仕させていたミュスカも慌てて待避する。

「ふぁ……もっとぉ……はぁぁぁぁうんッッ！」

いきなり愛撫を中断された少女は、艶めかしい声を上げ、愛撫の続行をおねだりしてしまう。

咲妃を包んだ光はさらに強まり、切なげに悶える肉体は、金色のオーラに神々しく照り輝いた。

「やっと前戯終了。ずいぶん長くかかったわね。第一段階、完了したわよ♪」

陵辱の一部始終をどこかで見守っていたらしいドクタークリアが、背後のふすまに向かって呼びかけると、程なくして久遠が入室してきた。

「ハァハァハァ……。くっ、久遠……ッ！」

輝く身体の内から込み上げてくる欲情に身を炙られながら、咲妃は先代の巫女に呼びかける。

「咲妃、ようやく一つになれますね」

ベッドの傍らまでやって来た神産みの巫女は、天女を思わせる衣装をスルリと脱ぎ捨て、メリハリの利いた裸身をあらわにした。

咲妃と同じ金色の神気に包まれた女体の股間からは、見事な男根が屹立している。

太さも長さも、芸術的に張り出した亀頭冠もまさに男根の理想を具現化したような美女の勃起は、咲妃がその身に封じているのと同じく、正真正銘の淫ノ根であった。

「う……ぁ……」

美女の勃起を見つめる呪詛喰らい師《カースイーター》の喉が、ゴクリ、と鳴り、子宮が痛いほどに収縮して、熱い愛液をトロリと溢れさせてしまう。

「ドクター、この部屋を最大強度の時空結界で封鎖します。人払いを……」

「了解したわ。……はいはい、役目の終わった人達はさっさと出て行く！」

「ちょっとぉ、そんなに邪険にしないでよぉ」

「やれやれ、私達はただの当て馬か……」

フタナリ美女達を追い立ててドクターが退室し、二人の巫女だけが残された。

「ずいぶん可愛がってもらったようですね。まずはあなたの身と、寝所を少しばかり清めましょう」

何かをすくい上げるような形で掲げられた久遠の手から、透明な水が蕩々と湧き出し、流れ落ちる。床に弾けた水は、スライム状に変化して蠢き、ベッドで脱力している咲妃の身体を包み込んだ。

「あ、んぐぅ!?　うぐ……んむぅ、ゴポッ！」

口や肛門から体内に侵入した水スライムは、たっぷりと飲まされた精液や、陵辱による汚れを残らず洗い落としてゆく。

「ハァハァハァ……うぁ、あぁぁぁんッ！　なっ、何だ!?　あぁぁ、出て来るッ！　んんんッ！　やはぁぁぁん！」

恥悦の声を漏らして背を丸める咲妃の肛門から、体内浄化を終えた水スライムがぶちゅっ、じゅぷるるるっ、と恥ずかしい音を立てながら排泄され、ベッドを清めていた粘体と合流して、いずこかへ流れ去った。

「ふふふっ、浄化、完了ですね」

見違えるように清められた咲妃と寝所を見回し、久遠は艶然と微笑む。

「咲妃、あなたと契り、神気を練り込んだ精によって受聖《じゅせい》させることで、神産みの戯、その第一段階は成し遂げられます」

繊細な指先で股間の肉槍を愛でるように撫でながら告げた九未知会《ナインアンノウンズ》の盟主は、ベッドに這い上がり、伴侶と決めた美少女に迫る。

「まっ、待てッ！　その前にお前と話をしたいんだッ！　私は、お前をこの閉じられた世界から救いたい！」

「救う？　それは無理なお話ですね」

久遠の目に、わずかな怒りを含んだ悲哀の光がきらめく。

「私は、幾多の神体をこの身に宿し、奇跡としか思えぬ現象を起こすことができます。このように、世界そのものを構築することさえ可能なのです」

　荘厳な雰囲気に満ちた寝所内を見回しながら、神産みの巫女は告げる。

「物理現象を操り、時の流れにさえも干渉する……そんな私の力をもってしても、過ぎ去りし時を巻き戻し、災厄を逃れることができなかったのです！」

　咲妃を見つめる金色の瞳には、悔恨の涙が浮かんでいた。

「咲妃、あなたにはわかりますか？　力ある者の絶望が、いかほどに深いのか……」

「正直に言おう。私にはわからない。なぜなら、絶望したことがないからな」

　思うように動けぬ身体をベッドに横たわらせたまま、呪詛喰らい師《カースイーター》は答える。

「羨ましいお返事ですね。お話の続きは、交わりながらいたしましょう」

　肉感的な美女の身体がのしかかってきて、神気に輝く勇根の先端が、未開の秘裂にジワジワと迫ってくる。

「いっ、嫌……だ。それだけはッ！　何か他の方法が……もっと、話を！　やっ、嫌ぁぁッ！」

　これまで幾多の淫神を封じてきた神伽の巫女とは思えぬ、余裕の欠片もない取り乱しようであった。

（ここだけは……処女だけは守らねば……！）

　必死に抵抗する咲妃の脳裏に浮かぶのは、物心ついた時から幾度も言い聞かせられた言葉。

『神伽の巫女は、曲ツ神の神体をその身に取り込み、成就の暁に、純粋な神気を天へと還すのが使命。浄化された神気のひもろぎとなる子宮は、その時が来るまで、何があろうと無垢のままで守り通さねばならぬ！』

　それは、神伽の巫女として生を受けた咲妃にとって、絶対遵守せねばならぬ決まり事であった。

「往生際が悪いですよ。フフッ、もう、こんなに濡れているではありませんか。本当は、この奥に挿れて欲しいのでしょう？」

　幼子のようにむずかり抗う咲妃の膝裏に手を添え、破瓜の恐怖に震える美脚をグイッ！　と持ち上げた久遠は、金色の燐光に包まれて、茜色に濡れ咲いた秘裂を惚れ惚れと見つめる。

「嫌……嫌だ。くふうぅぅ……んんんッ！」

拒絶しようとする心とは裏腹に、焦らし抜かれた身体はあからさまな欲情を見せつけていた。

せり上げられた下半身が、恥悦の炎に炙られて艶めかしく左右にくねり、洗い清められたアヌスも、卑猥に収縮して、疼きの解放をねだる。

くちゅ、くちゅ、くちゅ、ちゅぷるっ……。

触れられてもいない秘裂が、小さな蜜鳴りの音を立てて蠢く音が聞こえて、呪詛喰らい師《カースイーター》の羞恥を煽る。挿入を待ちきれぬ膣口が、制御不能の脈動を起こして空気を咀嚼しているのだ。

「私も、この瞬間を迎えるために、いくつもの段階を経てきたのです。頼るべき人を失い、一人彷徨っていた瑠那をあなたの住む街へと誘い、九未知会《ナインアンノウンズ》を動かして幾多の試練を課し、呪鼠を送って挿入阻止の結界を破らせた」

「全てはお前の謀《はかりごと》だったというのか⁉」

目を見開いて驚愕する咲妃を、金色の瞳に映しながら頷く久遠。

「その試練を見事に乗り越えたあなたは、想像よりもずっと早く、私の伴侶となる資格を得ました」

怯え、震える呪詛喰らい師《カースイーター》の頬を撫でながら、神産みの巫女は慈愛に満ちた笑みを浮かべる。

「では、あなたの処女、破らせていただきます」

ウエストのくびれをしっかりと捕まえた久遠は、一気に腰を突き挿れ、神伽の巫女が守り抜いてきた最後の帳を貫きにかかった。

濡れ開いた小陰唇を、神気に輝く亀頭が割り開き、膣口が、ジワリ、と圧迫される。

ぬぷ……くちゅ……。未踏の秘め穴にめり込んだ穂先が、処女の証に触れ、引きつるような痛みが恥骨の裏側を走り抜ける。

「嫌だ嫌だ嫌だあぁぁぁぁあ～ッ!!　やめろっ！　止めてくれッ！　私は神伽の巫女としての使命を成就したいんだ！　だから……ッ！　だからぁあぁぁぁ～ッ!!」

パニックに陥った咲妃は、注射を嫌がる幼子のように叫び、手足をバタつかせて暴れ狂う。

「取り乱しすぎですよ。少しお淑《しと》やかになさい」

子供を叱るような口調で言った久遠の指が額に触れ、咲妃の肉体を金縛りにして抵抗を封じた。

「う……く……や、やめ……て……お、お願い……お願いだから……」

涙目になって訴える咲妃は、破瓜に怯えるか弱い少女でしかない。

「心配いりません。あなたは神伽の巫女のさらに上の階梯へと進むのです。私と同じ、神産みの巫女という存在となって……」

慈愛に満ちた微笑みを浮かべ、九未知会《ナインアンノウンズ》の盟主は呪詛喰らい師《カースイーター》のヴァギナを貫いた。

膣奥で、張力の限界に達した薄膜がプツリ！ と裂け、輝く肉刀が処女膣に深々と挿入を果たす。

「つぁ！ あああああああああぁぁぁ～ンッ!!」

処女膜が引き裂かれる鋭い痛みに叫び、仰け反った退魔少女の目尻から、きらめく涙が頬を伝う。

(奪われた……これが本当の……破瓜！)

現実に体験する処女喪失は、想像を絶する衝撃と激痛で呪詛喰らい師《カースイーター》の心を打ちのめした。

全身の筋肉が強張り、全ての感覚が引き裂かれた薄膜に収束されて、喪失の痛みを増幅させる。

「しばらくこのまま愛しあいましょう……」

優しい口調で告げた久遠は、苦痛に歪む咲妃の顔に唇を寄せ、そっとキスしてくる。

「んふ……んっ、ちゅッ……くふぅぅぅむ」

下腹の奥から伝わってくる鈍痛を忘れようと、呪詛喰らい師《カースイーター》は甘く温かな唾液を啜り飲み、トロリと柔らかな舌を吸いしゃぶって、巫女同士のディープキスに没頭する。

(ダメ……だ。愛撫に、抵抗、できない……)

ミュスカの男根によって過剰なまでに感度を上げられた口腔粘膜を優しく舐め回され、吸い上げられる心地よさに、咲妃の理性は蕩けてゆく。

「あふ、んむ……くちゅ、くちゅ、ちゅぱ……」

久遠も積極的に舌を使い、ウズメ流の技巧を極めた二枚の柔肉が、互いの口腔内を行き来して味覚器官同士の濃厚な絡みあいを堪能する。濡れた朱唇から突き出された舌先

が宙で戯れ、まるでフェラチオ奉仕でもするかのように交互に吸いあう。

　巧みな愛撫を受けた味覚器官は、狂おしいほどの快感に包まれ、シロップのように甘い唾液を大量に分泌させて口腔を満たす。

　咲妃と久遠、二人の美少女の喉が、交互に、ゴクリ、ゴクリと鳴って、溢れ出しそうな甘露を呑み込み、官能を高めてしなやかな肢体を悩ましげにくねらせた。

　破瓜直後のヴァギナを貫き、奥まで侵入した肉刀は、そのまま動かず、押しつけあってひしゃげた爆乳は、互いの心音を伝えながら、密着状態を維持している。

「んふぅ……そろそろ、いいですね？」

　数分が経過し、鈍痛が治まってきたのを見計らったかのように、緩やかな抽挿が開始された。

　丸く割り開かれた秘裂の奥から、神気に輝く勇根がゆるゆると抜き出され、亀頭が抜け落ちる寸前で、再びゆっくりと沈み込んでくる。

「ひぁ！　はぁぁう、あ、ひあぁぁぁんッ！」

　これまで味わってきた肉悦が、ただの戯れにしか思えぬほどの超絶快感が、摩擦される膣粘膜から沸き起こって、処女を奪われたばかりの呪詛喰らい師《カースイーター》は一気に絶頂を極めてしまう。

「これからあなたに問いを発します。思いつくままに答えてください」

　爆乳同士を互いを押し潰さんばかりに密着させ、全身をうねらせて腰を使いながら、久遠が語りかけてくる。

「んっ、ふぁ、あんッ！　問い、だと⁉」

「お話、したかったのでしょう？　最初の問いです。あなたは、何のために神伽をするのですか？」

「そっ、それは……くぁぁんっ！」

　答えを思いつく前に子宮口が突き上げられ、甘い衝撃で咲妃の意識を白く染め上げた。

「フフッ、奥の方を軽く突いてあげただけで、この反応。可愛いですよ、咲妃」

「うぁ、あんっ！　ひっ、アッ、そこッ、響くッ！　ひゃう！　んっ、はっ、ひうぅ……やっ、はぁぁん！」

　巨大なベッドの上で、二人の美少女が睦みあう。

　常磐城咲妃と、常磐城久遠。いずれも、神伽の巫女として幾多の淫神、亜神をその身に封じてきた退魔少女だ。

甲乙付けがたい絶妙のプロポーションを誇る二人の裸身は、肉体の内部から湧き出てくる淡い金色の光に包まれ、神々しく、艶めかしく照り輝いている。

ムッチリと肉感的な太腿が肌ずれの音を立てて擦れ、張りと柔らかさを併せ持った爆乳が、互いの弾力を比べあうかのように押しつけ、ひしゃげ、揺れたわみ、勃起乳首を肉果の奥に押し込んで濃密に睦みあう。

「ンッ、あはぁ、気持ち……いい……あなたの中、本当に心地いいですよ、咲妃……」

穏やかな口調で告げた久遠は、熱い吐息を漏らし、しなやかな裸身をくねらせて、女には本来味わえぬペニスの悦びを堪能している。

「んぁ、あんッ！　久遠ッ！　ひぁ！　そっ、そんなにうっ、動いたら……まっ、待って……抜き挿しッ！　うひぁ、んんんんッ、きゅふあぁ～ンッ！」

咲妃が味わっている快感は、久遠の比ではなかった。挿入された勃起から発する神気によって、引き裂かれた処女膜の痛みは癒やされ、抽挿のたびに、全身が蕩けそうな悦波が押し寄せてくる。

膣壁に連なった繊細な肉襞が亀頭冠によってプルプルと掻き擦られ、狭い膣壁を熱く硬い肉胴に押し広げられると、快楽の旋律が全身隅々まで波紋を広げてゆく。

奥まで到達した亀頭の先端が子宮口を突き上げ、見開いた目の奥に、極彩色の火花を散らして女悦が弾ける。

それは、これまで彼女が極めてきた女悦の頂点を、はるか上空から見下ろすような極悦の連続攻撃であった。

（イキそう……あぁ、でも……まだ、もっと、もっと！　気持ちよすぎて、もう、ガマン……できない！　あぁ、イク……うぅぅッ！）

魂の愉悦を貪っていた呪詛喰らい師《カースイーター》は、押し寄せる悦波に堪えきれず、肉体の絶頂へと転落する。

「ひぅぅぅ！　イッ……イク……んんんんッ！」

ボンデージボディを弓なりに仰け反らせた咲妃は、久遠のペニスを締めつけながら果てた。

光に包まれた裸身が、しなやかに鍛え抜かれた筋肉の凹凸を浮かべて伸び上がり、たわわなバストと濡れ開いた秘裂が、母乳と愛液を大量に飛沫かせる。

「んはぁぁ……素晴らしい締めつけですね。私も果ててしまいたいところです、まだ、神気の練り込みが足りませんので、優しく昂らせてあげますね」

絶頂痙攣を起こすヴァギナの感触を堪能しながら、九未知会《ナインアンノウンズ》の盟主は射精欲求を堪えて抽挿を続けた。

「こうやって、入口から奥まで、ゆっくりと挿れられると、堪らないでしょう？」

浅瀬を擦っていたペニスが、潤みきった媚粘膜をかき分けながら奥まで挿入され、過剰分泌された愛液に蕩けた子宮口をジワリ、と突き上げる。

「ひぁ、あはぁぁぁうぅぅんッ！」

切なげな声を上げた咲妃は、甘い匂いのする暖かな裸身を無意識のうちに抱き締め、尻をせり上げて、より深く、激しい抽挿をねだってしまう。

「神気が練り上げられ、射聖《しゃせい》の瞬間が訪れるその時まで、互いに実り多き交わりにしたいものですね。いっぱいお話しいたしましょう。フフフッ」

緩急を交えてヴァギナの急所を責め立てつつ、久遠は金色の目を細めて含み笑いを漏らした。


「……たとえば、淫夢神の力を使えば、眠らせたままの人達に、平和で悦びに満ちた一生を与えることもできる、そう思いませんか？」

仰向けに組み敷いた咲妃の上で、緩やかに動きながら、久遠が問いかけてくる。

神産みの巫女の股間からそそり勃った、光り輝く牡槍は、金色の光輝に包まれた呪詛喰らい師《カースイーター》のヴァギナをパックリと割り開いて抽挿され、神気にきらめく愛液を止めどなく掻き出し続けていた。

「ふぁ……そっ、そんなまやかしの世界を、あひんっ！つっ、創りたいのか？」

子宮口を、グリッ、グリッ、とこね回されて、立て続けのエクスタシーに達してしまいながら、呪詛喰らい師《カースイーター》は色っぽくかすれた声で言い返す。

「それも、無数にある選択肢の一つ……あぁ、子宮が私の筒先を吸いついばんで……、熱く濡れた肉襞がうねりながら絡みついてきますよ」

淫靡な軟体生物のように神根を締めつけ、貪るヴァギナの心地よさに、久遠も声を震わせる。

「んはぁ……ンンンッ、はぁぁぁう……つっ、次の話題は……そうですね、あなたの好きなお菓子は？」

放出欲求を抑え込み、熱く悩ましげな吐息を漏らした神産みの巫女は、緩やかなストロークを続けつつ、話題をがらりと変えてくる。

繊細で巧みな愛撫の合間にかけられる久遠の問いは、禅問答のように難解なものから、学生の雑談レベルの話題まで、多岐にわたっていた。

快感の嵐の中で、数千、数万の問いが発せられ、咲妃はよがり悶え、喘ぎながらも、意識の片隅に閃くがままの答えを返す。その答えを受けて、さらに深い質問が発せられることもあれば、唐突に別の話題に移ることもある。

それは、常磐城咲妃という少女の心の隅々まで施される、入念で巧みな解析であった。

神伽のために練り上げられた極上の裸身に絶え間ない快感を送り込みながら、神産みの巫女は、咲妃の魂と記憶、そして思考の奥底にまで踏み込んでくる。

「今度は、ほら、後ろを向いて。そう、もっと腰を上げて……何度見ても素晴らしいお尻ですね、色白で、大きくて、張り詰めていて、きめ細かで滑らかなお肌……」

後背位の姿勢で突き出された咲妃の尻を、久遠がウズメ流の技巧を極めた唇と舌、指で愛でる。

「んは……あ……あはぁぁ……」

量感たっぷりの尻肌を舐められ、優しく揉み立てられた呪詛喰らい師《カースイーター》は、汗ばみ紅潮した美貌を喜悦に歪め、シーツを固く握り締めて喘ぐ。

「お尻の穴も、可愛らしくヒクついていますよ」

尻の谷間に滑り込んできた繊指が、桃色菊の蕾のような肛門を触れるか触れないかの微妙なタッチでサワサワと撫でくすぐる。

「ひゃう！　ンッ……あ、そこっ……あ、くうぅぅんっ、アッ、また、イクぅ……あ、やはぁぁん……ッ！」

ベッドに突っ伏した呪詛喰らい師《カースイーター》は、甘いよがり泣きを漏らしながら、薄紅色のアヌスを卑猥に収縮させた。

「可愛い子……もっと気持ちよくしてあげます」

アヌスへのソフトタッチだけで絶頂を迎えた少女の秘部に、美女のペニスが迫る。

くちゅ……熱く猛った亀頭が、秘裂に押し当てられ、すっかり濡れ開いた膣口を押し開いて一気に奥を極めた。

「きゅふうぅぅん……ん、あ、入って……また、奥ッ！　子宮まで……あひぃ！　くふぅ……んはぁぁ……ッ！」

久遠のペニスに膣性感を開発され尽くした咲妃は、柔らかなベッドに顔を埋め、膣内に潜り込んでくる肉槍がもたらす、圧倒的な快感と充足感に裸身をわななかせる。

時空結界の中で、こうやって、問答を続けながら犯され始めて、何日、いや、何ヶ月が経ったのだろう？

絶頂に次ぐ絶頂で時間の感覚が失われ、定かではないが、この世に存在する全ての体位、愛撫の技巧を受け尽くしたに違いないという確信が、数限りなく女悦を極めた美裸身に深く甘美に染みついている。

唯一味わっていないのが、膣内射精の感触であった。

数限りない絶頂を極めさせられながらも、咲妃の子宮には精液に対する飢餓感が植えつけられてゆく。

「この締めつけと複雑で力強い肉壁の蠢き。素晴らしいですね……少しでも気を抜くと、果ててしまいそうです」

緩やかなストロークで腰を使い、アヌスの蕾に挿入した指を小刻みに抜き挿しして二つの秘め穴に女悦を送り込みつつ、久遠は甘い声を上げる。

「そろそろ儀式の終わり、受聖の時が近づいてきました……咲妃、あなたの中に、射聖、しますよ？」

二人きりの悦楽空間を形成していた時空結界が解除され、長々と続いた行為で脱力した裸身が抱き締められた。

「あなたを受聖させる前に、私の目指しているものをお話ししておきましょう」

ようやく、久遠の話が核心に触れてきた。

「はぅ、あ、んぁぁ……聞かせて、くれ……」

ビクッ、と身を強張らせた呪詛喰らい師《カースイーター》は、ヴァギナとアヌスに弾ける絶頂感を貪りながら、わずかに残った理性を総動員して、ようよう声を絞り出す。

「人は、愚かな生き物なのです。目先の欲望を満たすためには、他者を苦しめ、哀しませ、奪い、殺す所行を未来永劫繰り返す……」

恋人を失い、その哀しみと怒りで自らに呪詛をかけて奈落に堕ちた巫女は、静かな中にも怨嗟を込めた声で告げる。

「ちっ、違うッ！　上手く言えないが、それだけは、断じて違う！　人は……愚かではない！」

「純粋で、善良ですね、咲妃。しかし、このままでは遠からず、あなたも人のおぞましき業を思い知らされて絶望するでしょう。だから、悲劇の根源である人という器を、根本的に造り替えます」

膣内を蹂躙し、超絶の快感を発生させていたペニスの動きが、ピタリと止まった。

「くぅんっ！　なっ、何をするつもりだ？」

未練がましく尻を振り、自ら快感を貪ってしまいながら、咲妃は問いかける。

「力を欲する全ての人に、彼らの欲望に見あった神格を宿らせ、制御することで、憂いなき世界を創造する……それが、人を滅ぼさずに世界を変える唯一の手段。あなたには、その計画実現のための伴侶となっていただきます」

「そっ、そんな途方もないことが、本当に可能だと思っているのか⁉」

「ええ。あなたの協力があれば……」

背後から差し伸べた手で呪詛喰らい師《カースイーター》の爆乳をこね回し、勃起乳首を摘み揉んで純白の乳汁を迸らせながら、九未知会《ナインアンノウンズ》の盟主は言葉を続ける。

「きゅふうぅ、あぁぁ、出て……るッ！」

「男女を問わず交わることのできる両性具有の肉体、一度に大勢の依り代に神産みを施すための分身能力、時間を気にせず行為に没頭できる時空結界、全ては新たな世界創造のために役立つ力」

「そっ、それが？　きゃはうぅぅんっ！　そこぉ、らめぇぇぇ〜ッ‼」

快感に翻弄される咲妃の脳内に、静かで力強く、しかしどこか虚無的な久遠の言葉が響き、染み込んでゆく。

「しかし、全ての人に宿らせるには、まだまだ神体の数が足りません。咲妃、あなたが神産みの巫女となれば、万事、準備は叶います」

ムッチリと肉感的な尻の動きを速め、九未知会《ナインアンノウンズ》の盟主は願望成就に向かって射精欲求を高めてゆく。

「ふぁ、あっあっアッあんッ！　イク……ッ！　あぁぁんっ！　すご……イッ、いいいいイッ！」

どんなに犯し抜かれても慎ましやかなたたずまいを崩さぬ薄紅色のワレメを限界まで割り開き、金色の神気に輝く男根が激しく抽挿される。

汗と体液に濡れた柔肌がパチュパチュと打音を立ててぶつかり合い、激しく擦り立てられた膣壁が、渦巻くようにうねって亀頭に絡みつく。

「うあぁぁぁ、あんッ、あひっ、ひうぅぅぅんっ、あはぁぁぁぁ～ンッ!!」

切羽詰まったすすり泣きを交えた咲妃の声が、寝所内に響く。

突き上げの快感に屈した子宮が、勃起を迎えるかのように下降し、子宮口をパックリと開いて、とどめの子種汁を待ちわびていた。

「欲しいですか、咲妃？」

深く腰を使いつつ、久遠が問いかける。

「ふわぁぁぁぁ！　欲しいッ！　久遠の……精液ッ！　しっ、子宮にッ！　欲しッ……欲しいぃぃぃ！　ひあぁぁぁうンッ！」

超絶の快感で理性を掻き乱された咲妃は、屈服の声を上げ、喜悦に蕩けた表情を浮かべて豊かな尻を振りたくる。

無毛の秘裂が浅ましいまでの収縮を起こして金色の勃起を搾り上げ、膣壁が卑猥にうねり、震えて、女体に備わった淫らなメカニズムを総動員して美女の勃起に受精体液の放出をねだってしまう。

「さっ、咲妃ッ！　神産みの戯、成就となる膣内射聖……間もなく。イッ、行きますよ！」

「久遠様。お取り込み中、失礼いたします」

久遠が耐えに耐えた放出を始めようとした直前、障子戸越しに、控えめな女の声がかけられた。

「ンッ……くふぅン！　……どうしました？　ハシュバ」

射精の寸前で水をさされ、さすがに不機嫌そうな声を上げた久遠は、咲妃を犯す動きを止め、千眼の術師という異名を持った千里眼使いに問いかける。

「侵入者です。カースイーターの友人、及び退魔機関の手の者、あわせて七名、鬼門の方角より突然、この世界に現れましてございます」

「一体どうやって!?　まさか……？」

ハシュバの報告に、この世界の創造主である美女は、切なげなすすり泣きを漏らしながら身体を揺すり立てている呪詛喰らい師《カースイーター》に疑念の眼差しを向ける。

「いかがいたしましょう？　ゼムリヤとＢＡＢＥＬが捕縛

に向かいましたが、念のため、戦闘要員を、もう何名か呼び戻しますか？」

「いいえ。私自ら出向きましょう。咲妃のこの姿、侵入者達に見せつけながら受聖させてあげましょう」

喜悦の汗粒をきらめかせて、前後に動き続けている呪詛喰らい師《カースイーター》の尻を撫でながら告げた久遠は、イタズラっぽい笑みを浮かべる。

「かしこまりました。では、ゼムリヤ達には、久遠様到着まで足止めするよう申し伝えます」

ハシュバは足早に去った。

「……咲妃、あなたの仕業、なのですか？」

「んぁあ、欲しイッ！　セーエキ……はっ、早く……んぁ、あぁぁぁンッ‼」

感情を押し殺して問いかける久遠であったが、膣快感の虜となった呪詛喰らい師《カースイーター》は、汗にぬめ光る美尻をくねらせて、膣内を蹂躙するペニスを貪り続けていた。

久遠が知らせを受ける数分前のこと……。

果てしなく広がる砂漠の只中に、突然、一陣の旋風が巻き起こった。

砂塵を派手に噴き上げた旋風が治まると、そこには七つの人影が忽然と現れる。

「……転移、成功したようだな。優ちゃん、バッドシスター、周辺警戒頼むぜ」

「常次殿、武宮師範と呼んでいただけませんか？」

「バッドシスターって呼ぶな、ジジイ！　アタシはシスター里緒だッ！」

常次に呼びかけられた二つの人影が、文句を言いつつ左右に展開して警戒に当たる。

「バッドシスターの方が通りがいいんだよ。文句ばっかり言ってると、また揉むぞ！」

自身も油断のない視線を周囲に配りつつ、作務衣姿の老人はスケべったらしい笑みを浮かべた顔の横で、骨張った指を卑猥に蠢かせた。

「ぐ……セクハラクソジジイ……」

バッドシスターと呼ばれた女性退魔士……シスター里緒は、メリハリの利いた肢体をシスターのコスチュームで包んでいた。通常はロングスカートになっている僧服の両サイドには、チャイナドレス風のスリットが入っていて、ロングブーツに包まれた脚線美が垣間見えている。

「この砂漠のどこかに、常盤城さんが囚われている？」

広大な白い砂丘の連なりを驚きの表情で見回しながら、信司がつぶやく。

「ええ。確かにいます……咲妃さんはここに！」

「うん。早くお姉ちゃんを捜さなきゃ！」

「落ち着いて、退魔機関の人達に従うって約束でしょ？むやみに動いちゃダメ！」

居ても立ってもいられない様子の有佳と瑠那を、鮎子が落ち着いた口調で制止する。

「瑠那、みんなの周囲に結界を張れ。特に足元を入念に強化するんだ。こういう地形の場所だと、敵は下から襲ってくるぞ」

周辺警戒に当たっているもう一人の女性、武宮優《たけみやゆう》が、瑠那の金髪頭を優しく撫でながらアドバイスする。

乱兵寺で戦闘教官を務める退魔剣士は、抜き身の日本刀を連想させるスレンダーなボディラインがくっきりと浮き出した、漆黒のボディースーツ風のコスチュームを着用しており、首からは、コスチュームにはいささかミスマッチな印象のスポーツタオルが掛けられていて、隆起の薄い胸元をさりげなく覆い隠していた。左手には、全長の長い荒削りな木刀が携えられている。

「うぅ……咲妃お姉ちゃんの師匠であるアンタに言われちゃ仕方ないわねぇ」

金髪少女は、手にした乗馬鞭を振って、信司達の周囲に多重結界を張り巡らせる。

「おい、アタシだって咲妃の師匠なんだぞ！」

シスター里緒がすかさず口を挟んできた。

「不肖の師匠ってやつね……」

「聞こえてるぞ、瑠那！」

小悪魔娘のつぶやきに、即座に反応するバッドシスター。

「天才退魔少女の咲妃ちゃんは、多くの退魔士に師事して、その技能をほぼ完璧に習得しているからな。師匠も大勢いるんだよ」

二人のやりとりに笑顔で口を挟んだ老退魔士の顔が、わずかに強張る。

「むっ！　気をつけろ、何か来るぜ！」

常次が鋭い声を発した瞬間、空気が張り詰めた。

轟ッ！

数十メートル離れたところに沸き起こった砂塵を抜けて、既に人狼形態になっているヴォルフを伴った、褐色肌の淫蕩美女、ゼムリヤと、黒いビキニアーマー姿の魔人形、BABELが出現する。

「不法侵入者の皆さん、返り討ちにして、陵辱調教フルコースでもてなして差し上げますわぁ♪」

色気過剰な褐色ボディをビザールルックに包んだ淫女は、艶めかしい声を上げて舌なめずりする。

「ゼムリヤ！　また返り討ちにされに来たの⁉」

瑠那が甲高い声で叫ぶ。

「ああら瑠那ちゃんお久しぶり。後からたっぷりお仕置きしてあげるわよぉ♪」

「あっ、アタシが逆にお仕置きしてやるわよッ！」

「瑠那さん、挑発に乗らないで。わたし達を守ってくださいね」

結界から今にも飛び出していきそうな剣幕でまくしたてる金髪少女を、有佳が優しくなだめる。

「あのBABELって奴は、ワシが相手をする。優ちゃん達は、狼男とエロ姉ちゃんを頼む」

「了解です……」

「ジジイ、ピンチになったら助けてやるよ」

「余計なお世話。誰にも手は出させせんよ！」

自信に満ちた口調で告げた常次の姿が掻き消え、一瞬でBABELの背後に出現すると、黒いビキニアーマーに包まれた美乳を鷲掴みにした。

「鎧の姉ちゃん、なかなかのボインちゃんじゃないか。しかし、鎧越しに揉んでも味気ないなぁ」

「センサー捕捉不能ナ痴漢的接触……⁉」

「鎧のボインちゃんよ、少し付き合ってもらうぜ。調伏闘界ッ‼」

キイイイインッ！

無感情な声を上げた黒鎧の美少女が行動を起こすより早く、金属音を立てて広がった黒いドーム状の結界が、常次とBABELを包み込んだ。

「あらあら、気の早いお爺ちゃんね。じゃあ、こっちも始めようかしら。まずは前戯からハードに行くわよぉ！　出でよ、我が僕達《しもべ》！」

ゼムリヤが乗馬鞭をヒュンッ！　と鳴らすと、足元の砂が大きく盛り上がり、ごつい体格の砂巨人を形成してゆく。

「低級霊をたっぷりと練り込んだ、サンドゴーレム百人衆。動きは遅いけど、倒してもすぐに再生するし、力はすっごく強いわよぉ♪」

「雑魚だな……。先陣を切らせてもらうぞ」

武宮優が、一歩前に踏み出す。

「チッ、仕方ねぇなぁ。先輩に譲ってやるよ。ただし、半分残しておいてくれよ」

シスターの声に無言で頷いた退魔剣士は、木刀片手に、ゴーレムの大群に向かう。

「甘く見られたものね。そんな木刀一本で、アタシのゴーレム軍団と戦うつもりなの？　すぐに捕まって、メチャメチャに嬲られちゃうわよ、砂が入ってジャリジャリになっちゃうわよぉ」

卑猥なジェスチャーを交えて挑発するゼムリヤ。

「下品な奴……。こいつをただの木刀だと思うなよ。千年の時が鍛え上げ、雷によって削り出された退魔神木刀だッ！　ハアァァァッ！」

木刀を脇構えにした優は、一気に地を蹴って、敵のまっただ中へと飛び込んでゆく。

「武宮流妖斬剣奥義……八雷刃ッ！」

疾走する退魔剣士の姿が、一瞬で八人に増え、互いに連携しつつゴーレムの群れに切り込んだ。

ザザザザザアァァァァァ〜ンッ‼

包囲網を形成していた砂の巨人が、一斉に崩れ落ちる。

舞い上がる砂煙の中、八本の木刀が閃くたびに、サンドゴーレムは核となる低級霊を叩き出され、崩壊していった。

「フゥ……。悪い、勢い余って五十八体倒した」

十秒足らずで半数以上の敵を砂塵に変え、分身を解除した退魔剣士は、首からかけたスポーツタオルで額の汗を拭いつつ、軽く言い放つ。

「武宮師範、相変わらず、雑魚の掃討能力半端ねぇなぁ。残りは全部いただくぜッ！」

サイドスリットの切れ込んだ尼僧服から、ムッチリとたくましい太腿を覗かせながら、バッドシスターの異名を持つ退魔少女が突撃した。

「なっ、なんで再生しないのよぉ⁉　こっ、これ以上やらせないわッ！」

ヒステリックな声を上げたゼムリヤの乗馬鞭が振られる。

「上等だぜ、どんどんかかって来いよ！」

挑発された砂巨人が、地響きを立てて一斉に襲いかかってきた。

「裂砕拳……破魔の結界をまとった裂手で斬り裂き！」

ザッザンッ斬ッ！　ザシュンッ！

手刀が閃くたびに、砂でできた巨体が、何の抵抗もなく寸断される。

「神気をまとった砕脚で粉砕するッ！　再生なんかさせるかよッ！」

ドドドドウウゥゥンッ！

しなやかな美脚によって繰り出された連続蹴りを受けたゴーレム達が、爆弾でも仕掛けられたような勢いで吹き飛び、砂に還った。

「そらそらそらァ！　……こいつでラストぉ！」

最後の一体が粉砕され、大量の砂を含んだ爆風がゼムリヤのところまで吹き寄せてきた。


「うっ……こいつら、デタラメに強い！　ヴォルフ、全力戦闘を許可してあげるわ」

「御意！　しかし、この聖域を血で汚してしまってよろしいのでしょうか？」

忠実な人狼は、渋い声で主に問いかける。

「構わないわ。殺す気でやっちゃっていいわよ」

「承知いたしました。もう二度と、この前のような不覚は取りませぬ！」

Vooooooooooo〜NNNNN‼

獣人の咆吼が、空気をビリビリと烈動させ、小規模な砂嵐を巻き起こす。

舞い狂う砂塵の中で、ただでさえ巨大だった体躯《たいく》がさらに膨れあがり、全身を覆った獣毛が濃密な霊気を孕んで針のように尖り立った。

「うぅ……アタシの結界がなかったら、あの遠吠えだけで全員気絶してたわね……」

恩着せがましく言う瑠那であったが、その顔は蒼白になっている。

「あの狼男……あんなに恐い奴だったのか⁉」

「以前に勝てたのは、オオカミさんが油断していたから、なんですね……」

信司に相づちを打つ有佳の声も震えていた。

「大丈夫。あの人達は、勝つわ……絶対に！」

咆吼にも動じず、凛々しく立った二人の女退魔士を見ながら、鮎子は自分に言い聞かせるように告げ、信司の手をしっかりと握り締める。

「シスター里緒、気をつけろ、あいつはロシアの秘密都市で暴れた奴だ」

「ああ、軍の精鋭部隊を壊滅させたっていう、あれだろ？　武宮師範、連携で一気に叩くぜ！　お互い、出し惜しみはなしだ！」

「了解した！　かく乱と後詰めは任せろ！」

圧倒的な強さを見せつけ、サンドゴーレム軍団を一掃した二人の退魔戦士は、鋭い声で囁き交わしながら、戦いに備える。

「全力にて参ります！　落命もお覚悟くださいませ……」

渋い声で告げたヴォルフの身体が前屈し、全身の筋肉がギチギチと引き絞られてゆく。

バッドシスターの顔に凶暴な笑みが浮かび、武宮師範の表情は氷のごとく冷静に引き締まる。

全力モードの人狼と、二人の退魔戦士がまさにぶつかりあわんとしたその瞬間。

ピシャァァァァアァンッ！　ドオオオンッ！

落雷のごとき大音響と、目もくらむ閃光が、両勢力の真ん中で炸裂した。

「くぅ！　新手か!?」

「この圧倒的な神気は……まさか!?」

周囲を白く染め上げていた光が収束した中心に、咲妃を後背位で組み敷き貫いた九末知会《ナインアンノウンズ》盟主、常磐城久遠の姿があった。

「う……あ!?　みんな……」

伏せていた顔を上げた呪詛喰らい師《カースイーター》は、快楽で虚ろに蕩けた瞳に友達の姿を映し、弱々しい声を搾り出す。

「咲妃……さん……嫌ぁぁ……咲妃さぁぁぁ〜ンッ!!」

「なっ、アンタ、何してんのよッ!!　お姉ちゃんから離れなさいよッ!!」

四つんばいの姿勢で犯されている咲妃を見た有佳が悲痛

な叫び声を上げ、瑠那が殺気立つ。

「しっ、信司ッ、見ちゃダメ！」

「うぁ！　ごっ、ゴメンッ！」

咲妃の痴態を、呆然と立ちすくんで見ていた信司の目を、鮎子が慌てて塞いだ。

「咲妃ッ！」

「てめぇ！　なんてことしやがる⁉」

駆け寄ろうとしたシスター里緒と武宮優の周囲を、久遠が張った筒状の結界が取り囲んで動きを封じた。

「形勢逆転ね……。盟主様が出てきちゃったからには、アナタ達、もうおしまいよ。さあて、どう料理してやろうかしらぁ♪」

結界を打ち破ろうと奮闘している二人の退魔戦士に淫蕩な視線を注ぎながら、ゼムリヤが舌なめずりする。

「迎撃ご苦労様でしたね、ゼムリヤ。下がっていただいて構いませんよ」

最強クラスの退魔戦士二人を、あっさりと結界に封じ込めた九未知会《ナインアンノウンズ》の盟主は、褐色肌の死霊使いに優しい声をかけた。

「あら、とうとうロストヴァージンしちゃったのねぇ、カースイーター。ねえ、アタシも儀式に参加したいんだけど、ダメ？」

後背位で貫かれた呪詛喰らい師《カースイーター》の痴態に舌なめずりしつつ、褐色肌の淫女は申し出る。

「今回はご遠慮してくださらないかしら？」

「うぅ……仕方ないわねぇ。ヴォルフ、帰ってオナニーしながらふて寝するわよ！」

金色の瞳で見つめられたゼムリヤは、未練がましげに引き下がった。

「……常次さんは、ＢＡＢＥＬとともに、あの結界の中ですね……」

いまだに張られたままの、黒いドーム状結界に視線を移した久遠は、後背位で繋がった咲妃の尻を撫でながら、穏やかな口調で告げる。

「その気配、久遠だな⁉　今出て行くから待ってろや！」

ドーム状結界が消滅し、数メートルの距離を挟んで対峙する老退魔士と黒鎧の美女の姿をあらわにした。

「つうぅ……呪術的リアクティブアーマーかよ。とんでもないもん作るなぁ、まったく。調子に乗って思いっきりブッ叩いちまったぜ」

「呪爆装甲……因果応報……」

わずか数分の間に、結界内でいかなる激闘が繰り広げられていたのか、常次の身体には焼け焦げたような傷跡がいくつも刻まれ、対するBABELの装甲も、所々がひび割れ、機械構造が覗いていた。じっくりと検分すれば、両者の身体に刻まれた傷跡は、完全に対称であることに気付くだろう。

「……久遠、久しぶりにその乳揉ませろやぁ！」

開口一番、巨乳愛好家を自称する老人退魔士が、緊迫した状況にそぐわぬ軽薄な声をかけた。

「常次さん、いくつになっても相変わらずですね。BABEL、戻ってきなさい」

苦笑を浮かべた九未知会《ナインアンノウンズ》盟主は、忠実な魔人形を手招く。

「了解……」

黒鎧の美女は、重力を無視した動きで跳躍し、久遠の隣にフワリと降り立つと同時に、常次の周囲をひときわ強力な結界が囲む。

「問答無用で閉じ込めるとは……てめえも相変わらずだな！　ダメ元でやってみるか……おりゃぁ!!」

黒い結界に覆われた老退魔士の拳が、見えない壁を殴りつけるが、神産みの巫女が張った障壁はビクともしない。

「神産みの戯に招待するのは、お仲間の四人だけでいいでしょう。場所を変えますよ」

たおやかな指が振られると、瑠那の張った多重結界があっさりと破られ、都市伝説研究部のメンバー達は、目もくらむような白い光に呑み込まれた。

転送された先は、先ほどまで、咲妃が陵辱を受けていた寝所であった。

「う……くぅ……」

「んんんん〜ッ！」

金縛り状態で呻く信司達は、石床に描かれた五芒星形魔法陣の頂点に一人ずつ配置され、陣の真ん中に、久遠の神根で秘裂を貫かれた咲妃が突っ伏して喘いでいる。

「さて……それでは、神産みの戯、再開するといたしましょう。咲妃、あなたのよがり乱れる様を、お友達に存分にご覧いただきましょうね」

妖艶な笑みを浮かべた神産みの巫女は、後背位で貫いた咲妃の腰に手を添え、緩やかな抽挿を開始した。

ぬちゅ……くちゅ……ちゅぶっ……ぷちゅっ、くちゅぬちゅ、くちゅるっ……。

「ふぁぁぁぁ！　アッアッアッアッんはぁぁぁ～ンッ!!」

静まりかえった寝所内に、艶めかしい蜜鳴りの音と、咲妃の甘く裏返ったよがり声が響き渡る。

「そう。込み上げる快感のまま、思う存分声を出して、浅ましく乱れなさい」

（見てるッ！　有佳が……瑠那が……鮎子が……信司が……犯されてよがり乱れる私を……見られてるッ！）

目眩がするような羞恥の感情が、呪詛喰らい師《カースイーター》のボンデージボディをわななかせ、見開かれた瞳が、なすすべなく立ちすくむ友の姿を映す。

全員が、咲妃の姿を凝視していた。

涙をいっぱいにたたえた有佳の瞳、怒りと哀しみ、そして失望に満ちた瑠那の碧眼、鮎子の目は、メガネのレンズ越しに見開かれて、咲妃の痴態を映している。

（有佳……瑠那……鮎子……信司……ッ!?）

憤りながらも、性的好奇心を隠せぬ信司の視線とぶつかりあった瞬間、羞恥の感情が爆発した。

「みっ……見るなぁ。見ないで……お願い……んひぁ！　くうぁぁぁぁぁ――――ん!!」

金縛り状態の仲間達には、視線を逸らすことも、目を閉じることもできぬことを重々承知していながらも、哀願せずにはいられない。

これまでも、神伽の戯に挑む姿を見られたことはあったが、今回は、一方的に陵辱され、よがり悶える痴態をさらけ出しているのだ。

恥ずかしさと屈辱感が桁違いであった。

「ンッ！　くふぅぅ……ッ！　……咲妃、あなたは人の業の深さに向きあい、真の絶望を知らなければなりません」

恥悦に収縮した膣壁と睦みあうフタナリペニスの快感に呻きながら、久遠は咲妃の耳元に囁きかけ、小刻みなストロークで責め立てる。

「ぜっ、絶望……だと？　んぁ、そこぉ、擦られると……また、噴くッ！　ふあぁぁ！　出るぅぅぅぅンッ!!」

ぷしいいいっ！　ぷしゃぁぁっ、ぴしゃっ、ぴしゃっ、しゃぱぁぁぁ～ッ!!

執拗なＧスポット摩擦に屈し、尿口から勢いよく迸った喜悦水が、白い石床に弾け、きらめく飛沫を散らすのを、四人の仲間に見られてしまう。

「そのために私は、あえてあなた達の憎悪を受け止めましょう！」

咲妃の身体を抱き起こし、後座位の体位を取らせた久遠は、白く泡立った恥液を噴きこぼす結合部を信司達に見せつけながら、パワフルに腰を突き上げる。

金色のオーラに包まれたフタナリペニスが、パックリと割り開かれた薄紅色の膣粘膜をまくり返らせてストロークする様を、三人の少女と一人の少年は、至近距離から見せつけられた。

「子宮ッ！　子宮に当たって……ひぁ、イクッ、イクイクイクぅぅぅ～ッ！　くわあぁぁぁぁ～ンッ!!」

後座位の体位を取らされたことで、子宮にぶち当たる亀頭に全体重がかかり、甘美な衝撃に頭の天辺まで貫かれた咲妃は、艶めかしい喜悦の絶叫を上げて仰け反った。


女同士の交わりとは思えぬ力強い腰使いのたびに、乳首の勃起を際立たせた爆乳が、純白の母乳を噴き散らしながら揺れ弾み、絶え間ない歓喜の声が甘酸っぱい蜜の匂いに満たされた空気をビリビリと震わせる。

「恥ずかしいですか？　悔しいですか？　それとも、悦んでいるのかしら？　あなたのお友達も、食い入るように秘所を見ていますよ」

上下に揺れ弾む爆乳に片手を添えて揉み搾り、もう片方の手で勃起クリトリスを摘み嬲りながら、九末知会《ナインアンノウンズ》の盟主は妖艶な口調で囁きかける。

「んぁぁぁ、そんなに弄ったら……出るッ！　出てきて……しまうぅぅぅ～ッ!!」

力強い突き込みにあわせて迎え腰を使ってしまいながら、咲妃は引きつった声を上げて身をわななかせる。

神気を込めた指先にこね回されたクリトリスは、急激に体積を増し、肉のうちに封じていた男根型の淫神、淫ノ根を顕現させようとしていた。

九末知会《ナインアンノウンズ》のメンバー達に責め立てられ、神気を根こそぎ放出させられたはずのフタナリペニスが、強引に活性化させられているのだ。

「フフッ、もうこんなに大きくして……一気に引きずり出してあげましょう」

色っぽく上気した顔にイタズラっぽい笑みを浮かべた久遠は、男根化しつつある陰核をきつく摘み、雑草の芽でも抜くかのように力を込めて引いた。

ずちゅるっ！　びゅくるんッ！

「んひいぃいぃいぃいぃいぃいぃいぃいぃ〜ッ!!」

苦悦の声を上げる咲妃の股間に、見事に反り返った男根が引きずり出され、引き締まった下腹を叩きながら激しくしゃくり上げる。

「ほおら、出てきた。ずいぶんと立派ですね。硬く張り詰めて、今にも弾けてしまいそうに脈打っています……可愛がってあげますよ、咲妃……」

溢れ出す神気に輝きながら美少女の股間にそそり勃ったフタナリペニスが、巧みな指使いで撫で回され、スローなストロークで扱き立てられる。

冷たく滑らかな指が、感度抜群の少女の勃起を、根本から先端まで幾度も滑り、薄紅色に充血して張り詰めた亀頭を磨き上げるかのように撫で回す。

「ふぁぁ！　あっ、ひっ、やっ、くぅあぁぁぁぁんっ！」

さらに勃起を強め、弓なりに反り返った淫ノ根は、水飴のように濃厚な先走りを漏らし、断末魔を迎えた若鮎のように跳ね上がる。

鈴口のワレメから止めどなく溢れ出す愛液は、久遠の指によって肉柱全体に塗り広げられ、神気に包まれた淫ノ根を、さらに艶めかしく照り輝かせた。

「敏感ですのね……。あなたのお友達も、興味津々で見ていらっしゃいますよ」

少女の勃起をやわやわと責め立てながら、神伽の巫女は言葉責めで羞恥を煽る。

「はぅっ！　んくぅぅぅ……あ、あはぁぁん！」

膣抽挿の蕩悦に、ペニスの摩擦快感まで上乗せされた呪詛喰らい師《カースイーター》は、悩ましげな喘ぎを漏らしながら、救いでも求めるかのような視線を、金縛り状態の仲間達に投げかけた。

（有佳……泣いているのか？　瑠那……そんなに恐い顔をして怒るんじゃない。鮎子……顔を真っ赤にしながら、私の股間を凝視して……恥ずかしいじゃないか。信司……また、暴発したのか？）

少年の股間にできた恥ずかしい濡れ染みをめざとく見つけた咲妃は、自分の痴態も忘れて、クスッ、と鼻を鳴らしてしまう。

「少し疲れました。今度はあなたが動きなさい」

咲妃にわずかながら心の余裕があるのを察した神産みの巫女は、膣ストロークと手淫責めの動きをピタリと止めて意地悪する。

「んぁぁ！　う……あ……あはぁぁん……ッ！」

歯止めが利かなくなった少女の肉体は、耐えようとする心を裏切り、恥辱の上下動を起こして快感を貪ってしまう。

ムッチリと肉感的な太腿の筋肉に力が込められ、根本まで挿入されていた神根が、愛液をまとわりつかせてヌルリ、と全長の半ばまで姿を現す。

「はうンッ！」

張り出した亀頭冠に膣壁の柔襞をゾリゾリッ！　と逆撫でされた呪詛喰らい師《カースイーター》は、背筋を走り抜けた悦波に耐えきれず腰を落とした。

ズプリ、と沈み込んだフタナリペニスの先端が、疼き狂う膣壁を掻き鳴らしながら子宮口を強烈に突き上げ、その甘美な衝撃が咲妃の尻を跳ね上がらせる。

後は延々、その繰り返しであった。

「ひゃふぅ、ヒッ、あっあっあっアッアッぁんッ、やぁぁぁ……くふぅっ……ひぅ……あひんッ！」

すすり泣きを交えた切れ切れの喘ぎで室内の空気を震わせながら、幾多の淫神を封じてきた極上ボディが、友の見ている前で恥悦の上下動に没頭してゆく。

「そう……その調子。いっ、いいですよ。神伽のために練り上げられたその身体でしか味わえぬ愉悦、人の限界を越えた快感を、存分に貪りなさい」

満足げな笑みを浮かべた久遠も、咲妃の動きにあわせて豊臀を突き上げ、勃起に絡めた指を緩急交えた握り加減で上下に滑らせた。

咲妃のボンデージボディが弾むたびに、久遠の神根が膣壁の柔襞を掻き鳴らし、淫ノ根を握り締めた滑らかな指の輪が、疼き猛った肉柱を扱き上げ、敏感な亀頭冠に引っかかって鮮烈な快感を発生させる。

「気持ちいいですか？」

「ふはあぁぁぁぁんッ！　きっ、気持ちいいッ！　あっあっあっ、そこぉ、擦られたら……きゅふあぁぁぁんっ、もっとぉ、もっと擦ってぇ！」

Gスポットと亀頭を同時に擦り責められた呪詛喰らい師《カースイーター》は、少女の愉悦と少年の歓喜、双方の快感を同時に送り込まれ、はしたないおねだりの声を上げてよがり狂う。

「フフフッ、あまりにも浅ましいあなたの姿に、お友達は呆れていますよ」

「んふぁ、みんな……見て……るッ!?　あはぁあんっ、らめぇぇぇ！　イクッ、イクイクイクウうぅぅぅンッ!!」

四者四様の表情で陵辱の光景を見つめる親友達の視線さえも快感のスパイスに変えて、神伽の巫女は幾度目ともわからぬ膣エクスタシーに舞い上がった。

「くふぅ……果てる時の締まりがさらによくなりましたね。神気も十分に練れました……そろそろ、私の精液を子宮に注いで差し上げましょう」

咲妃の身体を、再び床に這わせて後背位の姿勢を取らせた神産みの巫女は、フィニッシュに向かって腰使いを速めてゆく。

咲妃のまろやかなヒップと、久遠の下腹がパンパンと肉打ちの音を立ててぶつかり合い、汗と愛液が霧状になって飛散する。

激しく揺れ弾む爆乳の先端から飛び散る母乳と、ソフトタッチの手コキ責めを受けているフタナリペニスから搾り出された大量の先走りが床を濡らし、神伽の巫女特有の蠱惑的な性臭が室内の空気を媚薬に変えて漂った。

「あひいいいいんっ！　ふぁ、あっアッあはぁぁぁんっ！　らめぇぇ、ひぐぅ！　イクッ、うわぁぁぁ、イクんきゅふうぅぅぅ――――ンッ!!」

人目をはばからぬアクメの絶叫を上げ、呪詛喰らい師《カースイーター》のボンデージボディがヴァギナに向かって弓なりに仰け反って硬直する。

下腹の筋肉がギチギチと締めつけた。

根をギチギチと締めつけた。

「さっ、咲妃……いっ、いきますよ……んくうぅぅぅぅふうぅぅぅぅう!!」

ひときわ深い突き込みで子宮内にまで亀頭をめり込ませた神産みの巫女は、歓喜の呻きを漏らしながら、最後の引き金を絞りきった。

どくうううんっ！　びゅくびゅくびゅくびゅくびゅるううううう〜ッ!!　どぷうううっ、びゅくるうるるるるぅっ！

濃密な神気を練り込んだ精液が、凄まじい勢いで呪詛喰らい師《カースイーター》の子宮に注がれる。

「ひいぃぃ！　くわあああぁぁぁぁぁ〜ンッ!!」

艶めかしく裏返った絶叫で、室内の空気を震わせた咲妃は、これまでにないほど深く、強いエクスタシーに呑み込まれた。

大きく見開かれた目は焦点を失って宙を彷徨い、唇の端からは歓喜の涎を垂れ流しながら、ボンデージボディが断続的な痙攣を起こす。

射出された勢いのまま、子宮頸管部を通過した神気の塊は、卵管を遡上し、卵巣になだれ込んで、内包された卵子を全て受精させてゆく。

ドクンッ！

下腹の奥で、何かが強く、大きく脈動した。

「ひぁぁ！　熱イッ！　神気が……込み上げて、んはあああぁ、来るッ、すごいのが……ふうわぁぁぁぁあぁぁぁぁぁ〜ッ!!」

甘い悲鳴を上げる咲妃の下腹から発した光は、瞬く間に全身を包み込み、周囲を白々と染め上げて照り輝いた。

目も開けていられぬほどの光の奔流は次第に薄れ、やがて跡形もなく消失する。

「受聖……しましたね。これであなたも、神産みの巫女たる資質を得ました」

儀式を終えて咲妃の尻から離れた久遠の裸身は、金色の輝きを失い、股間の神刀も消えている。

「う……あ……あぁぁ……」

友の眼前で辱められ、膣内射精させられた呪詛喰らい師《カースイーター》は、体液にぬめった床に突っ伏して、力なく呻くことしかできない。

「これからが神産みの戯の本番。己に対する呪詛と戦い、調伏するのです」

五芒星形魔法陣の、最後に空いていた頂点に移動した久遠は、自らの手のひらに聖痕を浮き出させ、滴る血潮を床に落とした。

床に弾けた深紅の血は、ブクブクと沸騰するように泡立ちながら黒い煙に変じる。

命ある者のように宙を漂った黒煙は、金縛り状態のまま、陵辱の一部始終を見せられて顔を紅潮させている有佳や信司達の鼻孔へと吸い込まれてゆく。

「う……ぁ……久遠……一体、何を……？」

まだ焦点の結べぬ目で、異様な光景を見つめながら、呪詛喰らい師《カースイーター》は喘ぎの合間に問いかける。

「その煙は、私が封じてきた神体に残留していた人の情念が凝り固まったヒルコ神」

九未知会《ナインアンノウンズ》の盟主は、静かな口調で解説する。

「秘めていた衝動や願望を呼び覚まし、依り代の霊気を実体化する力を持っています。変身型の退魔士と基本の仕組みは同じですよ……」

「な……なんだと……はぅ！　私にも……!?」

絶頂の余韻で痺れた咲妃の身体にも、黒煙がまとわりつき、黒い縄状の拘束具に変化してボンデージボディを吊り上げた。

「くふうぅ……まっ、まだ、私を友の前で辱める気なのか？」

両腕を縛られて宙吊りにされた呪詛喰らい師《カースイーター》は、身を捩りながら声を上げる。

「私の役目はひとまず終わりました。これよりあなたを責め立てるのは、そこにいるお友達……。神伽の巫女は、淫神のみならず、縁を結んだ全ての人に淫欲を抱かせる、業深き存在。身近な人ほど、心の奥底に鬱屈した情欲を抱いているものです」

ヒルコ神を産み出した神産みの巫女は、虚無の響きを帯びた声で告げる。

「う……そっ、そんなはず……ない……」

「呪詛喰らい師《カースイーター》を名乗るのなら、この人達が心の内に秘めていたあなたへの淫らな想い、全て喰らい、鎮めてみせなさい」

金縛りを解かれ、最初に歩み寄ってきたのは、有佳であった。

変容能力を持った淫神に憑依されていても、槐宝学園の制服に包まれた小柄な肢体や愛くるしい顔立ちはまったく変わっていない。

「有佳……だっ、大丈夫か？　あひッ！」

同性の恋人を気遣う声をかけた咲妃のフタナリペニスを、有佳はいきなり握り締めてきた。海綿体がギチギチと軋むほどの圧迫感が鮮烈な快感に変じて腰椎の奥を直撃し、欲情の残り火に炙られた肉体を痙攣させる。

「咲妃さん……咲妃さんは、自分を一番愛しているナルシストなんですよね？」

「えっ⁉　なっ、何を言ってる？」

いきなり指摘された呪詛喰らい師《カースイーター》は、ペニスの疼きも一瞬忘れて問いかける。

「わたしや瑠那さん達は、咲妃さんの自己満足の道具でしかないんですよね？」

股間にそそり勃った淫ノ根を巧みな指使いで扱き嬲りながら、かつて淫ノ根の依り代であった少女は嫉妬に満ちた声をかけてくる。

「そんなことはないッ！　わっ、私は有佳を心から……あッ、愛しているぞっ！」

快感に震えながらも、真摯な口調で告げる咲妃であったが、有佳はフッ、と冷めた笑いを浮かべて首を横に振った。

「それは思い込みですよ。咲妃さんは、わたしと愛しあっている自分に陶酔しているだけです。本当の恋人として、わたしだけを見てくれることなんて、永久に来ないのはわかっているんです……」

「ちっ、違うッ！　有佳、そんな哀しいこと言わないでくれ！　くあぁぁぁッ！」

必死に呼びかける咲妃の声が、苦鳴に変わる。はち切れそうに充血して反り返った肉茎が、ギチギチと逆向きにねじ曲げられているのだ。

並の男性器ならば、ねじ曲げられる痛みで悶絶している状況であるはずだが、神気を宿した淫ノ根は、不自然な屈曲状態でさえ、痺れるような愉悦に変換してしまう。

「んはぁぁ！　いっ、つぁぁぁぁッ！　ゆっ、有佳ッ、なっ、何をする気だ⁉」

「ナルシストな咲妃さんの大好きな、自分のオチンチンで、咲妃さん自身を犯させてあげるんです。それが一番の望みなんでしょう？」

恐い光をたたえた目で、苦悶する呪詛喰らい師《カースイーター》の美貌を見つめながら、普段は控えめで大人しい少女は、逆反りにねじ曲げた男根の先端で秘裂を嬲る。

ぎちゅっ……くちゅ……ぷちゅ……くちゅ、くちゅ、ぬちゅ、ぷちゅるっ……。

射精絶頂を与えられぬまま疼き昂っている亀頭が、熱く潤んだ秘裂に擦りつけられ、甘く痺れるような愉悦を呼び覚ます。

「んひっ、やっ、やめろ、有佳ぁ、はっ、話を聞いて……ひゃはぁうぅンッ！」

充血して厚みを増した陰唇を、プックリと張り詰めた亀頭が割り開いてこね回し、男女双方の快感が咲妃の股間を襲う。

「咲妃さんが自分の本心に気付くまで、絶対にやめませんよ……。ほら、こんなに濡れちゃってるじゃないですか」

サディスティックな性癖をあらわにした少女は、怪力でねじ曲げたフタナリペニスの先端で、濡れ開いた秘裂を掻き回しながら、楽しげな笑みを浮かべる。

溢れ出た愛液は、先走りの粘液と混じりあい、勃起を握り締めた指をぬめらせて滴り落ちてゆく。

「こっ、これが、有佳の秘めていた本心なのか？　久遠に操られているのではなく、本当の気持ちだと⁉　嘘だッ！　こんなのは……嘘だッ！」

今まで感じたことのないショックと哀しみに涙ぐんでしまいながら、神伽の巫女は初めてできた恋人に呼びかける。

「嘘じゃないですよ！」

射精欲求に疼き猛った亀頭を、咲妃自身の膣口に擦りつけながら、有佳はしっかりとした声で反論する。

「わたしが淫ノ根の依り代じゃなかったら、きっと、見向きもしてくれなかったでしょうね？　呪印術で本当の姿さえ偽って、友達面だけしてたんじゃないんですか⁉」

根本から逆反りにされた淫ノ根の亀頭が、膣口にズブリとめり込んだ。熱く柔らかな媚粘膜が、過剰充血させられた亀頭を包み込み、妖しい蠢きで舐めくすぐる。

「こっ、これが私の……あひぃぃぃぃンッ‼」

哀しみに満たされていた頭の中が、一瞬で肉の愉悦に埋め尽くされ、宙吊りになった肢体が吊り上げられた魚のように跳ね悶えた。

「ほらぁ、入りましたよ。咲妃さんにとっては、二本目のオチンチンですよね？　わたしが淫ノ根に憑かれていた時は、絶対に挿れさせてくれなかったくせに……」

有佳の声が、嫉妬に尖る。

「そっ、それは……あはぁぁんっ！」

膣口に、亀頭が、ぬぽっ、ぬぽっ、と抜き挿しされ、咲妃の言い訳を艶めかしい悲鳴に変えた。

「ねえ、もっと奥まで、自分のオチンチン、挿れて欲しいですか？」

仰け反った喉元や、汗ばんだ腋の下にネットリと舌を這わせながら、有佳は興奮にかすれた声で問いかけてきた。

「ううぅぅぅ……うぁ、あ、あふうぅぅンッ！」

性感帯を知り尽くした舌に急所を舐められながら焦らされた咲妃は、神気に照り輝くボンデージボディを捩らせて悶え抜く。

「ほら、早く言わないと、抜いちゃいますよ」

膣口に潜り込んでいた亀頭が、ぬちゅっ、と粘液の糸を引いて引かれた。

「あぁぁぁ……ッ！」

無意識のうちに腰が突き出され、挿入を欲してしまう。

(奥に欲しい……挿れたい、しゃ、射精したいッ！　でも、おねだりしてしまったら……私は……あぁぁ、ダメぇ！ガマン、できなイッ！)

ペニスを挿入したいという少年的な欲求と、熱い肉槍を受け入れたいという少女的な願望が、一つの身体の中で荒れ狂い、退魔士として鍛え上げられてきた少女の理性をグチャグチャに掻き乱す。

「挿れ……て……挿れて欲しいッ！　奥ッ！　奥まで……挿れてぇぇ」

考えるよりも早く、唇が甘く蕩けた屈服の言葉を紡ぎ出していた。

「んふっ……。咲妃さんって、本当に淫乱ですね。ほおら、奥まで挿れてあげます……自分のオチンチンで、いっぱい気持ちよくなっちゃってくださいね」

ぎちゅっ……ぐぷぷっ……ずりゅううっ！

逆反りペニスが、一気に膣奥まで押し込まれた。

「くうわぁぁッ！　アッ、はうっ、ひぃぃぃンッ!!」

極上の名器に男根が締めつけられる快感と、熱く濡れ疼く膣壁に熱く猛った勃起が挿入される喜悦が同時に押し寄せ、凛々しい美貌を蕩けさせる。

「すごくエッチな顔になってますよ。でも、まだまだこれからです。んっ……こうやって、グリグリって動かしたら、どうですか？」

根本を締め上げた指の輪が左右に捻られ、捩りを加えられたペニスが、膣粘膜を巻き込みながら、右に、左にこね回された。

膣壁の柔襞が張り詰めた亀頭ともつれあい、息を呑むような愉悦を発生させる。

「んはぁぁ！　両方擦れて……捻れて……狂うッ！　有佳ぁ、感じすぎて……ひあぁぁ！　変になってしまうッ！」

「自分で自分を犯している感触はどうですか？　その顔見ただけでわかります。すごく気持ちいいんですね？　こうやって出し挿れすると、もっと気持ちよくなりますよ」

肉茎の扱いに慣れてきた有佳は、手首のスナップを利かせて、逆反りペニスを濡れたヴァギナに抽挿する。

ぎちゅっ……ぬちゅっ……ぐちゅるっ……じゅぷっ、じゅぷっ、ぷちゅるっ……。

「ひぃあぁぁぁ！　そっ、それぇ！　有佳ぁ、んぁ、あんッ！　ひっ、くぁ、やっ、すごい……ッ！　くふううぅぅうう〜ンッ!!」

窮屈なストロークのたびに、細やかに粒だった膣天井が敏感な裏筋を掻き擦り、射精欲求と潮噴きの切迫感が同時に押し寄せてきた。

「奥まで届いているのが、私にもわかりますよ。コツコツ当たってますね……」

ペニスの扱いに慣れてきた有佳は、押し曲げられた少女の勃起に手を添え、膣圧と海綿体の反発力で押し出されてきた肉茎を押し込み、引きずり出し、小刻みに抽挿して玩弄の限りを尽くす。

「正直に答えてください。自分のオチンチンに犯されるの、気持ちいいですか？」

「ひぃぃッ！　きっ、きもひぃぃぃ！　自分に犯されるの、イイイイイッ！」

呪詛喰らい師《カースイーター》は、はしたない告白の叫びを上げながら、自己陵辱の愉悦に呑み込まれてゆく。

「正直に言えたご褒美です……」

久遠の精液をたっぷりと呑み込んだ子宮口をこじ開けて、亀頭が激しく抜き挿しされ、硬くしこったフタナリペニスの基部が恥骨にゴリゴリと擦りつけられた。

「くあぁぁぁ！　だっ、ダメだぁ、もっ、もう……ガマンできないイッ、イクッ、イクイクイクうぅぅぅ～ンッ!!」

激痛が変じた凄まじい悦波が頭の天辺まで貫いて駆け抜け、革帯ボンデージで彩られた色白な裸身を伸び上がらせた呪詛喰らい師《カースイーター》は、射精と膣絶頂、男女のエクスタシーを同時に極めてしまう。

「あぁぁぁッ！　出るッ！　射精ッ、くぁ……ひゃあああぁぁぁぁ～ンッ!!」

「ダメです！　まだ出させてあげません！」

ただでさえ逆反りを強要されて狭くなっている射精経路を、怪力少女の指が容赦なく締め上げ、絶頂粘液の放出を阻む。

「つあぁぁンッ！　出させて……お願いだ、有佳ぁ、しゃ、射精……させてぇぇぇ！」

出口を塞がれたフタナリザーメンは、勃起の奥で渦巻き、狂おしい射精欲求で咲妃の意識を白く染め上げた。

「浅ましいですね。もし、自分の精子で妊娠しちゃったらどうするつもりですか？」

「えっ!?　妊娠……ッ!?」

咲妃の背筋を、得体の知れない感情の波が駆け抜け、汗まみれのボンデージ裸身をギクリ！　と緊張させる。

「ああ、赤ちゃんできても、咲妃さんなら大丈夫ですよね？だって、もう、母乳まで出ちゃうんですから」

有佳の指が爆乳に食い込み、思いっきり搾り上げてきた。

「ひぐぅ！　うぁ……つあぁぁぁぁ～ンッ!!」

ぷしいいいいっ！　ぷちゅううう～ッ!!

怪力少女に容赦なく搾乳された爆乳の頂点から、温かな母乳が勢いよく噴出する。

「あはぁ、すごい量……咲妃さんの母乳、やっぱり甘くって、温かで、美味しい……」

射乳を恍惚の表情で浴びた有佳は、唇に垂れてきた乳汁をペロリと舐め取り、微笑む。

「射精、したいですか？」

射精封じに震えるペニスの残酷な抽挿を続けながら、少女の詰問は続く。

「したいッ！　しゃ、射精……お願い……有佳あぁぁ」

「本当に淫乱ですね、咲妃さん。自分の精子で赤ちゃん作っちゃってください」

呪詛喰らい師《カースイーター》の勃起を縛めていた指の輪がスルリと離れても、きつく収縮した子宮口が、亀頭をパックリと咥え込んでいて、ペニスは抜け落ちてこなかった。

「うあぁぁぁ！　出るッ！　中にッ、自分に……受精ッ！　ふわぁ、射精……するぅぅッ！　……はぁぁぁぁぁぁぁぁ――――ンッ!!」

自らのヴァギナに挿入されたペニスの芯を灼熱させて、白濁の絶頂粘液が駆け抜ける。

びゅくんっ！　びゅくびゅくびゅくんっ、びゅるるるるうぅぅっ！　ぶぴゅるるるっ！　どぷどぷどぷうぅっ！

逆反りの窮屈な状態のまま、激しく脈動した淫ノ根は、神気のたっぷりと込められた特濃ザーメンを子宮内に容赦なく注ぎ込んだ。

「んぁ、んんんっ！　くはぁんっ！　まだ、まだ、出て……るっ、あぁぁぁ、出るッ、止まらないいいぃッ!!　孕むっ！　自分の子種で……孕んでしまうッ！」

射精の脈動にあわせて、カクッ、カクンッ！　と空腰を使いながら、咲妃はセルフ膣内射精の快感に酔いしれ、自己受精に恐怖する。

引き締まっていた下腹が、妊娠中期のように膨らんできてもなお、精液の大量放出は続いていた。

「咲妃さんのお腹、本当に妊娠したみたいになっちゃってますよ」

ポッコリと丸みを帯びてきた腹部が撫で回され、脈動が止まらぬフタナリペニスの基部が絶妙の力加減でくすぐられる。

「にっ……妊娠……うぁ、あぁぁぁ……」

いつまでも終わらぬ射出快感にわななきながら、呪詛喰らい師《カースイーター》は美貌を強張らせた。

「やっぱり咲妃さんは、気持ちよければどんなことでもしちゃうんですね？　神伽をするのだって、人とのセックスじゃ味わえない快感が欲しいからなんじゃないですか？　ねぇ、そうなんですよね？」

絶頂中の肉体を愛撫しつつ、有佳は立て続けに残酷な質問を投げかけてくる。

「ちっ、違うッ！　神伽は、わっ、私に課せられた責務ッ！　だっ、だから……ひあぁぁん！　抜き挿しっ、やっ、やめ……んんんんむうぅぅンッ!!」

「その責務のためだけに、わたしとエッチなこと、していたんですよね？　愛してるなんて、後付けの自己弁護じゃないですか！」

「そっ……それは……くぅぅぅぅぅ」

叱られた子供のようにすすり泣きながら、神伽の巫女は黙り込んでしまう。

自分が有佳に対して抱いていた感情は、本当に愛情だったのか？　快感の荒波に翻弄される意識の片隅に、そんな疑問が浮かんできて、呪詛喰らい師《カースイーター》を煩悶させる。

「正直に答えてください。咲妃さんは、本当にわたしのこと、愛してますか？」

喜悦の涎を垂らして喘ぐ咲妃の目の前に、有佳の顔が迫って回答を強いる。

「……愛してるッ！　有佳、私は……お前を心から……魂の底から愛してるッ！　嘘じゃないッ……んふうぅぅ！」

叫ぶと同時に目いっぱい身を乗り出し、愛しい少女の唇を奪った。

（温かい……柔らかい……私は、有佳を愛してる、間違いないッ！）

散々罵られ、詰問され、存在理念さえ揺るがされた少女に口づけしながら、咲妃は確信する。

「きゅふううぅ……ンッ！」

可愛らしい呻きを漏らす有佳の口を強く吸うと、彼女に憑依していた黒煙状の淫神が口腔内に流れ込んでくる。ヒルコ神に凝縮された、有佳の想いが、走馬燈のように脳内に展開された。

嫉妬、悲哀、不安、愛情、歓喜、そして性欲……それら諸々の感情が、負の感情を抱かぬように育てられてきた巫女の心を激しくざわめかせる。

（有佳……こんなにも私のことを……愛しているッ！　愛してるぞ、有佳ッ！）

胸の内で愛を叫ぶ咲妃の足元に、意識を失った有佳の身体が倒れ伏した。

「人の抱く感情というものが、自己欺瞞と混沌に満ちたものであるということを、わずかなりとも理解しましたか、咲妃？　さあ、次の試練です」

静かに告げた久遠が軽く手を振ると、失神した有佳の身体がフワリ、と浮き上がり、五芒結界の外へと運ばれる。

次に金縛りを解かれたのは、瑠那であった。

「咲妃お姉ちゃん、久遠に犯されて、恥ずかしい声出して……あんなの、アタシの大好きな、強くって凛々しい咲妃お姉ちゃんじゃないわ！」

碧眼を怒りと失望の色に染め、五芒星の中央に歩み寄ってくる金髪少女の身体を黒煙が包み込み、学園の制服を乗馬服のようなコスチュームに変貌させる。

かつて、学園祭を襲撃した時に、彼女が着用していた衣装であった。

「うぅ……瑠那……」

セルフ中出しの快感醒めやらぬ咲妃は、瑠那に弱々しい声をかける。

「だらしない姿ね。やっぱり咲妃お姉ちゃんは、アタシの保護者よりも、ペットの方が似合ってるわ」

ねじ曲げられたフタナリペニスを自らのヴァギナに咥え込んだ呪詛喰らい師《カースイーター》に冷たい視線を注ぎながら、死霊使いの少女は吐き捨てた。

「こっちの穴は姉ちゃんのオチンチンで塞がっているから、アタシはいつものように、お尻の穴を犯してあげる」

まだ断続的な脈動を続けているペニスと、それを咥え込んだヴァギナの縁を細い指で撫で上げた瑠那は、小悪魔の笑みを浮かべた。

「ま、待て……瑠那……」

「リシッツァ！　低級霊をありったけ吐き出しなさい！」

「はい、瑠那様……」

主ともども、ヒルコ神に憑依されているのか、キツネの襟巻き型の使い魔は体内に溜め込んでいた霊体を青白い煙状にして吐き出す。

「姿形さえ忘れ、寄る辺なき御魂よ集い来れ……集いて凝り固まり、形を成せ……」

咲妃の呼びかけも無視して、レメゲトン派操霊術を身につけた少女は呪言を唱える。

エクトプラズム化した低級霊が瑠那の呼びかけに応じて収束し、少女の股間に卑猥な器官を形成してゆく。

「ウフフフッ……こんなにおっきなオチンチンになっちゃった。でも、淫乱な咲妃お姉ちゃんなら、このくらい楽勝よね？」

ニヤリ、とサディスティックな笑みを浮かべた瑠那の股間には、少女の腕ほどのサイズの極太巨根がそそり勃っていた。

　カリ首は毒蛇の頭部のように凶暴に張り出し、黒光りする肉茎の表面には、人のペニスにはない突起や吸盤状の器官が乱雑にちりばめられている。

「……瑠那、キスしてくれ、そうすればきっと、お前に憑依した淫神を……」

「嫌よ！」

　邪険な口調で咲妃の言葉を遮った瑠那は、宙吊りになった呪詛喰らい師《カースイーター》の背後に回り込んだ。

「アタシは強くて優しいお姉ちゃんが好きだったの。淫乱な負け犬にキスなんて、ぜーったいにしてあげない」

　むくれた声で言いながら、小悪魔ロリータの小さな手が、量感たっぷりなヒップの谷間に滑り込み、アヌスの蕾を荒々しく弄る。

「ひぁ！　んくぅぅ……う……あんッ！」

「お姉ちゃんのお尻の中、奥の方までトロトロになってるわ。いっぱい犯されたのね？　誰にやられたの？　久遠かな、それともゼムリヤ達？」

　三本の指を肛門に深々と挿入して荒々しく掻き回しながら、小悪魔の本性を剥き出しにした金髪ロリータ少女は問いかけてくる。

「くあぁぁ、たっ、確かに犯されたが……ひぐぅ、わっ、私は……」

「負けてない？　とでも言うつもり？　見苦しいわよ、お姉ちゃん。アタシが、参った！　って心の底から言わせてあげるわ！」

　蕩けきったアヌスから指を抜いた瑠那は、巨大な亀頭をあてがい、容赦のない突き上げで呪詛喰らい師《カースイーター》の肛門を貫いた。

　ずむんっ！　ぐりゅううっ！

　肛門括約筋を限界まで拡張して侵入した巨根は、一気に直腸を満たし、S字結腸を強引にこじ開けて、大腸にまで到達する。

「ほおらぁ、こんな奥まで入っちゃった。あんッ！　お尻の穴がプルプル震えながら締めつけてくるわ。もっと奥まで突き上げてあげる！」

　小振りなヒップを躍動させて、死霊使いの小悪魔は咲妃のアヌスを犯す。

「ひぐうっ！　るっ、瑠那ぁ！　くはぁぁ！　はうぅぅッ！　んぁ、あふっ、はンッ！　んっ、んっ、んぐぅぅぅンッ！」

巨大な亀頭に内臓を連打された呪詛喰らい師《カースイーター》は、呼吸もままならない状態で苦悦に悶えてしまう。

「感じちゃってるのね？　内臓でも気持ちよくなっちゃうなんて、やっぱり咲妃お姉ちゃんは淫乱ね。んきゅふぅうう……腸壁のプルプルした突起がオチンチンの先っちょに擦れて、すっごく気持ちいいわ」

愛くるしい顔を色っぽく紅潮させた瑠那は、背後から抱き締めた呪詛喰らい師《カースイーター》の胸を荒々しくこね回しながら、突き上げを強める。

乗馬服に包まれた小柄な身体を、クンッ、クンッ、と爪先立ちになって伸び上がらせながらの突き上げに連動して、咲妃の爆乳が重々しく揺れ弾み、腹腔内で暴れ狂うペニス触手の蠢きが、脂汗にぬめ光る腹部を突き上げ、異様に変形させた。

「はぁぁ、お姉ちゃん、お腹の中メチャメチャに掻き回される気分はどう？」

「くぁぁぁ！　あぐうぅぅぅ……やっ、激し……すぎるッ！　んあぁぁぁ！　もぅ、抜いて……そんなに奥まで……うぐうぅぅぅ！」

腹の中で大蛇がうねっているような異様な感触に苦悶する咲妃。

「苦しそうね？　でも、抜いてあげない。まだまだ降参させてあげないわ」

ロリータボディには不釣り合いな極太巨根で咲妃のアヌスを犯し抜きながら、瑠那はサディスティックな笑み浮かべる。

「お姉ちゃんのお腹の中、気持ちいい。もっと、もっと奥まで犯してあげる！」

腸内を掻き擦る霊体男根はワンストロークごとに伸び、消化器官を逆行して、奥へ、奥へと潜り込んできた。

「ぐはぁ……うぐ……んむうぅ……うぷっ！　んぐぅぅぅぅぅ……ンッ！」

幾重にも折れ曲がった小腸のカーブを巨大な亀頭が潜り抜けるたびに、強烈な吐き気を伴った妖しい愉悦が内臓をわななかせ、全身にドッ！　と脂汗が噴き出る。

「ンッ……よいしょ……っと……胃に入ったわ。あんッ！　胃液がオチンチンにピリピリ染みるわ。……でも、気持ちいい。いっぱい掻き回してあげる！」

可愛らしい声で囁きながら、瑠那は触手化したペニスをうねらせる。

「くはぁ……んぐぅ……あぐっ！　ウエェエッ！　うぐ……かはぁぁ……や、やめ……んぐうぅぅぅぅ～ンッ!!」

まるで蛇が腹の中で暴れているかのような、狂おしく異様な感触に、汗まみれのボンデージボディが悶え狂う。

「どう、お姉ちゃん？　淫神でも、こんなことしてくれなかったでしょ？　思いっきり気持ちよくなって、アタシの専属牝奴隷になっちゃいなさい」

可愛らしい声で告げた乗馬服姿の小悪魔ロリータは、母乳を噴き出し続ける勃起乳首をきつく摘んで責め立てながら、霊体ペニスを駆使して、内臓全体に悦波を送り込む。

限界拡張の肛門が細やかなヴァイブレーションに打ち震え、直腸壁越しにペニスが揉み嬲られ、腸壁の柔突起が掻き鳴らされる。

「んぁぁぁ！　うぶっ！　ゴホッ……うぇぇ……ごぼおぉぉッ！　んむうぅぅぅ！」

苦しげにえずいた咲妃の顔が大きく仰け反り、口腔から胃液混じりの吐瀉物《としゃぶつ》が噴き出して美貌を汚す。

「んはぁぁ……もう少し……もう少しでッ！」

「ぐ……うぶうぅぅ……んんんん～ンッ!!」

涙に濡れた目が大きく見開かれ、苦しげに喘ぐ口から、ゴボッ、と音を立てて、大量の粘液が溢れ出した。

（来てるッ！　喉まで……太いのが……このままでは……息が……）

「身体がガクガク震えて、汗が冷たくなってきたわよ。ねえ、そろそろ降参する？」

胃から這い上ってきた極太触手で食道を擦り上げながら、サディスティックな本性を剥き出しにした小悪魔ロリータは問いかけてくる。

「ぐ……んぐぉ……むぐうぅぅ……ッ！」

声を発しようとする咲妃であったが、喉を完全に塞がれた状態では、屈服を宣言することもできない。

「フフフッ、参った、って言わないなら、もっと虐めちゃうわよ、お姉ちゃん」

小さなヒップを左右にくねらせた瑠那は、咲妃の体内を埋め尽くした霊体ペニスをさらに伸び上がらせる。

ごぽっ……ぎゅぷるっ……じゅぽんッ！

声なき悲鳴を放つ唇を内側から押し開いて、ぬらぬらと赤黒く照り輝く巨大な亀頭が顔を覗かせた。

消化器官を逆行した触手ペニスが、食道を遡《さかのぼ》り、ついに口腔内にまで到達したのだ。

「んはぁぁ、オチンチン、お尻の穴から口まで来ちゃった。お姉ちゃんの中、全部アタシのものだよ……」

碧眼をうっとりと細めた金髪少女は、苦悦に痙攣するボンデージボディに背後からすがりつき、小刻みに腰を使う。

一旦、口から突き出た霊体ペニスが、ズルリ、と引き戻され、細い喉に凶暴な亀頭冠の輪郭を浮き出させて、苦悶に震える喉粘膜を擦り嬲った。

「ぐ……む……んぉ……んぐぅぅ……ッ！」

白目を剥き、ダイナミックな肢体を一直線に伸び上がらせ痙攣する咲妃の口から、赤黒い亀頭を出入りさせ、肛門から口までを貫き通した肉柱が、内臓を犯し抜く。

鍛え抜かれた退魔少女であっても命に関わる凄惨極まる陵辱であったが、瑠那の霊体ペニスは、食道をピッチリと塞いで抽挿を続けながらも、肉胴をポンプのように脈動させて、咲妃の気道へと酸素を送り込み、窒息しないように配慮している。

「ねえ、舐めてぇ、エッチな舌で、オチンチンの先っちょ、舐めてぇ」

甘い声でおねだりしつつ、瑠那は逆イラマチオ状態で咲妃の舌に亀頭を擦りつける。

「ぐぶっ……んぐむぅ……んく……ごふっ……んっ、くちゅ、くちゅ、ぴちゅ……」

白目を剥いて苦悶しながらも、丸く張り詰めた亀頭に舌を絡め、先汁をたっぷりと滲ませた鈴口のワレメを舌先でこね回す。

「んひゃぁんッ！　お姉ちゃんの舌、いやらしい……気持ちいいッ！　そこぉ、もっとぉ、もっとクチュクチュってしてぇぇ！」

亀頭を舐め回される心地よさに我を忘れた瑠那は、小さな尻を切なげにくねらせ、可愛らしいよがり声を上げる。

亀頭への入念な舌奉仕を受けながら、咲妃の尻から突き貫通した霊体ペニスは、震え、捩れ、脈動して、消化管全体を妖悦にわななかせた。

「ねっ、ねぇ、お姉ちゃん、参った？　あんッ……アタシの……勝ちよね？　ペットになるわよね⁉」

「ごほぉッ！　うぐぅ……ま……まひった……りゅ……りゅなにょ……ふぁひ……」

止めどなく粘液を噴きこぼす唇から、グロテスクな亀頭を見え隠れさせつつ、くぐもった声で屈服の声を上げる呪詛喰らい師《カースイーター》。

「お姉ちゃんは全部、アタシのもの。もう、他の人とエッチしちゃダメなんだからね！　あぁぁんっ！　出ちゃウッ！　アタシのオチンチン、射精……しちゃうよぉぉ！」

咲妃の裸身にすがりついて叫んだ瑠那は、小さなヒップを震わせて、射精を開始する。

びゅくんっ！　どぷどぷどぷずびゅるうううううううう～ッ！　ぶじゅるるるっ、どぴゅどぷどばぁぁぁぁ～ッ‼

「んぐぅぅぅッ⁉　ひゅぐんぶむぅぅぅぅぅぅ――――――んんんッ‼」

驚愕と快感の呻きを漏らし、ボンデージ裸身を伸び上がらせた咲妃の口から、生暖かい白濁液が噴水のように噴き上がった。

どくんっ！　どくんっ！　びゅくるんっ！

全身を打ち震わせる強烈な脈動のたびに、口腔内を占拠した亀頭が、大量のザーメンを噴出させる。まるで、咲妃自身の肉体が巨大なペニスに変じて射精しているかのような、異様にして凄艶な光景であった。

「あひッ、んひゅッ、きゅふぅんッ！　お姉ちゃんが……アタシのオチンチンになってる……一つになってるぅ」

歓喜の声を上げて仰け反った瑠那の股間から伸びた霊体ペニスは、ロリータ少女の言葉通り、咲妃の内臓に吸収され始めていた。

高密度のエクトプラズムで構成された肉茎を、大腸が搾り上げ、小腸の柔突起が舐め取り、強力な胃が消化する。

「んあぁぁん！　融けちゃう、きもひぃぃぃ！　きゅふうぅぅぅ～ンッ！」

未知の快感に意識を呑み込まれた瑠那の股間から霊体ペニスが離れ、パクパクとおちょぼ口のように収縮を繰り返

す肛門に食べられた。

消化管に吸収された霊体ペニスには、瑠那の想いが凝縮されていた。

「瑠那……こんなにも不安で、寂しかったんだな。絶対的な安息を与えてくれる保護者を求めていたのか……瑠那ッ！　お前を守りたいッ！」

変身を解除され、意識を失ってへたり込んだ金髪少女を抱き締めてやることができぬまま、悲痛な声を上げる呪詛喰らい師《カースイーター》。

「わかりましたか？　どんなに力があろうとも、愛する者を完璧に守り、慈しむことなどできないのです……」

虚無的な響きを帯びた久遠の声を遠くに聞きながら、ガックリとうなだれた咲妃の拘束が解かれ、精液まみれになった床面に倒れ込む。

「起きなさい！　常磐城さんッ！」

ヒステリックに裏返った声が、息も絶え絶えに喘ぐ咲妃に掛けられた。

「う……あ……鮎子……その姿は……!?」

咲妃を見下ろして仁王立ちになった生徒会長のいでたちは、普段の真面目で規律にうるさい彼女からは想像もできぬ、背徳の香り漂わせるビザールファッションであった。

ＳＭの女王様が着用するようなコスチュームに身を包んでいても、トレードマークのメガネだけはしっかりと掛けている。

「私は雪村さんや瑠那ちゃんのようにはいかないわよ！　徹底的に辱めてあげる！」

身を起こそうとした咲妃の胸を無慈悲に蹴り上げ、仰向けにひっくり返した鮎子は、ピンヒールの靴で爆乳を踏みつけてくる。

「こんなっ！　えいッ！　こんなぐにゃぐにゃの肉の塊で、信司を誘惑して！　このぉ、踏みつぶしてやるわッ！」

ヒステリックな声とともに体重を掛けられた肉果が、今にも爆ぜてしまいそうにひしゃげ、細く尖った踵が、勃起乳首に容赦なく食い込んだ。

「つあぁぁぁ！　あぐうぅぅッ！　なっ、なぜ？　あはぁぁ……ンッ！」

乳房を幾度も踏み責められる激痛に悶えながら、咲妃はビザールルックの生徒会長に問いかける。

「全部思い出したのよ。私が尻尾の神様に憑依されて、信司の部屋に行った時のこと。あと少しのところで、邪魔したでしょ!?」

　メガネのレンズ越しに、咲妃を睨みつけ、鮎子は声を荒らげる。

「くぁ……いっ、淫尾のことか!?　つぁ！　あんッ！　ひぐうぅぅンッ!!」

　鮎子に憑依したヒルコ神の力か、あるいは久遠の術か、咲妃が施した記憶操作が解除されてしまったらしい。

「あの時、あなたが邪魔をしなければ、私は信司と……それなのに！」

　恨み言とともに、乳房にかかる荷重が増し、たわわな乳肉が、ぎちゅっ、ぐりっ！　と踏みにじられる。

「くぁ！　あひぃぃぃッ！　あのまま交わっていたら、信司は精気を全て吸い尽くされるところだったんだ」

「本当にそうかしら？　あなたは、信司と私が結ばれるのが気に入らなかっただけじゃないの？　きっとそうよ、そうに違いないわッ！」

　責め立てていた乳房から足を退けた鮎子は、疑念の塊のような声をかけてくる。

「色気を振り撒いて、いつもいつも信司を誘惑して！　この恥知らずな泥棒猫ッ！」

　恨み言をつぶやきながら、鮎子は思うように動けぬ咲妃のボンデージボディを、俗に言う「マングリ返し」の形に屈曲させた。

「ぐうぅ……誤解だッ！　私はそんなつもりで……お前達の邪魔をする気なんて……なっ、なかったんだ！」

　下半身を掲げた窮屈な体位で組み敷かれた呪詛喰らい師《カースイーター》は、苦しげな声を絞り出す。

「いけしゃあしゃあと言い訳ばかり……。信じないわよッ！　嘘つきで淫乱なあなたを今日から、私の命令に絶対服従する牝奴隷にしてやるわ！」

　とんでもないことを宣言した鮎子の股間に霊気が収束され、二連装のディルドウが実体化した。どちらも凶暴にカリ首を張り出させた男根の姿をしており、命あるもののようにドクドクと脈打っている。

「もう十分、自分の中に出したでしょう？　今、引っこ抜いてあげるわ！」

ビザール姿の生徒会長は、まだ膣内に挿入されたままだったフタナリペニスの根本を掴み、荒っぽく引きずり出す。

ずちゅっ……じゅぽんッ！

火照り疼く膣内で茹で上げられ、精液と愛液にぬめ光る淫ノ根が、濃い体液の糸を引きながら跳ねて下腹を叩いた。

「はぅうぅぅんっ！」

狂おしい逆反り状態からようやく解放されたペニスをヒクつかせた咲妃は、鼻にかかった喘ぎを漏らす。

「エッチな声……。女のくせに、こっ、こんなにいやらしいオチンチン生やして……この卑猥なモノで、しっ、信司も犯すつもりだったでしょう⁉」

とんでもない妄想を口走りながら、鮎子は連装ディルドウの亀頭を膣口とアヌスにあてがった。

「このいやらしいワレメも、お尻の穴も、信司にはあげない、どっちも私が塞いであげる！　メチャメチャに壊してあげるわッ！」

ずちゅっ！　ずぷりゅうううウッ！

「くあぁぁッ！　ひゃぐううぅぅぅ〜ンッ‼」

極太のダブルディルドウが、ヴァギナとアヌスに深々と突き挿れられた。

「あっさりと入っちゃったわね？　もっと太くて、凶暴な形がいいかしら？」

鮎子のサディスティックな感情を受け取ったディルドウが、膣とアヌスの内部でビクビクと脈動しつつ、奇怪な変貌を始める。

太さと長さが倍増し、亀頭には牙のように尖った突起がいくつも形成された。肉柱の表面には、ブラシのような剛毛が伸び出して、媚粘膜にプツプツと突き刺さる。

久遠と咲妃自身の精液をたっぷりと溜め込んだ子宮が押し潰されんばかりに圧迫され、瑠那の触手ペニスに貫通陵辱されたばかりの腸壁が、無慈悲な責め具で抉られた。

「んくわぁぁ！　あぐうぅッ！　くぁぁぁ！」

マングリ返しで組み敷かれた身体をガクガクとわななかせ、呪詛喰らい師《カースイーター》は苦悶する。

「苦しいの？　それとも気持ちいいのかしら？　そのはしたない表情からすると、両方ね……この淫乱ッ！　あなたは泥棒猫で、マゾのメスブタよッ！」

サディスティックな表情を浮かべた鮎子は、まるでバランスボール運動でもするかのように全身を弾ませて尻を跳ねさせ、恋敵の二穴を垂直落下で責め立てる。

ずむんっ、ぐちゅっ、ずりゅっ、ずぷっ、ぶちゅっ、ぐちゅるっ……。

全体重を掛けられた連双の責め具は、二つの穴に根本まで沈み込む。胴部分に生えた剛毛が湧き出す粘液を根こそぎ拭い取り、亀頭に生えた生硬い牙状突起が乾いた肉壁をゴリゴリと掻きむしり、抉り抜く。

「んはぁぁぁぁ！　ひぐぅうッ！　あっあっアッ、あぁぁぁぁぁぁ〜ンッ!!」

屈曲姿勢で、重く荒々しいピストンを受け止めた咲妃は、苦痛と同時に襲ってくる被虐の快感によがり泣いてしまう。

淫神の力によって実体化したディルドウは、並の責め具をはるかに上回る悦波を発生させ、マングリ返し状態のボンデージボディを絶え間ない絶頂地獄へといざなった。

「こんなにきつく締めつけて……抜くのにすごい力が必要だわ。なんていやらしい穴なの!?　こっ、こっちも虐めてあげるッ！」

咲妃の上で尻を跳ねさせながら、鮎子はフタナリペニスにまで攻撃を仕掛けてきた。

ビクビクと跳ね回る肉茎に指が絡みつき、加減を知らぬ激しさで扱き上げられる。

「あひッ！　そこぉ、らめぇぇ、ひぎぃぃぃぃ〜ンッ!!」

残像ができるほどの早さで手淫責めされた肉茎は、濃厚な先走りの糸を引きながら、急速に射精絶頂へと登り詰めてゆく。

「まだよッ！　まだまだこんなもんじゃ許さないんだから！　覚悟しなさいッ！」

今にも射精しそうな亀頭のワレメに、ラバーグローブに包まれた指先がズブリと潜り込み、激しい屈伸で繊細な粘膜管を犯し抜いた。

ぶちゅっ、ぶちゅるっ……卑猥な抽挿音を立てながら、細く尖った指が鈴口を抉り、精液の射出口を引き裂かんばかりに拡張しながら責め嬲られる。

「ひあぁぁぁ！　あっ、鮎子ッ！　許して……許してくれぇぇ！　あぁぁぁ！　あぁぁぁぁンッ！」

射精の余韻が残る勃起を高速摩擦され、敏感極まりない射出口に指をねじ込まれた呪詛喰らい師《カースイーター》は、気が変になりそうなペニス快感に狂い泣かされた。

「ダメ！　許してあげない！　本当は、信司のを最初に愛してあげようと思って勉強してたのに。よりによってあなたになんて！　射精しちゃいなさい！　自分の出したザーメンで、身体中ドロドロになっちゃいなさい！」

二穴への突き挿れと、手コキの速度が上がり、とどめの快感が呪詛喰らい師《カースイーター》の股間に送り込まれる。

「くひぃぃ！　イクぅぅぅ、イクッ、イクイクイクうううううんッ！　うあぁぁ、出ちゃウッ！　全部……でるッ！　やはあぁぁぁぁぁぁぁ〜ンッ!!」

甲高いアクメの絶叫で空気を震わせながら、マングリ返しで組み敷かれた肉体が男女同時の絶頂へと舞い上がる。

びゅくんっ！　びゅくびゅくぶびゅるううううう〜ッ！　びしゃぁ、びちゃびちゃびちゃ、プシイイッ！　しゃぱぁぁぁぁぁぁぁ〜ッ!!

射精と同時に潮噴きが起き、白と透明、二色の絶頂体液が、虚ろに蕩けた咲妃の美貌にぶちまけられた。

「いやらしい、いやらしいッ！　なんていやらしい身体なの!?　こんなにいやらしい汁をいっぱい出して……全部搾り出してやるわッ！」

激しく脈動するペニスがなおも扱き上げられ、愛液と潮を間欠泉のように噴き上げるヴァギナと、ヒクヒクと収縮するアヌスが突き嬲られる。

「んぶうぅぅッ！　はううぅんッ！　出るッ、また、イクッ！　あひぃぃぃぃ〜ンッ!!」

ノンストップで二度目の射精と潮噴きが起き、屈曲状態で圧迫されていた爆乳の先端で、ピンクの乳首が乳汁を噴き出しながら脈動した。

「信司にもよく聞こえるように、大きな声で言いなさい！　あなたは私の……稲神鮎子の淫乱牝奴隷だって宣言するのよ！」

射精中のペニスをなおも責め立てながら、ＳＭルックの生徒会長は高飛車な口調で命令する。

「んあぁ……わらしは……鮎子様の……牝奴隷れす……ひぐぅぅ、イクぅ……また、イク……でひゃううぅンッ!!」

呂律の回らぬ声で屈服のセリフを告げた咲妃のペニスが三度目の射精を起こし、ゼリー状に凝り固まったスペルマで、爆乳からだらしなく歪んだ顔までを白く覆い尽くす。

「ハァハァハァハァ……慣れない動きで腰を使ったから、おっ、オシッコしたくなっちゃったわ……」

すっかり女王様モードに突入している鮎子は、腰に固定していた連双ディルドウの留め金を外し、下半身を剥き出しにすると、グッタリと横たわった咲妃に顔面騎乗する。

「そのドロドロの顔、私のオシッコで……あっ、洗ってあげるわッ……！」

体液まみれで喘ぐ咲妃の美貌をメガネのレンズ越しに見つめた生徒会長は、艶やかな漆黒の和毛に縁取られた秘裂に指を添え、クチャッ、と濡れた音を立てて割り開く。

「でっ、出るわよ！　口を開けなさいッ！」

下腹を息ませた鮎子の秘裂で、尿口がプクッ、と尖り勃った次の瞬間……。

ぷしいっ……ぴゅろろろっ、しゃあぁぁぁぁ～ッ、しゃぱぁぁぁぁぁぁ～ッ!!

熱い黄金水が、精液にまみれた呪詛喰らい師《カースイーター》の顔に飛沫を散らして排泄される。

「のっ、飲みなさいッ！　牝奴隷なら、私のオシッコ、全部飲むのよッ！」

薄黄色の排泄液で美貌を汚し抜きながら、メガネ少女は興奮に上ずった声を上げる。

「んあぁ……んくっ……ゴクッ……ゴクッ……」

命じられた通り、口を開けて受け止めた咲妃は、口腔内に注がれた熱い尿水シャワーを、喉を鳴らして飲み込んでゆく。

「ほらぁ、私のオシッコまで飲んだんだから、あなたは私の下僕よ……もう二度と、信司に色目は使わせないわ！　んんッ……はぁぁ……お掃除、しなさいッ！」

最後の一滴まで咲妃の口腔内に搾り出した鮎子は、尿水に濡れた秘裂を押しつけ、後始末を命じる。

「ふぁ、はい……鮎子様……あふ、ちゅっ、ちゅぷっ、ぴちゃ、ぴちゃ、ぴちゃ……」

尿口にキスし、優しく吸い上げた咲妃は、熱く柔らかな舌をくねらせて、性器全体に奉仕する。

「ひうぅぅぅッ！　もっと、もっと舐めなさいッ！　そっ、そうよ……もっと激しくッ！　吸って、舌を使いながら吸うのよッ!!　んきゅうぅぅンッ、あっ、イッ、イク……イクわぁッ！　あはぁぁぁうぅぅぅぅん……ッ！」

丹念なクンニ奉仕を受けた鮎子は、ビザールルックの肢体を仰け反らせ、絶頂痙攣を起こした。

咲妃の顔を挟み込んだ太腿が歓喜に震え、口に押しつけられた秘裂が卑猥な収縮を起こしながら、濃い愛液を溢れ出させる。

「んふぅ！　ンクッ……ごくっ、ごくっ、こくんっ……」

エクスタシーを迎えた生徒会長の膣口から吸い出された黒煙状の淫神を、咲妃は残らず吸い取り、呑み込んでゆく。

(鮎子……私の言動や行動が、こんなにもお前を傷つけていたなんて。すまなかった)

淫神に凝縮された感情の洪水を受け止め、咲妃は猛省している。

「神伽の巫女は、あらゆる人を魅了する色香を放ちます。あなたの軽はずみな行動は、周囲の人々に深い因果の種を撒くことになるのですよ」

久遠の声が聞こえると同時に、顔面騎乗したまま失神していた鮎子の身体が、見えない力でフワリ、と吊り上げられ、五芒結界の縁に運ばれる。

「ハァハァハァハァ……常磐城さん……オレ、もう、ガマンの限界ッ！」

発情した獣のように鼻息を荒らげて、岩倉信司が歩み寄ってきた。嬲られる咲妃の痴態を見せつけられ、一体何度暴発させたのか、制服の股間全体に精液の濡れ染みが広がっている。

「う……信司……お前にも……？」

恥液まみれの身体を起こし、哀しげに告げた呪詛喰らい師《カースイーター》の眼前で、少年の身体が変貌を始める。

ビリッ……ビキイイイイッ！

制服のズボンを引き裂きながら、肉色をした触手が何十本も飛び出し、蛇のようにくねりながら咲妃に向かって殺到してきた。

「くぁ！　信司ッ！　まさか、亜神化!?　んくうぅぅぅ〜ンッ!!」

身悶えるボンデージボディに絡みつき、拘束した触手の先端は、ペニスそのものの形状をしている。

長大な肉茎には太い血管が蔦のように浮き出し、プックリと張り詰めた亀頭に走る鈴口のワレメからは、うっすらと白濁した先走りのエキスが糸を引いて滴り落ちていた。

「くはぁ……アッ……ふぁ、あん……ッ」

全身に熱く猛ったペニスを絡みつかせた咲妃は、艶めかしい喘ぎを漏らし、表情をだらしなく緩ませる。

延々と陵辱を受け続けてきた肉体は、狂おしいほどに感度を増し、神伽の巫女として鍛え抜かれてきた強靭な精神も、たて続けに受けた精神的ショックによって揺らぎ始めているのだ。

「常磐城さん、キミはひどい人だ」

下半身を無数のペニス状触手と化した信司が、緊縛された咲妃に迫ってくる。

「な、何……!? ふぁ……あんッ！」

「何度もオレに術をかけて、記憶を弄ったじゃないか！ そっ、それは……悩みがちなお前のことを思って……くはぁんッ！」

「そんなにオレが信用できなかったのか？」

……

呪印使いの少女は、精液にぬめった爆乳をギチギチと締め上げられ、言い訳の言葉を中断して仰け反ってしまう。

ぷしいいっ！ ぷちゅるるるっ！

プックリと尖り勃った勃起乳頭が、純白の乳汁を射出して、信司の顔を濡らした。

「常磐城さん……いや、咲妃……オレ、キミのこと犯すよ。他のみんなに姦《や》らせたんだから、オレだって！ オレがキミのこと好きだったの、知ってるだろ!?」

唇まで垂れてきた親友の母乳を、ペロリと舐め取った少年は、触手ペニスを駆使して魅惑的な肉体を嬲り始める。

ぬちゅ、ぬちゅ、ぬちゅ、じゅぷ、ぬちゅるっ……くちゅくちゅくちゅッ……。

先走り汁の鳴る淫音を立てながら、何十もの亀頭が呪詛喰らい師《カースイーター》の滑らかな肌に擦りつけられた。

「あはぁ、常磐城さんの……咲妃の肌、どこもかしこもスベスベで気持ちいいッ！」

ボリューム過剰な爆乳の柔肉に、餌に群がるウナギの群れのように多数の亀頭が集束し、マシュマロのような弾力を秘めた乳肌を全方位から突き嬲る。

圧迫された乳房から迸る母乳と、大量に塗りつけられる先走りが混ぜあわされた粘液が触手の動きで泡立てられ、ヌチャヌチャと淫音を鳴らす。

「きゃふうぅぅ！ やぁぁ、乳首ッ、出るッ！ 出ちゃ…

…はあぁぁ～んッ！」

「咲妃は感じると、母乳が出るんだよね？　あぁ、プリプリの乳首の感触、気持ちいいよ……チンポの中に熱い母乳が入ってくる！」

スケべったらしい笑みを浮かべた信司は、爆乳の根本を締め上げながら、乳首を集中的に責め立てた。

パクッ、と、口のように開いた鈴口が射乳の止まらぬ勃起乳頭を咥え込み、左右に捩れながら吸い上げてくる。

亜神のペニスならではの、生体機能を無視した母乳吸引であった。

「咲妃の身体、自分の精液と粘ねえのオシッコでグチャグチャじゃないか。今度は、オレのチンポ汁を塗り込んでドロドロにしてやるよ」

胸に負けず量感豊かな尻、ムッチリと肉感的な太腿、芸術的なくびれを形成した腹部、辱悦に巓められた凛々しい美貌、ありとあらゆる部位にペニスが這い回る。

「ふぁ……はぁぁぁ……やっ、んぁ、そんなトコまでぇ……やはぁぁんッ！」

触手の執拗な愛撫は、艶めかしい薄紅色に充血したフタナリペニスにまで施されていた。

「ここもすっげぇ感じるんだろ？　それなら、オレ、咲妃のチンポ……犯してやるよ！」

ぬちゅ……ぷちゅ……ぐりゅっ、ぎちゅっ……ぎちゅぃぎちゅぎちゅっ、ぬちぬちぬちゅるっ……。

「うひあぁぁぁ！　らめぇ、そんなに擦ったら、痺れる……ッ！　んぁ、あひぃぃぃぃンッ！」

敏感極まりない少女の勃起に巻きつき扱き上げる男根触手は、はち切れんばかりに充血した咲妃の亀頭を三本がかりで擦り嬲る。

四つの亀頭が互いの先走りを混ぜあわせながらグチュグチュと絡み、擦れ会い、生硬い海綿体組織を鈴口にグリグリと押しつけて、同時絶頂に向かって昂ってゆく。

「くうわぁぁぁ！　やはぁぁんっ！　出るッ、セーエキ……出るうぅぅぅッ!!」

既に射精をガマンできなくなっている淫ノ根は、執拗なペニス同士の戯れに屈し、ひときわ硬く張り詰めて制御不能の脈動を開始してしまう。

「しゃ、射精するんだね、咲妃！　オッ、オレも……出るよッ！」

　早漏少年は、少女の射精にタイミングをあわせ、全てのペニスを弾けさせた。

　どぷどぷどぷずぴゅるうううううう〜ッ！　びちゃぁ、びしゃびしゃびしゃびゅるうううううっ！　びゅくっ、ぶじゅるるるっ、どぴゅどぷどばぁぁぁぁぁ〜ッ!!

　甘美な脈動を起こした淫ノ根が神気に白く輝く精液を噴き上げると同時に、全身を嬲っていたペニス触手が一斉に白濁液を噴出する。

　声なき悲鳴を上げて痙攣する呪詛喰らい師《カースイーター》の全身が一瞬にして白濁液に覆い尽くされ、息もつけぬ濁汁の集中砲火を浴びた。

「んぁぁぁ！　んぷうぅ……んっ、んぐむうぅぅ！」

　怒濤の勢いで浴びせかけられるスペルマシャワーに喘いでいた咲妃の口に、射精中の触手が突き入れられ、大量の白濁液を注ぎ込む。

　青臭く生々しい親友の精液が、舌と口腔粘膜にコッテリと粘り着き、男の味を染み込ませながら、喉奥へとなだれ込んでゆく。

　仰け反った細い喉が、ゴクリ、ゴクリと艶めかしく動き、際限なく射出される少年の絶頂エキスを飲み込んだ。

「あぁぁ、咲妃がオレのザーメン飲んでる！　こっ、今度はこっちのチンポをヴァギナに挿れてあげるよッ！」

　肉縄に緊縛された身体が、信司の股間でそそり勃っているオリジナルの男根に引き寄せられ、濡れ開いた膣口を一気に奪われる。

「んぁ！　んむふうぅぅ……ゴホッ！」

　突然の挿入に、大きく目を見開いて身を強張らせた咲妃のヴァギナが、童貞ペニスをきつく締めつけ、淫靡な蠢きで歓迎してしまう。

「こっ、これが女の子の……咲妃のオマンコの中……熱くって、ドクドク震えて、きっ、気持ちいいッ！　ううぅ……でっ、出るッ！」

　びゅくびゅくんっ！　どぷうううっ、びゅるうぅぅぅっ、ずびゅるるるうぅぅ〜ッ!!

　劣情を抱いていた少女の膣内で、歓喜の極みに達した早漏ペニスが脈動を開始する。

（しっ、信司！　いきなり中に!?　あぁぁ、信司の精液が

……熱いッ！　私……信司に犯されて……セックス、してるッ⁉︎）

　膣壁にジワリと染み通る親友の子種汁に背徳感が煽られ、淫情の炎が燃え上がった。無意識のうちに豊臀が跳ねて、背徳の抽挿快感を貪ってしまう。

　信司のペニスサイズにあわせて絞り込まれた膣壁が亀頭冠に掻き擦られて甘い痺れを発生させ、焦点を失って見開かれた目の前に、極彩色の火花を散らす。

「あっあっアッあんッ！　らめぇ……止められないっ！　気持ち……いいっ！」

　背徳の快感に屈した少女は、膣括約筋をキュッ、キュンッと引き締めて親友の男根を締めつけながら、女体に備わった淫靡なメカニズム全開で扱き抜き、さらに強烈な愉悦を求める。

「うわっ！　いきなりそんな……締めつけながら動いたら、出るッ！　また、射精するううっ！」

　亜神化しても相変わらずの早漏の少年は、苦しげな脈動とともに、二度目とは思えぬ大量のスペルマを咲妃のヴァギナへと注ぎ込む。


「しっ、信司ぃ！」

　切なげな声を上げるボンデージボディが吊り上げられ、前のめりに倒された。

「こっ、今度は口で……フェラチオしてくれ！」

　二度の子種汁を膣内に放ったばかりの早漏男根が、口元に突きつけられる。

「はう……あむ、んふ……ちゅぱ、ちゅぱ、ちゅぱ……んふうぅぅ……」

　精液まみれの美貌をだらしなく蕩けさせた咲妃は、信司のペニスにフェラチオ奉仕させられながら、全身を触手男根に犯された。

「ンッ⁉︎　んむふうぅぅ〜ンッ！　そんらにいっぱい、入らないッ！　うぁ、やっ、くぁ！　あはぁぁ〜ンッ‼︎」

　ヴァギナとアヌスに挿入を焦る亀頭が群がり、同時に数本が二穴に潜り込んでくる。

　柔軟な媚粘膜は、苦悦に震えながらも、前後それぞれ三本ずつの男根を受け入れた。

「んほぉぉ！　おううぅっ、いっ、いいよぉ。締めつけでチンポが痺れて、きっ、きもち……よすぎるっ！　これがセックス！」

前後に動く咲妃の頭に手を添えた少年は、触手化した下半身全体を揺らしてイラマチオと同時二穴挿入の複合快感に酔いしれる。

「んぐぅ！　ゴホッ、ゴホッ……ンッ、じゅるるるっ……ずちゅるるるっ、んくんくんく……んふうぅ……じゅぽっ、じゅぽっ……」

はしたない吸い音を立てて、勃起を吸いしゃぶりながら、両手の指は肉茎に絡んで技巧を尽くし、腋の下や胸の谷間まで駆使して、亜神化した少年のペニスに奉仕した。

貪欲なペニス触手は、足の裏や太腿、滑らかな背中、さらには全身を縛めたボンデージコスチュームの隙間にまで這いずる。

「もう……出そうッ！　もっとオマンコと……お尻に……いっ、挿れたいっ！」

「ひっ！　もっ、もう、無理ぃ……アヒッ！　くわぁぁ……んぐぅぅう！」

中出しスペルマを噴きこぼすヴァギナと、卑猥に蠢くアヌスには合計六本の触手ペニスが強引に挿入され、交互に激しくストロークしていたが、限界状態の粘膜穴を拡張して、さらに一本ずつが追加された。

「フェラするの、止めちゃダメダよ！　ほら、咥えて……そこ、もっと舐めて！」

二穴多重挿入に苦悶する咲妃の頭を股間へと引き戻した信司は、スケベったらしく笑み崩れた顔を仰け反らせる。

犯し抜かれた咲妃は、完全に忘我状態で肉体をくねらせていた。

強烈すぎる快感で意識は半ば消し飛び、マグマのように煮えたぎる欲情だけが色気過剰な肉体を駆動している。

そんな状態であってもなお、自分を犯しているのが信司であることだけは脳裏にしっかりと焼き付けられていて、背徳の快感を燃え立たせる火種として機能していた。

「ううぅっ、咲妃の口も、お尻も、アソコも……全部気持ちよくって、また……出そう……飲んで……ひぅ……くふぅぅぅぅ……ッ！」

異形に変じた身体をガクガクと震わせ、白目を剥いて仰け反った信司は、全ての肉茎を脈動させて射精を開始する。

生乾きの精液でドロドロになったボンデージ裸身に、新

たなスペルマが降り注ぐ。

「んきゅふうぅぅ……んくんくんく……ゴクッ、ゴクッ……んふうぅぅ……んっ……」

ウズメ流の性愛技巧を極めた少女退魔士は、全身を粘液に包まれながら、口腔内に弾ける牡臭い精液を呑み込み、手のひらに弾ける粘塊を亀頭に塗りたくってこね回した。

「ンォォォ！　まだ……もっと、もっと、射精したいッ！犯したイッ！」

早漏のくせに絶倫な亜神化少年は、無数のペニスで咲妃の身体を緊縛し、嬲り抜く。

一本が射精し終えてヴァギナやアヌスから抜け落ちると、すぐさま次の触手が強引に潜り込んできて、一時たりとも休ませてくれない。

「ここも……気持ちよくしてあげるよ。どうすればいいか、オレ、一番わかってるから」

穴という穴を犯しつつ、性欲の虜となった信司は、咲妃の極上ボディで最も耽美的な器官にまで触手や指を絡ませ、愛撫を仕掛けてくる。

「ひゃあぁんっ！　そこぉ、らめぇぇぇ、男のくせに……そんなトコぉ！」

スペルマまみれの手でフタナリペニスを握られ、優しくストロークされた咲妃は、凛々しい退魔少女とは思えぬしおらしい表情になって恥じらい悶える。

「咲妃……チンポ扱かれてるのに、すごく女っぽい顔になって……エロいよ！」

今にも射精しそうにヒクつく淫ノ根の鈴口に、信司のペニスが押しつけられた。

少年の股間で硬くそそり勃った早漏男根と、美少女の勃起が互いの亀頭をひしゃげさせてグリグリと密着する。

「咲妃のチンポに中出ししてあげるよ。こんなこと、淫神にもされたことないだろ？」

「ひぁ……そっ、そんなところ……むっ、無理ッ！　入らない……挿れるなぁ！」

超敏感な鈴口同士のディープキス快感に震えながら、顔を引きつらせる咲妃。

「無理やりでも……挿れるよ……イッ、イクよッ！　うくうぅぅぅぅ～ッ！」

びゅくっ、びゅくっ、じゅぱっ……ぶぎゅるるっ……ぎちゅっ……じゅぷぅぅ！

まるでカタツムリの交尾のように密着結合した男根が力強く蠢動《しゅんどう》し、フタナリペニスの内部に欲望の煮詰め汁を注ぎ入れる。

「んぁぁぁぁ！　熱イッ！　熱いのが入ってぇ！　ひゃあぁぁぁ〜ンッ‼」

力強く射出された信司のスペルマは、咲妃の男根を灼熱させながら射精経路を逆行し、恥骨の裏側にまで到達して逆巻いた。

「くひぃぃぃんっ！　出るッ！　うわぁぁぁ、出るうぅぅぅ――――ッ‼」

異様な中出しを受け止めた咲妃の勃起が跳ね上がり、信司の精液と混じりあった白光悦汁を高々と噴出させる。

「咲妃ッ、キミのセーエキ、熱くって……すごいよッ！」

顔の高さにまで到達した白く照り輝く絶頂粘液を恍惚と受け止めた信司は、射精快感に仰け反る呪詛喰らい師《カースイーター》の身体を抱き寄せ、唇を奪う。

「んふぅぅむ……ンッ、くちゅ……ちゅぱ……ちゅぱ……ちゅぷっ……」

ぎこちない動きで口腔内を掻き回す親友の舌を受け止め、信司のペニスを再び膣内に迎え入れた。

絡みあわせた咲妃は、自ら腰を浮かせ、まだ脈動している
「んふぅぅぅ……んっ……くちゅ、ちゅぷっ……くふぅぅぅん……ッ！」

どちらからともなく固く抱擁しあった少年と少女は、まるで恋人のように濃厚なキスを交わしながら、対面座位で突き上げ、男根触手にアヌスを貫かれた尻を弾ませる。

（あぁ……私は……信司と……セックスしている……！）

快感に煮溶かされた脳内で、背徳感で味付けされた羞恥と喜悦の炎が燃え上がり、神伽の巫女と亜神化した少年の交合は激しさと淫靡さを増してゆく。

「ンンンッ！　また、出すよッ！」

早漏少年は、五分ともたずに射精を告げ、咲妃の尻を抱き寄せて一番奥でスペルマを弾けさせた。

ぶびゅうううっ！　ぶびゅるるるるっ！　ぶしゃぁぁぁ！　びしゃびしゃびしゃぶちゃぁぁぁぁ〜ッ‼

全身を嬲っていた男根触手が一斉に濁汁を浴びせかけ、深く繋がりあった少年と少女の身体をドロドロに汚し抜く。

「んふあぁぁぁ～ンッ!!　イク……んうぅ～ンッ!!」

キスを振りほどいて仰け反った咲妃は、降り注ぐ白濁液を恍惚と浴びながら、魂まで吹き飛ばしてしまいそうなエクスタシーに酔いしれた。

喜悦に蕩けた美貌に容赦ないスペルマの洗礼が浴びせられ、朱唇から突き出されて震える舌に、ゼリー状のザーメンがコッテリと粘り着く。

「んはぁぁ、……はぁぁぁん……ッ」

恍惚の響きを帯びた声を上げた咲妃の胸にむしゃぶりついた信司は、スペルマまみれの爆乳を揉み寄せ、二つの勃起乳首を同時に口に含んで吸いしゃぶる。

「きゅふ……んふうぅぅぅ～ンッ!!　信司ぃ、もっと、もっとぉぉ……」

口腔内で小さなペニスのように脈動した乳頭から迸る母乳を吸り込みながら、亜神化した少年は腰を突き上げ、絶頂収縮の止まらぬアヌスにもペニス触手を何本も挿入して、二つの濡れ穴に立て続けにスペルマを注ぎ込んだ。

熱い精液を注入されるたびに、呪詛喰らい師《カースイーター》の肉体は新たなアクメの痙攣に包まれ、媚粘膜を艶めかしくうねらせて、さらなる射精をねだる。

それに応えた信司の触手ペニスも、ヴァギナとアヌスはもちろんのこと、口に、胸に、へその窪みや腋の下、手足、髪の毛、ありとあらゆる部分に愛撫を仕掛け、射精した。

「まだ……もっとぉ！　もっとキミの中に……しゃ、射精したイッ！」

ありとあらゆる体位で咲妃の全身を犯し抜き、合計の射精回数が千回を超えても、信司の射精欲求は解消されなかった。

触手が抜かれたアヌスからは、大量の中出しスペルマがブチュブチュと恥音を立ててこぼれ落ち、ペニスを咥え込んだままのヴァギナからも、許容量を超えて注がれた子種汁が溢れ出している。

息も絶え絶えに喘ぐ口は、唾液混じりのスペルマが粘り着き、全身が糊状に濃縮されたザーメンで覆い尽くされて、凄絶なエロチシズムを醸し出していた。

「なぜ……どうして……子宮の中に出して、キミを孕ませたいのに、ここは……ンンンッ！　こんなにきつく閉まってるんだ！」

　ヴァギナへの注挿速度を増しながら、信司は焦れた声を上げる。

　既に反応する体力もなくなって放心状態に陥っている咲妃のヴァギナには、信司本来のペニスも含めて五本がねじ込まれ、交互に子宮口を突き上げていた。

　しかし、命を育むための聖なる肉袋は亀頭の連打にも屈せず、開門を拒んでいる。

　ズンッ！　ズンッ！　と次第に暴力的になってゆく突き上げにあわせて、触手緊縛された呪詛喰らい師《カースイーター》の肉体が、壊れた操り人形のように跳ね上がり、だらしなく開いた口や、脱力してしまった尻穴から、抽挿のたびに粘液の飛沫が振り撒かれる。

「咲妃イィィイ！　神伽の巫女なんて辞めて、オレの……オレだけのものになれェ！」

　ギチュッ！　ぐぷうううッ！

　きつく閉じられた門をこじ開け、ついに信司の亀頭が子宮内に埋まる。

「かはぁ！　あ……あぁぁぁぁ……」

　焦点の定まらぬ目を見開いて仰け反った咲妃の膣内で、射精の脈動が起きた。

「咲妃……オレのこと、好きだって言え！　愛してるって、言えェェェ！」

　念願の子宮内射精に歓喜しながら、亜神化した少年は隷属のセリフを迫る。

「あ……あ……ィ……」

　完全屈服の言葉を搾り出そうとした呪詛喰らい師《カースイーター》は、薄れゆく意識の中で下腹の奥で高まってゆく優しい温もりに気付いた。

（温もりが……増して……熱い……燃えるッ！　何かが……育っている⁉）

　子宮の奥深くで、咲妃自身のスペルマと久遠の注ぎ込んだ精液が混じりあい、融合して、力強いものが急速に育まれてゆく。

「はぁぁう……んんんッ！　くっ、来るッ！　ああああぁぁあっぁぁあ〜んッ‼」

　煌ッ‼

　仰け反り叫んだ呪詛喰らい師《カースイーター》の肉体が、目もくらむような光に包まれる。

「うぉぉ！　ヲヲヲヲヲヲヲ～ンッ!!」

白光に包まれて痙攣する信司の股間で、触手ペニスが一斉に弾け飛ぶ。

元の姿に戻った少が、全裸の身体を大の字で倒れ込ませた傍らで、神々しい光に包まれた咲妃が、胎児のように身体を丸めていた。

全身を汚していた体液は全て吹き飛ばされ、膣口やアヌスからこぼれ出る白濁液も、床を汚す前に光の粒子に還元されて消えてゆく。

「ハァハァハァハァ……な、何が起きた？　あ、この光……は？」

意識が次第に鮮明になってきた咲妃は、ゆっくりと身を起こし、まばゆい光に包まれた自分の身体に、戸惑いの声を漏らす。

「……悪いな、信司。私は、常磐城の名を冠する者……神伽の巫女なんだ」

倒れた親友に声をかけつつ、呪詛喰らい師《カースイーター》はゆっくりと立ち上がる。

「……咲妃、自分の精に含まれた神気で、私の精液を中和したばかりか、自らを受聖させたのですね？　あなたは私の想像以上の逸材。やはり、伴侶にふさわしい人です」

神産みの巫女、常磐城久遠は、驚きと喜びの入り交じった声をかけられた咲妃は、顔を上げ、今回の陵辱劇を仕組んだ張本人を睨む。

「どうやらそのようだ。お褒めにあずかり光栄だが……いささか手法が荒かったな……一歩間違ったら、冗談抜きで死ぬところだったぞ……」

轟ッ！

呪詛喰らい師《カースイーター》の身体から発した一陣の風が、天女を思わせる久遠の着衣と髪をなびかせ、金色の瞳を細めさせる。

「くぅ……これほどの神気を放てるなんて……」

「この力の試しを兼ねて、ちょっと、仕返しさせてもらってもいいかな？」

神産みの巫女となった咲妃は、いつもよりトーンを落とした恐い声で言いながら、久遠に迫る。

「く……ッ！」

地を滑るように後退してゆく九未知会《ナインアンノウンズ》の盟主は、多重防御結界を張った。

「我が左手には、呪鼠の持つ、結界破りの力が宿っている……試してみよう」

軽く振られた咲妃の手が、九未知会盟主《ナインアンノウンズ》が張った障壁を、薄氷を打ち砕くように易々と粉砕する。

「そして右手には、樹霊の結界生成能力！」

「いっ、いつの間に⁉」

ハッ！　と背後を振り向いた久遠は、黒い壁のような結界が周囲を取り囲むように展開されているのを見て、驚愕の表情を浮かべる。

「さらに、阿絡尼の妖糸と、妖銀貨の力の合わせ技……縛れ、妖銀糸ッ！」

キュイイイイインッ！　ギシッ！

天女姿の美女を、銀色に輝く糸が緊縛する。

「まさか……私の世界で……創造主である私を圧倒するなんて」

手をこまねいている九未知会盟主《ナインアンノウンズ》の眼前に、呪詛喰らい師《カースイーター》が立った。

「捕まえた！　アルス・ノウァの縛鎖よ！　我らを一つに縛めよ！」

チャリチャリチャリチャリンッ……ジャラジャラジャラジャラァアアッッ‼

上級悪魔をも縛めるオーロラ色の鎖が、抱きあった二人の身体に絡みつき、完全に動きを封じる。

「うくうぅぅ……ンッ……」

九未知会盟主《ナインアンノウンズ》の身体をしっかりと抱擁した呪詛喰らい師《カースイーター》は、彼女の処女を奪い、友の前で辱めた陵辱者を真正面から見つめる。

「フフフッ、そんなに怯えるな。……久遠、悪役ぶるのは、もうそろそろ終わりにしないか？　お前だって、本気で戦う気はないいんだろう？」

ニヤリ、とイタズラっぽい笑みを浮かべながら発せられた咲妃の声は、恨みや怒りといった感情をまったく感じさせぬ爽やかな響きを帯びていた。

「えっ⁉　あなた、怒っていたのでは？」

「処女を破られたのはともかくとして、私の友人達を使って辱めたことは、正直、腹立たしく思っている。だが……いや、もう繰り言はやめよう。憎悪など、私には不要の感情だからな」

凛々しい笑みを浮かべた咲妃は、縛鎖に縛られた久遠の唇に、チュッ、と口づける。

「久遠……私はお前を許す。だから、この件はこれでチャラにしよう」

「咲妃……あなたは、読めない人ですね。これ以上抗っても、神気を消耗した今の私では、勝ち目は薄いでしょう。わかりました、あなたの提案、受け入れます」

小さなため息をついた九未知会《ナインアンノウンズ》の盟主は、いささか投げやり気味に停戦要求に応じた。

「助かった。正直、戦うのは好きじゃないからな。では、有佳達を目覚めさせたら、結界に閉じ込められている師匠達を解放しに行くとしよう」

鎖と銀糸の捕縛を解除した咲妃は、失神した仲間達に歩み寄る。

「咲妃、一つ質問していいですか？　その方達や常次さん達を、どうやって私の世界にいざなったのです？」

「私の自宅マンションの一室に、魔法陣を描いた。ペンタグラムヴォルテックス……いや、お前には五芒旋界陣《ごぼうせんかいじん》と言った方が伝わりやすいかな？」

振り向いた呪詛喰らい師《カースイーター》は、自慢げに答える。

「魔の存在を時空の狭間に放逐する強力な転送術ですね？　まさか、そんな危険なものに、あなたの友人達を飛び込ませたのですか⁉」

驚きと呆れが入り交じった表情を浮かべる久遠。

「信じていたからな。私と紡いだ縁……絆をたどって、彼らがここに来ることを」

「確かに術は成功しましたが、何と大胆な……」

「信じていたから、私はお前が課した試練を潜り抜け、こうして力を手に入れた。これも策の内だろう？　まあ、正直なところ、かなりギリギリではあったが……」

「あなたがこんなに強くなるのは想定外でした」

苦笑を浮かべた咲妃に指摘された九未知会《ナインアンノウンズ》盟主は、曖昧な表情で頷く。

「よし、みんなを目覚めさせるぞ。説明するのが面倒だから、お前は私が呼ぶまでちょっと隠れていてくれ」

「記憶操作の呪印は、使わないのですか？」

意外そうに問いかける久遠。

「使わない！　今回のことで痛感した。偽り、覆い隠してばかりいては、真の信頼など得られはしないからな。……おい、みんな、起きろ！」

　倒れ伏した都市伝説研究部員達のところに歩み寄った咲妃は、かざした手のひらから放つ神気で、四人を一気に覚醒させる。

「ん……んんん……咲妃さん!?　咲妃さぁん！」

「にゃッ！　あ、お姉ちゃん！」

目覚めるやいなや、有佳と瑠那は咲妃の身体にすがりついてきた。

「助けに来てくれてありがとう。二人とも愛しているぞ」

咲妃に腕の中で、二人の身体がギクリと強張る。

「あ、あの……咲妃さん、わたし、咲妃さんにすごくひどいことをする夢を見てた気がします。いえ、あれは本当に夢だったんでしょうか？」

　咲妃の凛々しい笑顔を見上げながら、有佳が不安げに問いかけてくる。

「アタシも……咲妃お姉ちゃんにとんでもないこと、しちゃった気がする……あれは夢じゃない、だって、あの感触、はっきりと覚えてるもの！」

　咲妃の胸に頬を預けていた瑠那は、涙の溜まった碧眼で呪詛喰らい師《カースイーター》を見上げて叫ぶ。

「そんなこと、どうだっていいじゃないか」

快活な口調で言った咲妃は、二人をしっかりと抱擁する。

「私は無事だ。そして、お前達を心から愛している。それは絶対に揺るがぬ現実だ。だから、気にするな！」

抱きあった咲妃の背後で、鮎子と信司が起き上がる気配がする。

「う……うぅぅ……身体中が筋肉痛よ……常磐城さん！　ここはどこ？　きゃぁぁ！　信司ッ、なんで裸なのよぉ!?」

「え？　うぉ！　わぁぁ、みっ、見るなよぉ！」

「私だって、そんなの見たくないわよ」

「そんなのって、何だよ!?」

「はいはい、夫婦漫才はそのくらいにしておけ……久遠、信司に何か着るものを用意してやってくれないか？　目のやり場に困ってしまう」

「……私が出て行って、よろしいのかしら？」

咲妃に言われた通り、物陰に隠れていた九未知会盟主《ナインアンノウンズ》が、遠慮がちに姿を現した。

「あの人は⁉　敵……敵よね⁉」

「くそぉ！　来るなら来いッ！　わッ……見るなぁ！」

威勢よく身構えた信司は、全裸であることを思い出して股間を隠して身悶える。

「二人とも落ち着け。利害の衝突はあったが、今はとりあえず、敵ではない。なあ、そうだろう、久遠？」

「……そう、ですね。あ、今、着衣を再構成します……股間を覆った手を、少しだけ浮かせていただけますか？　そう、それで大丈夫」

咲妃のペースにすっかり巻き込まれた九未知会《ナインアンノウンズ》の盟主は、曖昧な表情で頷き、亜神化で吹き飛んだ着衣を再生させる。

「……すげぇ。全部元通りだ……でも、なんでオレ、裸だったんだろう？　まさか、あれは夢じゃなかったのか⁉」

青白い煙のようなものに包まれた身体が、制服に包まれてゆくのを見ながら、信司はハッ！　と顔を上げて咲妃を見つめる。

「え？　何のこと？　私も変な夢見たんだけれど……あれがもし夢じゃなかったら……ひゃぁぁぁ……はっ、恥ずかしすぎるッ！」

何かの痕跡を探しているのか、周囲をきょろきょろと見回しつつ、鮎子は耳まで真っ赤になっている。

「さて、バッドシスターがそろそろ待ちくたびれているだろうから、解放しに行こう。久遠、悪いが案内を頼む」

何か問いたげな信司の視線を無視して、呪詛喰らい師《カースイーター》は話を進めた。

結界に閉じ込められた退魔戦士達は、三者三様の態度で待機していた。

ふてくされて寝転がっているシスター里緒、結跏趺坐《けっかふざ》で静かに黙想する武宮優、ＢＡＢＥＬとの戦いで負った傷の応急手当てを終えて一休みの武御雷常次。

「おう、咲妃ちゃん、無事……なんだな？」

転送門をくぐって現れた咲妃をいち早く見つけた常次が結界越しに声をかけてきた。

「ええ。色々ありましたが、仲間達ともども無事ですよ。今、結界を破ります」

結界破りの力を宿した指先が障壁に触れると、一流の退魔戦士達が何をしても破れなかった見えざる壁がシャボン玉が弾けるかのようにあっさりと崩壊する。

「こおらぁ久遠ッ！　アタシとタイマンで勝負だぁ！」

結界から出るやいなや。すごい剣幕で食ってかかるバッドシスターを、咲妃と武宮優が二人がかりで制止した。

「師匠！　そんなにエキサイトしないでください」

「事を荒立てるな！　この世界では、久遠は無敵だぞ！」

「無敵だろうが何だろうが知ったこっちゃねぇ！　久遠と一戦やらせろ！　それで負けて死んでも悔いはねえよ！」

好戦的な退魔尼僧は、怒りの炎に燃える瞳で久遠を睨みつけ、歯を剥き出して怒鳴る。

「それは私が困ります！　当事者である私が、今回のことは水に流すと決めたんですから。師匠……お願いですから、この場は引いてください」

「咲妃……お前、ホントに善人すぎるぜ。……まあいい、ここはお前の顔を立てて引いてやるよ。……おいッ、命拾いしたな、久遠！」

真剣な表情をした咲妃としばし見つめあい、渋々頷いたバッドシスターは、久遠に向かって捨て台詞を吐き、中指を立てて挑発する。

シスターらしからぬ下品な仕草を見ても、久遠はまったくの無表情で好戦的な尼僧戦士の挑発を受け流した。

「久遠、そういうわけだから、早めに撤収した方がよさそうだ。転送門、開いてくれないか？」

「そうですね。帰りの門、今、開きます」

たおやかな手が軽く振られると、咲妃達のすぐ側に石造りの門が出現し、扉がゆっくりと開いてゆく。

「ちょっと待ってよぉ！　苦労して捕まえたカースイーターを、そんなにあっさり帰しちゃっていいの⁉」

ミュスカ等とともに駆けつけてきたゼムリヤが、不満たっぷりの声を上げる。

「いいのです。当初の目的は達しました。欲張るのはよしましょう」

「アンタがいいって言うなら従うけど。うぅ、あと百回ぐらい犯したかったたわ……」

褐色肌の淫女は、彼女らしいつぶやきを漏らす。

「ああ、そういえば、お前が投げかけた最初の質問の答え、今、一つ思いついた。聞いてくれるか？」

「ええ。お聞きしましょう」

「神伽の巫女とは何か？　……私は、パンドラの箱だと思っている。それも、空っぽの……。この世に散らばる災厄の種を封じる箱。それが私やお前のような存在だ！」

久遠はただ無言で頷き、話の続きを促す。

「そして、伝説でパンドラの箱に唯一残ったもの。それが希望！　私のこの胸には、常に希望……愛する者との絆と想いが詰まっている！」

自信満々に胸を張る呪詛喰らい師《カースイーター》の爆乳には、有佳と瑠那がしっかりと抱き寄せられ、温かく柔らかな肉果に頬ずりして夢見心地になっていた。

「咲妃、今、世界は数千年に一度の、神格大顕現期にさしかかっています」

九未知会《ナインアンノウンズ》の盟主は、静かな口調で告げる。

「淫神はこれまでとは比べものにならぬ頻度で顕現し、世を騒がせるでしょう。あなたは嫌でも、人の醜さ、愚かさと向きあわねばなりません」

「そうだな、今回のことで痛感した。私はまだまだ世間知らずだ。だから、もうしばらくの間、神伽の巫女を続け、世界と人を観察し、学んでみようと思う」

神産みの巫女への階梯を昇り始めたカースイーターは、言葉を続ける。

「その間に、お前の想いに共感するようなことがあれば、その時は改めて話に乗ろう。それまで、伴侶の件は保留にさせてもらうぞ」

「仕方ありませんね。気長に待ちましょう」

久遠は、ふぅ、と小さなため息を漏らす。

「そんなに落ち込むな。伴侶になるのは保留だが、親友になら、今すぐなれる。……いや、もう、十分すぎるほどに親友かもしれないな、私達は」

咲妃は照れ笑いを浮かべながら呼びかける。

「……本当にあなたは前向きですね。この世界からの解放、ちょっと期待してみたくなってしまうじゃないですか」

久遠の口元に浮かぶ微笑みは、それまで彼女が浮かべたどんな笑みよりも純粋で、楽しげに見えた。

「あばよ、久遠。久しぶりに、昔のままのお前の笑顔を見られて嬉しかったぜ」

感慨深げな表情で久遠の笑顔を見つめながら、老退魔士は声をかける。

「ええ。常次さん……末永くご壮健で。あ、女性への狼藉は程々に……」

数十年ぶりの再会を果たした二人は、しばらく無言で視線を絡めあっていた。

「ジジイ、積もる話があるなら、残ってもいいんだぜ」

シスター里緒が、冗談めかした口調で煽る。

「待て！　置いていくな！　じゃあな！」

門をくぐって消えてゆく老退魔士を見送る久遠の表情は、少し寂しげであった。

「では、私も帰るぞ。久遠……いつか必ず」

「ええ、咲妃……またお会いしましょう」

常磐城の名を持ちながら、対極の価値観を持った二人の巫女は、転送門が閉じるその瞬間まで見つめあっていた。

エピローグ

市街地から少し離れた丘陵地帯に、この近隣地域では有名な、『幽霊ホテル』が建っている。

このリゾートホテルは、宿泊客が原因不明の衰弱状態に陥る事件が続発したため閉鎖され、厳重な立ち入り禁止措置が取られている。

割れた窓から差し込む月明かりに照らされた、廃ホテルの階段を、呪詛喰らい師《カースイーター》は上ってゆく。

久遠の世界から帰還後も、咲妃は精力的に淫神や亜神を封じていた。

取り込んだ神体は、子宮に宿った神気の種に集約され、日々、育っている。

処女は奪われたが、神伽の巫女の能力は、衰えるどころか以前よりも強まっているのだ。

(久遠、お前が注ぎ込んだ神気の種を通じて、私とお前は確かに繋がっているぞ。……私もいつか、お前と同じ高みへと到達し、必ず救ってやる！)

自分の肉体が、神産みの巫女への階梯を着実に昇り始めているのを感じつつ、咲妃は神伽の巫女に課せられた責務を果たそうとしていた。

最上階に到達した呪詛喰らい師《カースイーター》が毅然と見つめる視線の先には、無数の触手を蠢かせる異形の神が鎮座している。

「人の情念によって存在を曲げられた地鎮の神よ。御前を歪める呪詛、神伽の巫女たる私、常磐城咲妃が慰め、鎮めて差し上げる！」

ビュルッ！　グジュルルルルッ！

蛍光色の粘液を滴らせながら殺到してきた触手が、革帯ボンデージ姿の極上ボディに絡みついてくる。

「くぅ、せっかちな淫神だな。……ウズメ流神伽の戯、参るッ！」

呪詛喰らい師《カースイーター》は、異形の淫神に自ら身を委ね、神伽の巫女たる使命を果たすべく、淫らな奉仕を開始した。

あとがき

初めまして&ご無沙汰しております。蒼井村正でございます。

なんと、あとみっく文庫『呪詛喰らい師』1巻から3巻までをまとめた新装版を出していただけることになりました。足かけ9年、まさかこれほど長く書き続けられるシリーズになるとは、作者冥利につきます。

新装版にあたって、ところどころ（エッチシーンは特に！）修正してみました。また、新規のエッチシーンもいくつか追加しました。あとみっく文庫版をお持ちの方は読み比べてみると面白いかもしれません。

本作品は現在、コミカライズされていますが抱き枕カバー化、さらにボイスドラマ化まで企画が動いているようです。私もこの作品を引き続き、執筆していきたいと思います。

最後に応援してくださる読者様の応援と、いつも適切なアドバイスでエロさを増幅してくださる編集様。そして、常磐城咲妃というヒロインを素晴らしく魅力的に描いてくださった或十せねか先生に千の感謝を！

『Brandish』コンビが贈る
最新刊!
Curse Eater《カースイーター》
呪詛喰らい師
NOW ON SALE!
【原作】Rusty Soul 【漫画】或十せねか 【原案】蒼井村正

二次元ドリームノベルズ　第414弾

装刃戦姫サクラヒメ

フタナリ淫獄に堕ちる黒髪乙女

装刃戦姫サクラヒメこと建宮流華は闇に紛れて人に仇なす妖魔——オニグミと激しい戦いを繰り広げていた。だがオニグミ幹部である鬼蛙の下劣な罠にかかり、卑猥な肉竿を生やされ、悪夢のようなフタナリ調教ゲームを強いられてしまう。男子トイレでの男根オナニーや勃起筆による変態書道など、徐々に苛烈さを増していく恥辱遊戯。やがてオニグミの魔手は彼女の親友である装刃戦姫コーデリアにまで襲い掛かり……。肉勃起のもたらす極上の快楽が美しき戦姫たちの気高い心を蝕んでゆく！

小説：有機企画
挿絵：緑木邑

6月下旬 発売予定

作家＆イラストレーター募集！

編集部では作家、イラストレーターを募集しております。プロ・アマ問いません。

原稿は郵送、もしくはメールにてお送りください。作品の返却はいたしませんのでご注意ください。なお、採用時にはこちらからご連絡差し上げますので、電話でのお問い合わせはご遠慮ください。

■小説の注意点
①簡単なあらすじも同封して下さい。
②分量は40000字以上を目安にお願いします。

■イラストの注意点
①郵送の場合、コピー原稿でも構いません。
②メールで送る場合、データサイズは5MB以内にしてください。

E-mail：2d@microgroup.co.jp
〒104-0041　東京都中央区新富1-3-7ヨドコウビル
㈱キルタイムコミュニケーション
二次元ドリーム小説、イラスト投稿係

2 D D R E A M N O V E L S

新装版 呪詛喰らい師

2018年6月4日　初版発行

【著者】
蒼井村正

【発行人】
岡田英健

【編集】
キルタイムコミュニケーション

【装丁】
マイクロハウス

【印刷所】
図書印刷株式会社

【発行】
株式会社キルタイムコミュニケーション
〒104-0041　東京都中央区新富1-3-7ヨドコウビル
編集部　TEL03-3551-6147／FAX03-3551-6146
販売部　TEL03-3555-3431／FAX03-3551-1208

禁無断転載 ISBN978-4-7992-1142-7　C0293

本書はあとみっく文庫『呪詛喰らい師1〜3』を加筆修正し、1冊にまとめた書籍となっております。

乱丁、落丁本はお取り替えいたします。

本作品のご意見、ご感想をお待ちしております

本作品のご意見、ご感想、読んでみたいお話、シチュエーションなどどしどしお書きください！
読者の皆様の声を参考にさせていただきたいと思います。手紙・ハガキの場合は裏面に
作品タイトルを明記の上、お寄せください。

◎アンケートフォーム◎　**http://ktcom.jp/goiken/**

◎手紙・ハガキの宛先◎
〒104-0041 東京都中央区新富1-3-7 ヨドコウビル
(株)キルタイムコミュニケーション　二次元ドリームノベルズ感想係